BASTEI
LÜBBE
STARS

John F. Case

Der Schatten des Herrn

THRILLER

Ins Deutsche übertragen von
Bettina Runge und. Sonja Schumacher

BASTEI
LÜBBE
STARS

BASTEI LÜBBE STARS
Band 77058

Vollständige Taschenbuchausgabe

Bastei Lübbe Stars in der Verlagsgruppe Lübbe

Lizenzausgabe mit Genehmigung des Scherz Verlag,
Bern und München
Titel des Originals: THE GENESIS CODE

Einzig berechtigte Übersetzung aus dem Englischen
von Bettina Runge und Sonja Schuhmacher

Lizenzausgabe: Verlagsgruppe Lübbe GmbH & Co. KG,
Bergisch Gladbach
Einbandgestaltung: Bianca Sebastian
Titelbild: getty-images/Andreas Heumann
Satz: hanseatenSatz-bremen, Bremen
Druck und Verarbeitung: GGP Media GmbH, Pößneck
Printed in Germany, März 2006
ISBN-13: 978-3-404-77058-8 (ab 01.01.2007)
ISBN-10: 3-404-77058-7

Sie finden uns im Internet unter
www.luebbe.de

Der Preis dieses Bandes versteht sich einschließlich
der gesetzlichen Mehrwertsteuer.

Gott von Gott, Licht vom Licht
wahrer Gott vom wahren Gott,
gezeugt, nicht geschaffen ...

Nicänisches Glaubensbekenntnis
Konzil von Chalcedon
A. D. 451

Teil 1

1

Juli

Pater Azetti geriet in Versuchung.

Er stand auf den Stufen der Gemeindekirche, ließ die Perlen seines Rosenkranzes durch die Finger gleiten, blickte über die leere Piazza zu seiner Lieblingstrattoria hinüber – und sah auf die Uhr. Es war 13.39 Uhr. Er hatte einen Bärenhunger.

Eigentlich sollte die Kirche von acht bis vierzehn Uhr und dann noch einmal von siebzehn bis zwanzig Uhr geöffnet sein. Das stand jedenfalls auf dem Schild am Eingang. Pater Azetti musste zugeben, dass das Schild eine gewisse Autorität besaß. Es hing nun schon an die hundert Jahre da. Aber dennoch ...

Die Trattoria lag in der Via delle Felice – ein hochtrabender Name für die kopfsteingepflasterte mittelalterliche Gasse, die sich kurvenreich vom Marktplatz bis zu der Mauer wand, die das Städtchen umgab.

Das abgelegene italienische Bergdorf Montecastello di Peglia lag malerisch auf einer Felsenkuppe gut dreihundert Meter über der umbrischen Ebene. Sein Schmuckstück war die Piazza di San Fortunato, wo im kühlen Schatten der Dorfkirche ein Brunnen plätscherte. Die kleine, ruhige Piazza mit den duftenden Pinien zog Liebespaare und Kunststudenten an, die von den Festungswällen aus den Rundblick auf die Umgebung genießen wollten. Hoch über dem Flickenmuster der Landschaft blickten sie auf das »grüne Herz« Italiens und ergötzten sich an den Sonnenblumenfeldern, die in der Hitze flimmerten.

Aber nicht jetzt, nicht in diesem Augenblick. Jetzt waren sie beim Mittagessen.

Im Gegensatz zu Pater Azetti. Eine leichte Brise trug den betörenden Duft von frisch gebackenem Brot herbei. Von gegrilltem Fleisch und Zitrone. Von heißem Olivenöl.

Ihm knurrte der Magen, aber das musste er ignorieren. Montecastello war eher ein Dorf als eine Stadt. Ein Hotel gab es nicht, nur eine kleine Pension, die von zwei Briten geführt wurde. Pater Azetti, der noch keine zehn Jahre im Ort lebte, war ein Außenseiter und würde es bis ins nächste Jahrtausend bleiben. Als solcher weckte er Verdacht und wurde daher von den stets wachsamen älteren Bürgern misstrauisch beäugt, die seinem Vorgänger nachtrauerten. (Oder, wie sie ihn nannten, »dem *guten* Priester«. Und Azetti? Er war »der *neue* Priester«.) Wenn Pater Azetti während der Beichtstunden die Kirche auch nur eine Minute zu früh schloss, würde es gewiss jemandem auffallen, und ganz Montecastello würde sich empören.

Seufzend wandte sich der Priester ab und trat wieder ins Halbdunkel der Kirche. In einer Epoche erbaut, in der Glas als Kostbarkeit galt, war das Gotteshaus von Anbeginn zu ewiger Dämmerung verdammt. Abgesehen von dem gedämpften Licht der elektrischen Kandelaber und den tropfenden Kerzen im Hauptschiff, bestand die einzige Lichtquelle in den schmalen Fenstern hoch oben an der Westwand. Die wenigen, kleinen Fenster zeigten dennoch zuweilen eine dramatische Wirkung, wenn sie, so wie jetzt, das nachmittägliche Licht einfingen und den Fußboden der Kirche aufleuchten ließen. Der Priester schritt an den Mahagonibildern des Kreuzwegs vorbei und lächelte, als er sah, dass der Beichtstuhl in strahlendes Sonnenlicht getaucht war. Er trat in den Lichtkegel, ein wunderbarer Effekt, obwohl es ihn blendete. Zögernd stellte er sich die Szene vor, wie sie sich den Augen anderer bieten würde, geriet aber ob seines Narzissmus in Verlegenheit, trat in den Beichtstuhl und zog den Vorhang zu.

Der hölzerne Beichtstuhl war in der Mitte unterteilt; in der

Wand, die Priester und Beichtkind trennte, befand sich ein kleines Gitterfenster, das von der Seite des Priesters mit einem Schiebetürchen geöffnet und geschlossen werden konnte. Unter dem Gitter war über die ganze Breite der Abtrennung ein Holzbrett angebracht. Pater Azetti hatte die Angewohnheit, die Finger auf den schmalen Sims zu legen, während er mit geneigtem Kopf den Flüsterstimmen der Beichtenden lauschte. Diese Angewohnheit hatten offenbar auch seine Vorgänger gehabt, denn er konnte die Spuren, die ihre Finger hinterlassen hatten, auf dem abgegriffenen Brett fühlen.

Seufzend blickte Pater Azetti auf das leuchtende Zifferblatt seiner Armbanduhr. Es war 13.51 Uhr.

Wenn er gut gefrühstückt hatte, genoss der Priester die Stunden im Beichtstuhl. Wie ein Musiker, der Bach spielt, horchte er in sich hinein, lauschte dem Nachhall der Vergangenheit. Der alte Beichtstuhl erzählte von gebrochenen Herzen, Geheimnissen und vergebenen Sünden. Hier waren Millionen Sünden eingestanden worden – oder zumindest, wie Pater Azetti meinte, ein Dutzend Sünden, millionenfach begangen.

Der Priester wurde von vertrauten Geräuschen aus seinen Gedanken gerissen – der Vorhang wurde beiseite geschoben, ein alter Mann ließ sich mit leisem Stöhnen auf die Knie nieder. Pater Azetti öffnete die Schiebetür des Gitters.

»Segne mich, Vater, denn ich habe gesündigt ...«

Das Gesicht des Mannes war in Schatten gehüllt, aber der Priester kannte die Stimme. Es war der angesehenste Bürger von Montecastello – Dr. Ignazio Baresi. Wie Azetti war er ein Außenseiter, den das Schicksal in die Provinz verschlagen hatte. Über beide wurde getuschelt, und so schien es unvermeidlich, dass sie Freunde wurden. Oder wenn nicht Freunde, so doch Verbündete, denn sie hatten wenig gemeinsam – da war der Altersabstand, unterschiedliche Interessen. Was sie verband, war jedoch ein Übermaß an Bildung. Die Wände im Haus des greisen Doktors waren mit Diplomen und Urkunden bedeckt, die seine Leistungen in Wissenschaft und Medizin würdigten. Der

Priester hatte sich etwas weniger hervorgetan – ein Aktivist in mittleren Jahren, aus politischen Gründen vom Vatikan aufs Abstellgleis geschoben.

Und so sah man sie freitagabends vor dem Schachbrett sitzen, auf der Piazza vor dem Café Centrale, mit einem Glas Vin Santo. Sie unterhielten sich allenfalls über das Wetter, tranken auf die Gesundheit des anderen, und dann zog der Bauer vor dem Läufer des Königs zwei Felder vor. Dennoch wussten sie einiges voneinander, nachdem sie ein gutes Jahr lang beiläufige Bemerkungen und Erinnerungen ausgetauscht hatten.

In letzter Zeit hatten sie sich nicht mehr so regelmäßig getroffen. Der Priester wusste, dass der alte Mann krank war, aber jetzt wurde ihm klar, dass sich Baresis Zustand verschlimmert hatte. Pater Azetti presste die Schläfe gegen das Gitter, um überhaupt etwas zu verstehen.

Nicht dass er besonders neugierig gewesen wäre. Nach zehn Jahren kannte er die Schwächen seiner Beichtkinder: Der vierundsiebzigjährige Arzt mochte den Namen Gottes missbraucht oder sich wenig mildtätig gezeigt haben. Vor seiner Krankheit war er zuweilen dem Verlangen nach einer Frau erlegen. Aber damit war es nun vorbei; der Arme wurde von Tag zu Tag schwächer.

Eigentlich wartete man im Dorf bereits auf das Ableben des Doktors. Schließlich war *il dottore* ein wohlhabender, frommer, unverheirateter Mann, der bereits früher Stadt und Kirche großzügig unterstützt hatte. Sogar Pater Azetti erhoffte sich im Stillen, der Doktor ...

Was?

Der Priester konzentrierte sich ganz auf die zögernden Worte Baresis. Er hatte sich gerechtfertigt, wie Beichtende es häufig taten, und, ohne die Sünde zu erwähnen, seine Absichten dargelegt (die selbstverständlich gut waren). Dann sprach er vom Stolz, der Stolz hatte ihn geblendet – und dann natürlich von seiner Krankheit und der Einsicht in die eigene Sterblichkeit. Er sah seine Fehler ein. All das schien nicht weiter bemerkenswert;

im Angesicht des Todes schärfte sich das moralische Empfindungsvermögen der meisten Menschen. Doch schließlich kam der Doktor zur Sache und schilderte die Sünde, die er begangen hatte.

Der Priester lauschte und stieß keuchend hervor: »*Was?!*«

Doktor Baresi wiederholte mit gedämpfter, gequälter Stimme das Gesagte. Dann ging er ins Detail, sodass kein Zweifel über den Sachverhalt blieb. Während Pater Azetti den schrecklichen, eindeutigen Ausführungen folgte, hatte er das Gefühl, dass ihm das Herz stehen blieb. Was der Mann getan hatte, war die grauenhafteste Sünde, die man sich vorstellen konnte, eine so vernichtende Todsünde, dass selbst der Himmel ihn wahrscheinlich niemals davon erlösen würde. Wenn das überhaupt möglich war.

Inzwischen schwieg der Doktor und wartete schwer atmend auf die Absolution durch seinen Freund und Verbündeten.

Aber Pater Azetti hatte es die Sprache verschlagen. Er brachte kein Wort heraus. Er war so aufgewühlt, dass er keinen klaren Gedanken fassen konnte. Und selbst wenn, war die Verbindung zwischen Hirn und Stimme plötzlich abgerissen. Ihm war, als hätte man ihn in einen brusttiefen Gebirgsfluss gestoßen. Er rang nach Luft; sein Mund war wie ausgetrocknet.

Auch der Doktor konnte mit einem Mal nicht mehr sprechen. Nur ein Keuchen kam noch über seine Lippen. Er räusperte sich, ein erstickter Laut tief aus seiner Brust, der dann jäh aus ihm hervorbrach und den Beichtstuhl erzittern ließ. Der Priester fürchtete, dass der Mann auf der Stelle sterben würde. Doch dann hörte er, wie der Vorhang zurückgerissen wurde. Der Doktor war fort.

Pater Azetti blieb wie erstarrt sitzen, als wäre er soeben Zeuge eines tödlichen Unfalls geworden. Er bekreuzigte sich unwillkürlich. Dann sprang er auf, riss den Vorhang beiseite und trat aus der Dunkelheit in den Kegel des Sonnenlichts.

Einen Augenblick lang war die Welt wie ausgelöscht, nichts als Staub, der in einer gelblichen Lichtsäule zum Himmel aufstieg. Nachdem Azetti wieder etwas erkennen konnte, sah er den gebrechlichen alten Mann auf einen Stock gestützt in Richtung Ausgang humpeln. Das weiße Haar leuchtete gespenstisch im Halbdunkel. Der Priester folgte ihm zögerlich.

»*Dottore!* Bitte!« Pater Azettis Stimme hallte durch die Kirche. Baresi blieb stehen, wandte sich langsam um und sah den Priester an. Im Gesicht des Doktors war nichts von Reue zu lesen. Er war auf dem besten Weg zur Hölle; eine Aura der Angst hüllte ihn ein wie ein matter Lichtschein.

Und dann war er verschwunden.

2

Pater Azetti schrieb *chiuso* auf ein Stück Pappe, damit jeder begriff, dass die Kirche geschlossen war. Er hängte es an die Tür, schloss ab und machte sich sofort auf den Weg nach Rom.

Die Stimme des Doktors dröhnte ihm im Kopf, bald lauter, bald leiser, bald wie ein Echo aus der Ferne. Er fühlte sich, als wäre in seiner Seele der Notstand ausgerufen worden. Die verzweifelte, monotone Stimme Baresis ergriff wie eine Infektion von ihm Besitz und ließ sich nicht mehr abschütteln. Die Worte nagten an ihm, und alles, was er ihnen entgegenstellen konnte, war die leere Forderung: *Tu etwas. Irgendetwas!* Nun denn. Er fuhr nach Rom. In Rom würde man wissen, was zu tun war.

Er bat den Mann seiner Putzfrau, ihn in die Nachbarstadt Todi zu fahren. Im Auto ging es ihm wieder besser. Der Druck ließ etwas nach: Er hatte sich aufgemacht, war unterwegs.

Der Fahrer war ein kräftiger, lauter Mann, der, wie Pater Azetti wusste, leidenschaftlich gern Karten spielte und eine Vorliebe für Grappa hatte. Er arbeitete schon seit Jahren nicht mehr und zeigte sich, vielleicht aus Sorge um das Einkommen seiner Frau, übertrieben eifrig, entschuldigte sich ständig für die schlechte Federung des Wagens, die Hitze, den Zustand der Straßen und das verrückte Verhalten der anderen Fahrer. Jedes Mal wenn er auf die Bremse trat, streckte er schützend den Arm aus, als wäre der Priester ein kleines Kind, das mit den Grundprinzipien der Physik nicht vertraut ist.

Schließlich langten sie am Bahnhof an; der Mann sprang auf und eilte zur Beifahrerseite. Die Tür des alten Fiat, der noch Spuren eines Jahre zurückliegenden Unfalls trug, öffnete sich mit jämmerlichem Quietschen. Draußen war es kaum kühler als im Wagen; der Priester war schweißgebadet. Zum Abschied überschüttete ihn der Fahrer, der ihn zum Schalter begleitete, mit Fragen: Ob er dem Pater die Fahrkarte kaufen solle? Ob er mit ihm im Bahnhof auf das Eintreffen des Zuges warten solle? Ob er den Pater nicht doch lieber mit dem Auto zum Hauptbahnhof nach Perugia fahren solle? Aber der Priester lehnte ab: *No-no-no-no-no- – -grazie, grazie!* Schließlich entfernte sich der Mann, unverkennbar erleichtert, mit einer höflichen Verbeugung.

Pater Azetti wartete fast eine Stunde auf den Zug nach Perugia. Dort würde er eine weitere Stunde auf den *locale* nach Rom warten müssen. Jetzt saß er auf einer kleinen Bank vor dem Bahnhof von Todi in der prallen Sonne.

Er war Jesuit, ein Mitglied der Gesellschaft Jesu. Trotz Hitze, Staub und Ozon ließ er weder Schultern noch Kopf hängen, sondern saß kerzengerade auf der Bank. Seine Haltung war makellos.

Wäre er ein gewöhnlicher Gemeindepfarrer in einer umbrischen Kleinstadt gewesen, wäre die ganze Sache mit Dr. Baresis Beichte wohl im Sande verlaufen. Ein einfacher Geistlicher hätte das Geständnis des Doktors, geschweige denn seine Auswirkungen, wahrscheinlich noch nicht einmal verstanden. Und wenn doch, so hätte er nicht die leiseste Ahnung gehabt, an wen er sich in dieser Angelegenheit wenden sollte.

Aber Giulio Azetti war kein einfacher Geistlicher.

Für die merkwürdigen Verwicklungen des Schicksals gibt es ein modernes Schlagwort: Synchronizität. Aber für einen religiösen Menschen war dies eine fremde, wenn nicht gar dämonische Vorstellung. Pater Azetti musste die Verkettung der Ereignisse als Wirken einer unsichtbaren Hand auffassen, das einem Willensakt und nicht dem Zufall unterstand. In diesem Lichte war seine Anwesenheit in eben jenem Beichtstuhl, um eben jene Beichte entgegenzunehmen, Teil eines sinnreichen Plans. So wie es im Volksmund hieß: *Gottes Wege sind unerforschlich.*

Während Pater Azetti auf dem Bahnsteig wartete, erwog er die Dimensionen der ihm gebeichteten Sünde. Schlicht gesagt war sie verabscheuungswürdig – ein Verbrechen nicht nur gegen die Kirche, sondern auch gegen die natürliche Weltordnung; eine Beleidigung, die den Untergang der Kirche heraufbeschwor. Und nicht nur der Kirche.

Ein Gebet bietet Schutz, und er versuchte zu beten, sich abzuschirmen durch das Gebet – aber es half nichts. Dr. Baresis Stimme drang hindurch, und nicht einmal das Zeichen des Kreuzes konnte sie bannen.

Pater Azetti schüttelte den Kopf und richtete den Blick auf das verstaubte Unkraut, das in den Ritzen des Betons neben den Gleisen wucherte. Ebenso wie die Samen in jenen Ritzen die Zerstörung durch diese Pflanzen in sich bargen, so barg die Sünde des Doktors, sollte man der Sache nicht begegnen ... was eigentlich?

Das Ende der Welt?

Die Julihitze brannte so stark, dass alles, was er vor sich sah – die Gleise, die gegenüberliegenden Gebäude –, zu zerfließen schien. Er wischte sich die schweißnasse Stirn mit dem Ärmel ab und ging noch einmal durch, was er in Rom sagen wollte – vorausgesetzt, Kardinal Orsini empfing ihn.

Es ist eine Sache von großer Wichtigkeit, Eure Eminenz ...

Ich habe etwas erfahren, was eine schwere Bedrohung für den Glauben darstellt ...

Er würde schon die rechten Worte finden. Das größere Problem bestand darin, die Bürokratie der Kirche zu überwinden. Der Pater überlegte, unter welchen Umständen ihn der Kardinal, ein Dominikaner, empfangen würde. Gewiss würde Orsini sich an seinen Namen erinnern, würde wissen, dass er nicht grundlos um eine Audienz bat. Vielleicht wirkte sich die Bekanntschaft aber auch zu seinem Nachteil aus; vielleicht würde der Kardinal annehmen, dass er ihn in eigener Sache aufsuchte und nach dem langjährigen Exil in Umbrien seine Rückkehr nach Rom erwirken wolle.

Er schloss die Augen. Er musste irgendwie einen Weg finden.

Und dann erzitterte der Boden unter seinen Füßen. Nicht weit von ihm entfernt hüpfte ein kleines Mädchen in rosa Plastiksandalen auf und ab. Pater Azetti erhob sich. Der Zug fuhr ein.

3

Zwischen Perugia und Rom verkehrte ein alter Lokalzug, der immerhin gepolsterte Sitze besaß und in dessen Abteilen gerahmte Fotos des Comer Sees hingen. Es stank nach billigen Zigaretten, und allem Anschein nach hielt der Zug in jedem Ort entlang der Strecke. Hungrig und erschöpft kauerte Pater Azetti auf seinem Platz und starrte aus dem Fenster. Nach einer Weile bot die Landschaft einen weniger interessanten Anblick, war dichter besiedelt und wich schließlich den öden Industrieanlagen in der Umgebung Roms. Quietschend kam der Zug in der Stazione di Termini zu stehen, die Druckluftbremsen ächzten, die Türen öffneten sich, und die Passagiere strömten auf den Bahnsteig hinaus.

Pater Azetti hielt nach einem Telefon Ausschau und erreichte endlich nach einigen Schwierigkeiten Monsignore Cardone in Todi. Er entschuldigte sich und sagte, er weile wegen einer Angelegenheit von höchster Dringlichkeit in Rom.

»Roma?!«

Er hoffe, in ein, zwei Tagen wieder da zu sein, aber es könne auch länger dauern – in diesem Fall müsse jemand anders seine Pflichten in Montecastello übernehmen. Der Monsignore war so aufgebracht, als er das hörte, dass er nur ein wütendes *cosa*?!, herausbrachte. Azetti entschuldigte sich erneut und legte auf.

Weil er kein Geld für ein Hotel hatte, übernachtete der Priester auf einer Bank im Bahnhof. Am Morgen wusch er sich in der

Männertoilette und fand direkt vor dem Bahnhofsgebäude ein billiges Café. Dort trank er einen doppelten Espresso und verschlang ein Zuckerhörnchen, das nur äußerlich Ähnlichkeit mit einem Croissant hatte. Anschließend suchte er nach dem großen roten M, das den Eingang zur U-Bahn wies. Azettis Ziel war der Stadtstaat im Herzen Roms: der Vatikan.

Es wird nicht leicht sein, sagte er sich, bestimmt nicht leicht. Wie jeder unabhängige Staat regelt der Vatikan seine Angelegenheiten mit Hilfe eines bürokratischen Apparats – der Kurie. Ihr fällt die Aufgabe zu, das riesenhafte Gebilde des katholischen Imperiums zu führen. Neben dem Staatssekretariat, das die diplomatischen Beziehungen der Kirche regelt, besteht die Kurie aus neun heiligen Kongregationen, die als Ministerien fungieren.

Das mächtigste dieser Ministerien ist die Kongregation für die Glaubenslehre, die von 1908 bis 1965 Sanctum Officium und davor »Kongregation für die römische und weltweite Inquisition« hieß. Seit über 450 Jahren Bestandteil der Kurie, nimmt die Inquisition auch heute noch maßgeblichen Einfluss auf die Angelegenheiten der Kirche – nur wird sie heute nicht mehr so bezeichnet.

Die Glaubenskongregation, wie sie heute genannt wird, überwacht nicht nur die Lehrpläne katholischer Schulen in aller Welt, sondern befasst sich auch weiterhin mit Häresie und Bedrohungen für den Glauben und entscheidet über die Exkommunikation von Sündern. Es kommt auch vor, dass Mitglieder der Kongregation mit Teufelsaustreibungen oder dem Kampf gegen Angriffe auf den Glauben betraut werden.

Pater Azettis Anliegen betraf letztere Aufgaben.

Präfekt der Glaubenskongregation war Kardinal Stefano Orsini, der vor fünfunddreißig Jahren mit Azetti an der Gregoriana, der päpstlichen Universität in Rom, studiert hatte. Heute war Orsini ein Fürst des Glaubens, das Oberhaupt einer Kurienkongregation, der neun ihm unterstellte Kardinäle, zwölf Bischöfe und fünfunddreißig Priester angehörten – allesamt Akademiker ersten Ranges.

Die Amtsräume des Kardinals lagen im Schatten der Peterskirche im Palast des heiligen Offiziums – ein Gebäude, das Azetti wohl bekannt war. Hier hatte er als junger Priester in einem kleinen, hellen Raum im ersten Stock gearbeitet, umgeben von Büchern und Manuskripten. Das war lange her. Er ging die Treppe mit heftigem Herzpochen zum zweiten Stock hinauf.

Das Herzpochen rührte nicht so sehr von der Anstrengung als von den Stufen selbst her. Der Marmor war in der Mitte ausgetreten, und angesichts dieser im Lauf der Jahrhunderte abgenutzten Stufen wurde ihm bewusst, dass es fast zwanzig Jahre her war, seit er zuletzt diese Treppe hinaufgegangen war. Das Leben nutzte ihn ab; wie auf den Stufen hatten die Jahre auch auf ihm Spuren hinterlassen.

Auf dem Treppenabsatz blieb er stehen; er klammerte sich so fest an das Geländer, dass die Knöchel weiß hervortraten. So etwas wie Nostalgie überkam ihn, aber nein, das Gefühl ging tiefer ... es war die Trauer um einen Verlust, die ihm die Kehle zuschnürte. Langsam setzte er seinen Weg fort, und mit jedem Schritt wuchs sein Heimweh.

Jetzt war er ein Außenseiter, ein Gast in seines Vaters Haus, und der bloße Anblick vertrauter Einzelheiten – die Farben, das Messing des Geländers, die Muster, die das Licht auf den Marmorboden malte – brach ihm fast das Herz.

Früher hatte er gedacht, er werde sein ganzes Leben in den Mauern des Vatikans verbringen. In der Bibliothek. Als Lehrer an einer kirchlichen Universität. Ja, er hatte sich sogar Hoffnungen gemacht, eines Tages die Kardinalswürde zu erlangen.

Stattdessen war er seit nunmehr zehn Jahren Seelsorger in Montecastello, wo seine »Herde« aus Krämern, Feldarbeitern und kleinen Geschäftsleuten bestand. Was tat ein Mann wie er an einem solchen Ort?

Er hatte in Kirchenrecht promoviert und kannte den Vatikan in- und auswendig. Jahrelang war er in der Glaubenskongregation tätig gewesen und später im Staatssekretariat. Seine Pflichten hatte er in bewundernswerter Weise erfüllt – einfühlsam, intelligent, effizient –, er schien prädestiniert für eine steile Karriere. Wie üblich hatte man ihn ins Ausland geschickt, damit er Erfahrungen sammeln konnte, zunächst als Sekretär des apostolischen Nuntius in Mexiko, dann nach Argentinien. Alle gingen davon aus, dass auch er eines Tages Nuntius, Botschafter des Papstes, werden würde.

Aber es kam anders. Azetti geriet mit der Kurie in Konflikt, weil er Demonstrationen gegen das brutale Militärregime in Buenos Aires anführte. Er setzte Regierung und Polizei unter Druck, Informationen über spurlos verschwundene Bürger herauszurücken, er gab der Auslandspresse aufwiegelnde Interviews, die den Austausch diplomatischer Noten zur Folge hatten – nicht nur einmal, sondern wiederholt.

Mit der Wahl von Johannes Paul II. fand die Toleranz des Vatikans gegenüber politisch aktiven Priestern wie Azetti ein jähes Ende. Der neue Papst war Dominikaner, ein polnischer Konservativer, geprägt durch den Kalten Krieg, ein Papst, für den »soziale Gerechtigkeit« eher eine weltliche als eine religiöse Angelegenheit darstellte.

Dominikaner und Jesuiten hatten im Laufe der Geschichte in der Regel unterschiedliche Ziele verfolgt. So war es wenig verwunderlich, dass nun die gesamte Gesellschaft Jesu ins Sperrfeuer der Kritik geriet. Der Papst warf dem Orden »Unausgewogenheit« vor, da dieser sich mehr um Politik kümmere als um den Dienst an der Kirche.

Pater Azetti ärgerte sich über diese Ermahnung. Zwar hatte er als Jesuit dem Papst Gehorsam gelobt, aber auch das ärgerte ihn. Wie sollte er sich als Priester denn nicht für die Armen einsetzen? In einem inoffiziellen Gespräch mit einem amerikanischen Reporter in Buenos Aires hob Azetti hervor, es sei nicht politische Aktivität an sich, gegen die sich der Papst aussprach, sondern Engagement in eine bestimmte Richtung. Er hätte es dabei belassen können und wäre wahrscheinlich ungeschoren davongekommen. Aber um keine Zweifel an seiner Haltung aufkommen zu lassen, führte er weiter aus: Insbesondere antikommunistische Aktivität wird ermutigt, aber Protest gegen die Faschisten duldet man nicht, auch wenn tausende gefoltert und ermordet werden.

Zwei Tage später erschien seine Kritik wortwörtlich im *Christian Science Monitor*, nebst einem Foto von Azetti an der Spitze einer Demonstration auf der Plaza de Mayo. Darunter stand sein Name und als Bildunterschrift: KIRCHENSPALTUNG?

Unter diesen Umständen konnte Azetti von Glück reden, dass er nicht exkommuniziert worden war. Stattdessen wurde er in den Vatikan zurückbeordert und praktisch seines Amtes entkleidet. Als Übung in »Demut« wies man ihm eine Gemeinde zu, so winzig und abgeschieden, dass niemand ihm genau sagen konnte, wo sie sich eigentlich befand.

Damals.

Jetzt trat Pater Azetti in das schlichte Vorzimmer, das er noch so gut in Erinnerung hatte: zwei Holzbänke, ein Schreibtisch, ein Kruzifix an der Wand, ein träger Ventilator an der Decke.

Niemand war da. Auf dem ansonsten leeren Schreibtisch flimmerte der Bildschirm eines unverkennbar teuren Laptop. Da Azetti keine Glocke fand, versuchte er sich durch Hüsteln und leises Rufen bemerkbar zu machen. Weil niemand erschien, ließ er sich schließlich auf einer Bank nieder. Er griff nach seinem Rosenkranz und begann zu beten.

Als Azetti bei der zwölften Perle angelangt war, kam ein Priester in weißer Kutte aus dem Büro des Kardinals. Überrascht sah er den Besucher an. »Was kann ich für Sie tun, Pater?«

»*Grazie.*« Azetti sprang auf.

Der Priester streckte die Hand aus. »Donato Maggio.«

»Azetti! Giulio Azetti – aus Montecastello. Umbrien.«

»Oh«, sagte Maggio, »natürlich.« Die beiden Männer lächelten sich verlegen an. Schließlich setzte sich Maggio an seinen Schreibtisch. »Was kann ich für Sie tun?«

»Sind Sie der Sekretär des Kardinals?«

Maggio schüttelte den Kopf. »Ich sitze hier nur für ein paar Wochen, bis alles wieder in geordneten Bahnen verläuft. Hier tut sich viel. Veränderungen sind im Gange. Eigentlich bin ich Hilfsarchivar.«

Azetti nickte. Er hätte Maggios Position leicht erraten können – eine Archivmaus. So nannte man jene, die in den Tiefen des Archivs arbeiteten und Urkunden und alte illuminierte Handschriften für die Kardinäle, Bischöfe und die Professoren an den Universitäten des Vatikans heraussuchten. Man erkannte sie an der roten Nase und den kurzsichtigen Augen, Folgen der langjährigen Tätigkeit bei schlechter Beleuchtung inmitten schimmeliger Bücher.

»Was kann ich für Sie tun, Pater?«, fragte Maggio erneut. Er war ein wenig enttäuscht, dass der Besucher nicht fragte, was sich denn tue und welcher Art die Veränderungen seien. Dann hätte Maggio eine Bemerkung über das Befinden des Papstes machen und den Mann in Erstaunen setzen können.

»Ich bin hier, weil ich den Kardinal sprechen will.«

Maggio schüttelte den Kopf. »Tut mir Leid.«

»Es ist *urgente!*«, erklärte Azetti. »Eine Bedrohung für den Glauben.«

Die Archivmaus lächelte entschuldigend. »Er hat sehr viel zu tun, Pater. Das müssen Sie verstehen.«

»Ich weiß, aber ...«

»Ein Termin muss lange Zeit im Voraus vereinbart werden«, schwadronierte Maggio. Azetti hätte den Monsignore seiner Diözese konsultieren sollen. Aber da er nun schon einmal in Rom sei, könne er immer noch einen Termin mit einem hochrangigen Würdenträger vereinbaren und ihm die Sache darlegen. Und wenn nötig, werde dann möglicherweise eine Unterredung mit dem Kardinal anberaumt – aber das würde gewiss Wochen dauern. Wenn nicht länger. Vielleicht ... ein Brief?

Schon einmal hatte man Azetti Arroganz vorgeworfen, weil er seine Sorgen für vorrangig hielt, während die Kirche andere Prioritäten setzte. Aber in diesem Fall? Nein. Ein Mittelsmann kam nicht in Frage, ebenso wenig ein Brief. Er musste sein Anliegen dem Kardinal vortragen, und nur diesem Kardinal.

»Ich werde warten.« Er kehrte zu der Bank zurück und setzte sich.

»Ich fürchte, Sie verstehen nicht.« Maggio lächelte gequält. »Der Kardinal kann nicht jeden empfangen, der zu ihm will. Es ist einfach nicht möglich.«

»Ich verstehe«, erwiderte Azetti. »Aber ich werde warten.«

Jeden Morgen fand er sich um sieben Uhr in der Peterskirche ein, wo er vor der berühmten Statue des heiligen Petrus seine Gebete sprach und beobachtete, wie die Gläubigen herantraten, um den Fuß des großen Apostels zu küssen. Die Zehen der Bronzefigur waren durch diesen Brauch im Lauf der Jahrhunderte abgeflacht und nahezu mit der bronzenen Sandale verschmolzen.

Um acht Uhr begab er sich zum Vorzimmer des Kardinals im zweiten Stock, wo er dem weiß gewandeten Maggio seinen Namen nannte. Tag für Tag schrieb Maggio mit feindseliger Miene Azettis Namen in ein Buch. Dann ließ sich der Landpfarrer auf der Bank nieder, wo er in unbequemer Haltung bis zum Abend ausharrte. Um fünf Uhr, wenn der Audienzraum des Kardinals geschlossen wurde, ging er wieder die Treppe hinunter, durch die Kolonnaden Berninis und durch das Tor von Sankt Anna.

Während er wartete, hatte er genug Zeit, um über den Mann nachzudenken, den er sprechen wollte. Er erinnerte sich noch gut an Orsini, den ehemaligen Kommilitonen, dessen behäbige, schwerfällige Gestalt gar nicht zu seinem scharfen Verstand passte. Orsinis durchdringende, kalte Intelligenz war frei von Mitgefühl oder Interesse an der Sichtweise anderer.

Orsinis Leidenschaft galt einzig der Kirche und ihren Belangen. Wer ihm im Wege stand, wurde niedergewalzt. Sein rascher Aufstieg durch die vatikanische Hierarchie bis hinauf zum Präfekten der Glaubenskongregation überraschte niemanden. Für diese Position schien er durch seine Polizistenmentalität prädestiniert. Er erinnerte Pater Azetti an den kaltherzigen, gnadenlosen Polizisten in *Die Verdammten*. Zu Stein gewordene Tugend.

Natürlich sind solche Männer notwendig, wenn nicht unverzichtbar – und Orsini war der ideale Mann, dem man Dr. Baresis Beichte anvertrauen konnte. Er würde wissen, was zu tun war, er würde handeln.

Azetti wollte aber nicht darüber nachdenken, was getan werden musste. Und so versenkte er sich oft ins Gebet.

Die Abende verbrachte er in der *stazione*, wo er nach der ersten Nacht ein paar tausend Lire in seinem runden, breitkrempigen Hut auf der Bank neben sich fand. Er schlief unruhig, wurde aber nicht belästigt. Morgens gab er die erhaltenen Almosen in dem kleinen Café für Espresso, *cornetti* und Mineralwasser aus.

Am vierten Tag hörte Pater Maggio auf, ihn höflich zu behandeln. Er ignorierte Pater Azettis *buon giorno* und tat, als wäre der Priester nicht da. Unterdessen stellten sich andere Mittelsmänner ein und boten ihre Hilfe an. Höflich, aber bestimmt lehnte Azetti ab und sagte, er könne die Sache nur mit *il cardinale* besprechen.

Auf den Gängen wurde über ihn getuschelt. Die Neugier derer, die ab und zu den Kopf hereinstreckten, um den verrückten Priester zu sehen, schlug schließlich in Verärgerung um. Und allmählich war seine Anwesenheit nicht mehr nur ärgerlich, sondern peinlich. Zum einen begann er – trotz seiner morgendlichen Waschungen auf der Bahnhofstoilette – zu stinken. Der Verfall seiner körperlichen Hygiene versetzte ihn in größte Verlegenheit, denn er war in jeder Hinsicht ein anspruchsvoller, gepflegter Mensch. Er ertrug es nur, weil er keine andere Wahl hatte. Ungeachtet seiner Bemühungen um Sauberkeit setzte sich der Schmutz an Haut und Kleidung fest. Sein Haar wurde zusehends fettiger, aber er konnte nichts dagegen tun.

Seine Versuche, sich zu säubern, unternahm er nachts, wenn die Männertoilette wenig frequentiert war. Dennoch wurde er häufig gestört. Anscheinend fanden es die Leute unterhaltsam, einem Priester beim Waschen zuzusehen. Mit kaltem Wasser und schlechter Seife ließ sich ohnehin nicht viel ausrichten. Noch schlimmer war, dass es keine Handtücher gab, sondern nur einen Warmlufttrockner. Er konnte anstellen, was er wollte, der Schmutz blieb an ihm haften. Zum ersten Mal erfuhr er am eigenen Leib, wie man sich als Obdachloser fühlt.

»Können wir ihn nicht fortschaffen lassen?«, fragte jemand. Am sechsten Tag sprach man schon ganz unbefangen über ihn, als wäre er ein Ausländer oder ein Tier, das einen nicht verstand.

»Wie würde das aussehen? Er ist schließlich Priester!«

Azetti wich und wankte nicht. Er brauchte sich nur die Worte des Doktors in Erinnerung zu rufen. Er wollte und durfte nicht als einziger Mitwisser von Baresis Geheimnis nach Montecastello zurückkehren. Lieber würde er bis in alle Ewigkeit warten.

Am siebten Tag traf Monsignore Cardone aus Todi ein.

Der Monsignore war ein verhutzeltes Männlein, das an einen Vogel erinnerte. Er setzte sich neben Azetti auf die Bank und sagte eine volle Minute lang gar nichts. Schließlich lächelte er gewitzt und legte die Hand auf Pater Azettis Knie. »Ich habe erfahren, dass Sie hier sind«, sagte er.

»Aha«, erwiderte Azetti, als sei er neugierig darauf, was der Monsignore zu sagen hatte.

»Giulio. Was ist los? Vielleicht kann ich helfen?«

Azetti schüttelte den Kopf. »Nein, es sei denn, Sie könnten beim Kardinal ein Wort für mich einlegen ...«

Der Monsignore tat sein Bestes. Er ließ seinen Charme spielen, appellierte an Azettis Intelligenz, an seine Bildung. Bestimmt wisse er – besser als jeder andere –, wie dergleichen gehandhabt werde. Das Protokoll, Formalitäten! Er wisse doch, wie kostbar die Zeit des Kardinals sei und dass seine Mitarbeiter ihn vor jeder Ablenkung abschirmen müssten. Kommen Sie, machen wir einen Spaziergang.

No. Grazie. Molte grazie.

Schließlich ging der Monsignore zum Angriff über: Wirklich,

Azetti, Sie vernachlässigen Ihre Pflicht, Ihre Kirche. In der Zwischenzeit hat es eine Taufe, einen Todesfall gegeben – eine Beerdigung, die heilige Messe! Die Leute reden schon!

Dann sprach er ihm gut zu. Wenn sich Azetti ihm anvertraue, werde sich der Monsignore für ihn einsetzen. Wahrscheinlich wisse der Kardinal nicht einmal, dass Azetti schon seit Tagen warte.

»Ich darf es niemand anderem sagen«, sagte Azetti. »Nur dem Kardinal.«

Ärgerlich sprang Cardone auf. »Wenn Sie so weitermachen, Giulio ...«

Azetti wollte den Monsignore beschwichtigen, aber bevor er die rechten Worte fand, steckte Donato Maggio den Kopf zur Tür herein. »Der Kardinal wird Sie jetzt empfangen«, beschied er dem Priester. Offenbar war Orsini zu dem Schluss gekommen, dies sei die einfachste Art, Azetti loszuwerden.

Stefano Orsini saß hinter einem imposanten Schreibtisch. Seine schwarze Robe war dunkelrot gesäumt, und er trug ein rotes Käppchen. Er hatte ein fleischiges Gesicht und braune Augen. Die Augen eines großen Hundes, eines feindseligen Hundes. Als ihm Azettis Körpergeruch entgegenwehte, verzog er das Gesicht. Dann blickte er auf. »Giulio«, sagte er. »Wie schön, Sie zu sehen. Setzen Sie sich. Ich habe gehört, dass Sie schon sehr lange warten.«

»Eure Eminenz.« Pater Azetti nahm auf einem ledernen Ohrensessel Platz und wartete darauf, dass Pater Maggio den Raum verließ. Dann aber bemerkte er, dass sich Maggio, statt zu gehen, auf einem Stuhl neben der Tür niederließ.

Azetti hüstelte und blickte in Maggios Richtung.

Der Kardinal sah erst den einen an, dann den anderen und schüttelte den Kopf. »Er ist mein Assistent, Giulio.«

Azetti nickte.

»Und er bleibt«, fügte der Kardinal hinzu. Wieder nickte Azetti. Er merkte, dass Orsini allmählich die Geduld verlor.

»Geht es Ihnen um eine Versetzung?«, fragte der Kardinal verächtlich. »Des Landlebens überdrüssig?«

Azetti hörte Pater Maggio hinter seinem Rücken kichern. Aber das störte ihn nicht. Zum ersten Mal wurde ihm klar, dass er auf dem Lande etwas eingebüßt hatte – nämlich seinen Ehrgeiz. Das hörte sich schrecklich an, aber in tiefstem Herzen wusste er, dass der Verlust etwa eines Beines schlimmer war. Er empfand es eher als Heilung von einem Fieber. Als er den Blick durch Orsinis Büro schweifen ließ, wurde ihm klar, dass ihn, ungeachtet seines Heimwehs am ersten Tag, nichts dazu verleiten konnte, in dieses Leben voller Intrigen zurückzukehren. In Montecastello hatte er etwas Wertvolleres gefunden als den Ehrgeiz.

Er hatte seinen Glauben gefunden.

Aber das konnte er Orsini nicht mitteilen, ungeachtet der Tatsache, dass der Kardinal selbst ein weißer Rabe im Vatikan war – auch er war wahrhaft gläubig, ein leidenschaftlicher Streiter Christi. Dennoch interessierte sich Orsini nicht für Pater Azettis Seele. Ihm ging es um Macht, und Azetti wusste, dass er ein Bekenntnis zum Glauben nicht als solches verstanden hätte, sondern als Finte, als Trick, als politischen Schachzug.

»Nein«, sagte er. »Ich bin nicht in eigener Sache hier.« Er blickte in Orsinis Raubtieraugen. »Es geht um etwas, was die Kirche erfahren muss.« Er zögerte. »Etwas, das nur ...«

Der Kardinal hob die Hand und lächelte kühl. »Giulio ... bitte! Ersparen Sie mir einleitende Bemerkungen.«

Pater Azetti seufzte. Mit einem nervösen Seitenblick auf Pater Maggio kam er zur Sache und vergaß dabei die Worte, die er sich im Laufe der Woche zurechtgelegt hatte. Einen Augenblick lang verlor er die Orientierung, Worte schwirrten ihm durch den Kopf. Dann begann er.

»Ich habe eine Beichte abgenommen«, stammelte er. »Eine Beichte, bei der mir fast das Herz stehen blieb.«

4

In den folgenden Tagen war Kardinal Orsini voller Sorge.

Er sorgte sich um die Menschheit. Er sorgte sich um Gott. Und er sorgte sich um sich selbst. Was sollte er tun? Was hätte ein anderer an seiner Stelle getan? Die Schlussfolgerungen, die sich aus Dr. Baresis Beichte ergaben, waren so schwer wiegend, dass Orsini zum ersten Mal in seinem Leben das Gefühl hatte, eine allzu schwere Last ruhe auf seinen Schultern. Zweifellos sollte die Angelegenheit ohne Verzug dem Papst vorgetragen werden, aber der Papst war häufig nicht ansprechbar, immer öfter trübte sich dessen Bewusstsein. Eine Sache wie diese ... hätte er nicht verkraftet.

Das Problem verschärfte sich durch die Isolation, die es Kardinal Orsini auferlegte. Es gab niemanden, dem er sich hätte anvertrauen mögen. Der einzige Angehörige des Vatikans, der außer ihm von der Sache wusste, war Pater Maggio – ein Umstand, den er sich selbst zuzuschreiben hatte. Azetti hatte ihn fortschicken wollen, aber der Kardinal hatte darauf bestanden: *Er ist mein Assistent, Giulio ... Er bleibt.*

Warum hatte er das gesagt? Weil du, so sagte er sich, zu lange im Vatikan und zu kurz draußen in der Welt gelebt hast. Du bist ein arroganter Mensch, der sich nicht vorstellen kann, dass ein Gemeindepfarrer etwas Interessantes zu sagen hat – und jetzt ist Donato Maggio dein einziger Vertrauter.

Donato Maggio. Der Gedanke an ihn ließ ihn aufstöhnen. Der Archivar Maggio, der hin und wieder als Sekretär einsprang, machte keinen Hehl aus seinen theologischen Ansichten. Als Traditionalist, der lauthals für einen »kraftvolleren Katholizismus« betete, machte Maggio immer wieder Andeutungen über die »echte Messe« – eine kaum verschleierte Kritik an den Reformen des 1. Vatikanischen Konzils.

Unter der »echten Messe« verstand er den tridentinischen Ritus (sie wurde auf Latein gelesen, der Priester mit dem Rücken zur Gemeinde); die Neuerung, die Messe in der Landessprache zu halten und dabei die Gemeinde anzusehen, hielt er für eine Verfälschung, ja ein Sakrileg.

Obwohl Kardinal Orsini niemals theologische Themen mit Pater Maggio erörtert hätte, konnte er sich lebhaft vorstellen, wie der Priester zu verschiedenen Fragen stand. Ihm war nicht nur die neue Messe in lebenden Sprachen ein Gräuel, auch der Kirchenbesuch am Sonntag ließ sich für ihn nicht durch einen Gottesdienst am Samstagabend ersetzen. Jegliche Modernisierungsbestrebungen lehnte er ab. Aber Maggio widersetzte sich nicht nur Neuerungen wie der Ordination von Frauen, der Abschaffung des Zölibats oder der Legitimierung der Geburtenkontrolle. Als Erzkonservativer wollte er auch Reformen rückgängig machen, die bereits stattgefunden hatten. Er war ein Neandertaler.

Es hatte also keinen Sinn, Maggio zu fragen, was er von Doktor Baresis Sünde halte. Priester wie er hatten keine Meinung, sie reagierten reflexartig, vorhersehbar.

Doch letztlich spielte das alles keine Rolle. Pater Azetti hatte seine Zeitbombe in den Vatikan getragen, während gerade ungewohnte Betriebsamkeit herrschte – und das hieß, Kardinal Orsinis Abgeschiedenheit währte nicht lange. Angesichts der schweren Erkrankung des Papstes hatte das Kardinalskollegium in aller Stille begonnen, unter seinen Mitgliedern Ausschau nach einem geeigneten Nachfolger zu halten. Man setzte streng vertrauliche Listen mit den Namen jener auf, die in die engere Wahl gezogen wurden – der *papabiles.* Geheimbesprechungen in verrauchten Sälen und Unterredungen im Flüsterton waren an der Tagesordnung. Es herrschte eine überhitzte Atmosphäre; bei jeder zufälligen Begegnung kamen Fragen von höchster Wichtigkeit zur Sprache: der nächste Papst, die Zukunft der Kirche.

Da Dr. Baresis Beichte noch bedeutsamer war als jede andere Frage, war es unvermeidlich, dass Kardinal Orsini seine qualvolle Bürde nun doch mit Männern teilte, denen er vertraute. Er holte den Rat von zwei, drei Kollegen ein – nicht mehr.

Sie alle zeigten dieselbe Reaktion: Sie waren entsetzt, wurden nachdenklich und merkten schließlich an, man könne nichts tun – das Einzige, was man tun könne, sei zu schrecklich, um es auch nur in Erwägung zu ziehen. Und doch ... alle stimmten überein, nichts zu tun habe seine eigene Wirkung – vielleicht mit Folgen von genauso großer Tragweite.

Nichts tun, dachte Orsini. Nichts zu tun bedeutete, die Welt ihren Lauf nehmen lassen wie eine aufgezogene Uhr, die seit Anbeginn der Zeit tickte.

Orsinis Kollegen konnten ihrerseits nicht umhin, diese unfassbare Sache mit ihren Freunden zu besprechen, und so fand die Nachricht Verbreitung. Binnen einer Woche nach Azettis Enthüllung im Büro des Kardinals kam im Vatikan eine rege Debatte in Gang. Prälaten suchten insgeheim die vatikanische Bibliothek auf, fanden aber nirgends Rat. Die Lehren der Kirchenväter gaben über diese Frage keinen Aufschluss. Man kam überein, das durch Dr. Baresis Beichte aufgeworfene Problem sei in der Kirchengeschichte noch nie da gewesen – und zwar aus dem schlichten Grunde, dass es niemals zuvor möglich gewesen war.

In diesem dogmatischen Vakuum kam schließlich doch eine Entscheidung zu Stande. Nach wochenlangen inoffiziellen Gesprächen beschloss die Kurie, was immer Dr. Baresi getan habe, sei *Gottes Wille* gewesen. Niemand könne also etwas unternehmen, bis sich der Papst erholt habe – oder aber ein neuer Papst im Amt sei, dem man die Frage vorlegen könne. Dann möge Seine Heiligkeit das Problem *ex cathedra* lösen. Bis dahin sollten alle Zurückhaltung üben. Und das tat man auch.

Mit Ausnahme von Pater Maggio. Als er von dieser Entscheidung erfuhr, machte er ein grimmiges Gesicht.

Er nahm den nächsten Zug nach Neapel.

Die Büroräume des *Umbra Domini*, »Schatten des Herrn«, lagen in einer viergeschossigen Villa an der Via Viterbo unweit der neapolitanischen Oper. Gegründet im Jahr 1966, kurz nach dem 2. Vatikanischen Konzil, war der kanonische Stand der Gemeinschaft dreißig Jahre lang unverändert geblieben; sie war ein »Säkularinstitut« mit über fünfzigtausend Mitgliedern und »Missionen« in dreizehn Ländern. Zwar bemühte sich die Weltgemeinschaft um den höheren Stand einer »Personalprälatur«, doch nach Einschätzung von Beobachtern durfte sich der Umbra Domini glücklich schätzen, dass die Organisation überhaupt noch in der Kirche geduldet wurde.

Gegen die Reformen des 2. Vatikanischen Konzils protestierte die Gemeinschaft lautstark. Man wandte sich gegen die »Demokratisierung« des Glaubens, sah darin eine Kapitulation gegenüber den Kräften des Modernismus, Zionismus und Sozialismus. Als besonderes Ärgernis betrachtete der Umbra Domini die Messe in den jeweiligen Landessprachen, die einen Bruch mit einer jahrhundertealten Tradition darstellte. Dadurch werde das alle Katholiken verbindende Element zerstört. Für diese Verfälschung des Ritus hatte der Gründer des Umbra Domini nur eine Erklärung: Während das 2. Vatikanische Konzil tagte, habe der Antichrist auf dem Heiligen Stuhl gesessen.

Doch damit nicht genug. Der Umbra Domini lehnte zudem die liberale Haltung ab, dass auch andere Religionen Elemente der Wahrheit enthielten und (gemäß dem 2. Vatikanischen Konzil) ihre Anhänger »in der Liebe Gottes« stünden. Wenn das zutreffe, so der Umbra Domini, habe sich die Kirche der Verfolgung und des Massenmords schuldig gemacht. Denn wie sonst sollte man den vom Papsttum verordneten Dogmatismus, die sechzehn Jahrhunderte währende Intoleranz erklären, die in der heiligen Inquisition gipfelte? Wenn nicht, wie der Umbra Domini betonte, die Lehren der Kirche schon immer richtig und die Anhänger anderer Religionen Ungläubige gewesen seien – und damit Feinde der wahren Kirche.

Kritiker forderten die Exkommunikation der Mitglieder des Umbra Domini, aber der Papst zögerte, da er die Spaltung fürchtete. Jahrelang verhandelten Abgesandte des Papstes insgeheim mit Führern des Umbra Domini, bis ein Kompromiss erzielt wurde. Die Gemeinschaft wurde offiziell anerkannt und durfte fortan die Messe auf Lateinisch halten, vorausgesetzt, sie legte eine Art Schweigegelübde ab. Künftig durfte der Umbra keine öffentlichen Erklärungen mehr abgeben und nur noch durch Mundpropaganda Mitglieder anwerben.

Unweigerlich wandte sich der Umbra Domini nach innen. Die Wortführer verschwanden von der öffentlichen Bühne und gaben keine Interviews mehr. Gelegentlich warnten Zeitungsberichte in den USA oder Europa, die Organisation sei zum Kult geworden. Die *New York Times* warf ihr »zwanghafte Geheimnistuerei und erpresserische Anwerbemethoden« vor und verwies auf das riesige Vermögen, das sie in wenigen Jahren angehäuft hatte. Der englische *Guardian* sprach von einer »unglaublichen Zahl von Politikern, Industriellen und Verwaltungsbeamten«, die dem Umbra Domini angehörten, und deutete an, »eine neofaschistische politische Organisation trete im Gewande eines religiösen Ordens in Erscheinung«.

Diese Darstellung hatte ebenjener Mann charmant zurückgewiesen, den Pater Maggio jetzt in Neapel aufsuchte – der jugendliche, charismatische »Steuermann« des Umbra Domini, Silvio della Torre.

Della Torre widersprach den Behauptungen über den neofaschistischen Charakter der Gemeinschaft in einer Rede vor neuen Mitgliedern. In der dicht gedrängten Menge stand damals auch, mit dem Rücken zur Wand, Donato Maggio. Die Ansprache fand in dem uralten neapolitanischen Kirchlein San Eufemio statt. Das Gotteshaus war im 8. Jahrhundert auf den Grundmauern eines alten Mithrasheiligtums errichtet worden. Trotz seines ehrwürdigen Alters war es im Jahr 1972 völlig heruntergekommen – das Dach war undicht, die Mauern bröckelten. Der Umbra Domini hatte sich bereit erklärt, das Gebäude zu renovieren, und es daher als Schenkung erhalten.

Kunstschätze hatte das primitive Kirchlein aus dem 8. Jahrhundert nicht zu bieten. Zwar hatten die Türen aus Zypressenholz überdauert, aber sie waren schlicht und schmucklos. Im Innenraum herrschte Halbdunkel; die wenigen Fenster ließen nur schummriges Licht eindringen, da sie statt aus Glas aus durchscheinendem mineralischen Selenit waren.

Die übrigen Attraktionen wirkten ein wenig abstoßend. Ein unansehnlicher Reliquienschrein enthielt das Herz eines aus der Mode gekommenen Heiligen. Der ganze Stolz des Kirchleins war eine sehr alte, ziemlich gespenstische Verkündigung. Das düstere Gemälde zeigt die Jungfrau Maria, die mit starrer Miene den Heiligen Geist betrachtet, der nicht wie traditionell üblich als Taube, sondern als in der Luft schwebendes, körperloses Auge dargestellt wird.

An jenem Tag, als sich Donato Maggio dem Umbra Domini anschloss, leuchtete della Torre im Dunkel der Kirche wie eine Kerze. Mit theatralischen Gesten untermalte er seine Stellungnahme zum Vorwurf des Neofaschismus.

»Die Presse«, begann er. »Die Presse verblüfft mich, weil sie einerseits absolut widersprüchlich reagiert – andererseits aber auch wieder absolut verlässlich. Zuerst beklagt man sich, dass wir zu viel reden«, sagte er, auf jene Tage anspielend, als der Umbra Domini seine Ansichten noch laut hinausposaunte. »Und jetzt«, fuhr er fort, »beklagt man sich, dass wir uns überhaupt nicht mehr äußern. Weil es ihren Zwecken dient, interpretiert die Presse Abgeschiedenheit als Geheimnistuerei, Brüderlichkeit als Verschwörung und beweist damit ihre ... Verlässlichkeit.« Amüsiertes Gemurmel in den Reihen der Zuhörer. »Die Presse versteht *immer alles* falsch«, sagte della Torre abschließend. »Darauf können Sie sich verlassen.« Die Neubekehrten grinsten.

Pater Maggio war gleichzeitig Dominikaner und Mitglied des Umbra. In den Reihen des Umbra Domini gab es viele Priester; da es sich um ein Säkularinstitut handelte, war diese doppelte Zugehörigkeit möglich. Der Status von Donato Maggio war nur deshalb ein wenig ungewöhnlich, weil er nicht nur einem Orden angehörte, sondern auch im Vatikan arbeitete. Er lebte also in zwei Welten und begriff die Furcht, die jede Seite bei der anderen weckte. Für den Vatikan war der Umbra Domini ein kaum erträgliches Bündnis von Fundamentalisten, eine Art hochexplosive katholische Hisbollah. Der Umbra Domini hingegen sah den Vatikan als das, was er war oder zu sein schien – ein Hindernis. Schwerfällig, altersschwach und eben einfach vorhanden.

Obwohl Pater Maggio die Bekanntschaft Silvio della Torres nie offiziell gemacht hatte, konnte er ohne Schwierigkeiten eine private Unterredung mit ihm erwirken. Als della Torre hörte, ein persönlicher Mitarbeiter Kardinal Orsinis wünsche ihn in einer äußerst dringlichen Angelegenheit zu sprechen, lud er Maggio noch für denselben Abend zum Essen ein.

Sie trafen sich in einer kleinen Trattoria unweit der Kirche della Torres. Das Restaurant, das *I Matti*, sah von außen recht unscheinbar aus, war innen aber überraschend elegant. Pater Maggio wurde vom Oberkellner ehrerbietig begrüßt und in einen Nebenraum im ersten Stock geführt. Unter einem hohen Fenster im Stil Palladios stand der einzige Tisch. In einem offenen Kamin flackerte ein Holzfeuer, und gediegene Kerzenleuchter verströmten warmes Licht.

Silvio della Torre blickte aus dem Fenster, als Pater Maggio eintrat. Als er sich umwandte, bemerkte Maggio, was ihm in der dunklen Kirche entgangen war: Das Oberhaupt des Umbra Domini sah ausgesprochen gut aus. Er war Mitte dreißig, groß und breitschultrig, seine Kleidung schlicht, aber teuer, sein dickes, lockiges Haar so schwarz, dass es im Licht beinahe bläulich schimmerte. Aber am meisten überraschten Maggio della Torres Augen – ein blasses Aquamarin, weder blau noch grün, eingerahmt von dichten schwarzen Wimpern.

»Juwelen in einer von Gott gefertigten Fassung«, dachte Maggio, erfreut über die gelungene Wendung. Er war ja auch praktisch ein Poet. In seiner Freizeit schrieb er Lyrik. Della Torre stand auf, und Maggio dichtete in Gedanken weiter: »Ein klassisches römisches Profil ...« Doch schließlich wandte er dem Mann selbst seine Aufmerksamkeit zu. Sein Herz pochte heftig. Er sollte mit Silvio della Torre zu Abend essen!

»Salve«, sagte della Torre und streckte ihm die Hand entgegen. »Sie müssen Bruder Maggio sein.«

Maggio stammelte, das sei er in der Tat, und die beiden Männer setzten sich. Unter höflichem Geplauder schenkte della Torre sich und Maggio ein Glas Greco de Tufo ein. »Auf unsere Freunde in Rom«, sagte er, und sie stießen an.

Das Essen war schlicht und köstlich, das Gespräch ebenso. Sie aßen Bruschette und unterhielten sich über Fußball, über Lazio und Sampdoria. Der Kellner öffnete eine Flasche Montepulciano. Dann wurden mit Trüffel und Lauch gefüllte Agnolotti serviert. Maggio verglich die Agnolotti mit »kleinen weichen Kissen«, und della Torre erwiderte etwas, was in Maggios Ohren wie ein schmutziger Witz klang (aber vielleicht hatte er sich ja verhört). Während sie aßen und tranken, wandte sich die Unterhaltung der Politik zu, und Maggio stellte erfreut fest, dass er und della Torre in fast jedem Punkt einer Meinung waren. Die Christdemokraten waren völlig heruntergekommen, die Mafia im Aufwind, die Freimaurer allgegenwärtig. Und was die Juden betraf ... Auch das Befinden des Papstes und die Chance der infrage kommenden Nachfolger wurden erörtert.

Als nächster Gang folgte Forelle. Nachdem sich der Kellner entfernt hatte, bemerkte della Torre, er schätze sich glücklich, dass der Umbra Domini in Pater Maggio einen Freund bei der Glaubenskongregation besitze. Während der geschmeichelte Maggio genüsslich die Forelle verspeiste, erzählte er, was er über die internen Mechanismen der Kongegration wusste und über die Männer, die Zugang zu *il terzo piano* besaßen – den Privatgemächern des Papstes im dritten Geschoss des Vatikanpalasts.

»Es ist immer von Nutzen«, sagte della Torre, »zu wissen, was Kardinal Orsini und der Heilige Vater denken.«

Auf die Forelle folgte Salat, dann eine üppige *bistecca alla fiorentina*. Danach räumte der Kellner ab und stellte eine Flasche Vin Santo und einen Teller Biscotti auf den Tisch. Er schürte das Feuer, fragte nach weiteren Wünschen und entfernte sich.

Della Torre schenkte ein. Dann beugte er sich über den Tisch, sah dem Priester in die Augen und sagte mit seidenweicher Stimme: »Donato.«

Pater Maggio räusperte sich. »Silvio?«

»Schluss mit dem Quatsch – warum sind wir hier?«

Pater Maggio verbarg sein Erstaunen hinter einer weißen Serviette, mit der er sich den Mund betupfte. Schließlich holte er tief Luft und räusperte sich erneut. »Ein Priester – ein Geistlicher vom Lande – ist in den Vatikan gekommen – das war vor ein paar Wochen – und hat eine Geschichte erzählt.«

Della Torre nickte aufmunternd.

»Manchmal«, fuhr Maggio achselzuckend fort, »höre ich, was der Kardinal hört – sofern es keine allzu bedeutende Angelegenheit ist. Jene erschien ihm nicht wichtig, und so war ich zugegen, als der Priester sprach. Und jetzt ...« Pater Maggio kicherte kläglich. »Jetzt ist der Kardinal gewiss nicht glücklich darüber, dass ich es gehört habe.«

»Es geht also um eine heikle Sache.« Della Torre dachte nach. »Und das war vor ein paar Wochen?«, fragte er schließlich.

»Abgesehen von der Nachfolge des Papstes stand dieses Thema die ganze Zeit im Mittelpunkt.«

»Und warum?«

»Weil man eine Entscheidung treffen musste ... Aber man entschied nichts. Man beschloss vielmehr, nichts zu tun, was auf dasselbe hinausläuft. Deshalb bin ich hier.«

Della Torre war nachdenklich geworden. Er füllte erneut

Maggios Glas und sagte: »Vielleicht, Donato, sollten Sie mir die Geschichte von Anfang an erzählen.«

Pater Maggio runzelte die Stirn. Schließlich beugte er sich vor, stützte die Ellbogen auf den Tisch und erzählte. »Alles begann mit einer Beichte ...«

Als Maggio zum Ende kam, saß della Torre auf der Kante seines Stuhls, eine erloschene Zigarre in der Hand. Abgesehen vom Knacken der Holzscheite im Kamin, herrschte Totenstille. »Donato«, sagte della Torre und sah Maggio in die Augen. »Ich danke Ihnen, dass Sie es mir erzählt haben.«

Pater Maggio lächelte, nippte an seinem Likör und stand auf. »Ich muss gehen.«

Della Torre nickte. »Danke, dass Sie den Mut hatten, mich zu informieren«, sagte er. »Die Kardinäle konnten sich nicht entscheiden, weil es hier nichts zu entscheiden gibt. Es gibt nur eine Maßnahme, die ergriffen werden kann.«

»Ich weiß«, erwiderte Pater Maggio. »Die Kardinäle haben aber nicht die Nerven dazu.«

Della Torre stand auf. Als ihm Maggio die Hand reichte, ergriff er sie mit beiden Händen. Mit Bedacht führte er die Hand des Priesters an die Lippen und küsste sie. Einen Augenblick lang glaubte Donato, die Zunge Silvios auf seiner Haut zu spüren.

»Grazie«, sagte della Torre. *»Molte grazie.«*

Teil 2

5

November

Bis zum Abend des 2. November gehörte die Keswick Lane zu jenen Straßen, von denen es immer heißt, dass dort »einfach nie was los ist«. Von Vierhunderttausend-Dollar-Häusern gesäumt, wand sie sich durch ein Neubaugebiet von Burke, einem Washingtoner Vorort. Die Häuser von Cobb's Crossing – so hieß die Siedlung – waren im Neokolonialstil erbaut. Jedes Haus war anders, wenn auch nur in Farbe und architektonischen Details, aber alle waren zur gleichen Zeit erbaut worden und inzwischen sechs Jahre alt. Da die Städteplaner sich um die Erhaltung möglichst vieler Bäume bemüht und eine Menge in die Landschaftsgestaltung investiert hatten, wirkte das Viertel auf den ersten Blick wie eine altehrwürdige Wohngegend.

Der makellose, tiefschwarze Asphalt der Straße aber, die in einem anmutigen Bogen nach Westen führte und in einer Sackgasse endete, verriet das wahre Alter der Siedlung. In vielerlei Hinsicht wäre es ein ideales Wohnviertel für Kinder gewesen, die ohne Angst vor gefährlichem Autoverkehr dort hätten spielen können. Aber mit einer einzigen Ausnahme waren die Kinder aus der Keswick Lane schon zu alt, um noch auf der Straße zu spielen. Weil die Häuser teuer waren, bewegten sich ihre Eigentümer – vorwiegend Juristen und leitende Angestellte – in einer bestimmten Altersklasse – und so auch ihre Kinder. Die nahmen Reit- und Karatestunden, spielten Fußball oder jagten auf ihren Computerbildschirmen Dämonen in die Luft.

Und so machten die Bürgersteige der Keswick Lane und die Keswick Lane selbst einen verlassenen Eindruck. Der Anblick eines Fußgängers, ganz gleich welchen Alters, war eher selten.

Abgesehen natürlich von den Hundebesitzern. Fast in jedem Haus hielt man sich einen Hund. Unter der Woche waren die Herrchen und Frauchen meist den ganzen Tag fort, sodass die Hunde ihren einzigen richtigen Auslauf – eine pflichtgetreue Runde um die gepflegten Häuserblocks von Cobb's Crossing – nur am Abend hatten.

Am 2. November waren überall noch Spuren von Halloween zu sehen, ausgehöhlte Kürbisse an den Vorderveranden, baumelnde Pappskelette vor den Eingangstüren, falsche Spinnweben in den Fenstern. In den stillen Minuten vor Mitternacht führte eine Frau, die eben von einer *Tosca*-Aufführung im Kennedy Center Opera House zurückgekehrt war, ihren Labrador namens Coffee um den Block.

Coffee und seine Besitzerin waren gegenüber der Keswick Lane Nr. 207 stehen geblieben, weil Coffee am Pfeiler eines Briefkastens schnuppern musste.

Plötzlich hob er den Kopf, und ein tiefes Knurren drang aus seiner Kehle. Sein Rückenfell sträubte sich, seine Ohren richteten sich auf. Beim ersten Bellen geschah es: ein Aufblitzen von Licht, gefolgt vom Klirren zersplitternden Glases, weil ein Mann durch das große Wohnzimmerfenster des Hauses jenseits der Straße geschossen kam.

Der Mann stand in Flammen.

Er landete brennend in einer Azaleenhecke, rappelte sich in einer Aura von Flammen hoch, brach zusammen und rollte sich über den dunklen Rasen. Der Hund zerrte jaulend an seiner Leine, während seine Besitzerin wie versteinert dastand und auf die schaurige Szene starrte. Sie schien nicht zu begreifen, was ihre Augen sahen; ihre Aufmerksamkeit war gefesselt – allerdings nicht von dem Mann, sondern von dem Fenster, durch das er hervorgebrochen war.

Es bestand aus einer einzigen riesigen Glasscheibe, wirkte aber durch das angebrachte Holzgitter wie ein Sprossenfenster. Ein Teil dieser Sprossen umgab den Körper des Mannes, und der Anblick des weißen, von züngelnden Flammen gesäumten Gitters, das knarzte und krachte, während der Mann sich auf dem Rasen wälzte, ließ die Frau erstarren. Sie musste an ein Feuerwerk denken, das sie vor einigen Jahren im Urlaub in Mexiko gesehen hatte, und diese unangemessene Erinnerung lähmte sie irgendwie. Für Sekunden, die wie Minuten schienen, stemmte sie sich gegen den zum Sprung ansetzenden heulenden Hund, bis der Mann in eine Gruppe von Flussbirken rollte, wild um sich schlug und dann liegen blieb.

Erst dann reagierte sie. Sie ließ den Hund von der Leine und rannte zu dem Mann. Sein Haar hatte Feuer gefangen, seine Augenbrauen waren verbrannt, und er schrie. Sie riss sich den Mantel vom Leib, kniete neben dem Mann nieder, drückte die Jacke auf Gesicht und Haar, um die Flammen zu ersticken.

Wuuummmmmm!

Hinter ihr ein hohles Krachen. Der Hund bellte, während eine Welle von Hitze und Licht über den Rasen rollte. Als sie sich umsah, standen die Vorhänge in Flammen. Sekunden später war das Haus nur noch ein einziges Inferno.

Die Frau schnellte hoch, rannte zum Nachbarhaus und trommelte mit den Fäusten an die Tür. Ein verwirrter Mann in Boxer-Shorts, eine Flasche Red Dog in der Hand, öffnete ihr. »Notruf!«, schrie sie. »Den Notruf, schnell!«

Bis die Frau mit Decken unterm Arm zum Haus Nr. 207 zurückgekehrt war, hatten sich schon zahlreiche Nachbarn auf der Straße davor versammelt. Die meisten hatten sich nur rasch einen Mantel über den Schlafanzug geworfen. Der Mann auf dem Rasen stand nicht länger in Flammen. Mehrere Nachbarn, einer von ihnen barfuß und nur mit einer Pyjamahose bekleidet, trugen ihn unbeholfen die Auffahrt hinunter, weg von der unerträglichen Hitze, die aus dem Haus strömte. Der Mann stöhnte, als sie ihn auf den Bürgersteig legten. Die Frau hörte sich selbst reden: »Ich führte gerade Coffee aus. Ich war direkt auf der anderen Straßenseite ...«

Konfus plapperte sie weiter – die typische Reaktion auf ein Trauma, wie sie als Psychologin selbst wusste! Erst als sie die Auffahrt hinaufschaute und das kleine rot-gelbe Plastikauto neben der Garage stehen sah, dachte sie an die Hausbewohner – die Frau, wie hieß sie noch? Karen? *Kathy!* Und den süßen kleinen Jungen, das einzige richtige *Kind* in der Nachbarschaft, das mit dem Plastikauto an den Wochenenden die Auffahrt rauf- und runterfuhr. Der Junge, der an Halloween, als Hase verkleidet, mit einem orangefarbenen Plastikkürbis vor ihrer Tür gestanden hatte. Sie erinnerte sich genau: der Junge auf der Vorderveranda, seine Mutter lächelnd hinter ihm.

»Und wer bist *du?«*, hatte sie gefragt, das Körbchen mit Süßigkeiten halb hinter dem Rücken versteckt. »Wer könntest du denn wohl sein?«

Der Kleine, der das R noch nicht richtig beherrschte, hatte eifrig geantwortet: »Ostahase«, und seine Mutter hatte gelächelt.

Warum hatte sie nicht eher an die beiden gedacht? Das Auto des Jungen begann zu schmelzen und Blasen zu werfen. Waren sie zu Hause? Waren sie da drinnen?

»O Gott«, sagte sie. »O Gott!« Sie rannte auf das Inferno los. Sie war schon dicht an der Vordertreppe, als jemand sie von hinten packte und zurückzog.

Der Hund bellte noch immer.

In der Notaufnahme des Fair Oaks Hospital trafen die Krankenschwestern Vorkehrungen, um die Kleider des Mannes wegzuschneiden.

»Polyester«, stöhnte eine von ihnen und schüttelte den Kopf. Baumwolle brannte. Polyester schmolz. Wenn man es abzog, schälte man die Haut mit ab.

Der Mann trug einen schwarzen Rollkragenpulli. Die Schwester sah an der verkohlten, zähflüssigen Masse an seinem Hals, dass es extrem unangenehm werden würde, den Kragen zu entfernen. Der Mann hatte Verbrennungen dritten Grades, und man konnte fast mit Sicherheit sagen, dass es zu Entzündungen kommen würde. Trotzdem würde er sich davon erholen. Das eigentliche Problem war die Lunge. Er atmete angestrengt, vermutlich war die Lunge von der sengend heißen Luft schwer angegriffen.

Es dauerte eine Weile, bis sich die Lebenszeichen des Mannes stabilisierten. Mit Infusionsnadeln im Arm wurde er in den OP geschoben und für die Operation vorbereitet. Zunächst musste eine Tracheotomie, ein Luftröhrenschnitt, vorgenommen und ein Atemschlauch eingeführt werden. Der Zustand der Lunge war schon kritisch genug, aber das Halsgewebe war bereits so geschwollen, dass der Mann zu ersticken drohte. Nach der Tracheotomie würde man sich daranmachen, das verbrannte Fleisch und die Stoffreste vom Körper zu entfernen und eiternde Wunden bloßzulegen.

Bestimmt gibt es nichts Schmerzhafteres als Verbrennungen, dachte der Anästhesist, nachdem der Patient zu stammeln begann. Es waren schreckliche, erstickte Laute, die kaum als menschliche Stimme zu erkennen waren.

»Sonderbar«, sagte eine der Schwestern, »er sieht gar nicht nach einem Hispano aus.«

Der Dienst habende Assistenzarzt stand über den Patienten gebeugt. »Das ist nicht Spanisch«, sagte er. »Das ist Italienisch.«

»Und was sagt er?«

Der Arzt zuckte mit den Achseln. »Ich weiß nicht. Ich habe es nie richtig gelernt.« Er legte den Kopf auf die Seite und lauschte noch einmal. »Ich glaube, er betet.«

6

Als der Verletzte auf dem Operationstisch lag, war das Feuer an der Keswick Lane so weit unter Kontrolle, dass sich zwei Feuerwehrmänner auf die Suche nach möglichen Opfern machen konnten. Von den Nachbarn war ihnen mitgeteilt worden, dass zwei Personen im Haus lebten – die Eigentümerin und ihr dreijähriger Sohn. Einen Ehemann gab es nicht. Sie war allein erziehende Mutter. Ihr Volvo stand in der Garage.

Trotz der fortgeschrittenen Stunde und der Novemberkälte war die Zahl der Schaulustigen auf über fünfzig angestiegen. Eine chaotische Szene mit Sanitäts-, Polizei- und TV-Kamerawagen. Blaulichter blinkten durch die Nacht. Und überall schlängelten sich Schläuche über den Rasen, der sich in einen Sumpf verwandelt hatte.

Zwei Kamerateams und ein Radioreporter vergrößerten das Durcheinander mit einem Wirrwarr von Kabeln und Lampenstativen. Mit sehr ernsten, betroffenen Mienen hielten sie Feuerwehrmännern und Schaulustigen Mikrofone vors Gesicht.

Nach allem, was man gehört hatte, war aus dem Feuer niemand lebend herausgekommen – mit Ausnahme des brennenden Mannes.

Zunächst suchten die Feuerwehrmänner den verkohlten und durchnässten Trümmerhaufen, der vom Erdgeschoss übrig geblieben war, nach Überlebenden ab – vergebens. Die Durchsuchung des ersten Stocks musste verschoben werden, da die Treppe nicht begehbar war.

Draußen wurde eine Leiter mit zwei jungen Feuerwehrmännern im Korb vor einem der oberen Fenster in Position gebracht und das Fenster eingeschlagen.

Beide Feuerwehrmänner waren davon überzeugt, dass ihre Unternehmung sinnlos war. Niemand konnte den Brand überlebt haben. Wer sich vor den Flammen hatte retten können, war dem Rauch zum Opfer gefallen. Trotzdem gab es immer die leise Hoffnung, dass jemand in einem Badezimmer Zuflucht gesucht hatte, jemand mit der Geistesgegenwart, die Tür mit feuchten Handtüchern abzudichten. Feuer war unberechenbar – manchmal nahm es einen richtiggehend aufs Korn, manchmal ließ es einen seltsamerweise ungeschoren. Bei Feuer konnte man nie wissen.

Der jüngere der beiden Feuerwehrmänner steckte den Kopf durchs Fenster und testete den Fußboden mit einem Brecheisen. Nachdem er sich davon überzeugt hatte, dass der Boden nicht nachgab, kletterte er hinein und ließ seinen Kollegen auf der Leiter zurück, damit er ihm im Notfall helfen konnte.

Was der Feuerwehrmann vorfand, war genau das, was er erwartet hatte: einen Erwachsenen. Und ein kleines Kind. Sie waren noch in ihren Betten, das heißt, in dem, was von ihren Betten übrig geblieben war – Matratzen, auf ihre Federn reduziert, und Häufchen zersetzten Stoffes. Das Bettzeug der Opfer war in Flammen aufgegangen und hatte netzartige, verkohlte Rückstände auf ihrer Haut zurückgelassen. Neben dem Kopf des Kindes lagen zwei kleine Glasaugen, die letzten Überreste eines Stofftiers. Der Junge und die Mutter waren immer noch als Menschen erkennbar, was ein »Glück« war. Wären die Feuerwehrwagen nur wenige Minuten später eingetroffen oder wäre der Hydrant etwas weiter entfernt gewesen, wäre von den Opfern und dem Haus nichts übrig geblieben außer Kochen und Rauch.

Es war die Aufgabe des Polizeichefs, die nächsten Angehörigen zu informieren – was auf der Stelle geschehen musste. Wenn ein Vierhunderttausend-Dollar-Haus in einem teuren Vorort wie Cobb's Crossing abbrannte und die Bewohner darin umkamen, war das eine echte Nachricht, und solche Nachrichten verbreiteten sich schnell. Zwar war das Feuer nach Redaktionsschluss der *Post* ausgebrochen, aber das Frühstücksfernsehen würde sofort einen Bericht senden. Deshalb erledigte der Polizeichef die nötigen Anrufe gleich und brachte in Erfahrung, dass das Haus einer gewissen Kathleen Ann Carpenter gehörte, die mit ihrem dreijährigen Sohn dort lebte oder, besser gesagt, gelebt hatte. Aus den Versicherungsunterlagen ging hervor, dass der nächste Angehörige ihr Bruder Joseph war, der in McLean wohnte.

Und der in diesem Augenblick träumte.

In seinem Traum stand Joe Carpenter am Ufer des Potomac River, gleich oberhalb der Great Falls, und angelte. Er warf den Köder aus, und die Leine flog im hohen Bogen über den Fluss – ein perfekter parabolischer Traumwurf, der genau den anvisierten Punkt erreichte. Sobald der Köder im Wasser schwamm, biss ein dicker Barsch an, und der Träumer hob die Rute gen Himmel, um ihn einzuziehen.

Aber irgendwo klingelte ein Telefon, und er wurde stocksauer. Es war schlimm genug, dass diese gottverdammten Dinger mitten in einem Konzert im Kennedy Center, an der schönsten Stelle der Neunten, läuten mussten – aber jetzt! Irgendein Idiot hatte doch tatsächlich sein Handy zum Angeln mitgenommen. Was hatte das Angeln für einen Sinn, wenn man sein blödes Handy dabeihatte.

Er zog die Rute geschickt nach rechts und kurbelte mit der freien Hand an der Spule. Aus nächster Nähe trieb seine eigene Stimme zu ihm hin:

Hallo, hier spricht Joe Carpenter. Ich kann Ihren Anruf im Augenblick nicht entgegennehmen. Wenn Sie mir eine Nachricht hinterlassen, rufe ich gern zurück.

Der Fluss, der Fisch, die Rute und die Angelrolle lösten sich in nichts auf. Er lag wach, aber mit geschlossenen Augen in der Dunkelheit und wartete darauf, den Anrufer zu hören. Aber, wer immer es war, er legte auf. Hätte ich mir denken können, dachte Joe und drückte den Kopf noch etwas tiefer in das Kissen.

Er wollte zurück, zurück in den Traum, aber der Traum war nicht mehr einzuholen. Der Fluss war weg, der Fisch war weg, und alles, was er herüberretten konnte, war seine Empörung über das Telefon. Das Phantomtelefon. Sein Telefon.

Und dann läutete es wieder. Diesmal ging er ran.

»Was?«

Die Stimme des Mannes klang professionell, ruhig, vernünftig und offiziell. Aber was er sagte, war alles andere als vernünftig, und es drang erst Minuten später in sein Bewusstsein vor, als Carpenter schon im Wagen saß und durch die Nacht nach Fairfax fuhr. Es hatte gebrannt. Die Leichen waren noch nicht identifiziert, aber die Leichen ...

»Nein«, dachte Joe.

... Die Leichen entsprachen ...

Entsprachen was?

... dem, was wir über die Bewohner wissen. Ihre Schwester ... Kathleen ...

Und ihr Sohn ...

Brandon. Der kleine Brandon.

Die Straße führte den Potomac entlang, nicht weit von der Stelle entfernt, an der er im Traum geangelt hatte. Am gegenüberliegenden Flussufer, hinter den Türmen der Georgetown University, lichtete sich der Himmel zur Morgendämmerung.

Sie waren tot. Natürlich hatte sich der Mann anders ausgedrückt. »Es hat zwei Opfer gegeben.« Joe Carpenter biss die Zähne so fest zusammen, dass das Blut in seinen Schläfen pochte. Kathy. Einmal in ihrem verkorksten Leben war Kathy wirklich glücklich gewesen. Ausgeglichen. *Heiter!* Und wider Erwarten war sie eine wunderbare Mutter geworden, und der Kleine ...

Brandons Gesicht tauchte vor Joes innerem Auge auf, und er schaute weg, schob das Bild mit aller Gewalt zur Seite. Kurbelte das Fenster runter und spürte die kühle Luft auf seinem Gesicht. In Rosslyn, jenseits des Flusses, bog er in die Auffahrt zur 66 ein. Der Gegenverkehr war schon dicht.

Wie konnte das Haus abbrennen?, fragte sich Carpenter. Es war praktisch neu, und alles – der Herd, die Leitungen, das Heizsystem, *alles* – war auf dem neusten Stand. Er selbst hatte die Hausinspektion vorgenommen. Überall waren Rauch- und Kohlenmonoxiddetektoren. Seine Schwester hatte sogar Feuerlöscher anbringen lassen! Als Kathy Mutter geworden war, hatte Sicherheit plötzlich einen hohen Stellenwert bekommen.

Er wusste, dass er jetzt nicht an das Haus denken sollte. Er sollte an seine Schwester denken. Er verwandelte eine Katastrophe in etwas Abstraktes, betrachtete sie wie ein Detektiv, nicht wie ein Bruder. Vielleicht war er in der Verleugnungsphase, aber er konnte tatsächlich nicht glauben, dass sie tot war. Nur zu hören, dass sie tot war, machte es noch nicht zur Wirklichkeit. Er konnte nicht glauben, dass das Haus abgebrannt war, und wenn das Haus nicht abgebrannt war, wie konnte sie dann tot sein? Wie konnte Brandon dann tot sein?

Warum hatten sie sich nicht in Sicherheit gebracht?

Der Mann am Telefon hatte ihm nicht genügend Einzelheiten berichtet. Er wollte mehr wissen. Er wollte alles wissen. Er gab Gas, obwohl er wusste, dass es sinnlos war. *Opfer.* Er konnte sie nicht retten.

Er war auf dem Weg zum Leichenschauhaus, schlug dann aber unvermittelt die Richtung zu Kathys Haus ein, fuhr wie ein Roboter. Wenige Blocks von Cobb's Crossing entfernt, wurde die Luft plötzlich beißend. Rauch stieg ihm in die Nase, und ihn verließ aller Mut. Bis eben hatte er sich, irgendwo in seinem Innern, an eine winzige Hoffnung geklammert: Es war eine Verwechslung gewesen – die falsche Adresse, eine andere Kathy Carpenter.

Jetzt war sie erloschen, die Hoffnung. Er sah die Blaulichter der Feuerwehrautos, lenkte den Acura an den Straßenrand, machte den Motor aus und legte den restlichen Weg zu Fuß zurück.

Er wusste, dass man die Untersuchung der Brandursache bereits eingeleitet hatte. Eine Routinesache. Man versuchte immer, die Ursache eines Brandes herauszufinden. Dabei ging es nicht darum, irgendjemandes Neugier zu befriedigen oder gar vom Unglück zu lernen. Die Antwort auf die Frage »Warum ist dieses Feuer ausgebrochen?« hat wichtige rechtliche und finanzielle Folgen. War es eine Zigarette gewesen? Ein defekter Warmwasserboiler? Ein schadhafter Kamin?

Durch die Schuldzuweisung wurde bestimmt, wer zu zahlen hatte und wie viel, und so wurde der Frage sofort – und energisch – nachgegangen.

Sechs Wagen parkten vor dem Haus. Carpenter registrierte sie mit beiläufiger, instinktiver Sorgfalt: ein Streifenwagen, zwei zivile Polizeifahrzeuge, zwei Feuerwehrautos und ein gelbbrauner Camry, der wahrscheinlich dem Versicherungsdetektiv gehörte. Ein uniformierter Mann entrollte ein gelbes Absperrband von einem Pfosten der Auffahrt zum anderen. Das Band war mit den Worten bedruckt:

POLIZEIABSPERRUNG – NICHT ÜBERTRETEN

Ein intensiver Geruch hing in der Luft, ein Gemisch aus verbranntem Holz und Plastik. Das Haus selbst, der Anblick des Hauses, traf ihn wie ein Hieb in den Magen. Es war ein totes Haus, und zum ersten Mal seit dem Telefonanruf nahmen die Worte einen Sinn an. *Opfer.* Seine Schwester war tot; sein Neffe war tot. Das Haus schwelte in der Mitte eines von Reifenspuren durchzogenen Rasens – ein Trümmerhaufen von verkohltem

Holz und angelaufenem Metall. Brandons kleines Plastikauto neben der Garage war nur noch eine rot-gelbe Pfütze. Die Fenster des Hauses waren zerborsten, und ohne ihre Glashaut hatten sie den leeren Blick eines Toten. Durch ihre Öffnungen konnte er die ausgebrannten Eingeweide sehen. Er wandte sich ab und ging auf den Polizisten zu, der mit dem gelben Band beschäftigt war.

»Was ist passiert?«

Der Polizist war noch jung, hatte rotes Haar, Sommersprossen, blaue Augen. Ein kleiner Klugscheißer, dachte Carpenter. Der Polizist blickte auf.

»Hier hat es gebrannt.«

Carpenter hätte ihm am liebsten eine Ohrfeige verpasst, doch stattdessen holte er tief Luft. Als er sie wieder ausstieß, war sein Atem wie Dampf in der kühlen Morgenluft.

»Wie ist das Feuer ausgebrochen?«

Der Polizist sah ihn an, als wollte er sich Carpenters Gesichtszüge einprägen. Schließlich deutete er mit dem Kinn zu den Feuerwehrwagen. »Die meinen Brandstiftung.«

Und wieder war Carpenter fassungslos. Er hatte etwas anderes erwartet. Eine Zigarette vielleicht – Kathy rauchte noch immer, wenn auch nie in der Nähe des Kindes, aber sie rauchte noch. Deshalb vielleicht eine Zigarette. Oder ein Heizgerät, oder ... nein, kein Heizgerät, nicht in diesem Haus, nicht mit diesem Heizsystem. Vielleicht ein Blitz? Eine Zigarette, ein Kurzschluss wegen eines Haushaltsgeräts – in den Verbrauchersendungen im Fernsehen wurde ständig davor gewarnt. Ein Haushaltsgerät – aber Brandstiftung?

»Was?«

Der Jungbulle musterte ihn dreist. »Wer sind Sie überhaupt?«

Carpenters Verstand arbeitete blitzschnell. Ein Teil registrierte, dass der Jungbulle auf Draht war, dass er wusste, dass Pyromanen oft an den Ort des Verbrechens zurückkehren. Ein anderer Teil dachte, dass er natürlich hätte wissen müssen, dass einen Pyromanen die Anwesenheit von Polizeiwagen rechtzeitig gewarnt hätte. Bei Verdacht auf Brandstiftung wird die Brandstelle augenblicklich zum Tatort. Und wenn es obendrein Opfer gegeben hat, wird es ein Fall für die Mordkommission.

»Warum sollte jemand Kathys Haus niederbrennen wollen?«, sagte er laut.

7

He, Joe! Was machen *Sie* denn hier?«

Beim Klang der halb spöttischen, halb vorwurfsvollen Stimme drehte sich Carpenter um. Ein rötliches Gesicht grinste ihn an.

»Jim Riordan«, sagte das Gegenüber.

»Ich erinnere mich.«

»Also, was machen Sie hier eigentlich?«

»Es ist das Haus meiner Schwester.«

Riordans Grinsen erstarb augenblicklich. »Entschuldigen Sie, Joe«, sagte er schließlich. »Tut mir Leid. Das wusste ich nicht.«

In einem kleinen Raum im Polizeipräsidium saß er Riordan gegenüber und wartete darauf, dass der Detective sein Telefongespräch beendete. Bei ihrer letzten Begegnung war es umgekehrt gewesen: Riordan hatte, etwas unbehaglich, ihm gegenüber in seinem, Carpenters, Büro gesessen. Er hatte sein »gutes Stück« angehabt, einen abgetragenen Nadelstreifenanzug, der ihm eine Nummer zu eng war.

»Ein Jahr dauert's noch«, hatte Riordan gesagt, »dann bin ich draußen. Was ich dann mache? Den ganzen Tag auf meinem Arsch hocken? Kann ich mir nicht vorstellen. Deshalb will ich mich jetzt schon mal umschauen – das Terrain sondieren, sehen, was sich auf die Beine stellen lässt. Und da dachte ich mir, warum nicht ganz oben anfangen, verstehn Sie? Drum bin ich hier und rede mit Ihnen.«

Diese Art von Gespräch führte Carpenter ein-, zweimal die Woche. Wenn es kein Cop war, dann war es einer vom FBI oder von der Drogenfahndung, vom Pentagon oder vom CIA. Alle brauchten einen Job, und weil sie alle eine entsprechende Vorbildung hatten, war eine Detektei immer die erste Anlaufstelle. Aber das Einzige, wodurch Riordan für Carpenter interessant schien, war seine letzte Bemerkung beim Hinausgehen: »Und wenn sich gar nichts findet, dann schreib ich halt weiter an meinem Drehbuch.«

Das war wirklich interessant. Denn Bullen, die schreiben konnten, waren so selten wie Schneeleoparden, und Carpenter Associates suchte immer nach Detektiven, die Berichte schreiben konnten, die dann an die Kunden – vorwiegend Anwälte und Börsenmakler – geschickt wurden. Deshalb arbeiteten so viele Journalisten für die Firma. Wenn Riordan schreiben konnte, hatte Carpenter vielleicht eine Stelle für ihn.

»Ihr Arsch hängt da drin«, brüllte Riordan ins Telefon. Der zornige Tonfall holte Carpenter abrupt in die Gegenwart zurück. Der Detective knallte den Hörer auf die Gabel, sah Carpenter an und zuckte die Achseln. »Tut mir Leid.«

Dann begann Riordan etwas zu suchen. Er wühlte in den Papieren auf dem Schreibtisch, fand das Gesuchte und schob es Carpenter über den Tisch zu. »Es war Brandstiftung, ohne Frage. Mehrere Brandherde, überall Rückstände von chemischen Beschleunigern.«

Carpenter sah den vorläufigen Bericht der Feuerwehr durch, dem auch eine grobe Skizze der beiden Stockwerke des Hauses beigefügt war. Da waren Markierungen an sieben verschiedenen Stellen, darunter auch den beiden Schlafzimmern. Carpenter wusste, dass natürliche Brände fast immer von einer einzigen Stelle ausgingen. Er blickte zu Riordan auf.

»Da ist noch was.« Der Detective trommelte mit den Fingern auf die Tischplatte. »Das Gas war an – nicht nur der Herd. Auch im Keller. Jemand hat sich am Wasserboiler zu schaffen gemacht. Die Feuerwehrfritzen meinen, wenn sie mit ihren Löschwagen fünf Minuten später eingetroffen wären, dann wäre das ganze Haus wie eine Rakete in die Luft geflogen. Nichts wäre übrig geblieben, absolut gar nichts.«

Carpenter runzelte die Stirn. »Sie wollen damit also sagen ...«

»Ich will damit sagen, wer immer das getan hat, dürfte nicht zimperlich gewesen sein. Es war ganz sicher Brandstiftung und so was wie Overkill, verstehn Sie? War wie ...« Die groben Gesichtszüge des Polizisten verzogen sich zu einer kläglichen Grimasse. »Weiß selbst nicht, was. Wie ›verbrannte Erde‹ oder so. Als ob nichts als Asche zurückbleiben sollte.« Der Detective beugte sich über den Schreibtisch. Er öffnete den Mund, als wollte er etwas sagen, besann sich dann aber wieder. Er schüttelte den Kopf und verzog schmerzlich das Gesicht. »Ich sollte Ihnen das alles nicht sagen. Ich vergesse es immer wieder. Sie *ermitteln* hier ja nicht. Sie sind lediglich ein naher Angehöriger.«

»Schon gut«, sagte Carpenter, als spielte es keine Rolle. »Die Sache ist doch die: Sie haben gedacht, dass jemand vielleicht versucht hat, Beweise zu vernichten. Und nun wollen Sie wissen, welche Beweise. Was hat meine Schwester ...«

Riordan fiel ihm ins Wort. »Ich sollte Sie vielleicht erst mal zum Leichenschauhaus fahren, damit Sie die Leichen identifizieren. Ich glaube, bevor wir über Ihre Schwester reden, sollten wir sicher sein, – dass es auch wirklich Ihre Schwester ist.«

Als sie schon auf dem Weg zur Tür waren, läutete das Telefon. Riordan zögerte kurz, dann schob er sich an Carpenter vorbei und griff zum Hörer.

»Was?«, fragte er, während er in seinen Mantel schlüpfte. Die Stimme am anderen Ende der Leitung sagte etwas, und Riordan warf einen raschen Blick auf Carpenter. »Herrje«, sagte er. »Ja. Ja. Okay.« Als sie hinausgingen, zündete sich Riordan eine Zigarette an.

»Worum ging's denn?«, fragte Carpenter.

Riordan stieß den Zigarettenrauch aus. »Wobei?«, fragte er.
»Am Telefon.«
Riordan schüttelte nur den Kopf.

Zehn Minuten später fuhren sie beim Leichenschauhaus vor. Carpenter löste seinen Sicherheitsgurt und wollte schon aussteigen, aber der Detective hielt ihn zurück.

»Hören Sie mal, Joe«, sagte er etwas verlegen. »Ich möchte Sie um etwas bitten.« Er räusperte sich. »Finden Sie nicht auch, dass ein Arzt nicht das eigene Kind operieren sollte?«

»Wie bitte?«

»Ein Arzt sollte sein Kind nicht operieren, ein Anwalt sollte sich nicht selbst verteidigen, und Sie ... Sie sollten den Fall mir überlassen.«

»Ich werde dran denken.«

Riordan schlug mit den Händen aufs Lenkrad. »Ich spreche offensichtlich an eine Wand, aber ...« Er warf einen Blick auf seine Uhr. »Wissen Sie, ich kenne das schon: Exbullen, Spione, Armee-Ermittler – alles Leute mit Sachkenntnis und alle an einem Fall dran, in den sie persönlich verwickelt sind, das gibt ein Chaos sondergleichen. Bringt nur 'ne Menge Kummer, und obendrein wird alles verpfuscht.«

Carpenter schwieg. Der Detective stieß einen Seufzer aus. »Ich hab jemanden beauftragt, Ihren Wagen herzubringen. Und dann möchte ich, dass Sie nach Hause fahren. Ich rufe Sie später an.«

Joe Carpenter war in einer seltsamen Verfassung, er sah alles wie aus weiter Ferne – als wäre er eine Kamera, die auf ihn selbst gerichtet war. Er empfand so gut wie nichts. Als sagte er sich: Also gut, gehe ich halt ins Leichenschauhaus, um meine tote Schwester zu identifizieren. Er sah sich selbst das Gebäude betreten und ins Wartezimmer gehen, einen nüchternen Raum mit Bildern von Meereslandschaften an den Wänden. Er sprach mit einer Frau, die einen weißen Kittel trug, der mit einem Namensschildchen, auf dem BEASLEY stand, versehen war. Sie schrieb seinen

Namen in ein großes grünes Buch und begleitete ihn zum Kühlraum, wo die Leichen in sargähnlichen Schubladen aufbewahrt wurden.

Selbst als er Kathy und dann auch noch Brandon identifizierte, regte sich nichts in ihm. Es war, als betätigte er eine Marionette, während der wirkliche Joe Carpenter zusah.

Das blonde Haar seiner Schwester war jetzt nichts weiter als ein verkrustetes schwarzes Scheitelkäppchen. Die Lippen waren geöffnet, und die blauen Augen starrten in das Neonlicht. Die Brauen und Wimpern waren verbrannt, was dem Gesicht einen leeren, dümmlichen Ausdruck gab. Brandon sah noch schlimmer aus, die Haut war verkohlt und mit Brandbläschen übersät.

Carpenter hatte schon oft Tote gesehen, und Kathy und Brandon sahen ganz genauso aus – einfach tot. Sie sahen puppenhaft tot aus, als wären sie nie lebendig gewesen. Die Frau im weißen Kittel – Beasley – stand in angespannter Verteidigungsstellung hinter ihm, als wartete sie darauf, dass er jeden Augenblick Amok laufen würde. Stattdessen aber nickte die Joe-Carpenter-Puppe und bestätigte mit gefasster Stimme die Identität der beiden Leichen. Die Frau entspannte sich und schrieb etwas auf ein Formular. Er hörte das Kratzen des Filzstifts auf dem Papier. Er unterschrieb irgendwas, ohne es durchzulesen. Dann verließen sie den Raum.

Im Flur legte die Frau ihre Hand vorsichtig auf seinen Arm. Es war, als könnte er den Druck nicht fühlen. »Wollen Sie sich einen Augenblick setzen?«, fragte sie. »Soll ich Ihnen ein Glas Wasser bringen?«

»Danke, es geht schon. Aber ich würde gern den Amtsarzt sprechen.«

»Tja«, sagte sie stirnrunzelnd, »das ist nicht ...«

»Tom ist ein Freund von mir«, sagte er beschwichtigend.

»Ich rufe ihn kurz an«, sagte sie und ging zum Telefon. »Vielleicht ist er gerade bei einer Au ..., bei irgendwas Wichtigem.«

Im Wartezimmer hockten zwei verängstigte lateinamerikanische Jugendliche auf einem orangefarbenen Plastiksofa. Ein Polizeibeamter wartete in der Nähe, und als ihre Namen aufgerufen wurden, schossen sie, wie von der Tarantel gestochen, hoch. Carpenter starrte auf die Meereslandschaft an der Wand – ein trostloses Ölgemälde einer sturmgepeitschten Küste, hohe Wellen, die sich immerzu an grauen Felsen brachen.

Er hörte den Singsang einer Stimme hinter sich – »okay, okay« – und drehte sich um, nachdem die Frau den Hörer aufgelegt hatte. »Gehen Sie bis zum Ende des Flurs ...«

»Ich kenne den Weg.«

Tom Truong blickte von seinem Schreibtisch auf und erhob sich. »Tscho!«, sagte er und streckte Carpenter eine zarte Hand entgegen, von der ein Hauch von Formaldehyd ausging. Truong schien gleichzeitig zu lächeln und die Stirn zu runzeln. »Was kann ich tun für dich? Du arbeiten an Fall?«

Joes Verbindung zu dem Amtsarzt war auf außergewöhnliche Art zu Stande gekommen. Sie hatten in derselben Altherren-Fußballmannschaft gespielt, bis sich Carpenter vor zwei Jahren die Kniescheibe verletzt hatte. Trotz seines zierlichen Körperbaus war Truong ein abgefeimter Verteidiger mit messerscharfen Ellenbogen und einer Abwehrtechnik, die einen wie eine Sense niedermähte. Erst nach mehreren Jahren kamen sie auf ihren Beruf zu sprechen, was im Whitey's bei einem Glas Bier geschah. Später engagierte Carpenter Truong gelegentlich als gerichtsmedizinischen Berater und erfahrenen Sachverständigen. Er war ein ausgesprochen sorgfältiger und begabter Pathologe und, trotz seiner wackeligen Englischkenntnisse, ein hervorragender Gutachter. Die Geschworenen liebten ihn.

»Kein Fall«, sagte Carpenter. »Es geht um meine Schwester. Sie liegt hier, mit meinem Neffen.«

Entweder glaubte Truong, Carpenter wollte ihn auf den Arm nehmen, oder er verstand ihn nicht richtig. »Wie bitte, Tscho?«, fragte er mit einem verschmitzten Blick. »War nur Scherz, oder?«

»Nein. Die Sache mit der Brandstiftung.«

Truongs Honigkuchenpferd-Grinsen schwand. *»Carpenter«*, murmelte er vor sich hin. »Oh, Tscho. Sorry. Das tut mir Leid.«

»Hast du schon die Autopsie vorgenommen?«

Truong nickte ernst. »Tschimmy bitten mich um Eile. Wegen Brandstiftung.« Er seufzte. »Deine Schwester. Und kleines Kind.« Seine Augen verengten sich zu Schlitzen. »Also, nicht Feuer hat sie getötet.«

Carpenter nickte automatisch. Dann erst begriff er. »Was?!«

Truongs großer Kopf wippte auf seinem dünnen Hals hin und her. »Keine Rauchpartikel in Lunge. Kein Kohlenmonoxid in Blut. Das allein sagt, ob Opfer *vor* Feuer gestorben. Und nicht nur das. Hast du Körper gesehen?«

»Ja. Ich habe sie identifiziert. Deshalb bin ich ja hier.«

»Nein. Du hast Körper gesehen? Oder Gesichter?«

»Die Gesichter.«

»Wenn du Körper anschaust, Körper von beiden, siehst du, dass Haut bedeckt ist mit ... sieht aus wie kleine Schnitte. Die passieren, wenn Mensch in Feuer ist. Ganz normal – weil Haut platzt. Fleisch, weil voll Flüssigkeit, dehnt sich in Hitze, Haut nicht, so Haut bricht überall, gibt Druck nach. Aber in diesem Fall, erwachsene Frau – deine Schwester – sie hat kleine Schnitte an jede Hand, und die sind anders, sie sind nicht nur Haut. Fleisch auch beschädigt. Die sind eindeutig Spuren von Verteidigung, weißt du. Ich das sehe, und ich suche weiter, und ich sehe, warum. Deine Schwester – Stich in Brust. Todesursache Aortaklappe. Durchtrennt! Kleiner Junge.« Truong beugte sich über seinen Schreibtisch. »Seine Kehle ganz durchgeschnitten. Von Ohr zu Ohr.« Er sank in seinen Stuhl zurück, so als hätte ihn dieser Vortrag enorme Kraft gekostet.

Er hob die Hände und ließ sie wie Blätter flattern. Dann presste er sie zusammen. »Tscho. Ist kein Tropfen Blut mehr in kleiner Junge. Beide tot, vielleicht eine Stunde – *dann* Feuer.«

Carpenter starrte ihn an.

»Was ist mit dem Kerl?«, fragte Truong. »Ehemann?«

»Welcher Kerl?«

»Ich höre«, sagte Truong, »dass dritte Person im Haus von deiner Schwester. Er kam aus Fenster, in Flammen. Weil deine Schwester so gestorben, ich dachte, vielleicht er ...« Er zuckte mit den Achseln.

»Wo ist dieser Kerl?«

»In Station für Verbrennungen.«

»Welches Krankenhaus?«

Truong zuckte wieder mit den Achseln. »Vielleicht Fair Oaks. Vielleicht Fairfax.«

8

Eine Stunde später wartete Riordan im Fair Oaks Hospital auf Carpenter und hatte sich an einem Schreibtisch in einem Ärztebüro schon häuslich eingerichtet. Eine Krankenschwester führte Carpenter zu ihm. Als er das Zimmer betrat, stellte sich der Detective etwas steif vor den Schreibtisch, als wollte er etwas verbergen. Er schien sich nicht gerade wohl in seiner Haut zu fühlen.

»Sie wollen einfach nicht auf mich hören, was?«

»Sie haben mir nicht gesagt, dass Sie einen Verdächtigen haben.«

»Er war kein Verdächtiger, bis der Bericht des Amtsarztes eintraf«, verteidigte sich Riordan. »Bis dahin war er nur ein weiteres Opfer.«

»Irgendein Kerl kommt aus dem Fenster des brennenden Hauses, in dem zwei Tote liegen, geflogen, und Sie erwähnen es nicht einmal! Und Sie glauben, er sei ein Opfer?«

»Er war ein Opfer. Eine lebende Fackel.«

»Meinetwegen. Aber das bedeutet doch nur, dass er eine Niete ist. Wer ist er?«

»John Doe.«

»Soll das sein Name sein, ›John Doe‹?«

»Na ja, der steht mehr für ›Mr. X‹; er hat nämlich bei der Einlieferung nicht gerade Name, Beruf und Geburtsdatum angegeben. Er hatte auch keinen Personalausweis dabei.«

Carpenter schwieg. »Der Autoschlüssel?«, fragte er schließlich.

»Nein. Kein Schlüssel, kein Ausweis, kein Geld. Kein gar nichts.«

»Und was hat das bitte schön zu bedeuten? Dass er per Fallschirm gelandet ist? Ist das vielleicht Ihre Theorie?«

»Jetzt machen Sie aber mal 'nen Punkt ...«

»Haben Sie die Autos überprüft?«

»Welche Autos?«

»Die geparkten Autos! Die Autos in der Nachbarschaft – haben Sie die überprüfen lassen?«

»Ja«, sagte Riordan zögernd.

»Und? Was haben Sie ...« Plötzlich fühlte sich Carpenter völlig erschöpft. Während er noch versuchte, einfache Gedanken zu fassen, überwältigte ihn die Müdigkeit. Die Feuerwehr war gegen Mitternacht angerufen worden. Jetzt war es zwei Uhr nachmittags. Es waren also vierzehn Stunden vergangen, und nach Riordans Blick zu urteilen, hatte niemand daran gedacht, die Straßen der Siedlung abzugehen und die Nummernschilder zu notieren. Jetzt war es zu spät, es sei denn, »John Doe« arbeitete allein.

»Kleider gibt's auch keine mehr«, sagte Riordan. »Bin sicher, Sie – wollten gerade danach fragen. Sie waren voller Blut und mussten dem Kerl vom Leibe geschnitten werden. Die Schwestern haben sie weggeworfen. Sondermüll. Hab versucht, sie noch aus irgendeinem Mülleimer rauszufischen, aber sie waren nicht mehr aufzutreiben. Jetzt können wir nur noch abwarten, bis die Ärzte erlauben, dass ich mit ihm spreche. Wenn es soweit ist, werde ich ihm dieselben Fragen stellen, die Sie ihm stellen würden. Und dann nehme ich ihm die Fingerabdrücke ab. Die untersuchen wir dann, und wenn wir Glück haben, finden wir raus, wer er ist. Also, warum fahren Sie jetzt nicht nach Hause und lassen mich meinen Job machen?«

»Was ist *das*?«

»Was?«

»Was Sie da hinter Ihrem Rücken verstecken?«

Riordan stieß geräuschvoll die Luft aus und trat mit einem Augenaufschlag zur Seite, sodass Carpenter sehen konnte, was er hinter sich auf dem Schreibtisch verborgen hatte: ein Medikamententablett. Zwei Gegenstände lagen darauf, und einer davon war ein Messer, etwa zwanzig Zentimeter lang. Es war ein großes Messer, ein Jagdmesser, wie man es zum Abbalgen und Zerlegen von Wild benutzte. Carpenter sah es genauer an. Eigentlich ... war es ein Militärmesser.

»Ist er vielleicht Soldat?«

Riordan zuckte die Achseln. »Kann sein. Aber entscheidend ist doch: Er hat das Ding mitgebracht. Also ist nicht einfach jemand eingebrochen, worauf es zum Kampf in der Küche kam, sich jemand ein Messer schnappte ... Unser Typ kommt mit einem Messer ins Haus – und zwar nicht mit einem Brotmesser, sondern einem Kampfmesser ...«

»Sie wollen also sagen, es handelte sich um vorsätzlichen Mord?«

»Jawohl, der Mörder wusste, was er tat.«

Carpenter sah sich das Messer genauer an. Da, wo die Klinge ansetzte, war eine klebrige, bräunliche Substanz. Wie Blut. Ein paar Haare klebten daran. Blond, sehr fein. Kinderhaar. Brandons Haar. Tom Truongs Stimme hallte in seinem Kopf wider: *Kein Tropfen Blut mehr in dem kleinen Jungen.*

Der zweite Gegenstand auf dem Tablett war eine Flasche, sehr klein, wie ein kleines Schnapsfläschchen. Eine ungewöhnliche Flasche, aus dickem Glas; sie sah antik aus. Der Verschluss war aus dunklem Metall, wie eine Krone geformt, mit einem winzigen Kreuz darauf. In der Flasche war noch ein Rest einer klaren Flüssigkeit.

»Die Schwestern und Pfleger hatten natürlich überall hier ihre Pfoten drauf«, sagte Riordan. »Halten Sie mal auf, bitte.« Er reichte Carpenter ein kleines Plastiksäckchen, auf dem ein gedruckter Zettel klebte:

JOHN DOE
MPD-3601
02.11.95

Carpenter hielt das geöffnete Säckchen, während Riordan die beiden Gegenstände, ohne sie anzufassen, mit einem Bleistift hineinschob.

»Wo ist er?«

Riordan überhörte die Frage geflissentlich. »Wenn ich im Büro bin, lasse ich das Zeug genau unter die Lupe nehmen. Wir lassen alle Abdrücke abnehmen, die drauf sind, machen den Gegencheck mit denen der Schwestern und Pfleger und geben den Rest in den Computer. Dann sehe ich zu, was ich über die Flasche rausfinden kann. Wir lassen die Flüssigkeit untersuchen und alles, was wir auf dem Messer finden.« Er hielt inne. »Eins sollten Sie nicht vergessen: Wer immer dieser Kerl ist, Ihre Schwester hat ihm eine versetzt. Der Amtsarzt hat Gewebe und Blut unter den Fingernägeln ihrer rechten Hand gefunden. Ich lass DNS-Tests machen, und die vergleichen wir dann.« Er hielt erneut inne. »Und jetzt gehen Sie wohl besser nach Hause.«

Carpenter folgte Riordan zur Tür hinaus. Der Detective trug das Plastiksäckchen zwischen Daumen und Zeigefinger vor sich her. Dann blieb er stehen und legte die freie Hand auf Carpenters Arm. »Sehen Sie, ich dürfte Ihnen das alles eigentlich gar nicht verraten. Oder Ihnen die Beweisstücke zeigen. Denn eigentlich ...« Riordan schaute auf seine Fußspitzen. »Also genau genommen sind Sie selbst ein Verdächtiger.«

»Ach, wirklich?«

»Ja, wirklich!«

»Was reden Sie da, Jim?«

Riordan zuckte die Achseln. »Was, wenn Ihre Schwester Ihnen zum Beispiel all ihr Geld vermacht hat? Was, wenn sich herausstellen sollte, dass Sie sie gehasst haben wie die Pest? Ich meine – Sie verstehen schon.«

»Das ist doch völliger Quatsch.«

»Natürlich ist es Quatsch«, sagte Riordan gleichmütig. »Ich sag ja bloß, wie's *aussieht.* Ständig erhalten wir Aktenvermerke von oben oder werden zu Besprechungen einberufen. Und eins von den Dingen, die man uns dann immer wieder einhämmert, ist ›den Anschein von Unkorrektheit‹ zu vermeiden.«

»Unkorrektheit?«

»Nein! Den *Anschein* von Unkorrektheit. Das ist was anderes. Niemand muss unbedingt was Falsches tun. Es muss nur falsch aussehen – zum Beispiel, wenn ich Ihnen das hier zeige.« Riordan deutete mit dem Kinn auf das Plastiksäckchen in seiner Hand. »Könnte falsch ausgelegt werden.«

Carpenter schüttelte den Kopf, sagte aber nichts. Er war zu müde, um wütend zu werden. Außerdem meinte Riordan es nicht böse. Und genau genommen – hatte er Recht.

»Und überhaupt«, sagte der Detective und setzte sich wieder in Bewegung, »müssen Sie Ihre Angehörigen anrufen. Vorbereitungen treffen. Die Presse ist hinter der Sache her. Und wenn die Pressefritzen erst mal rauskriegen, dass es kein gewöhnlicher Hausbrand war ...« Seine Stimme verlor sich.

Riordans nüchterner Menschenverstand wirkte wie eine kalte Dusche. Carpenter hatte sich so darauf konzentriert, zu begreifen, was vorgefallen war, dass er die normalen Verpflichtungen wie »Verwandte anrufen« völlig vergessen hatte. Riordan hatte Recht. Natürlich musste er Anrufe erledigen. Außer Kathy hatte er keine Geschwister, und die Eltern waren tot. Aber da waren Kathys Exmann, ihre Freunde, ihre Kollegen beim Rundfunk. Tante Lillian. Und Brandon? Brandon hatte keinen Vater, wohl aber Paten. Es waren also doch ziemlich viele Leute, die er anrufen sollte, damit sie nicht übers Fernsehen oder über die Zeitung erfuhren, was passiert war. Die Liste in seinem Kopf wurde immer länger, während er neben Riordan herstolperte. *Vorbereitungen.* Er musste sich um die Särge kümmern. Die Grabsteine. Die Gräber.

Es gab unendlich viel zu tun, und trotzdem musste er immerzu an Brandon denken – das Messer und das Blut und die Haare. Warum sollte – wie *konnte* – jemand die Kehle eines dreijährigen Kindes durchschneiden?

»Ich werde mich bei Tommy Truong erkundigen«, sagte Riordan, »wann die Leichen freigegeben werden und ...«

»Wie ist sein Zustand?«, fragte Carpenter.

»Wessen?«

Carpenter schaute ihn nur an.

»Ach, Sie meinen John Doe? Ernst, aber stabil! Es heißt, er dürfte die Kurve kriegen. Freut Sie das?«

»Ja.«

»Mich auch.«

Riordan blickte Carpenter nach, bis dieser um die Ecke des Korridors verschwunden war. Sieht gut aus, der Kerl, dachte er, groß, breitschultrig, athletisch. Aber *nervtötend.* Selbst heute, selbst hier, lief er herum, als gehörte ihm der ganze Laden.

Riordan dachte, dass er sich wegen seiner Verbindung zu Carpenter vielleicht besser aus dem Fall zurückziehen, ihn jemand anderem überlassen sollte. Aber das wäre eine verdammt feige Art, um sich die Sache vom Hals zu halten. Schließlich war er, bei aller Bescheidenheit, der beste Ermittler der Mordkommission – und er würde morgens nicht mehr in den Spiegel schauen können, wenn er den Fall abgäbe, nur weil er sich die Chancen für einen neuen Job verpatzen würde.

Ja, Carpenter würde ein Problem darstellen. Keine Frage. Aber er würde ihn einfach behandeln müssen wie jeden anderen, auch wenn er sich dann abschminken konnte, in dessen Firma zu arbeiten. Na ja, da konnte man nichts machen.

Nicht dass der Fall besonders kompliziert war. Man hatte bereits einen Verdächtigen und eine Mordwaffe. Zwar wusste niemand, wie der Kerl hieß, oder kannte gar dessen Motiv – aber das spielte keine Rolle, weil man beweisen konnte, dass er's getan hatte. Und es *war* Mord. Das Motiv spielte keine Rolle, auch der Name nicht. Die Gefängnisse waren mit John Does gefüllt, die Menschen getötet hatten, ohne dass jemand die Gründe verstand.

Aber vielleicht hatte man ja auch Glück. Vielleicht war John Doe einfach ein Verrückter. Vielleicht hatte ihm ein Hund befohlen, es zu tun. Vielleicht war eine Lebensversicherung im Spiel. Ein Exmann. Ein Geliebter.

Riordan hoffte auf eine einfache Lösung, andernfalls würde ihm Carpenter erst richtig auf die Pelle rücken – ihn bedrängen, dies und jenes zu tun, dies abzuchecken und jener Spur nachzugehen. Nein, es käme bestimmt noch schlimmer. Wenn *er,* Riordan, Joe Carpenter wäre und eine große Detektei besäße und wenn *seine* Schwester und *sein* Neffe umgebracht worden wären ... Er würde die Ermittlungen selbst führen und jedes gottverdammte Mittel, das ihm zur Verfügung stand, voll ausnutzen. Und der Bulle, der mit dem Fall betraut war, nämlich Jimmy Riordan höchsteigen, würde überall, wohin er ging, auf Carpenters Spuren stoßen.

Der Bursche hatte einen Haufen Leute, die er auf den Fall ansetzen konnte – mehrere Dutzend! Leute, die vom FBI, von der Drogenfahndung, dem CIA, der *Washington Post* oder sonst woher kamen, saßen bei Carpenter Associates. Er konnte also mehr und, um ehrlich zu sein, *bessere* Leute einsetzen als die hiesigen Behörden. Und mehr Geld hatte er auch. Was bedeutete, dass Jimmy Riordan schließlich Zeugen befragen würde, die Carpenter längst vernommen hatte. Er würde Verbindungen herstellen, die Carpenter schon ein paar Tage zuvor geknüpft hatte, und Fährten aufnehmen, denen Carpenter längst nachgegangen war – denen Riordan aber trotzdem würde nachgehen müssen.

Allein der Gedanke machte ihn müde. Und er war auch tatsächlich müde. Den Anruf hatte er mitten in der Nacht bekommen, und seither war er auf den Beinen. Und die taten ihm jetzt weh. Sein Adrenalin war aufgebraucht, und er war ganz benebelt im Kopf. Er brauchte unbedingt eine Tasse Kaffee. Erst mal sollte er aber das Revier anrufen.

Denn Carpenter hatte in einem Punkt Recht, und das war die Sache mit John Does Auto. Riordan würde einen Streifenwagen losschicken, um die Keswick Lane und die benachbarten Straßen abzufahren und die Nummernschilder der dort geparkten Autos zu prüfen. Danach würde man die Kennzeichen durch den Computer der Kfz-Meldestelle laufen lassen. Ein Wagen, dessen Besitzer weder in den umliegenden Häusern noch an seiner eigenen Adresse, noch an seinem Arbeitsplatz zu finden war, bekam dann einfach einen Hemmschuh verpasst. Leihwagen sowieso.

Riordan erledigte den Anruf und wartete dann im Schwesternzimmer, bis die Oberschwester aufkreuzte. Er nannte ihr seinen Namen und sagte, er nehme John Does persönliche Dinge an sich. Sie ließ ihn irgendwas unterschreiben. Er ließ sie auch irgendwas unterschreiben. Dann trug er den Beutel mit den Sachen hinaus zu seinem Wagen, schloss ihn im Kofferraum ein und ging zum Krankenhaus zurück. Er wollte doch noch mit der Schwester sprechen, die die Gegenstände aus John Does Taschen genommen und in den Beutel gesteckt hatte. Nach der Geschichte mit O. J. konnte man nicht sicher genug gehen, wenn es sich um Beweisstücke handelte.

Die Schwester hatte gerade Pause, aber er fand sie schließlich in der Kantine, wie sie sich in einen Groschenroman vertiefte. Er stellte ihr nur ein paar Fragen. Nachdem er seine Antworten hatte, holte er sich eine Tasse Kaffee und ließ sich mit seinem Notizbuch an einem Tisch nieder.

Das Notizbuch war eins von etwa hundert, die er besaß, weil er für jeden großen Fall ein neues anlegte. Sie sahen alle gleich aus – schwarz, zehn mal achtzehn Zentimeter, sechs Ringe, eng liniert. Auf der ersten Seite notierte Riordan den Namen des Opfers, die Nummer des Falls und die Paragrafen der Gesetze, die gebrochen worden waren. Die Handschrift war peinlich sauber, geradezu elegant.

Im Notizbuch stand noch nicht viel. Doch irgendwann würde es vollgeschrieben sein und wie all die anderen auf dem Bücherbord in dem kleinen Zimmer, das ihm zu Haus als Büro diente, seinen Platz finden. Riordan nippte an seinem Kaffee und dachte über den Fall nach. John Doe. Das Einzige, was er über den Mann wusste, war – abgesehen von der Tat selbst –, dass er, nach Aussage eines Assistenzarztes, etwas auf Italienisch gemurmelt hatte.

Das war möglicherweise ein Ansatzpunkt, konnte aber auch zu einem Problem werden. Vielleicht war John Doe ja *Giovanni* Doe. Hoffentlich nicht, dachte er. Er hatte schon häufiger Fälle gehabt, in die Ausländer verwickelt waren, und da Washington nicht weit war, mischten sich die Botschaften manchmal ein. Und die waren nicht gerade hilfreich.

Was ist eigentlich, dachte Riordan, wenn der Bursche tatsächlich ein echter Ausländer ist? Was, wenn er für eine Botschaft arbeitet? Was, wenn er diplomatische Immunität besitzt?

Er nahm noch einen Schluck Kaffee.

Der zweite war nie so gut wie der erste.

Joe Carpenter hatte das Krankenhaus nicht verlassen. Er befand sich zwei Stockwerke über der Cafeteria und folgte einer grünen Linie, die am Boden des Flurs verlief und von einem Korridor zum nächsten führte. Ja, er hatte Vorbereitungen zu treffen, eine ganze Menge, aber vorher wollte er den Kerl sehen, der Kathy und Brandon brutal ermordet hatte. Ein Pfleger hatte gesagt, die grüne Linie würde ihn zur Station für Verbrennungen führen.

Er trat durch eine Doppeltür, den Blick auf den Boden geheftet, beharrlich der grünen Linie folgend. Wie ein Vorschulkind. Wie *Brandon.* Das Bild des Kleinen tauchte vor seinem geistigen Auge auf: diese äußerste Konzentration, wenn Brandon in großen krakeligen Lettern seinen Namen schrieb. Und noch ein Bild: der schlafende Brandon, ein Lächeln auf seinem Gesicht – und seine Kehle durchgeschnitten wie bei einem geschlachteten Tier.

Und Kathy. Und Tom Truongs Stimme: *... kleine Schnitte an jeder Hand ... eindeutig Spuren von Verteidigung ...*

Kathy. Im Dunkeln. Schlafend. Plötzlich ein Geräusch. Ein nicht zu definierendes Geräusch. Dann ein Messer, das auf sie niedergeht, und ihre Hände, die reflexartig hochschnellen ...

Er kam an einem Schwesternzimmer vorbei, aber niemand schien ihn zu bemerken. Er wusste selbst nicht, was er tun würde, wenn er die Station gefunden hatte. Vielleicht diesen Kerl nur betrachten.

Und dann – war er am Ziel. Viel war nicht zu sehen. John Doe hinter einer großen rechteckigen Glasscheibe. Jedenfalls nahm Carpenter an, dass es Doe war; er war der einzige Patient, den er sehen konnte, also musste er es sein. Doe war an verschiedene Schläuche angeschlossen, und die Partien von ihm, die nicht bandagiert waren – dazu gehörte auch ein Großteil des Kopfes –, waren mit einer dicken weißen Salbe eingeschmiert. Carpenter hatte sich einmal die Hand verbrannt, und der Name des weißen Zeugs fiel ihm plötzlich ein. Silvadin.

Soweit Joe Carpenter wusste, hatte niemand den Kerl gesehen, bevor sein Gesicht in Flammen aufging. Also war er wirklich und wahrhaftig ein John Doe. Kein Name. Keine Beschreibung. Auch keine Beschreibung *möglich*. Wer war er? Warum hatte er es getan? Was mochte er jetzt denken?

War er überhaupt bei Bewusstsein? Carpenter konnte es nicht erkennen. Aber wenn er es war, konnte er ihm vielleicht ein paar Fragen beantworten. Simple Fragen. Carpenter wollte schon nach der Türklinke greifen, als ein Mann in einem Papierkittel mit einem wütenden Schrei auf den Gang stürzte.

Der Arzt zog seinen Gesichtsschutz herunter. Er hatte kleine helle Augen und vorstehende Zähne, die Carpenter an ein Eichhörnchen erinnerten. »Hab ich mich nicht deutlich ausgedrückt? Wie oft soll ich es noch sagen? Das hier ist ein keimfreier Bereich.« Carpenter gab keine Antwort und wich keinen Schritt zurück. Er schaute ihn nur an, und sein Blick war so bar allen Interesses, dass das Eichhörnchen etwas zögerte, bevor es erneut loslegte: »*Niemand* ist befugt, diese Station zu betreten.«

Das Eichhörnchen glaubte offenbar, Carpenter gehöre zur

Polizei, und Carpenter sah keinen Grund, das Missverständnis richtig zu stellen. »Mr. Doe wird des zweifachen Mordes verdächtigt«, sagte er, »und ich möchte so bald als möglich mit ihm sprechen.«

»Mein Patient«, erwiderte das Eichhörnchen in herablassendem Tonfall, »steht derzeit unter starken Beruhigungsmitteln und ist äußerst infektionsgefährdet. *Ich* werde *Sie* wissen lassen, wann es angebracht ist, ihn zu verhören.«

Carpenter nickte. »Danke für Ihre Hilfsbereitschaft.«

»Und, seien Sie drauf gefasst: Er wird noch eine ganze Weile nichts von sich geben.«

»Tatsächlich? Und warum nicht?«

Das Eichhörnchen lächelte und deutete mit dem Finger auf die eigene Kehle. »Hab ich euch Jungs schon gesagt. Trach-Schlauch.«

»Was ist das?«

»Das heißt, dass er nicht sprechen kann.«

Carpenters Blick wanderte durch die Scheibe hinüber zu Mr. Doe und dann zurück zu dem Arzt. »Wie lange?«

Das Eichhörnchen zuckte die Achseln. »Hören Sie mal, Detective«, sagte es aufgebracht, »jetzt gibt's für Sie nur noch abwarten, verstanden? Er wird ein paar hässliche Narben zurückbehalten, vielleicht sogar 'ne ganze Menge – die linke Gesichtshälfte, der Hals, die Brust –, aber er kommt durch. Vorerst aber kommt er sonst nirgendwohin. Wir werden Sie über seinen Zustand auf dem Laufenden halten.«

»Tun Sie das.« Damit wandte sich Carpenter ab und ging.

An diesem Abend legte sich Carpenter auf die Couch und schaltete den Fernseher an. Er musste wohl an die vierzig Telefonate geführt haben. Die Hälfte der Leute, die er angerufen hatte, wussten bereits von der Sache und wollten Einzelheiten von ihm erfahren. Die ständige Wiederholung der Fakten hatte zur Folge, dass er sich nach einer Weile loslöste von dem, was er sagte. Er rasselte die Geschichte mit der unbeteiligten Gelassenheit eines Nachrichtensprechers herunter, der von einer Missernte in Idaho berichtete.

Die andere Hälfte der Anrufe – bei denen, die noch nichts wussten – war weit schlimmer. Sie wurden von der Nachricht überrumpelt wie von einer Bombe aus heiterem Himmel, und ihre heftigen Reaktionen schmetterten ihn jedes Mal nieder.

Ruhelos zappte er von Sender zu Sender und wurde das Gefühl nicht los, irgendetwas Wichtiges vergessen zu haben. Er holte sich ein Bier aus dem Kühlschrank und ging über die Wendeltreppe auf die Terrasse des zweiten Stocks. Das Haus schmiegte sich an einen steilen Hang, und dort oben war er mitten in den Baumkronen. Er lehnte sich ans Geländer und schaute durch die dunklen Zweige auf den blassen, bewölkten Himmel. Es waren keine Sterne zu sehen.

Er hörte das Telefon läuten. Zuerst wollte er einfach nicht drangehen, dann aber besann er sich eines anderen.

»Hallo.«

Riordans Stimme bellte durch die Leitung. »›Hallo?‹ So melden Sie sich am Telefon? *Hallo?* Verdammte Scheiße ...«

Carpenter starrte auf den Hörer. »Wie?«

»Was *wie?* Was zum Teufel hatten Sie auf der Station zu suchen?«

»Rufen Sie deshalb an?«

»Ich verrate Ihnen, weshalb ich anrufe: John Doe hat sich diesen Scheißschlauch aus dem Hals gerissen.«

»Was hat er?«

»Er hat versucht, sich umzubringen. Die Ärzte erzählen mir erst, er sei so bedudelt, dass er nicht bis eins zählen könne, und trotzdem zieht er sich diesen verdammten Schlauch raus. Als man ihn so vorgefunden hat, hielt er das Ding noch immer umklammert. Seine Krallen waren nur mit dem Brecheisen zu öffnen.«

Carpenter fühlte einen Stich in der Brust. Er wollte nicht, dass John Doe starb. Er hatte eine Menge Fragen, und Doe war der Einzige, der sie ihm beantworten konnte. Und zudem war er der

Mann, mit dem er eine Rechnung zu begleichen hatte. »Ist er okay? Wird er ...«

»Doch, doch, er kommt durch, und sein Hirn hat auch keinen Kurzschluss abgekriegt. Aber jetzt mal zurück zu *Ihnen!* Welcher Teufel hat Sie denn geritten? Ich hab da diesen neuen Kompagnon, verstehen Sie? Vom Typ her ein junger FBI-Mann. Der hat immer ganz tolle Ideen, und diesmal hat er laut gedacht, dass John Doe vielleicht gar nicht selbst versucht hat, sich ins Jenseits zu befördern, so voll gepumpt mit dem Zeug, wie der war. Vielleicht habe ein anderer nachhelfen wollen.«

»*Wie?* War etwa jemand ...«

»Und dann«, fiel ihm Riordan ins Wort, »erzählt dieses Frettchen von Doktor was von dem ›anderen Detective‹, der sich in die Station schleicht. Und mein junger FBI-Typ fragt: ›Was für ein anderer Detective?‹ Und das hört sich überhaupt nicht nach einem von uns an. Hört sich vielmehr genau nach Ihnen an.«

»Ich wollte ihn mir nur anschauen.«

Riordan stieß ein hässliches Lachen aus. »Großartig. Kleiner Schaufensterbummel. War nicht besonders schlau von Ihnen.«

»Ich kam nicht mal über die Schwelle. Der Arzt hat mich rausgeworfen.«

»Ich weiß. Hab ich schon gehört.«

»Na, dann haben Sie richtig gehört. Wann ist denn die Sache mit dem Schlauch passiert?«

Riordan überging die Frage einfach. »Jetzt mal raus mit der Sprache. Wohin wollten Sie?«

»Moment mal. Glauben Sie etwa, ich wär drin gewesen? Ich hätte die Hand des Kerls um den Schlauch gelegt? Sie wollen ein *Alibi* von mir?« Es fehlte nicht viel, und er hätte aufgelegt. Er empfand die Entrüstung des zu Unrecht Angeklagten. »Ich bin nach Hause gefahren«, sagte er, »und danach war ich die ganze Zeit am Telefon.«

»Nun, das lässt sich überprüfen«, sagte Riordan.

»Nur zu.«

»*Muss* ich ja, wenn Sie solchen Scheiß machen«, gab Riordan zurück. »Passen Sie auf, ich will Ihnen mal was sagen. Ich glaube nicht, dass Sie reingegangen sind, okay? Ich glaube, dass sich der Kerl selbst umlegen wollte. Es sieht nun mal aber so aus: Die Ärzte checken ihn alle zehn Minuten, es ist noch ein Kind auf der Station, weiter hinten ist das Schwesternzimmer, überall sind Leute, es gibt *keine* Möglichkeit, unbemerkt an ihn ranzukommen. Aber Sie – Sie marschieren da rein und behaupten, Sie seien Detective –«

»Ich hab nie gesagt, dass ich Detective bin. Der Arzt hat –«

»Erst mal macht man mich zur Minna, weil ich keinen Wachmann vor Does Tür postiert habe ... Dabei hatte ich schon einen angefordert, aber diese wandelnde Uniform nimmt sich Zeit für den Weg in die Klinik. Und jetzt darf ich meine Zeit damit vertrödeln, Ihre verdammten Anrufe zu überprüfen, nur um meinem FBI-Junior zu beweisen, was los ist, *dass Sie's nicht gewesen sein können.* Und wenn ich Sie nicht überprüfe, sieht es komisch aus, weil alle wissen, dass ich Sie kenne. Und dann noch was, ich glaube nicht, dass Ihr Besuch auf der Station nur ein Schaufensterbummel war. Ich wette, Sie hatten die hirnverbrannte Absicht, mit dem Kerl zu sprechen.«

Carpenter holte tief Luft und stieß einen gedehnten Seufzer aus.

»Und das wäre einfach zu gut gewesen«, sagte Riordan. »Mal angenommen, Sie hätten Ihren Willen gekriegt und eine Aussprache mit dem Kerl gehabt und der hätte Ihnen tatsächlich seine Seele ausgeschüttet. Wenn dem Kerl der Prozess gemacht wird, was dann? Was ein Verteidiger daraus machen würde, brauche ich Ihnen wohl nicht zu sagen.«

»Warum wollte er sich umbringen?«

Riordan seufzte. »Vielleicht hatte er plötzlich Gewissensbisse«, sagte er abgekämpft.

»Ich frage mich –«

»Tun Sie mir einen Gefallen«, unterbrach ihn Riordan, »und fragen Sie sich nichts. Tun Sie überhaupt nichts. Helfen Sie mir, den Fall zu lösen – indem Sie sich verdammt noch mal raushalten!«

Riordans Zorn löste bei Carpenter stechende Kopfschmerzen aus. »Ich halte mich raus, sobald Sie mir sagen, wer meine Schwester umgebracht hat …«

»Der verdammte John Doe hat ihre Schwester umgebracht.«

»Und wer er ist. Und warum.«

9

Am Tag der Beerdigung hatte es 25 Grad, ziemlich warm für November. Leuchtend wie Juwelen drehten sich die fallenden Blätter in der Luft, getragen von einem schwülen, fast tropischen Wind. Der Winter stand vor der Tür, aber das Wetter war mild wie im Juni. Und so schien das leuchtende Laub deplatziert, ja geradezu künstlich. Diejenigen, die aus der Stadt zur Beerdigung gekommen waren, hatten mit kühleren Temperaturen gerechnet und fühlten sich jetzt verschwitzt und unbehaglich in ihren Anzügen aus Kaschmir, Alpaka und Tweed. Selbst Carpenter war leicht benommen. Die unwahrscheinliche Wärme, die beklommenen Trauergäste, die wirbelnden Blätter – es war wie bei Außenaufnahmen für einen Film, der in falscher Szenenfolge und in der falschen Jahreszeit gedreht wurde.

Dieses Gefühl des Unwirklichen ließ sich nicht abschütteln. Selbst die Särge kamen ihm wie Requisiten vor, der kleinere schien übertrieben winzig, als hätte der Regisseur die Grausamkeit des Geschehens dramatisieren wollen. Und auch der Geistliche von der Unitarian Church, der Kathy seit einem Jahr angehörte, machte den Eindruck, als hätte er seine Rolle nur einstudiert. Er legte das passende ernste Gebaren an den Tag, wusste im richtigen Moment die Augen zu schließen oder gefühlvoll die Finger ineinander zu verschlingen.

Aber es steckte kein echtes Gefühl dahinter, jedenfalls schien es nicht speziell Kathy und ihrem Sohn zu gelten. Der Geistliche brachte Mitgefühl für alles und jeden auf, was seine Kummerbezeugungen oberflächlich und wie Allgemeinplätze wirken ließ. Nicht dass es Carpenter besonders störte: Die Kirche war groß, und der Geistliche kannte seine Schwester nicht gut. Als Carpenter mit ihm am Telefon die Totenmesse und das Begräbnis besprochen hatte, hatte ihn der Geistliche gebeten, ihm zu helfen, »die Zeremonie etwas persönlicher zu gestalten«. Er wollte wissen, wie er von der Dahingegangenen sprechen sollte. Von Kathleen? Von Kate oder Kath oder Kathy? Er bat um ein oder zwei Anekdoten aus ihrem Leben, etwas, was ihre Verwandten und Freunde an die »Lebende« erinnern würde.

Jetzt aber, am Grab, gab der Priester etwas Langweiliges von sich, das erbauend gemeint war. Etwas über die grenzenlosen Gefilde, in denen Kathy und Brandon jetzt weilten, und die unendlichen Dimensionen der Seele. Zumindest Carpenter kam es langweilig vor. Aber seiner Tante Lillian – der einzigen weiteren Verwandten auf der Beerdigung – schien es etwas zu bedeuten, denn sie lehnte sich an ihn und drückte inbrünstig seine Hand.

In gewisser Weise hatte er dieses seltsame Gefühl, dass alles um ihn herum irreal wirkte, seitdem er von Kathys Tod erfahren hatte. Zunächst hatte er geglaubt, es sei die normale Reaktion auf einen plötzlichen Todesfall, eine Art Schock also. Aber als er jetzt auf dem Friedhof stand, wurde ihm bewusst, dass dieses Gefühl so beherrschend war, weil er, wie die meisten Menschen, weit mehr Kinobegräbnissen beigewohnt hatte als wirklichen. Und er wartete geradezu auf die bedeutungsvolle Großaufnahme. Oder den langsamen Schwenk auf einen grasbewachsenen Hügel, wo ein geheimnisvoller Zuschauer stand – eine Silhouette, die sich scharf gegen den Himmel abzeichnete. Ein Liebhaber, der der Verstorbenen aus sicherer Entfernung die letzte Ehre erwies. Oder ein Killer, der sich an dem Unglück ergötzte, das er angerichtet hatte.

Carpenter wartete auf etwas – auf das Einsetzen von Musik

oder eine andere Kameraeinstellung –, was ihm helfen könnte, das Geschehen besser zu erklären.

Aber nichts passierte. Und genau das war es, was alles am Ende so unwirklich machte. Irgendwas fehlte – ein Grund für den Tod derer, um die man hier trauerte. Offenbar waren Kathy und Brandon nicht willkürlicher Gewalt zum Opfer gefallen – die Morde waren offensichtlich geplant gewesen. Und trotzdem ... nichts. Die Polizei hatte nicht einmal eine vage Vermutung. Und der Zustand des Tatverdächtigen hatte sich verschlechtert. Er war ohne Bewusstsein, seine Haut eiterte, seine angegriffene Lunge war entzündet. Es würde noch Wochen dauern, bis er wieder vernehmungsfähig war.

Die Leute am Grab sahen niedergeschlagen und bedrückt aus. Der plötzliche und brutale Tod von Menschen, die sie kannten, hatte sie schwer getroffen. Bestürzte Trauer um Brandon seitens der Eltern seiner Vorschulfreunde. Seine Kindergärtnerin, eine Frau mit langem braunem, zurückgestecktem Haar, wischte sich die Tränen weg. Ihre Unterlippe zitterte. Neben ihr stand ein kleiner Junge Hand in Hand mit seiner Mutter, die eine Sonnenbrille und einen verschleierten Hut trug.

Auch ein paar Kollegen vom National Public Radio waren gekommen, wo Kathy als Regisseurin gearbeitet hatte. Ein paar Nachbarn. Eine Frau, mit der Kathy im College die Bude geteilt hatte und die es als Reverenz für zwanzig Jahre gegenseitiger Weihnachts- und Geburtstagskarten auf sich genommen hatte, vierhundert Meilen hierherzufahren. Und Murray, der unermüdliche, großherzige Murray, Kathys Exmann. Aber keine engen Freunde, denn Kathy *hatte* keine engen Freunde.

Die Familie war nur durch ihn selbst und Tante Lillian vertreten, was jedoch nicht Kathys irgendwie schwierigem oder verschlossenem Charakter zuzuschreiben war. Es wurde Carpenter urplötzlich bewusst, dass die sechsundsiebzigjährige Schwester seines Vaters und er selbst alles waren, was von zwei immer dürftigeren Familienstammbäumen übrig geblieben war.

Murray war der Einzige, der weinte. Aber, wie bei dem Geistlichen, galt auch sein Kummer eigentlich nicht der Frau im Sarg. Murray gehörte zu der Sorte Mensch, die in Tränen ausbrechen, wenn sie ihr Lieblingssofa durch ein neues ersetzen. Trotzdem war ihm Carpenter dankbar. Das hemmungslose Zurschaustellen von Kummer schien ihm ein Tribut an seine Schwester, weit mehr als das üppigste Blumengebinde.

Schließlich beendete der Geistliche seinen Redefluss mit einem verbalen Schnörkel über die Leuchtfeuer in der Wildnis. Carpenter warf eine Hand voll Lehm auf die Särge und eine weiße Rose für Kathy. Dann ging er zur Seite.

Andere folgten seinem Beispiel. Er war ein paar Schritte entfernt auf dem Weg stehen geblieben, und die Trauergäste traten auf ihn zu, drückten ihm die Hand oder küssten ihn auf die Wange und sprachen ihr Beileid aus.

Eine der Ersten war die Frau mit dem kleinen Jungen; sie stellte sich als Marie Sanders vor. »Und das hier ist Jesse«, sagte sie voller Stolz. Carpenter lächelte dem Jungen zu und fragte sich im Stillen, ob es wohl ihr Sohn sei; sie hatten nicht die geringste Ähnlichkeit. Die Augen waren tiefbraun, die Haut dunkel und das Haar, das sich über der Stirn lockte, pechschwarz. Er war bildschön – wie sie. Aber auf völlig andere Weise. Sie war blasshäutig, blond und ... irgendwie vertraut.

»Kenne ich Sie?«, fragte er.

Sie schien von der Frage nicht überrascht, schüttelte jedoch den Kopf. »Ich glaube nicht«, sagte sie.

»Es ist nur ... Ich dachte, wir wären uns vielleicht schon mal begegnet.«

Sie lächelte unsicher. »Ich wollte nur sagen, wie Leid es mir tut. Kathy ...« Sie schaute zu Boden und schüttelte den Kopf. »Ich hab's in den Nachrichten erfahren.«

»Das tut mir Leid. Ich habe versucht, alle ihre Freunde anzurufen ...«

»O nein, bitte. So gut habe ich sie gar nicht gekannt. Es war überhaupt ein Zufall, dass ich von ihrem Tod erfahren habe.«

»Aber Sie sagten doch ...«

»Ich wohne nicht hier«, sagte sie hastig. »Wir waren auf Reisen und haben es über Satellitenfernsehen ...« Sie hielt inne, biss sich auf die Unterlippe. »Entschuldigen Sie. Ich rede Unsinn.«

»Ganz und gar nicht.«

»Ich habe Ihre Schwester in ... in Europa kennen gelernt, und ich habe sie sehr gern gemocht. Uns verband eine Menge. Und als ich ihr Foto und das von Brandon im Fernsehen sah ...« Ihre Stimme zitterte, und durch den Schleier hindurch konnte er erkennen, dass ihr die Tränen in die Augen traten. »Jedenfalls musste ich einfach kommen.« Sie nahm einen tiefen, bebenden Atemzug und gewann offenbar ihre Fassung allmählich wieder. »Und es tut mir so Leid«, sagte sie. »Es tut mir so Leid für Sie.«

»Danke«, sagte Carpenter. »Danke, dass Sie gekommen sind.«

Und dann war sie fort, und Murray trat vor ihn mit tränenüberströmten Wangen. »Es ist so schwer«, sagte er und schloss Carpenter in die Arme. »Ach, Joe, es ist so verdammt schwer.«

Carpenter selbst hatte vergessen, wie man weint, aber sein Kummer und Schmerz schnürten ihm die Kehle zusammen. Er verlor jemanden, der ihn so gut kannte wie sonst niemand auf der Welt, eine Gefährtin seiner Kindheit. Er verlor die »Allianz«, wie Kathy ihren Zusammenhalt als Kinder, ihr Bündnis gegen ihre Eltern, eines Tages feierlich getauft hatte.

Er sah ihr ernstes kleines Gesicht vor sich. In ihrem Spielzimmer in Washington, in einer Art Zelt, das Kathy aus Tüchern und Bettlaken errichtet hatte. Er war vielleicht fünf, Kathy zehn. »Wir müssen zusammenhalten«, sagte sie, »du und ich. Ich habe beschlossen, dass wir eine Allianz gründen.« Es dauerte noch Jahre, bis dieses Wort wirklich Teil seines Wortschatzes war, aber er wusste, was sie meinte. Kathy hatte eine Liste mit Pflichten aufgeschrieben und vorgelesen, die sie beide geloben mussten: *Nr. 1: Verpetze nie ein Mitglied der Allianz.* Sie stachen sich in die Finger, ließen Blut auf die Liste tropfen und begruben sie unter der Fichte. Noch als Erwachsene pflegten sie den Brauch, ihre gegenseitigen Briefe und Postkarten mit Kathys erdachtem Symbol, einem liegenden A, zu unterzeichnen.

Ihr Vater Elias war über zwanzig Jahre lang Kongressabgeordneter gewesen. Das Geld, das Elias' Karriere ermöglicht hatte, kam von seiner Frau Josie. Ihr Großvater hatte mit Whiskey ein Vermögen gemacht, und von dem Vermögen war ausreichend viel durch die Generationen gesickert, um Josie, ein Einzelkind, für den ehrgeizigen jungen Mann aus dem falschen Teil von Louisville zu einer guten Partie zu machen.

Weder Elias noch Josie zeigten besonderes Interesse an ihren Kindern. Wie die meisten Kongressangehörigen pendelten sie zwischen Washington und ihrem Heimatstaat hin und her, mit dem Ergebnis, dass Kathy und Joe weniger von Mama und Papa erzogen wurden als vielmehr von einer endlosen Reihe von Kinder- oder Au-pair-Mädchen, Babysittern und später »Angestellten«.

Joe hatte sich selbst kaum je Gedanken über die Kluft gemacht, die sich zwischen ihm und seinen Eltern auftat. Er fürchtete sich vor dem jähzornigen Naturell seines Vaters, und seine Mutter sah er selten. So war es eben. Er hatte eine teure Privatschule in Washington besucht, wo viele seiner Freunde sich in einer ähnlichen Situation befanden. Kathy allerdings hatte es etwas ausgemacht, zumindest so lange, bis schließlich doch der Punkt erreicht war, wo es ihr gleichgültig wurde.

Dass es so gekommen war, wusste er, denn als er einmal mit einem Getränk für Josie aus der Küche zurückkam, platzte er direkt in eine Auseinandersetzung zwischen seiner Mutter und seiner Schwester. Kathy blickte furchtbar zornig drein. »Du machst dir überhaupt nichts aus uns. Du wolltest doch nur Kinder haben, damit du ihre Namen auf deine Weihnachtskarten setzen kannst.«

Josie, die an ihrem Frisiertisch saß, nippte an ihrem Getränk. Sie drehte den Kopf zur Seite und legte einen Ohrring an. »Na hör mal, Liebes«, sagte sie, ohne den Blick von ihrem Spiegelbild zu lösen, »das ist nicht wahr. Du bedeutest mir sehr, sehr viel.« Er hatte noch immer die honigsüße Stimme seiner Mutter im Ohr. *Sähr, sähr viel.* Als sie glaubte, ihre Tochter besänftigt zu haben, erhob sie sich, nahm einen Zerstäuber aus Kristall, besprühte ihr Haar und schwebte dann durch eine Wolke von Duft. »Jetzt gib Mami einen Kuss«, sagte sie. »Ich bin spät dran.«

Elias betrachtete seine Vaterrolle als Pflichtübung. Er flocht seine Kinder sozusagen in seinen täglichen Arbeitsplan ein, eine Tatsache, auf die Joe von seiner Schwester hingewiesen wurde. Eines Abends, als sie in Washington wohnten, nahm sie ihn mit in Vaters Arbeitszimmer und zeigte ihm den ledergebundenen Terminkalender, wo sie ihre eigenen Namen in dem ausgefüllten Zeitplan des Kongressabgeordneten fanden.

7.00 – Frühstücksgebet mit Jungrepublikanern
8.30 – RNC-Zentrale: Republikanischer Lenkungsausschuss
10.15 – *mit Kindern zum Zoo*

Praktisch jeder Kontakt Elias' mit seinen Kindern war im Voraus geplant – wenigstens während der Zeit, die sie in Washington verbrachten.

Mit Joe zu Camillo: Haare schneiden
Mit Kathy reden: Träume versus Pläne

Daraufhin begannen sie, den Terminkalender zu durchforsten, um zu sehen, was sie erwartete, täuschten Krankheit vor oder machten andere Pläne, um jene Anlässe zu meiden, zu denen sie als Dekorationsobjekte mitgeschleift werden sollten. Sie deckten sich gegenseitig; sie logen füreinander; sie bildeten eine gemeinsame Front.

Kapitalbeschaffung für Senator Walling.
Familie mitbringen.

(»Mama! Mama! – Kathy muss sich übergeben und ... und ich fühl mich auch gar nicht gut.«)

Nach dem Begräbnis gab es ein Mittagessen. Er verspürte plötzlich den Wunsch, über seine Kindheit mit Kathy zu sprechen. Über die Allianz. Er hielt nach Murray Ausschau und nach der schönen Frau mit dem kleinen Jungen. Wie hieß sie doch gleich noch? Marie. Obwohl sie es verneint hatte, wurde er das Gefühl nicht los, sie irgendwie zu kennen. Vielleicht fühlte er sich nur zu ihr hingezogen, weil sie, neben Murray, als Einzige den Eindruck machte, als empfände sie Kathys Tod als persönlichen Verlust. Schließlich fand er Murray, oder Murray fand ihn. Die Frau mit dem kleinen Jungen aber war verschwunden.

Nach dem Essen fuhr er Tante Lillian nach Dulles. Auf dem Rückweg nahm er die Mautstraße, und als er zu Hause ankam, war es schon beinahe dunkel. Normalerweise freute er sich auf die lange, gewundene Einfahrt, das Knirschen des Kieses unter den Reifen, den weichen Rhythmus des Wagens, wenn er auf der Holzbrücke über den Fluss fuhr. In gewisser Weise war das der Grund gewesen, warum er das Haus gebaut hatte. Den ganzen Tag lang dachte er über seine Arbeit nach, über Pläne, Termine und taktische Entscheidungen – bis er über den Fluss fuhr. Dann fiel alles von ihm ab.

Die Umrisse des Hauses, wie es sich aus den Bäumen erhob, begeisterten ihn. In der Gegend um Washington gab es kein zweites Haus wie dieses, einerseits weil der Architekt Holländer war und andererseits weil er ein Spinner war. Oder ein Genie. Oder von beidem etwas. Auf jeden Fall ein Anthroposoph und als solcher – prinzipiell – ein Feind des rechten Winkels. Das Ergebnis war ein Millionen-Dollar-Haus, eine Anhäufung von Wölbungen und abgerundeten Nischen, von ungewöhnlichen Winkeln und überraschend großen Räumen.

Wer das Haus zum ersten Mal sah, zeigte eine von zwei möglichen Reaktionen: Entweder hielt er entzückt den Atem an, oder aber er biss sich auf die Unterlippe, nickte weise, wie um zu sagen: »Das kommt von zu viel Geld bei Leuten, die es eigentlich besser wissen müssten.« Carpenter gefiel die Vorstellung, Menschen nach ihren Reaktionen auf das Haus hin einzuschätzen, aber eigentlich konnte er es gar nicht. Einige von denen, an denen ihm am meisten lag (zum Beispiel Kathy), hatten nur den Kopf geschüttelt oder höflich gelächelt, als sie es sahen.

Die meisten allerdings änderten ihre Meinung, wenn sie das Haus betraten. Es war durchflutet von Licht, das durch ein gläsernes, in nord-südlicher Richtung verlaufendes Tonnengewölbe einfiel. Die Räume waren alle überdimensional groß und gingen fast nahtlos ineinander über. An den Wänden hingen Schwarz-Weiß-Fotos des alten New York und liebevoll gerahmte Zeichnungen von Yellow Kid, Krazy Kat und Little Nemo. Die Möblierung war nur spärlich: ein paar große Sitzteile in Schonbezügen und ein Flügel.

Heimzukehren war ihm sonst der Lohn für die Mühen des Tages, heute aber vermochten ihn die kühlen weißen Wände, die emporstrebenden Räume nicht aufzubauen. Heute kam ihm das Haus leer und kalt vor, mehr eine Festung als ein Refugium.

Er schenkte sich ein Glas Scotch ein und ging ins Arbeitszimmer, seinen Lieblingsraum. Drei der ungewöhnlich angeordneten Wände waren bis unter die Decke mit Bücherregalen gefüllt, vor denen spezialgefertigte Leitern auf Schienen rollten. In einer Ecke, ein paar Zentimeter über dem Boden, war ein Backsteinkamin mit Holzscheiten und Anzündmaterial darunter. Obwohl es warm war, machte Carpenter Feuer, hockte sich eine Viertelstunde davor, trank seinen Whiskey und sah zu, wie die Flammen an dem Holz züngelten.

Schließlich hörte er den Anrufbeantworter ab. Es waren siebzehn Nachrichten drauf. Er drehte auf höchste Lautstärke, trat auf die Terrasse ans Geländer und starrte auf die Birken, die sich im Wind wiegten. Die Luft war jetzt frischer, Regen war im Anmarsch.

Es waren zwei geschäftliche Anrufe. Alle anderen waren zumeist Beileidsbekundungen von Freunden und seinen Bekannten, die Kathy nie begegnet waren und deshalb auch nicht zur Beerdigung gekommen waren. Ein Anruf kam von einem der Fernsehsender. Ein anderer von der *Washington Post.* Und dann Monicas raue Stimme, die ihm sagte, wie Leid es ihr tue, und falls es etwas gebe, *irgendetwas*, was sie für ihn tun könne ... nun, ihre Nummer sei dieselbe geblieben.

Carpenter dachte darüber nach ... dachte daran, sie anzurufen, dachte an die Trennung zurück. Dachte: *Was ist los mit mir?*

Und die Antwort lautete: *das Übliche.*

Oder, genauer gesagt, es war dabei, das Übliche zu werden. Er lernte eine Frau kennen, die er wirklich mochte, sie blieben ein Jahr oder so zusammen – und dann fing es an zu bröckeln. Es gab ein Ultimatum, eine »Verlängerung«, eine weitere Verlängerung, und dann ... Monica räumte Claire – oder sonst wem – den Platz. Tatsächlich *war* es in diesem Fall Claire, die sich augenblicklich aber auf – einer Konferenz in Singapur befand. Sie hatte vor zwei Tagen angerufen, und er hatte ihr von Kathys Tod erzählt. Ihr Angebot, zur Beerdigung zu kommen, hatte er höflich abgelehnt, ein Angebot, das eh nur gemacht worden war, um abgelehnt zu werden.

Er trank den letzten Schluck Whiskey aus seinem Glas. Um ehrlich zu sein: Er war gern mit Frauen zusammen – aber immer nur mit jeweils einer. Monogamie, oder *wenigstens* sukzessive Monogamie, stellte für ihn kein Problem dar, und das Gleiche hätte für die Ehe gelten müssen. Doch die Ehe war etwas, was er gleich beim ersten Mal richtig hinkriegen wollte, und er war romantisch genug, zu glauben, dass er es merken würde, wenn die Richtige auftauchte, dass er dann nicht den geringsten Zweifel hätte, dass es für ihn die wichtigste Sache der Welt sein würde. Für Monica aber schien die Ehe so etwas wie ... na ja, wie eine von vielen Alternativen zu sein. Keine reizlose, gewiss, aber ...

Die letzte Nachricht auf dem Band war von Riordan. Carpenter hörte sie, ohne hinzuhören. Als das Band abgespielt war, stellte er fest, dass er kein Wort registriert hatte. Er spulte zurück und drückte ein zweites Mal auf *Play.*

Riordan gehörte zu denen, die nur äußerst ungern auf Anrufbeantworter sprechen. Er redete hastig und viel zu laut. »Tut mir Leid, wenn ich etwas zu ruppig war«, sagte er mit einer Stimme ohne jedes Bedauern. »Schaun Sie morgen kurz vorbei? Ich hätte da ein paar Fragen.«

10

Riordans Büro lag etwas abseits von der Route 29, im zweiten Stock eines hässlichen Kastens, eines typischen Verwaltungsgebäudes aus den 50er Jahren. Die Außenwände bestanden aus blauen Plastik- und Glaspaneelen, die durch verbeulte und löchrige Aluminiumstreifen abgesetzt waren. Es war zugleich ein modernes und ein veraltetes Gebäude, modern, weil es vergleichsweise neu war, und veraltet, weil es schäbig aussah, verglichen mit den ehrwürdigen Nachbarhäusern aus dem vorigen Jahrhundert.

Innen sah es auch nicht besser aus. Die Lärmdämmplatten an den Decken waren fleckig und hingen durch. Die Linoleumböden bedeckte eine jahrzehntealte, aus tausenden Schichten von Bohnerwachs bestehende Patina. Die Treppen erinnerten Carpenter an seine Grundschule, und als er die Stufen hochging, glaubte er, den Geruch saurer Milch wahrzunehmen.

Carpenter fand das Morddezernat im zweiten Stock. Es bestand aus mehreren in sich geschlossenen Büros, einzelnen leeren Räumen, die, wie er vermutete, Verhören vorbehalten waren, und einem Labyrinth von Arbeitsplätzen, die durch mannshohe Pressspanwände abgeteilt waren. Es herrschte Unordnung und Chaos wie in einem Pressebüro, und fast jeder hier saß vor einem Computer oder hing, wie Riordan, am Telefon.

Riordan war Mitte fünfzig und hatte jene typisch irische Haut, die nur da altert, wo sie der Witterung ausgesetzt ist. Sein

Gesicht und seine Hände waren rot, aber der restliche Körper war bestimmt weiß wie Milch. Als er Carpenter eintreten sah, grüßte er stumm. Er sah abgespannt aus. Er zog die Augenbrauen hoch und deutete auf einen Stuhl.

Die Luft war stickig, die Heizung auf den Kalender, nicht auf das Thermometer abgestimmt. Alle Polizeibeamten waren in Hemdsärmeln, und alle trugen eine Pistole. Hauptsächlich Schulterriemen und das merkwürdige Halfter im Kreuz. Bullen waren natürlich an die ständige Präsenz von Waffen gewöhnt, aber Carpenter fiel es in Polizeiwachen immer besonders auf: Jeder war bewaffnet.

Das war auch ein Umstand, warum Exbullen beinahe unbrauchbar waren, wenigstens was Carpenter Associates betraf. Nicht nur, dass sie nicht schreiben konnten. Sie waren zudem auffällig, wenn sie den Mund aufmachten: Sie bestiegen »Fahrzeuge« statt Wagen – und fuhren nie irgendwohin, sondern immer »einen Einsatz«. Darüber hinaus hatten sie eine Haltung, eine Art sich zu bewegen, die sehr viel damit zu tun hatte, dass sie eine Dienstmarke und eine Pistole trugen. Praktisch alle Bullen trugen zeitweise Uniform, und so erwarteten sie, ähnlich wie Schauspieler und Politiker, dass die Leute in ihrer Gegenwart irgendwie reagierten. Es war gar nicht so wichtig, ob die Reaktion negativ ausfiel – Hauptsache, es gab eine. Und dieses Symptom erstreckte sich leider noch weit über ihre Zeit bei der Polizei hinaus.

Riordan legte auf, sah Carpenter an und klatschte in die roten Hände. »Der Wagen«, sagte er. »Vielleicht interessiert es Sie: Wir haben einen Leihwagen in der Nähe des Hauses Ihrer Schwester gefunden und sind der Sache nachgegangen.«

Carpenter nickte, sagte aber nichts. An der Art, wie Riordan sprach – nüchtern und sachlich –, war zu erkennen, dass er, obwohl er natürlich stinkwütend über Carpenters Ausflug in der Klinik gewesen war, keinen Groll mehr gegen ihn hegte.

»Hertz. Direkt aus Dulles. Kein Zweifel, dass es John Does Wagen ist. Der Kofferraum stinkt. Wahrscheinlich Kerosin.

Und niemand hat sich über den Hemmschuh beschwert, den wir dem Wagen verpasst haben.« Riordan hielt inne.

»Und?«

Der Detective zuckte die Achseln. »Nun, der Bursche hat eine Kreditkarte benutzt. Juan Gutierrez. Die Karte ist auf eine Adresse in Brookville, Florida, ausgestellt. Ich hab den Kollegen dort gebeten, mal nachzuschauen. Ist 'ne Pension, 'ne billige Absteige. Dort hat tatsächlich ein Kerl mit Namen Juan ein Zimmer gemietet – so vor zwei, drei Monaten. Hat sich dort nicht oft blicken lassen. War fast nie da.«

Riordans Telefon läutete, und er nahm ab. Carpenter hörte ein Weilchen zu, lang genug, um sich zu überzeugen, dass der Anruf nichts mit ihm zu tun hatte, und dann betrachtete er die Trennwände von Riordans Arbeitsbereich. Sie waren mit Kinderzeichnungen geschmückt, falls geschmückt das richtige Wort dafür war. William Tyler Elementary School. Grob gezeichnete Gestalten mit sehr realistisch dargestellten Pistolen. Kugeln kamen heraus, alle gleich groß, in geraden Linien. Dicke Rotstiftstriche markierten die Wunden, und in mehreren Fällen floss Blut in sorgfältig gemalten einzelnen Tropfen. Irgendwie schien das Rotstiftblut brutaler und dinghafter als das oft übermäßig strömende Filmblut im Kino.

Riordan legte auf. »Wo war ich stehen geblieben?«

»Juan Gutierrez.«

»Genau. Sieht ganz so aus, als wäre die Anschrift in Brookville nur eine Briefkastenadresse. Aber wir sind noch nicht fertig. Wir haben einen Motelschlüssel im Aschenbecher des Leihwagens gefunden. Na ja, das bedeutet natürlich 'ne Menge Lauferei. Aber wir gehen der Sache nach und – hoppla-hoppla – es ist ein Motel gleich bei der 395. Juan Gutierrez – Zimmer 214. Wir besorgen uns also einen Durchsuchungsbefehl. Und im Zimmer ist eine Reisetasche, eine Straßenkarte von Fairfax und eine Brieftasche.«

»Eine Brieftasche.«

»In der Brieftasche sind knapp zweitausend Dollar in bar, ein

Führerschein, ein Bibliotheksausweis, eine Sozialversicherungskarte und ein paar Visitenkarten – alle auf den Namen Juan Gutierrez, Brookville, Florida. Also prüfen wir die Sachen, und es stellt sich raus ... Mr. Gutierrez ist wahrscheinlich nicht Mr. Gutierrez.«

»Was soll das heißen?«

»Der Bursche hat keine Geschichte. Alles fängt vor zwei, drei Monaten an, als wäre er im Alter von dreiundvierzig geboren. Er hat einen Bibliotheksausweis, ausgestellt im August. Aber er hat nie ein Buch ausgeliehen. Er hat einen Führerschein, ausgestellt Anfang September, und hat vorher offenbar nie einen besessen. Und seine Visa-Cards sind beide so Dinger, wie Bankrotteure und kreditunwürdige Leute sie kriegen.«

»Wo man auf der Bank das Geld vorher einzahlt?«

»Genau. Und er hat auf jeder einen Kreditrahmen von zweitausend Dollar. Er hat sie seit ...«

»September.«

»Richtig geraten. Aber er hat sie benutzt. Es war nur Zeit für einen einzigen Buchungszyklus, aber bei beiden Karten hat er den Kontostand wieder ausgeglichen. Pronto, per Zahlungsanweisung.«

»Dann ist er also ein ›Gespenst‹.« So hieß im Fachjargon einer, der mit falscher Identität lebt.

»Ein Gespenst der Extraklasse.«

»Was soll das heißen?«

»Er hat seine I. D., seine Identität, weder geklaut noch gekauft. Scheint so, als hätte er sie aus Einzelteilen zusammengebastelt. Und – die Sozialversicherungsnummer, die gibt es, und sie gehört einem Juan Gutierrez, den es auch gibt und der in Tampa lebt. Dieser Juan Gutierrez fährt zwar nicht Auto, ist aber etwa so alt wie John Doe. Wenn man die Nummer überprüfen würde, könnte man meinen, sie sind ein und derselbe Kerl.«

»John Doe hat sich also 'ne Menge Arbeit gemacht.«

»Kann man wohl sagen. Ist 'ne verdammt gute I. D. Ein Bulle hält ihn an, kein Problem. Er will 'nen Wagen leihen – bitte schön, was soll's denn sein? Er will irgendwohin fliegen, aber nicht in bar zahlen – das könnte auffallen! – Zack, seine Visa-Cards, und er könnte zum Mond fliegen, und niemand würde etwas argwöhnen. Ich fange an, mich zu fragen ...«

»Was?«

»Ob er nicht ein Profi ist. Was mich an den Grund erinnert, weshalb ich Sie hergebeten habe.« Riordan ließ sich in seinen Stuhl zurücksinken. »Ich denke, es ist an der Zeit, dass wir mal ausführlicher über Ihre Schwester plaudern.«

»Wieso? Da gibt es nichts, was Sie interessieren könnte.«

»Da bin ich anderer Meinung.«

»Hören Sie, da ist nichts in Kathys Leben, was Ihnen auch nur irgendeinen Anhaltspunkt geben könnte, warum ihr jemand mit den Arbeitsmethoden eines Profikillers die Kehle durchschneidet, ihr Haus niederbrennt, ihr Kind umbringt ...«

»Um bei der Wahrheit zu bleiben«, sagte Riordan, »er hat nicht ihr die Kehle durchgeschnitten. Er hat Brandon die Kehle durchgeschnitten. Ihre Schwester wurde durch einen Stich in die Brust getötet.«

Carpenter wollte etwas sagen, ließ es dann aber.

Riordan räusperte sich. Seine Stimme bekam einen verletzten Klang, und in seinen Augen lag ein sonderbarer Ausdruck. Carpenter konnte sich plötzlich gut vorstellen, wie Riordan als Kind ausgesehen haben musste. Ein Kind, das zu Unrecht gerügt worden ist. »Betrachten Sie's doch mal mit meinen Augen, Joe. Ich stehe da und ziehe die Sache für Sie durch, ich reiß mir den Arsch auf ...«

»Sie ziehen die Sache für *mich* durch? Dass ich nicht lache! Es geht um zweifachen Mord!«

»Nur zu Ihrer Information, wir haben siebenundfünfzig *ungelöste* Mordfälle in den Akten. Ich verschleudere unsere Mittel für einen, der fast schon gelöst ist, verstehn Sie? Und weiter zu Ihrer Information, ich habe heut morgen mit dem Doktor in der Klinik gesprochen: John Doe geht's gar nicht gut. Seine Lunge ist total versaut. Das soll nicht heißen, dass er nicht durchkommt, aber manche Leute hier finden, dass ich Zeit und Geld für einen Fall vergeude, der sich jeden Augenblick von selbst lösen kann.«

»Sie meinen, wenn er stirbt, betrachten Sie den Fall als *gelöst*?!«

»Ja, genau, das meine ich. Sobald der gerichtliche Beweis erbracht ist, ist der Fall *gelöst.* Wenn die Fingerabdrücke mit den Abdrücken auf dem Messer übereinstimmen und falls die DNS-Tests positiv sein sollten, wenn wir beweisen können, dass der Verdächtige A das Verbrechen Y begangen hat« – er machte eine ausladende Armbewegung – »dann nennen wir einen Fall *gelöst.* Und wenn der Verdächtige A obendrein tot ist, ist der Fall so gelöst, wie er gelöster nicht sein kann.« Seine Hände landeten geräuschvoll auf der Schreibtischplatte.

Carpenter blickte ihn an. »Aber wir würden nicht wissen, *warum.*«

»Warum, warum – und was, wenn es kein Warum gibt? Was, wenn eine Küchenschabe ihm befohlen hat, er soll es tun? Was, wenn er mit Drogen voll gepumpt war und er die Idee einfach nur gut fand?«

»So sah es aber nicht aus, oder?«

»Nein«, sagte Riordan, »sicher nicht. Allein schon wegen dieser I. D.« Er hielt inne, um gleich darauf fortzufahren: »Aber die Sache ist doch die: Während John Doe den Löffel nicht abgeben will und ich versuche, etwas Licht in die Sache zu bringen, können Sie doch nicht jedes Mal ausflippen, wenn ich Ihnen ein paar Fragen über Ihre Schwester stelle.«

»Sie haben Recht. Tut mir Leid.«

Offenbar reichte das, um Riordan zu besänftigen. Er rang sich ein kleines Lächeln ab. »Also ... dann erzählen Sie mal von ihr.«

Carpenter zuckte die Achseln. Er fühlte sich plötzlich müde. »Sie hörte regelmäßig den ›Prairie Home Companion‹.«

Riordan notierte. »Was ist das denn?«

Carpenter seufzte. »Eine Radiosendung aus Minnesota.« Riordan sah ihn verständnislos an. »Was ich damit meine, ist – was soll ich Ihnen sagen? Meine Schwester hat ein uninteressantes, ja langweiliges Leben geführt. Sie war Regisseurin beim Rundfunk. Sie hat hart gearbeitet. Ihr Leben drehte sich hauptsächlich um ihre Arbeit und das Kind. Ihr gesellschaftliches Leben bestand aus Vorschul-Elternabenden und Treffen allein erziehender Mütter in der Unitarian Church. Die meiste Zeit blieb sie für sich. Sie hatte keine Feinde.«

»Entschuldigen Sie – aber würden Sie's wissen, wenn?«

Carpenter dachte nach. Er glaubte nicht, dass Kathy etwas vor ihm geheim hielt, doch absolut sicher konnte er nicht sein. »Wir waren uns ziemlich nahe. Als unsere Eltern starben, war Kathy zwanzig, ich fünfzehn.«

»Ja. Ich erinnere mich. Der Kongressabgeordnete. Flugzeugabsturz.«

»Hubschrauber.«

»Tragisches Unglück«, sagte Riordan. »Hatte Ihre Schwester daher ihr Geld? Ich hab mich schon gefragt, wie sie sich so ein schickes Haus leisten konnte.«

»Mein Vater hat einen Großteil der Moneten meiner Mutter durchgebracht, aber wir haben beide etwa zweihunderttausend geerbt. Kathy war ziemlich genügsam. Hat geschickt investiert. Als sie Brandon bekam, hat sie das Stadthaus verkauft und ist rausgezogen.«

»Wem hat sie ihr Geld vermacht? Ich meine, Sie gestatten doch die Frage.« Riordan fuchtelte mit den Händen in der Luft. »Wir haben diesen Punkt noch nicht geklärt.«

Carpenter war Kathys Testamentsvollstrecker, wie Riordan offenbar bereits wusste oder erraten hatte. Er schüttelte den Kopf. »Ich kann Ihnen das Testament zeigen, aber das bringt Sie nicht weiter. Sie hat alles Brandon vermacht. Falls er früher verstirbt oder beide zusammen, soll alles an wohltätige Einrichtungen gehen.«

Riordan machte sich Notizen. »Welche Einrichtungen?«

»Vorschule Valley Drive. Sweet Briar – das war ihr College. Greenpeace.«

»Nichts an Sie?«

»Nur ... irgendwelcher persönlicher Kram. Familienfotos und so. Nichts, was das Feuer überlebt hat.«

Riordan blickte enttäuscht drein. »Was ist mit Männern? Irgendwelche Männer in ihrem Leben?«

»Nicht in den letzten Jahren.«

»Was ist mit dem Kind? Bekommt sie irgend'ne Unterstützung? Alimente oder so?«

»Nein.«

»Warum nicht?«

»Es gibt keinen Vater.«

Riordan hob verdutzt die Brauen. »Ja ... wie? Ist er tot?«

»Nein.«

Riordan kicherte wie ein Kind. »Wenn Sie mir sagen, wie das funktionieren soll, dann dürfen Sie gehen.«

»Ihre ›Uhr lief ab‹. So hat *sie* es ausgedrückt. Und weil es keinen Mann in ihrem Leben gab – na ja, da meinte sie, sie brauchte keinen.«

Ganz so nüchtern hatte sie sich nicht ausgedrückt. Kathy hatte ihm ihre Absicht, Mutter zu werden, an ihrem Geburtstag kundgetan. Sie wurde siebenunddreißig. Er hatte sie ins Little Washington zum Abendessen eingeladen, dort zwei Zimmer für die Nacht reserviert, und so waren sie nicht ganz nüchtern geblieben. Kathy trank in der Regel nicht viel, doch an jenem Abend, nach einem Glas Sherry, etwas Dom Pérignon und einem Armagnac, tat der Alkohol seine Wirkung. Sie saß ihm vis-à-vis mit einem kleinen geheimnisvollen Lächeln um die Lippen und ließ ihre Gabel in dem Rest Himbeersauce ihres *cœur de crème* kreisen. Plötzlich warf sie den Kopf in den Nacken und blickte ihn an. Sie nahm einen letzten Schluck Armagnac und stellte das Glas ab. »Das wird es ein Weilchen nicht mehr geben.«

Carpenter war verwundert. Alkohol war für Kathy nie ein Problem gewesen.

»Gesundheitstick?«

»In gewisser Weise.« Sie ließ versonnen den Zeigefinger auf dem Rand des Glases kreisen, bis es einen lauten, klingenden Ton von sich gab; sie kicherte. »Was würdest du sagen, wenn ich dir mitteile, dass ich schwanger werden will?« Ihre Wangen waren plötzlich ganz rosig.

Er zögerte. Worauf er auf keinen Fall anspielen wollte, waren ihre missglückten »Versuche« mit Murray. Oder ihre Magersuchtanfälle in der Pubertät, als sie auf knapp dreißig Kilo abgemagert war und die Ärzte gewarnt hatten, sie würde ihrem Körper so schaden, dass sie vielleicht keine Kinder bekommen könne. »Ich würde sagen, wer ist der Glückliche? Und dann würde ich fragen, warum die Hälfte der Allianz so lange nichts von dem Typen erfahren hat?«

Kathy schleckte ihre Gabel ab. Ihre Augen leuchteten auf. »Und wenn ich dir jetzt sagen würde, dass es keinen Typen gibt?«

»Dann würde ich sagen, das Vorhaben klappt nie.«

Kathy kicherte. »Nicht dass es ein Problem wäre, jemanden zum Bumsen zu finden – aber ›ohne Schutz‹? Heutzutage? Und im richtigen Moment? Und dann, falls es *wirklich* gelingt, will der Kerl am Ende was von dir, besteht auf gemeinsamem Sorgerecht, möchte vielleicht sogar *einziehen.* Glaub mir, Männer können viel Ärger machen. Doch zum Glück leben wir ja in den 90er Jahren. Und es gibt effektivere Möglichkeiten, sich ein Kind machen zu lassen.«

»Moment mal. Willst du etwa sagen ...«

Sie nickte. »Genau das will ich. Ich habe morgen einen Termin.« Sie lächelte. »Erst mal nur ein Beratungsgespräch, um etwas über das Verfahren zu hören.«

Damals hatte Carpenter Kathys plötzliche Begeisterung für die Mutterschaft insgeheim mit einiger Skepsis betrachtet. Doch am Ende hatten ihre Instinkte Recht behalten. All die Mühen und Scherereien – es hatte sie vier Jahre und eine Reihe kostspieliger und qualvoller Enttäuschungen gekostet – waren es wert gewesen. Die Mutterschaft hatte sie verändert – zum Positiven.

Nicht Brandons bedingungslose Liebe hatte diesen Wandel bewirkt. Vielmehr war Kathy zum ersten Mal in ihrem Leben verliebt – in ihren Sohn.

Riordan war richtig rot geworden. Er war schockiert. »Ihre Schwester ist in eine von diesen ... von diesen Institutionen gegangen. Eine Klinik. Zu einer, wie heißt es noch, ›künstlichen Befruchtung‹?«

Missbilligend verzog er das Gesicht und schüttelte langsam den Kopf. Dann beugte er sich vertraulich zu Carpenter vor. »Wenn wir nicht aufpassen, übernehmen die Frauen die Macht. Nein, nein, Sie lachen, aber ich meine es ernst. Wir enden noch wie die verdammten Bienen.«

Carpenter musste wohl erstaunt dreingeblickt haben, denn Riordan sah sich zu einer Erklärung genötigt.

»Wie die Drohnen.« Er nickte eifrig. »Bienen kommen ohne sie nicht aus, aber was ist am Ende ihr Lohn? Ich sag Ihnen, wie's aussieht – der Winter kommt, und sie werden aus dem eigenen Haus rausgeschmissen und frieren sich die Ärsche ab.« Riordan hielt inne, um mit einem weisen Nicken fortzufahren: »Die Gefahr könnte auch uns Menschen drohen.« Sein Gesichtsausdruck änderte sich zu einem kurzen ängstlichen Blick, als fürchtete er, zu viel gesagt zu haben. »Nichts gegen Ihre Schwester natürlich«, murmelte er.

Dann seufzte er geräuschvoll, stand auf und streckte die Hand aus. »Danke, dass Sie gekommen sind.«

Sie schüttelten sich die Hände. »Tut mir Leid, falls ich ...«

»Ach was, vergessen Sie's«, meinte Riordan mit sorgenvoller Miene. »Nicht dass Sie 'ne große Hilfe waren. Ihre Schwester, meine ich ...« Sein großer Kopf schaukelte traurig hin und her. »Nichts, was mir auf die Sprünge hilft. Es war nicht die Liebe, nicht das Geld, nicht die Familie. Ich weiß auch nicht. Vielleicht ist der Kerl wirklich ein Verrückter.«

»Darf ich Sie was fragen?«

Riordan schlüpfte mit einem Achselzucken in seinen Mantel und rückte die Krawatte zurecht. »Was?«

»Das Motel. Hat er von dort telefoniert?«

Als sie aus dem Gebäude traten, zündete sich der Detective eine Zigarette an, inhalierte und stieß eine kleine Rauchsäule in den grauen Himmel.

»Ich weiß nicht«, sagte er schließlich. »Glaube nicht, dass wir's schon überprüft haben.« Er nahm einen weiteren tiefen Zug von seiner Zigarette, bevor er hinzufügte: »*Noch* nicht.«

11

Erst mehrere Tage nach der Beerdigung schaltete Carpenter wieder sein Autoradio an. Er hatte es eine Zeit lang nicht angerührt, weil er unmittelbar nach den beiden Morden beim Betätigen des Suchlaufs von einer Kurznachricht überfallen worden war. Es war nichts Brandneues gewesen, mehr eine Zusammenfassung der bekannten Fakten, dazu ein kurzer Kommentar von Riordan. Es war schon makaber und höchst irritierend, zwischen den geschmacklosen Witzen von Howard Stern und dem Verkehrsbericht die Einzelheiten der eigenen Familienkatastrophe präsentiert zu bekommen.

»Ich sag dir, Robin, ich war vielleicht wieder mal geil heut morgen. / Die Kehle des Kleinen war aufgeschlitzt von einem Ohr zum anderen. / Unfall mit Blechschaden auf der äußeren Schiefe des Beltway …«

Knapp zwei Wochen waren seit den beiden Morden vergangen, und, wenn er ehrlich war, fing er an, sich an die Situation zu gewöhnen. Die Tatsache, dass seine Schwester und sein Neffe in ihren Betten abgeschlachtet worden waren, erschütterte ihn nicht mehr. Sie waren tot, einfach tot, so war das jetzt eben. Er musste an die Gefühle denken, die er hatte, als seine Eltern verunglückt waren. Nach einer Weile konnte er sich kaum mehr richtig an die beiden erinnern. Nach einer Weile war es, als hätten sie eigentlich nie gelebt.

An der Key Bridge bog er ab und schlug sich den Whitehurst Freeway durch bis zur E Street.

Er saß etwa eine Stunde an seinem Schreibtisch, als seine Sekretärin Victoria ihm durchgab, dass ein Reporter von der *Washington Times* ihn am Telefon sprechen wolle. »Es geht um die Sache mit Ihrer Schwester.« Er fand es irgendwie paradox, dass ein Reporter ihn anrief. Und er war überrascht. Das Interesse der Medien an Fällen wie Kathys war kurzlebig, wurde von neueren, ähnlich schauerlichen Katastrophen rasch von den Titelseiten verdrängt.

Eine junge, offenbar noch unsichere Journalistin meldete sich. »Johnette Daly«, sagte sie. »Entschuldigen Sie, wenn ich störe, Mr. Carpenter, aber wir haben gleich Redaktionsschluss. Und ich ...«

»Was kann ich für Sie tun?«

»Nun, ich wollte Sie bitten ... ich meine, könnten Sie einen Kommentar abgeben zu dem, was passiert ist?«

Er war verwirrt. Einen *Kommentar* zu dem, was passiert war? »Worum geht es?«, fragte er Johnette Daly.

Kurzes Schweigen am anderen Ende der Leitung, dann die leise, atemlose Stimme der Reporterin. »Gott, o Gott. Heißt das, Sie wissen's noch nicht?« Sie wartete nicht auf eine Antwort, sondern fuhr hastig fort: »Ich bin davon ausgegangen, dass man Sie gleich informiert hat. Ich weiß nicht, ob ...«

»Wovon reden Sie eigentlich?«

»Ich sag's nicht gern, aber ... auf dem Fairhaven-Friedhof ... Jemand hat Ihren Neffen ausgegraben ... die *Leiche* Ihres Neffen, meine ich. So ein Vandale oder was. Und ich ...«

»Wie bitte? Soll das ein Witz sein?«

»Die Polizei will sich noch nicht zu dem Zwischenfall äußern, Sir, deshalb wollte ich fragen, ob Sie ...«

»Tut mir Leid«, sagte er, »ich kann jetzt nichts dazu sagen.«

Er starrte auf den Hörer in seiner Hand.

Etwas später rief er Riordan an, der sich vor Entschuldigungen fast überschlug. »Ich hab's auch nicht gleich erfahren«, sagte er. »Man ahnt ja im Vorhinein nicht, dass es ausgerechnet das Grab eines Mordopfers ist. Es sah nach gewöhnlichem Vandalismus aus. Tut mir Leid. Jemand hätte Sie benachrichtigen müssen. Da hat mal wieder jemand Scheiße gebaut.« Er seufzte. »Ich wahrscheinlich.«

»Was, zum Teufel, ist denn genau *passiert*?«

»Soviel wir wissen«, sagte Riordan, »war's irgendwann zwischen Mitternacht und sieben Uhr morgens. Da ist nachts zwar ein Wächter, aber der sitzt in seinem kleinen Häuschen. Vor der Glotze. Hat nichts gehört, nichts gesehen. Ist ja auch ein ziemlich großes Gelände. Auf jeden Fall hat jemand, der morgens gleich in aller Frühe zum Grab seiner Mutter wollte, die Sache entdeckt – und gemeldet.«

»Was haben die getan? Brandons Leiche ausgegraben? Wozu? Haben die ihn, Himmel noch mal ... haben die ihn mitgenommen?« Ein Wort schoss ihm in den Kopf: *Grabräuber.*

Riordan räusperte sich. »Ich denke mal, diese Reporterin – sie hat ihnen nicht die ganze ... die ganze Geschichte erzählt.« Er sprach mühsam. »Die Leiche Ihres Neffen wurde ... exhumiert ... und dann aus dem Sarg genommen. Und dann, laut Labor, ich lese vor: ›Der Täter benutzte eine Magnesium-Zündschnur ...‹«

»Was?«

»Ich lese aus dem Laborbericht vor: ›Der Täter benutzte eine Magnesium-Zündschnur und entzündete damit eine Mischung aus pulverisiertem Aluminium und Eisenoxid, gemeinhin bekannt als ...‹«

»Thermit.«

»Exakt. Thermit. Und damit setzte er die Leiche in Brand. Er hat ihn also noch mal verbrannt.« Riordan hielt inne. »Krieg 'ne richtige Gänsehaut.«

Carpenter war völlig ratlos. »Ich versteh das nicht. Warum sollte jemand so etwas tun?«

»Frag ich mich auch.« Riordan murmelte noch etwas von Vergleichen mit ähnlich gelagerten Fällen. »Ist aber noch nichts dabei rausgekommen. Kommt schon mal vor, dass wir Fälle von Grabschändung haben. Dumme Streiche im Grunde. Aber dies?«

»Eine Magnesium-Zündschnur? Thermit?«

»Weiß schon, was Sie sagen wollen! Da wird ’ne Menge verrücktes Zeug erzählt – das meiste ziemlich weit hergeholt.«

»Zum Beispiel?«

»Zum Beispiel, dass einer hinter ’nem Teil von einer Leiche her ist, Satanskult und so. Aber ich will nur eins wissen: Hat das was mit dem Mord zu tun?« Er hüstelte. »Eins wissen wir natürlich.«

»Und was?«

»John Doe war’s nicht.«

Am Spätnachmittag ging Carpenter joggen, um einen klaren Kopf zu bekommen, aber er konnte an nichts anderes denken als an die verkohlte Maske, die einmal Brandons Gesicht gewesen war. Als er seine Runde beendet hatte, stieg er in seinen Wagen und fuhr zum Friedhof, wo er ein kleines, durch gelbes Band abgesperrtes Areal vorfand. Ein Polizist lehnte an einem benachbarten Grabstein und rauchte eine Zigarette. Als Carpenter auf ihn zutrat, schnippte er den Stummel weg und nahm Haltung an.

»Es ist das Grab meiner Schwester«, sagte Carpenter. »Und meines Neffen.«

Der Polizist musterte ihn und hob die Schultern. »Solange Sie nicht hinter die Absperrung treten.«

Carpenter blieb davor stehen. Kathys Grab war noch immer mit Bergen inzwischen verwelkter Blumen bedeckt. Weiße Bänder flatterten im Wind. Brandons Grabstein lag auf der Seite, und davor klaffte ein Loch im Boden. Daneben lag aufgeschüttete Erde. Mehr, fand Carpenter, als in das Loch zu passen schien. Und überall sah man Rückstände der Spurensicherung – Pulver auf dem ganzen Grabstein, weiße Kleckse hier und da am Boden, wo Abdrücke von Schuhsohlen und dem Spatenblatt genommen worden waren. Und dann war da noch eine flache Mulde am Fuße des ursprünglichen Grabes, ganz eindeutig die Stelle, wo Brandons Leiche gelegen hatte. Die Spurensicherung hatte offensichtlich versucht, alle Überreste von Brandon sicherzustellen, allerdings erfolglos. Zurückgeblieben waren nur ein paar schwarze Streifen und mehrere kleine dunkle Ascheklumpen.

Der Anblick dieser schwarzen Streifen und der verstreuten Asche traf ihn besonders. Diese Überreste machten es deutlich: dass tatsächlich irgendwer Brandons kleinen Leichnam verbrannt hatte. Ihn ausgegraben und aus dem Sarg genommen hatte. Laut Riordan war der Schädel des Kindes mit dem Spaten zertrümmert, die Leiche dann mit Benzin übergossen und mit Hilfe einer Thermit-Vorrichtung angezündet und so weit verbrannt worden, bis nichts übrig geblieben war als das, was Tommy Truong »Knochenabfall« nannte.

Als er heimkam, erschien ihm das Haus unerträglich groß und still. Er rief Claire an, und sie versprach vorbeizukommen. Doch dann rief er sie noch einmal an, erzählte ihr, was passiert war, und fügte hinzu, dass er vielleicht doch lieber allein bleiben wolle.

Mitten in der Nacht wachte er auf und versuchte, sich an etwas zu erinnern, was ihm im Schlaf eingefallen war. Es schien ziemlich wichtig gewesen zu sein. Es war etwas, was Brandons Leiche betraf, und er wollte Riordan anrufen, er *musste* Riordan anrufen und es ihm erzählen. Doch wie sehr er sich auch bemühte, er konnte sich nicht erinnern, was es gewesen war. Es war da, weit hinten in seinem Kopf, aber je mehr er darüber nachdachte, desto weiter wich es zurück, bis nicht einmal mehr das damit verbundene Gefühl da war. Am Ende fragte er sich sogar, ob es wirklich eine Erkenntnis oder nur ein Traum gewesen war. Und so wälzte er sich den Rest der Nacht frustriert hin und her.

Am Morgen stand ein Artikel in der *Washington Post.* Er wollte ihn nicht lesen, nicht einmal einen Blick darauf werfen, aber er konnte nicht umhin, die Schlagzeile zu lesen: GRAB VON MORDOPFER VERWÜSTET.

Am Nachmittag erhielt er einen seltsamen Anruf von Evans Funeral Home, dem Bestattungsinstitut, das die Beerdigung arrangiert hatte.

»Ich wurde von der Polizei gebeten, mit Ihnen in Verbindung zu treten«, sagte ein Mann, der wohl aus Gewohnheit betont leise und mitfühlend sprach. »Sobald die ... hm ... die gerichtsmedizinische Untersuchung der Überreste abgeschlossen ist und die ... hm ... Leiche freigegeben ist ... wünschen Sie dann, dass wir die Wiederbestattung vornehmen?«

Carpenter bejahte.

»Und wünschen Sie einen neuen Sarg? Die Polizei ist mit dem ... hm ... ursprünglichen fertig, aber er ist ziemlich beschädigt.«

Carpenter bat um einen neuen Sarg.

»Noch eine Frage, Mr. Carpenter. Hm ...« Und hier zögerte selbst der Leiter des Bestattungsinstituts, als beträte er unerforschtes Terrain. »Wünschen Sie ... wünschen Sie anwesend zu sein, wenn wir ... hm ... die Leiche bestatten?« Er hüstelte. »Wenn wir sie neu bestatten? Ich meine ... Möchten Sie noch mal eine Zeremonie abhalten?«

Carpenter hatte wieder dies Gefühl, als würde sein Herz sich zusammenschnüren. »Keine Zeremonie«, brachte er schließlich hervor. »Aber ich möchte dabei sein.«

»Gut«, sagte der Mann. »Wir geben Ihnen Bescheid.«

Zwei Tage später war wieder ein strahlender Tag, und Carpenter war wieder auf dem Friedhof. Es hatte etwas Surreales, als der kleine Sarg in die Erdgrube gesenkt wurde. Diesmal aber gab es keinen Geistlichen, keine aufrichtenden Worte, keine Trauergäste außer ihm selbst und Riordan, der plötzlich aufgekreuzt war. Er und Riordan schaufelten die Erde selbst hinein. Die körperliche Anstrengung tat Carpenter gut, aber es war ein kleines Grab, und die Arbeit war rasch getan.

Die beiden blieben eine Weile stehen, dann wandte Carpenter sich ab.

»Dumme Geschichte«, murmelte Riordan kopfschüttelnd. Er zog eine Zigarette hervor, wartete aber, bis sie sich gebührend weit vom Grab entfernt hatten, bevor er sie anzündete.

Nach Brandons zweiter »Beerdigung« rief Riordan ihn alle paar Tage an. »Ich muss leider zugeben, Joe, dass wir immer noch nichts Konkretes haben. Das heißt, wir haben einen guten Abdruck vom Schaufelblatt und noch einen besseren von den Schuhen – Nike, Modell Chieftain, nagelneu, Größe 45. Und es gab nur eine Sorte Fußspuren, was darauf schließen lässt, dass es ein Einzelner war. Aber ansonsten? Absolut nichts. Keine Fingerabdrücke auf dem Sarg, nichts auf dem Grabstein. Wer's auch gewesen ist, er trug Handschuhe.«

Auch nach der gruseligen Exhumierung Brandons zogen sich die Mordermittlungen in die Länge. Riordan hielt Carpenter auf dem Laufenden, in der Hoffnung, ihn aus der Sache heraushalten zu können. Bei ihren Telefongesprächen hakten sie die einzelnen Indizien nacheinander ab.

Fingerabdrücke: »Raten Sie mal von wem?«

»Ich brauche nicht zu raten.«

Es war keine Überraschung, dass John Does Fingerabdrücke überall auf dem Messer, dem Wagen und der Brieftasche im Motel waren. Es war ein brauchbarer Beweis, der allerdings nichts über seine Identität besagte. Er war und blieb John Doe.

»Der Kerl ist nicht im Computer«, sagte Riordan, womit er auf die FBI-Datenbank anspielte, in der über hundert Millionen Fingerabdrücke gespeichert waren, darunter alle von denen, die jemals verhaftet worden waren – egal weshalb; von allen, die je eine Unbedenklichkeitsbescheinigung oder einen Waffenschein beantragt hatten; von jedem Armeesoldaten; von jedem Taxifahrer; jedem Busfahrer; jedem Regierungsangestellten.

»Alle sind im Computer«, sagte Carpenter.

»So in etwa.«

»Ich weiß. Jede Menge Leute sind gespeichert. Ich bin drin. Und Sie. Aber einer ist offenbar nicht gespeichert: John Doe.«

Blut, Haar, Gewebe: »Klarer Fall. Die Abdrücke auf dem Messer sind seine. Das Blut auf dem Messer ist ihres. Die Haare sind, wie es heißt, die von Brandon. Und die Haut ...«

»Welche Haut?«

»Die unter den Fingernägeln Ihrer Schwester. Die Haut ist von John Doe, keine Frage. Selbst ohne den DNS-Test. Der Arzt sagt nämlich, dass der Typ gekratzt wurde – vier Fingerstriemen über die Wange, von rechts nach links. Konnten wir nicht sehen, wegen des Verbands.«

Das Messer: »Wir haben einen Zeichner in die Brandstation geschickt. Der hat ein paar Skizzen von John Doe gemacht, und die letzte – gar nicht schlecht! Voilà John Doe – keine Verbrennungen, keine Bandagen. Aber dafür mit Haar und Augenbrauen, die zurzeit natürlich fehlen. Jedenfalls haben wir so eine Vorstellung, wie der Kerl aussieht, falls er kein Toupet trug.«

»Und weiter?«

»Wir haben die Skizze zwanzig Waffengeschäften vorgelegt, und – na raten Sie mal. Ein Händler in Springfield behauptet, er habe dem Kerl ein Kampfmesser verkauft. Vor drei, vielleicht vier Wochen.«

»Er kann sich dran erinnern?«

»Als wär's gestern gewesen.«

»Und wie soll so was gehen?«

»Ganz einfach. Er sagt, der Kerl habe dagestanden wie ein Storch. Habe einen von diesen schlabbrigen, ausländischen Anzügen angehabt.«

»Armani.«

»Kann sein ... Klamotten jedenfalls, die man dort nicht oft sieht. Da laufen nur Burschen in Overalls und Latzhosen rum, Kids mit rasierten Schädeln und schwarzen Jeans ... Unser Kerl sei aber – Zitatanfang – ›direkt einem Modejournal entsprungen‹ – Zitatende. Ich kann Ihnen eins flüstern, Joe: Der Fall ist 'ne harte Nuss.«

Und so ging's weiter. Im Krankenhaus stand stets ein gelangweilter Polizist vor dem Zimmer des Gefangenen und kontrollierte die Papiere von jedem, der ein- und ausging. Aber das schien nicht besonders ergiebig, denn es kamen nur Ärzte und das Pflegepersonal, und außer Carpenter und der Presse rief niemand an, um sich nach dem Zustand des Manns zu erkundigen.

Am Montag vor Thanksgiving rief Riordan an und teilte Carpenter mit, dass die Ärzte den Atemschlauch aus John Does Hals entfernen würden. Doe gehe es gut genug, um Fragen zu beantworten, also habe man eine Vernehmung für Mittwoch angesetzt.

»Und dann?«, wollte Carpenter wissen.

»Wir verlegen ihn nach Fairfax. Und dann stellen wir ihn vor Gericht – im Rollstuhl, wenn's sein muss.«

Nach Ansicht der Ärzte hatte sich der Zustand des Patienten bemerkenswert verbessert – auch wenn er nie mehr »so gut wie neu« sein würde. Tiefe Narben würden am Hals und auf der linken Gesichtshälfte zurückbleiben, das Gewebe von Lunge und Kehlkopf war beschädigt.

»Das wird ihm gar nicht gefallen«, sagte Riordan.

»Wem würde das schon?«

»Ich meine, den Ärzten nach ist der Kerl ein Sportler – oder zumindest bestens in Form –, das heißt, er war's.«

»Ein Läufer?«

»Nein ... oder vielleicht doch. Aber er ist ein Riesenkerl. Ziemlich massig. Boxer vielleicht. Oder Rausschmeißer. Irgend so was. Was Großes, Kräftiges. Vielleicht sogar Soldat.«

»Wie kommen Sie da drauf?«

»Weil er 'ne ziemlich harte Schule durchgemacht haben muss. Die Ärzte haben mir ein paar Röntgenaufnahmen gezeigt, auf denen man sieht, dass er schon ganz schön was eingesteckt hat. Als wär er gefoltert worden oder so.«

»Wie meinen Sie das?«

»Er hat ein paar alte Frakturen – und Narben. 'ne ganze Menge Narben auf dem Rücken – als wär er gepeitscht worden.«

»Wie?«

»Im Ernst. Sie sollten es sich mal ansehen. Plus eine Schusswunde. Wie von 'nem Gewehr. Einschussloch vorn, rechte Schulter. Austritt: ein Zentimeter vom Rückgrat entfernt. Und noch was.«

»Was?«

»Wollen Sie meine Meinung hören? Ich glaube, der Kerl ist – von Beruf, meine ich – Fliesenleger.«

»Hä?«

Riordan kicherte selbstzufrieden. »Da ist nämlich noch was. Der Arzt sagt, der Kerl hat Schwielen an den Knien. Dicke, große. Ich meine, wo sonst holt man sich die als beim Fliesenlegen?«

Carpenter dachte nach. »Keine Ahnung«, sagte er schließlich.

»Sehen Sie«, sagte Riordan. »Ende meiner Beweisführung.«

12

An dem Mittwochmorgen, an dem Riordan John Doe verhören wollte, fuhr Joe Carpenter in sein Büro in Foggy Bottom, wo er sich an den Schreibtisch setzte und vorgab zu arbeiten, während er in Wirklichkeit auf den Anruf des Detectives wartete.

Das Büro war ein großer und luxuriöser Raum mit einem offenen Kamin im georgianischen Stil, taubengrauem Teppichboden und Blick auf den Capitol Hill. An den diskret angestrahlten walnussgetäfelten Wänden hingen Hockney-Lithografien. An einem Ende des Raumes standen zwei Schaukelstühle und eine Ledercouch, am anderen Ende Carpenters reich verzierter Schreibtisch. Dies alles vermittelte den Eindruck von Seriosität und Diskretion und sollte den Reichen, den Argwöhnischen und Bekümmerten ein Gefühl des Wohlbehagens und Gutaufgehobenseins vermitteln.

Die Büros von Carpenter Associates nahmen den gesamten achten Stock des Gebäudes ein, also gab es neben seinem noch drei weitere Eckbüros. Eines davon diente als Besprechungszimmer. In den beiden anderen schalteten und walteten die beiden Hauptgeschäftsführer Judy Rifkin und Leo Bolton. Es gab acht weitere Büroräume mit Fenstern, jeweils für einen Chefermittler oder Fallbetreuer. Der fensterlose Bereich im Innern war den Rechercheuren, Datenspezialisten, Buchhaltern und Sekretärinnen vorbehalten. Hier in der Hauptgeschäftsstelle waren sechsunddreißig Angestellte beschäftigt und etwa vierzig weitere in New York, Chicago, London und Los Angeles.

Sicherheit war höchstes Gebot, und die Sicherheitsvorkehrungen wurden protzig zur Schau gestellt. Das begann gleich im Empfangsbereich, wo ein hochmodernes Video-Überwachungssystem das Kommen und Gehen sowohl der Angestellten als auch der Besucher festhielt. Hinter dem Empfang wurde der Zutritt zu den Fensterbüros durch ein biometrisches Schließsystem kontrolliert, das Fingerabdrücke scannte. War der Besucher dort angelangt, stellte er fest, dass alle Fenster mit gummierten Vorhängen versehen waren, um die Schwingungen des Fensterglases – für den höchst unwahrscheinlichen Fall, dass jemand mit Laser versuchen sollte, die Resonanzen der akustischen Wellen abzuhören – zu absorbieren. Die Aktenschränke waren mit schweren Kombinationsschlössern ausgestattet, und neben jedem Schreibtisch befand sich ein Reißwolf. Es gab noch andere, weniger augenfällige Sicherheitsvorrichtungen. Weil Carpenter Associates größtenteils für Firmenchefs und Spitzenanwälte arbeitete, durften keine Fotokopien von den Berichten angefertigt werden. Und so wurden diese Berichte, wenn nicht ausdrücklich anders verlangt, auf Papier gedruckt, das mit Phosphor imprägniert war, sodass jeder Versuch, das Dokument zu fotokopieren, eine schwarze Seite ergeben würde.

Die Computer im Büro waren mit Sperrvorrichtungen versehen. Vom Sicherheitsstandpunkt aus aber war viel wichtiger, was ihnen fehlte: Diskettenlaufwerke. Man konnte also keine Firmendaten auf Diskette kopieren. Die Computer waren so konfiguriert, dass das Versenden von E-Mails zentral gesteuert wurde. Und wenn jemals ein Hacker in die Datenverarbeitung eindringen sollte (aber die Programmierer schworen, es sei unmöglich), sorgte ein 128-Bit-Algorithmus dafür, dass ihr Inhalt für mindestens eine Million Jahre nicht decodiert werden konnte.

All das war kostspielig und, wie viele dachten, übertrieben, aber Carpenter wusste, was er tat. Sicherheit zahlte sich aus.

Denn der größte Teil der Firmeneinnahmen kam aus zwei Quellen: aus Rechtsstreitigkeiten der Superreichen oder großer Unternehmen, bei denen es um »Akquisitionsleistungen« ging. Ob es sich dabei um die Rohstoffhändlergattin handelte, die die Scheidung (und die Hälfte des Vermögens ihres zukünftigen Exmanns) wollte, oder ein feindliches Übernahmeangebot (und die Aussicht auf erpresserische Aktienkäufe), es stand immer viel auf dem Spiel. Oft ging es um hunderte Millionen Dollar, und so war Diskretion, absolute Diskretion erforderlich. Im Idealfall sollte der Gegner (und es gab immer Gegner) nicht einmal wissen, dass Carpenters Firma involviert war. Gelegentlich war es allerdings auch von Vorteil, dass die gegnerische Partei es erfuhr. Dann war die Ermittlung eine »laute«, man ließ Informationen an die Presse durchsickern und veranlasste aggressive Beschattungen.

Doch auch mit aller High-Tech dieser Welt konnte Carpenter Jimmy Riordan nicht bewegen, ihn anzurufen. Er hatte seine Sekretärin am Morgen gebeten, keine Anrufe durchzustellen – bis auf Riordans –, was eine ungewöhnliche Stille in der südwestlichen Ecke des achten Stocks zur Folge hatte. Die Morgensonne wich der Nachmittagssonne, und noch immer läutete das Telefon nicht. Carpenter ließ sich ein paar Sandwiches kommen, aß allein vor dem Kaminfeuer und blätterte dabei in der Zeitschrift *Information Warfare.* Langsam wich der Nachmittag dem Abend, und Carpenter überlegte schon, ob er nach Hause fahren sollte.

Wahrscheinlich war ein Problem aufgetreten, sagte er sich. Vielleicht hatte Doe auf einem Anwalt bestanden, und man hatte so schnell keinen auftreiben können. Vielleicht war's auch die Sprache, obwohl Riordan angekündigt hatte, dass er einen Dolmetscher mitnehmen würde, »einen, der Italienisch *und* Spanisch spricht«. Vielleicht ging es Doe wieder schlechter.

Das Telefon klingelte um Viertel nach fünf, als die Sonne bereits über dem Arlington-Friedhof versank.

»Bin gerade zurück«, sagte Riordan.

»Und?«

Kurze Pause. »Was ich rausgekriegt habe? Absolut nichts hab ich rausgekriegt«, sagte Riordan schließlich.

»Wieso?«

»Er hat nur gemauert. Ich hab kein Wort aus ihm rausbekommen. *Nada.*«

»Und was ist mit 'nem Anwalt? Haben Sie ihn gefragt ...«

»Sie kapieren wohl nicht ganz. Ich sag Ihnen doch: Er hat keinen Pieps von sich gegeben. Nichts. Wir haben ihm seine Rechte in drei Sprachen vorgelesen und ...«

»Sind Sie sicher, dass er's verstanden hat?«

»Ja, hat er. Das sah man an seinen Augen. Er hat jedes Wort kapiert. Keine Chance, an ihn ranzukommen.«

»Haben Sie wenigstens einen Anwalt besorgt?«

»Na klar! Nach ein, zwei Stunden hatte ich endlich einen für ihn aufgetrieben. Dachte, vielleicht kriegt der was aus ihm raus. Einen Namen. Irgendwas. Also warte ich zwei Stunden auf den Anwalt. Und dann drehen wir Däumchen, ich weiß nicht, wie lang – *halbe* Stunde vielleicht –, während er drin ist und mit ihm redet. Und wissen Sie was? Die ganze Zeit hat nur der Anwalt geredet. Doe bleibt stumm wie ein Fisch. Also geh ich wieder zu ihm rein und klär ihn auf. Ich sag ihm, in was für einem großartigen Land wir leben, dass alle gleichberechtigt sind und dass es keine Rolle spielt, wer man ist, dass nur das zählt, was man *getan* hat. Gute oder böse Taten. Und so komme ich zur Sache ... dass wir nämlich seinen Namen gar nicht brauchen, um ihn vor Gericht zu stellen ... nicht mal, um ihn zu verurteilen. Er kann auch als John Doe vor Gericht stehen ... und wenn's vorbei ist, dann ist das Urteil dasselbe. Er will nicht kooperieren? Bitte, dann ist er ein toter Mann – mit oder ohne Namen.«

»Das haben Sie tatsächlich gesagt?«

»Jawohl. Und dass er des zweifachen Mordes und der Brandstiftung angeklagt ist und wir handfeste Beweise haben. Ich hab die Beweise aufgezählt und ihm das Messer gezeigt.«

»Sie haben das Messer mit in die Klinik genommen?«

»Ich hab noch mehr mit in die Klinik genommen.«

»Und wie hat er reagiert?«

»Überhaupt nicht. Schon mal die Sphinx gesehen?« Riordan kicherte schrill. »Die einzige Reaktion, die ich ihm entlocken konnte, kam bei der Flasche.«

»Welche Flasche?«

»Na, die Parfumflasche, oder was immer es ist. Die kleine Flasche aus seiner Reisetasche.«

»Und wie sah die Reaktion aus?«

»Schwer zu sagen ... man sah einfach, dass die Flasche ihm wichtig war. Da wurden seine Augen größer ...«

»Seine *Augen* wurden größer?«

»Genau.«

»So, so.«

Riordan überhörte den Sarkasmus. »Ist mein Ernst. Die Flasche hat ihn überrascht. Drum lass ich einen zweiten Labortest von dem Wasser machen. Vielleicht ist was drin, was die übersehen haben. Drogen oder so.«

»Und dann?«

»Ich sitz da also mit ihm und seinem Anwalt und sag, dass ich in der Lage bin, dem Staatsanwalt eine Empfehlung zu geben. Ob der für die Todesstrafe oder auf lebenslänglich plädieren soll. Ist nämlich 'ne haarfeine Grenze, wissen Sie? Ich sag ihm also, wir haben 'ne Kette von felsenfesten Beweisen für vorsätzlichen Mord und ein abscheuliches Verbrechen. Ich sag ihm meine Meinung: dass es mit ihm bergab geht. In ein paar Tagen bringen wir ihn in die Stahlkammer vom Fairfax General. Und dann ...«

»Was ist eine ›Stahlkammer‹?«

»Ein Krankenzimmer, aber mit kugelsicheren Scheiben, 'ner Stahltür und Schlössern ... Wissen Sie, wie viele Verbrecher sich bei der Tat verletzen? Sie würden's nicht glauben. Deshalb hat jeder Gerichtsbezirk eine Stahlkammer. In Washington im D. C. General. Hier draußen im Fairfax. Kostet ein Heidengeld, rund um die Uhr eine Wache in den Krankenhäusern aufzustellen. Sobald jemand also halbwegs wieder okay ist, kommt er in die Stahlkammer.

Na, jedenfalls ich erklär ihm, wenn es ihm gut genug geht, dass er die Klinik und dann die Stahlkammer wieder verlassen kann und's für ihn unangenehm wird, weil wir ihn vor Gericht stellen werden und er ins Bezirksgefängnis wandert. Vielleicht in den Krankentrakt, wenn er noch etwas schwach auf der Brust ist, aber definitiv ins Kittchen. Wie ich schon sagte, es geht steil bergab mit ihm. Ich weiß, dass ihm die Ärzte heute weniger Medikamente gegeben haben, damit wir reden können und er nicht allzu benebelt ist. Und mir ist nicht entgangen, dass es ihm langsam zusetzt, dass er nach 'nem kleinen Schuss verlangt. Mit dem Anwalt an seiner Seite kann ich ihm natürlich nicht drohen, aber ich hab ihm trotzdem gesteckt, dass die Ärzte und Pfleger im Bezirksgefängnis nicht gerade übereifrig sind ...«

»Herrgott, Riordan!«

»Hey, ich sag doch nur, wie's ist. Die haben da viel zu tun, und er wird es nicht so komfortabel haben wie hier. Ist nicht gelogen. Ich hab ihm erzählt, wie es vor einem Jahr – Sie können es in der *Post* nachlesen – dort mal einen Skandal gegeben hat. Grässliche Sache. Nun, es stellte sich raus, dass die Gefangenen in der Krankenstation keinerlei Schmerzmittel gekriegt haben, dass die Schwester ihnen Placebos verpasst und den echten Stoff im Zellenblock verhökert hat.«

»Jim ...«

»Drum hab ich gesagt, *vielleicht*, wenn er ein bisschen hilfsbereiter wäre, vielleicht könnte er dann etwas länger in der Stahlkammer bleiben. Eine Woche vielleicht. Oder zwei. Bis er wieder auf die Füße kommt.«

»Und?«

»Nix.«

»Sind Sie sicher, dass er Sie verstanden hat?«

»Hundert Pro.«

»Wie können Sie sich so sicher sein, wenn er überhaupt nicht spricht?«

»Weil er doch *Englisch* spricht – mit den Schwestern. Er habe Durst. Er habe Hunger. Er habe Schmerzen. Er hat mit ihnen geredet. Und außerdem ... ich versteh was davon. Hab wahrscheinlich schon mehrere tausend Menschen verhört. Wollen Sie meine Meinung hören? Dieser Bursche ist ein harter Brocken. Und er wurde nicht das erste Mal von einem Bullen verhört, das kann ich Ihnen versichern.«

Carpenter glaubte ihm ohne weiteres. In solchen Dingen kannte sich Riordan tatsächlich bestens aus. »Also, war's das?«

»Mehr oder weniger. Der Arzt hat uns rausgeworfen.« Riordan ahmte den gereizten Tonfall nach. »*›Der Patient braucht Ruhe.‹* Er schickt die Schwester nach einer Spritze Demerol, wir stehen auf, und John Doe ... John Doe sieht gar nicht gut aus. Ich meine, er hat Mordsschmerzen. Das sieht man ihm an. Er schwitzt, und manchmal, wenn er sich bewegt, stößt er diesen komischen Laut aus. So was wie ›uhnhhh‹. Als könnte er sich nur mühsam beherrschen. Also setz ich meine strenge Miene auf und sag ihm, ich käme wieder – und er sieht mich mit so 'nem Scheißlächeln an, und wissen Sie, was er zu mir sagt?«

»Nein, was?«

»Er sagt: ›Ciao.‹«

»Ciao?«

»Ich dachte, mich tritt ein Pferd. Und wenn er nicht schon im Krankenhaus gewesen wär, ich hätte ihn dorthin befördert, darauf können Sie Gift nehmen.«

Carpenter schwieg, nach einer Weile fragte er: »Was wollen Sie jetzt tun?«

»Alles, womit ich ihm gedroht habe«, sagte Riordan grimmig. »Angefangen mit dem Umzug in die Stahlkammer. Der Arzt meint, das klappe nächste Woche, wenn John Doe weiterhin so gute Fortschritte mache.«

Am Morgen des Thanksgiving Day stand Carpenter gegen acht auf und sah, dass das Wetter umschlug. Große, akkurat gezeichnete Schneeflocken wirbelten an den Atriumfenstern vorüber – wie in den Eingangsszenen von Weihnachtsfilmen.

Er zog sich schnell an, holte zwei Thunfischdosen aus der Küche und ging nach draußen zu seinem Wagen. Die Dosen waren sein Eintrittsgeld für das Turkey-Trot-Rennen in Alexandria, eine ebene Fünfmeilenstrecke, die jedes Jahr etwa zweitausend Läufer anlockte. Als sich das Auto durch einen Wirbel von Schneeflocken schob, beugte sich Carpenter weit übers Lenkrad. Die Sicht war so schlecht, dass die Rücklichter vor ihm kaum mehr als ein rötlicher Schimmer waren. Der Schnee war von der Sorte, die einen zu der Bemerkung veranlasst: »Der hält nicht lange«, oder: »Der bleibt nicht liegen«, aber als er in Alexandria seinen Wagen abstellte, war die Welt vollständig in Weiß gehüllt.

Viele Leute behaupten, beim Laufen wertvolle Gedankenarbeit zu leisten, weil sich der Geist bei der gleichmäßigen Körperbewegung frei entfalten könne. Carpenter gehörte nicht dazu. Er dachte nie nach, wenn er lief, es sei denn über ganz simple Dinge: wohin er den Fuß setzen, ob er seine Handschuhe ausziehen, ob er umkehren sollte, oder ob der Schmerz in seinem Knie echt oder nur Einbildung war.

Beim heutigen Lauf waren seine Gedanken ähnlicher Art. Er dachte über sein Tempo nach und wie weit es bis zur nächsten Meilenmarkierung war. Oder ob er versuchen sollte, die Läufer vor ihm zu überholen. Er blinzelte den Schnee von seinen Wimpern, lauschte auf den keuchenden Atem der anderen und wunderte sich, wie warm ihm trotz der kalten Luft war. Seine Gedanken trieben mit dem Schnee dahin. Am Laufen gefiel ihm besonders, dass er dabei den Verstand ausschalten konnte. Wenn er lief, war ihm, als würde sein Ich ausgelöscht, als bliebe nur die Bewegung.

Kurz vor der Ziellinie sah er die erwartungsvolle Menge, die die letzten hundert Meter der Rennstrecke säumte und die Läufer mit Rufen anfeuerte. Als er die Ziellinie passierte, war der Digitalanzeiger halb mit Schnee bedeckt, doch er konnte seine Zeit sehen: 31 : 02. Nicht schlecht, dachte er. Er hörte den Rennleiter schreien: »Männer nach links, Frauen nach rechts.« Er nahm die Leute ringsum wahr, ihr Keuchen, ihre roten Gesichter, den Dampf, der von ihren Schultern und Köpfen aufstieg. Der Schnee fiel weiter in großen, dichten Flocken.

Er hätte schwören können, dass er beim Laufen nicht nachgedacht hatte. Dass sein Gehirn völlig ausgeschaltet gewesen war. Deshalb stellte er, als er den Stoffstreifen mit seiner Startnummer abriss und einem der Organisatoren überreichte, mit größtem Erstaunen fest, dass er irgendwo auf der Rennstrecke einen Entschluss gefasst hatte. Als er jetzt zwischen den Tischen mit Orangensaft und Energieriegeln umherschlenderte, überdachte er diesen Entschluss. Er würde sich freinehmen – eine Woche, einen Monat, ganz egal. Solange er eben brauchte, um herauszufinden, warum Kathy und Brandon ermordet worden waren und wer dahinter steckte. So lautete sein Entschluss, und es gab nichts mehr daran zu rütteln. Er war praktisch schon fort. Nur dass es in der Firma noch niemand wusste.

Er ging ins benachbarte Schulgebäude, wo man die Umkleidekabinen benutzen durfte, zog seinen Trainingsanzug an, machte ein paar Streckübungen und wunderte sich plötzlich, wie lang er gebraucht hatte, um zu diesem Entschluss zu kommen – auch wenn er sich nicht erinnern konnte, darüber nachgedacht zu haben. Wozu besaß man eine Detektei, wenn man sich ihrer nicht bediente? Wenn die von der Wall Street etwas herausfinden wollten, kamen sie zu ihm. Genauso die Anwälte aus der K Street. Warum also sollte Joe Carpenter etwas so Wichtiges wie Kathy und Brandon *den Bullen* überlassen?

Als er zu seinem Auto kam, war es mit Schnee bedeckt. Mit dem Ärmel wischte er die Windschutzscheibe frei und stieg ein. Der Wind heulte jetzt. Die Ampeln schaukelten an ihren Aufhängungen, und die Schilder klapperten zornig. Der Schnee flog in ununterbrochenen waagerechten Strömen in sein Scheinwerferlicht. Jenseits des schiefergrauen Flusses war die Stadt nicht mehr auszumachen. Nur das rote Licht auf dem Washington Monument blinkte wie der böse Blick.

Er fuhr über die Independence Avenue auf direktem Weg in sein Büro. Der Strom war ausgefallen, und der wenige Verkehr kroch zögernd von einer Kreuzung zur nächsten.

Zum Glück gab es einen Generator in seinem Gebäude, sodass alles funktionierte. Er stellte den Wagen in der Tiefgarage ab und ging zum Lift. Selbst hier unter der Erde konnte er den Wind heulen hören, und ein kalter Schauer durchlief ihn.

Seine Bürosuite war mit einer Dusche ausgestattet, die er regelmäßig benutzte. Er joggte fünfmal die Woche auf der Mall und hatte deshalb immer Sachen zum Wechseln in seinem Wandschrank. Während er unter dem harten, heißen Wasserstrahl stand, spürte er, wie sich seine Muskeln mit der Zeit entspannten. Schließlich trocknete er seine Haare, zog Jeans und einen Pullover an und setzte sich an den Schreibtisch.

Zum ersten Mal störte ihn etwas an seinem Büro. Die Bücherregale, die Holztäfelung, die Lithografien – wem wollte er damit imponieren? Es gab wohl ein Dutzend kostbar gerahmter Fotos an den Wänden, aber keines von Kathy oder Brandon. Alle zeigten ihn mit berühmten Leuten: Carpenter im Gespräch mit Prinz Bandar; Carpenter beim Shakehands mit dem Sicherheitsberater des Präsidenten; Carpenter mit JCS-Generälen im Hubschrauber; Carpenter in *Forbes* – als wäre er ein Restaurantkritiker; Carpenter beim Golfen mit dem Fraktionsführer der Minderheitspartei des Senats im Army-Navy Country Club. Daneben ein Geschenk von Judy: ein Artikel aus dem *Washingtonian*: Die begehrtesten Junggesellen der Stadt! – In einem herzförmigen Rahmen. (Carpenter war Nummer 26 – was eigentlich schmeichelhaft war. Oder vielleicht auch nicht.)

All das war ihm früher einmal wichtig oder zumindest amüsant erschienen, aber jetzt – wozu sollte es gut sein? Um noch mehr Büros zu eröffnen, noch mehr Geld zu scheffeln, ein noch größeres Haus zu bauen? Wozu? Um ehrlich zu sein: Dieser Bandar war ihm nicht mal sympathisch – was hatte sein Foto also in Carpenters Büro zu suchen?

Er nahm die Fotos von den Wänden und stapelte sie in einer

Ecke auf. Dann ging er an seinen Schreibtisch und holte ein Blatt Papier hervor. Er zog einen senkrechten Strich in der Mitte und schrieb »Firma« über den linken und »Ermittlungen« über den rechten Teil.

Einen Augenblick überlegte er, was er machen sollte. Die Schwierigkeit, Stellvertreter zu suchen, wenn auch nur vorübergehend, bestand darin, dass sein Zuständigkeitsbereich groß und zudem nicht klar definiert war. Eigentlich tat er alles, was nötig war, damit der ganze Apparat reibungslos lief, das heißt, er war Regenmacher *und* Feuerwehrmann, Kontrolleur *und* Fallbetreuer. Man konnte sagen, dass er überall mitmischte, oder, anders ausgedrückt, er machte, was ihm gerade passte. Und wie, fragte er sich jetzt, wie konnte man so etwas delegieren?

Unter »Firma« schrieb er »Burts – alle Fusionen«, und darunter schrieb er »Rifkin – alle anderen Fälle«. Leo und Judy waren beide ehrgeizig und hatten gleichrangige Positionen in der Firma. Wenn er einen bevorzugte, würde der andere gehen, und umgekehrt. Trotzdem würde es nicht reichen, die Fälle zwischen ihnen aufzuteilen: Manche Bereiche waren eher administrativer Art, wie beispielsweise Finanzen, neue Aufträge und Kundenbetreuung. Carpenter beschloss, diese Aufgaben Bill Bohacker zu übertragen. Er saß zwar im New Yorker Büro, konnte die Arbeit aber genauso gut von dort aus erledigen. Knapp die Hälfte der Rechnungen gingen sowieso an die Wall Street.

Er schaltete den Computer an, gab das Kennwort des Tages ein und rief die Fälle auf, die zurzeit im Washingtoner Büro bearbeitet wurden. Direkt hatte er nur mit zweien zu tun – beide allerdings von wichtigen Klienten. Er würde sie anrufen und ihnen seine Abwesenheit erklären müssen.

Carpenter machte sich ein paar Notizen. Dann stand er auf, trat ans Fenster und sah, dass der Schnee in Graupel übergegangen war.

Schließlich setzte er sich wieder an seinen Schreibtisch. Unter der Überschrift »Ermittlungen« hatte er noch nichts vermerkt.

Er schloss die Augen, lehnte sich in seinen Sessel zurück und dachte nach. Gab es irgendeinen Anhaltspunkt, dem Riordan nicht schon nachgegangen war? Nach halbstündigem Grübeln schrieb er ein Wort nieder, und zwar »Flasche«.

Nur zwei Dinge waren bei John Doe gefunden worden – ein großes Messer und eine kleine Flasche. Und aus der Flasche konnte sich niemand einen Reim machen. Riordan ließ den Inhalt noch einmal im Labor prüfen, da gab es für Carpenter weiter nichts zu tun. Doch vielleicht sollte man der Flasche als solcher nachgehen. Sie sah teuer, jedenfalls ungewöhnlich aus. Vielleicht konnte er ein paar Fotos machen lassen und einen der Rechercheure darauf ansetzen.

Die nächsten Worte, die er schrieb, waren »Comfort Inn«. Er erinnerte sich, Riordan gefragt zu haben, ob John Doe von seinem Motelzimmer aus telefoniert habe, aber die Antwort war ihm wieder entfallen. Vielleicht war auch gar nicht telefoniert worden, aber er wollte es überprüfen. Allem Anschein nach blieb nicht allzu viel zu tun.

13

Carpenter erwachte inmitten eines Klingelns und eines Schwalls blendenden Sonnenlichts, einer Wand von so greller Helligkeit, dass er sich abwenden musste und mit geschlossenen Augen aus dem Bett kletterte. Das Telefon läutete, und wie ein von der Sonne überraschter Vampir taumelte er blind durch den Raum. Als er das Telefon gefunden hatte, tastete er nach dem Hörer, räusperte sich und brummte: »Ja!«

Der Anrufer zögerte erst und sagte dann: »Sie haben noch geschlafen, stimmt's?« Es war Riordan.

»Nein«, log er. Er log automatisch. Er wusste selbst nicht, warum, aber jedes Mal, wenn er durch das Telefon geweckt wurde, leugnete er, aus dem Schlaf gerissen worden zu sein. Auch wenn es drei Uhr in der Früh war, fühlte er sich irgendwie schuldig, als würde die Welt von ihm erwarten, dass er ständig in Aktion war. Wenn der Anrufer wach war, warum dann nicht er?

»Sicher?«, fragte Riordan.

»Ja, bin hellwach. Wie spät ist es?«

»Punkt sieben.«

»Einen Augenblick.«

Am Vortag hatte es einen Stromausfall gegeben, und Carpenter hatte vergessen, den Zeitschalter für die Blenden des Glasdachs und der Oberlichter neu zu programmieren. Carpenter berührte den Schalter an der Wand und vernahm ein Summen.

Langsam verdunkelte sich der Raum, und Carpenter kehrte zum Telefon zurück. »Was ist los?«

»Ich gebe den Fall ab.«

»Wieso das denn?«

»Nun, aus zwei Gründen. Erstens ... hab ich Sie wirklich nicht geweckt? Manchmal rufe ich Leute an ...«

»Ganz sicher nicht.«

»Dann sind Sie Frühaufsteher. Wie ich.«

»Mit dem ersten Hahnenschrei.«

»Also, hier im Haus ist man der Meinung, der Fall sei gelöst. Wenn es nach mir ginge ...«

»Er ist aber nicht *gelöst*.«

»Ich weiß schon, was Sie sagen wollen. Zum ersten Grund: Es gab einen Doppelmord in Annadale, und eines der Opfer ist ein Bulle.«

»Tut mir Leid ...«

»Ein vierundzwanzigjähriger Bursche ... dazu ein *netter* Bursche ... neu im Revier ... hat nur auf einen Kaffee bei einer Imbissstube Halt gemacht.« Riordan hielt inne. »Der Bursche hat 'ne Tochter, grad mal zwei Monate alt, er ist auf dem Heimweg, die Frau wartet schon mit dem Essen – und wumms!, wird er abgeknallt, als er 'ne Tasse Kaffee bestellt.«

»Das ist furchtbar ...«

»Sie haben erst die Hälfte gehört. Das andere Opfer ist so 'ne Thai. Hat ihre Staatsbürgerschaft erst seit zwei Tagen. Sie jobbt an Thanksgiving als Kassiererin, fünf siebenundachtzig die Stunde, und – zack!, kriegt sie gleich drei ins Gesicht. Willkommen in Amerika! Schönes Thanksgiving! Ruhe in Frieden!«

»Passen Sie auf, Jim. Ich weiß, worauf Sie hinauswollen, aber ...«

»Der andere Grund ist der: Ich bin zu 'ner Konferenz eingeladen ... muss mich also vorbereiten.«

»Eine Konferenz?«

»Genau. Ist so 'ne Veranstaltung nach dem Motto ›Wir sind

alle eine große Familie‹. Wird von Interpol organisiert. In Prag. Waren Sie mal in Prag?«

»Schon länger her. Um was geht es bei der Konferenz genau?«

»Ich sitze mit zwei Franzmännern und einem Iwan in 'ner Art Diskussionsrunde und verkörpere so was wie den typischen amerikanischen Polizeibeamten. Es geht um ›Polizeiarbeit in der demokratischen Gesellschaft‹ – weil die Tschechen keine haben, verstehen Sie? Oder noch nicht lange.«

»Was Sie nicht sagen.«

»Auf jeden Fall übernimmt vorerst Andy Pisarcik den Fall. Er ist ein heller Kopf. Er erledigt die Aufräumarbeiten. Ich geb Ihnen mal seine Nummer durch.«

Carpenter wollte protestieren. Riordan war einer der besten Ermittler des Morddezernats von Nordvirginia, aber es wäre wohl vergeblich gewesen, ihn zu bedrängen.

»Kann ich Sie dann ein paar Sachen fragen, solange ich noch die Chance dazu habe?«

»Nur los«, sagte Riordan in unverbindlichem Tonfall.

»Unser Typ – haben Sie überprüft, ob er von seinem Motelzimmer aus telefoniert hat?«

Riordan zögerte. »Ich weiß nicht ... Ich schaue mal nach. Das Comfort Inn. Ich weiß, dass ich's *angefordert* habe. Ich stelle gerade die Akte für Pisarcik zusammen. Moment.« Carpenter vernahm Papierrascheln. »Genau. Hier ist es. Ein Anruf. Er hat einen Anruf nach Chicago gemacht. Knapp eine Minute. Mehr nicht.«

»Und wen hat er angerufen?«

Riordan zögerte. »Also ...« Der Detective fühlte sich spürbar unbehaglich. »Sei's drum ... er hat ein Hotel in Chicago angerufen. Embassy Suites.«

»Und?«

»Und *was?* Er ist an die Zentrale geraten. Ob sie ihn weiter verbunden haben, ist nicht ersichtlich.« Riordans Stimme verriet, dass er sich in die Defensive gedrängt fühlte. »Ich habe es nicht weiterverfolgt. Schließlich haben die – wie viel? – vielleicht zweihundert Zimmer. Ich würde sagen, er war falsch verbunden.«

»Und was ist mit der Flasche?«

»Wir haben ein paar Fingerabdrücke. Sind alle von Doe. Das Labor hat ein zweites Mal den Inhalt untersucht, aber bei der Analyse kam wieder nur Wasser raus. Mit ein paar Spurenverunreinigungen. Und so bleibt die Flasche nichts als ein großes Fragezeichen.«

»Sie haben doch Fotos davon gemacht, oder? Wär's möglich, dass Sie mir Abzüge davon besorgen?«

Ein heftiger Seufzer. »Gut, ich seh zu, was ich tun kann. Aber das war's dann auch, Joe – es ist nicht mehr *mein* Fall. Von jetzt an wenden Sie sich an Pisarcik.«

»Klar. Aber was ist mit der Pension in Florida? Wo ›Gutierrez‹ die Post hinschicken ließ. Haben Sie die Adresse?«

Riordan lachte. »Raus hier«, sagte er und legte auf.

Wie sich herausstellte, gab es vier Embassy Suites in Chicago, und Carpenter wagte es nicht, Riordan noch einmal deshalb zu belästigen. Deshalb rief er in der Firma an und schickte einen von seinen Detektiven, einen ehemaligen FBI-Agenten namens Tony Harper, ins Comfort Inn. Carpenter war ziemlich sicher, dass Tony vom Empfangschef eine Kopie der Motelrechnung bekommen würde – wenn auch wohl nicht umsonst. Und er hatte Recht. Zwei Stunden später faxte ihm Tony eine Kopie der Rechnung und einer Quittung über 100 Dollar. Die Quittung trug den Vermerk »Für geleistete Dienste«.

Neben dem einzelnen Anruf mit der Vorwahl 321 war auf der Rechnung die Nummer von Juan Gutierrez' Visa-Card vermerkt. Für 25 Dollar konnte sich Carpenter eine Kreditauskunft über Gutierrez besorgen; und für zweihundert bekäme er etwas noch Nützlicheres – eine Liste von allen Rechnungen, die Gutierrez mit dieser Karte bezahlt hatte. Und für die andere Karte auch – Riordan hatte ja von zwei Karten gesprochen, die beide erst vor wenigen Monaten ausgestellt worden waren. Die Auskunftei würde die zweite Karte (und etwaige andere auch!) problemlos mit Hilfe der ersten Karte ermitteln können.

Das war zwar nicht ganz legal, aber im Informatikzeitalter waren Verstöße gegen den Datenschutz das moralische Äquivalent zum, nun ja, Falschparken. Wenn man erwischt wurde, zahlte man eben sein Knöllchen, und die Sache war erledigt. Carpenter suchte die Nummer von Mutual General Services heraus, einer windigen Auskunftei in Florida.

Wenn man Bankunterlagen, Geheimtelefonnummern, Kopien von Kreditkartenabrechnungen oder Telefonrechnungen brauchte – Mutual lieferte sie rasch und billig. Laut Leo arbeiteten sie auf »die altmodische Art: mit Bestechung«. Nach allem, was man hörte, hatte die Firma bei allen größeren Kreditinstituten und jeder Telefongesellschaft der USA einen Informanten. »Eine nette kleine Nische«, hatte Leo gesagt. »Sie machen nur eine Sache, aber die machen sie gut.«

Carpenter wählte also die Nummer von Mutual General und sagte der Frau am anderen Ende der Leitung, was er wollte: Kopien von Gutierrez' Kreditkarten-Quittungen der letzten drei Monate.

Nachdem das erledigt war, sah er sich die Comfort-Inn-Quittung näher an. Der Betrag belief sich auf 1,25 Dollar für ein einziges Ferngespräch, das auch nur maximal eine Minute dauerte.

Er zog alle Möglichkeiten in Betracht. Eine Minute, wahrscheinlich weniger. Für eine Zimmerreservierung brauchte man länger. Und wenn er einen Hotelgast hatte sprechen wollen, dann war er in der Zeit bestimmt nicht durchgekommen. Es sah eher so aus, als wäre die verlangte Person außer Haus gewesen. Es sei denn ... es sei denn, es wäre eine Anrufweiterschaltung gewesen. Die meisten größeren Hotels hatten Voice-Mail – und so hätte John Doe auch seine Anrufe abhören können.

Carpenter hatte im Büro ein Voice-Mail-System. Er wählte die eigene Nummer und gab verschiedene Codes ein, um die Gespräche abzuhören. Dabei prüfte er auf seiner Uhr, wie lange er brauchte. Er hörte zwei kurze Nachrichten ab, was etwa anderthalb Minuten dauerte. Er schrieb die Nachrichten auf, löschte sie und legte auf. Noch mal einundfünfzig Sekunden.

Dann wählte er die Nummer des Hotels.

»Embassy Suites, mit wem darf ich verbinden?«

»Ich möchte einen Hotelgast sprechen. Juan Gutierrez.« Er buchstabierte.

»Einen Augenblick bitte.« Es wurde ein langer Augenblick, ausgefüllt mit schlechter Musik. Dann: »Tut mir Leid. Ich kann keinen Gast mit diesem Namen finden.«

Seinen Erfolg als Detektiv verdankte er unter anderem seiner Gründlichkeit und Hartnäckigkeit. Wenn er in eine Sackgasse geriet, vergewisserte er sich, ob es nicht vielleicht doch einen Hinterausgang gab. Statt aufzulegen, fragte er also weiter. »Ich hab Ihnen die letzte Nummer gegeben, die wir von ihm haben. Könnten Sie noch einmal nachsehen? Ich weiß, dass er vor ein paar Wochen bei Ihnen gewohnt hat, und wenn ich es recht verstanden habe, war er eine ganze Weile in Chicago. Vielleicht hat er seine neue Nummer hinterlassen. Könnten Sie bitte nachsehen?«

»Sind Sie ein Freund oder ...«

»Nein. Ich bin der Anwalt von Mrs. Gutierrez. Sie macht sich große Sorgen.«

Und wieder schlechte Musik. Er wusste selbst nicht, was er in Erfahrung zu bringen hoffte, auch wenn er herausfinden würde, dass Doe dort gewohnt *hatte.* Vielleicht bekam er ja wenigstens eine weitere Rechnung, weitere Telefonnummern, die Doe angerufen hatte.

Die Musik verstummte, und die Stimme der Empfangsdame meldete sich wieder. »Sie haben Recht. Wir hatten tatsächlich einen Gast mit diesem Namen – aber er hat sich nicht richtig abgemeldet.«

»Tut mir Leid, das verstehe ich nicht ganz ...«

»Nun, er ist gegangen, ohne sich abzumelden.«

»Das heißt, er hat nicht gezahlt? Sieht ihm gar nicht ähnlich.«

»Nein, nein, das Problem ist nur – würde es Ihnen etwas ausmachen, mir Ihren Namen zu nennen?«

»Natürlich nicht. Ich bin Michael Armitage. Hillman, Armitage & McLean. New York.«

»Und Sie sind Mrs. Gutierrez' Anwalt?«

»So ist es.«

»Nun, das Problem ist, dass Mr. Gutierrez das Limit auf seiner Visa-Card überzogen hat. Wir wollten mit ihm darüber sprechen, aber ... er ist nicht mehr aufgetaucht.«

»Aha.«

»Weshalb noch ein Restbetrag aussteht.«

»Ich glaube, das können wir regeln. Wie lange hat Mr. Gutierrez eigentlich bei Ihnen gewohnt?« Das Schweigen am Ende der Leitung sagte ihm, dass er zu weit gegangen war.

»Es wäre wohl das Beste, Sie sprechen mit dem Hotelmanager. Ich kann ihn bitten, dass er Sie zurückruft.«

»Nein danke.« Er legte auf.

Er brauchte keine fünf Minuten, um seine Reisetasche mit seiner Joggingausrüstung und einer Garnitur zum Wechseln zu packen. Er verließ das Haus und stapfte durch den Schnee, die Tasche in einer Hand, eine Tasse Kaffee in der anderen.

Gleich über der Key Bridge, in Georgetown, gab es eine Filiale von Kinko's Copies. Dorthin fuhr er als Erstes. Er ließ den Wagen auf dem Parkplatz bei Eagle Liquors stehen und ging hinüber zu Kinko's. Zehn Minuten später kam er mit einem Stapel Visitenkarten, gedruckt auf schwerem, graumarmoriertem Karton, wieder heraus. Auf den Karten war zu lesen:

Victor Oliver
Stellvertretender Geschäftsführer
Muebles Gutierrez
2113 52nd Pl., SW
Miami, FLA 33134
305-234-2421

Er hatte keine Ahnung, ob es die Adresse tatsächlich gab, aber die Postleitzahl stimmte, die Telefonnummer auch.

An diesem Wochenende empfahl es sich nicht, ohne Reservierung zu fliegen. Eine der Startbahnen am National Airport war geschlossen. Trotzdem saß Carpenter um drei Uhr auf Sitz 2 B in der ersten Klasse eines Northwest-Flugs nach Chicago. Er hielt die erste Klasse – außer bei sehr langen Flügen – für Geldverschwendung, aber er hatte nichts anderes bekommen.

Auf dem Platz neben ihm saß eine braunäugige Blondine, die mehr Dekolleté trug, als an einem kalten Tag wie diesem ratsam schien. Ihr Parfum war schwer, und jedes Mal, wenn sie das Wort an Carpenter richtete, drängte sie sich an seinen Körper und griff nach seinem Ärmel. Ihre leuchtend roten Fingernägel waren mindestens zwei Zentimeter lang.

Sie hieß Amanda, und ihr Ehemann war ein Immobilienmakler, der viel reiste. (»Übrigens ist er jetzt gerade auf Reisen.«) Sie züchtete Shelties und kam von einer Hundeschau in Maryland. Carpenter hörte dem allen zu, nickte höflich und blätterte dabei in seinem Flugbegleiter. Obwohl er sie nicht gerade ermunterte, redete sie in einem fort bis nach Chicago, informierte ihn über die Gepflogenheiten bei Hundeschauen und die »üblichen Tricks«, wobei eine Menge von Haarspray, Nagellack und Vitamin E die Rede war. (»Ein kleiner Klecks Öl auf das Schnäuzchen, und es *glänzt!* Nun, das ist eine Kleinigkeit, aber bei den Schauen, zu denen ich gehe, sind es die kleinen Dinge, die zählen.«)

Die Maschine landete, und der Lärm der Triebwerke übertönte vorübergehend ihre Stimme, allerdings nicht lange. Als sie mit dem Bus zum Terminal fuhren, lehnte Amanda sich an Carpenter, presste ihre Brüste an seine Schulter und ergriff seine Hand.

»Wenn Sie Lust auf Gesellschaft haben«, sagte sie und reichte ihm ihre Visitenkarte, »ich wohne gleich im Norden der Stadt.«

Die Karte war pinkfarben, die Schrift voller Schnörkel – in einer Ecke die winzige Zeichnung von einem Hund. Die Frau hatte etwas Verletzliches, aber er wollte ihr nicht wehtun. Also steckte er die Karte in sein Jackett. »Ich habe furchtbar viel zu tun«, sagte er, »aber mal sehen, wie die Dinge laufen. Man kann ja nie wissen.«

Noch vom Flughafen aus rief er das Hotel an.

»Embassy Suites. Mit wem darf ich verbinden?« Diesmal war es eine männliche Stimme.

»Nun, ich bin nicht ganz sicher«, sagte Carpenter. Er besaß schauspielerisches Talent und nahm einen leichten spanischen Akzent an, sprach überdeutlich – was eine Stimme immer »ausländisch« erscheinen lässt, auch wenn der Zuhörer den Akzent nicht genau einordnen kann. »Ich war vor vielen Wochen Gast in Ihrem Hotel, aber ich musste vorzeitig abreisen. Ein Zwischenfall in der Familie.«

»Tut mir Leid.«

»Nun ja, sie war schon eine sehr alte Frau.«

»Hmm ...«

»Aber ... c'est la vie! Und jetzt würde ich gern meine Rechnung begleichen.«

»Ach so! Ich verstehe ... Sie haben sich nicht abgemeldet?«

»Genau.«

»Natürlich. Solche Zwischenfälle kommen vor. Sagen Sie mir bitte Ihren Namen? Ich sehe im Computer nach ...«

»Juan Gutierrez.« Er buchstabierte.

»Einen Augenblick bitte ...« Carpenter hörte das ferne Klappern eines Keyboards und war dankbar, dass ihm diesmal die Musik erspart blieb. »Hier ist es. Sie hatten das Zimmer bis zum 12. reserviert, nicht wahr?«

»Ich glaube schon. Ja.«

»Nun, es sieht so aus, als hätten wir es so lange freigehalten, wie es eben ging, aber ... oh, jetzt sehe ich, was passiert ist: Sie haben das Limit auf Ihrer Visa-Card überzogen!«

»Zwangsläufig.«

Der Empfangschef kicherte verständnisvoll. »Tut mir Leid, aber ich sehe hier einen Fehlbetrag von 637,18 Dollar. Möchten Sie mit dem Manager sprechen? Ich weiß nicht, aber vielleicht schreibt er Ihnen ja ein paar Tage gut.«

»Nein, nein. Ich habe überhaupt keine Zeit. Außerdem ist das nicht der Fehler des Hotels.«

»Wir könnten Ihnen die Rechnung schicken ...«

»Wissen Sie, einer meiner Assistenten, ein Señor, entschuldigen Sie, ein *Mister* Victor Oliver, wird morgen in Chicago sein. Er soll am Hotel vorbeifahren und den Restbetrag zahlen. Wäre das recht so?«

»Selbstverständlich, Mr. Gutierrez. Ich sorge dafür, dass die Rechnung am Empfang für ihn bereitliegt.«

Carpenter holte tief Luft. »Eins noch. Ich habe ein paar Sachen zurückgelassen. Glauben Sie, dass man sie irgendwo aufbewahrt hat?« Er brachte einen wehmütigen Tonfall zu Stande.

»Gewöhnlich schicken wir die im Hotel vergessenen Gegenstände an die Adresse auf der Kreditkarte, aber wenn die Rechnung nicht beglichen ist ... Ich bin sicher, wir haben Ihre Sachen noch im Depot. Ich sorge dafür, dass Ihr Assistent sie bekommt.«

»Danke. Sie haben mir sehr geholfen. Ich werde Victor bitten, sich direkt an Sie zu wenden.«

»Nun, ich bin vor fünf nicht da, deshalb ...«

»Wunderbar. Er hat den ganzen Tag zu tun. Ich denke, er kann vor sechs Uhr sowieso nicht kommen.«

»Jeder am Empfang kann ihm helfen.«

»Mir wäre es lieber, er wendet sich an Sie. Sie haben mir sehr geholfen.«

»Gern geschehen, danke«, sagte der Mann. »Er soll nach Willis fragen – Willis Whitestone.«

Carpenter liebte Chicago. Die Hochhäuser am See, der Prunk und die technische Perfektion überraschten ihn jedes Mal aufs Neue. Er nahm ein Taxi vom O'Hare Airport zur Near North Side, wo er in einem seiner Lieblingshotels, dem Nikko, abstieg. Es war äußerst gut organisiert, elegant und sehr japanisch. Die Ikebana-Arrangements waren ebenso schön wie schlicht, und im Erdgeschoss befand sich ein exzellentes Restaurant. Das nützte er noch am selben Abend aus und spülte sein Sushi mit zwei großen Flaschen Kirin herunter. Als er in sein Zimmer zurückkam, erwartete er unwillkürlich die obligatorische Schokolade auf dem Kopfkissen – aber falsch gedacht, man befand sich ja im Nikko, und deshalb fand er dort eine Origami-Figur vor. Ein heulender Wolf, vielleicht auch ein Hund. Auf jeden Fall fühlte er sich an *Blade Runner* erinnert.

Am folgenden Morgen besuchte er das Art Institute. Anschließend schaute er in seiner Zweigstelle vorbei und begrüßte das Personal. Das Chicagoer Büro war nur knapp halb so groß wie das in Washington, aber die Leute waren gut, und die Umsätze stiegen. Er gratulierte ihnen dazu. Im Berghof's nahm er ein schweres, aber köstliches Mittagessen ein, dann lief er zu Fuß zum Hotel zurück. Auf den weihnachtlich geschmückten Straßen wimmelte es von Heilsarmee-Glockenspielern und Einkaufswilligen.

Im Hotel schlüpfte er in Trainingsanzug und Joggingschuhe und machte sich auf den Weg zum Hafen. Ein eisiger Wind blies vom See herüber, aber er ließ sich nicht entmutigen und lief, den Kopf gesenkt, die fünf Kilometer zum Yacht Club und zurück. Bis er sein Hotel wieder erreicht hatte, war es dunkel, und er war müde.

Nach einer erfrischenden Dusche kleidete er sich rasch wieder an. Ein schiefergraues Oxford-Hemd, das Monica so an ihm gemocht hatte (»Es hat haargenau die Farbe deiner Augen!«); einen dunkelblauen Anzug mit kaum sichtbaren schwarzen Nadelstreifen; eine schwarz- und burgundfarbene Rips-Krawatte; schwarze Schuhe und Lederhandschuhe. Alles stammte von Burberry's bis auf die Schuhe – die waren von Johnson & Murphy's. Dazu trug er seinen schwarzen (etwas abgetragenen) Kaschmirmantel, den er vor etwa acht Jahren in Zürich gekauft hatte. Üblicherweise war er eher salopp gekleidet, aber Willis Whitestone zuliebe machte er eine Ausnahme.

Punkt sechs Uhr erreichte er das Hotel. Er war etwas nervös, schließlich arbeitete er ohne Netz und doppelten Boden. Was, wenn John Doe eine Pistole oder einen Koffer voll Kokain zurückgelassen hatte? Er holte tief Luft und trat mit selbstbewusster Miene in die Lobby.

Willis Whitestone hätte gar nicht netter sein können. Carpenter reichte ihm Victor Olivers Visitenkarte, warf einen Blick auf die Rechnung, blätterte sieben 100-Dollar-Scheine auf den Tisch und lehnte das Wechselgeld mit einem »Mr. Gutierrez sagte, Sie waren sehr hilfsbereit« ab. Willis dankte ihm überschwänglich, stempelte die Rechnung ab und reichte ihm eine Ledertasche. Carpenter schlang den Riemen der Tasche über die Schulter, winkte zum Abschied und trat wieder hinaus in die kalte Chicagoer Nacht.

Zurück im Nikko, zog er seinen Mantel aus, nicht aber die Handschuhe. Die Tasche war verschrammt und zerbeult, das Leder allerdings war weich und teuer und sehr gut verarbeitet – ein sportlich elegantes Gepäckstück mit steifem Boden und weichen Seiten und einem dicken ledernen Schulterriemen. »Cerutti, Roma« stand auf dem Schildchen im Innern. Die Tasche bestand aus einem Hauptfach, das mit einem Reißverschluss versehen war, und großen Seitenfächern, ebenfalls mit Reißverschluss. Er öffnete sämtliche Reißverschlüsse, und der Inhalt ergoss sich auf das Bett.

Zum Vorschein kamen zwei altmodisch aussehende Hemden, die entweder sehr teuer oder sehr billig waren, ein Gürtel, mehrere Paar Socken, Unterwäsche und eine Gabardinehose. Viel versprechender schien eine Kalbsledertasche von etwa zehn mal zwanzig Zentimetern. Darin fand er ein storniertes Flugticket Miami-Chicago, einen Prospekt von »Alamo Rent-a-Car« und drei 20-Dollar-Travellerschecks, gegengezeichnet von Juan Gutierrez.

Er war maßlos enttäuscht.

Das kann nicht alles gewesen sein, sagte er sich. Er hob die Tasche hoch und wog sie. Er ging alle Fächer durch und befühlte die Seiten. Er tastete das Hauptfach sorgfältig ab. Er prüfte den Boden, innen und außen. Er fing noch mal von vorn an. Und noch einmal.

Beim dritten Versuch fand er, wonach er gesucht hatte: ein flaches Fach, das sich über den gesamten Boden der Tasche erstreckte. Die Lederpaspel, die den Boden mit den Seiten verband, löste sich, als er daran zog. Und was sich da löste, war eine rechteckige Spanplatte, die mit Klettverschluss befestigt war – der eigentliche Boden der Tasche. Er ließ sich öffnen wie ein Buch, und darunter kamen flache Fächer zum Vorschein, die mit Schaumgummi ummantelt waren. Eines der Fächer enthielt ein Bündel Banknoten, das andere einen Pass. Das Ganze war so perfekt konzipiert, dass nichts sich wölbte oder dellte.

Carpenter nahm den Pass heraus und besah ihn von allen Seiten. Es war ein italienischer Pass. Carpenter fühlte, wie sein Herz schneller schlug, als er den roten Deckel öffnete und den Namen des Mannes las, der seine Schwester und seinen Neffen getötet hatte. *Franco Grimaldi.* Das Foto zeigte eine jüngere Version des Computerbilds, das die Polizei hatte anfertigen lassen. Ihn durchrieselte ein Schauer von Freude und banger Erwartung, wie einen Jäger, dem soeben die Beute ins Visier gelaufen war.

John Doe hatte jetzt einen Namen, eine Identität, und Carpenter war sicher, das Geheimnis um den Mord an Kathy und Brandon lüften zu können, ganz gleich ob der Mann jemals wieder ein Wort sagte oder nicht.

Er hatte vorher nie jenes dringende Bedürfnis mancher Menschen nachvollziehen können, herauszufinden, wie und warum ein naher Angehöriger umgekommen war. Er hatte über Kriegsvermisste und die Familien der Lockerbie-Opfer gelesen – und er war verblüfft gewesen über ihre leidenschaftliche Suche nach Erkenntnissen, nach Gerechtigkeit, nach Bestrafung und nach *Einzelheiten.* Warum konnten sie nicht loslassen? Warum konnten sie ihr Leben nicht weiterleben und den Tod der anderen hinter sich lassen?

Jetzt wusste er's.

Er nahm ein Fläschchen aus der Minibar und goss sich einen Scotch in ein Wasserglas. Dann setzte er sich an den Tisch, legte den Pass vor sich hin und sah ihn sich genau an. Auf der Seite gegenüber dem Foto waren die Personalien vermerkt: Grimaldi, Franco. Geboren am 17.3.55. Darunter ein Quadrat aus weißem Papier mit einem offiziellen Stempel, offenbar eine neue Adresse: 114 Via Genova, Roma. Carpenter hob das Stück Papier hoch und sah, dass tatsächlich eine andere Adresse darunter stand: etwas wie Via Barberini. Dann folgten die Passnummer und persönliche Kennzeichen. Größe: 182 cm. Augenfarbe: braun. Haarfarbe: schwarz. Als er die hinteren Seiten mit den Visa und Grenzstempeln durchblätterte, fiel ein Blatt Papier auf den Boden. Er hob es auf.

Es war der Beleg einer telegrafischen Überweisung über 50 000 Dollar auf Grimaldis Konto bei Crédit Suisse, Zweigstelle Bahnhofstraße in Zürich. Die Überweisung war vor vier Monaten erfolgt.

Carpenter legte den Zettel beiseite und widmete seine Aufmerksamkeit erneut dem Pass. Er wollte Grimaldis Reisen anhand der Stempel verfolgen, aber die Seiten waren so voll, dass er sich eine Liste mit Ein- und Ausreisedaten anfertigen musste, die er dann wiederum chronologisch ordnete.

Der Pass war zehn Jahre alt, und die ältesten Stempel stammten von 1986. Sie zeigten, dass Grimaldi öfter zwischen Rom und Beirut hin und her gependelt war. Carpenter dachte nach: Beirut war '86 die reine Hölle gewesen. Die einzigen Europäer, die in der Stadt lebten, waren an Heizungen gekettet, auf den Straßen gingen Autobomben hoch, Mordanschläge fanden auf beiden Seiten der grünen Linie statt. Was zum Teufel hatte Grimaldi in Beirut zu suchen?

Nach der Beiruter Zeit reiste Grimaldi häufig nach Spanien, entweder über Bilbao oder San Sebastian. Das Baskenland. Dann eine Reise nach Moçambique mit einem Stempel von Maputo – und danach *nichts,* fast drei Jahre lang. Schließlich, im Juni '92, fing Grimaldi wieder an zu reisen, diesmal in die Balkanländer. Mehrere Reisen in die serbische Hauptstadt Belgrad, ein Jahr später in das kroatische Pendant Zagreb. Und dann wieder nichts bis 1995, als Grimaldi nach Prag, São Paulo und New York reiste. Der letzte Stempel, vom John F. Kennedy International Airport, war vom 18. September 1995.

Carpenter schüttelte ratlos den Kopf. Grimaldi konnte einen zweiten oder dritten Pass haben, vielleicht auf einen anderen Namen ausgestellt. Außerdem gehörte Italien zur EU, und so konnte er in alle Mitgliedsländer reisen, ohne dass es in seinem Pass vermerkt war.

Und trotzdem ... Die Lücke von drei Jahren zwischen '90 und '92 war viel sagend. Ein Gefängnisaufenthalt? Möglich. Vielleicht war er auch unter falschem Namen gereist. Die Aufenthalte in Belgrad, Zagreb und Beirut waren ebenfalls interessant. Das waren keine Touristenziele. Und was war mit seinen Reisen nach Spanien und Moçambique? Waren es Urlaube, und wenn, Urlaube von was? Was tat Grimaldi, wenn er nicht Menschen tötete? Wovon lebte er?

Enttäuscht legte Carpenter den Pass zur Seite und breitete die Banknoten auf dem Tisch aus, verschiedene Währungen, und obwohl er nicht zählte, konnte er sehen, dass es eine ganze Menge war – zwanzig Riesen oder mehr. Vielleicht dreißig.

Er setzte den Boden der Reisetasche wieder ein, verstaute das Geld und den Pass in den Fächern, die Kleider im großen Fach. Dann zog er den Reißverschluss zu. Morgen würde er Riordan die Tasche schicken. Anonym.

Jetzt aber wollte er möglichst schnell nach Washington zurück. Er bekam nur noch einen späten Flug nach Baltimore, wo er um ein Uhr morgens landen würde. Aber es war ihm gleichgültig. Es gab jemanden in Washington, den er so bald als möglich sprechen musste, einen alten Kumpel, der in den hintersten Winkeln des Behördendschungels arbeitete. Nick Woodburn. Woody.

14

Carpenter saß auf dem Rücksitz des Taxis, das ihn vom Flughafen Baltimore in sein Büro brachte, und dachte über Nick Woodburn nach. Als Schuljungen waren Joe und »Woody« die dicksten Freunde gewesen. Sie hatten dieselben Privatschulen, dieselben Ferienlager besucht, in denselben Mannschaften gespielt. Und sie hätten auch das letzte Schuljahr am St. Alban's zusammen verbracht, wäre es nicht zu dem »Vorfall« gekommen, wie es später hieß. Es war kurz vor den Sommerferien gewesen, als der Vater eines Mitschülers im wahrsten Sinne des Wortes über Woody und ein Mädchen von der National Cathedral School »stolperte«, die im Garten der Kathedrale vögelten. Es gab eine Menge Getuschel, Gekicher und lautstarke Empörung, die schließlich dazu führte, dass Nick Woodburn das letzte Schuljahr in Bath, weit oben im Norden, zubrachte.

Man war allgemein davon überzeugt, dass es mit Woody kein gutes Ende nehmen würde (oder wie einer aus der Klasse es ausdrückte: »Der kommt nirgendwo rein – der hat doch überall Spermaspuren auf seinem Führungszeugnis!«). Und tatsächlich wurden seine Bewerbungen für Harvard, Yale, Columbia und Cornell abgelehnt.

Schließlich schrieb er sich an der University of Wisconsin ein, wo er im Nebenfach Leichtathletik und im Hauptfach Arabisch studierte. Irgendwann erhielt er dann ein Stipendium für Oxford.

Nach Oxford bekam er eine Stelle im Außenministerium. Zwei Jahre arbeitete er als Angestellter für besondere Aufgaben im Office of Political and Military Affairs, ein Job, der ihn zwischen dem Außenministerium und dem Pentagon hin und her pendeln ließ. Nach acht Jahren im Ausland (Damaskus, Karatschi, Khartum) wurde er wieder nach Washington beordert, um im Intelligence Research Bureau zu arbeiten (das aus unerklärlichen Gründen als INR, nicht IRB bekannt ist). Dort war er jetzt seit vier Jahren und inzwischen sogar zum Chef avanciert.

Mit knapp hundert ständigen Mitarbeitern war das INR zugleich die kleinste wie auch unauffälligste Komponente des amerikanischen Geheimdienstapparats. Wegen seiner Größe ist die Behörde auch zu keiner der Sünden, für die die »Großen« berüchtigt sind, fähig. Das INR organisiert zum Beispiel keine paramilitärischen Operationen, knackt keine Codes, macht keine Lauschangriffe. Es mischt nicht heimlich LSD in die Drinks seiner Mitarbeiter, schickt keine Killer in Urwälder oder Paläste. Was es macht, und zwar großartig: Es analysiert HUMINT (Human Intelligence), also nachrichtendienstliche Informationen von Diplomaten und Agenten aus 157 amerikanischen Botschaften rund um den Globus.

Wenn Carpenter also das Unmögliche brauchte, wie zum Beispiel ausgerechnet an einem Ferienwochenende Informationen aus Italien, dann rief er seinen Freund Woody an.

Er bezahlte das Taxi und nahm den Lift in den achten Stock. Die Büros schienen alle leer. Er stellte seine Taschen ab und ging zum Telefon.

»Woody. Rat mal, wen du an der Strippe hast?«

Die Stimme am anderen Ende der Leitung schrie fast vor Begeisterung. »He, Joe! Wo ...« Dann in einem anderen Tonfall: »Mein Gott, tut mir die Sache mit Kath leid. Ich war in Lissabon, als es passierte. Hast du die Blumen gekriegt?«

»Hab ich. Danke.«

»In der Presse heißt es, man hat den Mörder gefunden.«

»Ja. Deshalb rufe ich übrigens an. Ich wollte dich um einen Gefallen bitten.«

»Schieß los.«

»Der Kerl ist Italiener. Vielleicht könntest du dich mal umhören. Ich tue zwar schon mit meinen Leuten, was ich kann, die Polizei sitzt auch dran, aber ich dachte ...«

»Kein Problem. Fax mir durch, was du hast, und ich melde mich Montag.«

Sie plauderten noch ein Weilchen und beschlossen, sich bald einmal zum Lunch zu treffen. Nachdem er aufgelegt hatte, zog Carpenter Handschuhe an, kopierte die Seiten von Grimaldis Pass und faxte das Deckblatt an Woodys Büro. Dann steckte er den Pass in Grimaldis Tasche und die Tasche dann in ein Paket, das er an Detective James Riordan, Fairfax County Police, adressierte. Er erfand einen Absender für Juan Gutierrez und gab das Paket bei der Post auf. Er hatte kurz erwogen, es an diesen – wie hieß er noch – Pisarcik zu schicken, sich aber anders entschieden. Riordan würde bestimmt erraten, wer der Absender war, und die Tasche wahrscheinlich kommentarlos an Pisarcik weitergeben.

Als er wieder im Büro war, klopfte er bei Judy an. Es war Samstag, aber er ahnte, dass sie da war. Judy war ein noch schlimmerer Workaholic als er selbst.

»Herein!«, rief sie, und als sie ihn sah, verzog sie das Gesicht zu einer komischen Grimasse. Sie telefonierte, den Hörer zwischen Schulter und Ohr geklemmt, und tippte gleichzeitig wie wild in ihren Computer.

Carpenter mochte sie gern. Sie hatte ein schmales, feines Gesicht und pechschwarzes Haar, an dem sie ständig herumspielte, indem sie einzelne Strähnen um den Zeigefinger wickelte.

»He, Joe!«, sagte sie fröhlich und knallte den Hörer auf die Gabel. »Wie geht's?« Dann besann sie sich und fuhr mit veränderter Stimme fort. »Ich meine – ist alles in Ordnung?«

»Ja, ich lass nicht locker. Pass auf, ich bin vorbeigekommen, weil da ein paar Dinge ... Ich werd mir längere Zeit Urlaub nehmen ...« Judy wollte etwas sagen, aber er winkte ab. »Wir können am Montag drüber sprechen. Bill Bohacker kommt runter, er übernimmt die Verwaltung, solange ich fort bin, Leo die Unternehmensübernahmen – alle außer einer – und du den Rest. Alle Ermittlungen.«

»Wow! Ich ... Danke!«

»Dann noch was.«

»Ja?«

»Da ist eine Amex-Übernahme, die ich dich bitte zu erledigen.«

Judy blickte verwirrt drein. »American Express? Davon hab ich noch nicht mal was gehört.«

»Weiß bis jetzt niemand. Ist streng geheim.«

»Okay«, sagte sie und griff nach Stift und Block. »Hinter wem sind die denn her?«

»Hinter Carpenter Associates.«

Judy starrte ihn an und kicherte verunsichert. »Das soll ein Witz sein, oder?«

Carpenter schüttelte den Kopf. »Nein. Man will uns dort als internen Nachrichtendienst haben.«

Judy dachte kurz nach. »Und das reizt dich?«, fragte sie schließlich.

Carpenter zuckte die Achseln. »Nicht besonders. Aber schließlich bin ich nicht Teil des Deals. Sie bekommen die Firma – nicht mich.«

»Du machst also Ausverkauf ...«

»So würde ich's nicht nennen. Aber es liegt ein Angebot auf dem Tisch.«

»Und du willst, dass ich es annehme?«

»Nein. Ich will, dass du die bestmöglichen Bedingungen aushandelst. Wenn es ähnlich wird wie der Deal, den du im September ausgehandelt hast, haben wir ausgesorgt.«

Judy grinste. »Der war gut, was?«

Carpenter schnitt eine Grimasse. »Es war gut für dich.«

Judy schaute ihn an. »Mal im Ernst, Joe, findest du nicht, ein Anwalt wäre in diesem Fall geeigneter als ich?«

»Nein.«

»Okay.«

»Bevor ich verschwinde, gebe ich dir noch ein Memo mit den wichtigsten Punkten. Ich will keinen Anwalt einschalten, bis das Geschäft unter Dach und Fach ist – die vermasseln nur immer alles. Und selbst dann möchte ich keinen dabeihaben, bis wir gesprochen haben – du und ich.«

Judy nickte. Dann runzelte sie die Stirn. »Warum machst du das? Wegen Kathy? Vielleicht solltest du noch etwas abwarten.«

Carpenter schüttelte den Kopf. »Nein, ich will's einfach so. Kathy hat sicher damit zu tun, aber ... um ehrlich zu sein, das alles hier macht mir keinen rechten Spaß mehr. Kommt mir manchmal so vor, als würde ich die ganze Zeit den Klienten die Hand halten, mit den Anwälten streiten und ... du weißt ja selbst, wie's ist. Es dreht sich alles nur noch um erforderliche Sorgfalt und Nachforschungen über Prozessgegner. Und wenn man das Ganze mal objektiv betrachtet, stehen wir doch – die meiste Zeit – auf der falschen Seite.«

Judy lachte. »Dann ist es dir also auch schon aufgefallen. Und warum ist das so?«

»Das dürfte wohl klar sein, oder? Die einzigen Leute, die sich unsere Honorare leisten können, sind die Bösen.«

»Dann ist es dir ernst damit?«

»Ja. Ich bin ziemlich reif dafür.«

»Okay – ich warte auf dein Memo ... und lege dann gleich los.«

»Ich kann dich eigentlich auch zum Lunch einladen und dir alles erzählen.«

»Darf ich das Restaurant aussuchen?«

»Klar. Wenn's kein Äthiopier oder Vietnamese ist. Ein Uhr, okay?«

»Prima.« Sie kritzelte etwas auf ihren Block und blickte dann auf. »Du hast gesagt, da seien *ein paar* Dinge ... Was noch?«

Carpenter schob ihr eine Kopie von Grimaldis Passseite hin.

»Privatsache«, sagte er. »Ich möchte, dass du dich mit einem von unseren Kontaktleuten in Rom in Verbindung setzt. Mal sehen, was wir über diesen Kerl rausfinden können.«

»O mein Gott!«, rief sie pathetisch. »Ist das *der Kerl?*«

»Ja.«

»Ich will's gleich versuchen, aber ...« Ein besorgter Ausdruck trat in ihr Gesicht.

»Ich weiß, es ist Wochenende.«

»Schlimmer – es ist ein Wochenende in Italien. Unser Mann arbeitet, aber die Bürokratie? Nie im Leben.«

Carpenter zuckte die Achseln. »Na dann eben ... so schnell wie möglich.« Er hielt inne. »Und sag ihm, er soll keinen Staub aufwirbeln.«

Der Sonntag kam und ging – und auch der Montag. Im Konferenzzimmer fand eine einstündige Besprechung statt, bei der die Geschäftsführer ihre angewachsene Verantwortung mit einem Lächeln zur Kenntnis nahmen, das solchen Gelegenheiten vorbehalten ist – einem Lächeln »tiefernster Begeisterung«.

Nach der Besprechung kehrte Carpenter in sein Büro zurück, angeblich »um alles startklar zu machen«, in Wirklichkeit aber wartete er auf Nick Woodburns Anruf. Doch das Telefon wollte nicht läuten.

Um halb drei lieferte ein ältlicher Mann vom Fahrradkurier einen Umschlag von Riordan ab. Darin befanden sich Hochglanzfotos von der merkwürdigen kleinen Flasche, die die Polizei in Franco Grimaldis Tasche gefunden hatte. Die Flasche schien jetzt, da die Identität des Mörders bekannt war, fast unwichtig, aber Carpenter bat seine Sekretärin dennoch nachzusehen, ob Freddy Dexter »in Reichweite« war.

Es gab Ermittler in seiner Detektei, die besonders gut im Aushorchen waren, andere waren es mehr bei der Schnitzeljagd, der Suche nach wichtigen Unterlagen in Stapeln von Schriftsätzen, Protokollen und Archivmaterial. Freddy, der noch sehr jung war – gerade drei Jahre aus dem College –, war in beidem gut.

Carpenter gab ihm die Fotos und ein paar Anregungen. »Lassen Sie Kopien anfertigen, und nehmen Sie sich so viel Zeit, wie Sie brauchen. Ich will wissen, wer dieses Ding produziert hat, wozu es dient – alles, was Sie rausfinden können. Es gibt bestimmt irgendwo ein Glasmuseum. Irgendwer wird schon was wissen.«

»Ich fang bei der Library of Congress und beim Smithsonian an«, sagte Freddy. »Wenn die mir nicht selbst helfen können, wissen die aber sicher, an wen ich mich wenden kann.«

»Sie können es auch bei einem Auktionshaus versuchen, Sotheby's oder so. Die haben Glasspezialisten oder können Ihnen bestimmt jemanden empfehlen.«

»Wie groß ist mein Budget?«

»Bis New York reicht's. Bis Paris nicht.«

Um fünf Uhr trat Judy, mit einem Fax winkend, in sein Büro. »Ist grad reingekommen«, sagte sie. »Aus Rom. Aber du wirst nicht besonders erfreut sein.« Sie reichte ihm das Fax und nahm Platz.

»Warum nicht?«

»Weil er uns eine Mordsrechnung schickt, und was er rausgefunden hat, ist ...«

»Nur Scheiße«, sagte Carpenter mit einem Blick auf das Fax.

»Genau. Laut Bericht unseres Manns ist Franco Grimaldi nie in Haft gewesen. Er ist eingetragener Wähler. Wählt *Motore* ...«

»Was ist das denn?«

»Eine Partei, die die Höchstgeschwindigkeit raufsetzen will.«

»Reicht das für ein Parteiprogramm?«

»Bepi, unser Mann, meint, es gibt hundert Parteien dort. Na, jedenfalls ist Grimaldi nicht verheiratet, genauer gesagt auch nie gewesen. Keine Bankschulden, keine Prozesse, kein gar nichts.«

»Großartig.« Carpenter überflog das Fax. »Und was ist mit Militärdienst?«

»Hat er nicht gemacht.« So viel also zu Riordans Vermutung, Grimaldi alias Gutierrez sei Soldat gewesen!

»Arbeit?«
»Keine.«
»Arbeitslos?«
Judy wollte etwas sagen, biss sich dann aber auf die Zunge. »Mist, ich glaube, ich weiß, auf was du hinauswillst.«
»Nach all den Informationen hier hat er keine Einkünfte. Keine Sozialhilfe – nichts! Wovon lebt er dann?«
»Keine Ahnung.«
»Nun, das will ich aber rauskriegen.« Carpenter dachte kurz nach und fügte hinzu: »Noch was: Hier steht, er hat kein Auto.«
»Richtig.«
»Und er wählt diese Motor-Fritzen?«
»Motore.«
»Genau. Dann wäre er also der erste Fußgänger der Welt, der die Geschwindigkeitsbegrenzung raufsetzen will.«
Judy lachte und erhob sich.
»Moment«, sagte Carpenter. »Noch eine Frage.«
»Und die Antwort ist: 900 Dollar. Er sagt, er hat sechzehn Stunden gearbeitet.«
»Glaubst du das?«
»Ja. Er ist ein guter Detektiv, und er weiß, dass es eine Privatsache für dich ist. Wahrscheinlich waren es sogar mehr als sechzehn Stunden.«
Carpenter nahm das Blatt auf. »Was glaubst du also?«
Judy runzelte die Stirn. »Aus dem Stegreif? Ich glaub, dein Mann ist ein Spion.«
Carpenter nickte. »Ja, das denke ich auch.«

Am Dienstagnachmittag saß Carpenter an seinem Schreibtisch und kam sich vor wie ein Idiot. Er hatte alles an Leo, Judy und Bill delegiert, damit die Firma reibungslos weiterlaufen konnte (das hoffte er wenigstens). Auf die einzige konkrete Spur hatte er Freddy angesetzt, und jetzt war er in Wartestellung und hatte nichts zu tun.

Er trat ans Fenster und starrte hinaus. Er machte Feuer im Kamin und sah zu, wie es erlosch. Er las das *Wall Street Journal* und überlegte, ob er joggen sollte. Dann klingelte das Telefon. Die Stimme am anderen Ende der Leitung war leise und ausdruckslos.

»Joe.«

»Woody!«

»Ich hab deinen Mann«, sagte er.

Das waren genau die Worte, die Carpenter hören wollte, aber mit Woodys Tonfall stimmte etwas nicht.

»Danke«, sagte er. »Auf dich ist Verlass.«

»Bedank dich nicht zu früh. Ich will dir mal was sagen, Joe.« Kurze Pause. »Dieser Scheißkerl jagt mir eine Heidenangst ein.«

Carpenter war fast erschrocken über die Heftigkeit von Woodys Stimme. »Wie meinst du das?«

»Ich meine, er macht mir solche Angst, dass ich schon bereue, meinen Namen auf das Telegramm gesetzt zu haben.«

Carpenter wusste nicht, was er antworten sollte.

»Eine Frage«, sagte Woody.

»Ja?«

»Hast du andere Ermittlungen eingeleitet?«

»Ja. Wir haben einen Kontaktmann in Rom, der öfter für uns arbeitet. Ist das ein Problem?«

»Nicht für mich. Aber du solltest ihn vielleicht auf Reisen schicken.«

»Soll das ein Witz sein?«

»Ich mache keine Witze.«

Carpenter konnte es einfach nicht glauben. »Er hat nichts rausgefunden.«

»Natürlich nicht. Das ist es doch, was ich dir sagen will: Dein Kerl ist ein sehr gefährlicher Mann. Wahrscheinlich weißt du eben mal, welche Partei er wählt, stimmt's?«

Carpenter schwieg viel sagend. Wortlos grübelte jeder vor sich hin.

»Eine Frage noch«, sagte Woody schließlich.

»Ja?«

»In was war deine Schwester *verwickelt?*«

»*Verwickelt?* Sie war in gar nichts verwickelt, Woody! Sie hatte ein Kind. Einen Job. Hat gern Eis gegessen. Du hast sie doch gekannt!«

Woody dachte nach und seufzte. »Vielleicht hat er die falsche Frau erwischt.«

»Möglich. Aber er hat nicht nur sie erwischt, oder? Er hat meinem Neffen glatt den Kopf abgeschnitten.« Sie versanken wieder in Schweigen, bis Carpenter fragte: »Was ist denn mit ihm? Was hast du rausgefunden?«

»Franco Grimaldi ist, was wir bei uns ein ›Schwergewicht‹ nennen, ein professioneller Killer. Er tötet Menschen, wie du ja schon weißt. Schon mal was vom SISMI gehört?«

»Nein, was ist SISMI?«

»Ich schick dir ein Päckchen vorbei.«

»Willst du meine Fedex-Kundennummer?«

»Nein. Morgen Nachmittag erscheint ein Beamter vom Ministerium bei dir. Er hat einen Aktenkoffer dabei, den er mit Handschellen am Handgelenk trägt. Er wird ihn öffnen, dir einen Umschlag überreichen und wieder gehen. Mach den Umschlag auf. Lies den Inhalt. Zerreiß ihn. Verbrenn ihn. Und lass die Asche verschwinden.«

Carpenter stand am Fenster und dachte über Woodys warnende Worte nach, als seine Sekretärin meldete, ein gewisser Pisarcik sei am Apparat.

»Stellen Sie durch ... Hallo?«

»Mr. Carpenter?«

»Ja.«

»Hier spricht Officer Pisarcik, Fairfax Police. Ich rufe an, weil wir gute Nachrichten für Sie haben.«

»Ich bin ganz Ohr.«

»Ja, Sir. Wir haben den Verdächtigen im Fall Ihrer Schwester identifiziert ... John Doe. Er ist italienischer Staatsangehöriger:

ein Mr. Frank Grimaldi. Detective Riordan sagt, Sie sollten es als Erster erfahren.«

»Gute Arbeit. Gratuliere!«

»Der andere Grund meines Anrufs ... Sie haben es wohl schon gehört. Detective Riordan ist nicht mehr für den Fall zuständig.«

»Ich weiß.«

»Ich werde ihn vertreten. Und da dachte ich mir, es wäre keine schlechte Idee, wenn wir uns mal treffen könnten.«

»Gern. Warum kommen Sie nicht einfach vorbei? Wissen Sie, wo mein Büro ist?«

»Natürlich! Aber, hmm ... Ich fürchte, heute geht's nicht. Können Sie was für sich behalten?«

»Um was geht's?«

»Der Gefangene wird heute um halb fünf verlegt ...«

»Tatsächlich?«

»Ja, Sir. Wir bringen ihn in die Stahlkammer von Fairfax General. Und danach ist im Revier noch ein Vortrag, zu dem ich muss.«

»Na, dann vielleicht später die Woche.«

»Gern, Sir.«

Carpenter legte auf. Er sah auf die Uhr. Es war vier, und draußen fing es an zu schneien. Trotzdem konnte er's noch schaffen.

Gewöhnlich fuhr er ruhig und gelassen, diesmal aber ging es hart auf hart. Sein Acura schlängelte und drängte sich durch den stockenden Verkehr auf dem Weg zum Krankenhaus.

Was er vorhatte, war eigentlich sinnlos. Er wusste es, aber es war ihm egal. Er wollte den Mörder seiner Schwester sehen, aus der Nähe – und ihn nicht nur sehen. Er wollte ihm gegenübertreten. Mehr noch: Er wollte den Mistkerl aus seinem Rollstuhl zerren und seinen Schädel auf dem Boden zertrümmern.

Genau das war sein innerster Wunsch. Aber er würde sich auch mit weniger begnügen. Er würde sich etwas einfallen lassen. Was er sagen wollte, wusste er noch nicht. Vielleicht ganz einfach: »Hallo, *Franco*«, damit er den Ausdruck im Gesicht des

Kerls sehen konnte, wenn er einen Fremden seinen Namen aussprechen hörte. *»Franco Grimaldi.«*

Während sich Joe Carpenter durch den schleppenden Verkehr quälte, traf Officer Dwayne Tompkins die notwendigen Vorkehrungen für die Verlegung des mutmaßlichen Mörders John Doe vom Fair Oaks Hospital ins Fairfax Hospital.

Er schaute auf die Uhr. Er wartete auf den Sanitäter mit dem Rollstuhl. Obwohl John Doe durchaus laufen konnte. Seit zehn Tagen scheuchten ihn die Physiotherapeuten durch die Korridore, und Dwayne war ihm dabei keinen Schritt von der Seite gewichen. Trotzdem wurde in den Hausregeln darauf bestanden, dass die Patienten die Klinik im Rollstuhl verließen, ganz gleich, wie gut sie zu Fuß waren.

Als der Rollstuhl eintraf, mussten sie noch warten, dass Pisarcik anrief und meldete, dass der Wagen bereitstand. Dwaynes Aufgabe bei dem Transfer bestand darin, den Gefangenen zum Hauptkorridor zu begleiten, wo Pisarcik sie erwarten sollte. Dort würde man das Entlassungspapier unterzeichnen und den Gefangenen offiziell in den Gewahrsam der Fairfax County Police übergeben.

Dwayne würde als bewaffneter Begleitschutz neben dem Gefangenen im Wagen sitzen, Pisarcik in einem Streifenwagen folgen. Im Fairfax würden die beiden John Doe in einen anderen Rollstuhl setzen und gemeinsam zur Stahlkammer schieben. Erst dort sollte der Gefangene wieder auf die Füße kommen dürfen. Sie würden ihn in die Stahlkammer stecken – und damit »auf Nimmerwiedersehen, verfluchter John Doe«.

Officer Tompkins war heilfroh, dass der Gefangene endlich verlegt wurde. Denn damit endete die langweiligste Aufgabe, die er in seiner noch kurzen Laufbahn hatte ausüben müssen. Mehr als drei Wochen hatte er täglich acht Stunden vor der Tür des Gefangenen gehockt – einfach nur dagesessen! Das Aufregendste dabei war gewesen, die Ausweise von allen Schwestern und allen Ärzten zu überprüfen, die im Krankenzimmer ein und aus gingen. Wenn er austreten wollte, musste er nach der Stationsschwester klingeln – äußerst peinlich! Er hatte schon angefangen, weniger zu trinken. Obendrein hatte er nicht mal ein richtiges Mittagessen bekommen! Man brachte ihm Krankenkost, und die durfte er dann – das Tablett auf den Knien – auf seinem Stuhl verzehren. Zugegeben, da war diese kleine Schwester, Juliette, die würde ihm schon fehlen.

Der Arzt führte eine letzte Untersuchung durch, Dwayne musste das Stationsentlassungsformular unterzeichnen, und da war sie auch schon, die kleine Juliette, und half John Doe in den Rollstuhl.

Dwayne zog sein Walkie-Talkie hervor und gab Pisarcik Bescheid, dass sie sich jetzt auf den Weg machten. Dann folgte er Juliette, die den Rollstuhl zum Aufzug schob. Sie sieht von hinten wirklich sexy aus, dachte Dwayne, aber von einer anderen Schwester hatte er gehört, sie hätte so was wie 'nen religiösen Tick – also konnte er's vergessen.

Trotzdem zwinkerte er ihr, am Lift angelangt, lächelnd zu. Man wusste ja nie.

Der Verkehr war schlimmer, als Carpenter angenommen hatte, und deshalb war es bereits Viertel vor fünf, als er das Krankenhaus erreichte. Vor dem Eingang zur Notaufnahme, neben einem großen Wagen mit vergitterten Fenstern, stand ein hoch gewachsener Polizeibeamter und rauchte eine Zigarette.

»Entschuldigen Sie«, sagte Carpenter. »Kennen Sie einen Officer Pisarcik?«

»Drinnen«, bekam er zur Antwort.

Carpenter trat eilig durch die automatische Tür. Er fragte eine Schwester nach Pisarcik. Sie deutete mit dem Kinn zum Ostkorridor. »Ganz hinten am Ende«, sagte sie.

Er lief den Flur hinunter und traf Pisarcik, der kaum älter als fünfundzwanzig sein konnte, neben dem Aufzug an, ein Walkie-Talkie in der Hand.

»Sie dürfen sich hier nicht aufhalten«, sagte Pisarcik. »Wir verlegen einen Gefangenen.«

»Ich weiß.«

»Auf der Südseite ist noch ein Aufzug.«

»Ich bin Joe Carpenter.«

»Oh«, sagte Pisarcik. »Guten Tag.« Er zögerte und fügte dann hinzu: »Sie werden doch nicht ...«

»... was Dummes anstellen? Nein. Ich will mir den Kerl nur mal ansehen.«

»Also, ich weiß nicht, Mr. Carpenter. Der Bereich hier ist eigentlich abgesperrt.«

Ein Knacken kam aus dem Walkie-Talkie, und Pisarcik wandte ihm seine Aufmerksamkeit zu. »Pisarcik«, sagte er.

»Wir sind startbereit. Alles klar da unten?«

Pisarcik warf Carpenter einen missmutigen Blick zu und sagte: »Alles klar.«

»Okay, wir kommen.«

Pisarcik wandte sich an Carpenter. »Würden Sie sich bitte dort drüben hinstellen?«

»Selbstverständlich«, sagte Carpenter und trat ein paar Schritte vom Aufzug zurück. Das Lichtzeichen blieb lange auf 9 stehen. Carpenter lehnte an der Wand, während Pisarcik mit seinem Walkie-Talkie auf und ab ging.

»Ich habe noch einen anderen Termin«, sagte der Polizist.

»Ich weiß.«

»Ich glaube, ich komme zu spät.«

»Ist nicht Ihre Schuld. Sie sind schließlich im Dienst.«

»He, Dwayne, was ist los?«, rief er in sein Walkie-Talkie.

»Die hatten einen Notfall. Jemand musste runter zur Radiologie.«

»Wir haben einen Termin.«

»Da kommt er schon wieder. Also es kann losgehen.«

Pisarcik wandte sich zu Carpenter. »Sie kommen«, sagte er. Carpenter nickte, den Blick fest auf die Lichter des Aufzugs geheftet, die die Stockwerksnummern angaben.

8 – 7 »Dwayne sagt, das war der fadeste Auftrag, den er je hatte«, bemerkte Pisarcik.

6 »Tatsächlich.«

5 »Er musste fast einen ganzen Monat vor diesem Zimmer hocken. Wenn er austreten wollte, musste er nach der Schwester klingeln.«

4 »Hmm«, sagte Carpenter.

3 »Ich kann nur hoffen, dass ich nie so einen Auftrag kriege. Wär mir schrecklich peinlich – selbst bei 'ner Schwester.«

3 Carpenter nickte, aber seine Nackenhaare richteten sich auf. »Warum bleibt der Aufzug stehen?«

Pisarcik schaute auf das Anzeigelicht. »Keine Ahnung. Dürfte eigentlich nicht sein, aber ...«

Das Licht erlosch, der Aufzug setzte sich in Bewegung, und beide warteten darauf, dass die 2 aufleuchtete.

4 – 5 »Zum Teufel!«, rief Carpenter und trat näher. Pisarciks Augen waren weit geöffnet, und er brüllte jetzt fast in sein Walkie-Talkie.

»He! Was ist los! *Dwayne!* Wo steckt ihr, he?« Es war nur ein Knacken zu hören, und dann machte der Aufzug ein zweites Mal kehrt.

4 – 3 – 2 – 1 – 0. Die beiden Männer atmeten erleichtert auf, als der Aufzug vor ihnen anhielt und die Tür sich öffnete.

Ein Polizist kauerte am Boden, den Rücken an die Wand gelehnt. Sein Mund stand vor Erstaunen weit offen, und Blut floss an der rechten Gesichtshälfte herab. Die Wand war blutverschmiert. Seine Waffe war verschwunden. Und ein Kugelschreiber steckte tief in seinem rechten Auge.

Pisarcik trat einen Schritt auf ihn zu, verharrte und sank dann langsam in einem Ohnmachtsanfall zu Boden. Carpenter nahm wohl wahr, wie die Stirn des Polizisten auf den Steinfliesen aufschlug, aber er konnte den Blick nicht von dem toten Mann und dem Stift im Auge wenden. Mit einem *Ping!,* ratterten die Türhälften aufeinander zu, und Carpenter streckte automatisch den Arm aus, um sie zu blockieren. Am Ende des Korridors fingen

Menschen an zu schreien. Die Aufzugtüren klapperten dramatisch, stießen außen an die Wände und schossen dann ein zweites Mal aufeinander zu; und zum zweiten Mal stieß Carpenter sie zurück. Und noch einmal. Und noch einmal.

Irgendwo kreischte eine Frau, Pisarcik stöhnte, und Menschen begannen zu rennen.

15

Musik vom Band.

Carpenter lief vor seinem Bürofenster auf und ab und versuchte angestrengt, die süßlichen Töne auszublenden, die durch den Hörer an sein Ohr drangen. Riordan hatte ihn auf Warteschleife geschaltet und ...

Plötzlich stoppte die Musik. »Wir haben sie gefunden«, sagte Riordan.

»Wen?«

»Die Krankenschwester. Juliette Soundso.«

»Ist sie *tot?*«

»Tot? Nein. Nur völlig durcheinander. Zittert wie Espenlaub ...«

»Was ist also passiert?«

»Sie sagt, er hat irgendwas geflüstert, so als könnte er nicht sprechen. Und der Bulle, der Wache schiebt, geht näher ran, weil er nichts versteht. Er soll ja wohl auch nichts verstehn! Als Nächstes packt Grimaldi ihn an der Krawatte, zieht dran, und ... plötzlich ist da 'ne Menge Blut. Dwayne liegt am Boden ...«

»Wer ist Dwayne?«

»Dwayne ist der Polizist. Dwayne liegt am Boden mit 'nem Stift im Kopf, und Grimaldi schnappt sich seine Waffe. So die Aussage von Juliette.«

»Woher hat er den Stift?«

»Keine Ahnung. Ist ’ne Klinik. Da liegen überall Stifte rum.«

»Und dann?«

»Sie fährt ihn im Rollstuhl raus.«

»Warum zum Teufel ...«

»Er hat jetzt die Knarre! Er hat eine Decke über den Beinen und eine Halbautomatik auf dem Schoß! Soll sie sich etwa mit ihm anlegen? Würde ich an ihrer Stelle auch nicht. Sie tut also, was er sagt. Sie drückt auf den Knopf, und sie fahren in den fünften Stock. Dann schiebt sie ihn über den Flur zu einem anderen Aufzug. Keine große Sache – sie sehen aus, wie eben ’ne Schwester mit ’nem Patienten. Sie nehmen also den anderen Aufzug und fahren ins Erdgeschoss. Zur gleichen Zeit öffnet sich die erste Aufzugtür, und Pisarcik fällt um. Anschließend ist Grimaldi auf dem Parkplatz.«

»Einfach so?«

»Ja, wir haben sogar den Rollstuhl gefunden.«

Carpenter sank auf die Couch vor dem Kamin. »Und dann?«

»Dann? Dann fuhr sie ihn, wohin er wollte. Was es zu einer Bundesangelegenheit macht. Bewaffnete Autoentführung. Jetzt ist also auch das FBI eingeschaltet.«

»Je mehr, desto besser. Wohin sind sie gefahren?«

»Richtung Baltimore. Nur dass sie dort nicht angekommen sind. Er hat sie mitten auf der Landstraße rausgesetzt. Ein Sheriff hat sie gefunden. Den Wagen suchen wir noch.«

»Er kann also Auto fahren?«

»Klar. Und wie sie behauptet, auch schon fabelhaft laufen.«

»Wozu dann der Rollstuhl?«

»Krankenhauspolitik. Man rollt rein, man rollt raus.«

Carpenter schwieg.

»Wie Sie sehen«, sagte Riordan, »frage ich nicht mal, was *Sie* dort zu suchen hatten.«

Carpenter knurrte nur. »Und Ihr Kollege? Pizarro?«

»Pisarcik. Der ist ziemlich fertig. Hat ’ne Gehirnerschütterung. Alle glauben jetzt, er ist ein Schlappschwanz. Aber wissen Sie was? Er ist ein guter Kerl.« Riordan verstummte, und Carpenter hörte fast, wie dessen graue Zellen arbeiteten. »Eine Frage«, sagte er schließlich.

»Ja?«

»Sind Sie sicher, dass Sie nichts ausgeplaudert haben? Irgendjemand anderem ... versehentlich ... über die Verlegung des Gefangenen, meine ich?«

»...«

»Hallo?«

»Die Frage ignoriere ich nicht mal.«

»Schaun Sie, die Sache war doch kein Staatsgeheimnis. 'ne ganze Menge Leute wussten davon. Vielleicht hat jemand nicht dicht gehalten. Vielleicht *Sie*.«

»Genauso ist es«, sagte Carpenter in sarkastischem Ton.

»Na, egal, die Ärzte sagen, dass er Hilfe braucht. Ärztliche Hilfe. Antibiotika. Spezielle Salben für Verbrennungen, 'ne ganze Menge von dem Zeug. Wir geben das raus. Vielleicht haben wir ja Glück.«

»Der kann inzwischen über alle Berge sein. In New York zum Beispiel ...«

»Spielt keine Rolle. Jetzt, wo ein Bulle draufgegangen ist, kommt es zu 'ner ganz anderen Zusammenarbeit. Außerdem mischt das FBI mit. Dieser Saukerl wird nicht einfach untertauchen können.«

»Warum nicht?«

»Weil er Italiener ist – *echter* Italiener –, und sein Gesicht ist verwüstet, wird's immer bleiben. Die Leute schauen bewusst weg, wenn sie ihn sehen, also nehmen sie ihn wahr.«

»Wie bei einem Behinderten.« Carpenter verstummte. Irgendetwas an der Geschichte war nicht stimmig, dachte er. Und plötzlich wusste er, was. »Wieso hatte sie die Schlüssel dabei?«

»Wer? Welche Schlüssel?«

»Die Schwester. Warum hatte sie ihre Wagenschlüssel dabei? Die Frauen, die ich kenne, tragen ihre Schlüssel nicht in der Tasche. Sie legen sie in die Schreibtischschublade, in ihren Spind. Sie war doch im Dienst, oder?«

»Vielleicht war ihre Schicht zu Ende, oder sie wollte etwas aus dem Wagen holen. Sie *trug* sie eben einfach bei sich.«

»Überprüfen Sie das.«

»Klar, mach ich.«

»Ich kann mir einfach nicht vorstellen, dass eine Schwester im Dienst die ganze Zeit ihren Schlüsselbund mit rumschleppt.«

Riordan wurde ungehalten. »Joe, ich glaube, Sie drehn langsam durch. Woher hatte er den Stift? Warum hatte sie ihre Schlüssel dabei? Mir fallen zwanzig vernünftige Gründe ein. Aber das bringt uns jetzt auch nicht weiter.«

»Mag sein.«

»Ich halte Sie auf dem Laufenden.«

Carpenter blieb bis Mitternacht im Büro, ließ sich vom Thai um die Ecke etwas Warmes bringen, das er, an seinem Schreibtisch sitzend, gleich aus dem Karton aß. Er drückte auf einen Knopf neben seinem Knie, und ein Paneel der Wandverkleidung, hinter der sich ein Fernseher verbarg, glitt geräuschlos zur Seite.

Die Elfuhrnachrichten begannen mit hämmernder Musik. Grimaldis Konterfei erschien auf der Mattscheibe. Der Sprecher erklärte, dass eine halsbrecherische Flucht »eine Polizistenfamilie in Trauer – und uns mit einem Mörder« zurückließ. Es folgten, zwischen Werbespots, Bilder von den verschiedenen Schauplätzen. Eine kesse Blondine (»Ripsy«) posierte auf dem Klinikparkplatz neben einem umgekippten Rollstuhl. Dann ging es »weiter zu Ihnen, Bill«, und die Kamera richtete sich auf einen weißen Mann in den Fünfzigern mit blutunterlaufenen Augen. Er stand auf einer dunklen Straße »nicht weit von Olney entfernt«. Er berichtete von dem »entsetzlichen Martyrium« der Krankenschwester, woraufhin Michelle ins Bild kam, eine Schwarze mit sanfter Stimme, die bei der völlig verstörten Mutter von Dwayne Tompkins saß – einer Frau, die mit leerem Blick in die Kamera starrte und kein Wort herausbrachte.

Die Essstäbchen in der einen, das Bier in der anderen Hand,

sah Carpenter zu. Dabei hatte er Mühe, sich auf das Gesagte zu konzentrieren. Das Fernsehen vermochte es, Katastrophen so irreal erscheinen zu lassen, dass sie zum Abendessen genießbar wurden. Der Tod seiner Schwester, die zweifache Verbrennung seines Neffen, Grimaldis Flucht – das Fernsehen brachte es fertig, diese Dramen in Unterhaltung zu verwandeln.

Er dachte zerstreut über all das nach, als ihm auffiel, dass sämtliche Reporter die gleiche Art von Schal trugen, in schwarzbraunem Karo, was eine sonderbar gleichmachende Wirkung auf die Ungleichartigkeit der Reporter hatte. Und er dachte, wie verschieden die Reporter auch aussahen, sie gehörten alle zum selben Stamm, zum Stamm der Burberrys.

Er lächelte bei dem Gedanken, aber das Lächeln erstarb, weil ihm klar wurde, dass dies genau die Art von klugscheißerischer Beobachtung war, die Kathy zu machen pflegte. Verärgert schaltete er den Fernseher aus und fuhr nach Hause. »Wenigstens ist Riordan wieder am Fall«, dachte er.

Er konnte nicht einschlafen. Er hörte immer wieder das Geräusch von Pisarciks Kopf, der auf die Steinfliesen schlug, sah immer wieder den Stift im Auge des toten Polizisten. Das bedeutete nicht nur, dass der Killer unbestraft blieb, sondern darüber hinaus, dass Carpenter nie erfahren würde, warum seine Schwester und sein Neffe niedergemetzelt wurden.

Ciao.

Schließlich fiel er in einen unruhigen Schlaf und träumte von Kathy, vor allem von einem gemeinsamen Kindheitserlebnis.

Kathy war vielleicht zwölf, er sieben. Es waren Ferien, und sie ruderten auf einem See. Kathy hockte im Bug des Boots und las in einer Zeitschrift. Sie hatte ihre neue geschliffene Sonnenbrille auf, die mit dem weißen Rahmen, die sie zwei Wochen zuvor zum Geburtstag geschenkt bekommen hatte. Sie liebte diese Sonnenbrille über alles, trug sie die ganze Zeit, auch im Haus, sogar abends.

Jetzt, zum Lesen im Boot, hatte sie die Brille ins Haar geschoben, und als sie aufstehen wollte, fiel sie ihr ins Wasser. Er hörte noch immer ihren Schrei, sah noch immer, wie die Brille im Wasser versank. Es schien ein Kinderspiel, sie wiederzufinden, doch obwohl Kathy gleich hinterhergesprungen war und beide mit Schnorcheln und Taucherbrille zurückgekehrt waren, um sie zu suchen, blieb sie unauffindbar.

In seinem Traum schwamm er unter Wasser, sah die Brille am Grund des Sees, die Bügel gekreuzt, so als hätte Kathy sie auf den Tisch gelegt. Er tauchte und tauchte, aber der Schimmer war am Ende immer nur ein Klumpen Quarz, eine Bierdose oder eine Täuschung des Lichts. Am Ende kam er stets mit leeren Händen an die Wasseroberfläche zurück.

Als er aufwachte, hatte er dasselbe Gefühl wie damals, nämlich, dass er seine Schwester im Stich gelassen hatte.

Als er am nächsten Morgen ins Büro kam, schmückte Freddy Dexter gerade den Weihnachtsbaum im Eingang. Freddy drückte der Empfangssekretärin die Schachtel mit dem Schmuck in die Hand und lief hinter Carpenter her.

»Was gibt's?«, fragte Carpenter.

»Glas«, sagte Freddy, scheinbar höchst befriedigt.

Carpenter sah ihn fragend an.

»Sie wissen doch, die kleine Flasche.«

»Ah, natürlich, dann kommen Sie mal mit in mein Zimmer.«

Nachdem beide Platz genommen hatten, räusperte sich Freddy. »Glas ist viel interessanter, als ich gedacht habe«, sagte er schließlich.

»So, so.«

»Ja, man kann hindurchsehen, kann draus trinken. Aber das ist nicht alles. Wenn Sie wollen, kann ich Ihnen einen kleinen Vortrag über Glas halten: Ausdehnungsfähigkeit, Glasbläserpfeifen ...«

»Was ist das denn?«

»Die wurden in Mesopotamien entwickelt. Sie ahnen nicht, wie schwer es war, durchsichtiges Glas herzustellen.«

»Stimmt, wusste ich nicht.«

Freddy grinste. »Bis 1400, 1450 konnte man's auf jeden Fall noch nicht richtig. Und dieser Tatsache verdanken wir die farbigen Glasfenster. Ihre Flasche ...«

»Gut«, sagte Carpenter. »Kommen wir zur Sache.«

Freddy überhörte den Sarkasmus. »Ihre Flasche ist ein Meisterwerk gewesen.« Er hielt kurz inne. »Zu ihrer Zeit.«

Carpenter antwortete nicht gleich. »Dann ist sie also *so* alt?«

Freddy rutschte auf seinem Sessel hin und her. »Gut möglich. Wir haben ja nur die Fotos. Und ohne die Flasche selbst kann man nicht sagen, ob sie echt oder eine Fälschung – eine *gute* Fälschung – ist. Denn um die Jahrhundertwende fälschten die Italiener alles, was ihnen unter die Finger kam, Statuen, Reliquien, Stoffe, Glas. Da war plötzlich dieser Tourismus-Boom. Leute aus den Staaten, von überallher. Und genauso plötzlich tat sich ein Markt für Antiquitäten auf.«

»Also ist die Flasche ...«

»Sie ist eine Antiquität oder vielleicht auch eine Kopie solcher Flaschen, wie sie die Priester im Mittelalter verwendeten ...«

»Was?«

»Für Weihwasser. Ich habe mit einem halben Dutzend Experten gesprochen – Leuten von Christie's, vom Smithsonian. Alle waren der gleichen Ansicht. Die Sorte von Flasche, die Ihr Mann bei sich trug, ist mit Sicherheit in Murano, also in Venedig, hergestellt worden. Und anhand der beiden Kreuze an den Seiten und der kleinen Metallkrone obendrauf ist ersichtlich, dass sie für die Tempelritter bestimmt war, die solche Flaschen bei den Kreuzzügen bei sich trugen.« Äußerst zufrieden mit sich selbst, sank Freddy in seinen Sessel zurück.

Carpenter starrte ihn an. »Die Kreuzzüge?«

»Ja, gegen den Islam.«

»Und die Flaschen enthielten Weihwasser?«

»Hundert Pro«, sagte Freddy. »Ich könnte Ihnen über Weihwasserflaschen mehr erzählen, als Sie hören wollen. Marco Polo etwa hat mehrere mit nach China genommen (vorausgesetzt natürlich, dass er wirklich in China war). Wie auch immer, man hat mir erzählt ...«

»Haben Sie das alles aufgeschrieben?«

Freddy tippte auf das Notizbuch in seiner Brusttasche. »Klar. Sie bekommen ein Memo. Aber ich dachte, Sie wollen es gleich wissen. Fazit: Es ist eine alte Weihwasserflasche.«

»Danke«, sagte Carpenter, ratloser als je zuvor. »Das war gute Arbeit, denk ich mal.«

»Gern geschehen, denk ich mal.«

Am Nachmittag erschien Woodys Kurier vom Außenministerium, den Aktenkoffer mit Handschellen am Handgelenk, genau wie Woody es angekündigt hatte. Er verlangte, Carpenters Ausweis zu sehen, nahm einen Schlüssel aus der Tasche und schloss den Koffer auf.

Er zog einen Umschlag heraus und bat Carpenter um eine Unterschrift in ein kleines schwarzes Buch. Daraufhin überreichte er ihm den Umschlag, schloss den Koffer und ging ohne ein weiteres Wort. Nachdem die Tür hinter ihm ins Schloss gefallen war, riss Carpenter den Umschlag auf und zog ein dünnes Dossier heraus, auf dem ein gelber Memo-Sticker klebte:

Lass uns morgen an den Great Falls joggen. Treffpunkt, 6 Uhr, am Aussichtspunkt. – Dann liefere ich, was fehlt.
W.

Das Dossier trug die Überschrift GRIMALDI, FRANCO. Es war vom 29.1.89 datiert und enthielt verschiedene Stempel sowie den Vermerk »Keine Weitergabe an Dritte«. Die erste Seite des Dossiers füllte eine Aufzählung von Namen und Daten.

Decknamen: Franco Grigio, Frank Guttman,
V. u. Gutierrez

Nun, was das V. u. (Vorname unbekannt) anbetraf, konnte Carpenter Woody weiterhelfen: *Juan* Gutierrez.

Geb.: 17.3.55 – Rosarna, Calabria
Mutter: Vittorina Patuzzi
Vater: Giovanni Grimaldi (verstorben)

Geschwister:

Giovanni	12.2.53 (verstorben)
Ernesto	27.1.54 (verstorben)
Giampolo	31.3.57
Luca	10.2.61
Angela (Buccio)	7.2.62
Dante	17.5.64

Adressen:

114 Via Genova, Roma
237 Via Barberini, Roma
Heilestraße 49, Zuoz (Schweiz)

Militärdienst:

Carabinieri:	20.1.73
SISMI:	15.11.73 (bis 12.4.86)

X-ref:

Onda, 89 MAPUTO 008041 – Blitz

Der begleitende Bericht war weniger verschlüsselt. In ihm stand, wie das US-Außenministerium am 5. Januar 1989 zum ersten Mal auf Grimaldi aufmerksam wurde, nachdem ein Blitztelegramm vom CIA-Stützpunkt in Maputo, der Hauptstadt von Moçambique, eingegangen war. Das Telegramm berichtete von einem Mordanschlag auf einen »unilateral kontrollierten Mitarbeiter im Sekretariat des Afrikanischen Nationalkongresses«. Die örtliche Polizei suchte nach einem gebürtigen Italiener, einem »Söldner«, der am Vorabend, von Johannesburg kommend, in Maputo eingetroffen war. Wegen der Bedeutung des getöteten Agenten für die »amerikanischen Interessen« in der Region beschäftigte sich der CIA mit der Angelegenheit.

Nach dieser Einleitung fing der Verfasser des kurzen Berichts ganz am Anfang an. Grimaldi, Sohn eines Fischers, stammte aus Rosarna, einem kleinen Hafen »am Zeh des Stiefels«. Er war eines von sieben Kindern und entfremdete sich früh von der Familie. Er blieb nur mit seiner Schwester Angela in Kontakt, die in Rom lebte.

Dem Dossier zufolge trat er 1973 seinen neunmonatigen Militärdienst an. Anschließend wurde er sogleich vom italienischen Militärgeheimdienst, dem SISMI, übernommen. Bis zur Umstrukturierung des Geheimdienstes 1993 zählten zu den Aufgaben des SISMI – neben Spionageabwehr und Antiterroroperationen – alle Geheimdiensttätigkeiten, Antimafiaoperationen und elektronischen Überwachungen.

Grimaldi wurde der *Onda* (die Woge) zugeteilt, einer paramilitärischen Einheit mit dem Hauptaufgabengebiet einheimischer Terrorismus. Aber ihr Ruf als Antiterroreinheit geriet ins Zwielicht, als ihre Verwicklung in eine Reihe von Morden und Bombenanschlägen aufgedeckt wurde. Diesen Aktionen, darunter auch Anschläge auf Bahnhöfe und Supermärkte, fielen innerhalb von acht Jahren 102 Zivilisten zum Opfer. Nachdem man die Anschläge zunächst der ultralinken Szene zugeschrieben hatte, stellte sich heraus, dass sie durch Agents provocateurs innerhalb der *Onda* organisiert worden waren. Diese Aktionen gehörten, so hieß es, zur »Strategie der Spannungen«, die, im Erfolgsfall, eine Militärregierung an die Macht gebracht hätte.

1986 wurde die führende Rolle der *Onda* bei den Terrorakten aufgedeckt, und bald darauf wurde die Einheit aufgelöst (oder umbenannt, je nachdem, wie man es betrachtete). Zu einer gründlichen Säuberungsaktion innerhalb des SISMI selbst kam es, nachdem auch dort massive Korruption und Verfilzung mit der sizilianischen Mafia aufgedeckt worden war. Aber da war Grimaldi schon längst weitergezogen.

Dem Bericht waren drei Fotos beigefügt. Eines stammte von einem Militärausweis und zeigte einen attraktiven jungen Mann mit dunklen, funkelnden Augen. Die beiden anderen waren grobkörnige Observierungsfotos. Sie waren mit Tele aufgenommen worden und zeigten Grimaldi, wie er an irgendeinem Flughafen aus einem Landrover stieg. Im Hintergrund waren Palmen zu erkennen, und Grimaldi – jetzt nicht mehr jung – hatte den harten Gesichtsausdruck, den Carpenter von den Polizeifotos her kannte.

Ciao.

Carpenter dachte an Jimmy Riordans Kommentar zu Grimaldis körperlicher Verfassung, dass er wohl einige Schläge einkassiert hatte, aber immer noch in Topform war. »Ein Soldat«, hatte Riordan gemutmaßt. Und er hatte auf gewisse Weise doch noch Recht behalten.

Dem Dossier war außerdem eine Liste mit dem handschriftlichen Vermerk »Vermögenswerte« beigefügt:

- eine Penthouse-Wohnung an der Via Barberini im Nobelviertel Parioli
- eine zweite Wohnung an derselben Adresse (seiner Schwester Angela überlassen)
- ein Chalet im schweizerischen Zuoz (einem Dorf bei St. Moritz)

Neben den Immobilien hatte Grimaldi ein Konto bei der Banco Lavoro mit einem durchschnittlichen Stand von 26 000 Dollar. Es wurde vermutet, dass er noch weitere Konten in der Schweiz hatte, vor allem bei der Crédit Suisse – aber Einzelheiten waren »nicht zugänglich«.

Unter *Automobile* waren zwei aufgeführt: ein Jeep Cherokee (in Rom) und ein Range Rover (in Zuoz). Mit Ausnahme einer Kaufhaus-Kundenkarte besaß Grimaldi keine Kreditkarten. Offensichtlich zog er es vor, bar zu zahlen.

Das war bemerkenswert, denn als »Juan Gutierrez« hatte sich Grimaldi die Mühe gemacht, eine Visa-Card zu bekommen. Während in Europa noch viel in bar bezahlt wurde, fiel man in den USA auf, wenn man 1 000 Dollar hinblätterte, um ein Flugticket oder eine Hotelrechnung zu bezahlen.

Carpenter lehnte sich in seinen Sessel zurück und dachte nach.

Das Dossier gab Carpenter eine Identität, aber es war die Identität eines geheimnisvollen Mannes und, schlimmer noch, sie war überholt. Alles, außer dem Bericht aus Moçambique, war aus der Zeit vor 1986. Wo außer in Moçambique war Grimaldi in den letzten zehn Jahren gewesen? Was hatte er gemacht? Waren die Adressen in dem Dossier noch aktuell, oder war er weggezogen?

Carpenter fingerte an dem gelben Memo-Sticker herum. Er hatte nicht vorgehabt, am nächsten Morgen zu joggen. Nicht um sechs Uhr in der Früh. Aber er würde es tun.

Great Falls.

Es war noch fast dunkel, als Carpenter seinen Wagen vor dem Eingang des Parks abstellte, der nur zwei Meilen von seinem Haus in McLean entfernt war. Er kam dreimal die Woche hierher, allerdings nie so früh am Morgen. Woody dagegen war gern schon um acht im Büro, sodass sein Tag fast immer vor Beginn der Dämmerung anfing. Meist joggte er in der Nähe seines Hauses in Georgetown, aber manchmal reizte es ihn hierherzukommen, schon wegen des weicheren Untergrunds, der schönen Landschaft und der im wahrsten Sinne des Wortes atemberaubenden Hügel.

Schon vom Parkplatz aus konnte Carpenter das Tosen des Wasserfalls hören. Am Aussichtspunkt angelangt, lehnte er sich ans Geländer und schaute hinab in das schäumende Wasser. Das Geräusch war ohrenbetäubend, der Anblick grandios. Und dann sah er ein Licht durch die Bäume hüpfen. Es war Woody, mit einer Stirnlampe – wie ein Bergarbeiter.

»He«, rief Woody. »Da bist du ja schon.« Sie schüttelten sich die Hände, und der Spion des Außenministeriums beugte sich vor und dehnte seine Wadenmuskeln.

»Danke für das Dossier.«

»Hast du es verbrannt?«

»Ja. Wie du gesagt hast.«

»Gut«, sagte Woody. »Also, auf geht's!«

Die beiden liefen über eine Wiese auf einen Pfad zu, der sich durch den Wald schlängelte.

»Das Problem ist nur«, begann Carpenter, »dass es ...«
»Ich weiß schon. Es ist überholt.«
Nach längerem Schweigen meinte Woody:
»Dein Kerl ist ein Schlägertyp schlimmster Sorte.«
»Das hab ich schon kapiert.«
»Nach seinem Abschied vom SISMI hat er sich selbstständig gemacht.«
»Als was?«
»Alles Mögliche. Vor allem als Basken-Jäger im Auftrag von Madrid.«
»Was?«
»Baskische Separatisten. Er hat sie gejagt. In Spanien. Frankreich. Wo auch immer. Sie haben ihn pro Kopf bezahlt. Wie 'nen Kopfgeldjäger. Nur dass manche dieser Leute so genannte ›weiche Ziele‹ waren ... Leute mit Asyl in Orten wie Stockholm. Anwälte, Akademiker ... und dann ... was passiert '89? Er geht nach Moçambique ... ein anderer Auftrag. Ähnliche Arbeit. Bringt dort einen Mann namens Mtetwa um. Einen vom ANC. Was Grimaldi nicht wusste: Mtetwa ist einer der unsrigen. Und der CIA ist stinksauer.«
»Lauf nicht so schnell.«
»Ich jogge.«
»Du rennst.«
»Deshalb gibt es ein kleines Dossier.«
Keuchend kämpfte sich Carpenter einen steilen Hügel hinauf. Nach etwa zwei Minuten hatten sie den Gipfel erreicht und machten eine kurze Pause, um wieder zu Atem zu kommen. Trotz der Kälte waren ihre Sweatshirts dunkel vor Schweiß. Dampf stieg von ihren Rücken auf.
»Warum hat er den SISMI verlassen?«
»Er war nicht der Einzige.«
»Und wieso?«
»Sinkendes Schiff ... Der SISMI saß so tief im Dreck, war so durch und durch korrupt ... Los, komm, ich fange an zu frieren.« Sie liefen weiter, und Woody fuhr fort: »Sie haben die Ma-

fia unterwandert, die Freimaurer, die Kommunisten, die Roten Brigaden – oder auch nicht. Vielleicht war's ja auch umgekehrt. Wer wusste das schon? *Wir* wussten's nicht, und ich glaube, sie wussten es selbst nicht. Nicht so ganz jedenfalls. Jeder hatte ein geheimes Programm – Politik, Geld, Religion ... was auch immer.« Woody verstummte kurz. »Das Problem ist nur«, meinte er dann, »dass das alles nichts mit deiner Schwester zu tun hat.«

Carpenter nickte. »Ich weiß.«

»Vielleicht hatten sie es ja auf dich abgesehen?«

»Was soll das heißen?«

Woody spreizte die Finger und reckte die Arme hoch. »Na ja, all die Jahre in Brüssel und selbst hier, deine Firma. Glaubst du, du hast keine Feinde?«

»Feinde!«, schnaubte Carpenter. »Vielleicht. Aber nicht so was. Sag mir lieber, ob das alles ist, was du hast.«

»Mehr oder weniger. Nach Moçambique löst sich der Kerl sozusagen in Luft auf. Ein paar Jahre lang passiert nichts – und dann tötet er deine Schwester und deinen Neffen.«

Sie liefen eine Weile schweigend weiter, bis Woody fragte: »Und was hast du jetzt vor?«

»Keine Ahnung. Vielleicht ins Reisebüro gehen. Irgendwohin fahren. Um auf andere Gedanken zu kommen.«

»Gute Idee«, meinte Woody. »Überlass den Bullen die Sache. Und wohin soll's gehn?«

»Ich weiß nicht«, sagte Carpenter mit einem Achselzucken. »Ich dachte, vielleicht ... Italien.«

Woody machte sich nicht die Mühe, ihn umzustimmen; sie kannten einander zu gut. »Pass bloß auf dich auf«, sagte er nur.

16

Rom. Flughafen Leonardo da Vinci.

Joe Carpenter saß in der Business Class und blätterte in einer zerfledderten Ausgabe der *Time,* während er darauf wartete, dass die 737 sich leerte. Auf dem Gang neben ihm strömten jetlag-geplagte Reisende vorüber, die es nicht erwarten konnten, zum Terminal zu gelangen – um sich dort erneut in eine Schlange einzureihen. Nach etwa fünf Minuten, als der letzte Passagier, taumelnd unter dem Gewicht seines schweren Handgepäcks, ausstieg, legte Carpenter die Zeitschrift auf den Nachbarsitz, erhob sich und ging gemächlich zum Terminal.

Neben dem Gepäckband befand sich ein Kaffeestand. Dort bestellte er einen Cappuccino, den er mit drei Dollarscheinen bezahlte. Seine Mitreisenden standen dicht gedrängt um das Gepäckband. Mit dem Blick müder Raubvögel beäugten sie jeden vorübergleitenden Koffer, jede Tasche, bereit, sich darauf zu stürzen. Schließlich ergriffen sie ihr Gepäck und eilten zur Passkontrolle, wo sie abermals in einer Schlange warteten.

Carpenter reiste zu viel, um ihre Aufregung zu teilen. Als sein Gepäckstück in Sicht kam, trank er seinen Cappuccino in aller Ruhe aus. Schließlich holte er seinen Koffer und wurde durch die Passkontrolle gewinkt.

Carpenter vergaß immer wieder, wie scheußlich der Flughafen von Rom war. Als Ingenieur hätte Leonardo die Flugmaschinen vielleicht bewundert, als Künstler aber wäre er entsetzt gewesen über dieses abgrundhässliche Gebäude mit seinen stickigen Gängen und gelangweilten Carabinieri. Selbst in günstigsten Zeiten war es hier dreckig, viel zu eng und einfach chaotisch.

Heute wimmelte es von Urlaubern aus allen Teilen der Welt. Der Trainer einer finnischen Bowlingmannschaft mit seinen Spielern im Schlepptau stritt mit einer strengen Italienerin, die an einem Plastiktresen unter einem roten Fragezeichen saß. Ein kleinwüchsiges indisches Paar kämpfte sich durch die Menge und zog den größten Koffer hinter sich her, den Carpenter je gesehen hatte, eine himmelblaue Plastikkiste, zusammengehalten mit Elastikbändern. Eine Schar arabischer Frauen saß, umgeben von Kindern, auf dem gefliesten Boden. Italienische Geschäftsleute schritten zielstrebig auf den Ausgang zu, ungeduldige Touristen zerrten und schoben ihre Habseligkeiten hierhin und dorthin. Sicherheitsbeamte mit Maschinengewehren schlenderten paarweise umher. Es herrschte unbeschreiblicher Lärm. Carpenter trat schließlich ins Freie und hielt nach einem Taxi Ausschau.

Der Tag war grau, kalt und neblig. Carpenter fand ein Taxi, handelte einen Preis aus, lehnte sich in seinen Sitz zurück und ließ die öden Industrieanlagen und trostlosen Wohnsilos, die den Weg in die Stadt säumten, an sich vorüberziehen. Italien hat weit Besseres zu bieten, dachte er.

Und das hatte es auch. Sein Hotel, das Hassler Medici, lag über der kürzlich restaurierten Spanischen Treppe, und seine Fenster blickten auf die Via Condotti, Babington's Tea Room und McDonald's. Ein junges langhaariges Pärchen verteilte vor dem Hotel Handzettel. Carpenter nahm einen und bekam ein *grazie* zum Dank.

Der elegante Empfangschef erklärte ihm, dass es sich um eine Unterschriftensammlung zu Gunsten der Spanischen Treppe handele. Die Stadtverwaltung habe die Treppe gleich nach der offiziellen Wiedereröffnung erneut schließen wollen. Um weitere Abnutzung zu verhindern! Die Vorstellung machte den Mann ganz zornig. »Sie wollen ein *museo* aus der Treppe machen!«

Er lachte bitter. »Und dabei vergessen die, dass es eine Treppe ist, weil eine da hingehört.« Er schüttelte den Kopf. »Heute ist sie geöffnet. Aber morgen?« Seine Hände flogen in die Luft. »Ich kann es nicht versprechen.« Damit überreichte er ihm lächelnd einen Schlüssel. »Willkommen in der Ewigen Stadt, Mr. Carpenter.«

Sein Zimmer war geräumig, ruhig und elegant eingerichtet. Er streckte sich auf dem Bett aus. Eigentlich wollte er gar nicht schlafen, aber der Flug war lang gewesen, und das graue Licht machte müde. Als er aufwachte, war es stockfinster, und einen Augenblick fragte er sich, ob es sechs Uhr morgens oder abends war. Dann erinnerte er sich. Er war in Rom. Er war mittags angekommen, also musste es Abend sein.

Er packte seinen Koffer aus, ging in sein marmorgekacheltes Bad und stellte sich fünf Minuten unter die heiße Dusche, um seine Müdigkeit wegzuspülen. Dann schlüpfte er in den dicken hoteleigenen Bademantel, schaltete seinen Laptop ein und öffnete die Reisedatei für Rom. Anschließend wählte er die Nummer von Judys Kontaktmann.

»Pronto?«

»Hi ... Hmm ... Sprechen Sie Englisch?«

»Sì-ììì.« Der andere machte zwei Silben aus einer, wobei die zweite in einer hohen Note endete. Im Hintergrund kreischte ein Kind.

»Ich suche nach einem Mr. ... Bepi ...« Der Name war unmöglich auszusprechen.

»Bepistraversi! Das bin ich. Sind Sie Joe Carpenter?«

»Ja.«

»Judy sagte mir, dass Sie anrufen würden.«

»Haben Sie etwas Zeit für mich?«

»Klar. Übrigens nennen mich alle Bepi.«

»Ich könnte in Ihr Büro kommen ...«

»Un momento ...« Bepi legte die Hand auf die Sprechmuschel, und Carpenter hörte ein lautstarkes *»Per favore! Ragazzo!«* am anderen Ende der Leitung. Stille. Lachen. Und dann wieder

Bepis wohltönende Stimme. »Ich glaub ... vielleicht wäre La Rosetta am besten. Da können wir essen.« Er erklärte Joe den Weg zu einer Trattoria in Trastevere. »Ich lasse einen Tisch reservieren.«

Carpenter zog sich schnell an und verließ wenige Minuten später das Hotel.

La Rosetta war eine winzige Trattoria in einem ehemaligen Arbeiterviertel, inzwischen ein beliebter Treffpunkt von Einheimischen und Touristen. Carpenter war im vorigen Sommer mit Monica hier gewesen. Sie hatten in einer Osteria gegessen – draußen an einem kleinen Tisch, in einer schmalen Gasse, umdröhnt von knatternden Mopeds und Vespas. Eine romantische Mischung aus Kerzenlicht und Dieselgestank!

Aber jetzt war Winter, und alle saßen drinnen – die Touristen, Geschäftsleute und Liebespaare. La Rosetta war ein gemütliches Kellerlokal mit Knoblauchzöpfen an den Deckenbalken und einem knisternden Kaminfeuer. Als Carpenter aus der Kälte eintrat, kam ihm sogleich ein modisch gekleideter junger Mann entgegen. Er hatte schulterlanges schwarzes Haar, grüne Augen und ein optimistisches Lächeln. Bis auf das Lächeln sah er so aus, als träte er direkt aus einem Werbeplakat von Armani.

»Sie sind Joe?«

»Ja.«

»Tony Bepi.«

Sie schüttelten sich die Hand und fanden einen Tisch nahe der Küchentür am hinteren Ende des Raums. Das Gespräch kreiste zuerst etwas schleppend um Themen wie Roms Luftverschmutzung und den Dollar-Lira-Wechselkurs. Schließlich knallte der Kellner eine Karaffe mit Hauswein und eine Flasche San Gimignano auf den Tisch und nahm die Bestellung auf.

Nachdem der Kellner gegangen war, beugte sich Bepi zu Carpenter vor und fragte mit leiser Stimme:

»Sind Sie sauer?«

»Wieso?«

»So eine dicke Rechnung – für so wenig Information!«

»Welche Rechnung?«

»Grimaldi.«

Carpenter schüttelte den Kopf. »Nein. Ich bin nicht sauer.«

»Ich könnt es ja verstehen.«

Carpenter lachte. »Nein, ehrlich nicht ...«

»Dann ...« Bepi runzelte die Stirn und wusste ganz offensichtlich nicht, wozu sie überhaupt hier waren.

»Ich habe mit jemandem gesprochen«, sagte Carpenter. »Einem Behördenmenschen. Er behauptet, Ihr Freund sei ein sehr gefährlicher Bursche. Dass Sie Probleme bekommen könnten, nur weil Sie nach ihm gefragt haben.«

Bepi wischte die Probleme mit einer Handbewegung vom Tisch. Er hielt Carpenter ein Päckchen Marlboro hin und fragte auf dessen Kopfschütteln hin, ob Amerikaner das Rauchen »anstößig« fänden. Als Carpenter verneinte, atmete Bepi erleichtert auf, zündete sich eine an, inhalierte tief und blies den Rauch in einem langen Strom zum Nachbartisch. »Ich war«, begann er, »wie sagt man, sehr *vigile?* Sehr wachsam. Judy sagt mir, ich muss vorsichtig sein. Ich benutze immer erst eine andere Auskunftei, verstehen Sie. Und wenn die ermittelt und nichts dabei rauskommt, weiß ich schon, dass es sich um einen gefährlichen Mann handelt.«

»Wieso das?«

Eine ausholende Geste, eine weitere Rauchfahne. »Wir sind Italiener! Wir haben die berühmteste Bürokratie in der ganzen Welt! Es gibt eine halbe Million Italiener, deren einziger Lebenszweck ist, Sachen abzustempeln. Und dann schreiben sie Namen auf eine kleine Liste. Viele kleine Listen! Wenn man also ermittelt und nichts kommt zurück?!« Er hob die Schultern.

Der Kellner kam mit einem halben Dutzend Tellern auf dem Arm und teilte sie einen nach dem anderen aus, wie Karten. Nachdem er wieder fort war, sah Bepi seinem Gegenüber direkt in die Augen. »Verraten Sie mir eins.«

»Was?«

»Ist es der SISMI? Oder die Mafia? Oder beide?«

Carpenter erwiderte den Blick und dachte, dass er Bepi unterschätzt hatte. »Es ist der SISMI«, sagte er schließlich.

Bepi nickte.

»Es empfiehlt sich also, vorsichtig zu sein.«

Der Italiener zuckte die Achseln. »Und jetzt sind Sie hier wegen dieses Grimaldi?« Er schüttelte den Kopf. »Keine gute Idee, wenn es nicht wichtig ist. Vielleicht ist es nur rausgeschmissenes Geld.«

»Machen Sie sich um das Geld keine Sorgen.«

Bepi dachte nach. »Darf ich was fragen? Wer ist der Auftraggeber?«

»Ich. Hat Judy Ihnen das nicht gesagt?«

»Sie kennen doch Judy. Sie hat gesagt, Sie würden sich melden. Ich soll auf den Anruf warten. Mehr nicht.«

»Nun ... die Sache mit Grimaldi ist die ... er hat meine Schwester erstochen. Und dann meinem Neffen die Kehle durchgeschnitten. Beide sind tot.«

»Oh!« Bepi senkte die Augen. »Tut mir Leid für Sie.« Nach einer gebührenden Pause blickte er auf und sagte: »Und nun?«

»Ich brauche Hilfe.«

»Sì-ììì?« Wie am Telefon hob sich die Stimme des Italieners um eine Oktave als Ausdruck zögernder Bereitschaft.

Carpenter schenkte beiden Wein ein und nippte an seinem Glas. »Ich will ein paar von Grimaldis Adressen abklappern und sehen, was ich rausfinden kann. Dazu brauche ich einen Dolmetscher – und einen Führer.«

Bepi nahm einen Schluck Wein, dachte eine Weile nach und beugte sich dann weit vor. »Ich helfe Ihnen.«

»Wollen Sie wirklich?«

Wieder eine wegwerfende Handbewegung, und die Gefahr war vom Tisch. »Wenn es so ist, wie Sie sagen, dann geht es wohl um eine persönliche Abrechnung zwischen Ihnen und Grimaldi. Da habe ich nichts zu fürchten. Italien ist ein zivilisiertes Land.

Selbst die von der Mafia sind keine Psychopathen. Wenn ich lediglich für Sie dolmetsche ... bin ich sozusagen nur Staffage, verstehn Sie?«

Carpenter nickte unsicher, und dann machten sie sich über ihre Teller mit *calamari* und gedünstetem Gemüse her.

Früh am nächsten Morgen brachen sie in Bepis VW Golf auf – ein älteres Baujahr, aber makellos sauber und gepflegt. Auf dem Armaturenbrett stand allerdings ein Plastik-Lenin, wo ein Plastik-Jesus zu erwarten gewesen wäre, und ein kleiner Fußball baumelte am Rückspiegel. Bepi schob eine Kassette ein, und aus dem Lautsprecher tönte Verdi.

Bepi konnte mehrere Beinahe-Frontalzusammenstöße vermeiden, während er sich, wild gestikulierend und fluchend, durch den Verkehr kämpfte. Carpenter zeigte ihm die Liste mit den drei Adressen, die soweit bekannt waren: die von Grimaldis Pass und die beiden, die er von Woody hatte. Bepi runzelte die Stirn. »Das sind zwei total verschiedene Welten«, sagte er. »Welche wollen Sie zuerst sehen?«

»Die neuste. Die auf seinem Pass.«

Die Wohnung lag in Testaccio, einem Arbeiterviertel am Fuße des Aventin. Das Gebäude war eine heruntergekommene sechsgeschossige Mietskaserne ohne Aufzug. Das Einzige, was die graue Fassade belebte, war die Wäsche, die vor den Fenstern hing. Eine alte, ausgemergelte Frau fegte den Bürgersteig mit einem Reisigbesen und hielt Selbstgespräche.

»Das kann es nicht sein.«

»Warum nicht?«, fragte Bepi und überprüfte noch einmal die Adresse.

»Weil er ein teures Auto fährt. Weil er ein Haus in der Schweiz besitzt.«

»Es stimmt aber. Nummer 114.«

Carpenter konnte es einfach nicht glauben. »Es muss ein Irrtum sein.«

»Moment, ich frage die alte Frau.« Bepi stieg aus dem Wagen, trat, die Hände gefaltet, den Kopf gesenkt – ganz der Bittsteller –, auf sie zu. *»Scusi, bella ...«*

Kurz darauf saß Bepi wieder hinterm Lenkrad. »Er war mehrere Monate nicht mehr hier, aber die Miete ist bezahlt. Gehen wir rauf, und werfen wir einen Blick rein.«

Grimaldis Wohnung lag im obersten Stockwerk, gleich neben dem finsteren Treppenhaus, in dem es nach verdorbenen Lebensmitteln stank. Sie standen vor der verschlossenen Wohnungstür.

»Ich hasse so was«, sagte Carpenter.

»Was?«, fragte Bepi.

Carpenter machte eine Handbewegung zur Tür. »Na ja, das hier. Ich hab es schon mal getan, in Brüssel, und es ging ziemlich schlecht aus.«

»Wirklich?«

»So schlecht, dass ich mir fast wünschte, ich hätte jetzt eine Pistole dabei.«

»Kein Problem«, meinte Bepi und zog eine Beretta aus seinem Halfter im Kreuz. »Hier. Nehmen Sie meine.«

Carpenter schüttelte den Kopf. »Um Gottes willen! Stecken Sie die weg! Glauben Sie etwa, ich bin Sam Spade?«

Bepi zuckte die Achseln, die Beretta verschwand wieder. Carpenter klopfte an die Tür – zaghaft zunächst und unsicher, ob nicht doch jemand drinnen war. Weil niemand antwortete, klopfte er ein zweites Mal, diesmal etwas lauter, dann ein drittes Mal. Schließlich trat er zur Seite und ließ Bepi die Tür öffnen, was dieser innerhalb weniger Sekunden mit einer Visa-Card bewerkstelligte. »Ich glaube immer noch, dass wir hier falsch sind«, sagte Carpenter, als das Schloss nachgab und die Tür aufsprang.

Der Raum, den sie betraten, war auffällig sauber und kahl wie eine Mönchszelle. Die alten Holzbohlen am Fußboden glänzten, wie mit Stahlwolle blank gescheuert. An den Wänden hing nur ein altes Holzkruzifix. Anderen Wandschmuck gab es nicht, und auch sonst war die Einrichtung spartanisch.

Ein schmales Feldbett; ein wackeliger Schrank; ein Metallschreibtisch; ein unbequemer Stuhl; ein Waschbecken mit einem gesprungenen Spiegel darüber. Das einzige Fenster des Zimmers blickte auf einen abfallübersäten Hof, und das einzige Licht im Raum kam von einer nackten 40-Watt-Glühbirne an der Decke.

»Sehen Sie«, sagte Bepi und deutete auf den Schreibtisch. »Der Mann liest.« Er nahm eins der Bücher auf, dann ein zweites. »Vielleicht betet er auch nur.«

Es waren drei Bücher. Das erste war die Bibel mit Seiten, die vom Gebrauch so steif geworden waren, dass sie nicht länger schloss, sondern irgendwo in der Offenbarung auseinander klaffte. Unter der Bibel lag ein lateinisches Lehrbuch und darunter eine religiöse Broschüre mit dem Titel »Crociata Decima«.

»Was ist das?«, fragte Carpenter.

Bepi reichte ihm die Broschüre. Unter dem Titel befand sich ein großes Oval und in dem Oval ein angedeuteter Hügel mit einem Kreuz darauf. Das Kreuz warf einen langen dunklen Schatten, in dem in goldenen Lettern die Worte *Umbra Domini* geschrieben standen. Carpenter deutete auf den Titel: »Crociata Decima«.

»Was heißt das?«

»Zehnter Kreuzzug«, sagte Bepi.

»Und was hat es zu bedeuten?«

»Keine Ahnung. Ich bin nicht abergläubisch.«

»Sie meinen nicht gläubig.«

»Ehhh!« Der Laut kam von der Tür hinter ihnen, und die beiden Männer, die mit der Polizei oder Schlimmerem rechneten, schnellten herum. Stattdessen trat ein alter Mann ins Zimmer und drohte mit dem Finger, als wären sie Kinder. *»Vietato!«*, rief er. *»Vietato! Vergogna!«* Er entriss Carpenter die Broschüre, legte sie wieder auf den Schreibtisch und schob beide aus dem Zimmer, wobei sein Finger hin und her pendelte wie ein Metronom.

»Was hat er gesagt?«, fragte Carpenter im Treppenhaus.

»Dass wir böse sind und uns schämen sollen.«

Das war kein besonders rühmlicher Auftritt gewesen, aber als sie auf die Straße traten, mussten beide lachen. »Er hat's Ihnen ganz schön gezeigt«, sagte Carpenter und stieg in den Wagen. »Was war das mit dem Finger?«

»Vergogna!«, sagte Bepi und warf den Motor an. »Sehen Sie, da steht er. Ich glaube, er schreibt sich unsere Nummer auf.«

Carpenter drehte sich um und sah, dass der Mann auf dem Bürgersteig stand und ihnen nachschaute. »Was heißt also *vergogna?«*, fragte er.

»Es heißt ›Schande!‹« Bepi zuckte die Achseln. Er legte den Gang ein, streckte die Hand aus dem Fenster und winkte dem alten Mann zu. »Also, wohin jetzt?«

Carpenter zog einen Zettel aus der Tasche und las vor. »Via Barberini.«

Das Apartmenthaus lag nördlich der Villa Borghese, in einem Nobelviertel von Rom, und war äußerst luxuriös. Die Fassade bestand aus cremefarbenem Marmor, Glas und Messing. In der Eingangshalle fanden sie den Hausmeister; er war dabei, den Farn am Rand eines kleinen Brunnens zu besprühen. Ohne hinzusehen, wusste Carpenter, dass Goldfische in dem Becken schwammen.

Zunächst konnte sich der Hausmeister gar nicht an Grimaldi erinnern, eine Hand voll Lire aber halfen seinem Gedächtnis nach. Der Mann steckte das Geld ein und lächelte. Er sprach zu Bepi auf Italienisch und sagte, es sei lange her, aber er könne sich sehr gut an Signore erinnern – *und* an seine Schwester. Mit einer Handbewegung und einem Nicken unterstrich er, dass Grimaldi ein Lebemann sei.

»Und wovon lebt er?«, wollte Carpenter wissen.

Bepi gab die Frage an den Hausmeister weiter und dolmetschte dann. »Geschäfte und Frauen.«

Der Hausmeister lachte. *»Sì, sì! Giacomo Bondi!«*

Bepi wollte übersetzen. »Er sagt, er war wie ...«

»James Bond. Hab schon verstanden.«

Der Hausmeister fuhr mit der Beschreibung eines Mannes fort, dessen Leben *überlebensgroß* war, bis plötzlich – peng! Er machte eine dramatische Geste und warf die Hände in die Luft. Plötzlich ist Signor Grimaldi *assolutamente diverso*. Keine Frauen, keine Partys, kein Trinkgeld! Er verkauft seinen Wagen, er verkauft seine Wohnung. Er verkauft die andere Wohnung! Er verschenkt seine Möbel, seine Bilder – *tutto, tutto, tutto*. Alles muss offenbar weg, bis er nichts mehr hat. Er habe selbst, fügte der Hausmeister hinzu, von der Menschenliebe des Mannes profitiert. Grimaldi habe ihm eine schicke Lederjacke geschenkt – *sì, sì, sì, sì* – *fino, suave*. Er strich versonnen über seinen Ärmel.

»Wann war das?«, ließ Carpenter nachfragen.

»Vor fünf Jahren.«

»Und danach?«

Der Hausmeister zuckte die Achseln. *»Niente.«*

»Fragen Sie ihn, ob er weiß, wo die Schwester geblieben ist.«

Bepi fragte, und der Hausmeister murmelte eine ganze Kette von *Sì-sì-sì*. Dann bat er sie, ihm in sein Büro zu folgen. Er zog ein Hauptbuch aus dem Regal und blätterte darin, bis er die Namen gefunden hatte, die er suchte.

Grimaldi – 114 Via Genova, Roma
Buccio – 1062 Av. Cristoforo Colombo, Roma

Er deutete mit dem Zeigefinger auf die Adressen und schüttelte missbilligend den Kopf. »No good«, sagte er in perfektem Englisch.

Der Wagen stand ein paar Häuser vor einem Blumengeschäft – italienisch geparkt – auf dem Bürgersteig. Die Besitzerin des Blumengeschäfts kam herausgestürzt und setzte zu einer Strafpredigt an. Bepi erwiderte etwas mit angehobener Stimme, trat auf die Frau zu, das Hinterteil eingezogen, als würde sie ihn peitschen, und die Floristin musste lachen. Bepi hielt einen Finger hoch, trat, gefolgt von der Frau, in den Laden und kam mit einem Weihnachtsstern in der Hand wieder raus.

»Für die Schwester, dachte ich. Blumen öffnen mir fast jede Tür.«

Die Fahrt dauerte mindestens eine Dreiviertelstunde, und als Bepi den Motor abstellte, standen sie vor einem hässlichen Hochhaus am Stadtrand von Rom. Das Gebäude war ein graues Monster ohne irgendwelche Verzierung. Überall Graffiti und Abfall – und nicht einmal andeutungsweise etwas Rasen, nur nackte Erde und Asphalt.

Bepi drückte auf einen Knopf und sprach lebhaft in die verbeulte Sprechanlage. Einen Augenblick später gab die Tür ein raues Summen von sich, und Bepi drückte sie mit einem Ruck auf.

»Was haben Sie zu ihr gesagt?«

Bepi zuckte die Achseln. »Die Wahrheit. Wir hätten ein paar Fragen zu ihrem Bruder Franco. Sie schien ziemlich aufgeregt. Ob wir Neuigkeiten von ihm hätten? Ich habe einfach mal ja gesagt.« Er hob die Brauen und hielt den Weihnachtsstern hoch. Der Aufzug stank nach Urin.

Grimaldis Schwester Angela war um die dreißig. Sie trug einen pinkfarbenen Trainingsanzug und eine schwere Goldkette um den Hals und machte einen verhärmten Eindruck. Bepi überreichte den Weihnachtsstern, der mit viel Wirbel entgegengenommen wurde. Es folgte eine heftige Diskussion, die erst endete, als Bepi auf ihr Drängen hin *limonata, sì, sì* sagte.

Angela Grimaldi verschwand, und die beiden Männer hatten reichlich Zeit, sich umzusehen. Die Wohnung befand sich in einem chaotischen Zustand, der von tiefer Verzweiflung zeugte. In einer Ecke stand ein kleiner Plastikweihnachtsbaum, und große gerahmte Fotos von Kindern hingen an der Wand. Überall sonst lagen Spielsachen, Berge von Kleidungsstücken, Zeitungen und dreckiges Geschirr herum. Aus einem Nebenzimmer drang die geistlose Melodie eines Gameboy.

Als die Getränke schließlich auf einem goldfarbenen Holztablett hereingetragen wurden und alle in der Essecke Platz genommen hatten, setzte sich Angela in Positur, legte den Kopf schief und fingerte an ihrer Halskette herum.

Bepi sagte etwas Einleitendes. Sie schenkte ihm ein müdes Lächeln und wickelte eine schwarze Haarlocke um den Finger. Bepi gestikulierte und sprach mit ernster Stimme. Carpenter schnappte das Wort *fratello* auf.

Angela wurde lebhaft, redete leidenschaftlich und begleitete ihre Worte mit weit ausholenden Gesten. Sie klang verbittert, aber alles, was Bepi übersetzte, war: »Sie will wissen, was los ist, was ihr großer Bruder jetzt vorhat. Er hat ihr schon ihre schöne Wohnung weggenommen. Ob er diese jetzt auch noch will?«

»Das verstehe ich nicht«, sagte Carpenter. »Wovon redet sie?«

Die Frau spie einen Satz aus. Dann seufzte sie und rammte einen Daumen in ihre Herzgegend.

»Ihr Bruder hat ihr Leben zerstört«, sagte Bepi.

Noch mehr Schnellfeuer-Dialog.

»Franco war immer sehr großzügig gewesen«, sagte Bepi. »Er hat ihr die Wohnung im Parioli-Viertel gekauft, dort, wo wir vorhin waren. Und dann, vor etwa fünf Jahren, hatte er ein ... hmm, eine religiöse Erweckung.«

»Eine *was?*«

»Er ist sehr fromm geworden. Er hat Angelas Wohnung verkauft und das Geld einer wohltätigen Einrichtung geschenkt. Dasselbe mit ihrem Wagen. Mit *seinem* Wagen. Und *seiner* Wohnung. Er schenkt *alles* einer religiösen Gruppe und sagt, jeder soll leben wie ein Mönch. Dann ... nichts. Er mietet ein Zimmer in den Slums. Sie streitet mit ihrem Mann. Ihr Mann haut ab. Sie hat kein Dach überm Kopf. Dann kommt sie hierher. Mit den *bambini.* Sie sagt, der fromme Scheißkerl hat ihr Leben ruiniert. Er hätte ihr genauso gut eine Kugel durch den Kopf jagen können.« Bepi holte tief Luft und reichte Angela ein Taschentuch.

Carpenter wiegte den Kopf. Grimaldis Schwester sagte offensichtlich die Wahrheit beziehungsweise die Wahrheit, wie sie sich ihr darstellte, auch wenn sie dabei offensichtlich einem Irrtum erlag. Mönche schlachten keine Kinder in ihren Betten ab, und da sie ein Armutsgelübde abgelegt haben, laufen sie nicht mit 20 000 Dollar herum, die im falschen Boden einer Reisetasche versteckt sind. »Sagen Sie ihr, dass ich herausfinden möchte, ob ihr Bruder irgendeinen Kontakt zu meiner Schwester hatte. Sagen Sie ihr, meine Schwester heißt – hieß – Kathy Carpenter.«

Weitere Diskussionen. Carpenter schnappte die Wörter *»Stati Uniti«* auf. Die Frau sah verwirrt aus und schüttelte energisch den Kopf.

Bepi hob die Schultern. »Nein.«

»Sagen Sie ihr, der ›fromme Scheißkerl‹ hat meine Schwester und meinen Neffen ermordet. Sagen Sie ihr, dass er wegen Mordes gesucht wird.«

Der anschließende Wortwechsel war eine Folge explosionsartiger Demonstrationen von Skepsis. Angelas Augen jagten hin und her, während sie ungläubig den Kopf schüttelte. *Non è possibile. Fantastico.* Die Frau beendete die Szene, indem sie die Hände dramatisch wie zum Gebet zusammenlegte und mit den Augen rollte wie eine Figur von Goya.

»Sie sagt, es stimmt, dass Franco ein sehr harter Mann war – *sehr* hart –, aber was Sie da behaupten? Das sei unmöglich.«

»Warum?«

»Weil er praktisch ein Priester ist, sagt sie. Er hat das Gelübde der Keuschheit und der Armut abgelegt. Er ... hm ...« – Bepi malte Anführungsstriche in die Luft – »›poliert seine Seele‹. Er lebt in einer anderen Welt. Ihm liegt nichts mehr an seiner Schwester. Ihm liegt nichts mehr an seinen Neffen und Nichten. Er sagt, *Gott* wird für sie sorgen. Dabei will sie natürlich nicht schlecht von der Kirche sprechen. Sie sagt, Sie verdächtigen einfach den Falschen.«

Die Frau hatte noch mehr zu sagen, und es kam ebenso emphatisch und emotional herüber.

»Er könne bestimmt niemanden ermordet haben«, übersetzte

Bepi. »Es sei einfach nicht möglich, weil er sonst in die Hölle kommen würde. Sie sagt, ihr Bruder sei ein verdammter Heiliger, und er – mir fällt das Wort in Ihrer Sprache nicht ein – *prügelt* sich für unreine Gedanken.«

»Geißelt sich.«

»Genau! Er geißelt sich schon für die kleinsten Sünden, und deshalb wird er eine große Sünde, eine Todsünde, selbstverständlich nicht begehen.«

Es gab offenbar nichts mehr zu sagen. Angela sah auf die Uhr, erhob sich und deutete damit das Ende des Gesprächs an. Es folgte ein Austausch überschwänglicher *grazie* – für den Weihnachtsstern und die *limonate* –, und kurz darauf traten Carpenter und Bepi wieder auf die schmutzige Straße.

»Was denken Sie jetzt?«, fragte Bepi auf dem Weg zum Wagen.

Carpenter dachte an den Beleg der telegrafischen Überweisung, der ihm aus Grimaldis Pass gefallen war. »Ich habe mich gerade gefragt, warum jemand wie Grimaldi, der ein Armutsgelübde abgelegt hat, ein Konto in der Schweiz besitzt.«

17

Vor dem Hassler schüttelten sich Bepi und Carpenter die Hand.

Im Wagen hatten sie vereinbart, dass Bepi – weiterhin *molto discreto* – ein paar offenen Fragen für Carpenter nachgehen würde. Unter anderem sollte sich der Italiener die »entfremdeten« Mitglieder der Familie Grimaldi vornehmen, die in der Akte des Außenministeriums aufgelistet waren. Vielleicht waren sie inzwischen wieder in Verbindung.

Carpenter dagegen wollte versuchen, für den nächsten Morgen noch einen Flug in die Schweiz zu buchen.

»Aber nicht etwa, um Grimaldis Schweizer Bankkonto zu überprüfen?!«, sagte Bepi und schüttelte zweifelnd den Kopf.

»Natürlich nicht«, erwiderte Carpenter nicht ganz ehrlich. »Ich will dort nur Grimaldis Haus unter die Lupe nehmen.«

»Ah ja«, sagte Bepi, der durch das hübsche Mädchen, das Unterschriften für die Spanische Treppe sammelte, etwas abgelenkt wurde. »Das Ding bei Sankt Moritz. Zu welchem Zweck?«

»Wird sich zeigen«, antwortete Carpenter.

Das Mädchen zupfte Bepi am Ärmel, beschwatzte ihn, flirtete mit ihm, und Bepi ließ sich schließlich zu dem jungen Mann mit dem Klemmbrett schleifen. Er drehte sich noch einmal um, hob die Schultern und grinste.

Der Flug nach Zürich dauerte nur eine Stunde, aber Carpenter brauchte fast genauso lange, um ein Hotel zu finden. Alle großen Häuser waren ausgebucht. Schließlich nahm er ein Zimmer im Florida, nicht weit vom Limmatquai entfernt. Er war schon einmal dort abgestiegen, als Carpenter Associates einen Fall zu bearbeiten hatte, an dem die Stahlarbeitergewerkschaft und eine Aluminiumgießerei beteiligt waren, die einem Schweizer Milliardär gehörte.

Zürich war eine von Carpenters Lieblingsstädten, und so entschloss er sich zu einem Spaziergang am Quai. Leichter Schnee rieselte vom farblosen Himmel, während er in Richtung Altstadt schlenderte.

Bald hatte er die Münsterbrücke überquert und kam in das Gewirr enger kopfsteingepflasterter Gassen mit ihren unerhört teuren Läden. Die Geschäfte waren wunderschön, aber er brauchte nichts und hatte niemanden, dem er etwas schenken wollte. Er bog in die Bahnhofstraße ein, kam an vielen weihnachtlich dekorierten Schaufenstern vorbei, bis er plötzlich vor einem Gebäude stand, das er angesteuert hatte, ohne sich dessen bewusst zu sein: die Zweigstelle der Crédit Suisse, in der Franco Grimaldi vor vier Monaten eine telegrafische Überweisung empfangen hatte.

Er wusste selbst nicht, warum er sie sehen wollte: Es war eine Bank wie jede andere. Doch dort zu stehen und zu wissen, dass sie – so wie das kahle Zimmer in der Via Genova – Teil von Grimaldis Welt war, dass dieser durch diese Türen getreten war, machte Carpenter Hoffnung.

Er nahm ein liebloses Abendessen im Speisesaal des Hotels ein und erkundigte sich beim Portier, wie er am günstigsten nach Zuoz käme. Der Portier empfahl ihm, den Zug zu nehmen; er könne ihm die Fahrkarte besorgen. Die Schweizer sind für ihre zurückhaltende Neugier bekannt, aber wohl durch Carpenters großzügiges Trinkgeld angeregt, ließ sich der Portier auf einen kleinen Smalltalk ein. »Zuoz ist wunderschön. Sie wollen Ski fahren, nehme ich an?«

»Ja.« Was hätte er sonst sagen sollen?

»Der Schnee ist dieses Jahr nicht optimal, aber im Notfall bleibt immer noch der Gletscher bei Pontresina.«

Carpenter ging auf sein Zimmer, schenkte sich einen Scotch ein und wählte die Nummer von Max Lang.

Lang war Präsident der »Internationalen Bruderschaft von Bankangestellten und Finanzberatern« mit Hauptsitz in Genf und mit über zwei Millionen Mitgliedern in Ländern von Norwegen über Indien bis zu den USA. Lang verbrachte die meiste Zeit damit, »von einer Rede zur anderen, von einem Airport zum nächsten zu fliegen«, wie er sich selbst ausdrückte.

Nicht so im Stahlarbeiter-Fall. Da sollte Lang keine Rede halten, sondern einen Krieg und die Aussperrung von 1500 Arbeitern beenden. Carpenter Associates war von der Gewerkschaft engagiert worden, um das Management unter die Lupe zu nehmen. Von Ravenswood, West Virginia, aus, wo die Firma ihren Sitz hatte, führte die Papierspur in die Schweiz. Weitere Ermittlungen ergaben, dass die Firma einem Schweizer Industriellen gehörte – einem Playboy aus dem rechten Lager, der nichts lieber tat, als den Gewerkschaften eine zu verpassen.

Langs Organisation hatte zwar nichts mit den Metallern zu tun. Aber als Zeichen »brüderlicher Gefälligkeit« schritt ihr Präsident, also Lang selbst, bei den Bankern des Milliardärs ein (und *dort* hatte Lang eine Menge Einfluss). Die Banker ließen sich überzeugen, dass ein Krieg gegen die Gewerkschaften langfristig nicht in ihrem Interesse sei. Man fand aus der Sackgasse heraus. Die Arbeiter in West Virginia bekamen ihre Jobs zurück. Und Max Lang wurde zum Helden der Gewerkschaft.

»Max – hier ist Joe Carpenter.«

»Joe ... heyyy!«

»Wie geht's?«

»Bestens. Hast du einen neuen Fall? Wie Ravenswood?«

»Nein.«

»Schade. Dem haben wir's gezeigt, was? Mensch, Joe!« Lang

lachte bei der Erinnerung auf. »Das waren Zeiten! Die besten überhaupt. Mit Happy End.«

»Kann man wohl sagen.«

»Also ...«

»Du könntest mir einen Gefallen tun, Max.«

»Was immer ...«

»Ist 'ne größere Sache. Du kannst nein sagen.«

Lang grunzte. »Schieß los.«

»Es ist was, was sich nicht so gut am Telefon besprechen lässt.«

»Okay.«

»Sag mal: Benutzt du noch immer PGP?«

»Bis es was Besseres gibt.«

»Denselben Code wie früher?«

»Genau.«

»Ich schicke dir 'ne E-Mail – noch immer dieselbe Adresse?«

»Ja, klar.«

»Gut. Dann sehen wir uns in Genf. Vielleicht schon in wenigen Tagen. Ich rufe vorher an.«

»Wunderbar.«

»Und, wie ich schon sagte, wenn dir die Sache nicht geheuer ist – ich meine, sie ist wichtig, aber ...«

»Schickst du mir die verdammte Datei jetzt oder nicht?«

»Klar.«

»Also, dann schick sie!«

Nachdem er aufgelegt hatte, holte Carpenter seinen Laptop, legte eine Datei *(grimaldi)* an und tippte einen kurzen Brief:

max,

es ist ein harter brocken, aber ... ich brauche eine auskunft über ein konto bei der crédit suisse, zweigstelle bahnhofstraße in zürich. ich dachte, eines deiner mitglieder könnte da rankommen. (!) das konto gehört einem italiener. sein name ist franco grimaldi. die kontonummer lautet: Q6784-319. was mich besonders interessiert, ist eine telegrafische überweisung vom letzten juli über $ 50 000. ich will wissen, von wem die kam.

joe

Carpenter sicherte *grimaldi* auf der Festplatte, ging auf das Directory und wechselte in die /N-CIPHER.pgp. Es war eine firmeneigene Version von Pretty Good Privacy, ein leistungsfähiges Chiffrierprogramm, das absolut nicht zu knacken war. Und das sollte auch so sein. Denn das, worum er Max bat, war nicht nur kriminell. Es war vielmehr ein Kriegsakt – ein Angriff auf die Daseinsberechtigung der Schweiz: das Bankgeheimnis. Schon über die Möglichkeit zu diskutieren, konnte Lang seinen Job kosten, und deshalb verschlüsselte Carpenter die Nachricht auf seiner Festplatte. Dann tat er, mehr zu Langs Schutz als zu seinem eigenen, noch Folgendes: Um sicherzugehen, dass Lang die Datei nicht entschlüsselte und den Text auf seine Festplatte kopierte, wählte Carpenter *Advanced Options* aus und markierte *Eyes Only.* Der entschlüsselte Text konnte nun zwar auf dem Bildschirm gelesen, aber nicht als Datei gesichert werden.

Mit all diesen Sicherheitsvorkehrungen versehen, schickte er die für Lang bestimmte Datei los. Bis er nach Genf kam, würde die Antwort auf ihn warten. Oder auch nicht. Denn um was es ging, war wirklich nicht ganz ohne.

Am nächsten Morgen frühstückte Carpenter in seinem Zimmer und rief Riordan an.

»Das wär aber wirklich nicht nötig gewesen«, sagte Riordan. »Der neuste Stand? Wie wir vorankommen?« Er schnaubte. »Ich habe nichts. Null. Die einzige Neuigkeit ist, dass wir den Wagen der Krankenschwester in einem Straßengraben gefunden haben, irgendwo nördlich von Hagerstown.«

»Und Grimaldi?«

»*Verschwunden.* Das ist das Wort, das die Zeitungsfritzen benutzen und das ich benutze. Der Kerl ist *verschwunden,* okay?

'ne verdammte Katastrophe, kann ich Ihnen flüstern. Wir haben damit in einer Woche den zweiten Polizisten, der im Dienst ermordet wurde. Bald ist Weihnachten, und wir haben zwei Beerdigungen. Zwei! Wir haben eine tapfere Witwe hier, eine tapfere Witwe dort – und jede Menge vaterlose Kinder. Und wonach suchen wir? Nach 'nem Täter mit einem Gesicht wie 'ne Schweineschwarte!« Er schnaubte. »Nicht, dass ihn jemand gesehen hätte. Niemand.« Riordan hielt inne, um Luft zu holen. »So – und was ist mit Ihnen? Können Sie mich vielleicht mit 'ner neuen Spur aufheitern? Wo stecken Sie überhaupt?«

»In der Schweiz.«

»Aha.«

»Bin grade aus Rom hergekommen.«

»Was Sie nicht sagen! Und was haben Sie in Rom rausgefunden?«

»Ich habe rausgefunden ... dass Grimaldi so was wie eine religiöse Bekehrung durchgemacht hat. Hat all seinen Besitz verkauft. Und das Geld einer karitativen Einrichtung vermacht.«

»Sie wollen mich wohl verarschen.«

»Keinesfalls.«

Schweigen am anderen Ende der Leitung. Dann sagte Riordan: »Religiöse Bekehrung, dass ich nicht lache.«

Das romantische Städtchen Zuoz lag an einen Berghang geschmiegt. Enge Straßen wurden von Häusern aus dem 16. Jahrhundert gesäumt, die cremefarben, ockergelb oder grau waren und eindrucksvolle, massive Holztüren besaßen. Auf den Bürgersteigen flanierten auffallend gut gekleidete Menschen.

Selbst mit seinem detaillierten Plan brauchte er eine ganze Weile, um die gesuchte Adresse zu finden. Er verlief sich und musste zweimal in seinem holprigen Deutsch nach dem Weg fragen.

Schließlich fand er das Haus, ein dreigeschossiges Chalet mit einem Messingschild neben einer Holztür, die älter hätte sein können als Amerika. Auf dem Schild stand:

Gunther Egloff, Direktor
Salve Caelo
Services des Catholiques Nord
Gemeinde Pius VI.

Carpenter klopfte und wartete. Schließlich kam eine Stimme aus einem Lautsprecher neben dem Schild. »Was ist?« Carpenter nannte seinen Namen, und kurz darauf öffnete ein Mann mittleren Alters die Tür, der in jeder Hinsicht Wohlstand ausstrahlte: leichter Bauchansatz, Kaschmirpullover, Lammfellpantoffeln. Eine Lesebrille in der Hand. Ein Glas Rotwein in der anderen. Aus dem Innern drang Opernmusik und der Geruch eines Holzfeuers.

»Bitte?«

Carpenter zögerte. Seine Geschichte schien im Angesicht dieser bürgerlichen Behaglichkeit einfach absurd. Mord. Brandstiftung. Schrecken in der Nacht.

»Sprechen Sie Englisch?«

»Ein bisschen.«

»Weil mein Deutsch ...«

»Schon gut – was kann ich für Sie tun?«

»Es geht um den Besitzer dieses Hauses. Mr. Grimaldi.«

Ein überraschter Ausdruck huschte über die Züge des Mannes, dann lächelte er und machte die Tür weit auf.

»Bitte kommen Sie herein. Sie müssen frieren.«

Carpenter dankte und stellte sich vor.

»Und mein Name ist Egloff«, entgegnete der Mann und führte Carpenter in ein geräumiges Zimmer, das von einem gewaltigen Kamin beherrscht wurde. »Darf ich Ihnen ein Glas Wein anbieten?«

»Gern«, sagte Carpenter, während sein Gastgeber den Puccini leiser stellte. »Was das Haus angeht, sind Sie allerdings im Irrtum. Es gehört Grimaldi schon einige Jahre nicht mehr.«

»Ach, wirklich?«

»Ja. Darf ich fragen: Sind Sie Amerikaner? Kanadier?«

»Amerikaner.«

»Sind Sie an dem Haus oder an Mr. Grimaldi interessiert?«

»Grimaldi.«

»Aha.« Egloff schenkte ihm ein und reichte ihm das Glas.

»Ich bin Detektiv«, sagte Carpenter.

»Detektiv!«, sagte Egloff belustigt.

Carpenters Augen wanderten zu einer großen topografischen Karte von einer Bergregion in einem Land ohne Grenzen. Egloff folgte seinem Blick.

»Erraten Sie, wo das ist?«, fragte er.

Carpenter zuckte die Achseln. »Irgendwo in Rußland. Georgien vielleicht.«

»Bosnien. Wir sind dort ziemlich aktiv.«

»Wir?«

»Salve Caelo.«

Carpenter schüttelte den Kopf. »Tut mir Leid ...«

»Eine Wohltätigkeitseinrichtung. Wir kümmern uns um die Flüchtlinge auf dem Balkan.«

»Hmm«, machte Carpenter und dachte an Grimaldis Pass und die Stempel aus Zagreb und Belgrad.

»Kennen Sie sich mit Bosnien aus, Mr. Carpenter?«

Carpenter machte eine hilflose Handbewegung. »Ich weiß nur, dass es dort äußerst kompliziert ist.«

»Es ist überhaupt nicht kompliziert. Im Gegenteil. Ich kann es mit zwei Worten erklären: *islamischer Imperialismus.* Was wir in Bosnien haben, ist ein politisches Melanom, der Anfang von etwas Schrecklichem. Nun. Was denken Sie?«

»Ich denke, es sind mehr als zwei Worte«, sagte Carpenter.

Egloff lachte. »Sie haben Recht. Aber jetzt sollten Sie mir verraten, in welcher Angelegenheit Sie ermitteln – ausgerechnet hier in Zuoz?!«

»In Sachen Mord. Zwei Morde.«

»Tatsächlich?! Ich muss schon sagen, Mr. Carpenter, Sie hören nicht auf, mich zu überraschen!«

»Eine Frau und ihr Sohn wurden getötet«, sagte er.

»Aha. Und Herr Grimaldi?«

»Er ist der Mörder.«

»Oh.« Egloff setzte sich, schlug die Beine übereinander und trank einen Schluck Wein. »Das glaube ich nicht.«

Carpenter zuckte die Achseln. »Dann liegen Sie aber falsch.«

»Nun, wenn Sie sich da sicher sind ... Aber was hatten Sie gehofft, hier zu erfahren?«

»Ich will das Warum erfahren – warum er es getan hat.«

»Und Sie sind extra aus Amerika gekommen, um sich ein altes Haus anzusehen?«

»Ich war zuvor in Rom. Und da ich wusste, dass er hier ein Haus hat ...«

»Ja. Gut. Das Haus. Wie ich schon sagte, hat es ihm früher gehört. Aber das ist Jahre her.«

»Sie sind ihm also begegnet?«

»Gewiss.« Er nahm noch einen Schluck Wein.

»Und was war Ihr Eindruck?«

Ein Knistern aus einer Art Sprechanlage, die Carpenter vorher nicht bemerkt hatte, war zu hören.

»Meine Frau«, sagte Egloff. »Sie ist krank.«

»Tut mir Leid.«

»Ich bin gleich zurück. Bitte bedienen Sie sich ...« Er deutete auf die Karaffe und erhob sich.

Nachdem Egloff das Zimmer verlassen hatte, nahm Carpenter die Aquarelle an der Wand in Augenschein. Es waren Darstellungen religiöser Themen in erstaunlich moderner Verpackung. Eine Verkündigungsszene zeigte ein Mädchen, das im Nachthemd vor seinem Bett kniete, während ein muskulöser Engel auf einem TV-Bildschirm zu ihm sprach. Ein Abendmahl in einem Raum, der wie eine Cafeteria aussah. Saulus auf dem Weg nach Damaskus war ein Mann mit Rucksack auf einer Straße voller Autos.

»Bemerkenswert«, sagte Carpenter, als Egloff kurz darauf wieder erschien.

»Danke. Die hat meine Frau gemalt«, sagte Egloff. »Aber zurück zu Herrn Grimaldi ... Als ich das Haus sah, dachte ich: Euro-Müll. Alles aus Leder und Chrom! Stellen Sie sich das vor – in einem Chalet wie diesem! Aber dann lernte ich den Mann kennen ... und er war ganz anders, als ich erwartet hatte. Dezent gekleidet. Sehr ruhig. Ein Gentleman.«

»Und ... Hat er Ihnen einen guten Preis gemacht?«

Egloff zögerte einen Augenblick. »Gut – aber fair.«

»Hat er gesagt, warum er verkaufen wollte?«

»Ich glaube, er steckte in finanziellen Schwierigkeiten.«

»Wirklich? Ich habe gehört, er hat all sein Geld einer wohltätigen Einrichtung gegeben.«

»Oh? Und wer hat Ihnen das gesagt?«

»Seine Schwester.«

»Aha«, sagte Egloff und schien zum ersten Mal aus dem Gleichgewicht.

»War es vielleicht Ihre Einrichtung?«

Plötzlich erhob sich Egloff und sagte mit einem bedauernden Lächeln. »Nun, das ist alles sehr interessant, aber ich muss jetzt zurück an die Arbeit.« Er nahm Carpenter am Arm und geleitete seinen Besucher zur Haustür, wo sie sich die Hand schüttelten.

»Wenn Sie mir Ihre Karte dalassen könnten«, meinte Egloff. »Für den Fall, dass mir noch was einfällt.«

»Gern«, sagte Carpenter.

Egloff warf einen Blick auf die Karte. »Und wo erreiche ich Sie, solange Sie in der Schweiz sind, Mr. Carpenter?«

»Ich wohne im Beau Rivage in Genf.«

»Schön. Und anschließend?«

»Geht's zurück nach Washington«, sagte Carpenter nicht ganz wahrheitsgemäß.

Egloff strahlte. Er öffnete die Tür, und sie schüttelten sich ein zweites Mal die Hand. Carpenter trat hinaus in die Kälte und schlug den Mantelkragen hoch.

Mit einem »Ciao« schloss Egloff die Tür, und Carpenter stand allein auf der Eingangstreppe. Er verweilte noch einen Augenblick, betrachtete das Messingschild, prägte sich die Namen ein.

Salve Caelo. Services des Catholiques Nord. Gemeinde Pius VI. Als er sich zum Gehen wandte, streifte sein Blick die Tür, und das Guckloch schien zu blinzeln. Wie die Nickhaut eines Falken. Oder einer Eule.

Aber das, so wusste er, war nur seine Fantasie. Die Tür war eine Tür, und wenn ihn ein Raubvogel beäugte, dann war es Egloff.

Eigentlich hatte er geplant, noch am selben Abend nach Genf zu fahren. Er hatte sogar schon die Fahrkarte – der Portier in Zürich hatte sie ihm besorgt. Er kam bis Chur, wo er umsteigen musste. Doch als er auf dem kalten Bahnsteig stand und auf den Anschlusszug wartete, überlegte er es sich anders. Er hatte es nicht eilig, nach Genf zu kommen, aber hier, in Chur, hatte er noch etwas Dringendes zu erledigen. Er nahm ein Zimmer in einem kleinen Hotel, gleich gegenüber vom Bahnhof.

Das Gespräch mit Egloff fand er äußerst beunruhigend. Zunächst die verrückten Theorien über den *islamischen Imperialismus;* dann war ihm aufgefallen, dass der Mann keine einzige Frage zu den Morden gestellt hatte; nur selten zeigten Leute so wenig Interesse an einem Thema wie Mord. Dafür hatte Egloff um so ausführlicher nach Carpenters Reiseplänen und seinem Hotel gefragt.

Aber das war nicht alles gewesen, dachte Carpenter. Seine Begegnung mit Egloff war voller Zufälle gewesen, und Zufälle machten ihn nervös: Egloff hatte mit einer religiösen Wohlfahrtsorganisation zu tun – so auch Grimaldi, wenngleich als Spender. Egloffs Organisation war auf dem Balkan tätig geworden – so auch Grimaldi, wie sein Pass nahe legte. Was Carpenter aber tatsächlich veranlasst hatte, seine Reise zu unterbrechen, war das Haus, das schöne, teure Schweizer Chalet.

Angela hatte behauptet, ihr Bruder habe das Haus verschenkt – zusammen mit allem anderen. Egloff wiederum hatte behauptet, Grimaldi habe das Haus verkauft, und hatte von »finanziellen Schwierigkeiten« seitens Grimaldis und von einem »guten, aber fairen« Preis gesprochen. Entweder Angela log oder Egloff. Und das wollte Carpenter morgen hier in Chur, der Hauptstadt des Kantons, herausfinden.

Gleich nach dem Frühstück erkundigte er sich an der Rezeption nach dem Weg zum Grundbuchamt, das, wie sich herausstellte, nur wenige Häuserblocks entfernt war. Er erklärte dem zuständigen Beamten, dass er an einem Besitz in Zuoz interessiert sei. Mit einem eifrigen Nicken verschwand der Beamte in einem anderen Zimmer und kehrte mit einem alten ledergebundenen Hauptbuch zurück. Darin fand Carpenter eine chronologische, handgeschriebene Liste aller Grundbesitztransaktionen, die seit 1917 in Zuoz stattgefunden hatten. Carpenter blätterte darin herum, bis er den Eintrag für die Heilestraße 49 gefunden hatte.

Der Verkauf des Hauses an den Salve Caelo war 1991 erfolgt. Kaufpreis: ein Schweizer Franken. Direkt unter dem Eintrag die Unterschriften von Franco Grimaldi und Gunther Egloff. Carpenter zeichnete Grimaldis Unterschrift mit dem Zeigefinger nach. Warum hatte Egloff gelogen?

Der Zug glitt an zahllosen Postkartenszenen vorbei, bis er mit einem lauten Schuuuusch seiner Bremsen im Genfer Bahnhof zum Stehen kam. Carpenter blieb eine halbe Stunde Zeit, und die nutzte er, um sich ein Hotel zu suchen. Dann ging er ins La Perle, wo ihn Lang schon an einem Tisch mit Seeblick erwartete.

Es war Langs Schicksal, dass er einem jener kleinen Spielzeug-Kobolde glich, die Kathy als Kind gesammelt hatte. Als er Carpenter sah, sprang er mit einem breiten Grinsen auf und schüttelte ihm die Hand. Dann setzte er sich wieder, und Carpenter konnte nicht umhin, sich zu fragen, ob Langs Füße tatsächlich den Boden berührten. Wahrscheinlich nicht.

Für einen kleinen Mann hatte er aber einen enormen Appetit, und bald sah Carpenter seinen Freund eine doppelte Portion Carpaccio verputzen.

»Es heißt, ich hätte den Stoffwechsel eines Kolibris«, sagte Lang.

»Du fliegst also ’ne Menge herum?«

Max kaute und zwinkerte.

»Genau. Bin viel unterwegs.« Er kicherte belustigt. »Das Geschäft boomt. Und eigentlich müsste es immer mehr Bankangestellte geben – aber nein. Jetzt stehen Geldautomaten irgendwo, wo’s vor zwei Jahren nicht mal Telefon gab. Es gibt sogar Geldautomaten in *Celebes* und in *Phnom Penh,* wo es vor zwei Jahren nicht mal ’ne Bank gegeben hat. Bald werden alle Bankangestellten arbeitslos sein. Und ich dann wahrscheinlich auch.«

Während der Kellner die Teller abräumte und mit einem eindrucksvollen Löffelballett Langs *Steak Diane* flambierte, wühlte Lang in seiner dicken Aktentasche herum. Schließlich schob er Carpenter einen dünnen Umschlag über den Tisch. Der Umschlag war rot mit weißen Lettern, die in der Form eines Kreuzes angeordnet waren – der Schweizer Flagge:

Sicherheit

Vertrauen
und absolute DISKRETION mit Ihrem
Schweizer
Konto

Langs Gesicht ihm gegenüber glühte vor Begeisterung über seinen eigenen Witz.

Die Kontobewegungen waren auf Endlos-Computerpapier gedruckt. Carpenter entfaltete es in seinem Hotelzimmer. Hier und da hatte Lang mit einem Sternchen eine Fußnote hinzugefügt.

Grimaldi hatte das Konto seit etwa zwölf Jahren, und in dieser Zeit hatte er nur selten Beträge abgehoben. Anhand der Abbuchungen konnte Carpenter nachvollziehen, wann Grimaldi seine Wohnungen in Rom, das Haus in Zuoz und die Wagen gekauft hatte. An aufeinander folgenden Tagen im April waren telegrafische Überweisungen von der Banco di Lazio in Rom eingegangen. Eine Fußnote von Lang wies darauf hin, dass es sich um Immobilientransaktionen – wahrscheinlich den Verkauf von Grimaldis Wohnungen – handelte. An diesem Punkt belief sich Grimaldis Guthaben auf fast zwei Millionen Schweizer Franken. Zwei Tage später jedoch war das Guthaben durch verschiedene Bankschecks auf genau 1000 Schweizer Franken geschrumpft. Drei der Schecks waren kleinere Beträge: 10 000 Franken, die der Capella Cecilia zugute kamen, 5000 Franken an den ANC und 5000 Franken an den baskischen Euzkadi Educational Fund. Der vierte jedoch belief sich auf 1 842 000 Schweizer Franken zu Gunsten des Umbra Domini, S.A. (Napoli).

Carpenter runzelte die Stirn. Sein Latein war nie berühmt gewesen. Trotzdem wusste er, was *umbra domini* bedeutete. Schatten. Herr. Schatten des Herrn. Und er wusste, wo er die Worte schon einmal gelesen hatte: auf einer Broschüre in Grimaldis kahlen vier Wänden in der Via Genova.

18

Carpenter erhob sich und schaute hinaus auf den Genfer See. Die Lichter ringsum waren von einem Hof umgeben. In der Ferne glitt ein Schiff langsam übers Wasser wie in einer Lichthülle. Ein Nebelhorn tutete von der französischen Seeseite her. Carpenter spürte zwar die atemberaubende Schönheit des Augenblicks, aber es ließ ihn innerlich kalt.

Der Ausdruck mit Grimaldis Kontobewegungen ließ ihn allerdings nicht kalt. Solchen Geldflüssen nachzugehen, war meistens aufschlussreich, und ein nicht unbedeutender Teil seiner Arbeit als Detektiv bestand üblicherweise darin, den Zahlen ihre Geheimnisse zu entlocken.

Carpenter widmete sich erneut dem Ausdruck und stellte fest, dass zwischen 1992 und 1993 monatlich etwa 1000 Dollar von Salve Caelo – Egloffs »Wohltätigkeitsverein« – auf Grimaldis Konto eingegangen waren. Diese Überweisungen erfolgten etwa ein Jahr lang und brachen dann abrupt ab. Ende 1993 lag der Kontostand erneut bei 1000 Schweizer Franken. Neben der Zahl hatte Lang *Konto-Minimum* vermerkt.

Anschließend fanden keine Kontobewegungen mehr statt, erst wieder am 4. August 1995, dem Datum auf dem Beleg, der aus Grimaldis Pass geflattert war. An diesem Tag waren $ 50 000 von einem Konto der Banco di Parma, Zweigstelle Neapel, auf Grimaldis Konto eingegangen. Auch hier hatte Lang eine Fußnote angebracht: *Konto des Umbra Domini!*

Eine Woche später, am 11. August, hob Grimaldi die gesamte Summe in bar ab.

Was Carpenter also im doppelten Boden von Grimaldis Reisetasche gefunden hatte, war mit Sicherheit das Geld des Umbra Domini. Offenbar war Grimaldi für einen Auftrag angeheuert worden. Aber für welchen?

Und was war mit den Zahlungen zwischen 1992 und 1993? Carpenter überprüfte die kopierten Passseiten: Die monatlichen Zahlungen stimmten zeitlich mit Grimaldis Aufenthalten in Serbien, Kroatien und Bosnien überein. Es sah fast so aus, als hätte er für Salve Caelo gearbeitet – aber als was? Grimaldis Werdegang war beileibe nicht von humanitären Ansichten geprägt, und auch Egloffs Sicht von dem Krisengebiet zeugte nicht eben von Menschenliebe. Wie hatte er sich ausgedrückt? Ein *politisches Melanom.*

Carpenter griff zum Telefon und wählte Bepis Nummer in Rom.

»Pronto?«

»Bepi? Joe Carpenter.«

»Joe! Wie geht's?«

Carpenter entschuldigte sich für den späten Anruf, aber er brauche dringend eine Information. Ob sich Bepi über eine religiöse Organisation namens Umbra Domini und den Wohltätigkeitsverein Salve Caelo erkundigen könne?

»Kein Problem.«

»Aber ohne Staub aufzuwirbeln!«

»Sì, sì – discreto«, entgegnete Bepi.

»Gut. Könnten Sie's gleich erledigen?«

»Hmm ... Brauchen Sie einen schriftlichen Bericht?«

»Nein.«

»Okay. Dann treffen wir uns mit Gianni zum Mittagessen. Er weiß alles über Religionen. Alles, was Sie wissen wollen. Kein Problem.«

»Gut. Ich fliege morgen früh nach Rom. Geht's morgen Mittag?«

»*Certo.*«

Sie hatten sich auf einer Caféterrasse an der Via Veneto verabredet. Gianni Massina, ein Fachjournalist für religiöse Fragen bei dem Nachrichtenmagazin *Attenzione*, saß schon mit Bepi am Tisch, als Carpenter dazustieß. Nach einer lebhaften Begrüßungszeremonie kam Massina zur Sache.

»Mein Freund Bepi sagt, dass Sie sich für den Umbra Domini interessieren.«

»Ziemlich.«

Massina runzelte die Stirn. »Dann sollten Sie vorsichtig sein. Die Organisation will die alte Religion wiederbeleben. Ich glaube, es gibt ähnliche Bestrebungen in den Staaten. Mit Pat Robertson. Jerry Falwell. Den Traditionalisten, die für sich beanspruchen, dass der einzige richtige Glaube der alte Glaube ist. In den Staaten sind solche Gruppen natürlich vor allem protestantisch. Und sie gründen fast immer neue Kirchen. Hier bei uns bleiben sie innerhalb der Kirche und bilden, na, wie sagt man – *Associazioni – Laienorden.*«

»Sie meinen, wie die Dominikaner?«

»Nein. Nicht wie die Dominikaner. In Gruppen wie dem Umbra spielen Priester nur eine geringe Rolle. Sie sind mehr wie – ich weiß nicht ... wie manche islamisch-fundamentalistischen Gruppen. Sie lehnen jede Reform strikt ab. Nur in unserem Fall sind sie katholisch. Sehr streng.«

»Und woran glauben sie?«

»An die Tridentinische Messe ...«

»Die Messe auf lateinisch«, erklärte Bepi.

»Wo der Priester mit dem Rücken zur Kirchengemeinde steht«, fügte Massina hinzu. »Heutzutage steht der Priester nämlich mit dem Gesicht zur Gemeinde und predigt in der jeweiligen Landessprache.«

»Spielt das denn eine so wichtige Rolle?«, fragte Carpenter.

»Es ist eine Sache von Leben und Tod«, sagte Massina.

»Eigentlich mehr vom Leben *nach* dem Tod.« Bepis scherzhafter Einwurf wurde von Massina mit einem finsteren Blick bestätigt.

»Wenn der Umbra also Reformen ablehnt – um welche handelt es sich denn dann?«, fragte Carpenter.

Die Antwort der beiden Italiener kam wie aus einem Munde: »Das Zweite Vatikanische Konzil.«

Carpenter beugte sich weit über den Tisch. »Mal angenommen, es gibt keine dummen Fragen: Um was ging es denn bei diesem Konzil?«

»Es war ein Wendepunkt«, sagte Bepi.

»Eine Bombe«, verbesserte Massina. »Es hat die Kirche fast zerrissen. Aber ich werde melodramatisch. Das 2. Vatikanische Konzil war ein Treffen katholischer Führer aus der ganzen Welt, um die Kirche zu modernisieren – andere würden sagen liberalisieren. Die Traditionalisten waren gegen viele der Reformen, und so bildeten sie ihre eigenen Orden, Gruppen wie den Umbra Domini oder die Christenlegion. In Frankreich gab es Erzbischof Lefebvre.«

»Sie sehen verwirrt aus«, meinte Bepi mit einem Seitenblick zu Carpenter.

»Vielleicht muss man Katholik sein, um das zu verstehen.«

»Das glaube ich eigentlich nicht«, sagte Massina. »Es gibt doch überall diese Bewegungen, die verhindern wollen, dass sich etwas ändert. Manche von ihnen sind verrückt. Sie behaupten zum Beispiel, der Papst sei der Antichrist«, sagte Massina. »Der Teufel sitze auf dem Heiligen Stuhl. Und die Messe in der Landessprache sei eine ›Schwarze Messe‹.«

Carpenter lächelte unwillkürlich. »Und der Umbra?«

»Der Umbra ist der Schlimmste. Am Anfang dachte noch jeder, dass den Mitgliedern die Exkommunikation drohte. Aber nein. Sie verhalten sich sehr ruhig. Man arrangiert sich, macht Kompromisse. Sie dürfen die Messe auf Lateinisch lesen, Männer und Frauen beten getrennt, sie haben ihre eigenen Schulen.«

»Der Vatikan will keine Kirchenspaltung«, bemerkte Bepi.

»Und sie fahren besser, wenn sie in der Kirche bleiben. Trotzdem nennt die Presse sie ›die katholische Hisbollah‹.«

Bepi lachte. »›Die Presse‹?«

Massina zog einen Schmollmund und grinste dann. »Okay! Ich! Wo ist der Unterschied? Trotzdem kommt der Umbra an. Aber was heißt ›Hisbollah‹? Es bedeutet ›die Partei Gottes‹. Und was ist Umbra Domini? Das Gleiche: eine radikale religiöse Gruppe mit politischen Zielen. Deshalb nenne ich sie ›katholische Hisbollah‹. Hier!« Massina griff in seine Aktentasche und holte eine Broschüre hervor. »Das habe ich für Sie mitgebracht. *Crociata Decima!*«

Carpenter starrte auf die Broschüre. Es war die gleiche wie die in Grimaldis Zimmer an der Via Genova.

»Der Umbra hat das vor vier, fünf Jahren stark verbreitet«, erklärte Massina. »Damit wirbt er – für den zehnten Kreuzzug. Gegen den Islam natürlich. Sie sagen, Bosnien sei ein islamischer Brückenkopf. Es ist also ein Ruf zu den Waffen. Und hier kommt Ihre andere Gruppe ins Spiel. *Salve Caelo*. Sie wird von der Umbra getragen.«

»Der Wohltätigkeitsverein.«

Massina machte eine wegwerfende Handbewegung. »Das hat mit Wohltätigkeit wenig zu tun. Bei Bihac haben sie ein Flüchtlingslager eingerichtet. Nur dass es ein großer Witz ist, so als wäre Auschwitz ein ›Flüchtlingslager‹ gewesen. Es war auch in unserem Fall eher ein Konzentrationslager und zudem ein Bereitstellungsgebiet für Kommandounternehmen – gegen die Moslems natürlich. Sehen Sie, wie paradox das ist? Erst werden die Flüchtlinge vertrieben, und dann werden sie in Flüchtlingslager gesteckt. Und das haben sie erst für die Serben und dann für die Kroaten getan. Immer gegen die Moslems.«

»Jetzt wissen wir also, was Grimaldi in Bosnien getrieben hat«, sagte Carpenter. »Karitative Arbeit.« Und jetzt war ihm auch die Verbindung zwischen Egloff und Grimaldi klar.

»Sie nennen es einen ›schlagkräftigeren Katholizismus‹«, sagte Bepi.

»Was machen sie sonst noch?«

»Sie publizieren. Bücher, Broschüren, Videos, Kassetten. Über Geburtenkontrolle, die Freimaurer, Abtreibung, Homosexualität – sie finden, Homosexuelle gehören gebrandmarkt.«

»Tätowiert«, berichtigte Bepi.

Carpenter dachte nach. »Und wie viele sind es ungefähr?«

Massina hob die Schultern. »Ich glaube, so an die 50 000. Vielleicht mehr. Viele davon in Italien, Spanien, Argentinien – aber auch in den Staaten. Sogar in Japan, glaube ich. Blaue und Weiße.«

Carpenter hob fragend die Brauen.

»Das sind zwei Gruppierungen innerhalb des Umbra Domini«, erklärte Massina. »Die Weißen sind sehr streng. Jeder Tag beginnt mit dem Kirchgang. Jeden Tag spenden sie Geld. Die Frauen bedecken ihr Haar und verbergen ihren Körper. Sehr streng. Aber die Blauen! Die sind ganz anders. Die Blauen ›verlassen die Welt‹.«

»Was bedeutet das?«

»Sie verhalten sich wie Mönche. Nur Männer können Blaue sein. Sie legen Armuts- und Keuschheitsgelübde ab – und sie geißeln sich.«

»Sie meinen mit Peitschen?«

Massina zuckte die Achseln. »Eine alte Tradition. Flagellation – das gehörte früher zu den Riten der Buße.«

»Erzähl ihm vom ›Gang‹«, sagte Bepi.

»Das ist etwas Ähnliches«, erklärte Massina. »Eine andere Art von Buße. An Sonntagen gehen die Blauen auf den Knien zur Kommunion – wie Christi Weg mit dem Kreuz nach Golgatha. Und ... es ist eine sehr schmerzhafte Angelegenheit. Wegen der Steine auf dem Platz und der Granitstufen ...«

Carpenter hatte noch Riordans Stimme im Ohr. »Fliesenleger«, sagte er laut.

»Was?«, fragte Bepi.

»Einer der Bullen dachte, Grimaldi sei Fliesenleger von Beruf – anders konnte er sich die Schwielen an seinen Knien nicht erklären.«

»Nur, wenn er ein Blauer ist ...«

»Wer leitet das Ganze übrigens? Ein Bischof oder was?«

Massina beugte sich lächelnd zu Carpenter vor. »Sie sind nicht gläubig, oder?«

»Nein.«

»Das dachte ich mir. Der Kopf der Organisation ist« – Massina malte Anführungszeichen in die Luft – »›ein einfacher Priester‹. Ein Mann namens della Torre.«

»›Einfacher Priester‹!«, lachte Bepi. »Das ist so, als würde man die Beatles eine Keller-Band nennen!«

»Er ist noch jung, um die dreißig«, fuhr Massina fort. »Aber er hat enormes Charisma. Ist natürlich Dominikaner. Wie der Gründer.«

»Warum ›natürlich‹?«

»Nun, die Dominikaner sind die großen Fürsprecher der Orthodoxie. Die Inquisition war ihre Sache. Wie auch immer – er ist ein mitreißender Redner. Seine Kirche ist immer gerammelt voll. Die Leute stehen bis auf die Straße. Er geht durch die Menge, und sie küssen ihm die Füße und den Saum seiner Soutane. Das ist schon beeindruckend.«

»Und wo ist das?«

»In Neapel. In der Kirche San Eufemio. Ein winzig kleines Kirchlein – sehr alt, 8. Jahrhundert, glaube ich. Hergerichtet wie für einen Bühnenauftritt. Die geben ein Vermögen für die Beleuchtung aus. Angeblich hat man einen Profi aus London kommen lassen, der sonst Shows und Rock-Konzerte beleuchtet. Das Resultat ist ... phänomenal. Wenn della Torre auf die Kanzel steigt, taucht er aus dem Dunkel auf, und durch einen raffinierten Lichteffekt glaubt man, er sei von innen erleuchtet. Und wenn er spricht – mal ruhig, mal leidenschaftlich –, wird man magisch von ihm angezogen. Und man *will* gerettet werden.«

»Dann waren Sie also schon dort?«, fragte Carpenter.

»Einmal«, erwiderte Massina. »Und ich hatte eine Heidenangst. Ich war ziemlich kurz davor, ihm selbst die Füße zu küssen.«

»Glauben Sie, er würde mich empfangen?«

Massina zögerte. »Wenn Sie als Journalist auftreten, schon. Es geht ihm darum, das Wort zu verbreiten.«

»Wenn ich also einen Artikel schreiben würde ...«

Bepi warf die Hände hoch und sagte pathetisch: »›Neue Richtungen im Katholizismus.‹«

Massina hob die Schultern. »Vielleicht empfängt er Sie ja.«

»Spricht er Englisch?«

»Er spricht jede Sprache. Hat in Heidelberg, Tokio und Boston studiert. Ist sehr gebildet für einen einfachen Priester.«

Bepi beugt sich vor. »Könnte das gefährlich werden für Joe?«

Massina lachte. »Ich glaube nicht. Della Torre ist schließlich Priester. Aber seien Sie auf der Hut. Vielleicht legt er es darauf an, Sie zu bekehren!«

Neapel. Carpenter fand ein Hotel und ließ sich dann von einem Taxi ein paar Häuserblocks vom Hauptsitz des Umbra Domini entfernt absetzen. Für den Rest des Weges ließ er sich Zeit.

Jetzt, vor Ort, war er nicht mehr so überzeugt von seiner Idee. Obwohl er sich Visitenkarten hatte drucken lassen, die ihn als John C. Delaney, Redakteur des CNN, auswiesen, bestand dennoch die Möglichkeit, dass della Torre ihn irgendwie erwartete. Immerhin hatte er, Carpenter, an Grimaldis Tür in Rom gehämmert, dessen Schwester aufgesucht, dessen Bankkonto gecheckt und hatte Gunther Egloff das alles auf die Nase gebunden. Und der hatte ihn um seine Visitenkarte gebeten (und sie bekommen), sich nach seinem Hotel erkundigt (wobei Carpenter dann allerdings gelogen hatte). Und dann hatte er ihm durch den Spion in der Haustür nachgesehen.

Und das wahrscheinlich aus gutem Grund. Denn alles stand irgendwie in Verbindung. Die Indizienkette führte von Grimaldi zum Umbra Domini. Vom Umbra zu Salve Caelo. Von Salve Caelo zu Egloff. Von Grimaldi zu Egloff.

Das könnte unangenehm werden, dachte Carpenter bei sich, oder schlimmer.

Er stand vor einer alten neoklassischen Villa mit gewaltigen Holztüren, die auf einen kleinen Hof führten. In der Mitte plätscherte ein Brunnen.

Das Innere der Villa war so modern, wie das Äußere alt war. Die Luft pulsierte von fluoreszierendem Licht und schwirrte vom behäbigen Ratschen der Faxgeräte, vom Trillern der Handys und Summen der Computer. Eine Frau in einem langärmeligen Kleid warf einen Blick auf seine Karte und führte ihn in das PR-Büro.

Dort saß er etwa zehn Minuten inmitten eines unüberblickbaren Angebots an Büchern und Broschüren, alle mit dem Umbra-Logo versehen: ein goldenes Oval, in dessen Mitte, vor einem purpurfarbenen Hintergrund, ein durch eine Linie angedeuteter Hügel zu sehen war. Ein Kreuz war in den Hügel getrieben. Und ein langer Schatten mit den Worten UMBRA DOMINI leuchtete in goldenen Lettern. Die Broschüren lagen in mehreren Sprachen aus, aber bevor Carpenter eine genauer in Augenschein nehmen konnte, tauchte ein junger Mann mit modischem Haarschnitt auf.

»Dante Villa«, sagte er und streckte ihm die Hand entgegen.

»Jack Delaney. Ich bin vom CNN.«

»Haben Sie eine Karte?«

»Natürlich«, sagte Carpenter und zog eine aus seiner Westentasche.

»Womit kann ich Ihnen dienen, Mr. Delaney?«

»Nun ... wir planen eine Serie über die neuen Richtungen im Katholizismus.«

Der junge Mann warf das glänzende Haar in den Nacken.

»Und wie wir wissen, ist der Umbra Domini ein bedeutender Laienorden innerhalb der katholischen Kirche und hat großen Zulauf. Wir könnten ein Schwerpunktthema daraus machen, vorausgesetzt ...«

»Vorausgesetzt was?«

»Nun, Sie wissen ja, wie das Fernsehen ist. Es hängt viel davon ab, wer vor der Kamera steht. Was ehrlich gesagt der Hauptgrund für meinen Besuch ist. Ich habe gehört, dass Pater della Torre eine herausragende Persönlichkeit ist. Deshalb hatte ich gehofft, ein Vorinterview mit ihm machen zu können – nur um eine Vorstellung davon zu bekommen, was er sagt und wie es wirkt. Es würde nicht lange dauern. Und ich könnte ihm erklären, was wir uns vorgestellt haben.«

Der junge Mann zog die Brauen hoch.

»Er soll ja ganz bemerkenswert sein«, sagte Carpenter.

Von dem Ganzen offenbar nicht ganz überzeugt, fragte der junge Mann, wie lange Carpenter in Neapel zu bleiben gedenke.

»Ich weiß, ich hätte das alles viel früher in die Wege leiten müssen, aber es war einfach nicht möglich. Wir saßen in Rom an einer völlig anderen Story, und ich dachte mir, warum zum Teufel ... Pardon! Ich wollte einfach mein Glück versuchen und bin hergefahren.«

»Aha.« Der junge Mann zögerte. »Pater della Torre ist natürlich sehr beschäftigt. Aber ich weiß, dass er eine große Zukunft auf ...« – ein Lächeln – »auf der anderen Seite des Teiches sieht.«

»Ach!«

»O ja. Wir besitzen schon verschiedene Zentren in den Staaten.«

»Wirklich?« Carpenter zückte sein Notizheft.

»Und es werden ständig mehr.«

»Wo liegen sie?«

»Wo die Leute sind? New York, Los Angeles, Dallas.«

»Dann ist es also eher ein urbanes Phänomen.«

»Eigentlich schon. Die Schulen sind der Mittelpunkt unserer Organisation. Aber wir haben auch Häuser für Einkehrtage – auf dem Lande. Sehr schlicht ausgestattet, wie Sie sich sicher vorstellen können.«

»Und wenn ich filmen wollte ...«

»Dann brauchten Sie die Staaten nicht einmal zu verlassen.« Der junge Mann suchte in seinem Adressbuch und lächelte. »Sie könnten schon von Washington aus eine ganze Menge erreichen. Angefangen bei der St. Bartholomew's High School ...«

»St. Bart's?!«

»Sie kennen die Schule?«

»Wir haben als Schüler mal gegen deren Mannschaft gespielt. Ich wusste gar nicht, dass sie ...«

»Eine der unseren ist?« Villa gluckste. »Viele Menschen glauben, dass alle katholischen Schulen gleich sind. Aber natürlich sind sie's nicht. Sagen Sie, Maryland liegt doch bei Washington, oder?« Er betonte Maryland auf der ersten Silbe.

»Ja«, sagte Carpenter, »gleich nebenan.«

»Nun, dort haben wir so ein Heim für Einkehrtage. Ich gebe Ihnen eine Liste mit, wenn Sie wollen.«

»Wunderbar.«

»Sie können auch eine Pressemappe haben.«

»Noch besser. Und – was ist mit Pater della Torre?«

»Wenn Sie einen Augenblick Platz nehmen möchten, dann frage ich bei seiner Sekretärin an.«

Während er wartete, studierte Carpenter eine Weltkarte in einem Faltblatt. Neapel lag im Zentrum, versehen mit dem Umbra-Logo, von dem Strahlen in alle Teile der Welt ausgingen, wo der Orden Niederlassungen besaß. Es gab Außenposten in mindestens zwanzig Ländern: Slowenien, Kanada, Chile – die Gemeinschaft war fast über den ganzen Erdball verteilt.

Auf der Rückseite des Faltblatts hatte er gerade eine Liste mit den Mitgliederzahlen pro Land entdeckt, als der junge Mann zurückkam. Er hatte eine Mappe dabei mit dem Umbra-Logo und einem kleinen Sticker, auf dem »English« stand.

»Hierin finden Sie eine Menge Informationen«, sagte Dante, »darunter auch einen Artikel aus der *New York Times* und einen aus der *Changing Times,* einer katholischen Zeitschrift.« Dann warf er strahlend einen Blick auf Carpenters Visitenkarte. »Sie haben großes Glück, Mr. Delaney. Morgen um neun ist ein

Empfang für neue Mitglieder und um zehn eine Ordination. 11.30 Uhr müsste hinkommen.«

»Großartig.«

»Er lässt fragen, ob Sie einen Fotografen mitbringen.«

»Nein. Ich habe …«

»Das macht nichts. Es sind mehrere Hochglanzfotos in der Pressemappe.« Dante warf wieder das Haar in den Nacken und streckte Carpenter die Hand hin.

»Wie viel Uhr war es noch mal?«, fragte Carpenter und zückte sein Notizbuch, als hätte er ein Dutzend Termine.

»Halb zwölf. Aber nicht hier, sondern in der Kirche. In seinem Büro. Ich gebe Ihnen einen kleinen Plan.«

19

Carpenter hätte am liebsten etwas gedöst, aber das Taxi besaß keine Stoßdämpfer, und so hockte er auf dem Rücksitz und klammerte sich an der ausgefransten Lederschlaufe fest, während der Wagen in Richtung Hafen stolperte. Seine Müdigkeit war zum einen darauf zurückzuführen, dass ihn das Lügen maßlos anstrengte; das war immer schon so gewesen.

Zum anderen hatte er viel Energie darauf verwendet, eine Erkenntnis zu verdrängen, die irgendwo in seinem Hinterkopf gereift war – eine höchst beunruhigende Erkenntnis.

Er starrte aus dem Wagenfenster, ohne etwas zu sehen. Die Erkenntnis war, dass nicht Kathy Grimaldis Ziel gewesen war. Sondern *Brandon.* Kathy war ermordet worden, weil sie um das Leben ihres Sohns gekämpft hatte, aber Brandon war abgeschlachtet und seine Kehle richtiggehend durchgeschnitten worden, fast rituell. Und Brandon war exhumiert und ein zweites Mal verbrannt worden. *Brandon.* Nicht Kathy.

Und diese zweite Verbrennung ging nicht auf Grimaldis Konto, denn der lag zu dem Zeitpunkt im Krankenhaus. Ein anderer musste es getan haben, was wiederum bedeutete, dass Grimaldi höchstwahrscheinlich einer größer angelegten Verschwörung angehörte. Und das alles schloss Riordans Theorie aus, Grimaldi sei bloß ein einzelner Verrückter. Verrückte konspirierten nicht miteinander. Wenn sie handelten, dann allein.

Darüber nachzudenken bereitete Carpenter Kopfschmerzen.

Wenn es tatsächlich eine Verschwörung war, rückte die Lösung des Falls in noch weitere Ferne. Und was konnte das alles mit dem Umbra Domini zu tun haben? Denn der hatte Grimaldi ja bezahlt. Carpenter bekam tatsächlich Kopfschmerzen.

Von seinem Hotelzimmer aus konnte er den Hafen Santa Lucia überblicken. Er stand auf dem Balkon mit dem Telefon in der Hand, um Bepi anzurufen und sich für morgen Abend mit ihm zu verabreden. Während er auf das Klingelzeichen lauschte, sah er den Sonnenball langsam im Meer versinken.

Keine Antwort. Er wählte Bepis Piepser und gab die Telefonnummer des Hotels ein, damit Bepi ihn zurückrufen konnte – und das war's dann. Mehr konnte er im Augenblick nicht tun. Doch dann fiel ihm wieder die Pressemappe ein.

Sie enthielt eine geschickte Präsentation eines scheinbar harmlosen Vereins, einer Art Teegesellschaft für die Seele. Dazu gab es eine Liste mit allen Schwesterorganisationen des Umbra, einschließlich seiner wohltätigen Einrichtungen, darunter auch Salve Caelo. Die extremistischen Ansichten der Gemeinschaft wurden mit keiner Silbe erwähnt.

Stattdessen konzentrierten sich die Pressemitteilungen auf die guten Taten des Umbra und dessen wachsende Mitgliederzahl. Mehrere Fotos zeigten großäugige Kinder auf Spielplätzen und in Klassenzimmern kirchlicher Privatschulen, die vom Umbra Domini gefördert wurden. Fotos von Jugendlichen, die Abfälle in öffentlichen Parks auflasen und alten Menschen halfen. Fotos von Kirchen vor und nach ihrer Restaurierung; und von Missionaren im Busch. Und schließlich auch noch ein Foto von Moslems, die lächelnd im Gemüsegarten eines »Flüchtlingslagers« von Salve Caelo arbeiteten.

Der Mann, der hinter all diesen Wohltaten stand, prangte auf mehreren Hochglanzfotos. Wenn diese Fotos der Wirklichkeit entsprachen, dann konnte Silvio della Torre zum Film gehen. Er war sozusagen jederfraus jungenhafter Held, hatte hohe Wangenknochen, strahlend blaue Augen und ein umwerfendes Lächeln unter einer pechschwarzen Lockenpracht.

Neben den Pressemitteilungen und Fotos enthielt die Mappe noch eine Hand voll Zeitungsartikel über die guten Werke der Organisation und zwei Lobeshymnen auf della Torre selbst. In beiden wurde auf sein Sprachtalent hingewiesen – er sprach sechs oder neun Sprachen, je nach Artikel – und auf sein Können als Kickboxer. »Pater della Torre kann es mit den besten Kickboxern aufnehmen. Also sei auf der Hut, Jean-Claude!«

Dann gab es noch eine Darstellung der »Missionsinhalte« von unübertrefflicher Harmlosigkeit. Kein Wort von rituellen Geißelungen, vom »islamischen Imperialismus« oder von der Brandmarkung Homosexueller. Stattdessen wurde die Bedeutung der »Familie« hervorgehoben, der »Kultur des Christentums« und der »Lehren des Katholizismus«.

Alles in allem hatte die Pressemappe die Wirkung eines Schlafmittels, und so schlief Carpenter denn auch in seinem Sessel ein.

Beim Aufwachen fühlte er sich besser, seine Laune aber verschlechterte sich wieder schlagartig, als er im Café um die Ecke seinen Morgen-Cappuccino trank. Aus einem blechernen Lautsprecher drangen die schonungslos lieblichen Rhythmen europäischer Popmusik. Er hatte nie verstanden, was die Leute daran fanden. Wenigstens der Kaffee war gut.

Die Kirche San Eufemio war klein und alt; das Fundament hatte sich gesenkt, sodass keine Mauer mehr lotrecht stand. Ein gepflasterter Weg führte zu zwei gewaltigen eisenbeschlagenen Originaltüren aus dem 8. Jahrhundert. Carpenter hatte sie schon auf einem Foto in der Pressemappe gesehen – weit geöffnet und dazwischen ein Brautpaar, das aus dem Dunkel der Kirche trat. Carpenter berührte das Holz; es war hart wie Stein.

Jetzt waren die Türen geschlossen, und es gab weder einen Klopfer noch einen Griff, nur ein großes altmodisches Schlüsselloch. Er suchte nach einem anderen Eingang und fand ihn an einer Seite. Er hielt inne und übte noch einmal sein Sprüchlein:

»Jack Delaney ... CNN ... Neue Richtungen im Katholizismus.«

Er klopfte, und zu seiner Überraschung öffnete della Torre höchstpersönlich. Das Oberhaupt des Umbra Domini trug einen schwarzen Rollkragenpulli, braune Freizeithosen und Halbschuhe. Carpenter stellte fest, dass Silvio della Torre in natura sogar noch besser aussah als auf den Werbefotos. Aber im Gegensatz zu den Schauspielern, denen Carpenter begegnet war und die immer kleiner waren, als sie auf der Leinwand wirkten, war della Torre größer, als er ihn sich vorgestellt hatte. Er war mindestens so groß wie Carpenter selbst, breitschultrig und athletisch gebaut und entsprach überhaupt nicht seiner Vorstellung von einem Priester.

»Sie sind bestimmt Jack Delaney«, sagte der Priester in akzentfreiem Englisch, ein amüsiertes Lächeln um die Lippen. »Ich habe Sie schon erwartet. Bitte treten Sie ein.«

»Danke.«

Durch eine weitere Tür gelangten sie in ein spärlich, aber elegant möbliertes Büro. Carpenter ließ sich auf einem roten Ledersessel nieder, während della Torre ihm gegenüber hinter einem alten Bibliothekstisch Platz nahm. Sofort musste Carpenter an Massinas Worte denken, wie sich der Priester während der Messe »ins rechte Licht« zu setzen vermochte. Er bemerkte die verschiedenen Lampen, die dezent in die alte Stuckdecke eingelassen waren, und wie das Licht auf die markanten Gesichtszüge des Priesters fiel.

»Wenn ich recht verstanden habe, wollen Sie eine Serie für das CNN machen.«

»Ja, das erwägen wir.«

»Das ist großartig, denn ich habe manchmal den Eindruck, als wollten die Medien uns partout nicht zur Kenntnis nehmen.«

Carpenter lächelte verbindlich. »Da täuschen Sie sich.«

Della Torre zuckte die Achseln. »Sei's drum«, sagte er. »Jetzt sind Sie ja hier.« Er faltete die Hände, legte die Ellenbogen auf den Tisch und stützte das Kinn auf den Handrücken. »Womit fangen wir an?«

»Nun«, sagte Carpenter, »ich schlage vor, dass Sie zunächst etwas über den Werdegang des Umbra Domini erzählen.«

»Gern«, erwiderte della Torre und lehnte sich in seinen Sessel zurück. »Wie Sie sicher wissen, sind wir ein Produkt – manche würden sagen, ein Nebenprodukt – des 2. Vatikanischen Konzils.« Während der folgenden zehn Minuten beantwortete der *capo* des Unternehmens alle Fragen Carpenters mit einem Lächeln.

»Wie hat sich die Organisation in den letzten Jahren verändert?«

»Nun, Mr. Delaney, es ist kein Geheimnis, dass wir weiter gewachsen sind.«

»Was ist Ihrer Meinung nach die größte Herausforderung, der sich die Kirche derzeit stellen muss?«

»Es gibt viele Herausforderungen. Es sind schwere Zeiten. Aber die größte Herausforderung für Katholiken ist, was ich ›die Versuchungen der Moderne‹ zu nennen pflege ...«

Carpenter nickte bei jeder Antwort nachdenklich und machte sich pflichtgemäß Notizen. Er bekam ein Gespür für seinen Widersacher, und was er spürte, war etwas wie Teflon, nur schwerer. Teflon und Stahl. Er beschloss, seine Taktik zu ändern.

»Es heißt, der Umbra Domini habe politische Ambitionen.«

»So?«, sagte della Torre, der die andere Tonart sofort registrierte. »Und wer sagt das?«

Carpenter hob die Schultern. »Ich habe einen ganzen Aktenordner voller Artikel im Hotel. Einige sind äußerst kritisch. Dort wird behauptet, der Umbra Domini unterhalte Beziehungen zu rechten Gruppierungen wie dem Front National.«

»Das ist lächerlich. Einigen unserer Mitglieder bereitet die Zuwanderung von Ausländern Sorge – aber das ist eine politische, keine theologische Frage. Wir sind eine vielschichtige Organisation; unsere Mitglieder vertreten die verschiedensten Ansichten.«

»Es heißt auch, der Umbra sei homosexuellenfeindlich.«

»Nun ...«

»Dass man fordert, die Schwulen zu brandmarken.«

»Ich bin froh, dass Sie dieses Thema anschneiden, denn es gibt mir Gelegenheit, die Sache zu klären. Es stimmt, dass wir Homosexualität als Sünde betrachten, und das haben wir auch unmissverständlich geäußert. Sie müssen verstehen, dass der Umbra Domini eine erzieherische Aufgabe hat. Wir sind Lehrer, und als Lehrer überspitzen wir unsere Aussagen manchmal. Was immer also irgendwer gesagt hat – niemand im Umbra Domini glaubt ernsthaft, dass Homosexuelle gebrandmarkt werden sollten. Obwohl ich es für vernünftig hielte, sie polizeilich zu registrieren.«

»Interessant«, sagte Carpenter und machte sich Notizen. »Ich wollte noch etwas anderes fragen, zu einer karitativen Institution – Salve ...« Er tat, als fiele ihm der Name nicht ein.

»Caelo.«

»Genau. Salve Caelo! Und welche Funktion sie in Bosnien hatte. Es heißt ...«

»Ich weiß schon. Es heißt, wir hätten dort ein KZ eingerichtet. Unter dem Vorwand, den Leuten zu helfen.«

»Mhm.«

»Das ist alles längst gründlich untersucht worden. Nichts konnte bewiesen werden.«

»Stimmt es denn?«

Della Torre blickte zur Decke, wie um eine höhere Instanz anzurufen. Dann sah er Carpenter fest in die Augen. »Darf ich Sie was fragen, Mr. Delaney?«

»Schießen Sie los.«

»Ist es nicht erstaunlich, dass Glaube und Frömmigkeit einerseits ebenso viel Aggression auslösen wie andererseits Bewunderung? Diese Geschichten, die Sie da erwähnen, zeugen doch nur von Neid.«

»*Neid?* Wie meinen Sie das?«

Della Torre seufzte, und als er wieder das Wort ergriff, beherrschte seine tiefe und leidenschaftliche Stimme den Raum. »Stellen Sie sich den Umbra Domini als eine schöne, unberührte Frau vor«, sagte er und fixierte Carpenter mit umwerfend blauen Augen. Und dann folgte eine Rede, wie Carpenter sie noch nie gehört hatte, eine Woge von Worten, deren Bedeutung irgendwie unabhängig von dem war, was tatsächlich gesagt wurde. Carpenter hatte fast das Gefühl, in Trance zu geraten. Es war, als würde ihm etwas vorgesungen. Und dann geschah etwas Außergewöhnliches, wenn auch auf ganz gewöhnliche Weise: Die Sonne verschwand hinter einer Wolke, der Raum verdunkelte sich, und Carpenter durchschaute den Trick des eitlen Priesters. Er hatte Augen, die einen in sich aufsogen, schöne Augen, aber sie waren nicht echt, ihre Farbe eine Art Aquamarin, eine Unterwasserschattierung – wie aus tropischen Gewässern. Im Dämmerlicht konnte Carpenter erkennen, dass della Torre Kontaktlinsen trug, farbige Kontaktlinsen. Und er erkannte die Schattierung wieder.

Es waren Monicas Augen.

Er fragte sich, ob della Torre genauso wie Monica zwischen »Aquamarin-« und »Saphirblau« geschwankt hatte. Auf jeden Fall hatten sie sich für dieselbe Farbe entschieden, und sicher aus demselben Grund. Es war ein sehr verführerisches Blau.

Della Torre schüttelte lächelnd den Kopf. Offensichtlich hatte er Carpenters nachlassende Aufmerksamkeit nicht bemerkt. »Wenn ich also von Attacken gegen den Umbra Domini höre oder von Zweifeln an den Absichten des Ordens – so bin ich nicht zornig. Ich empfinde nur Trauer. Und Mitleid. Menschen, die so sprechen, die diese Geschichten erfinden, sind im Dunkel ihrer eigenen Seele gefangen.«

Della Torre beendete seinen Vortrag, so wie er ihn begonnen hatte – mit den Ellenbogen auf dem Tisch und dem Kinn auf den gefalteten Händen.

Carpenter blieb eine Weile stumm. Und dann kam die Sonne wieder hervor und durchflutete den Raum mit Licht. Er räusperte sich und platzte, ohne viel zu überlegen, mit der Frage heraus: »Und Franco Grimaldi?«

Della Torre lehnte sich in seinen Sessel zurück, die Augen gedankenverloren auf Carpenter geheftet. »Grimaldi?«

»Einer Ihrer Leute.«

»Ja ...?«

»Er wird wegen Mordes gesucht. In den Staaten.«

»Ah, ich verstehe.« Della Torre schaukelte in seinem Sessel vor und zurück. Schließlich sagte er: »Wegen dieser Frage sind Sie also eigentlich hier, oder?«

Carpenter nickte.

»Nun ...« Der Priester hob die Schultern.

»Ich will wissen, warum er die Tat begangen hat.«

»Und Sie glauben, ich wüsste es?«

»Das glaube ich.«

»Und warum glauben Sie das?«

»Weil Sie ihm eine Menge Geld bezahlt haben.«

»So? Und wann?«

»Im August.«

Della Torre drehte sich in seinem Sessel zum Fenster hin und schaute hinaus. Er runzelte nachdenklich die Stirn. »Wenn Sie sagen, dass *ich* ihn bezahlt habe ...«

»Der Umbra Domini hat ihn bezahlt. Es wurde Geld von Ihrer Bank, der Crédit Suisse, auf seine überwiesen.«

Della Torre seufzte und starrte weiter aus dem Fenster. Schließlich drehte er sich wieder zu Carpenter um. »Sie sind gar kein Reporter, stimmt's, *Mr. Delaney*?«

»Nein.«

»Und die Menschen, die dieser Mann getötet hat, stehen Ihnen nahe?«

»Sehr nahe«, sagte Carpenter und wunderte sich noch im selben Augenblick über della Torres Wortwahl. Woher wusste er, dass mehr als ein Mensch ermordet worden war?

Nach einem längeren Schweigen sagte della Torre: »Wissen Sie, Mr. Carpenter ...« Er verstummte wieder und ließ Carpenter

Zeit zu verdauen, dass der »Jack Delaney«-Unsinn vorbei war. »Sie können sie nicht wieder zum Leben erwecken.«

»Ich weiß«, sagte Carpenter, »aber ...«

»Wir wollen uns nichts mehr vorlügen. Ich weiß von Ihrem Besuch in Zuoz – Herr Egloff hat mich angerufen. Und vorher waren Sie in Rom. Ich weiß, was Sie bewegt, und mache Ihnen gewiss keinen Vorwurf.«

Plötzlich schwamm Carpenters Blut in Adrenalin. »Ach ja?«

»Darf ich Sie etwas fragen?«

Carpenter nickte.

»Glauben Sie an Gott?«

»Ich denke schon.«

»Und glauben Sie, dass das Gute in der Welt von Gott ausgeht?«

»Ich denke, ja.«

»Und der Teufel? Glauben Sie an den Teufel?«

»Nein.«

»Dann an das Böse. Glauben Sie an das Böse?«

»Voll und ganz. Ich habe es *gesehen*.«

»Nun ... woher kommt das Böse, wenn nicht vom Teufel?«

Carpenter wurde plötzlich ungeduldig. »Darüber habe ich nie nachgedacht. Aber ich erkenne es, wenn ich es sehe. Und ich habe es gesehen.«

»Das haben wir alle. Aber das genügt nicht. Sie müssen genauer darüber nachdenken.«

»Warum?«

»Weil es der Grund ist, weshalb Ihre Schwester und Ihr Neffe getötet wurden.«

Es herrschte Totenstille im Raum, während Carpenter versuchte, einen Sinn in den Worten des Priesters zu finden. »Was soll das heißen?«, fragte er schließlich.

»Dass Sie über den Ursprung des Bösen nachdenken sollen.«

»Wenn Sie meinen, was Grimaldi Böses angerichtet hat. Das habe ich gesehen.«

»Das war *nicht* gemeint.«

»Was dann? Meinen Sie Kathy? Oder Brandon?«

Della Torre sah ihn schweigend an, dann wechselte er das Thema. »Ich möchte Ihnen die Kirche zeigen«, sagte er und erhob sich.

Carpenter folgte ihm in einen dunklen Raum. Della Torre betätigte mehrere Schalter, und der Raum füllte sich mit Licht, obwohl seine Dimensionen weiter undeutlich blieben.

»Beten Sie mit mir, Joe.« Der Priester trat auf die alte, kunstvoll geschnitzte Kanzel zu, die von unten erleuchtet war und fast im Leeren zu schweben schien. Carpenter, der sich zunehmend unbehaglich fühlte, nahm in einer der Bankreihen Platz. Er hatte schon lange nicht mehr gebetet und wollte es auch jetzt nicht – vor allem nicht mit della Torre. Er wusste, dass es gefährlich war, vor diesem Mann auf die Knie zu gehen.

Della Torre schwebte vor ihm auf der Kanzel, vom Licht umflossen und doch irgendwie dinghaft – wie eine Statue, die Hände gefaltet, den Kopf gesenkt, ein Kranz von Licht um das lockige Haar. Ein perfektes Bild.

»Kein Schmerz mehr«, flüsterte della Torre mit flehender Stimme, die so magisch widerhallte, dass es Carpenter schien, als spreche der Priester in seinem eigenen Kopf. »Kein Schmerz mehr.« Er presste die Handflächen an seine Brust und hob den Kopf zur Decke. Carpenter war wie gebannt. »Wir treten vor Dich in Deinem Haus, damit Du erkennen mögest, dass eines Deiner Kinder Schmerzen leidet. Nimm die Rachlust aus seinem Herzen, o Herr, denn die Rache ist Dein. Nimm ihn in Dein Herz auf. Befreie ihn vom Hass. Erlöse ihn vom Bösen.« Die Worte hallten von überall, selbst von oben, zurück. »Wir kommen in Dein Haus, o Herr ...«

»Scusi!«

Della Torre erstarrte auf seiner Kanzel, den Mund geöffnet, wie ein Fisch auf dem Trockenen.

»Scusi, padre ...« Ein alter Trunkenbold stand schwankend im Kirchenschiff. Einen Augenblick schien es, als fiele er um. Dann aber sank er mit einem glückseligen Lächeln auf die Knie, sah

zur Kanzel hoch – und kippte vornüber, sodass seine Stirn auf den Steinfliesen aufschlug.

Della Torre war zuerst wie gelähmt und dann rasend vor Wut. Er gestikulierte und brüllte den alten Mann an: *»Vaffanculo! Vaffanculo!«* Und obwohl Carpenter kein Italienisch sprach, erkannte er am Tonfall, was der Priester sagte. Es war mehr als etwa »Geh«. Es war »Raus hier, verdammt noch mal!«. Della Torres Gesicht war verzerrt, der Lack des Mitgefühls abgeblättert, sodass die Brutalität darunter zum Vorschein kam. Doch so schnell, wie die Maske gefallen war, hatte er sie wieder aufgesetzt. Della Torre, der erneut voller Mitgefühl schien, stieg von der Kanzel, um dem Mann zu helfen.

Carpenter folgte ihm.

»Wir sollten versuchen, ihn in mein Büro zu bringen. Ich kenne ihn. Ich werde seine Frau anrufen.«

Sie hakten den Mann unter und schleiften ihn zwischen sich durch den Korridor bis ins Büro. Dort angelangt, fing der Mann plötzlich an, heftig mit den Armen zu fuchteln. »Padre!«, brüllte er und stieß den Priester an. Der stolperte rückwärts, und aus seiner Tasche fiel ein Gegenstand zu Boden.

Eine kleine Flasche. Carpenter sah sie mehrmals von den Fliesen hochspringen, bis sie – völlig unbeschädigt – liegen blieb. Carpenter bückte sich und hob sie auf. Und traute seinen Augen nicht.

Es war die gleiche Flasche oder eine Nachbildung derer, die die Polizei bei Grimaldi gefunden hatte. Er erinnerte sich genau, wie er sie zum ersten Mal gesehen hatte: Er saß mit Riordan im Ärztezimmer des Fairfax Hospital. Und auf einem Medikamententablett: die kleine Flasche. Und das Messer. Das blutige Messer, an dessen Klinge ein hauchdünnes blondes Haar klebte. Brandons Haar. Das Polizeifoto der Flasche tauchte vor seinem geistigen Auge auf: das dicke, grobe Glas, an jeder Seite ein geprägtes Kreuz und ein Metallverschluss in Form einer Krone.

»Danke«, sagte della Torre und streckte die Hand aus. »Erstaunlich, dass sie nicht zerbrochen ist.«

Carpenter senkte den Kopf. »Ich gehe jetzt. Sonst verpasse ich mein Flugzeug.«

Und bevor der Priester etwas antworten konnte, war er bereits an der Tür und draußen.

»Mr. Carpenter«, rief ihm della Torre nach. »Was ist denn? Bitte – kommen Sie zurück. Wir sind noch nicht fertig miteinander.«

Carpenter blickte sich nicht um. Er ging einfach weiter. Dabei bewegten sich seine Lippen. Und was er sagte, war nur für ihn selbst bestimmt. »Da hast du gottverdammt Recht, das sind wir nicht.«

20

An die Taxifahrt zurück zum Hotel konnte sich Carpenter später kaum erinnern. Seine Gedanken waren ganz auf della Torre konzentriert gewesen, vor allem auf die Frage, warum der Priester zunächst auf sein Reporterspielchen eingegangen war. Sie hätten diese Farce noch ewig weiterspielen können, wäre Carpenter nicht mit seiner Bemerkung zu Grimaldi herausgeplatzt. Warum war della Torre, der doch genau wusste, wer Carpenter war und was er wollte, überhaupt bereit gewesen, ihn zu treffen?

Schließlich begnügte sich Carpenter mit der mehr als dürftigen Erklärung, dass della Torre ihn nur hatte sehen wollen, um sich ein Bild von ihm machen und ihn besser einschätzen zu können.

Als das Taxi vor seinem Hotel vorfuhr, wurde er aus seinen Grübeleien gerissen. Er steckte dem Fahrer eine Hand voll Lire zu und trat in die Lobby.

Der Portier blickte vom Empfang auf. *»Signore!«*, rief er übertrieben eifrig.

»Was?«, fragte Carpenter und steuerte auf den Lift zu.

Der Mann öffnete und schloss den Mund. Dann hob er beschwörend die Hände und rief: *»Benvenuto!«*

»Grazie«, sagte Carpenter. »Machen Sie bitte meine Rechnung fertig. Ich bin gleich zurück.«

»Aber, *Signore* ...«

Carpenter drückte auf den Liftknopf. »Ja, bitte?«

»Wenn Sie mir die Ehre erweisen würden ...« Der Portier deutete auf die Bar und verzog das Gesicht zu einem verschwörerischen Grinsen.

Carpenter schüttelte den Kopf. »Noch zu früh für mich«, sagte er.

»Ja, aber ...«

»Tut mir Leid. Ich hab's eilig.«

Carpenters Zimmer lag im zweiten Stock. Als er den Flur entlangging, hörte er ein Telefon läuten und stellte dann fest, dass es seines war. Bepi, dachte er und eilte zur Zimmertür. Er holte die weiße Plastikkarte, die als Schlüssel diente, aus der Tasche, steckte sie in den Schlitz und wartete auf das Aufleuchten des kleinen grünen Lichts. Und – wenn das kein Timing war! – Das Licht leuchtete auf, das Telefon hörte im selben Augenblick auf zu läuten, die Tür sprang auf, und jemand im Zimmer sagte: *»Pronto?«*

Ein Hüne von einem Mann saß am Schreibtisch vor Carpenters Computer, den Telefonhörer in der Hand. Er wirkte viel zu groß für den Stuhl. Als er Carpenter sah, legte er den Hörer auf die Gabel, – holte geräuschvoll Luft und erhob sich. Fast lässig schritt er zur Tür.

Carpenter wusste nicht, was er sagen sollte. Er brachte nur ein »Wer zum Teufel sind Sie?« heraus, und noch während er das sagte, bemerkte er, dass der Mann enorm breit, fast rechteckig war. Wie ein Schrank. Ein unrasierter Schrank.

»Scusi«, sagte der Mann leise und grinste, als er an Carpenter vorbei zur Tür hinaustreten wollte. Er war größer als Carpenter, so groß, dass er den Kopf unter der Tür einziehen musste.

Alles lief sehr ruhig und langsam, fast höflich ab. Carpenter berührte den Ärmel des Mannes. »Moment bitte ...«

Und dann ging plötzlich alles blitzschnell, fast gleichzeitig. Eine Art Bowlingkugel traf Carpenter ins Gesicht, ins *ganze* Gesicht, und ein Funkenregen durchrieselte seinen Kopf, wie ein Schwarm von Glühwürmchen. Als er rückwärts gegen die Wand prallte, schmeckte er das Blut im Mund. Er hob die Hände, um den nächsten Hieb abzuwehren – eine optimistische Geste, die aber weder verhindern noch abschwächen konnte, dass ein Vorschlaghammer gegen seine Brust donnerte. Zumindest fühlte es sich so an. Ein-, zwei-, dreimal.

Jetzt loderte sein Körper an allen kritischen Stellen auf. Seine Nervenenden schnappten nacheinander, und das Zimmer flackerte wie eine defekte Glühbirne – vielleicht fand das Flackern ja auch nur in seinem Kopf statt. Etwas Schweres ging auf seinen Nacken nieder und zwang ihn in die Knie. Dann erblickte er einen teuer aussehenden Schuh vor sich, der offenbar zum Schuss ausholte. Er sah alles mit erstaunlicher Klarheit – die Schnürsenkel, die Falten im Leder, die Nähte ...

Und dann hörte er einen Schrei. Er glaubte zuerst, er hätte ihn selbst ausgestoßen, aber als er aufblickte, sah er ein Zimmermädchen, Mund und Augen weit geöffnet, auf der Türschwelle stehen. Er wollte etwas sagen, als der Schuh plötzlich vorschnellte und sich tief in seine Rippen bohrte. Er hörte seine Knochen krachen wie Reisig oder alter Bambus. Das Zimmermädchen stieß einen zweiten Schrei aus oder vielleicht auch nicht – vielleicht war es dieses Mal wirklich er selbst. Aber nein, er hatte gar nicht mehr genügend Luft in der Lunge, um zu schreien. Er konnte nicht sprechen, und wenn er's genau bedachte, auch nicht atmen. Der ganzen Welt war die Luft ausgegangen, und er glaubte, sterben zu müssen.

Und dann war es vorbei, so plötzlich wie es begonnen hatte. Der Schrank war fort, und das Zimmermädchen lief schreiend den Flur hinunter. Sie hatte ihm wohl das Leben gerettet, aber Carpenter war außer Stande, ihr zu danken. Er rappelte sich mühsam hoch, schloss wortlos die Tür und taumelte ins Badezimmer.

Jeder Atemzug war wie ein Messerstich, weshalb er nur ganz flach atmete, die Hände auf die Rippen oder das, was davon übrig geblieben war, gelegt. Er trat ans Waschbecken, und ohne zu wissen, warum, drehte er den Wasserhahn auf. Das schien zu helfen. Das *Geräusch* half.

Er betrachtete sich im Spiegel, und was er sah, war weniger schlimm als erwartet. Kein Total-, mehr ein Blechschaden. Die Nase war blutig und die Oberlippe über einem der Eckzähne aufgesprungen. Er berührte den Zahn mit der Zunge und musste feststellen, dass dieser ohne weiteres nachgab. Er spuckte ihn aus und wollte noch danach greifen, aber der Zahn wurde in den Abfluss gespült.

Zu allem entschlossen, hob er sein Hemd hoch und enthüllte einen riesigen Bluterguss über den Rippen auf der rechten Seite. Zögernd berührte er ihn mit den Fingerspitzen und wäre dabei fast ohnmächtig geworden. Der Schmerz stieg in ihm hoch, brach sich wie eine Welle und sandte Schmerzströme in alle Richtungen. Die Farbe wich ihm aus dem Gesicht, und er stieß ein Geräusch aus, das so klang, als hätte er alle Vokale gleichzeitig ausgesprochen, ein ersticktes Keuchen, das erst endete, als er die Zähne zusammenbiss. Das muss geröntgt werden, dachte Carpenter. Und ein Zahnarzt muss her. Und Demerol. Aber nicht in dieser Reihenfolge.

Und nicht in Neapel.

Etwas spät zwar, aber immerhin, fiel ihm ein weiterer Grund für della Torres Scharade ein: Er hatte Carpenter ganz einfach eine Weile aufhalten wollen.

Es klopfte nachdrücklich an der Tür, und eine Männerstimme bat ihn zu öffnen. »Mr. Carpenter – *per favore* – alles okay?«

»Geht schon«, rief Carpenter zurück und zuckte vor Schmerz zusammen. »Alles in Ordnung.«

»Sind Sie sicher, *Signore?* Die Polizei ...«

»Machen Sie sich keine Sorgen!«

Etwas auf Italienisch murmelnd, verschwand der Mann.

Kurz darauf klingelte das Telefon, und zum ersten Mal in seinem Leben war Carpenter froh, einen Apparat im Badezimmer zu haben. Er hob ab und erklärte dem Hoteldirektor, dass er nicht mit der Polizei sprechen und keine Anklage erheben wolle.

»Aber Sie haben doch ein Recht darauf, Mr. Carpenter. Schließlich wurden Sie überfallen!«

»Bitte lassen Sie meinen Wagen aus der Garage holen und buchen Sie die Rechnung von meiner Visa-Card ab.«

»Sind Sie sicher, *Signore*?«

»Ich bin gleich unten.«

Tatsächlich aber brauchte er fast eine halbe Stunde, um das Hemd zu wechseln und seinen Koffer zu packen, und es kostete ihn seine letzten Kräfte, aufrecht durch die Lobby zu gehen. Der Hoteldirektor stand vor dem Hotel und sah entsetzt, würdevoll und bedauernd in einem aus. Er eilte zu Carpenters Leihwagen, öffnete mit einer Verbeugung die Tür und wartete, bis sein Gast auf dem Fahrersitz Platz genommen hatte, bevor er lächelnd die Tür zuschlug.

»Wo ist der Portier?«, fragte Carpenter durch das offene Fenster.

Der Manager runzelte die Stirn. »Roberto?«

»Ja. Ich habe ihn drinnen nicht gesehen.«

»Er ist vorhin gegangen. Sein Asthma!«

»Na, dann wünschen Sie ihm gute Besserung von mir.«

»*Grazie. Il signore è molto gentile!* Nach allem, was passiert ist!«

»Und sagen Sie dem Dreckskerl, dass ich das nächste Mal Kleinholz aus ihm mache.«

Schweigen. Dann räusperte sich der Manager. *»Scusi?«*

»Darauf kann er Gift nehmen.«

Noch am selben Abend machte sich Carpenter auf den Rückweg nach Rom, und während er auf der Autostrada in Richtung Norden fuhr, ging er hart mit sich ins Gericht.

Was zum Teufel hast du dir eigentlich gedacht? Falls du überhaupt gedacht hast – denn wenn du gedacht hättest, wärst du nicht im eigenen beschissenen Hotelzimmer zusammengeschlagen worden. Jetzt stecken dir wahrscheinlich ein paar Rippenenden in der Lunge, auf jeden Fall wirst du ein Weilchen nicht auf der Seite schlafen können. Und, o verdammt – tut das weh!

Aber nicht nur sein Körper schmerzte. Sein Stolz war mindestens so verletzt wie seine Rippen. Della Torre hatte ihn, so lange es ihm möglich war, in der Kirche zurückgehalten – zuerst mit seinem Vortrag, dann mit seinem Gebet. Seinem Gebet! Während sein Kollege, der Schrank, Carpenters Hotelzimmer durchsuchte. (»Schließ ihn in Dein Herz, o Gott!«) Und wäre der Trunkenbold nicht aufgekreuzt und hätte den Bann gebrochen – Carpenter wäre mit Sicherheit noch länger in der Kirche geblieben. Und dann der Portier, der ihn aufhalten wollte. (»Wenn Sie mir die Ehre erweisen würden ...«) Wie viele Andeutungen brauchte er eigentlich, um zu kapieren, dass etwas nicht stimmte!

Und schließlich im Hotelzimmer ... *Pronto? Wer zum Teufel sind Sie? Scusi. Peng!*

Das war's, was wirklich wehtat, denn er war ein guter Sportler, vor allem sogar ein guter Boxer. Er war es nicht gewohnt, einen Kampf zu verlieren, ganz gleich wie groß sein Gegner war. Er wusste, wie man Hiebe austeilt und wie man ihnen ausweicht. Das hatte er wenigstens bis zum heutigen Abend geglaubt.

Aber Prügel zu kassieren hatte auch etwas Gutes für sich. Es schärfte die Sinne, ließ einen nachdenken, wie man solche Prügel in Zukunft mied. Und deshalb beschloss Carpenter, nicht wieder im Hassler abzusteigen. Er entschied sich stattdessen für das Mozart, ein obskures Hotel in einer kopfsteingepflasterten Nebenstraße der Via del Corso.

Das Hotel befand sich im Westflügel eines heruntergekommenen Palazzos mit fast fünf Meter hohen Decken, einem brachliegenden Garten und einer schäbigen Bar. Obwohl er kurz vor Mitternacht eintraf, bekam er noch die gewünschte Suite im ersten Stock, die auf die Straße hinausging. Ein uralter Page führte ihn hinauf, und Carpenter musste die Zähne zusammenbeißen, um mit ihm Schritt zu halten.

Als er allein war, verriegelte er die Tür, ging an die Minibar und schenkte sich einen doppelten Scotch ein. Dann setzte er sich an den Schreibtisch neben dem Fenster und holte sein »Fallbuch« hervor.

Schon vor Jahren in Brüssel hatte er sich angewöhnt, für jede neue Ermittlung ein neues Adressbuch anzulegen. So auch in Kathys und Brandons Fall, und er hatte schon eine ganze Menge Telefonnummern und Anschriften gesammelt.

Er nahm einen Schluck Whiskey, schlug sein Büchlein auf und wählte Bepis Nummer zu Hause und im Büro. Als sich jeweils nur der Anrufbeantworter meldete, versuchte er's mit Bepis Handy, kam aber nicht durch. Schließlich wählte er dessen Piepser an und gab die Nummer vom Mozart an. Die gleiche Prozedur hatte er schon vor vierundzwanzig Stunden von Neapel aus gemacht, aber Bepi hatte nicht zurückgerufen. Das sah ihm ganz und gar nicht ähnlich, und Carpenter ahnte, dass irgendetwas nicht stimmte. Zum einen war Carpenter ein viel zu guter Kunde, den man nicht einfach so fallen ließ. Zum anderen war Bepi ein Technikfreak, der sich brüstete, er sei innerhalb von zehn Minuten überall zu erreichen, ganz gleich, ob er gerade die Sportschau sah oder im Flugzeug nach Tokio oder L. A. saß.

Carpenter hatte darüber gelächelt; wahrscheinlich war Bepi nie außerhalb Europas gewesen, vielleicht nicht einmal bis nach Sardinien gekommen. Und schon gar nicht bis Tokio.

Er rief sein eigenes Büro an in der Hoffnung, dass Judy noch spät arbeitete. Als sich die Zentrale meldete und er Lärm im Hintergrund hörte, fiel ihm ein, dass am heutigen Abend die jährliche Weihnachtsfeier stattfand. Es meldete sich eine Aushilfskraft, an deren Namen er sich jedenfalls nicht erinnern konnte und die ihn offensichtlich nicht verstand.

»Waaas?«

»Hier spricht Joe Carpenter.«

»Wer?«

»Joe Carpenter.«

»Tut mir Leid, Mr. Carpenter ist nicht da.«

»Nein, ich wollte nicht ...«

»Und im Übrigen ist das Büro geschlossen.«

Verärgert legte er auf und wählte seine Voice-Mail-Nummer in McLean. Er hörte ein halbes Dutzend Nachrichten ab, aber die einzige, die ihn wirklich interessierte, war die von Jimmy Riordan. Und ausgerechnet die war akustisch kaum zu verstehen. Es ging um irgendwelche *Schecks. Die Schecks werden Ihnen Freude machen!* Was sollte das heißen?

Carpenter schaute auf die Uhr. In den Staaten war es jetzt sieben Uhr morgens. Er wählte Riordans Privatnummer, keine Antwort. Er versuchte es auf dem Revier.

»Tut mir Leid, Detective Riordan ist nicht in Washington.«

Carpenter schlug mit der Handfläche auf den Tisch. Der Scotch hüpfte im Glas. Er kam sich vor wie in einer Taucherglocke. Niemand war zu erreichen.

Er fragte, wann Riordan zurückkommen würde.

»Keine Ahnung. Wahrscheinlich am Vierundzwanzigsten. – Am Heiligen Abend.«

»Kann man ihn irgendwie kontaktieren?«

»Kommt drauf an.«

»Ich bin ein Freund.«

»Na, dann hat er's Ihnen doch wohl erzählt: Er ist auf einer Konferenz. In Prag.«

»Haben Sie eine Telefonnummer, unter der er dort zu erreichen ist?«

»Moment, bitte.«

Während Carpenter wartete, fiel ihm wieder ein, dass Riordan die Konferenz erwähnt hatte – irgendwas über Osteuropa und die Demokratisierung der Polizei.

»Sind Sie noch dran?«

»Ja.«

»Also, Jimmy ist im Intercontinental. Haben Sie was zum Schreiben?«

»Schießen Sie los.«

Er notierte die Nummer in sein Notizbuch unter Riordans Namen, legte auf und rief das Prager Intercontinental an. Es war fast zwei Uhr morgens, und der Detective meldete sich nicht. Also hinterließ er wieder nur eine Nachricht. Dann streckte er sich auf dem Bett aus, streifte seine Schuhe ab und fiel stöhnend in einen unruhigen Schlaf.

Als Carpenter gegen Mittag aufwachte, lag er noch genauso da, wie er sich hingelegt hatte, flach auf dem Rücken. Er stützte sich auf Arm und Ellbogen, richtete sich auf, stellte die Füße auf den Boden und humpelte, sich die Seite haltend, ins Badezimmer. Vor dem Spiegel hob er sein T-Shirt. Die Farben auf seiner Brust waren atemberaubend: Gelb, Violett, Dunkelrot, Schwarz und ein kitschiges Rosa.

Er brauchte fast fünf Minuten, um die Wassertemperatur der Dusche richtig einzustellen, und an die zehn Minuten, um sich abzutrocknen. Manche Stellen taten so weh, dass er sie mit dem Handtuch nicht einmal abtupfen mochte. Oberhalb der Taille war alles noch taub, und das Bücken war die Hölle. Darum nahm er sich viel Zeit fürs Anziehen, bestellte Kaffee und Croissants beim Zimmerservice, und als das Tablett zehn Minuten später eintraf, kämpfte er noch immer mit seinen Schnürsenkeln. Er würde sich Slipper kaufen müssen.

Nachdem der Zimmerkellner gegangen war, schaltete Carpenter den Fernseher ein. Er zappte mit der Fernbedienung von einem Kanal zum nächsten, und plötzlich erschien Bepis Gesicht auf der Mattscheibe.

Es war ein älteres Foto von einem Fest, seiner Abiturfeier vielleicht. Bepi lächelte selbstbewusst, und Carpenter bemerkte, dass sein Haar kürzer war – eine sorgfältige Fönfrisur. Er sah aus wie eine Mischung aus Schnulzensänger und Chorknabe, und Carpenter hätte darüber gelächelt, wenn es nicht einen guten Grund für Bepis Erscheinen im Fernsehen gegeben hätte.

Carpenter versuchte zu verstehen, was der Kommentator sagte, bekam aber kein Wort mit.

Dann wurde Bepis Foto aus- und eine Live-Szene eingeblendet. Ein Reporter stand auf dem Bürgersteig vor einer großen

Kirche und sprach mit finsterer Stimme ins Mikrofon, umringt von Kindern, die in die Kamera glotzten und Grimassen schnitten. Im Hintergrund standen zwei Polizeiwagen und ein Krankenwagen.

Die Stimme des Reporters war weiter zu hören, während die Kamera auf drei uniformierte Männer gerichtet war, die eine Bahre schoben. Der Gehsteig war holprig, offenbar gepflastert, denn die Männer hatten Mühe, das Ding vorwärts zu bewegen.

Dann wurde zurück ins Studio geschaltet, und Carpenter konnte einige der Worte des Nachrichtensprechers verstehen: *Santa Maria. Polizia. Bepistraversi. Molto strano.*

Der Sprecher ordnete die Blätter vor sich, lächelte und wechselte das Thema.

Carpenter zappte weiter, wusste aber nicht, was er sah. Eine tränenüberströmte, in ein schwarzes Tuch gehüllte Frau wurde interviewt, aber Carpenter konnte nicht ausmachen, ob sie Bepis Mutter oder eine bosnische Flüchtlingsfrau war.

Frustriert schaltete Carpenter den Fernseher aus und wählte Judy Rifkins Privatnummer. Es war halb acht morgens in Washington, und ihm war gleichgültig, ob er sie weckte oder nicht.

»Joe! Wo bist du?«

»In Rom.«

»Ich wollte dich heute Nachmittag anrufen. Der Deal mit American Express tritt in die heiße Phase.«

»Ich glaube, Bepi ist tot.«

Schweigen am anderen Ende der Leitung.

»Da war gerade sein Foto im Fernsehen. Verstanden hab ich nichts, aber es waren Polizeiwagen, eine Ambulanz und eine Trage zu sehen.«

»Bist du sicher?«

»Nein. Ich weiß nur, dass ich ihn seit vierundzwanzig Stunden nicht ans Telefon bekomme, und ...« Ein heftiger Schmerz durchzuckte ihn, und er stöhnte unwillkürlich auf.

»Was hast du?«

»Nichts. Bitte sieh zu, was du über Reuters, AP oder sonst wen rauskriegen kannst, und fax es mir.« Er gab ihr die Nummer durch und legte auf.

Zwei Stunden später klopfte es, und ein Umschlag wurde unter der Tür durchgeschoben. Es steckten zwei Blätter drin: ein Deckblatt mit dem Briefkopf von Carpenters Associates und eine weitere Seite:

Reuters Bericht beigefügt. Bist du okay? Rifkin

Copyright 1996 Reuters, Limited
23. Dezember 1996
LÄNGE: 129 Wörter
SCHLAGZEILE: Opfer in Kirche gefunden
ORT: Rom

LEICHE: Ein Privatdetektiv wurde heute Morgen außerhalb der Kathedrale Santa Maria Maggiore erschlagen aufgefunden. Laut Polizei wurde das Opfer, Antonio Bepistraversi, 26, vor seiner Ermordung gefoltert.
Die Leiche wurde von der 60jährigen Lucilla Conti entdeckt. Sie fand ihn auf den Stufen, die zum Hintereingang der Basilika führen. Frau Conti sagte aus, sie habe den Toten zunächst für einen der Obdachlosen gehalten, denen die benachbarte Piazza Vittorio Emanuele II. als Aufenthaltsort dient. Sie habe einen Bogen um ihn gemacht, da sie fürchtete, angebettelt zu werden. Als sie bemerkte, dass sich der Mann nicht regte, sei sie näher getreten und habe gesehen, dass sein Kopf in einem Plastikbeutel steckte.
Die Mordkommission betont, dass sich der Vorfall in einem heruntergekommenen Viertel abgespielt habe und dass sie mit der baldigen Aufklärung des Verbrechens rechne.

Carpenter las den Text dreimal durch, in der Hoffnung, ihn missverstanden zu haben, aber da gab es nichts misszuverstehen.

Bepi war tot und nicht nur das: Er war auf grausame Weise ermordet worden.

Plötzlich fiel ihm ein, dass er unbedingt mit Gianni Massina sprechen sollte. Wenn ihm irgendjemand sagen konnte, was geschehen war, dann Massina. Er blätterte in seinem Büchlein, fand und wählte Massinas Nummer.

»Pronto?«

»Hier spricht Joe Carpenter.«

»Ja?«

»Wir haben uns vor wenigen Tagen gesprochen.«

»Natürlich!« Massinas Stimme krächzte. »Haben Sie schon gehört, was mit Bepi passiert ist?«

»Ich hab's eben aus dem Fernsehen erfahren.«

Massina seufzte tief. »Ich kann es noch nicht recht fassen.« Ein weiterer Seufzer.

»Warum ich anrufe ... ich weiß nicht, Bepi ... Er hat ja für mich gearbeitet, und ich dachte, vielleicht, weil man ihn vor einer Kirche gefunden hat, dass der Umbra ...«

»Über den Umbra gibt es immer Gerüchte«, meinte Massina skeptisch. »Aber in diesem Fall hier? Ich glaube nicht. Es ist zwar eine interessante Kirche, aber eine Verbindung zum Umbra Domini besteht nicht.«

»Warum sagen Sie eine ›interessante‹ Kirche?«

»Sie ist sehr berühmt, 600 Jahre alt. Sie wurde nach einem geheimnisvollen Schneefall gebaut. Der Schnee fiel auf eine Weise, dass sich der Grundriss der Kirche deutlich auf dem Boden abzeichnete. Außerdem birgt sie mehrere berühmte Reliquien – Holzsplitter aus der Krippe.«

»Laut Reuters war es in einem ›heruntergekommenen Viertel‹.«

»Allerdings«, sagte Massina. »Wissen Sie, wie wir die Piazza Vittorio Emanuele nennen? ›Shit-und-Nadel-Platz‹! Lauter Junkies und Halbverrückte. Nicht mal die Prostituierten gehen da mehr hin.«

»In so einer miesen Gegend soll es ja vorkommen, dass sich einer einen goldenen Schuss setzt oder einen tödlichen Tritt bekommt. Laut Reuters ist Bepi aber gefoltert worden, und man foltert niemanden auf einer Kirchentreppe. Es muss also anderswo passiert sein.«

»Stimmt. Ich habe mit den Bullen gesprochen. Der Junge wurde so gegen fünf am Morgen dort hingelegt. Wo er vorher war, weiß man nicht, aber sein Blut war schon getrocknet, also gab es auch keine Blutspuren auf der Treppe. Vielleicht war er schon einen Tag lang tot, bevor er dort hingeschafft wurde.« Massina verstummte. »Er hat ein Kind, wussten Sie das?«, fragte er nach einer Weile.

»Ja, er hat es mir erzählt.«

Erneutes Schweigen, bis Massina schließlich den Bann brach. »Wissen Sie, wie er gestorben ist?«

»Nein.«

Massina holte tief Luft. »Die Polizei wird Stillschweigen bewahren, aber ... Ihm wurden Arme und Beine hinter dem Rücken zusammengebunden und das Seil um den Hals gelegt zu einem ... ich weiß nicht, wie man den Knoten nennt.«

»Laufknoten.«

»Laufknoten, genau. Je mehr er sich gewehrt hat, desto enger zog sich die Schlinge zusammen. Die Polizei vermutet, dass er stundenlang gelitten hat. Wenn er halb erstickt war, haben die Folterer die Schlinge immer wieder gelockert, um sie dann wieder zusammenzuziehen. Er hat viele Abschürfungen am Hals. An Fuß- und Handgelenken. Er hat sich offenbar vehement gegen die Fesselung gewehrt.«

»Wie meinen Sie das?«

Massina rang erneut nach Atem. »Man hat ihm offensichtlich eine Plastiktüte über den Kopf gestülpt. In so einer Situation hält man, so lange man kann, die Luft an, aber dann setzt sich der Instinkt durch – und man fängt an zu kämpfen! So wie Bepi gefesselt war, zog sich die Schlinge also jedes Mal fester zu, er wurde ohnmächtig, man hat ihm die Tüte abgenommen und die Schlinge wieder gelockert. Und das ein paar Mal hintereinander.

Nur dass man ihm beim letzten Mal die Tüte nicht abgenommen hat.«

Carpenter schwieg. Was hätte er auch sagen sollen?

»Haben Sie jemals so was gehört?«, fragte Massina nach einer Weile.

»Nein ... Sie etwa?«

Massina seufzte. »Nein, ich auch nicht. Aber dass der Umbra dahinter stecken soll, kann ich mir nicht vorstellen. Das sieht mir eher nach Mafia aus.«

Nach einem Schweigen räusperte sich Carpenter. »Nun ...«

»Felice Natale, eh?«

»Ja.«

»Passen Sie auf sich auf.«

»Sie auch. Fröhliche Weihnachten!«

21

Er hatte den Hörer kaum aufgelegt, da schrillte das Telefon wie bei einem Feueralarm.

»Carpenter«, sagte er in dem neutralen Tonfall, in dem er sich üblicherweise meldete, wenn seine Sekretärin gerade Kaffeepause machte.

»Raten Sie mal, wer ...«

»Jimmy! Gut, dass Sie anrufen. Ich muss Ihnen ein paar Dinge ...« Er wollte von Bepi und von seinen Erlebnissen in Neapel berichten, aber Riordan schnitt ihm mit seiner dröhnenden Stimme das Wort ab.

»Sie werden's nicht glauben, der Fall ist eingestellt! Aber wissen Sie was? Ich denke, ich bin da auf was gestoßen.«

Carpenter richtete sich kerzengerade auf.

»Neugierig geworden?«, fragte Riordan mit einem gackernden Lachen.

»Allerdings.«

»Wann können Sie herkommen?«

»Wohin?«

»Nach Prag! Von wo aus, glauben Sie wohl, rufe ich an?«

»Jimmy. Hier ist einiges passiert. Ich kann nicht ...«

»Der Flug dauert 'ne Stunde. Pendelverkehr sozusagen.«

Carpenter merkte, dass Riordan vor lauter Aufregung gar nicht richtig zuhörte. »Warum sagen Sie's mir nicht einfach am Telefon?«

»Hören Sie, es ist mordsmäßig wichtig. Also nehmen Sie den nächsten Flieger, und kommen Sie her.«

»Und Sie sind sicher ...«

»Todsicher. Es ist wichtig.«

Carpenter legte auf und versuchte, seine Gedanken zu ordnen. Er fand, dass er in Rom bleiben und etwas wegen Bepi unternehmen sollte – aber was? Andererseits konnte er in einem Tag wieder in Rom sein. Vielleicht noch früher.

Fünf Stunden später stand Carpenter vor dem Intercontinental-Hotel in der Hauptstadt der Republik Tschechien und schaute auf das, was einst nach Ansicht eines Volkskommissars ein »De-Luxe«-Hotel gewesen war – auf einen gesichtslosen Glas- und Betonklotz.

Carpenter fand Riordan in der Bar an der Seite eines Tschechen mit Ledermantel. Riordan mit seinem vorschriftsmäßigen Anzug und Schlips sah aus wie der Bulle, der er war, während sein Begleiter mehr das Bild eines arbeitslosen Rockmusikers abgab, eines schwindsüchtigen Genies, dessen langes fettiges Haar bis auf die Schultern fiel. Eine Schachtel Trumfs lag auf dem Tisch, umgeben von leeren Flaschen Pilsner Urquell. Carpenter trat auf die beiden wartenden Männer zu.

»Hey Joe!«, rief Riordan und sprang auf. »Joe Carpenter, Franz Janacek.«

Die beiden begrüßten sich. Der Tscheche hatte einen kräftigen Händedruck, schlaffe Augenlider, eine schlechte Haut und eine tiefe, fast unterirdische Stimme.

»Ist mir ein Vergnügen«, sagte Janacek.

»Franz ist ... ja, was eigentlich. Innenminister?«

Janacek grinste. »Noch nicht ganz.« Er zog eine Karte aus dem Mantel und legte sie mitten auf den feuchten Tisch. Carpenter betrachtete sie verblüfft. Janacek war Chef der Prager Kriminalpolizei.

»Ein herrliches Land, oder?«, sagte Riordan. »Ich spendier 'ne Runde.« Er winkte den Ober herbei wie jemand, der an der Reling eines auslaufenden Schiffes steht, während die Familie tränenüberströmt am Kai zurückbleibt.

Die Bar war voller Männer mittleren Alters in dunklen Anzügen. Sie standen in kleinen Gruppen zusammen und debattierten in etwa einem halben Dutzend Sprachen. Offenbar waren alle Raucher. Die Luft roch schwer nach billigem Tabak und teurem Schnaps.

Riordan nickte in ihre Richtung. »Sind alle hier! FBI, KGB – sogar die verdammten kanadischen Mounties. Die *Mounties* – das muss man sich mal vorstellen! Scotland Yard natürlich auch. Und die *gendarmes* – hab vorher noch nie einen Gendarmen gesehen.«

»Bullenparadies«, meinte Janacek und zündete sich eine Zigarette an.

Riordan lachte. »Franz ist ein Hippie.«

Das Bier wurde gebracht, und Carpenter nahm einen Schluck. Es schmeckte köstlich, brannte aber auf seiner aufgeplatzten Lippe. Er stöhnte.

»Was ist passiert?«, fragte Riordan grinsend.

»Bin gestürzt.«

Riordan schnitt eine Grimasse. »Im Ernst?«

»Irgendein Kerl ist in mein Zimmer eingebrochen.«

»Und dann?«

»Er wollte sich nicht festnehmen lassen.«

»Ist er entwischt?«

»Leider, ja.«

»So 'n Pech«, sagte Riordan. »Aber jetzt mal was anderes. Sie fragen sich doch bestimmt, warum ich Sie habe kommen lassen.« Er kicherte wie ein Schuljunge.

Carpenter musste auch lachen. »Sie sind ja betrunken.«

»Na ja, stocknüchtern bin ich nicht mehr. Aber was soll's? Der springende Punkt jedenfalls ist, dass Franz und ich beide an der gleichen Arbeitsgruppe teilnehmen.«

»Über was?«

»Kalte Fälle.«

Carpenter verzog das Gesicht. »Was ist das schon wieder?«

»Ungelöste Mordfälle«, sagte Janacek.

»Weil es keine Beweise gibt«, erklärte Riordan.

»Oder, schlimmer noch, kein Motiv«, fügte Janacek hinzu.

»Eins der größten Probleme«, meinte Riordan. »Was macht man mit kalten Fällen? Außer hoffen, dass sie sich irgendwann irgendwie von selbst lösen?«

»Keine Ahnung«, sagte Carpenter. »Was tun Sie denn?«

Riordan zuckte die Achseln. »Darum geht es ja in der Arbeitsgruppe. Grundsätzlich fangen wir immer wieder von vorn an. Man verhört die Leute x-mal und hofft auf ein Geständnis. Oder auf eine neue Technik, wie die DNS-Tests. Aber meist bleibt ein kalter Fall ein kalter Fall. Und das ist äußerst frustrierend.«

Carpenter schüttelte den Kopf, wie um wieder klar zu werden, was Janacek veranlasste, den Mund zu einem wölfischen Grinsen zu verziehen. »Dann haben Sie also über den Fall meiner Schwester gesprochen«, sagte Carpenter, »und ...«

»Eigentlich nicht«, korrigierte Riordan. »Weil der Fall ja gelöst ist. Wir müssen den Kerl nur noch finden.« Er rülpste. »Wiederfinden«, fügte er hinzu.

»Und warum sollte ich jetzt hierher kommen?«, fragte Carpenter. Riordan ging ihm langsam auf die Nerven.

»Dazu komm ich noch, aber ... okay, die Sache ist die: Jemand aus der Runde hat eine Frage zu Serienmorden gestellt.«

»Eine gute Frage übrigens«, meinte Janacek. »Denn oft haben wir in solchen Fällen eine Leiche – aber kein erkennbares Motiv dazu.«

»Genau. Weil der Killer tut, was er tut – nur um es zu tun«, erklärte Riordan.

»Wie ein Wissenschaftler«, fügte Janacek hinzu. »Ich glaube, bei vielen kalten Fällen ist das so.«

»Also, der Typ aus der Runde, der die Frage gestellt hat, bittet um ein Beispiel. Janacek, bitte, erzählen Sie weiter.«

Der Tscheche beugte sich vor. »Der Fall, den ich anführte, hat sich vor drei, vier Monaten ereignet. Ende August, Anfang September. Eine Familie, die in der Nähe des Stromovkaparks wohnt. Nobles Viertel. Das Verbrechen: Brandstiftung, Mord. Zwei Tote.«

»Und nun hören Sie genau zu«, sagte Riordan. »Die Opfer sind ein kleiner Junge, zweieinhalb Jahre alt, und seine Mutter. Es ist Nacht, sie schlafen, und dann die Brandstiftung. Das Haus brennt bis auf die Grundmauern ab.«

»Es wurden chemische Beschleuniger verwendet. Nichts bleibt übrig«, sagte Janacek. »Nur ein paar Knochen. Zähne. Wir verdächtigen den Ehemann, aber ... nein.«

»Es gibt keine andere Frau, keinen anderen Mann, keine Lebensversicherung«, fügte Riordan hinzu.

Janacek nickte. »Keine Schulden. Nichts.«

»Glückliche Familie«, sagte Riordan.

»Wo war der Ehemann?«, wollte Carpenter wissen.

Janacek winkte ab. »Er hat ein sicheres Alibi.«

»Klingt irgendwie bekannt, was?«, fragte Riordan.

Carpenter nickte. »Und wann genau ist es passiert?«

»Am 1. September.«

Carpenter runzelte die Stirn. Er versuchte, sich an die Stempel in Grimaldis Pass zu erinnern.

»Ich hab's überprüft«, sagte Riordan. »Grimaldi ist kurz vorher nach Tschechien eingereist. Am 29. August.«

Die drei Männer tranken schweigend ihr Bier. »Es könnte Zufall sein«, meinte Carpenter schließlich.

Riordan nickte. »Möglich.«

»Aber glauben Sie, dass es Zufall ist?«, fragte Janacek sachlich.

»Nein«, gab Carpenter zurück.

Janacek nickte, mehr für sich als für die anderen.

»Könnte ich mit dem Ehemann sprechen? Wäre das möglich?«, fragte Carpenter schließlich.

Janacek runzelte die Stirn. »Jiri Reiner? Er kann kein Englisch.«

»Mit Ihrer Hilfe, natürlich.«

Janacek dachte nach. »Und wozu soll das gut sein?«

»Nun, erst mal würde ich gern wissen, ob seine Frau irgendwas mit meiner Schwester zu tun hatte. Oder die Kinder. Irgendeine Verbindung.«

»Welcher Art?«

»Ich weiß nicht.«

Janacek zuckte die Achseln. »Jiri ist noch völlig durcheinander. Der Arzt gibt ihm Beruhigungsmittel. Man fürchtet, er will sich umbringen.« Seine blassen Augen wanderten zu Carpenter. »Könnte man ja auch verstehen. In einer Nacht hat er alles verloren. *Alles.* Seine Frau, seinen Sohn, sein Haus.« Er starrte finster zu Boden.

»Na ja«, sagte Carpenter. »War nur eine Idee.«

Janacek wiegte zweifelnd den Kopf hin und her. »Wissen Sie, Jiri, er ist ...« Er suchte händeringend nach dem richtigen Ausdruck. »Er *kommuniziert* kaum noch, verstehn Sie? Er sagt oft kein Wort.«

Carpenter nickte.

»Trotzdem«, meinte Janacek nachdenklich. »Da die Fälle so ähnlich sind ... Vielleicht sollten wir zusammenarbeiten. Könnte ich eine Kopie vom Pass des Italieners haben?«

Carpenter und Riordan tauschten Blicke. »Ich bin sicher, das kann der Detective arrangieren«, sagte Carpenter.

»... und ein Foto?«

Riordan nickte. »Klar. Kein Problem.«

Janacek trank sein Bier aus und erhob sich. »Okay. Ich frage Jiri beziehungsweise seinen Arzt.« Er zuckte die Achseln. »Wer weiß ...« Damit reichte er Carpenter und Riordan die Hand. »Wir sprechen uns morgen Früh.«

»Danke«, sagte Carpenter.

Der Tscheche wollte schon gehen, drehte sich aber noch einmal um. »Wissen Sie, ein Fall, der von einem Land zum anderen führt, ist schon ungewöhnlich. Aber von einem Kontinent zum anderen ... Ist mir noch nie untergekommen. So was gibt es sonst nur bei Terrorismus, was hier ja nicht der Fall sein dürfte.«

»Wissen wir das sicher?«, fragte Riordan.

»Natürlich.«

»Und woher wissen wir's?«

»Weil es«, warf Carpenter ein, »kein Bekennerschreiben gibt, keine politischen Zusammenhänge.«

»Ich muss gehen«, sagte Janacek, zu Riordan gewandt. »Wenn Sie wieder in den Staaten sind, dann denken Sie dran und fragen Ihr FBI, ob die irgendeinen gemeinsamen Nenner in ihrer Datenbank finden können.«

»Mach ich«, sagte Riordan. »Ich frage *mein* FBI.«

Der nächste Tag war der letzte der Konferenz, und Riordan wie auch Janacek waren bis zum frühen Abend beschäftigt. Später sollte dann ein Bankett stattfinden.

Janacek rief an und ließ Carpenter wissen, dass er sich um ein Treffen mit Reiner bemühe. Sie würden es zeitlich schon irgendwie reinquetschen; er halte ihn auf dem Laufenden.

So musste Carpenter seinen Tag allein gestalten. Es gab zwar einiges zu tun, aber zunächst einmal wollte er eine Runde an der Moldau joggen. Obwohl seine Rippen noch schmerzten, würden ihm ein paar Kilometer am Fluss gut tun, wenn er nur langsam und locker lief.

Als er gemächlich vom Hotel aus startete, konnte er die Luftverschmutzung geradezu schmecken. Es war kalt, und der rußige, metallische Geschmack lag wie Blei auf seiner Zunge. Die Prager Schwerindustrie und die Lage der Stadt in einem Flusstal sorgten für ernste Umweltprobleme, vor allem im Winter.

Das Herz von Prag aber war alt und wunderschön, waren ihm doch Bombenschäden und städtebauliche Erneuerungen im Gegensatz zu den meisten anderen europäischen Hauptstädten erspart geblieben. Als er die berühmte Karlsbrücke erreichte, fing es an zu schneien. Er lief an den Heiligenstandbildern vorüber, die von ihren Sockeln auf die vorbeieilenden Fußgänger hinabblickten. Ein eisiger Wind fegte über den Fluss. Vereinzelte Verkäufer – Postkarten, Fotos, Christbaumschmuck – wärmten sich an winzigen Holzkohlefeuern. Eingemummte Frauen standen vor Plastikwannen mit lebenden Weihnachtskarpfen.

Als er nach ein paar Kilometern am Flussufer wieder auf die Brücke kam, waren die Verkäufer verschwunden. Der Wind hatte sich gelegt. Nasser Schnee bedeckte die nackten Füße und ausgestreckten Arme der Heiligen. Um nicht auszurutschen, legte Carpenter die restliche Strecke zum Hotel gehend zurück.

An der Rezeption erwartete ihn eine Nachricht von Janacek: Das Treffen mit Reiner sollte um acht Uhr abends stattfinden.

Nach dem Duschen schaltete Carpenter seinen Computer ein und ging on line, um via Nexis alle Meldungen über Brandstiftung/Mord-Fälle abzufragen, die Ähnlichkeit mit denen von Kathy und Brandon sowie Jiri Reiners Frau und Sohn hatten.

Nexis war eine gebührenintensive Datenbank mit Beiträgen aus hunderten Publikationen und Nachrichtenagenturen rund um den Globus. Der Browser arbeitete sehr schnell, und sobald man die Begriffe definiert hatte, war es leicht, das Gesuchte zu finden – ob es sich nun um eine Mitteilung von 1980 aus Reuters' Büro in Sofia, um einen Artikel über Serotonin-Forschung im *Journal of Endocrinology* von 1990 oder einen Beitrag über *wadlopen* in der letzten Ausgabe des *Het Parool* handelte.

Carpenter tippte: Brandstiftung *und* Mord *und* Kind.

Wenige Sekunden später las er auf dem Bildschirm, dass über 1000 Nennungen gefunden wurden. Carpenter dachte kurz nach und grenzte die Suche ein, indem er »*und* 1995« hinzufügte. Diesmal waren es 214 Titel – fast alle irrelevant. Es waren hauptsächlich Zusammenstellungen von Mordberichten, in denen die Brandstiftung in keinem Zusammenhang mit dem Kind oder dem späteren Mord stand.

Carpenter definierte seine Suche neu und tippte: Kathleen Carpenter *und* Brandstiftung *und* 1995.

Es erschienen 19 Berichte in verschiedenen Ausgaben der *Washington Post,* der *Washington Times* und des *Fairfax Journal* und von Associated Press – acht aus den ersten drei Tagen nach den Morden, zwei über die Exhumierung und der Rest über »John Does Flucht« und den Polizistenmord. Von da an: nichts.

Die Artikel durchzulesen war äußerst deprimierend, zum einen weil es alte Wunden aufriss, zum anderen weil es ihm die Unzulänglichkeit des Netzes, das er da auswarf, vor Augen führte. Es gab Dutzende von Synonymen für *Kind, Brandstiftung* und *Mord.* Würde er sie alle abrufen, müsste er tausende und abertausende von Berichten durchgehen.

Er beschloss, »Reiner *und* Brandstiftung *und* Prag« einzugeben, doch es kam überhaupt nichts dabei raus. Frustriert kehrte er zu seinem ursprünglichen Suchsystem zurück und stieß nur auf einen Bericht, der möglicherweise von Belang war. Es war ein kurzer Artikel in einem kleinen Lokalblatt von Bressingham, British Columbia, 100 Meilen nördlich von Vancouver. Der Bericht handelte von Brian und Marion Kerr und ihrem dreijährigen Sohn Barry; alle drei waren in einem Feuer umgekommen; die Polizei ging von Brandstiftung aus.

Obwohl es sich nicht, wie im Fall seiner Schwester und der Reiners, nur um eine Frau und ein Kind handelte, machte er einen weiteren Versuch und tippte: Kerr *und* Bressingham *und* Feuer *oder* Brandstiftung.

Da sich die Todesfälle in einer Kleinstadt zugetragen hatten, konnte man davon ausgehen, dass die Sache viel Staub aufgewirbelt hatte. Und so war es auch. Er fand acht Artikel über dasselbe Ereignis und las sie alle. Zwei Tage nach dem Feuer hatte die Polizei bestätigt, es sei Brandstiftung gewesen. Das Feuer war gleichzeitig an drei verschiedenen Stellen ausgebrochen, und die Labortests hatten ergeben, dass chemische Beschleuniger benutzt worden waren. Zeugen berichteten, sie hätten kurz nach Ausbruch des Brandes einen Mann aus dem Haus rennen sehen.

Als Erstes fiel Carpenter auf, dass alle Kinder Jungen waren – jedenfalls bis jetzt. Andererseits passte die Sache mit den Kerrs nicht ganz ins Bild. Carpenter hätte sich erinnert, wenn im Pass von Grimaldi auch ein Einreisevisum für Kanada gewesen wäre. Noch wichtiger war der Zeitpunkt der Tat: der 14. November.

Grimaldi lag damals noch im Krankenhaus. Mit einem Seufzer schaltete Carpenter den Computer aus und rief Judy in seinem Büro in Washington an.

»Hey! Wo steckst du?«

»In Prag.«

»Gib mir deine Nummer. Du solltest immer erreichbar sein!«

Er gab ihr die Nummer.

»Irgendwas Neues über Bepi?«

»Nein.« Die Einzelheiten wollte er ihr lieber ersparen.

»Du glaubst also, es hatte mit dir zu tun?«, fragte sie.

»Ich habe krampfhaft versucht, es mir auszureden, aber allem Anschein nach hat es sehr viel mit diesem Fall zu tun.«

»Dann würde ich sagen: Mach sofort die Fliege! Hau ab von dort!«

»Ich bin ja nicht *dort.* Ich bin in Prag. Das heißt – ich bin noch nicht dort.«

»Warum nicht?«

»Weil es Dinge gibt, die ich erledigen muss – und andere, die du für mich erledigen kannst. Erst mal möchte ich, dass für Bepis Familie gesorgt wird. Eine Art Unterstützung. Genug für Kind und Mutter. Du weißt schon, was ich meine – genug zum Leben.«

»Für wie lange?«

»So lange wie nötig.«

»Das könnte dich viel Geld kosten.«

»Judy: Ich *habe* viel Geld.«

»Verstanden. Was sonst?«

»American Express.«

»Was genau?«

»Erzähl mir alles.«

»Sie wollen wissen, welche Rolle du übernimmst – nach dem Verkauf.«

»Keine.«

»Das möchten sie aber nicht.«

»Ich gehöre nicht mehr dazu. Ich bin draußen.«

»Für den Fall haben sie ein Angebot von zwölffünf, dazu Optionen, die noch mal drei Millionen wert sein müssten. Der Haken dabei ist: Du kannst die Optionen fünf Jahre nicht ausüben. Außerdem wollen sie eine Zusatzklausel, die jeden Wettbewerb untersagt.«

»Kein Problem.«

»Der Unterhändler sagt, wenn du drinbleibst, gehen sie noch sehr viel höher.«

»Sie gehen sowieso höher. Und sag ihnen, ich bin nicht an Optionen interessiert. Ich will das Geld.«

»Hab kapiert.«

»Ich will ausbezahlt werden. Und wenn ich ausbezahlt bin, will ich auch ...«

»... ganz draußen sein.«

Als Nächstes rief er Roy Dunwold an, den Leiter seines Viermannbüros in London. Roy war ein Kind der Arbeiterklasse, aufgewachsen in Derry oder Londonderry, je nachdem von welcher Seite man es sah – auf jeden Fall unter schwierigen Bedingungen. Nach mehreren Autodiebstählen und einer Reihe von Joy-rides – bei einem solchen war er schließlich mit einem Porsche in den Leichenwagen eines IRA-Trauerzugs gerast – hatte er zwei Jahre in einer Jugendhaftanstalt gesessen.

Anschließend kam er zu seiner Tante nach London, einer klarsichtigen Dame, die ein Bed-and-Breakfast-Haus in Kilburn führte und ihn darauf hinwies, dass Autodiebstahl bestenfalls eine Nebenbeschäftigung sei. Er aber brauche einen Beruf.

Und so machte er sich daran, einen zu erlernen, besuchte Abendkurse und später eine der besseren technischen Fachhochschulen. Er entwickelte sich zu einem hervorragenden Studenten und fand nach seinem Examen einen Job beim GCHQ-Cheltenham, einer Regierungsbehörde, die Informationen über das feindliche Ausland sammelte. Nach einem Jahr in der Zentrale wurde Dunwold auf einen Satellitenstützpunkt im Troodosgebirge von Zypern versetzt. Nach fünf Jahren hatte er genug von Retsina und One-Night-Stands und kehrte nach

England, und zwar in die Privatwirtschaft, zurück. Und irgendwann machte ihn Carpenter seinem neuen Arbeitgeber abspenstig, indem er ihm zwar das gleiche Gehalt, dazu aber einen Firmenwagen eigener Wahl anbot.

Dunwold entschied sich für einen Porsche.

Als Carpenter endlich durchkam, ging er gleich in medias res. »Ich weiß nicht, ob Sie informiert sind, aber ich arbeite an einem persönlichen Fall.«

»Ihre Schwester.«

»Und mein Neffe.«

»Ich weiß Bescheid.«

»Was ich jetzt vor allem suche«, sagte Carpenter, »sind ähnliche Fälle von Brandstiftung plus Mord, bei denen auch jeweils ein Kind betroffen ist. Ich habe schon einen zweiten Fall in Prag gefunden und noch einen in Kanada.«

»Sind Sie sicher, dass da ein Zusammenhang besteht?«

»Sicher bin ich nicht.« Pause. »Aber es ist nicht ausgeschlossen. Und ich dachte, Sie könnten mir helfen, weitere Fälle zu finden.«

»Wo?«

»Überall. Fangen Sie in Europa an.«

»England wäre wohl erst mal nahe liegender.«

»Okay. England.«

Dunwold schwieg, räusperte sich dann und sagte: »Da gibt's ein Problem.«

»Und das wäre?«

»Na ja, viele Fälle von Brandstiftung werden gar nicht als solche erkannt. Man schreibt sie anderen Ursachen zu: Kurzschlüssen, glimmenden Zigarettenstummeln oder so was. Da müsste ich jedem Brand, in dem ein Kind umkommt, nachgehen. 'ne ganze Menge Arbeit, wie?«

»Ich weiß.«

»Und in welchem Zeitabschnitt?«

»Alles nach dem 1. August.«

»Okay.«

»Sie könnten auch Interpol einschalten.«

»Ach was! Völlig überflüssig. Das machen wir besser. Wir können da ein paar interessante Datenbanken anzapfen. Auch die Versicherungsgesellschaften helfen einem oft weiter – erfahrungsgemäß. Ich versuch's mal bei Lloyd's.«

»Wie wär's mit der Polizei?«

»Versteht sich von selbst. Polizei, Europol, Scotland Yard.«

»Moment mal. Mir kommt da eine Idee.« Carpenter zog eine Kopie von Grimaldis Pass hervor und suchte die Seiten nach Einreisestempeln der fraglichen Zeitspanne. Bald fand er, was er suchte. »Könnten Sie auch São Paulo prüfen?«

»Brasilien?«

»Genau. Zwischen dem 13. und 18. September letzten Jahres. Und halten Sie mich auf dem Laufenden.«

»Wollen Sie einen schriftlichen Bericht?«

»Nein. Nur die Informationen. Judy weiß, wo ich bin.«

»Und mein Budget?«

»Machen Sie sich darüber keine Gedanken. Tun Sie einfach, was Sie können.«

»Gut, dann fröhliche Weihnachten und das Übliche. Ich melde mich.«

Carpenter traf Janacek und Riordan um halb acht in der Hotelhalle, und eine Dreiviertelstunde später, nach einer halsbrecherischen Fahrt durch den Schnee, standen sie vor dem Aufzug der Pankow-Klinik. Ein Arzt in weißem Kittel führte sie in Jiri Reiners Krankenzimmer. Obwohl es in dem Raum drückend heiß war, saß Reiner warm eingepackt in seinem Bett. Er war völlig abgezehrt, und die Augen wirkten riesig in dem hageren Gesicht.

»Er isst nicht mehr«, flüsterte Janacek. Der Arzt gab ihnen mit einer Geste zu verstehen, dass er ihnen nur wenig Zeit zugestand, und verließ das Zimmer.

Reiner hockte da und starrte Carpenter unverwandt an.

»Nun denn!«, begann Janacek. »Ich werde dolmetschen. Was wollen Sie Pan Reiner – pardon, Herrn Reiner – fragen?«

»Bitte sagen Sie ihm, dass meine Schwester Kathy und ihr kleiner Sohn Brandon am 7. November im Schlaf ermordet wurden. Ihnen wurde die Kehle durchgeschnitten. Dann wurde ihr Haus in Brand gesteckt.« Er musste tief Luft holen. »Irgendwas ging schief, und der Täter sprang mit brennenden Kleidern durchs Fenster.«

Janacek dolmetschte und senkte den Kopf, als er fertig war.

»Trotz schwerer Verbrennungen überlebte der Mann. Bei der polizeilichen Vernehmung verweigerte er die Aussage. Das Motiv für dieses Verbrechen ist völlig unklar.« Er schüttelte den Kopf. »Völlig unklar.«

Carpenter beobachtete Reiner, während Janacek übersetzte, und Reiner erwiderte seinen Blick. Beim Zuhören traten ihm Tränen in die Augen, aber er wischte sie nicht fort. Schließlich antwortete Reiner mit emotionsgeladener Stimme, seine Augen feucht und groß wie die eines Labradors.

»Er fragt«, übersetzte Janacek, »ob Ihre Schwester und ihr Sohn schon vor dem Brand tot waren. Er fragt, ob sie sich nicht gewehrt haben.«

Carpenter verstand, was Reiner wissen wollte. »Nein, sie starben nicht durch das Feuer. Sie wurden mit einem Messer getötet, blitzschnell.« Er beschloss, die Schnittwunden an Kathys Händen nicht zu erwähnen.

Die Augen geschlossen, die Hände über den Knien verschränkt, begann Reiner, sich heftig vor und zurück zu wiegen. Als er die Augen wieder öffnete und sprach, war ihm die Erleichterung vom Gesicht abzulesen: Carpenter begriff, dass er sich mit Bildern von seinem Kind und seiner Frau gequält hatte, wie sie, eingeschlossen und keuchend, bei lebendigem Leibe verbrannten. Nun konnten sich seine Gedanken mit einem anderen, etwas weniger qualvollen Bild beschäftigen. Er sagte etwas zu Janacek, und der Detektiv dolmetschte.

»Er fragt, wer er war, dieser Mann.«

»Ein Italiener mit Namen Franco Grimaldi. Ein Mann mit einer dunklen Vergangenheit. Ein Söldner. Ein Auftragskiller.«

Janacek übersetzte, und Carpenter sah, wie sich Reiners Gesicht verzerrte, als er Grimaldis Namen hörte. Er biss sich auf die Unterlippe und schüttelte traurig den Kopf.

»Sagen Sie ihm, Grimaldis Pass beweist, dass er in Prag war, als Reiners Frau und Kind ermordet wurden.«

»Das habe ich ihm schon gesagt«, sagte Janacek gereizt.

»Dann sagen Sie's ihm noch einmal.«

Wieder schüttelte Reiner ratlos den Kopf und tippte sich dreimal an die Stirn, wie um zu sagen, dass er darauf keine Antwort wusste.

Carpenter zeigte ihm ein Foto von seiner Schwester und fragte, ob sich die beiden Frauen gekannt hatten. War Hana Reiner jemals in den Vereinigten Staaten gewesen? Doch der arme Mann konnte immer nur den Kopf schütteln und murmeln: *»Ne, ne. Nevim. Nevim.«* Schließlich zog Reiner unter seinem Kissen ein kleines gerahmtes Foto von seiner Frau und seinem Sohn hervor. Der herzförmige Rahmen war aus Silber. Carpenter betrachtete das Bild und schüttelte den Kopf. Als der Arzt erschien und sie wegschicken wollte, verlangte Reiner mit energischer Stimme nach Carpenters Adresse und Telefonnummer. Carpenter reichte ihm seine Karte. Dann trat er ans Krankenbett und ergriff Reiners abgezehrte Hand.

»Ich werde es klären«, sagte er, ihn fest anblickend. Reiner drückte die Hand an seine Brust, schloss die Augen und sagte: *»Dekuji moc. Dekuji moc.«*

»Das heißt ›vielen Dank‹«, übersetzte Janacek.

»Hab verstanden.«

Schon mit der Beruhigungsspritze bewaffnet, die er seinem Patienten geben wollte, machte ihnen der Arzt ein ungeduldiges Zeichen zu gehen. An der Tür drehte sich Carpenter noch einmal um, und da kam plötzlich ein Gedanke. »Eine Frage noch«, sagte er.

Janacek winkte ab, aber Carpenter sah, wie Reiner den Arm des Arztes wegstieß.

»Prosim«, sagte er, in Carpenters Richtung gestikulierend.

»Fragen Sie ihn, ob seine Frau jemals in Italien war.«

Kathy war ein halbes Dutzend Mal in Italien gewesen, und Carpenter begann sich zu fragen, ob sie – oder etwa Hana Reiner – Grimaldi dort getroffen hatte. Janacek stellte die Frage, und etwas Sonderbares geschah.

Reiner sah weg.

Vielleicht deutete Carpenter es falsch, aber es kam ihm so vor, als wäre Reiner die Frage unangenehm. Mit gesenktem Kopf murmelte er etwas.

»Er sagt, sie waren nur einmal dort«, übersetzte Janacek. »Im Urlaub. Aber jetzt müssen wir gehen.«

Carpenter nickte, die Hand zum Abschiedsgruß gehoben. Der Mann im Krankenbett drückte das gerahmte Foto an die Lippen, den Blick immer noch abgewandt.

22

Am nächsten Morgen fuhr Carpenter Riordan durch den dichten Prager Verkehr zum Flughafen. Der Detective war ungewöhnlich schweigsam.

»Ich muss Ihnen was erzählen«, sagte Carpenter. »Es geht um ...«

»Schreien Sie doch nicht so.«

»Ich schreie nicht, ich rede ganz normal.«

Riordan stöhnte, als sich Carpenter in den Kreisverkehr einfädelte, rasch die Spur wechselte und dann mit Vollgas die Richtung zum Flughafen einschlug.

»Bitte nicht!«, jammerte Riordan.

»Der Sünde Sold«, antwortete Carpenter mitleidslos. »Wie viele Drinks haben Sie sich gestern Abend genehmigt?«

Riordan antwortete nicht gleich, so als würde er zählen. »Was ist schon ein Drink?«, knurrte er schließlich.

Je weiter sie sich vom Stadtzentrum entfernten, um so trostloser wurde die Architektur. Stein wich Beton, Ornamentik unverbindlicher Modernität. Selbst die Fenster wirkten sonderbar leer.

Riordan holte tief Luft und stieß einen Laut aus, als wäre ihm ein Rippenschlag versetzt worden. Dann richtete er sich auf und räusperte sich. »Okay«, sagte er schließlich. »Was wollten Sie mir erzählen?«

Carpenter warf ihm einen Seitenblick zu. »Italien.«

»Italien bedeutet Campari ... Was ist also damit?«

Carpenter seufzte. Wo sollte er anfangen? Bepi. »Der junge Mann, der mir in Rom geholfen hat, ist umgebracht worden. Vorher wurde er noch gefoltert. Das war vor zwei, drei Tagen.«

Riordan dachte eine Weile nach. »Und Sie glauben, es hat was mit Ihnen zu tun?«

»Ich denke schon, bin aber nicht sicher. Und am Abend vorher war ein Kerl in meinem Hotelzimmer, ein wahrer Hüne.«

»War das, als Sie ›gestürzt‹ sind?«

»Genau. Und ich glaube, er hätte mich ins Jenseits befördert, wenn das Zimmermädchen nicht zufällig aufgekreuzt wäre.«

»Gott, Gott! Was wollte der Kerl denn von Ihnen?«

»Das ist es ja: Ich hab keine Ahnung. Als ich reinkam, hockte er vor meinem eingeschalteten Computer, den Telefonhörer in der Hand.«

Während sie weiter in östlicher Richtung fuhren, riss plötzlich der Himmel auf, und grelles Sonnenlicht flutete durch die Windschutzscheibe. Riordan schnitt eine dermaßen Mitleid erregende Grimasse, dass Carpenter lachen musste.

»O Mann, Sie sehn beschissen aus!«

Riordan blickte ihn mit rot unterlaufenen Augen an. »Ich kann nichts dafür«, sagte er. »Es war auf dem Bankett. Jeder musste jedem zuprosten. Wir *mussten* trinken, wissen Sie – auf die Ehre von jedem Land. Wodka auf die Russen. Scotch auf die Schotten. Den Rest krieg ich nicht mehr ganz auf die Reihe.« Er dachte nach. »Ach ja, an Slibowitz kann ich mich auch noch erinnern.«

»Sie sind doch wohl ein bisschen zu alt für solche Scherze, oder?«

Riordan überging die Frage mit missmutiger Miene. »Und warum glaubte dieser Kerl, Sie wüssten etwas?«

Carpenter schüttelte den Kopf. »Wir waren zu laut.«

»Wir?«

»Mein Mitarbeiter – Bepi –, der umgebracht wurde. Wir haben Grimaldis alte Wohnungen aufgesucht, und wir haben mit seiner Schwester gesprochen ...«

»Und was haben Sie rausgefunden?«

»Dass er vor etwa fünf Jahren eine religiöse Bekehrung hatte.«

»Dass ich nicht lache! Und *wovon* zum Teufel ist er konvertiert?«

»Er war eine Art Spion. Irgendwas Paramilitärisches.«

»Wirklich?«

»Ja. Er hat Menschen getötet.«

»Und woher wissen Sie das?«

Carpenter sah ihn nur an.

»Woher wissen Sie das?«, wiederholte Riordan.

»Ich hab einen Freund, der arbeitet ... für einen Geheimdienst. Er hat mir eine Akte gezeigt.«

»Aha. Und wann darf ich mir die mal ansehen?«

»Gar nicht.«

»Warum nicht?«

»Weil die Akte weg ist.«

Riordan knurrte vor Wut oder Kopfweh oder beidem. »Und *wozu* ist er konvertiert?«, fragte er schließlich.

»Umbra Domini. Er hat sein ganzes Vermögen einer religiösen Gemeinschaft geschenkt, die sich Umbra Domini nennt.«

»Schatten des Herrn«, sagte Riordan.

Carpenter sah ihn verblüfft an. »Sie können Latein?«

»Nur ein paar Brocken.«

»Das Sonderbare ist – erinnern Sie sich an die telegrafische Überweisung auf Grimaldis Konto?«

»Ja ...?«

»Das Geld kam vom Umbra Domini.«

Riordan kicherte. »Das ist ja ’n Ding! Und wie haben Sie das wieder rausbekommen? Bei uns haben die Schweizer noch nie die kleinste Info rausgerückt.«

Carpenter zuckte die Achseln. »Alter Freundschaftsdienst sozusagen.«

Riordan klopfte mit dem Fuß auf den Boden. Dann hielt er plötzlich inne. »He, Moment mal. Die telegrafische Überweisung. Von der habe ich Ihnen nie erzählt.«

Carpenter wechselte die Fahrspur. »Da vorn ist schon der Flughafen.«

Riordan seufzte. »Ich hab ja immer gewusst, dass Sie's waren.«

Als sie auf den Terminal zufuhren, erzählte Carpenter von seiner Reise nach Neapel und wie die Weihwasserflasche aus della Torres Tasche gefallen war. »Sie sah genauso aus wie Grimaldis Flasche«, sagte er.

»Und was soll ich jetzt damit anfangen?«, fragte Riordan. »Wollen Sie mir weismachen, dass diese Umbras, oder wie die heißen, Grimaldi bezahlt haben, damit er Ihre Schwester umbringt?«

»Und meinen Neffen.«

»Ach, kommen Sie!«

»Und Jiri Reiners Familie. Und vielleicht noch andere.«

»Sind Sie verrückt? Warum sollten die das tun?« Riordan sah auf die Uhr und wühlte in seiner Aktentasche. »Ich sollte mir diesen Quatsch vielleicht trotzdem notieren.«

»Nicht nötig. Ich habe eine kleine Infomappe für Sie. Ich suche schnell einen Parkplatz. Wir treffen uns drinnen. Bestellen Sie mir einen Kaffee.«

»Okay, ich warte in der Bar.«

Eine Viertelstunde später fühlte sich Riordan bereits viel besser. »Wovon kommt das wohl?«, fragte er. »Vom Tomatensaft oder vom Wodka?«

»Ich würde sagen, vom Wodka«, sagte Carpenter und schob Riordan einen Umschlag über den Tisch. Riordan zog seine Lesebrille hervor und blätterte in den Umbra-Broschüren und Zeitungsartikeln.

»Okay«, sagte Riordan schließlich. »Danke für den Hinweis.

Jetzt brauch ich also nur noch zu meinem Chef zu gehen und ihm zu sagen, die Katholiken hätten's getan. Können Sie sich vorstellen, wie das ankommt?«

»Hier geht's nicht um die Katholiken«, entgegnete Carpenter. »Es geht um eine Organisation – die übrigens ein Gemeinschaftshaus bei Washington besitzt. Irgendwo bei Frederick. Vielleicht sollten Sie das mal überprüfen.«

»Okay.« Riordan runzelte die Stirn. »Aber ich muss es dem FBI verklickern. Seitdem sich Grimaldi die Krankenschwester geschnappt hat, hat mir der FBI einen Babysitter verpasst.« Er schaute Carpenter so tief in die Augen, dass er fast schielte, ergriff seine Hand und drückte sie fest. »Derek Watson heißt der, Joe. Joe ist doch richtig, oder? Wir tun unser Bestes. Wirklich unser Bestes!« Riordan ließ seine Hand los und schloss die Augen. »Derek«, sagte er, »ich hab diesen Derek um mich rum, sobald ich zurück bin.«

»Dann verklickern Sie's Derek.«

»Man könnte meinen, die vom FBI hätten Besseres zu tun.«

Carpenter zuckte die Achseln, trank einen Schluck Kaffee und wechselte das Thema. »Ich wollte Sie noch was fragen.«

»Schießen Sie los.« Riordan rührte mit einer Selleriestange in seiner Bloody Mary.

»Wir haben schon mal drüber gesprochen, über die Krankenschwester, Juliette, und dass sie zufällig ihre Autoschlüssel in der Tasche hatte, als sie mit Grimaldi im Aufzug war. Es war alles so ... praktisch für ihn. Haben Sie diese Juliette mal danach gefragt?«

Riordan überlegte. »Nein, eigentlich nicht. Ich weiß, ich hatte es versprochen, aber sie war dermaßen fertig, als wir sie verhört haben, und dann ... dann kam Derek dazu und hat die Sache sozusagen übernommen. Deshalb habe ich nur fünf Minuten mit ihr gesprochen.« Er zuckte die Achseln. »Obwohl ich Derek auf die Schlüssel hingewiesen habe ... weil Sie ja danach gefragt hatten.«

»Und ...?«

»Ich weiß nicht ... Er hat's mir irgendwie ausgeredet. Hat gesagt, er hätte *seine* Schlüssel immer in der Tasche. Warum sie dann nicht auch? Aber ob er sie gefragt hat? Keine Ahnung.« Der Detective ließ das Eis in seinem Glas klirren und bestellte per Handzeichen einen weiteren Drink.

»Würden Sie dem bitte noch mal nachgehen?«

Riordan kritzelte etwas auf den Umschlag, den Carpenter ihm gegeben hatte: *Juliette: Schlüssel.*

»Wo wohnt sie eigentlich?«, wollte Carpenter wissen. »In der Nähe der Klinik oder ...«

»Nein.« Riordan schüttelte den Kopf. »Irgendwo weiter draußen. Hagerstown ...« Pause. »Emmittsburg.«

Ihre Blicke begegneten sich.

»Nördlich von Frederick«, sagte Carpenter.

»Stimmt. Ich weiß noch, dass sie sagte, sie wollte sich eine Wohnung näher beim Krankenhaus suchen, weil ihr das Hin- und Herfahren auf die Nerven geht. Obwohl das noch gar nicht lange der Fall war.«

»Wieso?«

»Weil sie neu war. Hat ihren Job dort erst zwei Wochen vorher angetreten.«

»Moment mal. Soll das heißen, sie hat erst angefangen, *nachdem* Grimaldi eingeliefert wurde?«

Riordan rieb sich die Augen. »Genau. Sie kam von ... ich weiß nicht mehr woher. Jedenfalls ganz schönes Pech, was? Grad zwei Wochen im Dienst – und jemand packt sie. Ist immer noch in Therapie, die Arme.«

»Sie ist nicht wieder zur Arbeit erschienen?«

Riordan schüttelte den Kopf und gähnte. »Ich weiß, was Sie denken«, sagte er. »Sie ist erst zwei Wochen im Dienst, sie hat ihre Autoschlüssel dabei ...«

»Und sie wohnt zufälligerweise dort, wo der Umbra Domini so eine Art Wohngemeinschaft hat.«

Riordan nickte seufzend. »Sie haben ja Recht. Ich gehe der Sache nach. Okay? Aber machen Sie sich nicht allzu große Hoffnungen.« Er leerte sein Glas. »Sind Sie Weihnachten wieder in den Staaten?«

»Nein.«

»Warum nicht?«

Carpenter zuckte die Achseln. »Ich möchte jetzt nicht, dass Sie in Tränen ausbrechen, aber – was soll ich zu Hause? Ich hab niemand mehr. Die ganze Familie ist tot – außer mir.«

»Wohin also?«

»Ich weiß noch nicht. Wahrscheinlich zurück nach Rom.«

»Rom! Was reden Sie da von Rom? Gerade haben Sie mir erzählt, dass Ihr Mitarbeiter dort umgebracht wurde. Sind Sie lebensmüde oder was?«

»Niemand vermutet mich in Rom. Dort bin ich sicherer als irgendwo sonst. Wenn jemand hinter mir her ist, dann sucht er mich in den Staaten. Da würde *ich* jedenfalls suchen.«

Ehe Riordan antworten konnte, wurde sein Flug ausgerufen. Carpenter begleitete ihn bis zur Sicherheitssperre.

»Wissen Sie, diese Sache mit Ihrem Freund«, sagte Riordan. »Dem Burschen in Rom ...«

»Bepi.«

»Ja ...« Riordan hielt inne, um Pass und Flugticket vorzuzeigen. »Die Leichen häufen sich, finden Sie nicht?« Der Beamte stempelte seinen Pass und schob ihn mit einem gelangweilten Lächeln zurück. Weiter vorn leerte ein glatzköpfiger Mann seine Taschen, während eine Blondine darauf wartete, ihn abzutasten.

»Ihre Schwester und Ihr Neffe«, sagte Riordan, »das sind schon mal zwei. Dwayne Nummer drei. Bepi – wenn es Ihretwegen war – Nummer vier. Mit der Frau in Prag und ihrem Kind wären es sechs.« Stirnrunzelnd hob er den Kopf wie ein Hund, der auf ein fernes Geräusch lauscht.

Er wollte etwas sagen, aber der Beamte machte ihm ein Zeichen weiterzugehen. Der glatzköpfige Mann hatte die Sperre längst passiert, und hinter Riordan stauten sich die Reisenden. Er legte seine Aktentasche auf das Förderband, streckte die Arme hoch und bewegte sich vorwärts. Unter dem Rahmen des Metalldetektors drehte er sich, zum Ärger seiner Hintermänner, noch einmal um.

»Halten Sie mich auf dem Laufenden, okay? Der Kerl, der dahinter steckt, dieser Grimaldi, ist ein echter Satan.«

23

Weihnachten kam und ging, und nichts geschah. Anders als in Amerika wurden die Festtage in Italien geradezu geruhsam und besinnlich begangen.

Für Carpenter war es eine sonderbar losgelöste Zeit. Er mietete eine Suite in einem obskuren Hotel in der Nähe der Villa-Borghese-Gärten. Er ließ sich in einer Zahnklinik von einem eingebürgerten Engländer die Reste des Zahns entfernen, den er in Neapel eingebüßt hatte. Er suchte einen Radiologen auf und erfuhr, dass seine Rippen zwar geprellt, aber nicht gebrochen waren.

Er aß allein in abgelegenen Trattorien, las ein Penguin-Taschenbuch nach dem anderen, ging spät schlafen und joggte jeden Morgen. Er hätte wegen Bepi zur Polizei gehen können, aber Woody redete ihm das in einem kurzen Telefongespräch aus. Gut, der SISMI war gesäubert worden. Aber wie gründlich? Grimaldi hatte zweifellos noch Freunde dort. Und wer wusste, welche Verbindungen es zwischen SISMI und dem Umbra Domini gab? Besser Zurückhaltung üben und abwarten, bis sich die Wellen geglättet hatten.

Er hielt sich daran und wartete geduldig das Ende der Weihnachtszeit ab. Jeden zweiten Tag rief er von einem Münztelefon am Bahnhof aus in den Staaten an. Es gab nichts Neues. Selbst die Verhandlungen mit American Express waren auf Anfang Januar vertagt. »Niemand arbeitet richtig«, klagte Judy. »Alles wird aufgeschoben.« Carpenter sagte, er habe Verständnis dafür. Und er hatte Verständnis.

Er hörte auch regelmäßig seinen Anrufbeantworter ab. Es waren ein halbes Dutzend Einladungen drauf und doppelt so viele Lass-uns-in-Kontakt-bleiben-Anrufe und Festtagsgrüße von guten und weniger guten Bekannten. Monica hinterließ einen oberflächlich herzlichen Gruß, Claire einen steifen, feindseligen. Er erwog, die beiden anzurufen, ließ es dann aber, weil er ihnen nichts zu sagen hatte.

Manchmal saß er abends in seinem alten Brokatsessel und dachte an sein Haus in McLean. Aus der *Herald Tribune* wusste er, dass es dort stark geschneit hatte. Weiße Weihnachten! Er stellte sich die Auffahrt und die kleine Brücke, den Fluss und die weiß überzuckerten Bäume vor und das blasse Nachtlicht, vom Schnee erhellt, das durch die Atriumfenster drang.

Manchmal dachte er auch an Kathy und Brandon. Dabei fiel es ihm oft schwer, sich ihre Gesichter vorzustellen. Der Gedanke an Brandon bedrückte ihn. Er war ein so sonniges Kerlchen – gewesen. Er hätte Spaß an dem vielen Schnee gehabt. In einem Jahr hätte er angefangen, Fußball zu spielen, und Carpenter hatte sich schon darauf gefreut, es ihm beizubringen. Brandon brauchte einen Vater, auch wenn es nur ein Ersatzvater war, und wer wäre geeigneter gewesen als Joe Carpenter, eins der beiden Gründungsmitglieder der Allianz?

Und dann Grimaldi. Und nach Grimaldi Thermit. *Thermit.*

Carpenter schob das Bild beiseite und versuchte, es durch Harmloseres zu ersetzen. Die Post, die sich inzwischen in dem Korb stapeln musste, den die Haushälterin benutzte, wenn er auf Reisen war. Ein Berg von Zeitschriften, Katalogen und Glückwunschkarten von Anwaltskanzleien in Washington, New York, London und Los Angeles. Und während er in seinem Bett lag und an die Decke starrte, wurde ihm zum ersten Mal bewusst, dass er nicht besonders darauf erpicht war, nach Hause zurückzukehren.

Heute nicht, morgen nicht, vielleicht nie mehr.

Auch nach Sightseeing war ihm nicht zu Mute. Er hatte einmal die Bibliothek des Vatikans und die Sixtinische Kapelle aufgesucht. Beides hatte ihn beeindruckt, aber er interessierte sich allmählich für nichts mehr – außer für Grimaldi. Er löste das Kreuzworträtsel in der *Herald Tribune* und trank übermäßig viel Rotwein zum Abendessen.

Und dann kam Silvester, der traditionelle Anlass, sich hinzusetzen und das vergangene Jahr Revue passieren zu lassen und für das kommende gute Vorsätze zu schmieden. Er wartete bis acht und aß dann allein in einer Trattoria einen Häuserblock vom Hotel entfernt. Es gab eingelegte Calamari, Fenchelsalat, Ravioli mit Spinat- und Pinienkernfüllung, Lammfleisch mit Ei-Zitronen-Sauce und zum Dessert Tiramisu. Dazu ein Glas Vin Santo auf Kosten des Hauses.

Der Wein war ausgezeichnet, und Carpenter ließ ein beachtliches Trinkgeld zurück. Auf dem Rückweg zum Hotel entdeckte er eine alte Kellerbar mit Backsteinrundbögen und einem riesigen Fernsehapparat. Die Bar war von Arbeitern bevölkert. Die einzigen weiblichen Wesen waren zwei aufreizend gekleidete junge Frauen mit künstlichen Wimpern und knallroten Fingernägeln. Keine Prostituierten, eher Partygirls. Sie lachten viel und laut, aber es wirkte unnatürlich und verstärkte bei ihm das Gefühl der Einsamkeit.

Fußballspieler rannten über den Bildschirm. Florenz gegen Rom. Ein Video. Offensichtlich hatte Rom gewonnen, denn die Männer fieberten jeder Heldentat ihrer Mannschaft entgegen und mokierten sich über den unfähigen Kommentator.

Gegen elf winkte Carpenter den Kellner herbei, um eine Runde Champagner für die ganze Bar zu schmeißen. Als die Gläser verteilt und mit Hilfe zweier Gäste der Moët & Chandon eingeschenkt war, hoben alle ihre Gläser und prosteten Carpenter lauthals zu. Er spendierte eine zweite Runde, und als er die dritte bestellen wollte, schüttelte der Kellner stumm den Kopf und schrieb auf einen Zettel:

Moët & Chandon: Lire 80 000
Asti Spumante: Lire 20 000

Dann gab er ihm mit Gesten zu verstehen, dass die Männer zu betrunken seien, um den Unterschied zu bemerken. Carpenter ließ sich überzeugen, und so wurde Asti Spumante ausgeschenkt, was der festlichen Stimmung tatsächlich keinen Abbruch tat. Schließlich war Mitternacht, und das neue Jahr wurde mit Lachen und Klatschen begrüßt. Als sich Carpenter schließlich – kaum weniger betrunken als die anderen – auf den Weg machte, wurde er unter lautstarkem Beifall, einer Reihe von Glückwünschen, die er nicht verstand, und einem kollektiven »*Buona fortuna*« verabschiedet. Dann ging er, nachdem er dem Kellner ein Trinkgeld von mindestens 200 Dollar zugesteckt hatte.

Punkt acht Uhr morgens schrillte das Telefon neben seinem Bett. Als er sich mühsam umdrehte, fiel ihm ein, dass ihn beim Verlassen der Bar eine der beiden Frauen geküsst hatte. Hoffentlich hatte er sie nicht mit ins Hotel genommen, weil, nun ... schließlich sprach er ja kein Italienisch.

O verdammt, dachte er, ich hab keinen Kater. Ich bin noch betrunken.

»Hallöchen!«, dröhnte Roy Dunwolds fröhliche Stimme aus dem Hörer. »Hab Sie doch nicht geweckt, oder?«

»Natürlich nicht. Ich war gerade bei ... bei der Morgenandacht.«

»Wohl 'ne lange Nacht gewesen?«, lachte Dunwold. »Soll ich später noch mal anrufen? Macht mir ehrlich nichts aus.«

»Nein, nein! Bin hellwach.« Carpenter richtete sich auf, und die Welt ringsum begann sich zu drehen.

»Hört sich zwar nicht so an, aber wie Sie meinen. Ich rufe an, weil ich endlich was für Sie habe.«

»Hmmm.«

»Zunächst: Brasilien.«

»Hmmm?«

»He, hören Sie zu?«

»Ganz Ohr.«

»Der Fall in Rio. Danny, mein Kumpel, ist drauf gestoßen.« Roy sprach im Telegrammstil. Wahrscheinlich fasste er einen längeren Text zusammen. »Feuer, 17. September, zwei Uhr morgens, Eigentumswohnung in Leblon.«

»Wo ist das?«

»Schickes Viertel, gleich am Strand ... Jetzt kommt's: Kind, gerade vier Jahre alt, stirbt in Flammen, außerdem die Mutter und das dänische Hausmädchen ... Feuer greift auf Nachbarwohnungen über ... Sonst aber niemand ernsthaft verletzt. Geschätzter Schaden am Gebäude ... Hier! ›Verdacht auf Brandstiftung.‹«

Carpenter wiegte den Kopf. »Donnerwetter«, sagte er.

»Moment, bin noch nicht fertig.« Carpenter hörte das Rascheln von Blättern. »Die Sachverständigen sind sicher, dass es Brandstiftung war. Zur Familie: Name Peña. Beide Ehepartner Spitzenverdiener. Sie ist Psychiaterin ... er Direktor bei Rio Tino Zinc, Sheraton Hotels und so weiter.«

»Und das Kind? Junge, Mädchen ...«

»Junge, einziges Kind.«

»O Gott«, murmelte Carpenter.

»Bin noch nicht fertig! Hab noch 'nen anderen auf Lager.«

»Einen anderen was?«

»Was wohl? Einen anderen verdammten Fall, der in Ihr Muster passt. Noch ein Junge ...«

»Wann?«, fragte Carpenter. »Wo?«

»Oktober. Matilda Henderson und Sohn Martin. Und zwar hier, in London.«

Das Flugzeug nach London war fast leer. Kein Wunder am Neujahrstag. Heathrow war ähnlich trostlos. Trotzdem wäre er, nach Passieren des Zolls, fast an Roy vorbeigelaufen.

Roy besaß die Gabe der Unauffälligkeit – sehr nützlich für einen Detektiv. Er war ein unscheinbarer Typ, der sich selbst als »Durchschnittsjedermann und früher mal jung« bezeichnete. Aber das reichte als Erklärung nicht aus. Carpenter hatte ihn einmal darauf angesprochen, und Roy hatte auf eine Art genickt, die erkennen ließ, dass ihm das Thema vertraut war. »Es ist nicht, was man gemeinhin als ›gottgegebenes Talent‹ bezeichnet«, hatte er geantwortet. »Aber nur so habe ich meine Teenager-Jahre überlebt.«

Während Carpenter noch die leere Halle absuchte, stand Roy urplötzlich an seiner Seite. Er trug einen schweren Tweedmantel und einen groben Schal, der aussah, als wäre er von einem Anfänger gestrickt worden.

»Schönes neues Jahr«, sagte Roy ihm direkt ins Ohr, griff nach seiner Reisetasche und führte ihn nach draußen.

Roy stellte seinen Wagen immer im Parkverbot ab – diesmal hinter einem Bus, direkt vor dem Eingang –, doch offenbar bekam er nie ein Strafmandat. Es war ein marineblauer Porsche, den Roy fuhr, seitdem er für Carpenter arbeitete.

Unterwegs erzählte ihm Roy von den Hendersons. Die Frau, Matilda, war dank Erbschaft plus Scheidung zu Reichtum gekommen. Sie verkehrte in Intellektuellenkreisen und schrieb Romane, die sich nicht gut verkauften, aber immerhin Preise erhielten.

»Nie von ihr gehört«, sagte Carpenter.

»Ich auch nicht. Aber sie fing an, sich einen Namen zu machen. Ich hab ihren Nachruf gelesen, ein paar Interviews gesehen. Sie hat ihren Sohn mit einundvierzig bekommen. Im *Guardian* stand, die Geburt des Kindes habe auch die Schleusen der Fruchtbarkeit in ihrem literarischen Schaffen geöffnet.«

»Was ist mit dem Ehemann?«, fragte Carpenter.

»Kein Ehemann. Hat das Kind allein gekriegt. Ist in eine dieser Kliniken gegangen, na ja, Sie wissen schon.«

»Was für Kliniken?«

»Na, wo man Frauen ein Kind macht. Profimäßig.«

Moment, dachte Carpenter.

Aber Roy sprach weiter. »Ich finde so was unnatürlich, wenn Sie mich fragen. Statt ein bisschen Spaß zu haben, wie von Gott gewollt, ist so was – na ja, eiskalt, finden Sie nicht? Ich sag ja nicht, dass es falsch ist, *aber* ... Manche von diesen Frauen gehen zu einer Samenbank und sehen sich Schnappschüsse an! Fotos von den ›Spendern‹! Und dann lesen sie nach über den, dessen Nase ihnen am besten gefällt. Größe, Gewicht, IQ, Augenfarbe, Ausbildung – sie suchen sich den Papa aus wie eine Tapete!«

Carpenter fühlte sich an das Gespräch mit Riordan erinnert. *Kein Vater? Dann erzählen Sie mal, wie das funktioniert hat!*

Roy plapperte weiter, aber Carpenter dachte an Kathy, und eine Idee nahm in seinem Kopf Gestalt an. Auch Kathy hatte ihr Kind in einer Fertilitätsklinik empfangen. Vielleicht war das der kleinste gemeinsame Nenner. Vielleicht war Grimaldi der Samenspender. Vielleicht war er durchgedreht und machte Jagd auf seine Sprösslinge.

»Was würde unser guter alter Darwin dazu sagen?«, plapperte Roy. »Er würde es *unnatürliche* Auslese nennen.«

Carpenter lehnte sich in den Beifahrersitz zurück und hing seinen eigenen Gedanken nach. Die Idee, Grimaldi könnte ein verrückter, rachsüchtiger Samenspender sein, hatte er inzwischen verworfen. Das bot keine Erklärung für Bepis Tod. Für den Umbra Domini. Für Brandons Exhumierung.

Es war sonderbar, wie sich seine Stimmung seit dem Morgen verändert hatte. Roys Bericht über den Fall in London hatte ihn hellwach und so neugierig gemacht, dass er den nächsten Flug nach Heathrow genommen hatte. Diese Fertilitätskliniken mussten etwas mit der Sache zu tun haben, auch die Religion, daran bestand kein Zweifel, nur was genau, das blieb ein Rätsel. Plötzlich fühlte er sich todmüde und sehnte sich nur noch danach, zu duschen und dann zu schlafen.

Der Porsche bog in den St. James Place und hielt vor dem Duke's. »Da wären wir«, sagte Roy. »Tut mir Leid, wenn ich wieder mal zu viel gequasselt habe. Demnächst stelle ich mich am Speaker's Corner auf eine Apfelsinenkiste.«

»Kein Problem«, meinte Carpenter. »Waren ein paar gute Anregungen dabei.«

Ein Portier in Livree kam zum Wagen geeilt.

»Moment noch.« Roy griff nach einem Umschlag auf dem Rücksitz. »Hier ist das gesamte Material über den Fall Henderson und den in Brasilien. Außerdem habe ich zwei Termine für uns arrangiert.«

»Mit wem?«

»Mit Matilda Hendersons Schwester und mit ihrer besten Freundin, der Patentante des Jungen.« Roy legte den ersten Gang ein. »Morgen gegen zehn?«

Carpenter nickte, und als er ausstieg, zuckte ein Blitz am Himmel, dicht gefolgt von einem Donnerschlag. Der Portier bedachte ihn mit einem vorwurfsvollen Blick, als wäre es seine Schuld.

24

Matilda Hendersons Schwester Honor empfing sie mit kühler Höflichkeit. Sie war etwa fünfzig und trug das graue Haar im Bürstenschnitt, dazu schwere Ohrringe, eine modische, aber hässliche Brille und weite Pluderhosen, die Carpenter an den Zeichentrickfilm *Aladin* erinnerten, den er zusammen mit Brandon gesehen hatte. Ihre Wohnung in Chelsea war ganz in Schwarz, Weiß und Grau gehalten. Sie bot ihnen nichts zu trinken an, sondern hieß sie mit einer knappen Handbewegung auf unbequemen Stühlen aus Drahtgeflecht Platz zu nehmen.

»Ich bin hier, weil wir etwas gemeinsam haben«, begann Carpenter.

Sie hob skeptisch die Brauen.

Trotz ihrer kühlen Reaktion brach er nicht ab, sondern berichtete, wie seine Schwester und sein Neffe zu Tode gekommen waren. Roy schaltete sich gelegentlich ein, während Carpenter die ganze Geschichte aufrollte, angefangen bei dem Tag, als er von Kathys Tod erfuhr, bis hin zum heutigen Morgen. Als er fertig war, herrschte bedrückendes Schweigen.

»Ich weiß immer noch nicht, weshalb Sie hier sind, Mr. Carpenter«, sagte sie schließlich.

Roy Dunwold fiel schier die Kinnlade runter, Carpenter aber beugte sich zu ihr vor. »Ich dachte mir, es wäre doch *möglich*«, begann er, »dass es irgendwelche Parallelen zwischen meiner

Geschichte …« er zögerte, »und der Ihrer Schwester und Ihres Neffen gibt …«

»Meine Schwester und ihr Sohn wurden von einem Verrückten ermordet, während sie schliefen. Es könnte *Ihr* Verrückter gewesen sein, aber was ändert das schon?«

Carpenter starrte sie entgeistert an. »Sie wollen nicht, dass der Täter gefunden und bestraft wird?«

Sie zuckte die Achseln. »Er muss damit leben«, sagte sie frostig. »Genauso wie O. J.« Sie erhob sich. »Wissen Sie, ich bin Buddhistin und glaube, dass sich all diese Dinge mit der Zeit von selbst klären. Meine Schwester und ich standen uns nicht mehr sehr nahe, was Ihnen andere gewiss gern ausführlicher erklären. Und wäre ich nicht auf den Bahamas gewesen, als es passierte – man hätte mich sicher verdächtigt.«

»Eher unwahrscheinlich«, warf Roy ein, »aber es war ja immerhin von einer Erbschaft die Rede.«

Sie warf ihm einen vernichtenden Blick zu. »Das Geld habe ich wohl kaum nötig. Ich beabsichtige, damit eine Stiftung für einen Literaturpreis in Matildas Namen zu gründen. Aber wenn ich Sie jetzt bitten dürfte …« Sie schaute auf die Uhr. »Ich habe noch einen Termin.«

Carpenter war jedoch fest entschlossen, ihr alles, was sie wusste, zu entlocken, und sei es nur, um sie nicht noch einmal aufsuchen zu müssen.

»Warum sollte man Sie verdächtigen?«

»Meine Schwester hat mich schwer enttäuscht. Wir lebten hier jahrelang vollkommen harmonisch zusammen. Ich malte, sie schrieb. Wir waren glücklich und zufrieden – bis sie auf diese absurde Idee verfiel, unbedingt ein Kind haben zu müssen.«

»Sie waren dagegen?«

»Natürlich war ich dagegen, und schließlich musste ich Matilda bitten, sich eine eigene Wohnung zu suchen. Als er geboren war, der kleine Martin, war Matilda nicht wiederzuerkennen. Sie sprach nur noch von Windeln und Spielzeug, Brustentzündung und selbst gekochter Babynahrung. Man konnte kein vernünftiges Gespräch mehr mit ihr führen.« Plötzlich hielt sie inne und errötete. »Es ist vorbei. Ich habe meine Trauerarbeit geleistet, und ich rate Ihnen, Mr. Carpenter, das Gleiche zu tun. Aber wenn Sie mich jetzt entschuldigen würden ...« Sie wies zur Tür.

Auf der Schwelle wandte sich Carpenter plötzlich um. »Wissen Sie, welche Fertilitätsklinik sie aufgesucht hat?«

Ein tiefer Seufzer. »Mein Gott, daran kann ich mich nicht mehr erinnern. Sie ist von Pontius zu Pilatus gelaufen. Sie war in den Staaten; sie war in Dubai – das muss man sich mal vorstellen! Ich glaube, es waren ein halbes Dutzend verschiedene Adressen. Sie faselte nur noch von Schleimhautverdickung und Ovulationszyklen und maß ständig die Temperatur in ihrer Vagina.« Sie verzog angeekelt das Gesicht.

»War sie auch in Italien?«, fragte Carpenter. »Der Mann, der meine Schwester umgebracht hat, kam aus Italien.«

»Ich weiß nicht. Wir haben uns nicht mehr vertragen. Jetzt, *bitte.* Ich habe einen Termin.«

Die Tür fiel ins Schloss.

»Alte Giftnatter«, zischte Roy. »Wahrscheinlich hat doch sie die beiden umgebracht.«

Matilda Hendersons beste Freundin, Kara Baker, lebte im Süden Londons, jenseits der Themse im Stadtteil Barnes. Roy lenkte den Porsche durch den dichten Verkehr und machte häufig Gebrauch von seiner Hupe. Als sie eben über die Hammersmith Bridge fuhren, klingelte sein Autotelefon.

»Verdammt«, knurrte Roy, »hat man denn nie seine Ruhe?« Er hob ab, lauschte und sagte schließlich mit resignierter Stimme: »Okay, wenn's sein muss. Ruf mich in einer Stunde dort an.«

Einer von Roys Mitarbeitern saß in Leeds fest, nachdem er Schwierigkeiten mit der dortigen Polizei bekommen hatte. Roy musste Carpenter leider absetzen.

Mit seinem Ententeich und seinem Kricketplatz hatte Barnes einen fast dörflichen Charakter. Das Haus, in dem Kara Baker wohnte, war ein stattlicher Ziegelbau, umgeben von einer alten Buchsbaumhecke. Der Eingang wurde von zwei kleinen steinernen Löwen bewacht, die rote Schleifen um den Hals trugen.

Die Frau, die Carpenter die Tür öffnete, hätte der Schwester von Matilda Henderson kaum unähnlicher sein können. Sie war Ende dreißig und umwerfend schön mit strahlend blauen Augen, einer ungebändigten roten Lockenmähne und betont weiblichen Körperformen.

Auch die Art, wie ihr Haus eingerichtet war, hatte nichts mit dem unterkühlten Design der Wohnung in Chelsea gemein. Hier teilten sich Antiquitäten und moderne Möbel in ungestörter Harmonie den Raum; alte orientalische Teppiche auf den Holzfußböden; Kunstgegenstände aus allen Epochen in den Regalen; und überall Grünpflanzen, die sich Säulen empor- und Treppengeländer hinunterranken und ungehindert Nadeln und Blätter abwerfen durften.

Es herrschte ein gemütliches Chaos: Zeitungen, Bücher, Tassen und Teller, Hüte und Handschuhe lagen herum. Eine rote Wärmflasche lümmelte sich in einem Sessel, eine Tüte Kartoffelchips ruhte auf dem Klavierhocker.

Sie entschuldigte sich für die Unordnung, schleuderte ihre Schuhe in eine Ecke und ging auf Strümpfen voraus in die Küche. »Kaffee?«

Carpenter hockte an einem alten Bauerntisch in der geräumigen Wohnküche, während sie den Kaffee bereitete.

»Sie waren also schon bei Honor?«

»Sie war nicht besonders hilfsbereit.«

»Arme Honny«, sagte sie mit einem Seufzer. »Sie gibt sich so eiskalt, dabei ist sie in Wirklichkeit wie gelähmt vor Kummer. Ich mache mir ernsthaft Sorgen um sie.«

Carpenter zögerte. »Dann hat sie mich zum Narren gehalten.«

»Ja, ich weiß; sie kann ein richtiges Biest sein. Aber glauben Sie mir, Matilda war der einzige Mensch auf der Welt, der ihr etwas bedeutet hat. Und Martin.«

Carpenter glaubte, nicht richtig gehört zu haben. »Mir hat sie aber was ganz anderes erzählt.«

»Unsinn«, erwiderte Kara, die nach zwei sauberen Tassen suchte. »Deshalb bin ich auch so um sie besorgt. Sie haben ihre Wohnung gesehen, haben gesehen, wie beherrscht und perfektionistisch sie ist. Warten Sie – ich will Ihnen eine von ihren Zeichnungen zeigen.« Sie stellte das Kaffeetablett auf den Tisch – zwei angeschlagene Becher, eine Zuckerdose aus Alabaster und eine Milchtüte –, verschwand und kehrte mit einer großen gerahmten Skizze vom Piccadilly Circus zurück.

»Sehen Sie«, sagte Kara. »Genauso ist Honny.«

Es war eine interessante Zeichnung, die Komposition gekonnt, die Perspektive bestechend, aber alles war so peinlich genau, so ins Detail gehend, dass es den Betrachter irgendwie kalt ließ.

»Ich verstehe, was Sie meinen.«

Kara rührte mit dem Zeigefinger in ihrem Kaffee und leckte ihn dann ab. »Honor steckt in einer ›Verleugnungsphase‹, wie die Psychologen das nennen. Nur dass sie nicht den Tod der beiden leugnet, sondern ihren eigenen Kummer.« Sie trank einen Schluck Kaffee und stöhnte fast vor Genuss.

Der Kaffee war sehr, sehr gut, und Kara Baker war sehr attraktiv. Dass ihn diese Attraktivität merkwürdig gleichgültig ließ, ärgerte ihn geradezu, denn Kara war eine Frau, die er normalerweise begehrt hätte.

»Hmm«, machte Kara Baker, den Kaffeebecher in beiden Händen. Die Brauen hochgezogen, sah sie ihn an und wartete, dass er etwas sagte.

»Mir hat Honor erzählt, sie hätte Matilda vor die Tür gesetzt – wegen des Kindes«, sagte Carpenter. »Dass sie sich entfremdet hätten, weil ihre Schwester schwanger war.«

»Quatsch«, sagte Kara. »Honor war begeistert von dem Gedanken an ein Baby. Sie hat sich eingehend mit den neuesten Techniken und Erfolgsraten der verschiedenen Kliniken beschäftigt. Sie hat x Gynäkologen aufgesucht und um Rat gefragt.

Sie hat alle Termine für Matilda arrangiert, hat Medikamenteneinnahme und Diät überwacht.«

Carpenter schüttelte den Kopf. »Das alles hört sich nicht nach der Frau an, die ich gesehen habe.«

»Sie können es ja nachprüfen, wenn Sie mir nicht glauben.« Sie beugte sich zu ihm vor. »Matilda hat in ihrem Testament bestimmt, dass Honor Martins Vormund sein sollte, falls ihr selbst etwas zustieße. Das mit dem Ausziehen war Matildas Idee gewesen. Sie hatte Sorge, dass Honor mit einem Baby in der Nähe nicht würde arbeiten können. Aber sie suchten schon nach einem gemeinsamen Landhaus für die Wochenenden. Und dann ...«

Sie brach plötzlich ab, und ihre Augen füllten sich mit Tränen. »Entschuldigen Sie, aber Matilda fehlt mir so sehr. Wir waren seit unserer Kindheit befreundet und stellten uns vor, als alte Damen gemeinsame Reisen in die Provence oder Toskana zu machen, Riesenhüte zu tragen und ...«

Sie verlor die Fassung, schlug schluchzend die Hände vors Gesicht und eilte zur Tür hinaus. »Verzeihen Sie. Ich bin gleich wieder da.«

Allein in der Küche, dachte Carpenter über den Verlauf ihres Gesprächs nach. Es war die ganze Zeit nur um die Beziehung der beiden Henderson-Schwestern gegangen. Jetzt musste er die Unterhaltung in eine andere Richtung lenken, damit er ihr die Fragen stellen konnte, derentwegen er gekommen war. Wer ein Interesse daran gehabt haben könnte, ihre Freundin umzubringen. Ob es Gerüchte, Verdächtige gegeben hatte. Schließlich würde er ihr seine eigene Geschichte erzählen und sehen, ob ihr irgendwelche Parallelen auffielen.

Er spülte die Kaffeebecher ab und wollte die Milchtüte in den Kühlschrank räumen. An die Kühlschranktür waren mit kleinen Magneten gut zwei Dutzend Postkarten geheftet – ein ganzer Reisekatalog. Die Tür klemmte, und als er sie mit einem Ruck aufzog, fiel eine der Karten zu Boden. Er bückte sich, hob sie auf und ... traute seinen Augen nicht! Genau die gleiche Karte hatte er vor Jahren von Kathy bekommen!

Es war ein Foto von einer italienischen Landschaft mit einem Städtchen im Hintergrund, das, umgeben von einem mittelalterlichen Wall, auf einem Hügel thronte. In dieses Foto war ein zweites eingefügt, das ein hübsches altes Hotel zeigte. *Pensione Aquila* stand darunter.

Er konnte sich noch gut an die Karte erinnern: Kathy hatte mit wenigen Strichen eine nackte Frau gezeichnet, die den Arm hochstreckte, Zeige- und Mittelfinger zum Victory-Zeichen gespreizt. Unterschrieben hatte sie mit dem alten auf der Seite liegenden A der Allianz.

Vor der Reise nach Italien hatte er versucht, Kathy zum Aufgeben der »Jagd nach dem Baby« zu bewegen. Inzwischen hatte sie fast 60 000 Dollar und drei Jahre ihres Lebens damit vergeudet. Das hatte sie ausgezehrt, körperlich wie auch seelisch, und sie schien immer zerbrechlicher zu werden.

Nach dem Eintreffen der Postkarte hatte er befürchtet, Kathys Glück würde mit einer weiteren Enttäuschung enden. Sie hatte schon einmal eine Fehlgeburt gehabt und war völlig niedergeschmettert und untröstlich gewesen.

Als Kara Baker in die Küche zurückkam, las Carpenter gerade, was auf der Rückseite ihrer Postkarte stand:

Liebe K,
wunderbar hier und so friedlich. Felder voller Sonnenblumen, so weit das Auge reicht. Drück mir die Daumen.
Alles Liebe – Matilda

Kara Baker hatte etwas sagen wollen, war aber auf der Schwelle stehen geblieben, offenbar fassungslos über das schlechte Benehmen ihres Besuchers. Ihr Mund lächelte schwach, aber ihre Augen waren kalt. »Ich glaube, Sie gehen jetzt besser.«

»Tut mir Leid«, sagte er und hielt die Postkarte wie ein Beweisstück hoch. »Ich weiß. Ich lese Ihre Post. Ich ... ich wollte die Milch in den Eisschrank stellen, da ist diese Karte runtergefallen ...«

Sie hatte heftig geweint. Ihre Augen waren gerötet, ihr Gesicht war fleckig. Sie ergriff die Karte, las sie und warf sie auf den Tisch. Sie nagte an der Unterlippe und holte tief Luft.

»Das ist die Stadt. Wo die Klinik war. Wo Matilda mit Martin schwanger wurde. Drum habe ich die Karte aufgehoben.«

»Montecastello di Peglia.«

Offenbar hatte sie ihn nicht gehört.

»Ich war übrigens dort, um ihr gewissermaßen Händchen zu halten. Es war sehr hübsch, ein typisches umbrisches Städtchen.« Noch ein tiefer Atemzug. »Und sie war *so ... glücklich.* Ich hatte eine Flasche Champagner mitgebracht, aber natürlich hatte ich vergessen ... sie wollte nicht einen Schluck trinken. Also sind wir mit dem Taxi zur Klinik gefahren und haben die ganze Flasche vor dem Eingang ausgekippt.«

»Wie viel hat Roy Ihnen erzählt?«, fragte er.

Sie blickte ihn verständnislos an. »Welcher Roy?« Dann erinnerte sie sich. »Ach ja. Ihr Kollege.«

»Hat er Ihnen erzählt, warum ich hier bin?«

Sie fuhr sich mit der Hand durchs Haar und runzelte die Stirn. »Irgendwas mit Ihrer Schwester und deren Baby. Dass vielleicht ein Zusammenhang mit Matildas Tod besteht.«

»Der Grund, weshalb ich die Postkarte gelesen habe ...«

»Ach, lassen Sie. Ist schon gut.«

»Nein, hören Sie zu. Meine Schwester hat mir die gleiche Karte geschickt.«

»...«

»Dort sei sie endlich schwanger geworden – nach jahrelangen Versuchen.«

Sie schluckte. »Genau wie Matilda. Die Clinica Baresi.« Sie sah ihn mit fragenden Augen an. »Und Sie denken jetzt ... was eigentlich? Ich hab keine Vorstellung.«

Er schüttelte den Kopf. »Ich weiß nicht, was ich denken soll. Aber es ist doch seltsam, oder? Hat Matilda niemals den Namen Grimaldi erwähnt? Franco Grimaldi?«

Kara schüttelte den Kopf. »Nein.«

Er fragte, ob er rasch telefonieren dürfe. Sie sah ihn befremdet an, zuckte die Achseln und deutete auf das Telefon. »Ich glaube, ich nehme inzwischen ein Bad«, sagte sie und verschwand.

Es dauerte über zehn Minuten, bis er endlich Kommissar Janacek in Prag am Apparat hatte.

»Ne?«, meldete sich Janacek.

»Hallo, hier ist Joe Carpenter, Jim Riordans Freund.«

»Natürlich«, kam die Antwort steif. »Schönes neues Jahr.«

Carpenter erzählte ihm von seiner Entdeckung. »Ich habe noch eine einzige Frage an Jiri Reiner«, sagte er. »Ist seine Frau in eine Fertilitätsklinik gegangen, um schwanger zu werden? Wenn ja, in welche? Ich möchte wissen, ob es die Clinica Baresi in Italien war.« Er erklärte, warum.

»Ich frage Pan Reiner«, sagte Franz Janacek. »Sie rufen zurück?«

»Aber sicher!«

»Oder wollen Sie warten? Ich rufe ihn von einem anderen Apparat aus an.«

»Noch besser.«

Den Hörer in der Hand, wartete Carpenter ein paar Minuten und ging alle Möglichkeiten in seinem Kopf durch. Wenn Jiri Reiners Frau ihr Kind in der Clinica Baresi empfangen hatte, war der Zusammenhang nicht länger zu leugnen. Irgendwer spürte die Kinder, die dort empfangen worden waren, auf und brachte sie um, eins nach dem anderen. Ein Mord an unschuldigen Kindern. Aber warum?

Janacek meldete sich wieder. »Hallo? Pan Carpenter?«

Carpenter hielt den Atem an. »Ja?«

»Jiri – er wollte zuerst nicht antworten, fragte, warum ich das wissen will.«

»Gut, also ...«

»Ich sage: ›Jiri, Ihre Familie ist *ermordet* worden. Beantworten Sie mir diese Frage!‹ Er sagt, wie schlecht er sich vorkommt ... als Mann. Schließlich sagt er, warum er sich schlecht vorkommt. Weil seine Frau nicht von ihm schwanger geworden ist. Sondern von einem Arzt. Ich muss weiterbohren: ›Welcher Arzt?‹ – ›Wo?‹ Ich traue ihm nicht, also sage ich ihm auch den Namen nicht, den Sie mir genannt haben. Dann hätte er vielleicht mit ja oder nein geantwortet, je nach Laune. Aber schließlich sagte er mir: Klinik Baresi in Italien.«

Carpenter holte tief Luft: »Ich ... ich kann's einfach nicht fassen!«

»Fahren Sie hin?«, fragte Janacek. »Zu der Klinik?«

»Es ist meine nächste Station«, sagte Carpenter und versprach, Janacek auf dem Laufenden zu halten.

Als er auflegte, kam Kara Baker in die Küche zurück. Sie sah frisch aus in ihrem langen weißen Frotteebademantel. Sie berührte seinen Arm und gab ihm durch einen Blick zu verstehen, dass sie unter dem Bademantel nackt war.

Zu seiner eigenen Überraschung schüttelte er den Kopf. Sie war wirklich eine außergewöhnliche Frau, doch statt ihr Angebot anzunehmen, erzählte er ihr, was er von Janacek erfahren hatte, und dankte ihr für den Kaffee und ihre Hilfe.

»Sie wissen gar nicht, wie sehr Sie mir geholfen haben. Ich hätte Monate gebraucht ...«

»Freut mich«, kam die Antwort mit einer Stimme, die keine Gefühlsregung verriet.

Carpenter schaute sie an und seufzte. »Ich muss gehen«, sagte er. Und ging.

25

Carpenter stand am Fenster seines Hotelzimmers, ein Glas Scotch in der Hand, und lauschte dem nächtlichen Regen, der an die Scheiben prasselte. Dabei ging er in Gedanken durch, was er bis jetzt in Erfahrung gebracht hatte. Kinder, in einer italienischen Fertilitätsklinik empfangen, wurden umgebracht. Von einem religiösen Fanatiker. Der offenbar für eine dubiose katholische Sekte mit Namen Umbra Domini arbeitete.

Aber die Rolle des Umbra Domini blieb unklar. Dass Bepi gerade Nachforschungen über die Sekte anstellte, als er ermordet wurde, legte den Verdacht nahe ... Carpenter dürfte jedoch nicht Bepis einziger Klient gewesen sein; vielleicht arbeitete er ja noch an anderen Fällen. Für den Besuch des Schranks in seinem Hotelzimmer in Neapel war sicher della Torre verantwortlich, aber auch dafür gab es keine Beweise. Und dann waren da die Weihwasserflaschen, die Grimaldi und della Torre bei sich trugen. So sonderbar diese Tatsache sein mochte, als Beweis reichte sie nicht aus. Vielleicht waren solche Flaschen ein Geschenk für besonders eifrige Anhänger, die »Blauen«, gewesen. Vielleicht war das Wasser darin geweiht, von della Torre oder dem Papst. Vielleicht stammte es aus Lourdes.

Blieb noch die telegrafische Überweisung.

Für welchen Zweck das Geld bestimmt war, wusste er nicht. Vielleicht hatte es mit Grimaldis Arbeit für Salve Caelo zu tun und diente zum Kauf von Waffen oder zur Bestechung der Serben. Aber das waren bloße Spekulationen. Die Überweisung war direkt vor den Kindermorden erfolgt, aber das konnte auch ein Zufall sein.

Carpenter ließ die Eiswürfel in seinem Glas klirren und nahm einen kräftigen Schluck Scotch. Er wusste heute mehr als vor einem Monat, aber es lief immer noch alles auf die eine Frage hinaus: *Warum?* Warum reiste jemand – dazu vielleicht ein gläubiger Mensch – quer durch die Welt und brachte Kinder um?

Und was den Umbra Domini betraf: Warum sollte eine religiöse Gemeinschaft, und sei sie noch so reaktionär, Kindern den Krieg erklären? Die Broschüren der Sekte sprachen sich gegen moderne Reproduktionstechniken aus, aber das war kaum ein Aufruf zum Mord. Irgendetwas anderes war im Spiel, eine finstere Macht. Aber welche?

Er schaltete seinen Laptop ein und fertigte anhand seiner handschriftlichen Notizen ein paar Memos über die Mordfälle Henderson und Peña an. Er sicherte die Datei auf seiner Festplatte, verschlüsselte sie, ging on line und legte sie über Modem auf seinem Computer zu Hause ab. Dann schickte er eine E-Mail an Judy, damit sie wusste, wo sie ihn in den nächsten Tagen erreichen würde.

Gegen vier Uhr fuhr Carpenter durch die mittelalterlichen Tore von Todi, einem malerischen Städtchen, das sich an einen Berghang über der umbrischen Ebene schmiegte. Im Verkehrsbüro, unweit des Hauptplatzes, wollte er eine Straßenkarte der Region kaufen, und so folgte er den Hinweisschildern zum *Centro*. Von einem ungeduldigen Taxi bedrängt, holperte er im Zickzack die immer schmaleren Gassen hinauf, bis er schließlich auf die berühmte *Piazza del Popolo*, das Herzstück der Stadt mit seinen *palazzi* aus dem 13. Jahrhundert, gelangte.

Er fand einen Parkplatz, der über dem Abgrund zu schweben schien und in nördlicher Richtung auf Perugia blickte. Sofort kam ein Wärter in grüner Uniform herbeigeeilt und verlangte Geld. Carpenter hob die Schultern und ließ den Mann mehrere

Lirescheine aus seinem Portemonnaie ziehen. Der Mann nahm 6000 Lire und steckte einen der 1000-Lire-Scheine zwischen seine gichtigen Finger. Dann hob er eine Braue und deutete auf seine Brust. Carpenter verstand – ein Trinkgeld – und nickte. Der Wärter schrieb einen halben Roman auf einen schmalen weißen Papierstreifen und klemmte ihn unter den Scheibenwischer.

»Touristeninformation?«, fragte Carpenter.

»Ahhhh, *sì*«, antwortete der Mann. *»Sì, sì.«* Woraufhin er eine dreiminütige Wegbeschreibung vom Stapel ließ, die in einer spiralähnlichen Bewegung seines Handgelenks gipfelte.

Nachdem er der Beschreibung, die er gar nicht verstanden hatte, gefolgt war, landete er zu seinem eigenen Erstaunen direkt vor der Tür des Fremdenverkehrsamts. Die Angestellte sprach wenig bis kein Englisch, aber sie wusste, was er wollte. Flink huschte sie von einem hölzernen Aktenschrank zum nächsten und überreichte ihm dann eine detaillierte Straßenkarte von Umbrien, einen Plan von Todi und Umgebung (einschließlich Montecastello), eine Liste mit den Festen und Festivals, ein kleines Poster mit den Wappen der Stadt und vier Postkarten der Region.

Carpenter dankte ihr, nahm Stift und Papier von ihrem Tisch und schrieb die Worte: *Clinica Baresi – Montecastello?*

Die Frau runzelte die Stirn und setzte zu einer lebhaften Pantomime an, wobei ihre Hände in die Höhe schossen, sich kreuzten und zu den Seiten hinabschnellten. Dann hustete sie, rieb sich die Augen und sagte: »Puff!«

Carpenter hatte nicht die leiseste Ahnung, was sie ihm zu erklären versuchte, gab aber vor, zu verstehen: »*Sì, sì.* Kein Problem.«

Die Frau bedachte ihn mit einem skeptischen Blick, zuckte die Achseln und zeichnete auf seiner Karte den Weg zur Klinik und den zur Pensione Aquila ein. Sie markierte beide Zielorte mit einem Sternchen und reichte ihm die Karte mit einem *»Buona Sera«*.

Carpenter ging zum Parkplatz zurück, breitete die Karte auf dem Beifahrersitz aus und schlug die angegebene Richtung ein. Die Straße führte ihn durchs Stadttor hinaus, dann auf einer Serpentinenstraße hinunter in die Ebene und weiter an einem schmalen Fluss entlang.

Nach acht Kilometern gelangte er an eine Agip-Tankstelle. Der Fluss war an dieser Stelle keine zwanzig Meter breit, war aber auf seiner Karte als der mächtige Tiber ausgezeichnet; ein Schild auf der Brücke nannte seinen italienischen Namen: *Tevere.*

Er bog links ab und fuhr mehrere Kilometer, bis sich der Weg hinter einer Baumschule gabelte. Er hielt am Straßenrand und blickte erneut auf die Karte. Rechts ging es nach Montecastello, das etwa dreihundert Meter über der Flussebene auf einer Felskuppel thronte. Er erkannte es von der Postkarte an Kara Bakers Kühlschrank her: Das Foto war mit Sicherheit ganz in der Nähe aufgenommen worden.

Links musste es nach der Markierung der Frau zur Klinik gehen. Und so folgte er dem leicht ansteigenden Weg, der an Stoppelfeldern, Olivenhainen und vereinzelten Gehöften vorbeiführte.

Zu seiner Linken entdeckte er zwei massive Steinsäulen mit einem Schild, auf dem in eleganten Lettern der Name *Clinica Baresi* prangte. Er bog in die zederngesäumte Einfahrt und gelangte nach etwa einem halben Kilometer auf einen Hügel.

Dann sah er das Gebäude – oder das, was davon übrig geblieben war –, und er begriff, was ihm die Frau im Fremdenverkehrsamt hatte erklären wollen.

Rauch. Feuer. Puff!

Die Clinica Baresi war so weit niedergebrannt, wie es für ein Steinhaus überhaupt möglich war. Wo die Hitze den Mörtel gesprengt hatte, waren die Steine zu geschwärzten Haufen zusammengefallen, sodass von der rechten Gebäudehälfte nichts geblieben war als ein grauer Schornstein, umgeben von Schutt. Die Westseite war mehr oder weniger intakt, aber zum Himmel offen. Ohne Dach, Fenster und Türen wirkte die Ruine viel älter, als sie in Wirklichkeit wohl war.

Er stellte den Motor ab und stieg aus.

Der Anblick der abgebrannten Klinik erinnerte ihn an jenen schrecklichen Morgen, als er sich Kathys Haus genähert hatte und ihm der Geruch von verbranntem Holz und geschmolzenem Plastik in die Nase gestiegen war. Er sah das Haus noch genau vor sich, ein Trümmerhaufen aus verkohltem Bauholz und verbogenem, angelaufenem Metall.

Der Anblick der Klinik erinnerte ihn auch an Brandons geschändetes Grab: den umgekippten Stein, die niedergetrampelten Blumen, die schwarzen Aschestreifen.

Und wie er so dastand, überkam ihn plötzlich ein Gefühl unbeschreiblicher Hilflosigkeit. Wohin er auch kam, um nach Antworten zu suchen, fand er verbrannte Erde vor. Jetzt auch die Clinica Baresi. Dabei war er endlich auf eine heiße Spur gestoßen, auf den Punkt, an dem alle Fäden zusammenzulaufen schienen.

Mutlosigkeit überfiel ihn, und er musste sich an seinen Wagen lehnen. Und zum ersten Mal seit dem Tod seiner Schwester kamen ihm ernsthafte Zweifel, dass er je erfahren würde, warum sie und Brandon umgebracht worden waren.

Deprimiert fuhr er an die Weggabelung zurück und schlug die Abzweigung nach Montecastello ein. Die Sonne war eben untergegangen, und gegen den flammendroten Himmel wirkte die Stadt aus der Ferne wie eine Festung.

Sanft erst, dann immer steiler wand sich die Straße hinauf zu der ummauerten Stadt auf dem Hügel. Carpenter, der vom dritten in den zweiten und dann in den ersten Gang schalten musste, hatte ein Auge auf den langsam steigenden Temperaturanzeiger des Motors. Nach etwa zehn Minuten erreichte er ein ebenes Areal außerhalb der Stadtmauern.

Es war eine Art Warteraum im Freien vor den Toren der Stadt. Ein paar Häuser klebten am Hang über einem winzigen Park, in dem Frauen mit spielenden Kindern an einem hübschen Brunnen saßen. Den Rest der ebenen Fläche nahm ein Parkplatz ein, von dem fünf Stellplätze für die *Pensione Aquila* reserviert waren. Davor ein roter Kasten, auf den in weißen Lettern das Wort MAPPA gemalt war. Er hob den Deckel und zog ein Kärtchen heraus.

Die Karte bestand aus einem handgemalten Stadtplan, der den Weg zur Pension anzeigte, und einer Zeichnung von einem Pagen auf der Rückseite: gestreifte Hosen, breites Lächeln und ein Hut mit der Aufschrift AQUILA. Mit zwei Koffern in der einen, zwei in der anderen Hand und einem fünften unter den Arm geklemmt, sah man ihn den Parkplatz verlassen. Eine gekonnte Art der Werbung, dachte Carpenter. Trotzdem brauchte er keinen Pagen.

Er schlenderte bis an den Rand des Parkplatzes und blickte über den Abgrund. Unten sah er den Tiber, wie er sich durch die Landschaft schlängelte, und, in der Ferne, die Lichter von Todi. Von unten drangen Kinderstimmen herauf, und nachdem er sich noch weiter vorbeugte, entdeckte er zu seinem Erstaunen ein kleines Fußballfeld. Ein Dutzend Jungen trainierten darauf im schwindenden Abendlicht.

Das Feld klebte regelrecht am Hang, wobei eine Hälfte auf einem natürlichen Vorsprung gleichsam ins Leere ragte. Das gesamte Feld war mit einem Drahtnetz überspannt, das von Metallpfeilern getragen wurde – eine notwendige Vorkehrung, um zu verhindern, dass die Bälle ins Tal flogen. Normalerweise hätte Carpenter eine Weile zugeschaut, aber er wollte die Pension erreichen, bevor es richtig dunkel wurde.

Offensichtlich waren Autos in dem Städtchen nicht zugelassen, und als er vor dem Stadttor stand, wurde ihm klar, warum. Autos hätten gar nicht hineingepasst – nirgends. Er trat durch einen schmalen Tunnel, der die Stadtmauer durchschnitt, und gelangte zur »Via Maggiore«, einer steilen Steintreppe, die wiederum in eine mittelalterliche »Straße« mündete, so eng, dass er mit ausgestreckten Armen die Hausmauern zu beiden Seiten hätte berühren können. Ein Stück weiter führte die Gasse durch das Erdgeschoss eines grauen Steingebäudes hindurch auf einen winzigen Platz. Und dort erblickte Carpenter, vom steilen Anstieg schwer atmend, das ovale Schild, das neben einer massiven Holztür angebracht war und mit leuchtenden Lettern verkündete:

PENSIONE AQUILA

Carpenter war überrascht. Bei *pensioni* handelte es sich im Allgemeinen um bescheidene Unterkünfte, das Aquila aber war ein elegantes Gebäude und mochte früher einmal ein kleiner Palast gewesen sein.

An der alten geschnitzten Tür hing ein kleines Schild: ENTRATA, und so trat Carpenter in die spärlich möblierte, marmorgeflieste Eingangshalle: zwei Gobelins an den Wänden, ein schwarzer Flügel in einer Ecke, mehrere alte Perserteppiche am Boden verstreut. Hinter einer großen Holztheke saß ein Mann um die fünfzig. Er hatte lockiges, graues Haar und trug ein elegantes marineblaues Sakko. Er war fast zu schön, um wahr zu sein.

»*Prego?*«, fragte der Mann.

Noch immer außer Atem, ging Carpenter auf den Empfang zu. Seine Rippen pochten vor Schmerz. »Joe Carpenter«, sagte er und suchte nach dem italienischen Wort für »Vorbestellung«, als ihn der Mann zu seinem Erstaunen auf Englisch begrüßte.

»O ja. Herzlich willkommen in Aquila«, sagte er mit britischem Akzent. »Noch weiteres Gepäck? Ich kann Tonio runterschicken.«

»Sie sprechen Englisch«, rief Carpenter.

»Nun ... ja«, sagte der Mann.

»Verzeihen Sie, ich war einfach nur überrascht.«

»Das sind die meisten Gäste. Man hört nicht viel Englisch in Montecastello, das heißt ... im Sommer schwappt eine kleine Touristenwelle aus dem Reich des Chianti zu uns herüber.«

Carpenter lachte. »Toskana?«

»Genau. Dort hört man – wenigstens im August – nichts als Englisch.« Er lächelte. »Wir haben hier im Allgemeinen wenig Touristen und noch weniger im Januar.« Er hielt inne, um Carpenter Gelegenheit zu der Erklärung zu geben, weshalb er mitten im Winter nach Montecastello gekommen war. Carpenter erwiderte sein Lächeln, schwieg aber. »Nun, dann tragen Sie sich bitte ins Gästebuch ein. Und überlassen Sie mir Ihren Pass für ein paar Stunden. Ich zeige Ihnen gleich Ihr Zimmer.« Er drehte das Gästebuch zu Carpenter herum, öffnete es und reichte Carpenter einen Stift.

Dass der Mann Englisch sprach, war ein Glücksfall. Von ihm würde er vielleicht etwas über die Clinica Baresi und ihren Leiter erfahren. Zunächst aber wollte er duschen und sich etwas ausruhen.

Er folgte dem Mann durch einen Flur, an dessen Wänden gusseiserne Leuchter in Form eines Adlers prangten, dessen Krallen weiße Kerzen umfassten.

Das Zimmer war geräumig und mit Antiquitäten eingerichtet. Der Mann deutete auf einen wurmstichigen Schrank: »Falls Sie den Fernseher suchen, der ist da drin.« So alt der Raum auch sein mochte, er war mit neuen Heizkörpern und einem modernen marmorgefliesten Bad ausgestattet. Carpenter entdeckte sogar einen geheizten Handtuchständer und einen weißen Frotteebademantel am Türhaken.

»Sie sind überrascht?«, fragte der Mann.

»Begeistert trifft es besser«, antwortete Carpenter.

Der Mann verbeugte sich dankend und öffnete die Tür, die auf einen kleinen Balkon führte. Sie traten hinaus. Es war schon fast finster, bis auf einen schmalen violetten Streifen am Horizont. »Wenn es heute Nacht klar ist«, sagte der Mann, »können Sie Perugia sehen.« Er zeigte auf einen verschwommenen Fleck in der Ferne. »Genau dort.«

Sie gingen wieder hinein, und auf der Schwelle zur Tür drehte sich der Mann noch einmal um. »Übrigens, sollten Sie ein Fax- oder Kopiergerät benötigen – wir haben natürlich beides. Eine

Frage noch ...« Er zögerte. »Gedenken Sie bei uns zu Abend zu essen? Unsere Küche ist durchaus zu empfehlen. Sie finden nichts Besseres, es sei denn, Sie fahren bis Todi oder Perugia. Wir servieren um acht.«

»Passt ausgezeichnet.«

Als er bei den *gnocchi* angelangt war, wusste Carpenter bereits eine ganze Menge über Nigel Burlingame, den gut aussehenden Mann, der ihn an der Rezeption empfangen hatte, und seinen Gefährten Hugh Cockayne. Auch Hugh war um die fünfzig, dazu groß und schlaksig – große Nase, abstehende Ohren, schütteres Haar – und ziemlich hässlich im Vergleich zu dem attraktiven Nigel.

Wie sich herausstellte, waren Nigel und Hugh zwei Schwule aus Oxford, die in den sechziger Jahren nach Italien gekommen waren, um zu *malen.* »Natürlich haben wir schauderhaft gemalt«, meinte Hugh leichthin, »stimmt's, Nigel?«

»Entsetzlich.«

»Dafür haben wir uns gefunden.«

Eine Zeit lang hatten sie in Rom gelebt, und als Nigels Vater gestorben war, erwarben sie einen Weinberg in der Toskana.

»Hört sich toll an«, sagte Carpenter.

»Es war noch schlimmer als die Malerei!«, sagte Nigel.

»Und so schmutzig ...«, fügte Hugh hinzu.

»Und so schweißtreibend ...«

»Weißt du noch, die Mücken?«

»Und die *viperi*!«

»Giftschlangen?«, fragte Carpenter.

Hugh nickte. »Die sind tödlich, müssen Sie wissen. Obwohl jeder Serum in seinem Kühlschrank hatte. Und sie krochen nicht nur am Boden. Sie saßen auch in den Weinstöcken. Die Pflücker hatten eine Heidenangst vor ihnen, stimmt's, Nigel?«

»Mhm.«

»Aber nicht nur die Pflücker. Einmal wollte ich nach einer Traube greifen. Und – mein Gott! – da stand ich so einer Schlange von Angesicht zu Angesicht gegenüber. Oder müsste es von Angesicht zu Kopf heißen?« Hugh wandte sich seiner schöneren Hälfte zu. »Hat eine Schlange ein Gesicht?«

Daraufhin kam es zu einer hitzigen Debatte darüber, was ein »Gesicht« ausmacht, bis Hugh schliesslich seufzte. »Wie auch immer, das war der Weinberg.«

»Wir hatten ständig Schwierigkeiten mit den Helfern«, sagte Nigel. »Das können Sie sich ja vorstellen. Und die Toskana war überlaufen von Engländern. Also, Weinberg, adieu ...«

»Der Hauptgrund war, dass es eine so verdammt harte Arbeit ist.« Hugh verzog das Gesicht und sah seinen Gefährten an. »Wir sind keine Schwerarbeiter, stimmt doch, Nigel, oder? Keine richtigen, meine ich.«

So plätscherte die Unterhaltung munter weiter, wobei Nigel servierte und Hugh Teller und Besteck abräumte. Auf die Gnocchi folgten gegrillte Lammkoteletts, dann grüner Salat, dann eine Obstschale und schließlich ein *digestivo*.

Carpenter war froh, dass er den beiden zuhören konnte. Mit der eigenen traurigen Geschichte hätte er die angenehme Atmosphäre nur gestört. Am Ende aber spürte er, wie Nigel und Hugh ihn erwartungsvoll anblickten.

»Und jetzt fragen Sie sich natürlich, was *ich* hier mache.«

Nigel warf Hugh einen Seitenblick zu. »Wir sind von Berufs wegen nicht neugierig, versteht sich ... Aber, es stimmt, wir haben uns schon die Frage gestellt.«

»Nur ganz beiläufig«, sagte Hugh mit einem Lächeln.

Carpenter nahm einen Schluck von seinem Fernet Branca.

»Falls es um einen Immobilienkauf geht«, meinte Nigel, »dann ist Ihr Geld gut angelegt.«

Carpenter schüttelte den Kopf. »Eigentlich wollte ich die Clinica Baresi aufsuchen.«

Nigel sah ihn bedauernd an. »Da haben Sie leider kein Glück.«

»Ich weiß«, sagte Carpenter. »Ich war heute Nachmittag dort.« Er hielt inne. »Wann ist das Unglück passiert?«

»Das war – wann genau, Hugh? August? Ende Juli? Auf jeden Fall in der Hauptsaison.«

»Und wie?«, fragte Carpenter weiter, obwohl er die Antwort kannte.

»Nun, es war Brandstiftung, stimmt's, Hugh?«

»Es waren keine Kinder, die mit Kerzen oder Feuerwerkskörpern gespielt haben«, sagte Hugh. »Es war ein Gebäude aus dem 16. Jahrhundert, ein umgebautes Kloster – das heißt der alte Teil.«

»Hat alle Unbilden eines halben Jahrtausends überstanden, und dann ...« Nigel schnippte mit den Fingern ... bis auf die Grundmauern niedergebrannt.«

»Müssen Profis gewesen sein«, sagte Hugh. »Nichts als Steine sind geblieben! Nun, Sie haben es ja gesehen. Das Feuer war so heiß, dass manche Steine regelrecht geborsten sind. Die Feuerwehr konnte nicht nah genug ran.«

»Waren Menschen drin?«

»Nein, es war ein Glück, wenn man von Glück sprechen kann«, sagte Hugh und zündete sich eine Zigarette an der Tischkerze an. »Die Klinik war bereits geschlossen.«

»Und warum?«

»Baresi war ziemlich krank. Die Klinik wurde schon mehrere Monate vor dem Brand geschlossen.«

»Glauben Sie, ich könnte Baresi sprechen?«

Beide schüttelten den Kopf. »Zu spät«, sagte Nigel.

»Er ist vor kurzem gestorben«, fügte Hugh hinzu.

»Lungenkrebs«, präzisierte Nigel und fächelte mit wohlmanikürter Hand den Rauch von Hughs Zigarette weg. »Für uns war die Schließung der Klinik ein Verlust. Aber nachdem Todi so in Mode gekommen ist, gleicht das die Geschäfte vielleicht aus.«

Carpenter runzelte die Stirn. »Was für Geschäfte?«

»Nun, es war eine ambulante Klinik«, erklärte Nigel. »Und so haben die Frauen, die dort in Behandlung waren, bei uns gewohnt.«

Carpenter war unverkennbar überrascht.

»Kein purer Zufall«, sagte Hugh lachend. »Ich meine, wir *sind* hier die einzige Attraktion.«

»Wir hatten ein Arrangement«, sagte Nigel.

»Dr. Baresis Patientinnen bekamen Sondertarife«, fügte Hugh hinzu, »und wir haben uns um sie gekümmert. Ließen sie vom Flughafen abholen, zur Klinik bringen – und so weiter.«

»Sie waren ja nicht krank«, sagte Nigel, »und brauchten keine Pflege im eigentlichen Sinne. Es waren gesunde Frauen.«

»Dann kannten Sie den Doktor also?«, fragte Carpenter.

Nigel und Hugh sahen sich an. Nigel wiegte den Kopf. »Wir kannten ihn, aber ich würde nicht behaupten, dass wir *Freunde* waren.«

Hugh lehnte sich in seinen Stuhl zurück. »Nigel meint damit, dass der gute Doktor nicht viel für Homosexuelle übrig hatte.«

»Aber seine Patientinnen hat er in Ihrer Pension wohnen lassen?«

»Na ja, weil wir das erste Haus am Platz sind. Ich glaube, er hätte sie auch in Todi unterbringen können, aber wir sind nun mal günstiger gelegen. Baresi selbst haben wir allerdings nur selten gesehen.«

Hugh begann das Geschirr abzuräumen, indem er mehrere Pirouetten um den Tisch drehte und jeden Teller einzeln mit einer übertriebenen Geste auf sein Tablett beförderte. Plötzlich hielt er inne, das Tablett auf einer Hand in Schulterhöhe balancierend. »Ich glaube, der berühmte *dottore* könnte einer von uns gewesen sein«, sagte er mit einem viel sagenden Lächeln. »Nie verheiratet. Keine Frau in seinem Leben. Traumhaft angezogen. Sinn für Antiquitäten. *Winziges* Hündchen. *Und* – er hielt sich betont fern von uns. Das passt alles zusammen. Dieser Typus ist zumeist auch ein fanatischer Homosexuellenfeind.«

»Was? Welcher Typus?«

»Na ja, der verkappte!« Damit drehte Hugh eine letzte Pirouette und entschwebte in Richtung Küche.

Nigel schaute ihm nach. Dann wandte er sich Carpenter zu. »Tut mir Leid, dass Sie wegen der Klinik gekommen sind«, sagte er nachdenklich. »Jetzt sind Sie sicher enttäuscht. War es ...« Er zögerte und schüttelte dann den Kopf. »Ich sollte so etwas nicht fragen.«

»Was denn?«

»Nun, ich meine, war es wegen Ihrer Frau? Wollten Sie sich die Klinik erst mal ansehen? Ich meine, wollten Sie versuchen, ein Kind zu bekommen?«, Er schlug eine Hand vor die Augen. »Verzeihen Sie mein schlechtes Benehmen. Mama und Papa würden sich im Grabe umdrehen.«

»Nein, nein«, erwiderte Carpenter. »Das ist nicht der Grund. Ich habe keine Frau.«

Nigel atmete erleichtert auf. »Da bin ich aber froh. Ich meine – wenigstens müssen Sie nicht alle Hoffnung aufgeben.«

Carpenter wollte mehr wissen. »War Baresis Klinik für viele so etwas wie eine letzte Hoffnung?«

Nigel lehnte sich in seinen Stuhl zurück. »Meine Kenntnisse über die Geheimnisse der Fortpflanzung sind begrenzt – mangels Relevanz, wenn Sie so wollen. Aber ich glaube, Baresi war wirklich eine Koryphäe auf seinem Gebiet. Seine Patientinnen kamen nahezu aus der ganzen Welt. Und die meisten zogen glücklich wieder ab.«

»Und was war nun sein Spezialgebiet?«, wollte Carpenter wissen.

Nigel runzelte die Stirn. »Ach, ich weiß nicht. Wie ich schon sagte, habe ich kein persönliches Interesse. Aber die Frauen haben die ganze Zeit von nichts anderem gesprochen, und offenbar war Baresi recht erfolgreich. Muss so was wie ein technischer Durchbruch gewesen sein. Mit Eiern.« Nigel runzelte erneut die Stirn. »Wie Sie sehen, bin ich ein hoffnungsloser Fall.«

»Ich *hasse* das Wort ›Ei‹«, sagte Hugh, der aus der Küche zurückgeschwebt kam. »Sich vorzustellen, dass man selbst mal ein *Ei* war!« Er verzog angewidert das Gesicht. »Wie ein verdammtes Küken. So 'n Legebatterie-Küken, nichts als Hackordnung im Erbsenhirn.« Er hielt inne. »Übrigens heißt es gar nicht ›Ei‹, Nigel, sondern Ovum.«

»Tatsächlich?« Nigel blickte erstaunt drein.

»Unter anderem hat der *dottore* wohl eine Methode entwickelt, die es diesem Ovum ermöglicht, eine Art Panzer zu produzieren, die es gewöhnlich nur entwickelt, wenn ein Spermium eingedrungen ist. Es ist sozusagen eine eiserne Jungfrau, insofern als sie die anderen Spermien draußenhält. Weil nämlich« – hier hob Hugh die Hände hoch wie ein Preisboxer – »der Gewinner bereits gewählt wurde!«

Nigel sah ihn entgeistert an.

»Jedenfalls«, fuhr Hugh fort, »hält diese Panzerung nicht nur die Spermien draußen, sondern bringt die ganze Geschichte auf fruchtbare Hochtouren, wenn man so sagen darf.«

»Ich hatte keine Ahnung, dass du so gut informiert bist«, sagte Nigel. Dann schaute er Carpenter an. »Obwohl sein Mitgefühl und seine Qualitäten als Händchenhalter bei einigen dieser armen Dinger sehr gefragt waren.«

Hugh nickte und zündete sich eine Zigarette an. »Ganz besonders bei Hana.«

»Eine von unseren Tschechinnen«, erklärte Nigel.

»Sie war so *ängstlich* und so *süß*. Sie hat mir alles erzählt, einfach alles.«

»Hana Reiner«, sagte Carpenter mit tonloser Stimme. »Aus Prag.«

»Sie kennen sie?«, fragte Hugh überrascht.

»Nein«, entgegnete Carpenter. »Ich bin ihr nie begegnet. Sie ist tot.«

26

Ich kann's einfach nicht glauben«, sagte Hugh, heftig an seiner Zigarette ziehend, nachdem Carpenter erzählt hatte, warum er hergekommen war.

Nigel schüttelte bedächtig den Kopf. »Was zum Teufel hat das zu bedeuten?«

»Ich hatte gehofft, irgendetwas in der Klinik zu finden, was den Vorfällen einen Sinn gibt«, sagte Carpenter. »Was ist übrigens mit Baresis Privathaus? Vielleicht hatte er ein Büro ...«

»Tut mir Leid«, antwortete Hugh. »Aber Baresis Wohnung befand sich im Nebengebäude der Klinik. Da ist nichts übrig geblieben. Absolut nichts.«

»Pas de cartes, pas de fotos, et pas de souvenirs«, fügte Nigel hinzu.

»Und was ist mit den Krankenschwestern?«, fragte Carpenter. »Die müssten doch wissen ...«

Hugh schüttelte den Kopf und drückte seine Zigarette aus. »Es gab keine Krankenschwestern. Nur zwei Laborantinnen – aber ich glaube nicht, dass die Ihnen weiterhelfen können.«

»Laborantinnen? Soll das heißen, dass dieser Kerl eine Klinik ohne Pflegepersonal betrieben hat?«

»Baresi war ein sehr verschwiegener Mann. Außerdem war es ja auch keine Klinik im herkömmlichen Sinne mit hunderten Patienten, sondern mehr eine Forschungseinrichtung. Ich glaube, der alte Knabe hat im Jahr nicht mehr als fünfzig oder sechzig

Patientinnen aufgenommen. Dabei hätte er, wenn er gewollt hätte, bestimmt fünfmal so viele haben können.«

»Und was ist mit den Laborantinnen?«, wollte Carpenter wissen.

»Na ja, die eine war fast so was wie eine Putzfrau. Die andere hatte mehr Ahnung, aber wir haben sie seit dem Brand nicht mehr gesehen, stimmt's, Nigel?«

»Sie soll nach Mailand oder Rom gegangen sein.«

Carpenter dachte angestrengt nach. »Gab's sonst noch jemanden? Freunde? Verwandte?«

Hugh sah Nigel an. »Nicht dass ich wüsste. *Aber* ... Sie könnten mit dem Priester sprechen.«

»Natürlich!«, rief Nigel aus.

»Sie waren zwar keine richtigen *Freunde* ...«

»Aber sie haben zusammen Schach gespielt«, sagte Nigel. »Oder mal gemeinsam ein Gläschen getrunken. So was in der Art.«

Hugh nickte. »Pater Azetti ist genau der richtige Mann.«

»Was ist dieser Azetti für ein Mensch?«, fragte Carpenter.

Hugh zuckte die Achseln. »Ein Außenseiter. Ganz anders als die Leute hier sonst.«

»Viele glauben, er sei ein Bolschewik. Deshalb sei er überhaupt hier, heißt es«, fügte Nigel mit einem unterdrückten Gähnen hinzu.

»Trotzdem bin ich sicher, dass ein Gespräch mit dem Pater sich lohnen wird«, meinte Hugh. »Und außerdem spricht er Englisch. Sehr gut sogar.«

»Ich will ihn gleich morgen früh aufsuchen. Wo finde ich ihn?«, fragte Carpenter.

»In der Kirche am Hauptplatz«, sagte Nigel. »Ich erkläre Ihnen den Weg, sonst verlaufen Sie sich noch. Obwohl man am Ende immer auf dem Platz landet. Ob man will oder nicht.«

Die drei erhoben sich gleichzeitig. Hugh entschuldigte sich und verschwand in der Küche. Nigel begleitete Carpenter bis in die Eingangshalle und pustete im Vorübergehen die Kerzen aus.

»Möchten Sie morgen geweckt werden?«, fragte er.

»Danke, ich hab einen Wecker dabei.«

»Augenblick«, sagte Nigel. »Ich will Ihnen noch was zeigen.« Er trat an die Rezeption und öffnete das ledergebundene Gästebuch, das auf dem Schalter lag. »Wir führen es, seit wir die Pension eröffnet haben. Hughie hat es extra in Gubbio anfertigen lassen.« Er klappte es zu, damit Carpenter die feine Lederarbeit mit dem kunstvoll eingefügten Adler begutachten konnte, der in den Klauen ein Schild mit den Lettern AQUILA hielt. Nigel schlug es auf der ersten Seite auf. »29. Juni 1987«, las er vor. »Unser erster Gast. Ein Signor Vassari. Er blieb zwei Tage.«

»Ein wunderschönes Buch«, sagte Carpenter.

»Finden Sie auch? Aber eigentlich wollte ich es Ihnen zeigen, weil all unsere Gäste darin vermerkt sind. Name, Adresse, Telefonnummer und Dauer des Aufenthalts. Ich habe vorhin nach Ihrer Schwester gesucht, und als ich den Eintrag fand, konnte ich mich plötzlich wieder gut an sie erinnern. Sie war sehr ruhig, las viel, fragte mich nach ein paar Rezepten.« Er schüttelte traurig den Kopf. »Hier«, sagte er und blätterte bis zur Mitte des Buches. »Schauen Sie.«

Und Carpenter sah, in schöner Handschrift, die Eintragung seiner Schwester:

Kathleen Carpenter – CB
207 Kaswick Lane
Burke, VA – USA
707-347-2122
Ank. 21. 4. 91
Abr. 23. 5. 91

Sie war zweiunddreißig Tage geblieben. Es war Carpenter damals gar nicht aufgefallen, dass sie so lange fort war. Aber er war ja auch immer so verdammt beschäftigt! »Was bedeutet das?«, fragte er, auf das CB deutend.

»Clinica Baresi – um auf den Sondertarif hinzuweisen. Wir haben noch andere Abkürzungen. OT – für das Fremdenverkehrsamt in Todi. AVM ist die *Agenzia Viaggi Mondiali* – ein Reiseveranstalter.«

Carpenter nickte ohne großes Interesse.

»In dem Buch sind alle Gäste aus der Klinik vermerkt. Sie können es sich gern anschauen.«

Plötzlich begriff Carpenter. »Hana Reiner ...«

»Hana, Ihre Schwester ... alle.«

Carpenter hoffte, etwas zu entdecken, was seine Schwester mit den anderen Opfern verband. Vielleicht waren sie zur gleichen Zeit hier gewesen ...

»Es ist 'ne Menge Arbeit«, sagte Nigel, »aber Sie könnten eine Liste mit allen Patientinnen zusammenstellen – ich meine ...« Er zuckte die Achseln.

Carpenter wusste, dass es viel Zeit kostete, alle Namen im Buch durchzugehen, nach dem *CB* zu fahnden und dann eine Liste davon anzulegen, aber es blieb ihm wohl keine andere Wahl.

Nigel wandte sich ab und gähnte so herzhaft, dass sich Carpenter seiner eigenen Müdigkeit bewusst wurde.

»Eine letzte Frage noch«, sagte Carpenter. »Wissen Sie, wann die Klinik eröffnet wurde?«

Nigel runzelte die Stirn. »Ach, ich weiß nicht mehr genau. Ich tippe auf '90 oder '91. So in etwa.« Damit drehte er sich um und eilte davon.

Carpenter machte sich ans Werk, schlug das Gästebuch auf der Seite vom Januar 1990 auf und blätterte, bis er die erste Klinikbesucherin gefunden hatte. Es war eine Anna Vaccaro aus Verona, die vom 3. Mai für sieben Tage im Aquila blieb.

Er beschloss, seinen Laptop aus dem Zimmer herunterzuholen, und legte eine Datei an, die er cbguest.lst nannte und in der er alle Namen, Adressen und Besuchsdaten festhielt. Schon bald fiel ihm auf, dass es zwei Kategorien von Patientinnen gab: Die meisten waren fünf bis sieben Tage geblieben, einige aber, darunter seine Schwester, knapp über einen Monat.

Die erste dieser zweiten Kategorie war eine Lanielle Gilot aus Antwerpen; sie wohnte von Ende September 1990 bis Ende Oktober im Aquila. Carpenter gab gerade ihren Namen ein, als Hugh, einen Cognacschwenker in der Hand, in die Lobby trat. Er blickte überrascht drein, bis Carpenter ihm erklärte, was er da trieb. Er fragte ihn außerdem, warum einige Patientinnen knapp eine Woche und andere über einen Monat geblieben waren.

»Unterschiedliche Verfahren«, sagte Hugh und lehnte sich an eine Säule. Er war nicht mehr nüchtern.

»Was meinen Sie damit?«

Hugh runzelte die Stirn und schaute zur Decke, als könnte er dort die Antwort finden.

»Unterschiedliche Verfahren«, wiederholte er. »Die In-vitro-Befruchtung war das schnellste. Sehr effizient. Man entnimmt der Frau eine Eizelle und ... Wie genau möchten Sie's wissen? Ich meine, die Damen sind ziemlich ins Detail gegangen.«

Carpenter zuckte die Achseln. »Kommt drauf an.«

»Gut, wie ich schon sagte: Bei der In-vitro sind die Frauen nur eine knappe Woche geblieben.« Er schloss die Augen, verzog das Gesicht und dachte angestrengt nach. »Und dann gab es die verschiedenen Transfers. Gametentransfer. Zygotentransfer.« Er schaute belustigt drein. »Komische Vokabeln fürs Kindermachen, finden Sie nicht? Und was ist überhaupt so 'n blöder Gamet oder 'ne Zygote? Sollte man ja eigentlich wissen ...« Er schwenkte den Cognac in seinem Glas.

»Und was war mit Hana Reiner?«, fragte Carpenter. »Ich bin noch nicht bei ihr angelangt. Welches Verfahren wurde bei ihr verwendet?«

Hugh rieb sich die Augen. »Wieder ein anderes«, sagte er. »*Oozytenspende.* Hat einen Monat gedauert. Ihre Schwester war eine von denen, oder?«

»Ich vermute ja. Sie war ziemlich lange hier.« Er hielt inne. »Wissen Sie, warum dieses Verfahren so lange dauert?«

Hugh wollte schon die Achseln zucken. »Moment, es fällt mir wieder ein«, stellte er fast erstaunt fest. »Hana hat es mir erklärt. Zunächst einmal bestand der alte Baresi auf diesem langen Aufenthalt. In einer anderen Klinik, von der Hana erzählt hat, bekam sie nach einem Aufnahmetermin die Pillen und Spritzen mit, die sie sich dann selbst geben musste.«

»Pillen und Spritzen?«

»Es ging darum, dass sie ihren Körper auf den der Spenderin abstimmte.«

»Welche Spenderin?«

»Die Eizellenspenderin. Darum geht es bei einer Oozytenspende.«

Carpenter blickte verwirrt drein.

Hugh seufzte. »Manchmal kann eine Frau – wie Hana – einfach nicht schwanger werden. Weil ihre Eizellen ... zu alt sind.«

»Was soll das heißen?«

»Nun ... die Frauen haben alle Eizellen schon, wenn sie geboren werden. Das wissen Sie doch sicher.«

»Natürlich«, log Carpenter.

»Und wenn die Frauen dann älter werden, dann werden auch die Eizellen älter, und es kommt manchmal zu Komplikationen. Die Chromosomen drehen durch, oder die Eizellen werden nicht so leicht befruchtet. Deshalb wurde dieses Verfahren entwickelt. In Hanas Fall hat Baresi einer jüngeren Frau, der Spenderin, eine Eizelle entnommen und diese Eizelle mit dem Sperma von Hanas Ehemann befruchtet und der Ehefrau die befruchtete Eizelle dann eingepflanzt.« Erschöpft von diesem Vortrag, nahm Hugh einen kräftigen Schluck.

»Rein biologisch ist es also eigentlich gar nicht das Kind der Frau.«

Hugh schnippte mit dem Fingernagel an den Rand des Cognacschwenkers und brachte ihn so zum Klingen. »Da bin ich allerdings anderer Meinung. Ich finde, es *ist* ihr Kind. Sie trägt es aus, sie gebiert es, sie stillt es. Aber im genetischen Sinne, da haben Mutter und Kind nichts gemein. Alle DNS kommt vom Ehemann und von der Spenderin. Ich glaube, Hana hatte Probleme damit.«

»Wie kommen Sie darauf?«

»Nun, er sah nicht gerade aus wie Jiri. Der Kleine, meine ich.«

»Das kann ich nicht beurteilen«, sagte Carpenter. »Ich habe nur ein Babyfoto gesehen. Aber ... Sie sind mit ihr in Kontakt geblieben?«

»Ja. Zwei Jahre lang haben wir uns wöchentlich geschrieben. Dann seltener. Aber sie hat mir ein Foto vom kleinen Franz geschickt, und ich nehme an, er sah der Spenderin ähnlich, denn von Jiri hatte er überhaupt nichts.«

»Ich verstehe immer noch nicht, warum es einen Monat gedauert hat ...«

»Nun, zunächst einmal wegen der Hormonspritzen. Ich sagte Ihnen ja, die Frau, die die Eizelle empfängt, muss ihren Zyklus dem der Spenderin anpassen. Und dann wegen des alten Baresi.«

»Okay.«

»Er bestand darauf, sie einen ganzen Monat dort zu behalten, was in anderen Kliniken nicht üblich ist. Ich glaube, er wollte die Hormone genau im Auge behalten. Außerdem wollte er nicht, dass sie fliegen; wegen des Luftdrucks, glaube ich.«

Carpenter runzelte die Stirn. Kathy hatte nie von Hormonspritzen, Oozyten oder Eizellenspenden gesprochen. Aber sie hatte sowieso nicht gern von so intimen Dingen geredet. Selbst mit ihm – oder gerade mit ihm – nicht.

»Darf ich Sie um einen Gefallen bitten?«, fragte Hugh.

»Natürlich.«

»Würden Sie mich auf dem Laufenden halten? Wegen dieser *Morde,* meine ich. Nigel hat mich immer mit Hana aufgezogen, aber ich mochte sie wirklich sehr.« Er machte eine hilflose Geste und gähnte ausgiebig. »Ich bin völlig kaputt«, sagte er. »Ich hau mich jetzt in die Falle.« Damit drehte er sich um und ging schwankend davon.

Carpenter wandte sich wieder dem Gästebuch zu und kämmte Seite für Seite nach dem verräterischen CB durch. Es war eine stupide Beschäftigung, in deren Verlauf ihm alle möglichen Gedanken kamen.

War es möglich, dass die Morde etwas mit den Spendern – von Eizellen oder Spermien – zu tun hatten? Es war schon vorgekommen, dass Leute ihre genetischen Nachkommen verfolgten, Männer, die nichts von ihrer Vaterschaft wussten und später erfuhren, dass ihr Kind zur Adoption freigegeben worden war. Er hatte mal eine Sendung zu diesem Thema gesehen.

Es ist spät, sagte sich Carpenter. Du bist müde. Grimaldi auf der Suche nach seinen Sprösslingen mit dem Ziel, sie umzubringen? Es gibt keinen Grund zu glauben, dass Grimaldi ein Samenspender ist, und selbst wenn er einer wäre, warum sollte er dann seine »Kinder« jagen?

Aber was, wenn der Erbe eines Vermögens erfuhr, dass der Erblasser ein Samenspender gewesen war und er, der Erbe, nun fürchten musste, dass ihn die Kinder des Spenders ausfindig machten und Anspruch auf das Erbe erhoben? Tja, dachte Carpenter, da wäre es eigentlich sehr viel leichter, die Kartei der Klinik zu vernichten – was ja auch tatsächlich obendrein geschehen war.

Er entdeckte eine weitere Frau, die über einen Monat in der *pensione* gewohnt hatte. Sie war vorerst die vierte. Bis zu Hana Reiner war er noch nicht vorgedrungen, aber er wusste von Hugh, dass sie in diese Kategorie gehörte. Da Hana und Kathy durch das Oozytenverfahren schwanger geworden waren, markierte er all diese Namen mit einem Kreuzchen für den Fall, dass sich der längere Aufenthalt als bedeutsam erweisen sollte.

Und da war auch schon die nächste: Marie Williams aus Minneapolis, Minnesota. Sie hatte sich am 26. März 1991 in der *pensione* angemeldet und war am 28. April abgereist. Er hielt inne. Marie Williams. Der Name klang irgendwie vertraut. Doch je mehr er sich bemühte, ihn einzuordnen, desto weniger vertraut kam er ihm vor, bis er glaubte, sich getäuscht zu haben.

Er blätterte weiter, und wieder stieß er auf den Namen einer Frau, die einen Monat hier gewesen war.

> Marion Kerr – CB
> 17 Elder Lane
> Bressingham, B.C.
> Ank.: 17. 11. 92
> Abr.: 19. 12. 92

Carpenter tippte den Eintrag in seinen Computer und wurde plötzlich stutzig. Bressingham, British Columbia. Kanada. Er hatte den Namen Kerr ganz vergessen. Aber jetzt fiel es ihm wieder ein. Die Suche via Nexis ... in Prag ... vor seiner Begegnung mit Jiri Reiner ... *Brandstiftung-Kind-Mord* oder so ähnlich ... und einer der Treffer, der einzige richtige Treffer, war die Geschichte einer Familie namens Kerr gewesen.

An Details konnte er sich nicht erinnern, nur an eines, dass der Mord an dem Baby der Kerrs in die Zeit fiel, als Grimaldi im Krankenhaus war. Deshalb hatte er geglaubt, dieser Fall könne nichts mit Kathys und Brandons Tod zu tun haben. Weil es sonst mehr als ein Mörder gewesen sein musste – eine Verschwörung zur Ermordung von Kindern.

Die Vorstellung war unfassbar, aber dort stand es:

> Marion Kerr – CB
> Bressingham, B.C.

Ein eindeutiger Beweis.

Er brauchte dringend einen Kaffee. Er ging auf sein Zimmer, nahm ein Tütchen Nescafé aus der Minibar und machte Wasser mit dem Schnellkocher heiß, den die *pensione* aufmerksamerweise bereitgestellt hatte.

Er wusste nicht mehr, was er denken sollte. Der Kerr-Eintrag legte nahe – *bewies* –, dass es mehr als einen Mörder gab, und der Verdacht, dass der Umbra Domini, Bepis Tod und der Überfall in Neapel irgendwie damit in Zusammenhang standen, war nicht mehr von der Hand zu weisen. Doch auf die Frage nach dem Warum fand er keine Antwort.

Mit der Tasse Nescafé kehrte er in die Lobby zurück und führte seine Suche trotz nachlassender Konzentration zu Ende. Als er den letzten Vermerk in den Computer tippte, begann es draußen bereits zu dämmern. Todmüde klappte er das Gästebuch zu, erhob sich und streckte die Glieder, bis es in seinen Rippen knackte. Er machte das Licht aus und ging auf sein Zimmer.

Erst jetzt, da die Liste vollständig war, sortierte er die Frauen mit dem Oozytenverfahren aus. Dank der Sternchen, die er im gegebenen Fall an die Namen angehängt hatte, konnte der Computer in Windeseile eine zweite Liste aufstellen: Von den insgesamt 272 Frauen hatten 18 mehr als einen Monat in der Pension gewohnt.

Kathleen Carpenter
Hana Reiner
Matilda Henderson
Adriana Peña
Marion Kerr

Und von diesen 18 waren fünf Frauen tot. Fünf Frauen und ihre Kinder. Und alle waren verbrannt.

Er schloss die Augen und sah Brandon vor sich. *Onkel Joe! Onkel Joe! Schau mal, wie ich einen Purzelbaum mache.* Und der kleine Kerl rollte unbeholfen über den Teppich, von Purzelbaum keine Spur, aber Brandon sprang hoch wie ein olympischer Athlet, die Arme siegreich in die Höhe gestreckt, das ganze Gesicht strahlend vor Stolz.

Carpenter schaute erneut auf die Liste. Die meisten Frauen kamen aus Europa und Nordamerika, vereinzelte aber auch aus anderen Teilen der Welt, aus Hongkong, Tokio, Tel Aviv, Rabat, Rio.

Er verschlüsselte die Liste, ging on line und schickte sie an sein Büro in Washington. Dann schrieb er ein kurzes Memo an Judy mit den Namen und Adressen der 18 Patientinnen und bat sie, Riordan mitzuteilen, dass mindestens fünf der Frauen und Kinder tot und deshalb alle anderen in Gefahr seien. Riordan sollte sich mit den Behörden ihrer Wohnorte in Verbindung setzen und veranlassen, dass die Frauen und Kinder in Schutzhaft genommen werden. Er, Carpenter, wolle in ein, zwei Tagen wieder in Washington sein.

In der Zwischenzeit sollte Judy ein Dossier über die letzten Jahre von Dr. Ignazio Baresi aus Montecastello, Italien, zusammenstellen. Alle greifbaren Informationen über die Clinica Baresi und eine Fertilitätstechnik mit Namen »Oozytenspende« könnten auch von Nutzen sein. Schließlich bat er sie, die dreizehn wahrscheinlich noch lebenden Frauen auf der Liste selbst zu kontaktieren. Wenn die Bullen die Sache richtig angepackt hatten, würde keine der Frauen mehr erreichbar sein. Und genau das solle sie mit ihrer Aktion testen.

Das Memo war zwei Seiten lang. Nachdem er es Judy geschickt hatte, wollte er nur noch schlafen. Aber es war Wochenende, und es bestand die Gefahr, dass Judy ihre Mailbox nicht öffnen würde. Er sah auf die Uhr. Es war kurz vor halb sechs, also halb zwölf nachts in Washington. Er griff nach dem Telefon und wählte Judys Privatnummer. Doch es meldete sich nur der Anrufbeantworter. Nach dem Signalton sagte er: »Judy, hier Joe. Bitte sieh sofort in deine Mailbox. Es ist dringend. Ich komme in zwei, drei Tagen.«

Er legte seine Kleider ab und streckte sich auf dem Bett aus wie ein Rückenschwimmer. Er schloss die Augen vor dem Licht der Morgendämmerung, lauschte auf den eigenen Atem und wartete auf den Schlaf.

Aber er fand keine Ruhe. Er sah Brandons verkohltes Gesicht und hörte Tommy Truongs Stimme: *Kein Blut mehr in dem klei-*

nen Jungen ... Er dachte an Jiri Reiners hoffnungslosen Blick. Und Kara Bakers Tränen.

Mein Gott, dachte er und zog die Decke über den Kopf. Was war das für ein Massaker.

27

Es war elf, als Carpenter aus dem Bett stieg, kaum erholt von den paar Stunden Schlaf, die er sich gegönnt hatte. Er duschte kurz, um wach zu werden. Aufs Rasieren wollte er lieber nicht verzichten, Priester konnten da komisch reagieren, so glaubte er wenigstens.

Dann zog er seine Lederjacke an und ging in die Lobby hinunter. Nigel, der völlig verkatert war, zeigte ihm den Weg zu dem Platz, an dem die Kirche lag – »und ein Café«.

Draußen war es kalt, um die fünf Grad, und es sah nach Regen aus. Er wandte sich nach links und ging die schmale, kopfsteingepflasterte Straße hinunter. Bürgersteige und Autos gab es nicht, nur Reihen grauer Steinhäuser zu beiden Seiten.

Es gefiel ihm nicht besonders. Das winterliche Montecastello wirkte eher bedrohlich als schön. Im Laufe der Jahrhunderte waren offenbar die Fundamente der Häuser abgesackt, sodass sie jetzt etwas windschief erschienen. Als Carpenter die eine Gasse hinunter-, dann eine zweite hinaufging, kam ihm die Stadt wie ein Labyrinth vor, in dem man sich leicht verlaufen, aber nur schwer verstecken konnte.

Er kam an einigen Läden vorbei – alle ohne Schild. Wahrscheinlich brauchte man hier nicht zu werben: Jeder kannte jeden, und jeder wusste, was die anderen verkauften. Die Geschäfte waren von kaltem Neonlicht erleuchtet, und vor den

Türen hingen Vorhänge aus bunten Plastikperlen. Ein alter Mann trat auf die Straße; in seiner Tasche trug er Gemüse, in braunes Papier gewickelte Päckchen und einen Laib Brot. »*Salve*«, sagte er und entfernte sich rasch, den Blick auf den Boden geheftet.

Eine letzte Biegung, und Carpenter ließ das Gewirr der Gassen hinter sich und trat auf den Marktplatz von Montecastello, die Piazza di San Fortunato. Die Kirche San Giovanni Decollato nahm die ganze Nordseite des Platzes ein. Es war ein schlichter, ja strenger Bau aus demselben grauen Stein wie die übrigen Häuser der Stadt. Carpenter wollte schon die Stufen zum Eingang hinaufgehen, da stieg ihm Kaffeeduft in die Nase.

Gegenüber der Kirche befand sich ein kleines Café mit Perlenvorhang an der Tür und Metalltischen und -stühlen im Freien. Offenbar vereinte es in einem einzigen Raum alle kleinen Sünden, die Montecastello zu bieten hatte – Snackbar, Zeitungsstand, Videothek, Kneipe, Café, Tabakladen. Trotz der Kälte setzte sich Carpenter an einen Tisch im Freien und bestellte einen Espresso.

Es war kalt, aber windstill. Der Platz war auf drei Seiten von Gebäuden umgeben, auf der vierten war er von einem Abschnitt des Festungswalls begrenzt, einer gut einen Meter hohen Brustwehr, mit Blick auf die umbrische Ebene.

Während er auf den Kaffee wartete, warf Carpenter einen Blick auf den Zeitungsständer vor dem Eingang. Eine englische Zeitung war nicht darunter, nur eine drei Tage alte *Le Monde* – aber dieser Lektüre fühlte er sich jetzt nicht gewachsen. Er dachte darüber nach, ob er sich für das Gespräch mit dem Priester einen Vorwand einfallen lassen sollte. Er konnte doch nicht einfach sagen: »Erzählen Sie mir alles über Dr. Baresi.«

Der Kaffee kam. Er nippte daran und beobachtete unterdessen zwei Arbeiter, die am Nebentisch saßen und Karten spielten. Beide Männer waren sonnengebräunt und wettergegerbt; offenbar hatten sie ihr Leben im Freien verbracht. Sie wirkten vital und strahlten eine gewisse Bauernschläue aus. Augen und Zähne leuchteten hell aus den dunklen Gesichtern.

Carpenter überlegte, ob es in Amerika einen Ort gab, wo zwei Männer wie diese im Freien saßen, am helllichten Tag den Herrgott einen guten Mann sein ließen, Karten spielten und dazu Kaffee und Branntwein tranken. Höchstens so was wie ein Bierlokal fiel ihm ein, ein Treffpunkt für Arbeiter, aber das war etwas vollkommen anderes.

Mitten auf dem Platz stand ein schlichter Brunnen, ein rechteckiges Steinbecken. Aus einem verwitterten Löwenkopf blubberte Wasser. Carpenter beobachtete, wie eine ältere Frau zwei Plastikeimer füllte und forttrug.

Er bestellte noch einen Kaffee und ging, während der Espresso zubereitet wurde, zum Festungswall hinüber. Unter ihm fiel das Gelände nahezu senkrecht ab. An dem felsigen Abhang konnten sich nur ein paar jämmerliche Pinien halten.

Auf einem Hügel in der Ferne lag Todi mit seinen altertümlichen, terrassenartig angelegten Stadtmauern. Darunter erstreckte sich bis hinunter zum Fluss ein Flickenteppich kleiner Felder.

Der wunderbare Ausblick weckte in Carpenter eine merkwürdige Sehnsucht nach etwas, was er im Grunde gar nicht kannte. Es war lange her, wenn überhaupt, dass in Amerika in diesem Stil Landwirtschaft betrieben wurde. In seiner Heimat bot sich ein vergleichbarer Anblick allenfalls aus siebentausend Metern Höhe. Bestimmt war Cézanne an dieser Sehnsucht schuld.

Auf dem diesseitigen Flussufer lag der Wald mit den geometrisch angepflanzten Bäumen, an dem er vorbeigefahren war. Er sah, wo sich die Straße gabelte; eine Abzweigung führte zur Clinica Baresi, das heißt zu ihren Überresten, die andere nach Montecastello hinauf. Gut hundert Meter unterhalb lag der kleine Park, an dem er sein Auto abgestellt hatte.

Als er zum Café zurückkehrte, wartete der Espresso auf ihn; er leerte die Tasse in einem Zug und legte 3000 Lire unter den Teller. Dann ging er zur Kirche hinüber.

Carpenter trat durch die schwere Holztür, die in eine Art Vorraum führte. Eine hölzerne Wand mit Eingängen zu beiden Seiten trennte die Stätte des Gebets von der Außenwelt. Hier standen ein alter Tisch, auf dem sich Faltblätter stapelten, und ein Metallkasten für Spenden. Carpenter schob ein paar Scheine in den Opferstock, bevor er den Kirchenraum betrat.

Drinnen war es überraschend dunkel; zunächst sah er nur die Decke hoch über sich. Der Geruch von Kerzenrauch und Moder stieg ihm in die Nase, und leise Stimmen drangen an sein Ohr. Sie kamen aus dem vorderen Bereich der Kirche, wo sich der Altar befinden musste.

Durch die hohen Fenster drang jetzt im Winter offenbar nur trübes Licht, und auch die elektrischen Kandelaber mit ihren flackernden Glühbirnen wirkten eher deprimierend. Nicht weit von ihm, auf halbem Wege zum Altar, brannten Votivkerzen vor einer dunklen Statue. Carpenter setzte sich auf eine Bank nahe dem Eingang und wartete, bis sich seine Augen an das Halbdunkel gewöhnten.

Allmählich konnte er die Dimensionen der Kirche erkennen: Sie war erstaunlich groß. Jetzt sah er auch die kleine Gruppe, die sich vor dem Altar versammelt hatte – unscharfe Umrisse, helle Kleidung, die hie und da aufleuchtete. Der jähe Schrei eines Säuglings verriet, dass er einer Taufe beiwohnte.

Ein paar Minuten später war die Zeremonie beendet, und die Anwesenden gingen hinter der Mutter, die das brüllende Kind trug, durch den Mittelgang zur Tür. Als Letzter folgte der Priester. Er war groß, überragte die anderen. Als er vorüberging, konnte Carpenter ihn genauer sehen – ein Mann in den Vierzigern mit lockigen braunen Haaren, einem markanten Kinn und Adlernase. Er erinnerte ihn an jemanden. Aber an wen? Wäre der Priester nicht so hager gewesen, man hätte ihn als gut aussehend bezeichnen können. Aber das war er nicht, denn seine Züge wirkten irgendwie plump. Jetzt wusste er es: Der Priester ähnelte Ichabod Crane, mit seinem gequälten Ausdruck, der von langem Leiden zeugte.

Zehn Minuten lang ertönten aus dem Vorraum hinter Carpenter Stimmen und lautes Lachen, obwohl das Baby zornig und untröstlich schrie. Dann ging man auseinander, mit Küssen auf beide Wangen.

Quietschend öffnete sich die Tür, und ein Schwall kühler Luft drang herein. Tageslicht fiel in den dämmrigen Innenraum. Er stellte sich vor, wie der Priester auf den Stufen stand und Abschied nahm.

Dann hörte er wieder die Tür, und plötzlich ging der Priester an ihm vorbei den Mittelgang entlang. Carpenter stand auf und hörte sich mit überlauter Stimme sagen: *»Scusi, padre!«*

Der Priester wandte sich um. *»Sì?«*

Damit waren Carpenters Italienischkenntnisse erschöpft. »Kann ich Sie kurz sprechen?«

Pater Azetti lächelte. »Natürlich«, erwiderte er in fast akzentfreiem Englisch. »Was kann ich für Sie tun?«

Carpenter holte tief Luft. Wie sollte er anfangen? »Ich weiß nicht«, sagte er, »ich wohne in der *pensione* und – ich habe gehört, dass Sie mit Dr. Baresi befreundet waren.«

Das Lächeln des Priesters erstarb. Er musterte Carpenter misstrauisch. Schließlich sagte er: »Wir haben miteinander Schach gespielt.«

Carpenter nickte. »Das habe ich gehört. Nur ... eigentlich interessiere ich mich für seine Klinik.«

»Die gibt es nicht mehr.«

»Ich weiß, aber ... ich hatte gehofft, mit Ihnen sprechen zu können.«

Wieder ächzte die Kirchentür. Eine Frau in Schwarz tauchte auf; sie bekreuzigte sich und ging den Mittelgang entlang. Carpenter und Azetti beobachteten, wie sie in eine Bankreihe trat, niederkniete und betete.

Azetti sah auf die Uhr und schüttelte den Kopf. »Tut mir Leid«, sagte er. »Ich habe bis zwei Uhr Beichte.«

Carpenter machte ein enttäuschtes Gesicht.

»Aber wenn Sie warten ... oder noch einmal vorbeikommen

möchten, können wir uns in meinen Privaträumen unterhalten, direkt hinter der Kirche.«

»Ich mache bis dahin einen Stadtrundgang«, sagte Carpenter dankbar, »und sehe mir alles an.«

»Wie Sie wollen.« Azetti drehte sich um und ging auf ein dunkles Gebilde am Ende des Ganges zu, das an einen Kleiderschrank mit Vorhängen erinnerte. Doch als der Priester in gebückter Haltung darin verschwand, wurde ihm klar, was es war: der Beichtstuhl.

Zwei Stunden später saßen Carpenter und Azetti im Arbeitszimmer des Priesters und verzehrten gemeinsam ein Nudelgericht, das ein Gemeindemitglied vorbeigebracht hatte. Carpenter hatte sich das anfängliche Misstrauen des Priesters wohl nur eingebildet, denn Azetti erwies sich als guter Gastgeber. Er schnitt knuspriges Brot in Scheiben und schenkte beiden Wein ein. Dann träufelte er Olivenöl auf das Brot und bestreute es mit Salz und Pfeffer. Unterdessen wärmte sich Carpenter an dem Elektroöfchen an der Wand hinter seinem Rücken auf.

»Sie sind also wegen der Klinik gekommen«, begann Azetti.

Carpenter nickte.

»Wenn Sie die Ruine gesehen haben, wissen Sie ja wohl, was passiert ist.«

»So viel ich gehört habe, war es Brandstiftung.«

Azetti zuckte die Achseln. »Die Klinik war ohnehin geschlossen. Wirklich ein Jammer. So einen wie ihn gibt es kein zweites Mal.«

»Von wem sprechen Sie?«, fragte Carpenter.

»Dr. Baresi. Er war überaus talentiert. Ich bin zwar kein Experte, aber ich habe gehört, dass seine Erfolgsrate beachtlich war.«

»Wirklich?«

»Ja. Ich glaube, das kam, weil er nicht nur Arzt, sondern auch Wissenschaftler war. Haben Sie das gewusst?«

Carpenter schüttelte den Kopf.

»Ach so! Dann haben Sie Baresi überhaupt nicht gekannt! Er war vielseitig«, sagte Azetti. »Ein Genie! Obwohl ich ihn im Schach geschlagen habe – ziemlich regelmäßig sogar.«

Carpenter lachte.

»Ich habe wohl so viele Fehler gemacht, dass er meine Züge nicht vorhersehen konnte«, gestand Azetti. »Er hat sich immer beklagt, dass ich ihm einen Strich durch die Rechnung mache. Noch etwas Wein?«

»Nein, danke«, sagte Carpenter. Azetti war ihm sympathisch.

»Sein Vater, sein Großvater – die ganze Familie war reich. Politiker und Baugewerbe. Sehr korrupt – selbst für italienische Verhältnisse. Folglich hat er nie Geld gebraucht, musste nie arbeiten. Aber er hat studiert. Genetik in Perugia, Biochemie in Cambridge. Cambridge!« Azetti schenkte sich noch ein Glas Wein nach und tunkte Brot ein. »Er war für ein Institut in Zürich tätig – hat eine Auszeichnung erhalten.«

»Wofür?«

»Ich weiß nicht – Forschungsarbeiten. Aber natürlich hat er all das aufgegeben ...«

»Was hat er aufgegeben?«

»Die Wissenschaft.«

»Sie meinen, er machte seine Praxis auf?«, fragte Carpenter.

Azetti schüttelte den Kopf. »Nein – das kam erst später. Er hat noch Theologie studiert – in Deutschland – und ein Buch geschrieben. Ich habe es hier.« Ohne hinzusehen, griff der Priester hinter sich ins Bücherregal und holte einen dicken Band heraus. Er schob das Buch über den Tisch.

Carpenter schlug es auf, betrachtete den Titel und schüttelte den Kopf. »Es ist italienisch«, sagte er und bedauerte sofort die alberne Bemerkung.

Azetti lächelte. »Es heißt *Reliquien, Totem und Theologie*.«

Carpenter nickte und schob das Buch beiseite.

»Er war eine Autorität auf dem Gebiet«, fügte Azetti hinzu.

»Tatsächlich?«, sagte Carpenter lahm.

»Aber ja.«

»Das Essen ist köstlich.« Das Gespräch entfernte sich immer weiter von der Frage, die ihn bewegte – die Clinica Baresi –, und er wusste nicht recht, wie er es wieder in die gewünschte Richtung lenken sollte.

»Baresi brachte die Macht der Reliquien mit gewissen primitiven religiösen Instinkten in Verbindung. Animismus, Ahnenverehrung, so etwas. Derselbe Instinkt, der Angehörige bestimmter Stämme bewegt, das Herz ihrer Feinde zu essen – um die Kraft dieses Menschen in sich aufzunehmen –, veranlasste, laut Baresi, die Christen zu dem Glauben, dass die Gebeine eines Heiligen, besser gesagt ein Knochensplitter, den man bei sich trug, vor Krankheiten schützt.«

»Klingt interessant«, sagte Carpenter mäßig begeistert.

»Ja, das Buch ist wirklich interessant. Ich kann es empfehlen. Es geht dabei vor allem um Suggestion – aber manch einer würde behaupten, das treffe auch auf die Kommunion zu.«

»Wie ist das zu verstehen?«, fragte Carpenter.

Azetti zuckte die Achseln. »Wir essen und trinken das Fleisch und Blut unseres Herrn. Für die Gläubigen ist das ein Sakrament. Für andere ... ist es etwas anderes. Magie vielleicht.«

»Klingt polemisch.«

Der Priester lächelte. »Natürlich. Aber Baresi hat das nicht gestört. Seine Referenzen waren tadellos. Und im Vatikan hielt man viel von ihm.«

»Wirklich?«

»Aber ja. Im Vatikan wurde er ständig gebraucht.«

»Was heißt das?«

»Er hat Reliquien geprüft. Wenn ein Objekt fragwürdig erschien, wurde Baresi gebeten, es sich anzusehen. Meistens war der Fall rasch geklärt. Wenn sich herausstellte, dass ein Splitter ›des Wahren Kreuzes‹ aus Teakholz bestand ... oder ein Stückchen Kopfhaut des heiligen Franziskus die DNS eines Ochsen aufwies ... Ist Ihnen das Grabtuch von Turin ein Begriff?«, fragte der Priester in Anspielung auf das Leichentuch Christi.

»Gewiss«, erwiderte Carpenter. »Das ist allgemein bekannt.«

»Sehen Sie! Baresi gehörte zu den Wissenschaftlern, die es untersucht haben.«

»Irgendwo habe ich gelesen, dass es als Fälschung entlarvt wurde.«

Azetti runzelte die Stirn. »›Ein schönes Stück Leinen aus dem 13. Jahrhundert‹, hieß es. Angeblich hat Leonardo es gemacht. Man vermutete, dass es die erste Fotografie der Welt ist.«

»Und was meinte Baresi?«

»Er hielt es für einen Schwindel – einen ziemlich makabren.«

»Warum?«

»Wie er in seinem Buch schreibt, ist die Geschichte der Reliquien ein finsteres Kapitel – und das Leichentuch kann durchaus in diese Tradition gehören. Zeitweise maß man Reliquien eine so große Bedeutung bei, dass sich, wenn ein Heiliger krank wurde, die Leute vor seinem Haus versammelten und auf seinen Tod warteten. Sobald er gestorben war, stürmten sie das Haus und holten sich Teile – Finger, Zähne, Ohren, was sie kriegen konnten – und verkauften sie, Stück für Stück.«

Carpenter hörte mit offenem Mund zu.

»Oh, ja. Es heißt, zwei Tage nach seinem Tod sei vom heiligen Thomas von Aquin nur noch das Knochengerüst übrig gewesen.« Azetti lachte. »Grausig, nicht wahr? Und manchmal half man bei zählebigen Heiligen ein wenig nach – mit Gift.«

»Aber das Grabtuch ist doch nur ein Stück Stoff, ob es nun echt ist oder nicht.«

»Ja, aber es ist mit Säften durchtränkt – und mit Bilirubin.«

»Was ist das?«, fragte Carpenter.

»Ein Abbauprodukt des Blutes, das normalerweise ausgeschieden wird. Aber manchmal, unter extremem Stress – beispielsweise Folter – schwitzen Menschen Bilirubin aus.«

»Und das findet sich im Grabtuch?«

»Baresi hat Spuren davon entdeckt. Er hielt das Grabtuch für eine Fälschung, befürchtete aber, dass jemand sein Leben lassen musste, um es herzustellen.«

»Großer Gott«, sagte Carpenter.

Azetti nickte. »Reliquien schrieb man große Kraft zu. Eine Kirche mit einer berühmten Reliquie lockte oft Tausende von Pilgern an – und das brachte Geld. Doch dann kam die Reformation, und viele Reliquien wurden verbrannt.«

»Verbrannt«, wiederholte Carpenter. Der Grund seines Besuchs wurde ihm wieder bewusst. Er nippte an seinem Wein. »Was ich nicht begreife: Wie kam er von den Reliquien zur Medizin?«

»Ach, ja ... offensichtlich fühlte er sich dazu berufen. Ich glaube, er war fast fünfzig, als er sein Medizinstudium in Bologna aufnahm. Geburtshilfe und Gynäkologie.« Azetti runzelte die Stirn. »Ich glaube, während seiner Zeit als Assistenzarzt entdeckte er sein Interesse für das Thema Unfruchtbarkeit. Und anschließend baute er die Klinik. Das kam ganz überraschend.«

»Warum?«

»Nun, das ist eine Frage des Gefühls. Baresi war ... linkisch ... unbeholfen im Umgang mit Menschen. Und da sollte er Frauen bitten, sich auszuziehen! Außerdem war er Katholik. Gläubig. Folglich gab es Konflikte.«

»Konflikte welcher Art?«

Azetti verdrehte die Augen. »Kardinal Ratzinger spricht in seinem Katechismus für die ganze Kirche. Und die Kirche lehnt danach *jeden* Versuch ab, die natürliche Empfängnis zu beeinflussen.«

»Geburtenkontrolle.«

»Nicht nur! Die Kirche lehnt künstliche Befruchtung ebenso ab wie Abtreibung.«

»Das hätte ich nicht gedacht.«

»Aber ja. Dazu hat sich der Vatikan ausführlich geäußert. Kinder sollen auf natürlichem Wege, im Geschlechtsverkehr, empfangen werden. Verhütung ist gegen den Willen Gottes, aber die – wie heißt es gleich? – Reproduktionstechnik ebenso. Buchstäblich alles, was in einer Fertilitätsklinik geschieht, ist verboten.«

»Interessant. Und dennoch hat Baresi weitergemacht ...«

Der Priester seufzte. »Er hatte das Gefühl, dass für ihn eine Ausnahmeregelung galt. Zudem war er schwerlich der Einzige, der in dieser Hinsicht den Vatikan ignoriert. Geburtenkontrolle ist verboten – und doch wächst auch im katholischen Italien die Bevölkerung nicht mehr an. Und ich kann Ihnen versichern, dass die Menschen in diesem Land kein Keuschheitsgelübde abgelegt haben.« Azetti zuckte die Achseln und füllte sein Glas. »Was machen wir jetzt mit Ihrer Frau? Braucht sie seelsorgerischen Rat?«

Carpenter sah ihn verständnislos an.

»Ist sie in der *pensione*? Es wundert mich, dass Sie von so weit her kommen, ohne vorher anzurufen. Bestimmt ist sie sehr enttäuscht. Wenn Sie möchten, dass ich mit ihr spreche ...«

»Nein, Pater ...«

»Ich bin ein guter Zuhörer«, warf Azetti ein.

»Ich glaube, es besteht ein Missverständnis. Ich bin nicht verheiratet.«

Der Priester sah verwirrt aus.

»Ich bin hier, weil meine Schwester die Klinik aufgesucht hat. Vor einigen Jahren schon.«

»Aha! Ihre Schwester! War die Reise erfolgreich?«

»Ja. Sie hat einen reizenden kleinen Jungen bekommen.«

Azetti lächelte und nickte. Dann aber runzelte er die Stirn. »Das verstehe ich nicht. Ich meine, warum sind Sie eigentlich hier?«

»Sie ist im November gestorben.«

Der Priester zuckte leicht zusammen. »Das tut mir Leid. Und der Junge? Ich nehme an, der Vater kümmert sich jetzt um ihn – und Sie.«

Carpenter schüttelte den Kopf. »Er hatte keinen Vater. Meine Schwester zog ihn allein auf. Und außerdem ist auch das Kind gestorben. Sie wurden beide ermordet.«

Azetti schlug die Augen nieder. Dann fragte er: »Wie ist es passiert?«

»Jemand hat sie im Schlaf ermordet und dann das Haus niedergebrannt.«

Lange Zeit sagte Azetti nichts. Er schnitt noch ein Stück Brot ab und tunkte es in Wein. »Und deshalb sind Sie hier?«, sagte er schließlich.

Carpenter nickte. »Der Mörder war Italiener. Ich glaube nicht, dass meine Schwester ihm je begegnet ist. Und dann habe ich erfahren ...«

Der Priester stand auf und begann auf und ab zu gehen. Er wirkte aufgewühlt, als wäre ihm ein gefährlicher Gedanke gekommen. »Ein Junge haben Sie gesagt?«

Carpenter nickte.

»Ich frage mich ... ich frage mich, ob Sie eine Ahnung haben ... vielleicht wissen Sie ja, für welches Verfahren sich Ihre Schwester entschieden hatte. Es gab ja mehrere ...«

»Ich weiß, dass die Eizelle gespendet wurde.«

»Oozytenspende«, sagte der Priester, als handle es sich um eine tödliche Krankheit. Er blieb stehen und sah Carpenter an. »Aber natürlich kommt dergleichen vor. Die Gewalt nimmt überhand. Vor allem in den Vereinigten Staaten. Hat Ihre Schwester in der Stadt gewohnt? Wir leben in schwierigen Zeiten.«

Carpenter nickte. »Sie haben Recht. Gewalt ist ein wachsendes Problem. Aber meine Schwester und mein Neffe waren nicht die Einzigen.«

»Was heißt das?«

»In Prag wurde ein Junge ermordet. Ungefähr zur selben Zeit. Unter ähnlichen Umständen. Ein weiterer in London. Kanada ... Rio ... Gott weiß, wo noch. Darum bin ich hier: Sie alle verdankten ihre Existenz dieser Klinik.«

Der Priester ließ sich auf einen Stuhl sinken und schloss die Augen. Lange Zeit herrschte Schweigen. Carpenter bemerkte, dass es zu regnen begann.

Nach einer Weile senkte Azetti den Kopf und legte die Stirn auf die gefalteten Hände. Er murmelte etwas, was Carpenter aber nicht verstand.

»Was ist?«, fragte Carpenter.

»Es ist Gottes Wille!«, rief Azetti. Er stützte sich auf den Tisch und sah Carpenter mit wirrem Blick an. »Oder vielleicht auch nicht!«

»Pater ...«

»Ich kann Ihnen nicht helfen.« Der Priester wandte sich ab.

»Das glaube ich schon.«

»Ich kann es nicht!«

»Dann werden noch mehr Kinder sterben!«

Azetti traten die Tränen in die Augen. »Sie verstehen das nicht«, sagte er und holte tief Luft. »Das Beichtgeheimnis ist unantastbar. Der Beichtvater sollte es niemals preisgeben.«

»Was heißt, ›er sollte nicht‹?«

Der Priester schüttelte den Kopf.

»Sie wissen, wer dahinter steckt, nicht wahr?«, fragte Carpenter.

»Nein«, erwiderte Azetti, und Carpenter sah ihm an, dass er die Wahrheit sagte. »Ich gebe Ihnen mein Ehrenwort. Aber eines kann ich Ihnen sagen: Jeder Aspekt von Baresis Leben fließt in das ein, was Sie vor sich sehen – seine Arbeit als Wissenschaftler, seine Tätigkeit für den Vatikan und seine Klinik.« Der Priester verstummte.

»Ist das alles?«, fragte Carpenter.

»Alles, was ich sagen kann«, erklärte Azetti.

»Dann danke ich Ihnen für Ihre Hilfe«, entgegnete Carpenter sarkastisch. »Ich werde es mir merken. Und wenn mich wieder eine Mutter fragt, warum ihr Sohn sterben musste, erzähle ich ihr von Ihrem Gelübde – und von Ihren Prinzipien. Bestimmt wird sie dafür Verständnis haben.« Er stand auf.

»Warten Sie«, sagte der Priester. »Ich habe noch etwas für Sie.« Bevor Carpenter etwas erwidern konnte, ging Azetti ins Nebenzimmer. Carpenter hörte ihn in seinem Schreibtisch stöbern. Der Priester kam mit einem Brief in der Hand zurück.

»Hier.« Er gab Carpenter den Brief. »Baresi hat ihn mir ein

paar Tage vor seinem Tod aus dem Krankenhaus geschickt. Ich glaube, er wird einige Ihrer Fragen beantworten.«

Carpenter warf einen Blick auf die drei Bögen, die auf beiden Seiten dicht beschrieben waren. Die Kirchturmglocke begann zu läuten.

Azetti sah auf die Uhr. »Ich habe Beichte bis acht. Wenn Sie dann wiederkommen, werde ich den Brief für Sie übersetzen.«

»Könnten Sie nicht einfach ...«

Azetti schüttelte den Kopf.

»Pater ...«

»Es hat tausende von Jahren gewartet. Da hat es auch noch ein wenig länger Zeit.«

28

Carpenter musste nachdenken. Oder noch besser, nicht denken.

Der Priester hatte ihm etwas sagen wollen, ohne sein Gelübde zu brechen. Etwas über die verschiedenen Berufe Baresis und wie sie miteinander verflochten waren. Aber was das zu bedeuten hatte, war Carpenter schleierhaft.

Er musste laufen.

Das tat er immer, wenn er vor einem Problem stand, das er nicht lösen konnte. Er schaltete den Verstand ab und lief. Nicht selten kam die Lösung dann von selbst.

Aber in Montecastello wollte er nicht laufen. In den verwinkelten, kopfsteingepflasterten Gassen wäre das kein reines Vergnügen gewesen. Auch die steil abfallende Straße, die aus dem Städtchen hinausführte, war wenig verlockend.

Also entschied er sich für seine zweitbeste Meditationstechnik. Er setzte sich ins Auto und fuhr einfach drauflos, in Richtung Spoleto, versuchte, nicht zu denken, und hoffte, die Antwort werde sich ungebeten einstellen.

Der Karte zufolge waren es vierzig Kilometer bis Spoleto. Ideal, dachte Carpenter. Eine Stunde hin, eine zurück, ein Rundgang durch die Stadt.

Weit gefehlt. Er hatte übersehen, dass zwischen beiden Orten eine Bergkette lag. In Haarnadelkurven führte die schmale Asphaltstraße den steilen Hang hinauf. Die Fahrt war schön, doch erst nach einer Stunde erreichte er ein Schild, auf dem es hieß: SPOLETO – 10 KM. Trotzdem fuhr er weiter, bis er gezwungen war, in Abgaswolken gehüllt hinter einem Lastwagen herzukriechen. Bei einer Tankstelle machte er kehrt. Das Tageslicht war fast schon verblasst. Es war Viertel nach sechs.

»Sie haben ihn knapp verpasst«, sagte Hugh, als Carpenter in die Pension zurückkehrte.

»Wen?«

»Er hat seinen Namen nicht genannt, nur gesagt, er sei Ihr Freund.«

Carpenter sah ihn an. »Ich habe hier keine ›Freunde‹. Hat der Mann etwas ausrichten lassen?«

»Nein. Er sagte, es sei eine Überraschung. Dann fragte er, wo er Sie finden könnte ...« Hugh runzelte die Stirn. »Ich sagte, Sie seien zum Pater gegangen.«

Carpenter schwieg bedrückt.

»Das war ein Fehler, oder?«

»Ich weiß nicht. Wie sah er aus?«

»Groß. Riesengroß.«

»Italiener?«

Hugh nickte.

»Gibt es einen Hinterausgang?«, fragte Carpenter.

Hugh wurde blass, dann nickte er eifrig und führte ihn durch den Korridor in die Küche und hinter der Pension hinaus auf die Straße.

»Tut mir schrecklich Leid, Joe.«

»Macht nichts«, sagte Carpenter und schlug im Laufschritt den Weg zur Kirche ein.

Kurze Zeit später stand er in einer spärlich beleuchteten Sackgasse. Dahinjagende Wolken verschleierten den Mond. Wahrscheinlich wartete der »Schrank« schon vor der Kirche oder auf dem Marktplatz auf ihn, aber Carpenter beschloss, den Priester trotzdem aufzusuchen. Es war noch früh; bestimmt waren noch

Leute in der Kirche. Vielleicht würde er den Pater bitten, ihn nach Hause zu begleiten.

Aber anscheinend war er irgendwo falsch abgebogen. Er hätte längst auf der Piazza sein müssen. Er schlug die andere Richtung ein, verirrte sich jedoch immer mehr im Labyrinth der Gassen. Als er schon die Hoffnung aufgeben wollte, je an sein Ziel zu gelangen, bog er links ab und stand plötzlich auf der Piazza di San Fortunato.

Am Festungswall jenseits der Piazza sah er drei Männer, die auf die fernen Lichter von Todi blickten. Nicht weit von ihnen war der *padrone* des Café Luna damit beschäftigt, ein rostiges Rollo herunterzulassen. Einer der Männer rief ihm etwas zu, fragte nach Zigaretten, und der *padrone* murmelte eine Antwort. Dann ging er wieder hinein. Carpenter sah sich die drei Männer näher an.

Er hatte sich getäuscht. Es waren nur zwei. Aber einer von ihnen war groß wie ein Haus. Und klobig wie ein Schrank.

Carpenter holte tief Luft, um seinen Atem unter Kontrolle zu bekommen, und als sich die Männer wieder dem Blick auf Todi zuwandten, schlich er auf Zehenspitzen über den Platz und huschte die Stufen zur Kirche hinauf.

Drinnen war es nicht viel heller als draußen. Die Votivkerzen flackerten in ihren roten Hüllen, und die elektrischen Kandelaber verbreiteten Dämmerlicht.

»Pater?«, sagte er leise. »Pater?« Keine Antwort; das hieß wohl, Azetti befand sich in seiner Wohnung. Als Carpenter zur Tür zurückging, wurde ihm klar, dass er sich mehr als nur ein wenig verspätet hatte. Aber der Priester musste noch in der Nähe sein, denn die Kirche war nicht abgeschlossen.

Die Männer standen immer noch am Festungswall und rauchten, als Carpenter die Stufen hinunterging, sich zur Wohnung des Priesters neben der Kirche begab und an die schwere Holztür klopfte. Weil niemand antwortete, drehte er am Türknauf, und da nicht abgeschlossen war, trat er ein. Seine Augen hatten sich längst an die Dunkelheit gewöhnt, und so ging er, ohne das

Licht einzuschalten, von Raum zu Raum und rief den Namen des Priesters. Keine Antwort.

Als er zur Kirche zurückkehrte, machte er sich allmählich Sorgen. Wo mochte Azetti sein? Vielleicht betete er vor einem Seitenaltar in so tiefer Versenkung, dass er von der Außenwelt nichts mehr mitbekam und ihn nicht gehört hatte?

Carpenter wusste wenig vom Beten. Josie hatte eine Zeit lang einen religiösen Tick gehabt (der Anfall dauerte ungefähr drei Wochen); da hatte sie darauf bestanden, dass er und Kathy abwechselnd vor dem Essen ein Tischgebet sprachen. Und am Abend, wenn sie ins Bett gingen, mussten sie das Vaterunser aufsagen – in Josies Gegenwart und auf den Knien. Über die Worte, die er dann immer sprach, hatte er nie nachgedacht. Geheiligt werde dein Name.

Geheiligt.

Wieder rief er, diesmal lauter: »Pater Azetti! Ich bin's, Joe Carpenter.«

Nichts.

Vielleicht hatte der Priester ein Gemeindemitglied heimbegleitet, vielleicht machte er einen Krankenbesuch.

Carpenter wollte warten. Und er beschloss, eine Kerze für die Toten anzuzünden. Ohne nachzudenken, zog er einen Schein aus seiner Brieftasche, faltete ihn und steckte ihn in den Opferstock. Es hätte ein Dollar sein können oder eine Hundertdollarnote oder tausend Lire. Irgendwie war es ihm gleich. Er fühlte sich merkwürdig distanziert. Die Männer draußen. Die Worte des Priesters. Die gespenstische Stadt.

Für Kathy, dachte er und entzündete eine Kerze. Und dann eine zweite neben der ersten. *Für Brandon.* Er kam sich vor, als borgte er sich ein Ritual von jemandem – und das traf ja gewissermaßen auch zu.

Er wollte sich in eine der hinteren Reihen setzen, die Tür im Auge behalten und noch eine Weile auf Azetti warten.

Plötzlich rutschte er aus, taumelte, konnte sich gerade noch an einer Kirchenbank festhalten.

Das Halbdunkel nahm allen Dingen die Farbe, aber da, wo er ausgerutscht war, sah er auf dem Fliesenboden einen dunklen Fleck. Und dann erkannte er auch den Geruch ... nach frischem Blut.

Schließlich sah er auch das Rinnsal, das bis zu den Sitzreihen geflossen war, und verfolgte es bis zum Beichtstuhl. Dort angelangt, blieb ihm nichts anderes übrig, als in die Pfütze zu treten, obschon ihm nicht wohl dabei war. Aber der Weg in den Beichtstuhl führte nun mal durch Blut.

Er war noch nie in einem Beichtstuhl gewesen, und als er den Vorhang beiseite schob und feststellte, dass der Beichtstuhl leer war, blieb ihm fast das Herz vor Erleichterung stehen. Aber das währte nicht lange. Denn er bemerkte bald die Trennwand und ahnte sofort, was er auf der anderen Seite vorfinden würde.

Mit pochendem Herzen zog er die andere Hälfte des Vorhangs zurück. Azetti saß auf seinem Platz, den Kopf gegen das Gitter geneigt. An der rechten Schläfe klaffte nur ein kleines Loch, aber die Austrittswunde war faustgroß. Ohne hinzusehen, wusste Carpenter, dass das Gehirn des Priesters an der Wand hinter ihm klebte.

Ein Dumdumgeschoss. Mit einer weichen Spitze aus Blei. Ein Geschoss, das beim Aufprall zerbirst, sodass die Splitter in alle Richtungen fliegen. Früher machte man so etwas selbst, indem man ein Kreuz ins Blei schnitt; heutzutage konnte man es, in »besserer Qualität«, auch kaufen.

Der Priester hatte offenbar im Beichtstuhl gesessen und die Schläfe an das kleine Gitter gelehnt. Der Killer war dann auf der Seite des Beichtenden niedergekniet, hatte die Pistole herausgezogen, während er vorgab zu beichten. *Segne mich, Vater, denn ich habe gesündigt.* Und dann hatte er abgedrückt, direkt ins Ohr des Priesters, mit einem Geschoss, das einen Elefanten hätte töten können.

Es dauerte eine Weile, bis Carpenter Azetti aus dem Beichtstuhl geholt und auf den Boden gelegt hatte. Warum er das tat, war ihm selbst nicht klar. Azetti sah aus, als fühlte er sich im

Beichtstuhl unwohl. Wenn er nur ein Kissen für Azettis Kopf hätte, aber ...

Er hatte keins. Also ließ er Azetti auf dem Gang liegen und ging hinter den Altar, wo er in den verwirrenden Nischen eine halbe Stunde lang vergeblich nach einem Ausgang suchte. Gewiss grenzten andere Häuser direkt an die Rückwand der Kirche. Im Mittelalter war Raum kostbar gewesen – zumindest wenn man innerhalb von Stadtmauern wohnen wollte.

Vermutlich hatte aus demselben Grund auch die Wohnung des Priesters keinen Hinterausgang. Aber noch länger in der Kirche zu warten, erschien Carpenter auch sinnlos. Früher oder später würden die Männer hereinkommen.

Er öffnete die schwere Tür, blieb auf der obersten Stufe stehen und blickte auf den Platz hinaus. Er war menschenleer und, zumindest im Augenblick, vom Mondlicht hell erleuchtet. Carpenter eilte die Stufen hinunter und ging auf den Brunnen zu. Abgesehen vom Plätschern des Wassers, herrschte Totenstille.

Und dann sah er den Mann.

Ganz deutlich sah er ihn im Mondlicht an der Ecke stehen, wo die Via della Felice auf den Platz mündete. Im nächsten Augenblick verbarg sich der Mond hinter einer Wolke, und der Mann verschwand so plötzlich, dass Carpenter sich fragte, ob er überhaupt da gewesen war. Er bog in eine andere Gasse ein und blieb erst stehen, als sich ein dunkler Schatten wie eine Wand vor ihn schob.

Der Schrank.

Carpenter machte auf dem Absatz kehrt und rannte los, obwohl er nicht wusste, wohin.

»Ecco! Cenzo!«, rief der Schrank. Seine Stimme war überraschend hoch.

Mit einem Blick erfasste Carpenter den Platz: den Brunnen, die Kirche, das Café, den Festungswall. Kein Ausweg in Sicht. Der Schrank und sein kleinerer Gefährte waren ihm auf den Fersen. Im Dunkeln sah er ihre Zähne leuchten. Die beiden lächelten.

Carpenter ging rückwärts, achtete nicht auf die Richtung, er wollte nur weg. Der kleinere von beiden griff in seine Jacke und holte eine Waffe heraus; sie sah aus wie eine Walther mit Schalldämpfer, an der er herumschraubte, während er gleichzeitig etwas zu seinem Kumpel sagte. Carpenter stieß mit dem Rücken gegen den Festungswall. Er saß in der Falle.

Als die Männer ohne Hast auf ihn zukamen, sah er ihre Gesichter im Mondlicht. Der mit der Knarre war jung und hässlich. Er hatte Glupschaugen, und sein Gesicht war verunstaltet, als hätte man ihn bei der Geburt mit der Zange geholt. Er hatte ein Kamelgesicht. Sein Haar war kaum mehr als ein Schatten auf dem nahezu kahl geschorenen Schädel.

Der Schrank war aus einem anderen Stoff – Roheisen wahrscheinlich. Sein Schädel war ebenso quadratisch wie sein Körper, und er sah aus, als müsste er sich stündlich rasieren. Sein Kopf war von dichten Locken bedeckt, und selbst auf die Entfernung sah Carpenter seinen grimmigen Blick.

Ich könnte auf sie losstürmen, dachte er. Oder die andere Richtung nehmen: über den Wall springen und sehen, was dann passiert. Beide Möglichkeiten boten geringe Überlebenschancen, aber bei der einen waren sie möglicherweise höher als bei der anderen. Er hätte sich gern umgedreht und den Sturz abgeschätzt: Ging es senkrecht in den Tod, oder würde die Schräge den freien Fall bremsen? Er wusste es nicht und brachte es einfach nicht fertig, den Blick von den beiden Männern zu wenden, die auf ihn zukamen.

Als der kleinere seine Waffe hob, war Carpenter klar, dass er die Entscheidung bereits getroffen hatte. Fast beiläufig legte er die linke Hand auf den Wall, machte eine Kehrtwendung und sprang ins Leere. Hinter ihm, jetzt über ihm, hörte er drei Schüsse in rascher Folge, während er, wie es schien, sehr lange Zeit fiel und fiel.

Ich bin tot, dachte er. Tot. Er fiel durch wirbelndes Dunkel, im Fallen war es unmöglich, die Abfolge der Bilder zu verarbeiten. Und dann kam ohne Vorwarnung der Schlag des Aufpralls, und Carpenter kullerte ein Stück den Abhang hinunter. Wieder fiel er völlig unkontrollierbar. Instinktiv zog er die Knie an die Brust und schützte den Kopf mit den Armen, eine menschliche Kanonenkugel.

Sein letzter klarer Gedanke war: Wenn ich gegen einen Felsen schlage, ist alles vorbei. Ein Felsen, dachte er. Kopf ... Felsen ... Kopf wie ein Ei ... das Ei zerbricht ... überall Gehirnmasse. Oder ein Baum ... sogar ein Baum ... würde mich mitten durchreißen. Gefälle. Wissenschaft! Beschleunigung frei fallender Körper.

Dann merkte er, dass er unwillkürlich seine Beine wie ein Baseballspieler als Bremse benutzte. Er riss sich die Hände wund, während er durchs Gestrüpp segelte, kniff die Augen zusammen zum Schutz gegen Brombeerranken. Schließlich endete der Sturz abrupt, nachdem er mit dem Fuß gegen einen Felsbrocken stieß.

In Sicherheit.

Wenn er nicht tot war. Aber tot konnte er nicht sein. Sonst hätte es wahrscheinlich nicht so wehgetan. Auf der rechten Seite, wo er zuvor schon verletzt worden war, brannten seine Rippen wie Feuer, und sein Knöchel fühlte sich an, als hätte man einen Pflock hindurchgetrieben. Ein gellender Schmerz, der sich vom rechten Fuß das ganze Bein hinaufzog. Auf der Zunge schmeckte er Blut, seine Wange war wund gescheuert ... er wagte es nicht, sich zu bewegen.

Was, wenn er versuchte aufzustehen und nichts geschah? Er war völlig durcheinander und wie gelähmt vor Angst, buchstäblich gelähmt zu sein. Also lag er da und starrte zum Mond hinauf, der ab und zu hinter den Wolken hervorlugte. Schwerer Pinienduft lag in der Luft, und die Nacht erschien ihm merkwürdig hell. In der Ferne hörte er Vögel pfeifen. Vögel?

Wo bin ich?

Ach ja.

Er musste aufstehen. Wenn er nicht hochkam, konnte er ebenso gut schreien, dann sollten der Schrank und sein Freund ihm ruhig eine Kugel verpassen und dieser Qual ein Ende machen.

Keuchend und stöhnend rollte er sich auf den Bauch, griff nach einem Pinienzweig und zog sich hoch. Leicht schwankend sah er sich um. Er befand sich kurz oberhalb der Stadtmauer, wo das Gelände relativ eben war. Bis zum Parkplatz waren es knapp hundert Meter, und der Fußballplatz dahinter war hell beleuchtet. Wieder hörte er das Pfeifen, und ihm wurde klar, dass es nicht Vögel waren, sondern italienische Fußballfans.

Er klopfte sich ab und fand auf dem Boden einen dürren Pinienast, der als Wanderstock taugte.

So humpelte er, gegen den Schmerz im Knöchel ankämpfend, zum Parkplatz. Ob der Fuß nun gebrochen oder verstaucht war, es wurde mit jedem Schritt schlimmer. Und es waren viele Schritte. Nach zehn Minuten hatte er den Parkplatz erreicht. Lautes Jubeln ertönte. Jemand hatte ein Tor geschossen.

Auf dem kleinen Parkplatz standen dicht gedrängt die Autos und Fahrräder der Fans. Carpenter schaute sich nach seinem Mietwagen um. Erleichtert stellte er fest, dass man ihn nicht zugeparkt hatte. Schon wollte er darauf zugehen, da sah er in einem schwarzen Rover keine zwanzig Meter entfernt ein Feuerzeug aufleuchten. Gesichter konnte er nicht erkennen, aber es saßen zwei Leute in dem Auto, und sie benahmen sich nicht wie ein Liebespaar.

Er hielt den Atem an.

Natürlich. Die Stadt war eine Falle, es gab nur einen Zugang. Der Schrank hatte sein Hirn nicht besonders anstrengen müssen: Wenn Carpenter nicht in den Tod gesprungen war, wo sollte er hin, wenn nicht zu seinem Auto? Was hätte er tun sollen – etwa den ganzen elenden Berg hinunterkullern und dann per Anhalter nach Todi fahren?

Zurück nach Montecastello kam nicht in Frage, da hätte er wieder nur in der Falle gesessen. So wie er aussah, konnte er auch schlecht in der Zuschauermenge im Stadion untertauchen. Seine Kleidung war zerrissen und mit – nicht nur dem eigenen –

Blut befleckt, sein Gesicht zerschunden, und er humpelte erbärmlich.

Das kam also nicht in Frage. Und überhaupt wartete der Rover ja zwischen ihm und dem Fußballplatz. Also blieben nur ...

Die Fahrräder vor seiner Nase. Sie standen dicht gedrängt nebeneinander, Fahrräder aller Art. Geduckt inspizierte Carpenter die Räder, bis er gefunden hatte, was er suchte: ein altes englisches Rennrad, dessen Besitzer sich nicht die Mühe gemacht hatte, es abzuschließen.

Doch ungesehen vom Parkplatz zu verschwinden würde nicht leicht sein. Wenn sich der Schrank und sein Freund auf das Auto konzentrierten, schenkten sie einem Radfahrer vielleicht gar keine Beachtung. Aber wenn sie es doch taten, würden sie kurzen Prozess machen. Sie würden ihm einen Kopfschuss verpassen und wegfahren.

Aber er hatte keine Wahl, und wenn er sich lautlos bewegte, kam er vielleicht an ihnen vorbei. Carpenter holte tief Luft, schwang das linke Bein über die Querstange, stieß sich mit dem rechten Fuß ab und trat in die Pedale. Als das Fahrrad mit wachsender Geschwindigkeit auf den Rover zurollte, begann es schrecklich zu klappern. Flipflipflip-flipflipflip-flipflipflip-flipflipflip.

Carpenter warf einen Blick über die Schulter und sah, wo das Problem lag: Der Besitzer des Fahrrads hatte mittels einer Wäscheklammer eine Spielkarte am Rahmen befestigt, sodass die Speichen gegen sie schlugen, wenn sich das Rad drehte. Um einen Höllenlärm zu machen. Verdammt! Da stand der Rover und ...

Dann war er auf einmal an ihm vorbei, strebte der Straße zu, war offenbar noch einmal davongekommen. Das glaubte er zumindest, bis er den Motor aufheulen hörte. Hinter ihm leuchteten Scheinwerfer, und schon bewegte sich der Rover auf ihn zu.

Inzwischen hatte Carpenter den Parkplatz hinter sich gelassen und fuhr mit halsbrecherischer Geschwindigkeit bergab. Auf der Straße, die sich wie eine Spirale um den Berg wand, bekam Carpenter bei seiner rasanten Fahrt körperlich richtig die Zentrifugalkräfte zu spüren. Er hatte ein gutes Stück Vorsprung, sodass er nur das Scheinwerferlicht des Rover sah und nicht den Wagen selbst, der offenbar nicht aufholte.

Von Zeit zu Zeit bremste er sachte, sonst lehnte er sich nur in die Kurven und überließ alles andere der Schwerkraft. Sein Herz hämmerte, der Wind stach in den Augen, und die Spielkarte tanzte summend auf den Speichen.

Bald, wenn er die Ebene erreichte, würde die Schwerkraft gegen ihn arbeiten, er würde an Tempo verlieren, der Rover würde aufholen und ...

Plötzlich war er unten angelangt. Es wurde flach. Wie eine Bowlingkugel sauste er vom Berg herunter durch die Talebene auf die kleine Schonung zu, die ihm früher schon aufgefallen war. Es waren nur gut fünfhundert Meter bis zu dem Wäldchen, aber als er dort angelangt war, hatten ihn die Scheinwerfer des Rover bereits erfasst.

Er trat in die Pedale, was das Zeug hielt, war vor dem anderen am Waldrand und hielt sich, solange er noch Schwung hatte, im Schutz der Bäume auf dem Rad. Dann ließ er es fallen und humpelte tiefer in den Wald hinein.

In der Schonung herrschte eine unnatürliche Ordnung; die in regelmäßigen Abständen angepflanzten Laubbäume waren alle von derselben Größe. Es gab kein Unterholz, und die Zweige hatte man bis auf eine Höhe von zwei Metern abgehackt.

Jetzt machte der Rover mit aufgeblendeten Scheinwerfern am Waldrand Halt. Eine Weile stand er mit laufendem Motor da, dann erlosch das Licht, die Türen flogen auf, und der Schrank und sein Gefährte stiegen aus.

Carpenter rührte sich nicht von der Stelle; er konnte nicht fassen, was geschah. Er war im falschen Film. So wollte er nicht enden, er mit all seinen Beziehungen, in diesem Wäldchen hinter einem Baum versteckt. Er mit seinem Imperium der Informationsbeschaffung, das sich größere Unternehmen als seines so gern einverleibt hätten. Auf mindestens drei Kontinenten gab es überaus fähige Männer, die alles gegeben hätten, um für ihn zu arbeiten – und jetzt tapste er, gerade auf einem Fahrrad dem Tode entronnen, durch den Wald.

Verdammt kalt, dachte er, und dann der Knöchel ... arg geschwollen, aber nicht gebrochen, das war ihm jetzt klar. Entweder stand er inzwischen unter Einfluss von Endorphinen, oder die Verstauchung war nicht so schlimm, wie er vermutet hatte. Jedenfalls konnte er laufen, er musste nur den Schmerz aushalten.

In der Ferne hörte er den Fluss rauschen. Das Geräusch konnte ihm ein wenig Deckung geben, also schlug er die Richtung ein. Und wenn es hart auf hart ging, konnte er ins Wasser springen, flussabwärts schwimmen und ...

Ertrinken. Die Wassertemperatur lag wahrscheinlich unter zehn Grad.

Da hörte er trockene Zweige knacken und drehte sich um. Der Kleine kam, den Blick auf den Boden geheftet, auf ihn zu. Carpenter trat hinter einen Baum und wartete. Plötzlich blieb der Mann stehen, sah sich nach links und rechts um und öffnete seinen Hosenschlitz. Seufzend wandte er sich einem Baumstamm zu und erleichterte sich.

Carpenter wusste, dass sein Verfolger in diesem Augenblick am verletzlichsten war. Wenn er überhaupt eine Chance gegen ihn hatte, dann jetzt. Er holte tief Luft, trat hinter dem Baum hervor und stürzte sich von hinten auf den Mann.

Hätte er sich normal bewegen können, wäre er mit vier, fünf Schritten bei ihm gewesen und hätte ihn mit einem Genickschlag ins Jenseits befördert.

Aber leider klappte das nicht. Mit dem schmerzenden Knöchel konnte er sich weder schnell noch lautlos bewegen. Der Italiener hörte ihn und schnellte herum. Und dann lag Carpenter plötzlich und völlig unerwartet platt auf dem Bauch. Kamelgesicht hatte den rechten Arm unter seine Achselhöhle geschoben und drückte mit der Hand seinen Nacken nach unten. Mit der anderen Hand hielt er Carpenters linkes Handgelenk fest, während er ihm mit dem Kopf das Gesicht in die Erde drückte.

Carpenter wand und wehrte sich, konnte aber gegen den offenbar professionellen Griff nichts ausrichten. Der Kerl ist Ringer, dachte er, und zwar kein schlechter.

Eine Weile lagen sie regungslos ineinander verschlungen da. Plötzlich lockerte der Italiener den Griff und ließ Carpenters Handgelenk los, um nach etwas zu greifen, offenbar einem Messer. Carpenter schlug mit dem Ellbogen nach ihm, was aber keine Wirkung zeigte, und Kamelgesicht packte ihn an den Nackenhaaren und riss seinen Kopf nach hinten. Der Mond schien ihm in die Augen, und Carpenter dachte: *Jetzt schneidet er mir die Kehle durch.*

Der Italiener murmelte etwas; die herablassende, ja fast gönnerhafte Stimme machte Carpenter klar, dass er noch etwa eine Sekunde zu leben hatte. Knurrend biss er die Zähne zusammen und senkte gegen den Widerstand der Hand, die an seinen Haaren riss, den Kopf, bis sein Kinn fast den Hals berührte. Dann gab er plötzlich nach und schleuderte, die Kraft des Gegners nützend, den Kopf nach hinten und dem anderen mit aller Wucht ins Gesicht.

Mit einem Aufschrei rollte Kamelgesicht beiseite, und Carpenter stand mühsam auf. Vom Waldrand her rief eine sorgenvolle Stimme: *»Cenzo?«* Und dann lauter: *»Cenzo!?«* Der Mann zu seinen Füßen richtete sich unterdessen auf, kniete und schüttelte benommen den Kopf. Routiniert wie ein Torwart holte Carpenter aus und versetzte dem Kamelgesicht mit aller Kraft einen Tritt ins Gesicht. Fast überrascht, dass dessen Kopf nicht in die Höhe flog wie ein Fußball, beobachtete er, wie sein Gegner über den Waldboden rollte, wieder auf die Beine kam und Zähne ausspuckte.

Langsam, das Messer immer noch in der Hand, kam er auf Carpenter zu. Der Amerikaner konnte weder fliehen noch handeln, also hielt er dem eisernen Blick des anderen stand, bis der Italiener ausholte und ihm den Ärmel seiner Lederjacke aufschlitzte. Er sprang zur Seite, und noch einmal holte sein Gegner aus und zielte auf seinen Magen.

Wieder drang die Stimme vom Waldrand her zu ihnen: »*Cenzo? Che c'e?*«

Kamelgesicht ließ Carpenter nicht aus den Augen, er setzte zum Todesstoß an.

»*Dove sei, eh?*«

Das war zu viel. Der Italiener warf einen kurzen, ärgerlichen Blick in die Richtung des Rufers, und Carpenter nutzte die Gunst des Augenblicks und landete fünf Fausthiebe in zwei Sekunden. Dann trat er einen Schritt zurück, damit der andere fallen konnte, aber das erwies sich eher als Fehler, denn Kamelgesicht machte stattdessen einen Satz nach vorn.

Der Gegenschlag kam überraschend, aber Carpenter konnte trotzdem noch einen Treffer landen, und diesmal flog dem Italiener das Messer aus der Hand. Hastig bückte sich Carpenter danach, kam hoch und wurde gleich wieder flachgelegt. Er lag auf dem Bauch, bewegungsunfähig vom Hals abwärts. Nur mit den angewinkelten Armen konnte er nach hinten schlagen, ein eher hilfloses Fuchteln.

Aber mit dem Messer in der rechten Hand reichte es. Er spürte, wie sich die Klinge in etwas Hartes bohrte. Kamelgesicht keuchte. Immer wieder stieß Carpenter zu, und jedes Mal traf er etwas, aber nicht besonders tief oder fest. Schließlich brüllte der Italiener auf und rollte von ihm herunter. Währenddessen holte Carpenter noch einmal mit dem Messer aus und stach zu. Dann richtete er sich auf.

Der Italiener saß mit überraschtem Gesicht auf dem Boden. Eine leere Augenhöhle klaffte, wo Carpenter ihn getroffen hatte, und aus seinem Hals quoll das Blut wie aus einer Ölpipeline.

Dann fiel er vornüber und starb wortlos.

Keuchend stand Carpenter auf und humpelte in Richtung Fluss davon. Er war randvoll mit Adrenalin, und irgendwie machte das Durst. Aber bevor er den Fluss erreichte, fiel plötzlich ein greller Lichtstrahl in den Wald und glitt suchend hin und her. Carpenter sah sich um.

Der Rover hatte einen Suchscheinwerfer neben dem Fahrerfenster, und der Schrank hielt damit nach seinem Gefährten Ausschau. Wäre Kamelgesicht auf den Beinen gewesen, der Schrank hätte ihn bestimmt gesehen. Aber »Cenzo« würde nie wieder aufstehen. Carpenter verbarg sich hinter den Bäumen.

Der Schrank horchte, dann fixierte er den Suchscheinwerfer, zog eine Pistole aus dem Gürtel und schritt auf den Waldrand zu. Für einen Mann seiner Größe bewegte er sich erstaunlich schnell und behände. Und er strebte direkt auf seinen toten Gefährten zu.

Ohne lange nachzudenken, schlich Carpenter so geräuschlos wie möglich in Richtung Waldrand. Aber als der Schrank in tiefer Verzweiflung *»Cenzo!«*, rief, verlor Carpenter die Nerven. So schnell er konnte, humpelte er auf den Rover zu, sprang hinein und suchte auf dem Sitz panisch nach den Zündschlüsseln oder einer Waffe.

Vergeblich.

Ein Brüllen drang aus dem Wald, während Carpenter die Schlüssel suchte, die Sonnenblende herunterklappte, das Handschuhfach öffnete und ...

Wieder ertönte ein Brüllen, und als Carpenter aufblickte, sah er den Schrank im Lichtkegel des Scheinwerfers auf das Auto zurennen. Dann fand er die Schlüssel auf dem Boden, packte sie und probierte den ersten aus, den zweiten, den dritten, bis endlich der Motor ansprang. Inzwischen hatte der Schrank den Waldrand erreicht und hob seine Waffe.

Carpenter legte den Rückwärtsgang ein und fuhr mit Vollgas auf die Straße zu. Da begann der Schrank mit grauenhafter Gelassenheit zu feuern. Der erste Schuss demolierte einen Scheinwerfer, der zweite hinterließ ein Spinnennetz auf der Windschutzscheibe, der dritte prallte an der Kühlerhaube ab. Carpenter riss den Wagen herum und legte den ersten Gang ein, während ein vierter und fünfter Schuss das Fahrgestell trafen.

Er duckte sich, trat aufs Gas und peilte blind die Straße an. Vier oder fünf Sekunden blieb er in Deckung, bis er einen ohrenbetäubenden Lärm vernahm und Lichtblitze aufflackerten. Er spähte über das Armaturenbrett und sah einen Lastwagen mit aufgeblendeten Scheinwerfern und dröhnender Hupe auf ihn zurasen.

Instinktiv riss Carpenter das Lenkrad nach rechts, und als der Lastwagen vorbeidonnerte, stöhnte er erleichtert auf. Falsche Straßenseite, dachte er.

Das war knapp.

29

Todi oder Marsciano?

Carpenter hielt vor dem Stoppschild mitten im Nirgendwo. Links oder rechts? Norden oder Süden? Einem Impuls folgend, lenkte er den Rover nach links, Richtung Marsciano – wo immer das sein mochte. Solange er nur nicht wieder auf der Bergstraße nach Spoleto oder, noch schlimmer, in Montecastello landete.

Die Stadt war eine Falle, einerseits zwar leicht zu verteidigen, andererseits aber warf eine Flucht von dort Probleme auf. Und er war auf der Flucht. Vor dem Schrank, aber auch vor der Polizei. Der Priester war tot, und wenn der Morgen kam, würde man sicher Carpenter verdächtigen. Nigel und Hugh würden von Azettis Tod erfahren und sich erinnern, dass Carpenter ihn hatte aufsuchen wollen – und anschließend verschwunden war, ohne seine Sachen zu holen.

Natürlich konnte er zur Polizei gehen und alles erklären: von Bepi über Azetti bis zu dem Kamelgesicht. Aber in einem gestohlenen Wagen bei der Polizei vorzufahren, mit blutbesudelter Kleidung und zehn Worten Italienisch, war keine gute Idee. Das Mindeste, was ihm drohte, war ein tagelanges Verhör – und falls sich der Umbra Domini einschaltete, war es nicht unwahrscheinlich, dass ihm im städtischen Gefängnis etwas zustoßen konnte.

Bei der nächsten Kreuzung fuhr er in Richtung Perugia, nach

Norden. Fort von Umbrien. Fort von Rom. Fort von allen Orten, die er kannte.

Er brauchte ein Telefon, und er musste sich irgendwo waschen. In Italien gab es jede Menge öffentliche Toiletten, aber wenn er eine betreten hätte, wären die Leute schreiend weggelaufen.

Kurz vor Perugia folgte er dem Wegweiser zur A-1, zur *autostrada.* Hier an der Autobahn gab es Raststätten mit Tankstelle, Telefon, Lebensmittelgeschäft und Waschräumen. Das einzige Problem war die helle Beleuchtung.

Aber ihm blieb keine andere Wahl.

Er raste mit 130 Stundenkilometern durch die Nacht, als ein Windstoß plötzlich den Wagen erfasste; kurz darauf setzte heftiger Regen ein. Carpenter fuhr nun blind, empfand aber eine geradezu unnatürliche Ruhe – als wäre das gesamte Adrenalin in seinem Körper inzwischen abgebaut. Was höchstwahrscheinlich auch zutraf.

Er warf einen Blick in den Rückspiegel, sah keine Scheinwerfer und fuhr rechts ran, um systematisch alle Knöpfe und Schalter des Autos durchzuprobieren, bis er den Scheibenwischer in Gang gesetzt hatte. Dann fuhr er weiter.

Erst gegen Mitternacht fand er einige Kilometer südlich von Florenz eine Raststätte. Die meisten Fahrzeuge parkten so dicht wie möglich am Gebäude, also stellte er den Rover am äußersten Rand des Parkplatzes ab, wo die Gefahr, jemandem zu begegnen, geringer war. Dann schaltete er das Innenlicht an und betrachtete sein Gesicht.

Er sah schlimmer aus, als er gedacht hatte. Sein Hemdkragen war blutdurchtränkt (ob mit eigenem oder fremdem, war schwer zu sagen). Der Sturz über den Abhang hatte Schnitte und Kratzer auf seinen Wangen hinterlassen, und seitlich am Kopf klaffte eine Wunde; wie er sich die zugezogen hatte, war ihm selbst nicht klar. Er betastete sie vorsichtig; sie war noch feucht und die Haare ringsherum blutverklebt.

Er stieg aus und stand im eiskalten Regen. Ein rascher Blick zeigte, dass seine Kleidung nicht zu retten war. Blut auf der Jacke, Blut auf dem Hemd, Blut auf der Hose.

Was tun? Ob ihn der Regen reinwaschen würde, wenn er einfach so stehen blieb? Nein, dachte er, das gab allenfalls eine Lungenentzündung. Also zog er sich bis aufs T-Shirt, das noch sauber war, aus und tauchte sein Hemd in eine ölige Pfütze. Obwohl das Öl bei ihm einen Brechreiz auslöste, rieb er sich mit dem Hemd das Blut vom Gesicht und von der Lederjacke. Anschließend zog er die Jacke übers T-Shirt und öffnete die Motorhaube. Der Motor war bemerkenswert sauber, aber es fand sich genug Schmiere, um die Blutflecken auf seiner Hose zu bedecken.

Dann humpelte er durch den Regen über den Parkplatz und stieg die Treppe zum Restaurant hinauf. Ein Geschäftsmann, der ihm entgegenkam, sah ihn komisch an, sagte aber nichts.

Im Haus folgte er dem Wegweiser mit dem Strichmännchen. Die Herrentoilette war riesengroß. Als ihn der Toilettenmann hereinkommen sah, musterte er ihn von oben bis unten, wies dann mit dem Kopf in den hinteren Teil des Raums und deutete durch Zeichensprache an, dass es dort Duschen gab.

Er war Türke oder vielleicht auch Bulgare, jedenfalls geizte er mit Handtüchern. Carpenter wollte sechs; der Bulgare bot zwei. Schließlich schrieb er stirnrunzelnd Zahlen auf ein Blatt Papier, die Preise fürs Duschen und für jedes Handtuch. Er hatte auch Seife, Einwegrasierer, Aftershave und Shampoo anzubieten. Carpenter versorgte sich mit allem, was er brauchte. Als ihm die Rechnung präsentiert wurde, bezahlte er das Doppelte, *grazie*.

Das Duschen war angenehm, bis er seine Schnittwunden mit Seife bearbeitete; das tat höllisch weh. Er wusch sich das Blut aus den Haaren und reinigte seine Hose, so gut es ging; anschließend wickelte er sie immer wieder in Handtücher, um das Wasser herauszudrücken. Am Ende war die Hose immer noch nass und fleckig, aber dass es sich um Blutflecken handelte, fiel nicht mehr auf.

Beim Hinausgehen musterte er sich im Spiegel und dachte: *Ich sehe aus wie ein Kriegsheimkehrer – aus einem verlorenen Krieg.*

Es war nach Mitternacht. Wahrscheinlich schlief Roy, nach fünfmaligem Klingeln schaltete sich der Anrufbeantworter ein. Carpenter schob die Karte ins Telefon und versuchte es noch einmal.

Beim dritten Mal meldete sich eine menschliche Stimme. »Dunwold.«

»Roy – hier ist Joe Carpenter. Sind Sie wach?«

»Mhm.«

»Ich habe ein Problem.«

»Was für ein Problem denn?«

»Na ja ... ein paar Leute sind tot. Ich komme nicht an meinen Ausweis ran. Ich bin ziemlich kaputt. Und ...«

»Und was? Ich dachte schon, das ist alles!«

»Ich fahre ein gestohlenes Auto.«

»Noch etwas?«

»Sonst ist alles in Ordnung.«

»Aha. Und wo stecken Sie?«

»An der *autostrada*, kurz vor Florenz. In einer Raststätte. Ich habe Prügel bezogen und ... ich muss hier raus. Nach Frankreich oder in die Schweiz – in ein Land, wo ich mir über die Botschaft einen neuen Pass besorgen kann. Welchen Tag haben wir übrigens?«

»Sonntag. Sonntagmorgen, ziemlich früh.«

»Okay. Also am Montag, spätestens Dienstag – verschwinde ich hier.«

»Sie sagten, ein paar Leute sind verletzt.«

»Ich sagte, sie sind tot.«

»Also gut, sehr schwer verletzt. Und Sie fahren einen ... Leihwagen?«

»Genau.«

»Ich will Ihre Begeisterung nicht dämpfen, aber vielleicht ist das mit der Botschaft keine sehr gute Idee? Ich könnte Ihnen Papiere auf einen anderen Namen besorgen – wenn auch nicht gerade bis Dienstag.«

»Ich versuche mein Glück bei der Botschaft. Entscheidend ist jetzt, dass ich raus muss aus Italien. So bald wie möglich.«

»Ja, gut – ich brauche eine Stunde – oder eher zwei – rufen Sie mich zurück. Wenn Sie nicht durchkommen, versuchen Sie es anschließend alle Stunde einmal. Ich arrangiere, dass jemand Sie mit dem Auto abholt.«

»Da ist noch was. Ich brauche Kleidung.«

»Großer Gott! Sind Sie nackt?«

»Nein, nackt nicht. Meine Hose ist nass!«

»Du meine Güte! Sie müssen ja allerhand durchgemacht haben!«

»Roy, besorgen Sie mir einfach ein paar Klamotten.«

»Geht in Ordnung. Mal sehen, was ich tun kann.«

Er beschloss, nicht in der Raststätte zu warten, sondern in Richtung Norden, zur Landesgrenze, weiterzufahren. Wenn er blieb, wo er war, würde er nur Aufmerksamkeit auf sich ziehen. Auf der Autobahn schaltete er Heizung und Radio ein und hoffte, dass seine Hose trocknete.

Zehn Kilometer südlich von Bologna setzte ein weißer Alfa zum Überholen an, bremste dann ab und fuhr zwei, drei Kilometer im gleichen Tempo neben ihm her. Carpenter warf dem Fahrer einen finsteren Blick zu, musste aber feststellen, dass es sich um einen Polizisten handelte. Er trat auf die Bremse, der Bulle tat es ihm gleich und deutete mit ausdrucksloser Miene auf den Seitenstreifen.

Carpenter zog gar nicht erst in Erwägung, sich aus dem Staub zu machen. Er kannte die Straße nicht und hatte nicht die Absicht, Selbstmord zu begehen. Also fuhr er rechts ran, bereit, sich zu ergeben.

Der Alfa hielt hinter ihm, und der Fahrer stieg aus, die Hand am Pistolenhalfter. Carpenter ließ seine Hände auf dem Lenkrad und blickte geradeaus, bis der Polizist ans Fenster klopfte. Dann kurbelte er es herunter.

Kommentarlos musterte der Bulle sein zerschundenes Gesicht, die Kopfwunde und die beschädigte Windschutzscheibe. Schließlich sagte er: »*Patente*« und streckte die Hand aus.

Gehorsam griff Carpenter nach seiner Brieftasche, holte den Führerschein heraus und gab ihn dem Mann.

»*Grazie, signore*«, sagte der Polizist und inspizierte den Führerschein. »*Inglese?*«

Carpenter schüttelte den Kopf. »Amerikaner.«

Der Bulle nickte, als wäre damit viel erklärt. »*Un momento.*« Bedächtig umrundete er den Wagen, ging in die Hocke, untersuchte den kaputten Scheinwerfer, ließ die Finger über die Kühlerhaube gleiten, betastete die Einschusslöcher. Lange verweilte sein Blick auf der Windschutzscheibe, dann trat er wieder an die Fahrerseite des Wagens. Jetzt ist alles aus, dachte Carpenter und tastete schon nach dem Türgriff; er konnte ebenso gut gleich aussteigen, die Hände auf die Kühlerhaube legen und die Beine spreizen.

Aber verwundert musste er feststellen, dass der Polizist einen Block herauszog und sich Notizen machte. Nach getaner Arbeit riss er den Zettel aus dem Block und gab ihn Carpenter. »*Parla italiano?*«

Ungläubig schüttelte Carpenter den Kopf. »Leider nein.«

Wieder nickte der Bulle. Dann deutete er auf den defekten Scheinwerfer, die gesprungene Windschutzscheibe und den Betrag auf dem Strafzettel. 90 000 Lire, ungefähr 60 Dollar.

Carpenter zog 100 000 Lire aus der Brieftasche und drückte sie dem Polizisten in die Hand. »*Grazie*«, sagte er. »*Grazie!*«

Der Polizist zog einen übergroßen Geldbeutel mit Reißverschluss aus dem Mantel. Er steckte Carpenters Scheine hinein und holte 10 000 Lire heraus.

»*Ecco il suo cambio, signore.*«

Carpenter nickte und fragte sich, ob das ein Witz sein sollte.

Der Polizist berührte seine Kappe. *»Buon viaggio«*, sagte er und kehrte zu seinem Dienstwagen zurück.

Kurze Zeit später fand Carpenter die Raststätte, die er suchte. Roy meldete sich beim dritten Klingeln.

»Also gut«, sagte er. »Ich habe gerade eine Lösung gefunden. Sagen Sie mir, ob es für Sie in Ordnung geht. Ich hätte da einen Mann im Import-Export-Geschäft. Ein Individualist. Er schafft Olivenöl nach Slowenien und Zigaretten nach Italien. Alles vollkommen legal – abgesehen vom Zoll, den er anscheinend nicht entrichtet. Folglich kennt er gewisse Schleichwege über die Grenze, kapiert? Auf jeden Fall ist die Sache nicht billig, aber Sie können mitfahren, wenn Sie wollen. Interessiert?«

»Ja. Nein! Ich meine – wo zum Teufel ist Slowenien?«

»Als ich das letzte Mal nachgesehen habe, lag es noch in Jugoslawien, oben links.«

»Wie viel verlangt er?«

»Zwei Riesen. In bar.«

»Kein Problem. Nur ... dass ich nicht so viel habe.«

»Keine Sorge. Ich regle das von hier aus.«

Carpenter seufzte erleichtert. »Hören Sie, Roy, wenn ich jemals was für Sie tun kann ...«

»Aha!«

»Ich höre ...«

»Da wäre schon etwas ...«

»Was denn?«

»Sie könnten mich eine Außenstelle in Paris eröffnen lassen.«

Carpenter lachte. »Sie machen wohl Witze.«

»Nein. Arbeit gibt es genug.«

»Darüber sprechen wir, wenn ich zurückkomme.«

Roys Anweisungen waren denkbar einfach. Nehmen Sie die A-13 nach Padua, dann weiter Richtung Norden auf der A-4. Der Treffpunkt war die einzige Raststätte an der Straße zwischen Venedig und Triest. Der Mann, den er suchte, sollte einen blauen Overall tragen, auf dem über der Tasche MARIO eingestickt war. Sie würden sich an der Theke der Cafeteria treffen, wo Carpenter mit einer Ausgabe von *Oggi* in der Hand stehen sollte. »Die bekommst du überall«, versicherte ihm Roy.

Doch leider öffnete der Zeitungskiosk erst um sieben, und das Treffen fand um sechs statt.

Carpenter prüfte so unauffällig wie möglich die Mülleimer, aber sie waren bereits geleert. Einen Ausflug in die Stadt wollte er nicht machen, also blieb ihm nichts anderes übrig, als sich in die Cafeteria zu stellen, sich in die Speisekarte zu vertiefen und zu hoffen, dass Mario kein Pedant war.

Carpenter war beim vierten Cappuccino, als ein rundlicher, grauhaariger Mann im Blaumann in die Cafeteria trat. In der Hand hielt er ein Päckchen, im Mundwinkel hatte er eine Zigarette, und auf seiner Brust war der Name MARIO aufgestickt. Er ging an die Theke, warf Carpenter einen Seitenblick zu und bestellte einen Espresso.

Carpenter wartete eine Weile, bevor er ihn ansprach. *»Scusi«*, sagte er, womit sein Italienisch erschöpft war. *»Scusi!«* Mario kehrte ihm den Rücken und winkte ab, als wollte er sagen: »Lass mich bloß in Ruhe.«

Carpenter überlegte kurz, dann tippte er ihm auf die Schulter. »Wissen Sie, wo ich eine *Oggi* kaufen kann?«, fragte er. Mario schüttelte den Kopf. »Die suche ich nämlich ... *Oggi*! Die italienische Zeitung. Schon mal gehört?«

Mario drehte sich langsam zu ihm um. Sein wütend erstaunter Blick war leicht zu deuten: *Hast du völlig den Verstand verloren?*

»Ist noch zu früh, *signore*«, erklärte der Mann hinter der Theke mit warnendem Blick. »Sie müssen warten.«

Carpenter zuckte die Achseln, während Mario Geld auf die Bar warf, sein Päckchen nahm und, ohne sich noch einmal umzudrehen, zur Männertoilette ging. Carpenter wartete eine Weile, dann folgte er dem Italiener. Drinnen drückte ihm Mario das Päckchen in die Hand und deutete mit dem Kopf auf die Kabinen.

»Sprechen Sie Englisch?«, fragte Carpenter.

»Nein.«

Interessant.

In dem Päckchen befand sich, in braunes Packpapier gewickelt und säuberlich verschnürt, ein ähnlicher Blaumann wie Marios, nur dass auf der Tasche CESARE stand. Carpenter zog sich aus und schlüpfte in den Overall. Die Hosenbeine waren zehn Zentimeter zu kurz, und die Slipper, die er trug, passten zu diesem Outfit etwa so gut wie ein Tropenhelm zum Abendanzug. Aber immerhin war es eine Uniform und folglich eine gute Tarnung. Ein Briefträger, eine Krankenschwester, ein Bulle – ein Schlumpf. Die Leute sehen nur die Uniform und achten nicht auf das Gesicht. Auf jeden Fall war der Blaumann trocken und auch bequemer als die Hose, die er in den Mülleimer stopfte.

Mario fuhr einen Kleinlaster mit großartigem Sound; in beide Türen waren 50-Watt-Boxen eingebaut. Allerdings beschränkte sich seine Musikauswahl auf Euro-Pop und uralten Rock ’n’ Roll. Schlimmer noch, er war ein leidenschaftlicher und völlig hemmungsloser Sänger.

Jemand rüttelte an seinem Arm. Benommen erwachte er auf dem Beifahrersitz eines Kleinlasters mit seiner Lederjacke auf dem Schoß. Sein zerschundenes Gesicht brannte. Sein geschwollener Knöchel pulsierte, sein Kopf dröhnte, und an der Brust spürte er seine Schürfwunden. Sonst ging es ihm gut, abgesehen von seiner geistigen Umnebelung.

»Attenzione!« Die Stimme schreckte ihn auf, und er drehte sich um.

Ach ja, Mario. Der kleine Kerl im blauen Overall warf ihm einen ernsten Blick zu und legte den Finger auf die Lippen. *»Niente«*, sagte er für den Fall, dass Carpenter noch nicht kapiert hatte.

Im Radio lief »The Wanderer«.

Go 'round and 'round and 'round ...

Ein Wegweiser am Straßenrand verriet, dass sie sich unweit von Gorizia befanden, wo immer das sein mochte. Kurz darauf erreichten sie einen Grenzübergang; auf dem Schild hieß es: SANT' ANDREA ESTE. Ein Uniformträger kam aus einem Holzhaus, lächelte und winkte sie durch.

Langsam fuhren sie weiter. Mario zupfte Carpenter am Ärmel und gab ihm durch Zeichensprache zu verstehen, er solle sich schlafend stellen.

Gehorsam lehnte sich Carpenter gegen die Tür, entspannte sich und schloss die Augen, erspähte aber noch ein weiteres Schild, auf dem N. GORICA stand. Kurz darauf erreichten sie ein zweites Zollhaus.

Ein Mann in grauer Uniform trat heraus und winkte Mario zu, er solle reinkommen. Offensichtlich wollte er, dass beide aus dem Laster ausstiegen, aber Mario schüttelte den Kopf und warf dem scheinbar schlafenden Carpenter einen mitleidsvollen Blick zu. Dann folgte ein italienischer Wortschwall, der Grenzpolizist schüttelte den Kopf und zuckte die Achseln. Mario sprang aus dem Laster und folgte dem anderen ins Haus. Durch die halb geschlossenen Lider sah Carpenter, dass sich Mario an einen Tisch zu einigen anderen Männern setzte, die Karten spielten.

Es war seltsam, sie reden zu hören, ohne ein Wort zu verstehen – er achtete um so genauer auf alle Nuancen der Stimmen und der Intonation, sodass ihm die verschwommen wahrgenommene Szene ungewöhnlich lebendig und komplex erschien.

Das ging zwanzig Minuten lang so weiter, während Mario zuerst eine Tasse Kaffee trank und dann noch einen Aperitif zu sich nahm.

Und dann noch einen.

Carpenter biss die Zähne zusammen, während die Männer scherzten und rauchten und laut auflachten. Schließlich standen sie einer nach dem anderen auf und verabschiedeten sich voneinander. Kurz darauf kam Mario wieder heraus, stieg in den Lkw und fuhr augenzwinkernd los.

Ein Schild verkündete, dass sie sich in Slowenien befanden. Carpenter reckte den Daumen hoch. Mario grinste gönnerhaft und zuckte die Achseln.

Die Straße führte an einem kleinen Fluss entlang durch ein Bergtal. Die Obstplantagen und Weingärten zu beiden Seiten lagen unter einer dünnen Schneedecke; alles war gepflegt und sprach von Wohlstand. Die Namen auf den Wegweisern konnte Carpenter nicht aussprechen: Ajdovscina, Postojna, Vrhnika, Kranj. Der einzige Ort, von dem er schon gehört hatte, war die Hauptstadt: Ljubljana.

Nach anderthalb Stunden erreichten sie ihr Ziel, und zwar ganz plötzlich. Vororte gab es nicht, nur eine schöne Stadt inmitten einer schönen Landschaft. Mario hielt vor dem Bahnhof. »Lub-jana«, sagte er schlicht.

Carpenter schüttelte ihm die Hand und wollte schon aussteigen, da fasste ihn der Italiener am Ärmel. Er rieb den Stoff des Overalls zwischen Daumen und Zeigefinger und gab zu erkennen, dass er ihn wiederhaben wollte. Überrascht sah Carpenter ihn an. Dann kreuzte er die Hände im Schoß und blickte angstvoll um sich.

Mario hatte kapiert – keine Hose. Grinsend legte er den Rückwärtsgang ein und fuhr zu einer Art Sonntagsmarkt im alten Stadtkern. An den meisten Ständen wurden Gemüse und Lebensmittel feilgeboten, aber einige hatten auch Kleidung. Carpenter erstand eine Levis in seiner Größe und ein T-Shirt mit dem Aufdruck: I LOVE LJUBLJANA.

Carpenter zog sich im Laderaum des Lasters um und ließ sich, nachdem er Mario noch einmal die Hand geschüttelt hatte, vor dem Grandhotel absetzen. *»Arrivederci«*, sagte Carpenter.

»Catch you later«, erwiderte Mario grinsend.

Am nächsten Morgen suchte Carpenter ein Bekleidungshaus in der Innenstadt auf und kaufte sich einen italienischen Anzug, einen Koffer und alles, was er sonst noch brauchte. In einer Apotheke besorgte er sich einen Stock. Anschließend frühstückte er mit Kaffee und Croissants und las die *Herald Tribune.*

Gegen Mittag kehrte er ins Hotel zurück, zog sich rasch um und ließ anschließend Passbilder machen. Dann ging er zur amerikanischen Botschaft in der Prazakowastraße und log das Blaue vom Himmel herunter. Gestern Abend sei er im Kasino gewesen, wo er ein Mädchen kennen lernte. Daraufhin sei es zum Streit mit einem Einheimischen gekommen. Als er wieder aufwachte, habe er sich in seinem Hotel befunden – ohne Ausweis –, anscheinend habe er die Schlägerei verloren.

Die Beamtin, eine junge Frau Anfang zwanzig, nahm ihm die Geschichte bedenkenlos ab. »Wurde Ihr Ausweis gestohlen?«, fragte sie.

»Ich weiß nicht«, erwiderte Carpenter. »An die Nacht erinnere ich mich nur noch verschwommen.«

»Haben Sie die Sache der Polizei gemeldet?«

»Nein.«

»Warum nicht?«

»Weil ich glaube, meine Frau hätte kein Verständnis dafür.«

»Oh.«

Und zu seiner Erleichterung fand sich in den Computern der Botschaft kein Hinweis darauf, dass in Italien ein amerikanischer Mörder namens Joe Carpenter gesucht wurde. Der Papierkrieg hielt sich in Grenzen, und eine Stunde später hatte er einen provisorischen Ausweis in der Tasche, der ein Jahr galt.

Am selben Nachmittag bestieg er eine Air-Adria-Maschine, die ihn nach Paris brachte. Von dort aus ging es weiter nach Washington. Er machte es sich in seinem Erste-Klasse-Sitz der United-Maschine bequem, bestellte bei der Stewardess eine Bloody Mary und schloss die Augen.

Hier fühlte er sich fast schon wieder wie zu Hause in Amerika. Den Stewardessen, die unverkennbar aus dem Mittleren Westen stammten, hätte er ewig zuhören können. Am liebsten hätte er ihnen allein für ihre Aussprache ein Trinkgeld gegeben.

Schließlich hob die Boeing 747 ab, und kurze Zeit später servierte eine Stewardess seine Bloody Mary.

»Du lieber Himmel«, sagte sie, als sie den Drink auf dem Tablett abstellte, »was ist denn mit Ihnen passiert?«

»Ich bin eine Felswand runtergefallen«, erwiderte er.

Sie schenkte ihm ein strahlendes Lächeln und eine Tüte Erdnüsse und tätschelte seinen Unterarm. »Sie sind mir ja einer!«

»Nein ... es stimmt wirklich.«

»Und wie haben Sie das angestellt?«, fragte sie, setzte sich neben ihn und schlug die Beine übereinander.

Carpenter zuckte die Achseln. »Das war nicht schwer«, erklärte er. »Ich habe einfach losgelassen.« Dann stieß er sein Glas gegen das Plastikfenster und brachte einen Toast auf Roy Dunwold aus. »Auf in die Neue Welt«, sagte er.

30

Ein schrecklicher Sturm, Sir! Ganz schlimm. Ein richtiger Blizzard!«

»Ja, das sehe ich«, sagte Carpenter und hoffte, dass Freddy daran gedacht hatte, seine Einfahrt freiräumen zu lassen. »Da muss allerhand los gewesen sein.«

»Aber ja, Sir! Das kann man wohl sagen. Die Leute im Fernsehen nennen ihn ›den Sturm von '96‹. Sehr dramatisch.«

Carpenter ließ den Blick über glitzernde Schneewehen schweifen. »Hier müssen Sie links abbiegen.«

»Wenn ich mir die Frage erlauben darf, Sir, sind Sie weit gereist?«

»Ich war in Italien.«

Der Fahrer nickte wissend. »Sind Sie ausgeraubt worden?«

Carpenter schüttelte den Kopf. »Nein. Man hat alles Mögliche mit mir gemacht, ausgeraubt wurde ich nicht.«

»Dann gratuliere ich Ihnen.«

»Warum?«

»Weil Sie mit leichtem Gepäck reisen! Selbst als Immigrant ...«

»An der Ecke links.«

»Sehr gut – selbst als Immigrant habe ich sehr viel mehr mit nach Amerika gebracht. Aber wie ich sehe, haben Sie Ihre irdischen Bindungen aufgegeben, Sir – eine Jacke zum Wechseln, das ist alles! Wie weise.«

»Vielen Dank. Ich bin tatsächlich ganz ungebunden.«
»Das sehe ich, Sir.«
»Es ist das große Haus auf der rechten Seite.«
»Meine Güte! So modern ...«

Carpenter gab dem Taxifahrer zwanzig Dollar und verzichtete aufs Wechselgeld. Er winkte kurz und ging zur Eingangstür hinauf.

Auf der letzten Stufe blieb er stehen. Das Haus war vollkommen dunkel – so hatte er es nicht zurückgelassen. Wenn er auf Reisen ging, ließ er stets ein, zwei Lampen an, weniger um Einbrecher abzuschrecken, eher als kleinen Willkommensgruß an sich selbst. Aber das einzige Licht, das er sah, war die rote Diode der Alarmanlage auf der Aluminiumtafel neben der Tür.

Wenigstens ist die Alarmanlage in Betrieb, dachte Carpenter. Sie war mit einer Batterie ausgerüstet, die sich bei Stromausfall einschaltete.

Unter einem Blumentopf am Rande der Treppe bewahrte er einen Hausschlüssel auf. Trotz des Schnees fand er ihn gleich und schloss auf. Als er eintrat, tippte er den Code ein, der die Alarmanlage ausschaltete.

Dann zog er die Tür hinter sich zu, stand im Dunkeln und horchte. Seit Neapel verhielt er sich etwas vorsichtiger, wenn er ein Haus betrat. Aber da war nichts und niemand. Nur das weiche Licht des Schnees, das durchs Fenster drang. Er betätigte den Lichtschalter, nichts geschah. Auch auf dem Flur ging das Licht nicht, und er merkte bald, dass die Heizung ebenfalls ausgefallen war.

Carpenter seufzte. Es hatte keine acht Grad im Haus, aber er würde trotzdem nicht im Hotel übernachten müssen. Im Arbeitszimmer war ein Kaminfeuer vorbereitet, und das Ledersofa ließ sich in ein Bett verwandeln. Da konnte er schlafen.

Das Telefon funktionierte natürlich noch. Carpenter benutzte es, um den Stromausfall zu melden. Die Frau, die den

Anruf entgegennahm, lachte. »Wo waren Sie denn? McLean ist seit drei Tagen ohne Strom! Aber wir kommen bald wieder ans Netz.«

Und so war es auch.

Als Carpenter aufwachte, war das Feuer erloschen, aber die Heizung funktionierte wieder, und das Haus war nun nicht mehr kalt, sondern nur noch kühl. Das Wasser im Boiler reichte immerhin für eine lauwarme Dusche. Er ging durch den Flur und dachte an die Arbeit, die ihn im Büro erwartete, als er etwas hörte: ein leises Summen, das aus dem Arbeitszimmer drang.

Der Computer war an. Irgendwann während der Nacht, als der Strom wiederkam, musste er angesprungen sein. Carpenter ging zum Schreibtisch, auf dem der Bildschirm flimmerte, und wollte den Computer ausschalten. Doch dann überlegte er es sich anders.

Wenn der Computer neu gestartet hatte, musste er an gewesen sein, als vor drei Tagen der Strom ausgefallen war. Und das hieß, entweder hatte er den Computer angelassen, als er vor einem Monat nach Italien flog, oder es war jemand eingebrochen.

»Ich habe den Computer nicht angelassen«, murmelte er vor sich hin. »Das mache ich nie.« Also war während seiner Abwesenheit jemand im Haus gewesen. Aber das war eigentlich ausgeschlossen. Die Alarmanlage war in Betrieb, und sie taugte etwas. Nur ein Profi kam daran vorbei. Außerdem fehlte nichts. Auf der Kommode lag eine Breitling-Armbanduhr im Wert von 2000 Dollar. Die Stereoanlage war ebenso unberührt wie die Vitrine im Arbeitszimmer, die Erstausgaben im Wert von 25 000 Dollar enthielt. Die Lithografien im Wohnzimmer waren noch mehr wert.

Carpenter setzte sich vor den Computer und drückte mehrmals die Entertaste, bis die Aufforderung *Passwort?*, auf dem Bildschirm erschien.

Dabei handelte es sich nun keineswegs um ein Wort, sondern um eine Kombination von Buchstaben, Nummern und Satzzeichen, die niemand erraten konnte, eben weil es kein Wort war. Wer die Kombination nicht kannte, hatte keinen Zugriff auf die Festplatte, konnte keine Operationen durchführen und keine Informationen abfragen. Allerdings hatte ein äußerst begabter Mensch die Alarmanlage überlistet und sich direkt zum Computer begeben. Hatte er sich vom Passwort aufhalten lassen? Carpenter hatte keine Ahnung. Aber dafür gibt es schließlich Passwörter, sagte er sich, um Leute fern zu halten. Aber aus demselben Grund gab es auch Alarmanlagen.

Als er sich bückte, um den Rechner unter dem Tisch auszuschalten, fand er den Knopf nicht sofort, und bei genauerem Hinsehen merkte er, warum. Der Computer war um ein kleines Stück verrutscht. Der Abdruck auf dem Teppich, wo das Gerät ein Jahr lang gestanden hatte, war deutlich zu sehen.

Du hast Halluzinationen, sagte er sich. Wahrscheinlich hast du ihn vor der Italienreise angelassen.

Aber das hatte er nicht. Das wenigstens wusste er genau.

»Hallo, Joe ...«

»Was ist denn mit Ihnen passiert?«

»Willkommen, Mr. Carpenter!«

»Schön, Sie wiederzusehen.«

Als er an seinen Mitarbeitern vorbei in sein Büro humpelte, wurde er mit Winken, Lächeln und Blicken echter Besorgnis begrüßt. Er schloss die Tür seines Zimmers hinter sich, warf Mantel und Stock auf die Couch und sagte seiner Sekretärin über die Sprechanlage, sie solle Murray Fremaux zu ihm schicken.

»Sie meinen den Computerexperten?«

»Genau.«

Zehn Minuten später erschien Murray Fremaux mit einer Tasse Kaffee in der Hand. Er machte ein besorgtes Gesicht.

»Was ist los?«, fragte Carpenter.

»Ich war noch nie in Ihrem Büro.«

»Aha. Setzen Sie sich.«

»Okay, aber ...«

»Was?«

»Ich weiß nicht ... werde ich jetzt entlassen?«

»Nein.«

»Gut«, sagte Fremaux und ließ sich auf einen Stuhl sinken. »Ich habe mir nämlich gerade einen Camry gekauft.«

»Herzlichen Glückwunsch. Jetzt hören Sie zu: Ich glaube, jemand ist in mein Haus eingebrochen, während ich weg war.«

»Ich dachte, Sie haben eine Alarmanlage.«

»Habe ich auch. Aber dadurch haben sich die Einbrecher nicht abhalten lassen.«

Fremaux dachte kurz nach. »Ist etwas weggekommen?«

»Nein. Aber ... ich glaube, man war am Computer.«

Fremaux nickte. »Nicht auszuschließen.«

»Die Sache ist die ... ich weiß nicht, ob jemand an die Daten herangekommen ist. Ich meine, ich habe ein Passwort ...«

»Passwörter taugen nicht viel.«

»... und alles wirklich Wichtige ist verschlüsselt.«

Fremaux wirkte skeptisch. »Was benutzen Sie?«

»N-cipher.«

»Gutes Programm.«

»Dann ist man doch wahrscheinlich auch nicht an die Daten herangekommen, oder?«

Fremaux zuckte die Achseln. »Keine Ahnung. Ist Ihnen sonst noch was aufgefallen?«

Carpenter dachte nach. »Ich glaube ... vielleicht wurde der Computer bewegt.«

»Warum glauben Sie das?«

»Weil er ... nicht mehr genau an derselben Stelle stand wie sonst.«

Fremaux nickte. »Sieht aus, als wären Sie ausgetrickst worden.«

»Wie bitte?«

»Ich vermute, man hat die Festplatte ausgebaut, eine Kopie gezogen und sie dann wieder eingebaut. In diesem Fall ist das Passwort nutzlos, weil es im Boot-Sektor angesiedelt ist.«

»Und die verschlüsselten Dateien ...«

Fremaux schüttelte den Kopf. »Kommt drauf an. Wo haben Sie den Schlüssel – auf Diskette oder auf der Festplatte?«

»Auf der Festplatte.«

Fremaux zuckte zusammen. »Schwerer Fehler.«

»Dann haben die Einbrecher alles ...«

»Vermutlich.«

Carpenter stöhnte. Er dachte an die E-Mails, die er von Montecastello geschickt hatte, die Liste der Frauen, die sich in der Clinica Baresi einer Behandlung unterzogen hatten, den Auftrag an Judy, mit Riordan Kontakt aufzunehmen. Glücklicherweise hatte er die Briefe von seinem Laptop aus abgeschickt – dann waren sie wenigstens sicher.

»Sie sehen erleichtert aus«, bemerkte Fremaux.

Carpenter nickte. »Ich habe ein paar E-Mails von Italien aus verschickt. Sie waren ziemlich brisant.«

Fremaux sah weg.

»Was ist los?«, fragte Carpenter.

Fremaux wiegte den Kopf. »Wahrscheinlich haben sie die auch.«

»Was? Wie denn? Das ist unmöglich.«

»Darf ich eine Frage stellen? Wenn Sie sich ins Internet einwählen, was machen Sie da?«

Carpenter zuckte die Achseln. »Nicht viel. Das geht automatisch. Im Grunde drücke ich nur Alt-E. Den Rest erledigt der Computer.«

Fremaux nickte. »Das habe ich mir gedacht. Sie benutzen eine automatische Einwählprozedur, in der Ihr Passwort gespeichert ist.«

»Na und?«

»Die Leute, die in Ihr Haus eingebrochen sind, haben das jetzt auch.«

»Dann ändere ich eben das Passwort.«

»Gute Idee«, bemerkte Fremaux, bereute aber seinen Sarkasmus sofort. »Aber das funktioniert nur in eine Richtung. Inzwischen haben diese Leute Ihre alten E-Mails – ganz gleich, welchen Computer Sie benutzt haben.«

Carpenter starrte ihn an.

»Die E-Mails sind bei Ihrem Internet-Provider vor Ort archiviert«, erklärte Fremaux. »Jeder, der das Passwort kennt, kommt an die alten Nachrichten heran.«

Carpenter lehnte sich zurück und schloss die Augen. Daher haben die also gewusst, wo ich jeweils bin, dachte er. In Montecastello. Im Aquila. Er sah Fremaux an. »Danke. Das war eine große Hilfe.«

Fremaux stand auf und zuckte die Achseln. »Tut mir Leid«, sagte er und wandte sich zur Tür.

»Das ist nicht Ihre Schuld. Aber, Murray ... Könnten Sie auf dem Rückweg bei Judy anklopfen und sie bitten, zu mir zu kommen?«

Fremaux zögerte. »Ich glaube, sie ist nicht da.«

»Warum nicht?« Carpenter sah auf die Uhr; es war halb elf.

»Soviel ich weiß, kommt sie erst heute Nachmittag aus dem Krankenhaus.«

»Wieso ist sie im Krankenhaus? Was fehlt ihr denn?«

»Sie hatte einen Unfall. Bei einer Feier – was genau passiert ist, weiß ich nicht. Aber ... anscheinend hat sie eine Flasche Champagner geöffnet ... und sich dabei ins Auge geschossen.«

»Womit?«, fragte Carpenter verdutzt.

»Mit dem Korken.«

»Das soll wohl ein Witz sein.«

»Ich weiß schon, was Sie denken. Der ultimative Yuppie-Unfall, aber ... ich würde sagen, es ist ziemlich ernst. Man musste ihr Beruhigungsmittel geben, damit sie das Auge nicht bewegt. Möglicherweise ist die Netzhaut beschädigt.«

»Wann ist das passiert?«

»Freitagabend«, sagte Fremaux, winkte kurz und zog die Tür hinter sich zu.

Carpenter saß regungslos da und kämpfte gegen den Impuls an, den nächstbesten Gegenstand an die Wand zu schmeißen.

Schließlich stand er auf und humpelte ohne Stock zu Freddys Arbeitsplatz. An der Trennwand, die seinen Bereich abschirmte, prangte ein riesiges Filmplakat von Fritz Langs *Metropolis.*

Carpenter zog sich einen Stuhl heran. »Haben Sie einen Augenblick Zeit?«

Freddy lehnte sich zurück und verschränkte die Arme.

»Ich möchte, dass Sie etwas für mich erledigen. Und zwar sofort.«

»Haben Sie schon gehört, was mit Judy passiert ist?«

»Ja, deshalb bin ich hier. Ich habe ihr am Wochenende ein Memo geschickt. Vermutlich hat sie es nicht bekommen. Murray Fremaux hat Zugriff auf alles. Er soll das zweiseitige Memo, das ich ihr geschickt habe, herunterladen ...« Carpenter dachte nach. »Es muss am Freitagabend gewesen sein, nach hiesiger Zeit.«

»Okay.«

»Wenn Sie es haben, lassen Sie alles andere stehen und liegen. Im Wesentlichen geht es um zwei Dinge: eine Liste von Frauen – ich glaube, es sind dreizehn –, mit denen wir sofort Kontakt aufnehmen müssen. Und dann brauchen wir noch Informationen über einen Wissenschaftler namens Baresi – Buchveröffentlichungen, Artikel, was Sie auftreiben können.«

Freddy nickte. »Geht in Ordnung. Aber ... was ist wichtiger?«

»Die Frauen.«

»Ich bitte die Leute von der Recherche, die Infos zusammenzustellen, und nehme mir die Liste mit den Frauen selbst vor.«

Carpenter dankte ihm und kehrte in sein Büro zurück. Als Erstes rief er Riordan an und hinterließ eine Nachricht auf dessen Anrufbeantworter, dann wählte er die Nummer der *pensione* in Montecastello.

»Pronto!«

»Hallo, Nigel! Hier ist Joe Carpenter.«

»Oh.« Es folgte eine lange Pause. »Wie geht es Ihnen?«

»Ich bin ziemlich lädiert.«

»Tja, wir haben auch einiges durchgemacht. Haben Sie gehört, was mit Pater Azetti passiert ist?«

Carpenter nickte. »Ich habe ihn in der Kirche gefunden.«

»Ja, und dann wurde noch ein zweites Opfer entdeckt ...«

»Ich weiß. Im Wald. Unterhalb der Stadt.«

Diesmal war die Pause noch länger. Schließlich sagte Nigel: »Das stimmt.«

»Er war kein Opfer«, sagte Carpenter. »Er hat versucht, mich umzubringen. Aber ich werde mit der italienischen Botschaft Kontakt aufnehmen und eine Erklärung abgeben.«

»Bevor Sie das tun, sollten Sie mit einem Anwalt sprechen.«

»Warum?«

»Weil ... als der Mann im Wald gefunden wurde ... waren Hugh und ich sicher, dass Sie der Tote sind. Ich meine, Sie hatten ja gesagt, dass Sie zu Azetti gehen. Und als Sie dann nicht in die Pension zurückkamen ... da sind wir zur Polizei gegangen.«

»Machen Sie sich darüber keine Gedanken.«

»Ich kann Ihnen nicht sagen, wie erleichtert wir waren ... ich meine, als wir sahen, dass es ein anderer war. Aber jetzt ... möchte die Polizei, dass Sie bei den Ermittlungen helfen.«

»Das überrascht mich nicht«, sagte Carpenter. »Hören Sie, Nigel, ich kümmere mich darum. Sagen Sie der Polizei, dass ich mich bei der Botschaft melde. In Washington. Und bei der Gelegenheit könnten Sie auch gleich Ihr Gästebuch dort hinterlegen.«

»Das Gästebuch? Aber warum denn?«

»Weil die Leute, die Azetti getötet haben, es sich holen könnten. Wenn es bei der Polizei liegt, sind Sie sicherer.«

»In Ordnung. Dann werde ich Ihren Rat beherzigen.«

Die zweite Leitung blinkte bereits, als Carpenter auflegte. Es war Riordan.

»Ich habe Neuigkeiten«, sagte er.

»Gute oder schlechte?«

»Gute, so wie's aussieht. Wir haben den Kerl.«

»Welchen Kerl?«

»Grimaldi. Wir kassieren ihn in einer Stunde. Wollen Sie dabei sein?«

Zwanzig Minuten später saß Carpenter neben Riordan in dessen zivilem Crown Victoria und fuhr auf dem Beltway in Richtung Norden nach Maryland.

»Wenn wir wieder im Büro sind«, sagte Carpenter, »gebe ich Ihnen eine Namensliste.«

»Ach ja? Was für 'ne Liste denn?«

»Eine Abschussliste. Frauen und Kinder. Am besten nehmen Sie Kontakt mit den jeweiligen Polizeidienststellen auf, damit sie in Schutzhaft genommen werden.«

Riordan holte ein Foto aus seiner Jackentasche. »Schaun Sie sich das an.«

Das Bild zeigte Grimaldi auf der Terrasse eines alten viktorianischen Hauses. Trotz der vielen Narben in seinem Gesicht bestand kein Zweifel an seiner Identität. Carpenter lächelte. »Wo habt ihr das her?«

»Vom FBI. Sie haben die Aufnahme vorgestern gemacht, mit Teleobjektiv. Sehen Sie die grobe Körnung?«

»Wie sind Sie ihm auf die Spur gekommen?«

»Erinnern Sie sich an die Krankenschwester?«

»Ja.«

»Was glauben Sie, wo die wohnt? In so 'ner Art christlicher Wohngemeinschaft, außerhalb von Frederick.«

»Ein Kloster?«

»Nicht direkt, keine Ahnung, wie man das nennt. Es ist einfach ein großes Haus in der finstersten Provinz.«

»Und es gehört dem Umbra Domini?«

»Ja.«

Carpenter lehnte sich seufzend zurück. »Ich hab's Ihnen ja gesagt«, bemerkte er schließlich.

Zwanzig Minuten später bogen sie in eine Allee im Westen von Emmittsburg ein, wo fünf Zivilfahrzeuge der Polizei und ein Funkwagen hinter einem gelben Absperrband warteten. Mitten auf der Straße stand zudem ein hochgerüsteter schwarzer Panzerwagen, und in der Luft zog ein Hubschrauber seine Kreise.

Die Aufmerksamkeit aller richtete sich auf ein großes viktorianisches Haus inmitten von Wintergärten und kahlen Eichen. Auf dem schneebedeckten Rasen vor dem Haus stand eine Statue der Gottesmutter mit dem Christuskind.

Riordan parkte am Straßenrand und ging zusammen mit Carpenter zu dem Funkwagen hinüber. Ein Mann saß bei offener Tür auf dem Vordersitz und sprach mit ernster Miene in ein Mobiltelefon. Er nickte Riordan zu. Etwa ein Dutzend Männer in schwarzen FBI-Windjacken standen in Grüppchen um den Wagen herum und warteten darauf, dass etwas geschah.

»Das ist Drabowsky«, sagte Riordan. »Sozusagen der zweite Mann in der Washingtoner Außenstelle.«

»Was macht der hier?«

»Tja, ich würde sagen, er leitet die Aktion.«

»Das sehe ich auch, aber *warum*?«

»Bewaffnete Entführung eines Autos. Dafür ist das FBI zuständig.«

»Das meine ich nicht. Ich frage mich: Seit wann macht so jemand Festnahmen?«

Bevor Riordan antworten konnte, warf Drabowsky das Mobiltelefon auf den Sitz neben sich und sprang aus dem Wagen.

»Okay, alle herhören!« Er klatschte in die Hände, um die Aufmerksamkeit der Agenten auf sich zu lenken. »In drei Minuten kommen sie raus! Acht Leute! Einer nach dem anderen! Acht Personen! *Otto!* Habt ihr das alle verstanden?« Die FBI-Leute murmelten zustimmend. »Sobald sie draußen sind, werden LaBrasca und Seldes sie hier im Wagen erkennungsdienstlich behandeln. Wenn ich das Zeichen gebe, und nur dann ... wird die Spezialeinheit ins Haus gehen und es Raum für Raum auf Fingerabdrücke durchsuchen. Anschließend machen wir eine Hausdurchsuchung. Irgendwelche Fragen?« Drabowsky sah sich um. »Okay – noch ein Punkt. Das hier ist keine Drogenhöhle, sondern eine Religionsgemeinschaft! Nur einer von den Leuten da drinnen wird eines Verbrechens beschuldigt – also ruhig Blut, Gentlemen! Okay? In Ordnung! Gehen wir!«

Die FBI-Leute gingen hinter den Fahrzeugen in Stellung, während Drabowsky auf Riordan zuging und ihm die Hand schüttelte. »Schön, dass Sie vorbeikommen«, sagte er.

Riordan zuckte die Achseln. »Ich war in der Nähe. Ich möchte Ihnen jemanden vorstellen. Joe Carpenter – Tom Drabowsky.«

Stirnrunzelnd schüttelte ihm Drabowsky die Hand.

»Joes Schwester wurde ...«, begann Riordan.

»Ich weiß«, sagte Drabowsky. »Sie werden hoffentlich nichts unternehmen, was Schlagzeilen macht, oder?«

Carpenter schüttelte den Kopf. »Nein. Ich möchte nur den Dreckskerl sehen.«

»Gut, weil ...«

»Hoppla!«, sagte Riordan und sah zum Haus. »Es geht los!«

Die Eingangstür wurde geöffnet, und eine Frau mittleren Alters kam heraus, die Hände über dem Kopf verschränkt. Ihr folgten ein Junge im College-Alter, der ein Grinsen nicht unterdrücken konnte, und ein alter Mann, der eine Gehhilfe vor sich herschob. Einer nach dem anderen traten die Hausbewohner über den Gartenweg auf die Straße, wo FBI-Agenten jeden Einzelnen beim Arm nahmen und zu einem Bus führten, wo sie erkennungsdienstlich behandelt wurden.

»Da ist sie«, flüsterte Riordan, als die Krankenschwester mit niedergeschlagenen Augen herauskam. Dann folgte ein stämmiger Koreaner, ein Postbediensteter in Uniform, ein gut gekleideter Hispano-Amerikaner und als Letzte eine junge Frau im Arbeitskittel.

»Wo ist er?«, fragte Carpenter.

Riordan schüttelte den Kopf. »Keine Ahnung.« Er warf einen Seitenblick auf Drabowsky, der ruhig und konzentriert in sein Handy sprach. Plötzlich regte sich etwas neben dem Haus:

Drei FBI-Agenten liefen geduckt zum Vorder- und Hintereingang und drängten sich nacheinander ins Haus, während draußen auf der Straße gespanntes Schweigen eintrat.

Carpenter wartete auf die Feuersalven. Aber nichts geschah. Die Minuten verstrichen. Schließlich kamen die Beamten wieder heraus, zuckten die Achseln und schüttelten die Köpfe, während sie ihre Waffen wieder im Halfter verstauten. »Okay«, rief Drabowsky, »sehen wir uns um.« Er und zwei andere Beamte schlugen den Weg zum Haus ein.

»Ich dachte, Grimaldi sollte da drin sein?«, sagte Carpenter.

»Ich auch«, erwiderte Riordan.

»Auf dem Foto war er doch genau dort drüben zu sehen.«

»Keine Ahnung, was da schief gegangen ist.«

Carpenter und Riordan gingen zum Haus. Als sie die Vordertreppe hinaufstiegen, trat ihnen ein FBI-Mann in den Weg. »Da können Sie nicht rein«, sagte er.

Riordan zückte seinen Ausweis. »Fairfax Police. Unser Fall.« Widerstrebend machte ihm der FBI-Agent Platz.

Das Haus war betont schlicht eingerichtet. Die weißgetünchten Wände waren schmucklos, die Holzfußböden auf Hochglanz poliert. Carpenter entdeckte weder Stereoanlagen noch Fernseher, und die wenigen Möbel wirkten alt. Die einzige Dekoration der Schlafräume bestand aus Kruzifixen über der Tür und einem gerahmten Foto von Silvio della Torre, der gütig auf die Bewohner herabzulächeln schien.

Auch die sonstige Ausstattung des Hauses war überaus asketisch. Im Esszimmer stand ein langer Tisch mit Holzbänken auf beiden Seiten, sonst nichts. In der Küche köchelte auf einem alten Herd eine Rübensuppe. Im Wohnzimmer waren acht Stühle mit hoher Lehne im Kreis angeordnet, wahrscheinlich fanden hier Diskussionsrunden statt.

Die FBI-Agenten durchsuchten die Schubladen in den Schlafzimmern. Unterdessen hielten Carpenter und Riordan nach Drabowsky Ausschau.

Sie fanden ihn in einem Raum, wo er gerade eine Kommode

durchsuchte; das übrige Mobiliar bestand aus einer Matratze und einer Stehlampe. Neben der Matratze standen ein Gefäß mit Brandsalbe und ein Papierkorb mit gebrauchten Verbänden.

»Das ist sein Zimmer«, sagte Carpenter und hob eine Ausgabe des *Osservatore Romano* auf. »Er war hier.«

Drabowsky sah ihm über die Schulter. »Er ist uns entwischt.«

»Pech gehabt«, meinte Riordan.

»Sie sollten sich das Badezimmer ansehen«, sagte Drabowsky. »Sieht aus wie ein Feldlazarett. Die Frau hat sich wirklich gut um ihn gekümmert.«

»Darf ich eine Frage stellen?«, sagte Carpenter.

Drabowsky sah ihn an, zuckte die Achseln.

»Wie zum Teufel konnte er euch durch die Lappen gehen?«

Drabowsky schüttelte den Kopf. »Kein Grund, zu fluchen.«

»Er stand unter Observation!«, fuhr Carpenter fort. »Wie zum Teufel kann er abhauen, während eure Jungs draußen vor der Tür sitzen ...«

»Er wurde nicht observiert«, erwiderte Drabowsky.

»Erzählen Sie keinen Scheiß!«, rief Riordan.

»Wir haben die Observation gestern Abend eingestellt.«

Riordan konnte es nicht fassen. »Was haben Sie getan? Wer ist denn auf diese Schwachsinnsidee gekommen?«

»Ich«, sagte Drabowsky.

Riordan schüttelte den Kopf. »Tom – um Himmels willen –, was für 'n hirnrissiger Einfall!«

»Wir sind hier praktisch auf dem Land!«, rechtfertigte sich Drabowsky. »Vielleicht ist Ihnen das auch schon aufgefallen. Ein halbes Dutzend Leute ist in dem Haus aus und ein gegangen, und unser Wagen steht vor der Tür wie ein rosa Elefant. Ich wollte ihm keine Angst einjagen, okay?«

»›Okay‹? Nein, es ist nicht ›okay‹. Der Dreckskerl ist auf und davon«, sagte Carpenter.

»Sieht so aus«, sagte Drabowsky.

Carpenter machte auf dem Absatz kehrt und ging, von Riordan gefolgt, zur Tür hinaus. »Da stimmt was nicht«, bemerkte Carpenter.

»Würd ich auch sagen.«

»Es ist nicht gerade einleuchtend ... ich meine, was wäre denn gewesen, wenn er die Observation bemerkt hätte? Was hätte er dann tun sollen? Einen Tunnel buddeln, um zu fliehen?«

»Keine Ahnung. Ich weiß auch nicht, was in denen vorgegangen ist!«

Als sie aus dem Haus gingen und auf die Polizeifahrzeuge zusteuerten, sah Carpenter, wie die Krankenschwester mit einem FBI-Agenten sprach. Sie trug Handschellen, lächelte jedoch selig, während sie die Fragen beantwortete.

Carpenter zögerte.

»Tun Sie's nicht«, sagte Riordan.

Aber Carpenter konnte nicht anders. Er ging zu ihr, packte sie am Arm und riss sie herum.

»Ihr Freund hat meine Familie abgeschlachtet. Das wissen Sie doch, oder?«

Juliette sah ihn aus beseelten braunen Augen an. »Es tut mir Leid«, sagte sie. »Aber ... was haben Sie erwartet?«

Beschwichtigend hob Riordan die Hände. »Schon gut! Schon gut! Gehen wir! Kein Problem!« Er nahm Carpenter am Arm und zog ihn von der Krankenschwester weg zu seinem Crown Victoria.

»Was habe ich erwartet?«, brummte Carpenter. »Was zum Teufel habe ich erwartet?!«

Judy kam erst am Donnerstag wieder zur Arbeit. Sie trug eine schwarze Augenklappe.

»Es ist aus«, sagte sie, als sie die Tür zu Carpenters Büro hinter sich zuzog.

Carpenter blickte auf. »Was? Deine Karriere als Schiedsrichterin?«

Judy legte den Kopf schief. »Nein, deine Karriere als Privatdetektiv.«

Carpenter lehnte sich zurück. »Oho!« Er hasste sich für seinen gewollt unbeteiligten Tonfall.

»Ja. Genau das habe ich gefeiert. Das Geschäft ist perfekt. Im Großen und Ganzen jedenfalls.« Sie ließ sich auf einen Sessel fallen und schlug die Beine übereinander. »Sobald ihre Anwälte die Papiere aufgesetzt und unsere Anwälte sie geprüft haben – bist du ein freier Mann.«

»Gut. Wie geht's deinem Auge?«

»Wird schon wieder. Interessiert es dich, wie viel du bekommst – oder soll ich dir einfach einen gerechten Anteil geben?«

»Nein.« Carpenter lachte. »Es interessiert mich sogar brennend.«

»Das dachte ich mir. Unterm Strich? Achtzehnfünf.«

»Wirklich?«

»Davon erhältst du zwölf, der Rest geht an die Minderheitsaktionäre.«

»So wie dich.«

»So wie mich. Und Leo. Und Dunwold. Und alle anderen. Sogar Freddy hat ein, zwei Anteile. Reicht jedenfalls für ein neues Auto.«

»Das nennt sich Gewinnbeteiligung.«

Das Haustelefon läutete, Carpenter nahm ab und meldete sich. Er horchte, legte die Hand auf die Muschel. »Wenn man vom Teufel redet ...«

Judy sah ihn fragend an.

»Es ist Freddy ... wenn es dich nicht stört.«

»Nein«, sagte Judy und machte Anstalten aufzustehen. »Ich schaue später noch mal rein.«

Carpenter schüttelte den Kopf. »Bleib, wo du bist. Das dauert nur einen Augenblick. Ich möchte mit dir besprechen, wie wir die Neuigkeit bekannt geben.«

Es klopfte an der Tür, dann trat Freddy ein. Er wirkte bedrückt. Als er Judy sah, sagte er: »Hallo, Judy ... Schön, dass es Ihnen offenbar besser geht.« Dann wandte er sich an Carpenter: »Ich habe die Namen überprüft, die Sie mir gegeben haben ...«

»Das hat sich wahrscheinlich schon erledigt. Inzwischen befasst sich Jim Riordan mit der Liste.«

Freddy schüttelte den Kopf. »Ich bin schon fertig.«

»Sie sind fertig?«

»Ja, so ziemlich.«

»Und ...?«

»Sie sind tot.«

Carpenter sah ihn lange an. Judys Blick wanderte zwischen den beiden Männern hin und her. Schließlich sagte Carpenter: »Wie bitte?«

Freddy schluckte. »Tut mir Leid, aber ... wie ich eben gesagt habe: Sie sind alle tot.«

31

Carpenter war sprachlos. Sie sind alle tot?

Es ist also vorbei, dachte er. Es gibt nichts mehr zu tun, und letztlich war offenbar alles von Anfang an sinnlos gewesen.

Das Gästebuch der Pension und die Liste, die daraus hervorging, hatten ihn hoffen lassen, einige der Frauen und Kinder könnten noch am Leben sein. In diesem Fall hätten seine Ermittlungen einem höheren Zweck gedient als dem der persönlichen Rache oder der Befriedigung seiner morbiden Neugier. Solange es noch Überlebende gab, hätte er sie retten können. Und sie wiederum hätten ihm helfen können, den Grund für Kathys und Brandons Tod herauszufinden.

Aber jetzt ... lebte niemand mehr, und er fühlte sich ausgebrannt, isoliert und hatte kein Ziel mehr vor Augen.

In Wirklichkeit ist doch jeder von uns aufgeschmissen und hilflos. Autos verunglücken, Flugzeuge stürzen ab, Seuchen breiten sich aus, und immer erwischt es Unschuldige. Wir sind dem Sturm schutzlos ausgeliefert, dachte Carpenter. Es zieht uns den Boden unter den Füßen weg. Deshalb beten die Leute, nehmen Vitamine und bekreuzigen sich. Deshalb klopfen sie auf Holz und schreiben Leserbriefe. Das alles soll nur die Illusion aufrechterhalten, das Leben sei fair – oder wenn schon nicht fair, wenigstens überlebbar – und man könne sich und die seinen schützen, wenn man Vorsichtsmaßnahmen ergreift oder die richtigen Beziehungen hat. Nur hilft das alles nichts. Weil die Vitamine nichts bringen, die Briefe nicht gelesen und die Gebete von niemandem erhört werden.

»Joe?« Freddy sah ihn an. »Alles in Ordnung?«

»Ja«, sagte Carpenter. »Tut mir Leid. Ich war nur ... überrascht.«

»Das habe ich mir gedacht. Auf jeden Fall wollte ich sagen, ich bin so ziemlich fertig mit der Liste ...«

Carpenter hob die Hand. »Einen Augenblick. Was heißt das, Sie sind so ziemlich fertig? Sind Sie jetzt fertig oder nicht?«

»Eine habe ich nicht gefunden«, sagte Freddy. »Noch nicht. Also kann ich nicht mit Sicherheit sagen, ob sie tot ist, aber ...«

»Welche?«

»Marie Williams. Minneapolis.«

Carpenter dachte nach. »Wie gründlich haben Sie gesucht?«

Freddy zuckte die Achseln. »Noch nicht besonders gründlich. So wie bei den anderen halt.« Freddy zog einen Schnellhefter aus seiner Aktentasche und schob ihn über den Schreibtisch. »Hier sind Berichte über alle Frauen. Judy hat die eine Hälfte erledigt, die andere ich, einige von den Namen in Übersee haben wir von Subunternehmern bearbeiten lassen. War zum größten Teil Routinesache.«

»Wie seid ihr vorgegangen?«

»Zuerst rufen wir an, vorausgesetzt, wir haben eine Telefonnummer. Wenn nicht, bekommen wir sie mit Hilfe der Adresse über die Auskunftsdatenbank. Die meisten Leitungen waren tot, aber ein paar Mal konnten wir mit dem Ehemann sprechen. Und mit den Nachbarn. Aktuelle Informationen sind on line zugänglich, und wir haben Adressen-cd-roms, die acht Jahre zurückreichen. Man tippt die Adresse ein, und der Computer spuckt die Leute aus, die nebenan wohnen oder gegenüber – ganz nach Belieben. Also haben wir sie einen nach dem andern angerufen, und sie haben uns dann erzählt, was passiert ist. Jedes Mal die gleiche Geschichte, mit leichten Abwandlungen. Mutter und Kind wurden getötet, manchmal die ganze Familie. Immer durch einen Brand.«

»Und in jedem Fall waren Kinder vorhanden?«

»Jungen. Nur Jungen, und keiner älter als vier Jahre.«

»Und wie steht es mit Tokio, Rabat – habt ihr die auch aufgespürt?«

»Über unsere Subunternehmer ... ja, überall dasselbe.«

»Ich möchte ganz sichergehen. Ist das alles wirklich hieb- und stichfest? Und nicht zum Teil nur ...«

»Gerüchte?«

»Ja.«

»Gerüchte sind es in keinem Fall. Wir haben alle Angaben anhand der Lokalzeitungen überprüft. Wir haben mit Versicherungsdetektiven, der Feuerwehr, Bestattungsunternehmen gesprochen – alle Frauen sind tot.«

»Außer der einen, wie heißt sie doch gleich ...«

Carpenter schlug den Ordner auf und warf einen Blick auf die Dossiers. Keines war länger als eine Seite.

Helene Franck
302 32 Börke SW
Vasterhojd, Schweden
geb.: 11. August 1953; verst.: 3. September 1995

August Franck
Adresse wie oben
geb.: 29. Mai 1993; verst.: 3. September 1995

Todesursache: vermutlich Rauchvergiftung

Bestätigung des Todes:
1. Standesamt (# 001987/8) Stockholm
2. Annelie Janssen aus Vasterhojd
033-107003 (Nachbarin)
3. Mäj Christianson aus Stockholm
031-457911 (Mutter/Großmutter der Verstorbenen)

Ermittler:
Fredrik Kellgren
Agentur Ögon Försiktig
Stockholm, Sv.
031-997-444
3. Februar 1996

Carpenter blätterte in dem Ordner, bis er das bewusste Blatt gefunden hatte.

Marie A. Williams
9201 St. Paul Blvd. # 912
Minneapolis, Minn.
Tel. 612-453-2735 (bis 9.9.1991)

»Wie steht es mit der Frau, die ihr nicht gefunden habt?«

»Die habe ich bearbeitet«, sagte Freddy. »Mal sehen. Die Telefonnummer gab es nicht mehr ... oder besser gesagt, es meldete sich ein Versicherungsvertreter, der die Nummer schon seit zwei Jahren hat.«

»Das heißt, sie ist vor mindestens zwei Jahren weggezogen.«

»Genau. Also habe ich die Adresse in der Datenbank nachgeschlagen, und siehe da – in dem Haus gibt es zweihundert Telefonanschlüsse.«

»Folglich ist es ein Apartmentgebäude.«

»Richtig. Ich habe also den Hausmeister angerufen, und er ist der Sache für mich nachgegangen. Die Frau hat einige Jahre dort gelebt und ist 1991 ausgezogen, ohne die neue Adresse zu hinterlassen. Sie hat sich nicht mal ihre Kaution auszahlen lassen – also muss sie völlig überstürzt gegangen sein.«

»Erinnert er sich an sie?«

»Nein, er ist neu. Genau wie die Nachbarn.«

»Und weiter haben Sie nicht nachgeforscht?«

»Nein ... ich meine, es war der zweite Name auf meiner Liste. Und da stellte ich mir noch vor, dass einige von ihnen ... ganz einfach ans Telefon gehen würden. Also bin ich zunächst nicht sehr gründlich vorgegangen. Ich habe es nicht einmal mit der Kreditauskunft versucht.« Freddy hielt inne. »Soll ich das jetzt tun?«

Statt zu antworten, stand Carpenter auf und ging zum Kamin. »Nein, Freddy. Sie haben gute Arbeit geleistet. Ich dachte, die Ermittlungen würden Wochen dauern.«

»Um die Wahrheit zu sagen, hat mich das auch überrascht. Aber wenn man bedenkt, dass die meisten dieser Frauen vierzig, fünfundvierzig Jahre alt sind. Gute Verhältnisse, keine auf der Flucht vor dem Gerichtsvollzieher. Die meisten verheiratet, stabile Beziehung. Normalerweise sind von, sagen wir mal, zwölf Leuten etwa ein Drittel *etwas* schwer zu finden. Sie sind umgezogen, haben geheiratet, der Ehemann wurde versetzt. Aber diese Frauen waren leicht aufzuspüren. Brave Bürger, 'ne Menge Spuren.«

»Außer Marie Williams.«

Carpenter nahm den Schürhaken und rückte die Scheite im Feuer zurecht, bis die Funken stoben. »Von jetzt an gehe ich selbst der Sache weiter nach«, sagte er.

»Das dachte ich mir, aber ... ich würde mir keine allzu großen Hoffnungen machen. Wer immer die Täter sind, sie haben ganze Arbeit geleistet. Ich meine, warum sollte ausgerechnet Marie Williams mit dem Leben davongekommen sein?«

Carpenter zuckte die Achseln, meinte damit aber: Warum nicht?

Er verbrachte einige Zeit damit, die Geburtsdaten in den Dossiers mit den Angaben im Gästebuch der Pension zu vergleichen. Es verhielt sich, wie er es erwartet hatte. Aus den Geburtsterminen ergab sich, dass die Kinder höchstwahrscheinlich in Baresis Klinik gezeugt worden waren. Marie Williams musste im dritten oder vierten Monat schwanger gewesen sein, als sie aus ihrer Wohnung in Minneapolis auszog.

Wieder schürte er das Feuer und blickte aus dem Fenster. Draußen auf den Straßen türmten sich immer noch die Haufen von den inzwischen vierten schweren Schneefällen des Winters. Die wenigen noch intakten Räumfahrzeuge der Stadt kamen längst nicht mehr nach. Er beobachtete den Tanz der Schneeflocken, der gerade von neuem begann.

Die Telefonanlage summte. Victoria stellte Riordan durch.

»So?«, sagte Riordan. »Haben Sie Conway schon angerufen, wie ich Ihnen empfohlen habe?«

Carpenter seufzte. »Ich war gerade dabei.«

»Sie verhalten sich wie ein Volltrottel – ist Ihnen das klar? Nach allem, was in Italien passiert ist ...«

»Ich hatte zu tun.«

»Erzählen Sie mir doch nichts! Sie machen sich was vor. Da draußen läuft Grimaldi rum – und ich weiß nicht, was er gerade anstellt! Also tun Sie mir einen Gefallen. Treiben Sie es nicht so weit, dass ich Sie unter Polizeischutz stellen muss – denn, bei Gott, das werde ich tun, Joe. Besorgen Sie sich selbst einen Leibwächter. Sie können sich's leisten.«

»Ist schon gut«, erwiderte Carpenter. »Ich rufe an. Ich verspreche es.«

»Okay.« Carpenter hörte, wie Riordan auf den Tisch trommelte. »Das ist ein Wort.«

»Also, was gibt es Neues?«

»Über Grimaldi?« Riordan schnaubte verächtlich. »Nichts. *Niente.* Der reinste Entfesselungskünstler.«

»Er hatte schließlich Helfer, oder?«

»Ja«, sagte Riordan. »Wir sprechen mit ihr.«

»Ich meine nicht die Krankenschwester. Ich rede von der Observation.«

»Was soll ich dazu sagen? Drabowsky ist eine Niete.«

»Sind Sie sicher?«

Nach kurzem Schweigen sagte Riordan: »Glauben Sie etwa, das FBI hat ihm geholfen?«

»Ich weiß nicht, was ich glaube. Vergessen Sie's. Ich habe Neuigkeiten für Sie. Die Liste, die ich Ihnen gegeben habe, aus dem Gästebuch der Pension.«

»Ach ja, die Frauen, die in der Klinik von diesem Soundso waren. Die nehmen wir uns gerade vor.«

»Spart euch die Mühe.«

»Warum?«

Carpenter sah aus dem Fenster. Inzwischen schneite es stärker. »Sie sind tot.«

»Wer ist tot?«

»Die Frauen. Und ihre Kinder.«

Eine lange Pause trat ein, dann: »Alle?«

»Wahrscheinlich. Eine haben wir nicht aufspüren können. Marie A. Williams.«

»Mal sehen, was sich von hier aus machen lässt«, sagte Riordan. »Halten Sie mich auf dem Laufenden, okay?«

»Ich informiere Sie auf jeden Fall, Jim.«

»Und rufen Sie Terry Conway an – versprochen?«

»Wird gemacht.«

»Eins möchte ich Ihnen noch sagen – Sie denken jetzt, es ist alles vorbei, nicht wahr? Sie sind alle tot, außer, wie heißt sie doch gleich, die wahrscheinlich auch tot ist. Also denken Sie, das war's. Hab ich Recht?« Riordan ließ ihm keine Zeit zu antworten. »Aber eins will ich Ihnen sagen: Wir wissen immer noch nicht, was zum Teufel dahinter steckt, oder? Folglich wissen wir auch nicht, wann es vorbei ist. Das wissen nur die.«

»Ich rufe Terry Conway an.«

Aber er rief Conway nicht an, zumindest nicht gleich.

Stattdessen blätterte er in seinem Adressenverzeichnis, bis er die Karte seiner Lieblingsauskunftei in Florida gefunden hatte.

»Mutual General Services.« Die Frauenstimme meldete sich nach dem ersten Klingeln; auch das gefiel ihm an der Firma. Die Leute arbeiteten gründlich, schnell und diskret. Und man wurde nicht mit Voice-Mail konfrontiert.

»Hier spricht Joe Carpenter von Carpenter Associates.«

»Was kann ich für Sie tun?«

»Ich brauche eine Kreditauskunft über eine gewisse Marie A.

Williams. Letzte bekannte Anschrift in Minneapolis.« Er gab die Adresse durch. »Wie weit können Sie zurückgreifen?«

»So weit, wie Sie es sich leisten können.«

Gateway Security wurde von einem sympathischen Mann namens Terry Conway geleitet, ein ehemaliger Football-Profi mit abgeschlossenem Jurastudium und viel Geschäftssinn. Jetzt verdiente er mehr Geld als jemals mit Football, und das besagte etwas, weil Conway nämlich in der Nationalliga gespielt hatte (bis seine Knie nicht mehr mitmachten).

Gateway war in einer Nische des Sicherheitsgeschäfts angesiedelt und stellte Leibwächter für die Reichen, die Berühmten und die Berüchtigten bereit – für Diplomaten und Politiker, Prominente und Wirtschaftsbosse, ihre Angehörigen und ihr Eigentum. Mit normalen Wachdiensten konkurrierte die Firma nicht, sondern hatte sich auf den Schutz von Einzelpersonen spezialisiert, und sie beschäftigte Profis, keine Gorillas.

Dennoch verabscheute Carpenter die Vorstellung, Bodyguards zu engagieren. Es bedeutete, sich selbst unter Observation zu stellen – und sich dafür auch noch dumm und dämlich zu zahlen. Und sie waren lästig, eben gerade weil sie immer da waren. Mit ihren Codewörtern, ihren Funkgeräten und ihren Störgeräuschen.

Er wusste, wie das war, weil er den Service schon für mehrere Klienten arrangiert hatte. Anfangs zeigten sie sich dankbar, weil sie sich »sicher« fühlten. Aber nach einer Weile begannen sie zu jammern. Und dann zu betteln. Ist es wirklich notwendig? Wie lange soll das noch so weitergehen?

Am Ende rang er sich zu dem Anruf durch, und als sich Terry meldete, schilderte er den Auftrag mit knappen Worten: »Ich hätte einen Firmenchef in Washington, Zivilist, ohne Anhang, fünfunddreißig ...«

»Verbindungen zur Regierung?«

»Nein. Allerdings liegen massive Morddrohungen vor ...«

»Welcher Art?«

»Leute, die auf ihn schießen.«

»Das genügt.«

»Das glauben wir auch, vielleicht wäre es nicht schlecht ...«

»Wer ist der Klient?«, fragte Terry.

»Ich.«

Eine längere Pause folgte. Schließlich sagte Terry: »Das sind schlechte Nachrichten: Wenn du umgelegt wirst, verliere ich einen guten Kunden.« Wieder hielt er inne. »Weißt du was, ich schicke Buck vorbei. Er hat Feingefühl – du wirst ihn mögen. Ich schicke ihn gegen sechs zu dir ins Büro – und zu deinem Haus schicke ich auch jemanden, der soll sich die Umgebung ansehen. In der Zwischenzeit solltest du dir ein Hotel besorgen. Für dich und Buck.«

»In Ordnung. Hoffen wir, dass ich ihn wirklich mag«, brummte Carpenter.

Als er auflegte, summte das Faxgerät. Es war eine Mitteilung von Mutual General Services mit der Überschrift *Williams, Marie A.* – die angeforderte Kreditauskunft, einschließlich Geburtsdatum (8. März 1962) und Sozialversicherungsnummer.

Mit diesen Angaben hatte Carpenter Zugriff auf Bankkonten, Krankengeschichte, Hypothekendarlehen, Steuerdokumente – und vieles mehr, wenn er wollte. Schon allein aus der Sozialversicherungsnummer ließen sich Informationen entnehmen. Die ersten drei Nummern gaben Aufschluss über den Geburtsort. Die Liste der entsprechenden Nummern fand er im *Open Sourcebook*, das er aus dem Regal griff. 146 stand für den Bundesstaat Maine. Er stellte das Buch weg und wandte sich der Kreditauskunft selbst zu. Sofort fielen ihm mehrere Eigentümlichkeiten auf.

Zum einen war Maries finanzielles Vorleben makellos: keinerlei Mahnungen, keine geplatzten Schecks, kein einziger. Das war ungewöhnlich, aber noch merkwürdiger war die Tatsache, dass die Daten erst mit dem Jahr 1989 begannen. Und das hieß, wenn das Geburtsdatum korrekt war, dass Marie bis zu ihrem sechsundzwanzigsten Lebensjahr alles bar bezahlt hatte. Mit siebenundzwanzig erhielt sie von American Express gleich eine Platin-Card. Gleichzeitig hatte sie mehrere Visa-Kreditkarten bekommen – jeweils mit sehr hohem Kreditrahmen –, aber davor nichts.

Wie stellt man das an?, fragte sich Carpenter. Allem Anschein nach war sie in voller Blüte dem Haupt des großen Gläubigers entsprungen. Woher war sie gekommen?

Und wohin war sie gegangen? Die Kreditkarten waren 1991 abgelaufen, und ihre Bankkonten wurden zur selben Zeit geschlossen. Und danach nichts. Keine Hypotheken, keine sonstigen Belastungen. Sie war praktisch verschwunden.

Und damit nicht genug. Eine Kreditauskunft enthielt immer auch eine Liste von Anfragen. Wenn man eine Wohnung mietet, verlangt der Vermieter in der Regel eine Kreditauskunft, und diese Anfrage wird erfasst. Wenn man also ein Kundenkreditkonto bei Macy's eröffnen, das neue Auto nicht bar bezahlen oder einen Job suchen wollte, dann erfolgte normalerweise eine Kreditprüfung, und diese wurde bei jeder weiteren Auskunft mit aufgelistet.

Doch Marie Williams' Kreditwürdigkeit war seit 1991 nur ein einziges Mal geprüft worden – und das hieß, sie nahm praktisch nicht mehr am Wirtschaftsleben teil. Ein Sachverhalt, der zwar möglich, aber nicht gerade wahrscheinlich war: Selbst Bankrotteure unternahmen allerhand Anstrengungen, um wieder in den Besitz einer Kreditkarte zu gelangen. Andernfalls wäre es ihnen unmöglich, ein Auto zu mieten, Reisen zu buchen oder Schecks einzulösen.

Ein Umzug ins Ausland reichte nicht als Erklärung für das Fehlen weiterer Einträge, ebenso wenig eine Eheschließung. Vielleicht hatte sie sich ja einer Sekte angeschlossen oder lebte vom Tauschhandel? Oder vielleicht hatte sie es einfach nicht nötig, Autos zu mieten und Reisen zu buchen. All das ließ sich dem Bericht jedoch nicht entnehmen.

Die einzige Ausnahme war eine Anfrage vom 19. Oktober

1995. Zwei Wochen vor dem Tod von Kathy und Brandon. Dem Bericht zufolge kam die Anfrage aus Chicago von Allied National Products – dem Namen nach zu urteilen, ebenfalls eine kleine Firma wie Mutual.

Er legte die Akte beiseite, rief Judy an und fragte nach einem Subunternehmer der Detektei in Minneapolis. Es gab einen – Gary Stoykavich, Twin Cities Research. Sie ratterte die Telefonnummern herunter und legte auf.

Mit einem Namen wie Stoykavich und Wohnsitz in Minneapolis – der Weißbrothauptstadt der Welt – war Garys Stimme eine Überraschung.

»Guten Tag«, meldete er sich. »Twin Cities Research.« Der raue Bariton, fast wie Fats Domino, konnte nur einem Afroamerikaner gehören. »Sie sprechen mit Gary.«

»Hier ist Joe Carpenter – vor einiger Zeit haben Sie einen Fall für uns bearbeitet ...«

Ein Baritonlachen. »Aber ja, aber ja. Eine Knochenarbeit war das. Für Miss Judy Rifkin.«

»Genau.«

»Was kann ich also für Sie tun, Mr. Joseph Carpenter? Ich vermute, Sie sind der *big boss* – oder ist die Namensgleichheit etwa zufällig?« Er gluckste vor Lachen.

»Keineswegs – ich bin's persönlich. Und ich suche eine Frau, die in Minneapolis gelebt hat – 1991.« Er zählte die bekannten Fakten auf.

»Eine Frage«, sagte Stoykavich. »Diese Marie Williams: Ist sie umgezogen oder wird sie ›vermisst‹? Und wenn sie vermisst wird, hält sie sich versteckt? Will sie überhaupt gefunden werden?«

Carpenter überlegte. »Gute Frage. Ich weiß es nicht.«

»Das macht bei den Kosten nämlich einen gewaltigen Unterschied.«

»Das ist mir klar, aber ... Mr. Stoykavich? Ich fürchte, Sie werden herausfinden, dass Ms. Williams tot ist.«

Carpenter versprach, die Kreditauskunft zu faxen. Stoykavich erklärte, er werde bei der Kfz-Meldestelle, den Zeitungen und beim Gericht Nachforschungen anstellen.

»Eins noch«, sagte Carpenter, »ich glaube – das heißt, ich weiß –, dass sie damals schwanger war. Etwa im vierten Monat.«

»Damit lässt sich etwas anfangen«, meinte Stoykavich. »Dann leg ich mal los.«

Carpenter sah gerade die Vertragsentwürfe für den Verkauf von Carpenter Associates durch, als Victoria über die Telefonanlage Deva Collins, eine Rechercheurin, ankündigte.

Deva war jung und nervös. Sie stand da, mit ihren Dokumenten in der Hand, warf ihr langes blondes Haar zurück und nahm die Brille ab. Carpenter bat sie, sich zu setzen.

»Das ist unser Ausgangsmaterial«, sagte sie, »alles On-line-Material über den italienischen Doktor Ignazio Baresi.«

»Sieht nach ziemlich viel aus.«

»Na ja.« Sie setzte die Brille wieder auf und wirkte nun etwas entspannter. »Zum Großteil sind es lediglich sekundäre Quellen – Verweise anderer Forscher auf Dr. Baresis Arbeit. Die untere Hälfte des Stapels – von dem gelben Blatt abwärts – sind Zitate aus seinen Werken in anderen Publikationen. Die habe ich nur für alle Fälle aufgehoben – falls Sie den Verfasser anrufen wollen oder so.«

»Und wie steht's mit Baresis eigenen Publikationen?«

»Das wird ein bisschen länger dauern. Obwohl ich inzwischen die meisten Titel aufgefunden habe.« Sie zögerte. »Nicht ich persönlich, wir alle eben. Ein Teil des Materials steht in Universitätsbibliotheken, aber verstreut, weil er auf zwei unterschiedlichen Gebieten tätig war. Er war sogar mir schon vorher ein Begriff.«

»Tatsächlich?«

Sie errötete. »Als Bibelforscher. Ich habe im Hauptfach Vergleichende Religionswissenschaft studiert, und er wurde viel zitiert.«

»Das ist großartig, bestimmt sehr hilfreich – bei den Nachforschungen.« Das Lob brachte sie nur in Verlegenheit.

»Vielleicht«, räumte sie widerstrebend ein. »Zumindest weiß ich, wo die wichtigen Ausgaben stehen. Aber Genetik war ein Problem. Da mussten wir Georgetown um Unterstützung bitten.«

»Sehr gut.«

Ihre Miene hellte sich auf, und sie nahm die Brille wieder ab. »Auf jeden Fall können wir den Großteil seiner wissenschaftlichen Aufsätze über Fernleihe besorgen. Davon sollten Sie sich dann Inhaltsangaben machen lassen, denn es sind hochwissenschaftliche Texte.«

»Was ist mit seinem Buch?«

»Es steht in mehreren Bibliotheken, aber auf Italienisch. Vielleicht finde ich irgendwo eine Rezension.«

Er warf einen Blick auf das Dossier. »Vielen Dank, Deva. Sie haben gute Arbeit geleistet.« Er stand auf und schüttelte ihr die Hand.

Wieder errötete sie, und einen Augenblick lang fürchtete er, sie würde knicksen.

Nachdem sie fort war, nahm er die erste Kopie von dem Stapel auf seinem Schreibtisch. Es war ein Aufsatz aus dem *Journal of Molecular Biology* und stammte von einem Dr. Walter Fields.

> *Die Rolle von Repressor-Proteinen bei der Transkription durch Ribonukleinsäure-Polymerase:* Kommentare zu publizierten Forschungsergebnissen von Ignazio Baresi, Ezra Sidran et al., vorgetragen bei der Jahreskonferenz über Biogenetik in Bern, Schweiz, 11. April 1962.

Carpenter kämpfte sich durch den ersten Absatz, musste aber feststellen, dass er kein Wort verstand. Stirnrunzelnd legte er den Aufsatz beiseite und nahm den nächsten vom Stapel. Doch daran hatte er genauso wenig Freude. Beim dritten Aufsatz kam er immerhin über die erste Seite hinaus, verlor angesichts der trockenen Materie aber auch bald den Mut. Frustriert warf er die Unterlagen auf den Tisch, lehnte sich zurück und schloss die Augen. Die Sache war komplizierter, als er gedacht hatte. Als Erstes brauchte er einen »Rabbi« – das war ein interner Slangausdruck in seiner Firma für jemanden, der wissenschaftliche Inhalte für Laien verständlich erklärte.

Aber damit nicht genug. Vielleicht waren die Publikationen Baresis gar nicht vollständig. Möglicherweise hatte er nach seinem »Abschied von der Genetik« seine Forschungen auf eigene Faust fortgesetzt – in seiner Klinik, inoffiziell. In der Presse fand man ständig Artikel über die ethischen Probleme, die durch Genforschung aufgeworfen wurden. Was, wenn Baresi damit Schwierigkeiten gehabt hatte und ... Aber er verwarf den Gedanken, das war reine Spekulation.

Missmutig fing er an, die Artikel auf zwei Stapel zu sortieren: einer für die genetische Forschung Baresis, ein zweiter für die späteren theologischen Untersuchungen. Vielleicht konnte er damit ja mehr anfangen. Zum Beispiel:

> *Frühe christliche Gemeinden und das Kerygma: eine vergleichende Textanalyse mit regionalen Quellen aus der Zeit des Apostels Markus.* Von I. Baresi, *Journal of Comparative Religion,* Vol. 29, 11. August 1971.

Das Telefon summte. Möglicherweise war Theologie doch nicht unbedingt leichter zu verstehen als Genetik.

»Mr. Stoykavich ist am Apparat«, meldete Victoria.

Carpenter nahm das Gespräch entgegen. »Hallo, Gary, was brauchen Sie? Haben Sie eine Frage?«

»Aber nein«, dröhnte Gary ins Telefon. »Ich habe keine Frage. Ich habe eine Antwort.«

»Innerhalb von zwei Stunden? Wollen Sie mir etwa weismachen, dass Sie Marie Williams gefunden haben?«

»Nein, nein, das nicht. Sie erinnern sich doch, dass ich Sie gefragt habe, ob die Frau überhaupt gefunden werden will oder nicht? Darauf habe ich eine Antwort.«

»Und welche?«

»Sie will auf keinen Fall gefunden werden.«

»Worauf wollen Sie hinaus, Gary?«

»Mir tut es weh, Ihnen das zu sagen, weil ich vorhatte, in die Suche viele teure Stunden zu investieren. Aber es war ein Kinderspiel, mein Freund. Marie Williams ist am 19. September untergetaucht, weil am 18. September ihre wahre Identität ans Licht kam.«

»Wovon reden Sie? Welche Identität?«

»Marie Williams ist Callista Bates! Wie finden Sie das?«

»Sie machen Witze«, sagte Carpenter. Fotos aus der Boulevardpresse tauchten vor seinem geistigen Auge auf. Callista in Cannes. Callista in Le Dôme. Callista weltabgeschieden. Die Schauspielerin hatte seit sieben oder acht Jahren keinen Film mehr gedreht, aber ihr Gesicht – schön wie eh und je – war immer noch auf den Titelseiten der Illustrierten im Supermarkt zu sehen. Wie die Garbo war sie zum Idol geworden, gerade weil sie auf dem Gipfel einer brillanten Karriere der Welt den Rücken gekehrt hatte. Aber die Sache war noch mysteriöser (und noch unheilvoller). Wie »Lindbergh« oder »Sharon Tate« beschwor der Name »Callista Bates« eine Geschichte herauf – und jeder kannte die Einzelheiten.

Ein Häftling des Staatsgefängnisses in Lompoc, Kalifornien, der wegen schwerer Körperverletzung, Einbruch und Vergewaltigung eine Strafe von achtzehn Jahren verbüßte, hatte während seiner Haft begonnen, sich für Callista zu begeistern. Er schrieb an das Filmstudio und bat um Fotos, er schloss sich ihrem Fanclub an und sammelte Zeitungsberichte über sie in einem dicken Album – bis sich seine Zelle am Ende in einen Schrein für seine Angebetete, die liebreizende Callista Bates, verwandelt hatte.

1988 wurde ihm der Rest seiner Strafe erlassen, und der Mann stieg in den Bus nach Beverly Hills, wo Fremdenführer ihm Callistas Haus zeigten. In den nächsten Monaten trieb er sich in der Gegend herum und hinterlegte unwillkommene Geschenke vor dem Tor, das zu ihrem Anwesen führte. Darunter ein Sado-Maso-Videofilm aus Deutschland und ein Schnappschuss von einem nackten Gewichtheber mit durchbohrten Brustwarzen. Gruseliges Zeug.

Und es kam noch schlimmer. Nacht für Nacht summte die Sprechanlage an Callistas Eingangstor, aber wenn man nachsah, stand niemand draußen. Und obwohl ihre Geheimnummer immer wieder geändert wurde, klingelte zu jeder Tages- und Nachtzeit das Telefon; der Anrufer sagte immer nur einen Satz: »Callista, du Fotze – lass mich rein!«

Zweimal kletterte der Mann über die Mauer des Anwesens, wurde aber vom wütenden Bellen des alternden Labradors Kerouac abgeschreckt. Einmal fand Callista, als sie den Briefkasten öffnete, ihre Post blutdurchtränkt. Ein andermal tauchte der Verfolger neben ihrem Auto auf, zerrte wie ein Verrückter am Türgriff und brüllte, sie solle ihm öffnen.

Die Polizei zeigte sich zuvorkommend und besorgt, erwies sich aber als unfähig. Etwa einen Monat lang wurde verstärkt patrouilliert – spätnachts fuhren Streifenpolizisten am Haus vorbei und leuchteten mit Suchscheinwerfern auf Bäume und Büsche – ergebnislos. Durch eine Fangschaltung versuchte man, dem Anrufer auf die Spur zu kommen, der aber immer Münzfernsprecher benutzte. Nach monatelanger erfolgloser Suche meinten die Polizisten achselzuckend: »Lausbubenstreiche.« Als wären damit das Blut, die Pornografie und der Verrückte neben dem Auto zu erklären.

An dem Abend, als er den Hund tötete und gewaltsam ins Haus eindrang, saß sie im Wohnzimmer und las. Sie hörte den Hund bellen, dann ein qualvolles Jaulen und das Klirren von splitterndem Glas. Eine Woche lang wurde ihr telefonischer Hilferuf immer wieder auf allen Rundfunksendern gebracht: »Hier spricht Callista Bates ... 211 Mariposa ... da ist ein Mann ... mit einem

Messer … er hat meinen Hund umgebracht … jetzt steht er im Wohnzimmer und … er ist kein kleiner Lausbub.«

Man musste der Polizei zugute halten, dass sie keine vier Minuten später eintraf, aber da hatte er bereits zweimal zugestochen und dabei die Sehnen von Callistas rechter Hand durchtrennt.

Eine letzte Filmaufnahme von Callista zeigte sie auf den Stufen des Gerichts nach der Verurteilung des Mannes. Sie war unglaublich schön in ihrem eisblauen Kostüm. Ihr einziger Kommentar lautete: »Das war's, Leute.«

Anschließend gab sie ab und zu noch ein Interview, sprach auch davon, wieder zu arbeiten. Aber die Boulevardpresse behielt Recht mit ihrem Urteil, Callista habe sich von der Welt zurückgezogen. Im Lauf des folgenden Jahres verkaufte sie ihr Haus und verschwand.

Man sah sie nie wieder – oder besser gesagt, überall und häufig gleichzeitig an verschiedenen Orten.

Für die Öffentlichkeit vereinte Callista Züge von Marilyn Monroe und JFK; Graffitikünstler sprühten ihr Bildnis auf Brücken und Gebäude. Sie war zum Kunstwerk geworden.

Bei Carpenter löste sie noch etwas anderes aus. Er verband etwas mit ihr, eine verschwommene Erinnerung. Es lag ihm auf der Zunge; er verspürte einen Adrenalinstoß, war plötzlich hellwach. Dann verflüchtigte sich der schemenhafte Eindruck.

»Nein, Mr. Carpenter, es ist kein Scherz. Ich habe den früheren Hausmeister gefunden. Als ich ihn anrief und nach Marie Williams fragte, wollte er wissen, ob ich von der Zeitung komme, vom *Enquirer* oder so. Marie Williams sei die einzige Mieterin, an die er sich erinnere, und es hätte ihn völlig umgehauen – seine Worte –, als er erfuhr, dass sie Callista Bates ist. Er hat den Reportern die Wohnung gezeigt. Er bot an, mir Zeitungsausschnitte – mit Fotos von ihm – zu schicken.«

»Gary«, begann Carpenter mit skeptischer Stimme, »der *Enquirer* ist nicht gerade …«

»Einen Augenblick. Ich weiß, was Sie sagen wollen. Aber ich

erinnerte mich an die Story – Minneapolis ist meine Heimatstadt –, nur der Name Marie Williams war mir entfallen.«

»Warum glauben Sie dann, dass sie es war?«

»Weil ich mit dem Reporter vom *Enquirer* gesprochen habe.« Carpenter lachte spöttisch.

»Immer langsam. Die Burschen sind viel sorgfältiger, als man denkt. Das müssen sie, weil sie sonst ständig Prozesse am Hals haben.« Der Detektiv hielt inne. »Hören Sie noch zu?«

»Klar, ich bin ganz Ohr.«

»Jemand hatte die Hotline des *Enquirer* angerufen: ›Ich habe sie gesehen!‹, hieß es. ›Mit einem Immobilienmakler. Century 21!‹ Es war irgendeine vorwitzige Frau aus der Vorstadt.«

»Ich dachte, Callista lebte in einem Apartmenthaus in der Innenstadt.«

»Ja – aber sie hatte vor, ein schönes Haus zu kaufen. Angenehmes Viertel. Bar auf die Hand. Der Makler sagte, das Geschäft war perfekt. Dann taucht ein Reporter vom *Enquirer* auf und entlockt der Empfangsdame den Namen ›Marie Williams‹. Und als Nächstes klopft er bei ihr zu Hause an – poch, poch! Wer ist da? Der *Enquirer!* Das war's – fort ist sie.«

»Gute Story. Die Frage ist nur: Woher wissen Sie so bestimmt, dass es tatsächlich Callista Bates war?«

»Der Reporter – er heißt Michael Finley – hat Fotos gemacht. Bevor er ins Haus ging, saß er draußen in seinem Auto und hat ein Foto nach dem anderen geschossen, wie sie das Haus verlässt, wie sie wiederkommt. Die Fotos habe ich gesehen. Zugegeben, die Haare sind braun, anders geschnitten, Sonnenbrille. Aber sie sieht ihr ähnlich. Keine Frage.«

»Sie sieht ihr *ähnlich*!«

»Ich bin noch nicht fertig. Finley weiß definitiv, dass es Callista Bates war. Er hat damals eine Kreditprüfung machen lassen – dieselbe Sozialversicherungsnummer mit einem anderen Namen: Callista Bates. Und er hat alles rausbekommen. Callista ist nämlich ein Künstlername, den hat sich ihr Agent einfallen lassen, als sie nach Kalifornien kam. Aber ihre Sozialversicherungsnummer hat sie behalten – warum auch nicht? Ganz gleich, wie sie sich nennt, sie muss auf jeden Fall Steuern zahlen. Also hat sie ihre eigene Nummer benutzt.«

»Wäre die nicht recht häufig aufgetaucht?«

»Eigentlich nicht. Schon weil sie sich damals gar nicht versteckte. Und um ihre Finanzen hat sie sich selbst gekümmert, um die Buchhaltung und die Steuererklärung. Daher vermute ich, dass ihre Sozialversicherungsnummer nicht sehr oft aufgetaucht ist.«

»Habe ich recht verstanden? Ihr wahrer Name ist ...«

»Marie Williams.«

»Aber als Schauspielerin nannte sie sich Callista Bates.«

»Und als sie Kalifornien verließ«, ergänzte Stoykavich, »nahm sie wieder den Namen Williams an. Das war eine Mordsshow, die sie da abgezogen hat. Das reinste Chamäleon, die Frau.«

»Und was geschah mit Finley?«

»Oh, dem geht es gut. Keine Sorge. Finley lebt heute noch von seinen Storys über sie. *Callistas Lieblingsrestaurants! Callista auf dem Rodeo Drive! Callistas heimliche Zufluchtsorte!*«

Carpenter empfand Panik. Er sah schon die Schlagzeilen vor sich: *Serienmörder verfolgt Callista und ihr Kind der Liebe.* Oder ein Sonderbericht im Fernsehen: Riordan am Telefon, Kameraschwenk auf eine offene Akte vor ihm. Dann Grimaldis zerstörtes Gesicht. Eine grausige Prozession ermordeter Mütter mit ihren Kindern, abgefackelte Häuser. Und schließlich eine Hotline-Nummer: *Wählen Sie 1-800-Callista (1-800-225-4782). Helfen Sie uns, sie zu finden, bevor andere sie finden!*

»Eins möchte ich Sie noch fragen, Gary: Wie viel haben Sie dem Kerl erzählt? Ich meine, haben Sie meinen Namen erwähnt?«

»Nein. Ich hab ihm gesagt, ich handle im Auftrag einer Selbsthilfegruppe verfolgter Frauen. Außerdem musste ich zweihundert Mäuse hinblättern, bevor er den Mund aufmachte.«

»Das ist gut.« Carpenter überlegte. »Aber was mache ich jetzt? Wenn sie schon vorher schwer zu finden war ...«

»Dann ist sie jetzt noch schwerer zu finden. Denke ich auch. Aber wir haben einige Anhaltspunkte. Laut Hausmeister hat sie ehrenamtlich in einer Bibliothek gearbeitet und Kurse an der Volkshochschule belegt. Und dann war sie ja schwanger, könnte also auch Kurse belegt haben, die damit zu tun hatten. Das ließe sich überprüfen.«

»Ja, warum eigentlich nicht? Mal sehen, was Sie noch herausfinden. Und wenn wir gerade dabei sind, könnten Sie mir noch die Nummer des Reporters geben. Wie heißt er doch gleich? Finley.«

Stoykavich gab die Nummer durch. »Noch eins«, sagte er.

»Was denn?«

»Wenn Sie Finley anrufen, halten Sie Ihre Brieftasche fest.« Der Privatdetektiv brach in schallendes Gelächter aus – wie Donnergrollen.

Callista Bates.

Eine gute und eine schlechte Nachricht in einem. Sie war schwer zu finden und daher schwer zu warnen – aber gleichzeitig war es daher auch schwer, sie zu töten. Und wenn Carpenter sie nicht fand, würde niemand sie finden. Dessen war er sich sicher.

Er stand auf und trat ans Fenster. Die Dämmerung brach langsam herein. Es war so kalt, dass es nicht mehr schneite. Hinter dem Pentagon leuchtete noch ein klarer Himmel in fast übernatürlichem Saphirblau. Die schon angestrahlte Kuppel des Kapitols trat in allen Einzelheiten plastisch hervor wie chinesische Elfenbeinschnitzerei. Über dem Kapitol hing die Sichel des abnehmenden Mondes und die Sterne glitzerten so übermütig, dass es nicht schwer fiel, sich das Universum als gigantische Metallkuppel zu denken – übersät mit kleinen Löchern, die einen Abglanz himmlischer Glorie durchschimmern ließen.

Seine Stimmung hob sich; fast fühlte er sich gut. Vielleicht lebte sie ja doch noch. Vielleicht ...

Das Telefon summte.

»Hier ist jemand, der zu Ihnen möchte«, meldete Victoria mit missbilligender Stimme.

»Wer denn?«

»Ein gewisser Buck.«

32

Der Mann, der zur Tür hereinkam, war etwa einsfünfundsechzig groß und um die vierzig Jahre alt. Die Haare hatte er glatt nach hinten gekämmt und zu einem Pferdeschwanz zusammengebunden. Seine Haut war unnatürlich gebräunt. Der kurze Hals ragte kaum aus den Schultern heraus. Er sah aus wie ein Darsteller in einem schlechten Actionfilm.

»Ich bin Buck«, sagte er und streckte die Hand aus.

»Danke, dass Sie gekommen sind«, sagte Carpenter, während Buck ihm mit eisernem Griff die Hand schüttelte.

»Was dagegen, wenn ich mich umsehe?«

»Tun Sie sich keinen Zwang an.«

Routiniert schlenderte der Leibwächter durch den Raum, sah hierhin und dorthin, nahm alles zur Kenntnis. »Was ist da drin?«

»Dusche.«

Buck öffnete die Tür und warf einen Blick hinein. »Schön«, sagte er. Er trat ans Fenster, blickte lange Zeit auf die Straße hinaus und ließ schließlich das Rollo herunter. Dann schweifte sein Blick wieder ruhelos und scheinbar ziellos durch den Raum.

Schließlich setzte er sich auf den Sessel neben dem Kamin und ließ seine Gelenke krachen. »Terry hat mich bereits eingenordet, also machen Sie einfach mit Ihrer Arbeit weiter. Ich ... seh nur zu.« Mit diesen Worten zog Buck ein Buch aus seiner Aktenmappe und begann zu lesen. Carpenter erspähte den Titel: *Japanisch für Fortgeschrittene.*

Carpenter wandte sich wieder den Unterlagen auf seinem Schreibtisch zu. Er hatte zwei Stapel vor sich. Einen mit den naturwissenschaftlichen Arbeiten Baresis, den anderen mit den religionswissenschaftlichen. Das Verhältnis betrug 5:30. Er bat Victoria, ihn mit der Mitarbeiterin aus der Recherche zu verbinden. »Glauben Sie, sie ist noch da?«

»Bestimmt, aber ...«

»Was?«

»Wer ist der Mann?«, kicherte sie.

»Sie meinen Buck? Buck ist mein Babysitter.«

Buck blickte nicht von seinem Buch auf.

»Oh – Sie meinen ein *Bodyguard*?« Sie schien das spannend zu finden. »Ich verbinde Sie mit Deva Collins.«

Deva meldete sich umgehend und fragte, was sie für ihn tun könne. »Ich brauche einen Rabbi«, sagte Carpenter.

»Wie bitte?«

Sie war offenbar noch so neu, dass sie den Ausdruck nicht kannte. In der Regel war es ein Journalist, manchmal ein Wissenschaftler, der einen mit Hintergrundwissen zu einem bestimmten Fall versorgen konnte – sagen wir über die Bekleidungsindustrie oder den Metallhandel oder das Gesundheitswesen. In diesem Fall brauchte Carpenter jemanden, der allgemein verständlich über Molekularbiologie sprechen konnte.

»Oh«, sagte Deva. »Natürlich. Ich besorge jemanden.«

»Gut. Und ich hatte gehofft, dass Sie selbst die religiösen Arbeiten für mich auswerten könnten. Ziemlich viel zu lesen. Vielleicht könnten Sie es als Kurzbiografie darstellen, Baresis Beitrag auf dem Gebiet ...«

Sie lachte unsicher. »Ich weiß nicht ... ich bin wirklich keine Expertin.«

»Ich brauche keine Expertin.«

»Na gut ... ich versuche es, wenn Sie wollen. Möchten Sie ein Memo?«

»Wir könnten uns dann auch einfach unterhalten.«

»Nein, nein«, entgegnete sie aufgeregt. »Ich bringe meine Gedanken immer gern zu Papier.«

Er meinte, das sei ihm auch recht, und bat sie, einen ihrer Kollegen mit einer Materialsammlung über Callista Bates zu beauftragen.

»In Ordnung.« Sie hielt inne, versuchte vergebens, ihre Neugier zu zügeln. »Ist das für einen anderen Fall?«

Er zögerte. Schließlich sagte er: »Nein.«

»Ah ja ... in Ordnung. Das Memo habe ich bis morgen Abend fertig. Reicht das?«

Das sei großartig, erwiderte er. Als er auflegte, schlug Buck eine Seite in seinem Buch um. »Callista Bates ... na, das war ein steiler Zahn.«

Eine Stunde später zwängte sich Carpenter auf den Beifahrersitz eines grauen Buick, der vor der Detektei am Straßenrand parkte.

»Ab morgen fährt Pico«, erklärte Buck, während er den Wagen geschickt über vereiste Straßen lenkte. »Pico liebt die Karre. Ich habe Angst, zu fest aufs Gaspedal zu treten, weil wir sonst abheben.«

Sie hatten bald die Memorial Bridge erreicht und überquerten den zugefrorenen Potomac. Buck klärte Carpenter unterdessen über die Ausstattung des Wagens auf.

»Die Leute sprechen immer von kugelsicher, aber sie wissen gar nicht, wovon sie reden. Die sind gut einen Zentimeter dick«, er klopfte gegen das Seitenfenster, »aus Lexan. Das hält fast alles ab. Aber wenn man einem ernsthaft ans Leder will? Dann benutzt man eben C-4.«

Von außen sah der Wagen völlig normal aus, aber innen war er eher eng und so gut isoliert, dass Carpenter Druck auf den Ohren verspürte, als die Tür zufiel. Buck erklärte, die Bewegungsfreiheit im Standardmodell sei der Panzerung, einem überdimensionalen Tank und den Hydraulikvorrichtungen geopfert worden, die es erlaubten, das Chassis für Geländefahrten anzuheben.

»Ich komme mir vor wie James Bond«, sagte Carpenter.

Buck lächelte. »Das sagen alle.«

Sie hielten an einem Lebensmittelgeschäft, wo sie einen Zwölferpack Budweiser Light besorgten, und dann an einer Videothek, um sich Callista-Bates-Filme auszuleihen. Als sie am Comfort Inn anlangten, wartete Carpenter im Wagen, während Buck die Formalitäten erledigte. Er fühlte sich wie in einem Tresorraum.

»Ich habe angrenzende Zimmer bekommen«, sagte Buck, als er Carpenter die Treppe zum zweiten Stock hinaufführte, »und einen Videorecorder.«

»Wir hätten auch im Willard absteigen können«, sagte Carpenter. »Ich hätte es spendiert.«

Buck schüttelte den Kopf. »Das Haus ist besser. Jemand, der Joe Carpenter sucht, fängt nicht im Comfort Inn an zu suchen.«

Die Zimmer lagen am Ende des Korridors gegenüber der Treppe und waren durch eine Tür verbunden. Die Einrichtung war hübsch, die Betten großzügig, und die Fenster boten einen Panoramablick auf den Verkehr der Interstate 95.

»Ich bekomme Sonderrabatt«, sagte Buck stolz. »Vierundsechzig Dollar die Nacht! Alles inklusive, mit Frühstück.« Er ging zum Fenster und zog die Vorhänge zu. »Die Sache ist die«, fuhr er fort. »In so 'nem Hotel sind die Sicherheitsvorkehrungen gut. Um Mitternacht wird abgeschlossen; wer dann noch rein will, muss klingeln. Und im Empfang sitzt ein bewaffneter Wachmann, der ist mehr wert als jeder Portier.«

Carpenter streckte sich auf dem Bett aus und überflog die Inhaltsangaben auf den Videos; einer davon war ein Science-Fiction-Film.

Piper – SciFi – 127 Minuten, 1986. Der Rattenfänger von Hameln, neu in Szene gesetzt in Hamlin, Ohio. Eine Oscar-Nominierung erhielt Callista Bates für die Rolle der »Penny«,

Punkmädchen und Stadtstreicherin, die mit den Bluesklängen ihrer Mundharmonika die Stadt vor einer Rattenplage – die Tiere sind Träger eines tödlichen Virus – rettet. Doch bald bereuen die Stadtväter, dass sie dieser Rattenfängerin den versprochenen Lohn vorenthalten haben. »Überwältigend.« *New York Daily News*
»Fantastisch!« *Premiere*
»Callista ist unwiderstehlich. Man möchte ihr selbst nachlaufen!« *Rolling Stone*

Er erinnerte sich an den Film und dass er ihn hatte sehen wollen; sogar die unendlich langweilige Oscar-Verleihung hatte er im Fernsehen verfolgt – Gillian zuliebe. *Gillian,* er sah sie wieder vor sich, ihre Grübchen, ihr Lächeln, ihre weißen Brüste. Was mochte aus ihr geworden sein?

Gillian war empört gewesen, weil Callista Bates den Oscar nicht bekam, aber alle Zuschauer, auch Carpenter selbst, waren hingerissen, als sie mit schelmischer Miene ihre Mundharmonika hervorholte, vor laufender Kamera spielte und allen in Erinnerung rief, dass »Penny« sich zu rächen wusste, wenn sie angeschmiert wurde.

Den Film selbst hatte er dann doch nie gesehen, und das Jahr 1986 war ihm weitgehend nur noch dunkel in Erinnerung. In diesem Jahr hatte er seine Firma gegründet, Leute eingestellt wie verrückt, Räume gemietet und mehr Aufträge bekommen, als er bearbeiten konnte. Er hatte sechzehn Stunden täglich gearbeitet; sein Privatleben – und auch Gillian – war dabei auf der Strecke geblieben.

Buck bestellte telefonisch Pizza: aus dem Steinbackofen, Lieferung frei Haus.

Dann rief er Pico und Chaz an – den Rest des »Teams«. Sie überprüften Carpenters Haus in MacLean. Plötzlich stieß Buck ein verblüffend schrilles Lachen aus. »Nein«, sagte er. »Ganz bestimmt nicht.« Er legte auf und fragte: »Sie wohnen wohl auf dem Land?«

Carpenter schüttelte den Kopf. »Ein Dorf ist MacLean nicht gerade.«

»Pico hat einen Hirsch gesehen. Der hat ihm einen Mordsschreck eingejagt.« Er lachte. »Wissen Sie, was er gefragt hat?«

Carpenter verneinte.

»Ob Hirsche *beißen*.«

Sie saßen auf dem Sofa, aßen Pizza und sahen eine Komödie – *Fast Track.* Das Bier war kalt, der Salat knackig und die Pizza besser als erwartet.

Und der Film war lustig, sehr lustig – aber ab und zu fiel Carpenter auf, wie hart an der Grenze der Streifen war. Ein schwerfälligerer Regisseur, weniger begabte Schauspieler, und das Machwerk wäre eine Katastrophe gewesen.

Es war Callista, die alles zusammenhielt. Als begabte Komikerin machte sie das Beste aus einer Rolle, die das Klischee auf den Kopf stellte. Sie war kein blondes Dummchen, sondern gerissen und stellte sich dumm, wenn es ihren Zwecken diente.

Buck kannte den Film anscheinend in- und auswendig und stieß Carpenter vor den besonders guten Stellen mit dem Ellbogen an: »Mann o Mann, sehn Sie sich das an.«

Im schwarzen Kostüm, mit Hütchen und Spitzenschleier, tritt Callista an den offenen, blumengeschmückten Sarg ihres Komplizen. Sie kniet nieder, betet. Zumindest hat es den Anschein, bis klar wird, dass sie und die »Leiche« mit zusammengebissenen Zähnen ein Streitgespräch führen.

»Gib mir den Schlüssel«, fordert sie.

»Ich kann nicht! Ich darf mich doch nicht bewegen.«

»In welcher Tasche ist er? Ich hole ihn mir selbst.«

»Und mich lässt du hier zurück? Kommt nicht in die Tüte.«

Zur Bestürzung des Bestattungsunternehmers und der übrigen Trauergäste beginnt Callista, die Taschen des Toten zu durchwühlen.

»Ich schwöre bei Gott, Walter, wenn du den verdammten Schlüssel nicht rausrückst, bringe ich dich um!«

»Du kannst mich nicht umbringen«, protestiert der Leichnam und richtet sich auf den Ellbogen auf. »Ich bin schon tot!«

Daraufhin fällt der Bestattungsunternehmer in Ohnmacht, Callista greift nach dem Schlüssel und ...

»Stopp!«, rief Carpenter, nahm die Fernbedienung, ließ den Film zurücklaufen.

»O Mann!«, klagte Buck. »Das ist die lustigste Stelle!«

Mit einer zerstreuten Handbewegung brachte ihn Carpenter zum Schweigen. Allmählich wurde Buck klar, dass Carpenters Interesse an Callista einen ernsteren Hintergrund hatte. Mit beleidigter Miene stand er auf. »Mal sehen, ob es hier Eis gibt.«

Carpenter nickte, ohne hinzuhören, ließ den Film zurück- und vorwärtsspulen, bis er die Stelle fand, die er wollte – Callistas verschleiertes Gesicht in Nahaufnahme –, und drückte den Pausenknopf.

Er starrte auf den Bildschirm. Kein Zweifel: Diese Frau war auf Kathys und Brandons Beerdigung gewesen.

Callista Bates.

Das Begräbnis lief vor seinem inneren Auge ab, als wäre es auch ein Film.

Die beiden glänzenden Holzsärge, der große und der kleine, Kathys und Brandons, ruhten tief unten in den Gräbern, die man für sie ausgehoben hatte – jeder Sarg mit weißen Rosen bedeckt. Eine letzte Rose fällt, wie in Zeitlupe.

Ein Mann – Carpenter selbst – steht in gebührendem Abstand und nimmt die Beileidsbekundungen der Trauergäste entgegen. Die Erste ist ihm, wie so viele andere, unbekannt: eine attraktive Blondine, ganz in Schwarz; sie trägt ein altmodisches Hütchen mit Gazeschleier.

Die Frau kommt ihm bekannt vor, aber er kann sie nicht einordnen. Vielleicht eine Nachbarin von Kathy oder die Mutter eines Gleichaltrigen aus dem Kindergarten. Der Junge ist in Brandons Alter, schwarze lockige Haare, mediterrane Haut. Verlegen, weil ihm ihr Name nicht einfällt, fragt Carpenter:

»Kenne ich Sie?« Sie schüttelt den Kopf: »Ich habe Ihre Schwester in Europa kennen gelernt.«

Plötzlich sprang das Gerät wieder an. Callista drängte sich an den Trauernden vorbei. Er hatte den Eindruck, dass jemand die Lautstärke voll aufgedreht hatte, und schaltete den Fernseher aus, dachte nach. Bestimmt hatte sie sich – und ihren Sohn – vorgestellt, dessen war er sich sicher, aber die Namen fielen ihm nicht mehr ein. Nicht um alles in der Welt.

Seufzend ließ er sich auf die Couch fallen und machte noch ein Bier auf. Callista Bates, Marie Williams – sie und ihr Sohn waren im November noch am Leben gewesen. Hatten sie sich in Sicherheit gebracht, und wenn ja, wo steckten sie jetzt?

Buck kam mit einem Plastikbecher Eiscreme wieder zur Tür herein. Mit Blick auf den dunklen Bildschirm sagte er: »Nett, dass Sie gewartet haben. Weiß ich zu würdigen.«

Sie verdrückten die restliche Pizza, tranken Bier und sahen den Film zu Ende. Bald ließ sich Carpenter wieder von der Handlung gefangen nehmen, lachte, wartete gewissermaßen darauf, dass Buck ihn vor Ausgelassenheit mit dem Ellenbogen in die Seite stieß.

Nach dem Film duschte Carpenter, während Buck telefonierte. Dann sahen sie gemeinsam Nachrichten, Sportberichte. Schließlich stand Buck auf. »Ich hau mich in die Falle. Aber ich bin nebenan, also ... keine Sorge.«

Als Carpenter allein war, kam er ins Grübeln. Irgendetwas an Callistas Auftreten als »Marie Williams« machte ihn stutzig. Da kam es ihm.

Was, wenn es Grimaldi war? Was, wenn Grimaldi hinter der anderen Anfrage betreffs der Kreditwürdigkeit von Marie Williams stand?

Carpenter holte seine Aktentasche und nahm das Dossier mit der Kreditauskunft von Marie Williams heraus:

Anfragen: 19.10.95 – Allied National Products (Chicago).

Chicago! »John Does« Aufenthaltsort. Er überprüfte das Datum; die Anfrage war zwei Wochen vor Kathys Tod erfolgt.

Das bewies noch nicht, dass Grimaldi tatsächlich dahinter steckte – schließlich hatte Carpenter selbst eine Auskunftei weit weg in Miami beauftragt. Andererseits ... wenn jemand »Marie Williams« suchte und außer einer alten Adresse nichts in der Hand hatte, war es durchaus sinnvoll, erst einmal eine Kreditauskunft einzuholen. Mit etwas Glück kam man so an die neue Adresse oder wenigstens an die Nummern ihrer Kreditkarten heran. Und sobald Grimaldi die hatte, konnte er jeden ihrer Schritte verfolgen – es sei denn, sie machte sich aus dem Staub. Und weil sie das tatsächlich tat, ließ sie ihre Kreditkarten verfallen – und rettete damit wahrscheinlich ihr Leben.

Pico, der Fahrer, ein gut aussehender Kubaner, der keine großen Worte machte, brachte sie in Rekordzeit zu Carpenter Associates.

Während Buck im Vorzimmer saß und Victoria durch seine Gegenwart aus dem Konzept brachte, veranlasste Carpenter eine Kreditprüfung von Kathleen Ann Carpenter, ehemals wohnhaft in 132 Keswick Lane, Burke.

Dann rief er Woody an.

Irgendwann im Lauf der Nacht war ihm Woody wieder eingefallen – oder genauer gesagt einer von dessen Brüdern. Andy oder Gus. Oder Oliver.

Als Joe Carpenter und Nick Woodburn zusammen in St. Alban's die Schulbank gedrückt hatten, war Woodys Familie ziemlich bekannt gewesen. Nicht in dem Sinne bekannt wie Carpenters Familie – sondern allein wegen ihrer Größe.

Die Woodburns hatten elf Kinder – sieben Jungen und vier Mädchen –, eine Zahl, die auf den Privatschulen Washingtons so aus dem Rahmen fiel, dass die Familie, wo immer sie auftauchte, quasi von einem Mantra begleitet wurde: »Sie haben elf Kinder – *und sie sind nicht einmal katholisch, nicht einmal katholisch, nicht einmal katholisch!*«

Carpenter hatte seine halbe Kindheit im Haus der Woodburns in Georgetown verbracht – ein Haus mit großem Garten, in dem es zuging wie in einem Taubenschlag.

Als Carpenter ihn im Außenministerium anrief, nahm Woody das Gespräch zwar entgegen, sagte aber sofort: »Ich kann nicht reden. Ich bin in einer Besprechung.«

»Ich möchte nicht mit dir reden, sondern mit einem deiner Brüder.«

»Normalerweise hätte ich Spaß daran zu raten, aber ...«

»Den bei der Boulevardpresse.«

»*Gus?* – An den hätte ich als Letztes gedacht. Eine Sekunde ... hier ist die Nummer.«

Als Chefredakteur des *National Enquirer* war Augustus Woodburn schwerer zu erreichen als sein Bruder, der nur eine Geheimbehörde der amerikanischen Regierung in Washington leitete. Am Ende musste sich Carpenter mit dem Versprechen der Sekretärin zufrieden geben, »A. W.« werde zurückrufen.

Gus hatte schon in jungen Jahren eine Schwäche für den Journalismus gezeigt. In St. Alban's hatte er die Schülerzeitung *Bulldog* herausgegeben, dann bei der *Post* ein Volontariat gemacht und schließlich für die Studentenzeitung in Yale geschrieben – bis er sich im letzten Studienjahr entschloss, eine Profi-Wasserskifahrerin zu heiraten. Nach dem Umzug nach Florida, wo seine Frau bei Cypress Gardens arbeitete, kam Gus beim *Enquirer* unter.

In jeder anderen Familie hätte er vielleicht als schwarzes Schaf gegolten. Aber der Woodburn-Clan war so groß, dass er verzeihen konnte, oder mit Woodys Worten: »Nicht zu glauben, wen der Junge ans Telefon bekommt.«

Carpenter hatte, als er die Programme durchzappte, den »Jungen« einmal im Fernsehen erlebt. Er stieß auf eine typische Talk-Show, bei der ein aggressiver Moderator Journalisten und neunmalkluge Experten aufeinander hetzte. Carpenter hätte weitergeschaltet, hätte der höhnische Gastgeber nicht in diesem Augenblick »Mr. Augustus Woodburn« vorgestellt, den Chefredakteur des *National Enquirer*. Thema der Runde: Medien und Ethik.

Offensichtlich war jemand auf die brillante Idee verfallen, Gus als Prügelknaben für die ehrenwerten Damen und Herren von *Harper's*, der *Washington Post*, der *Times* und *National Public Radio* einzuladen. Aber Gus, ein gut aussehender Mittdreißiger mit stechenden blauen Augen, machte seinerseits die Stars lächerlich. Auf den Spott über die »Schäbigkeit der Boulevardpresse« reagierte er mit einem Frontalangriff auf das Establishment.

Gelassen und nicht frei von Schadenfreude machte er seine Kollegen darauf aufmerksam, dass der *Enquirer* seine Einnahmen noch auf traditionelle Weise verdiente – durch den Verkauf von Zeitungen und nicht durch Werbung für Schnaps und Zigaretten. Was den Inhalt des Blatts anbelange, habe der *Enquirer* zwar nie den Pulitzerpreis erhalten – aber andererseits habe der Preis durch den Skandal um Janet Cooke viel an Glaubwürdigkeit eingebüßt. Was zum Problem der journalistischen Ethik führe. Der Reihe nach nannte er die Namen der Diskussionsteilnehmer und ihrer spendablen Wohltäter und warf die Frage auf, wie ein Journalist ausgewogen über Schusswaffenverbot oder das Gesundheitswesen berichten solle, wenn er gleichzeitig 30 000 Dollar für eine Rede vor der National Rifle Association oder der American Medical Association erhalte. »Wir beim *Enquirer* halten keine Reden«, sagte Gus. »Wir berichten noch nicht einmal darüber.«

Am Ende der Talk-Show erhielt Gus stürmischen Beifall.

Als Gus gegen zwei zurückrief, wollte Carpenter erklären, wer er sei, aber Gus schnitt ihm gleich das Wort ab.

»Ich weiß, wer du bist. Wegen dir hat mich Elizabeth Goode sitzen lassen, als ich im dritten Semester war.«

»Tut mir Leid.«

»Inzwischen bin ich drüber weg«, sagte Gus. »Worum geht's?«, fragte er dann ohne Umschweife.

»Um Callista Bates.«

»Meine Lieblingsschauspielerin. Was ist mit ihr?«

»Ich suche sie.«

»Da bist du nicht der Einzige. Nur über den unsterblichen Elvis bekommen wir mehr Tipps, wo er mal gerade wieder aufgetaucht ist.«

Carpenter erklärte, er suche sie aus persönlichen Gründen und könne wirklich nicht mehr sagen, aber wenn die Zeitung irgendwelche Hinweise auf Callistas Verbleib habe ...

»Ich fühle mich geschmeichelt. Ein Detektiv wendet sich an *mich*.« Er seufzte. »Aber Callista Bates? Um die Wahrheit zu sagen, ich glaube kaum, dass sich seit ihrer Abreise aus Minneapolis viel getan hat. Sie wurde häufig ›gesichtet‹, du weißt, was ich meine – aber es ist doch fast sechs Jahre her, oder?«

»Nun, wenn du etwas hörst ...«

»Kann sein. Wir haben einen freien Mitarbeiter, Finley heißt er, der seine Karriere auf Callistas Story aufgebaut hat. Hast du mit ihm schon gesprochen?«

»Nein, aber ein Mann, der für mich arbeitet ...«

»Ich hoffe, er war diskret, denn Finley ist ein scharfer Hund. Aber hör zu: Ich werde jemanden ins Archiv schicken und die Hotline prüfen lassen, mal sehen, was wir haben. Ich sage einfach, wir bringen einen Bericht über den Stand der Dinge, und – Finley soll die Sache leiten. Dann hat er was zu tun. Wahrscheinlich bringen wir das dann sogar. Auf jeden Fall halte ich dich auf dem Laufenden, wenn mir etwas Interessantes auffällt.«

»Danke, Gus. Ich schulde dir einen«, sagte Carpenter.

»Zwei. Denk an Elizabeth Goode.«

Später am Nachmittag traf ein Umschlag mit der Kreditauskunft über seine Schwester ein. Es waren sechs Seiten, aber Carpenter interessierte sich nur für die Liste der übrigen Anfragen. Da stand's:

19.10.95 Allied National Products.

Damit war alles klar. Dieselbe Firma in Chicago hatte am selben Tag »Marie Williams« überprüft. Es musste Grimaldi sein.

Was nun? Er überlegte kurz, rief dann einen seiner Rechercheure an: »Ich brauche eine Geburtsurkunde«, sagte er. »Von einer Frau namens Marie A. Williams, geboren am 8. März 1962. Den Geburtsort weiß ich nicht, irgendwo in Maine. In der Hauptstadt von Maine gibt es bestimmt eine Behörde für Bevölkerungsstatistik oder so etwas, wo man anfragen kann.«

Wenigstens würde er so den Namen ihrer Eltern und ihren Geburtsort in Erfahrung bringen. Auch wenn Callista nicht in ihre Heimat zurückgekehrt war, hielt sie vielleicht doch Kontakt mit ihren Eltern oder wenigstens mit Jugendfreunden. Das wäre immerhin ein Anhaltspunkt.

Den Rest des Tages verbrachte Carpenter in Mitarbeiterbesprechungen und Beratungen mit Rechtsanwälten und ging mit ihnen das Kleingedruckte in den Verträgen zum Verkauf der Firma durch. Buck folgte ihm auf Schritt und Tritt und inspizierte alle Büroräume misstrauisch. Dass seine Gegenwart die Leute beunruhigte, lag auf der Hand; dennoch machte Carpenter keine Anstalten, zu erklären, warum er hier war, sondern genoss perverserweise das Aufsehen, das der »Hydrant auf zwei Beinen« erregte.

Als Deva Collins gegen sechs vorbeikam und einen Bericht auf seinen Schreibtisch legte, war er müde.

»Was ist das?«

Sie wirkte geknickt. »Mein Memo.«

»Ihr Memo?«

»Über Ignazio Baresi – sein Beitrag zur Religionswissenschaft«, erklärte sie errötend.

»Ach, ja«, sagte er und rieb sich die Augen. »Richtig. Großartig!« Aber seine Begeisterung war gespielt. Im Augenblick wollte er nur eins: sich ein Bier genehmigen und mit seinem neuen Kumpel Buck Filme mit Callista Bates sehen.

Er warf einen Blick auf das Memo. Fünf oder sechs Seiten.

Die Wahrheit war, dass sein Interesse an der Lösung des Rätsels – das heißt genauer die Bedeutung Baresis für den Umbra Domini und die Mörder – ab dem Zeitpunkt in den Hintergrund getreten war, nachdem er *Fast Track* gesehen hatte. Jetzt ging es darum, Callista Bates und ihr Kind zu finden. Tot oder lebendig. Sobald das geschehen war, konnte er sich wieder der Suche nach Grimaldi und dem Mordmotiv zuwenden.

Doch die junge Frau, die vor ihm stand, hatte wohl hart an dem Bericht gearbeitet, und er wollte nicht gleichgültig erscheinen. Also setzte er sich, stützte das Kinn auf die Hand und begann zu lesen:

Ignazio Baresi (1927-1995):
Beiträge zur Bibelforschung
Bericht erstellt von: C. Deva Collins
Biografische Daten und Publikationsliste

Carpenter überflog die einleitenden Worte. Baresi hatte sich als Siebenunddreißigjähriger an der Sorbonne eingeschrieben und Seminare in Philosophie und Vergleichende Religionswissenschaft belegt. Nach einem Jahr hatte er sein Studium in Münster fortgesetzt. Ein Jahr lehrte er als Gastprofessor an der Harvard School of Divinity, wandte sich aber 1980 überraschend von dieser Fachrichtung ab und kehrte nach Italien zurück. Trotz der Kürze seiner Karriere ... bla, bla ... ist Baresis Einfluss auf dem Gebiet noch heute spürbar und so weiter.

Dann folgte eine chronologische Liste von Baresis Publikationen: Ein paar Titel fielen Carpenter ins Auge: *Die wahre Menschlichkeit Christi: Lehre oder autoritative Erklärung?* (1974). *Göttinnenverehrung und die Jungfrau Maria* (1977). Und seine einzige Monografie: *Reliquien, Totem und Theologie* (1980).

Bibelforschung und Christologie. Deva schilderte die Inhalte dieser Disziplin, die sich in den letzten hundertfünfzig Jahren auf die »Suche nach dem historischen Jesus« konzentriert habe. Dabei ging es den Forschern darum, Mythen, Hörensagen und Lehrmeinungen abzustreifen, die im Nachhinein dem »Ereignis der Erlösung« auferlegt worden waren, und herauszufinden, welche Teile des Evangeliums »verifizierbar« seien. Mit der Anwendung immer ausgeklügelterer moderner Methoden zeigte sich, dass die Antwort auf die Frage »Welche Aussagen über Leben und Tod Jesu lassen sich hieb- und stichfest beweisen?« lautete: *kaum welche.*

Baresis Arbeit. Baresis Magisterarbeit, seine erste Publikation, beschäftigte sich mit einer Analyse der Glaubenslehre und dem Einfluss äußerer Umstände auf die kirchliche Lehre. Baresi hob hervor, das Beharren der Lehre auf der menschlichen, fleischlichen Natur Jesu sei nicht aus dem Evangelium abzuleiten, sondern habe sich gegen den Glauben einer anderen christlichen Sekte gerichtet, für die Jesus rein göttlich war. Im Evangelium selbst wird auf die Geburt Christi kaum eingegangen (Maria wird selten erwähnt), und auch seine Leiden werden nicht hervorgehoben. Die dogmatische Behauptung, Jesus sei als Mensch geboren worden, als Mensch gestorben und habe als Mensch Schmerzen gelitten, lässt sich auch anhand christlicher Kunst dokumentieren. Eine frühe christliche Kunst gibt es nicht (die ersten Christen kamen aus einer semitischen Tradition, die jede bildliche Darstellung verbietet), doch sobald sich diese Kunst entwickelt, verändern sich die Christusdarstellungen in rascher Folge: von dem glücklichen, »sonnenhaften« Jüngling mit Strahlenkranz (4. Jahrhundert) zum leidenden Christus am Kreuz, aus allen Wunden blutend (7. Jahrhundert).

Deva betonte, diese erste Arbeit habe sich noch in der Tradition der Bibelforschung bewegt, danach habe sich Baresis Interesse jedoch in eine ganz andere Richtung gewandt. In der Einführung zu seiner zweiten größeren Arbeit schrieb er sinngemäß: »Während sich meine Kollegen darum bemühen, eine Schicht nach der anderen von der Perle zu schälen, bis sie auf den Kiesel im Zentrum stoßen, den Reizstoff, der das Christentum hervorbrachte, bin ich mehr an der wunderbaren Perle selbst und am lebendigen Band des Glaubens interessiert.«

Dies war seine »synkretistische« Theorie des Christentums; er zeigte, dass die christliche Kirche in ihrer Entwicklung fähig war, Elemente anderer Glaubensrichtungen zu integrieren, und sich daher über die ganze Welt ausbreiten konnte. Und er forderte, die Kirche müsse offen für den Einfluss »der einfachen Gläubigen« bleiben, um weiterhin zu gedeihen. In seinen Arbeiten stellte Baresi ausführlich die Absorbierung verschiedener Praktiken anderer Religionen durch das Christentum dar.

Kunst. Religiöse Kunst entstand erst durch die Ausbreitung des Christentums ausgehend von Palästina bis nach Rom, wo eine reiche heidnische Kunst großen Einfluss ausübte. Die christliche Kunst blühte wohl nicht zuletzt deshalb auf, weil die Kirchenoberen sie als wirksames Propagandawerkzeug zur »Verbreitung des Glaubens« erkannten.

Pilgerschaft. Baresi verglich die Pilgerreisen zu heiligen Stätten, die bereits im 4. Jahrhundert üblich wurden, mit Praktiken des Animismus und der primitiven Ahnenverehrung.

Die Jungfrau Maria und die Anbetung von Göttinnen. Die Erhebung der Jungfrau Maria, die im Evangelium noch kaum erwähnt wird, zu einer zentralen Gestalt spiegelt den Einfluss heidnischer Fruchtbarkeitskulte wider; Maria ist die christliche Erscheinungsform uralter Göttinnen wie Ischtar, Kybele und Aphrodite.

Die Geburt Christi. Nach Baresis Meinung enthielt der Bericht über den hellen Stern, der die Geburt »des Herrn« verkündete, Elemente verschiedener Sonnen- und Mondkulte.

Reliquien, Totem und Theologie. In seiner Monografie untersuchte Baresi die Entwicklung des Kults um Märtyrer und Heilige im Christentum, der zum Volksglauben an die Macht der Reliquien führte – und der höchstwahrscheinlich in alten totemistischen und animistischen Glaubenslehren wurzelt.

Totems und Fetische, die ebenso wie Reliquien ihrem Besitzer Macht verleihen, sind symbolischer Natur, wohingegen Reliquien körperliche Überreste von verstorbenen Heiligen oder durch den Kontakt mit dem »Leib Christi« geheiligte Objekte sind.

Totems und Fetische dienen häufig dazu, einem Stamm oder

einem einzelnen die Kraft eines Tieres zu übertragen. Nach Baresis Meinung erfüllten steinzeitliche Höhlenmalereien einen ähnlichen Zweck.

Baresi sah eine Verbindung zwischen Totemismus und primitiven Riten – bei denen beispielsweise das Blut eines Löwen getrunken wurde, um die Kraft des Tieres in sich aufzunehmen. Ähnlich verhält es sich mit kannibalischen Ritualen, bei denen Blut und Organe besiegter Gegner verzehrt wurden. In manchen Kulturen verlagerte sich der Glaube an die totemistische Kraft von Ritualgegenständen in den Bereich des Abstrakten: Worte, Zauberformeln und, vor allem im Judentum und Islam, Buchstaben und Zahlen.

In der zweiten Hälfte seines Buches befasste sich Baresi mit der Rolle von Reliquien im Christentum. Bereits im 4. Jahrhundert sei der Glaube an die magische Kraft von Reliquien, die Dämonen vertreiben, Krankheiten heilen sollten und so weiter, fest verwurzelt gewesen. Im 9. Jahrhundert blühte in Rom, das ganz Europa versorgte, ein schwunghafter Handel mit Reliquien. Im Mittelalter besaßen selbst kleine Kirchen Knochen, Fingernagelschnipsel oder Zähne verschiedener Heiliger und Märtyrer. Und Reliquienhändler warteten förmlich auf das Ableben aussichtsreicher Kandidaten für die Heiligsprechung, um deren Leichen auszuschlachten.

Die begehrtesten Reliquien waren die von Jesus und Maria. Die Vorhaut Jesu wurde in juwelenbesetzten Schreinen in einem halben Dutzend Kirchen aufbewahrt. Daneben fanden sich Haare, Heu aus der Krippe, seine Nabelschnur, seine Milchzähne, seine Tränen, sein Blut, seine Fingernägel. Das Haar Marias gab es ebenfalls in Hülle und Fülle, aber auch Fläschchen mit ihrer Milch und sogar Steine, die durch den Kontakt mit Marias Brustmilch weiß gefärbt waren. Ferner Passionsreliquien – unzählige Eisennägel, einzelne Dornen aus der Dornenkrone sowie die vollständige Dornenkrone (in der Sainte Chapelle in Paris), drei Exemplare der Lanze, die Christus durchbohrte, verschiedene mit Christi Schweiß getränkte Tücher, darunter auch das berühmte Grabtuch von Turin. Es gab Marmorbrocken vom Grab Christi, Sandalen, jeden denkbaren Gegenstand, der mit dem Leib Christi in Berührung hätte kommen können. (Aber natürlich keine zweiten Zähne oder Knochen wie von den Heiligen, da Christus ja in den Himmel aufgefahren war.)

Baresi listete auch einige Wunder auf, die verschiedenen Reliquien zugeschrieben wurden. Obwohl es offensichtlich Fälschungen gibt (aus all den Splittern des Wahren Kreuzes hätte man mehrere Scheunen bauen können), ist der Glaube an die Macht von Reliquien so alt und gleichsam instinktgegeben, dass die Annahme, es habe gar keine Reliquien von Christus und der Jungfrau gegeben, dem gesunden Menschenverstand widerspricht. Selbst moderne Menschen, so Baresi, glauben, dass die Erscheinung der Jungfrau Maria auf eine Heilquelle verweisen kann, und pilgern in Scharen nach Lourdes. Sei es da wahrscheinlich, dass keiner der zahlreichen Jünger Jesu echte Reliquien des lebendigen Gottes aufbewahrt habe?

Abschließend vertrat Baresi die These, das Ritual der Eucharistie, bei dem Wein und Brot in das Blut und den Leib Christi verwandelt werden, beruhe auf dem primitiven animistischen Glauben an die Macht von Reliquien. Die Transsubstantiation sei nichts anderes als eine spirituelle Verwandlung der symbolischen Reliquien (des Weins) in die echte Reliquie (das Blut).

(Anmerkung: Mr. Carpenter, der Großteil dieser Informationen stammt aus der Doktorarbeit von Marcia A. Ingersoll aus Georgetown aus dem Jahr 1989. Ich habe ihre Adresse, falls Sie sie brauchen. Deva.)

33

In der folgenden Woche kam Carpenter kaum voran.

Ein Informant in Augusta berichtete, am 8. März 1962 sei in Maine niemand namens Marie A. Williams geboren worden. »Vielleicht hat sie ihren Namen geändert«, meinte der beauftragte Detektiv, »aber in dem Fall können wir nichts machen. Auf Namensänderungen gibt es keine Querverweise ... nein, ich kann nicht alle Mädchen abfragen, die am 8. März 1962 geboren wurden. Allerdings habe ich auch eine *Mary* Williams gesucht, nur für den Fall, dass der Vorname nicht korrekt ist. Aber bei allen acht Marys, die ich gefunden habe, stimmte der Geburtstag nicht.«

Das war's dann wohl gewesen. Und Gus Woodburn beim *Enquirer* und Gary Stoykavich in Minneapolis ließen nichts von sich hören. Die einzigen neuen Informationen lieferte ein junger Rechercheur, der mit einem Pappkarton voller Papier in Carpenters Büro kam. Es war die Materialsammlung über Callista Bates, ergänzt durch Informationen von Katz & Djamma, der Agentur von Callista Bates – ein chaotisches Sammelsurium aus On-line-Recherchen, Zeitungsausschnitten, Videos, Fotos, Fan-Zeitschriften, Drehbüchern sowie Kopien von Callistas Aussage bei dem Prozess gegen den Mann, der ihr nachstellte, und Interviews mit *Rolling Stone*, *Premiere* und *60 Minutes*.

Der junge Mann entschuldigte sich. »Wir haben versucht, das Material zu sortieren, aber da wir nicht wussten, wonach Sie suchen«, er zuckte die Achseln, »haben wir es einfach chronologisch geordnet.«

»Ist schon in Ordnung«, sagte Carpenter. »Ich weiß selbst nicht, wonach ich suche. Also werde ich wohl einfach alles durchlesen müssen.« Und das tat er auch. Er las alles über Callista Bates, angefangen mit den Kritiken in *Cinéma Aujourd'hui* bis hin zu atemberaubenden Spekulationen über ihr Liebesleben. Anschließend wusste er, wie viel ihre Filme eingespielt hatten, kannte ihre Lieblingsblume, ihre bevorzugte Wohltätigkeitsorganisation und ihre politische Meinung. Die Orte, an denen man sie gesichtet haben wollte, waren ihm bestens vertraut. (Sie hat eine entstellende Krankheit und liegt in einer Schweizer Klinik im Sterben! Nein, sie lebt als Klarissin in den Straßen Kalkuttas!) Kurz gesagt, obwohl er längst nicht alles gelesen hatte, glaubte er alles über Callista Bates zu wissen – außer, wo sie geboren war, wo sie lebte und wie sie sich nannte.

Abends beschäftigte er sich mit den Videos. Inzwischen hatte er sie, in Gesellschaft von Buck und Pico, alle gesehen. Da auf den verschneiten und vereisten Straßen ans Laufen nicht zu denken war, machte er mit seinen Babysittern regelmäßig Bauchmuskelübungen. Es machte ihm wenig Spaß.

Die Schauspielerin Callista war das reinste Chamäleon, und aus ebendiesem Grund hatte sie es wohl auch geschafft, spurlos unterzutauchen. Bei jeder Rolle, die sie auf der Leinwand verkörperte, dachte man, das sei ihr wahres Ich, so sei sie und nicht anders.

Vielleicht war sie gerade deshalb eine große Schauspielerin – oder auch nicht. Vieles, was mit ihr zusammenhing, war Blendwerk, und man konnte nicht leugnen, dass ihr Stern erst aufging, nachdem sie, wie so viele andere Künstler, plötzlich fort war – und man sie in den Pantheon der zu früh Verstorbenen erhob. Oder der Vermissten.

Carpenter aber dachte, dass in Callistas Fall das Blendwerk täuschend echt wirkte. Als Schauspielerin zog sie die Zuschauer völlig in den Bann, und das merkte man erst, wenn der Film zu Ende war und einem klar wurde, dass man zwei Stunden lang die Augen nicht von ihr hatte wenden können. Und es war nicht nur ihre Attraktivität, die einen fesselte. Im Gegenteil, ihre Schönheit wurde durch die Rollen, die sie wählte, eher verschleiert – das ausgeflippte Punkmädchen in *Piper,* die ängstliche Hausfrau in *Daylily*, die zugeknöpfte Wissenschaftlerin in *Meteor Shower.*

Letzteres erinnerte ihn an etwas: Er musste einen Wissenschaftler namens David Torgoff anrufen. Laut Deva war er ein »wandelnder Widerspruch«, aber als Professor für Mikrobiologie am Massachusetts Institute of Technology war er für seine verständliche Ausdrucksweise bekannt. Insofern eignete er sich hervorragend als Führer durch die nebulöse Landschaft von Baresis Genforschung.

Gerade hatte er Torgoffs Nummer gefunden, da rief ihn Victoria über die Telefonanlage. »Ein Mr. Coppi aus Rom ist am Apparat.«

Carpenter zögerte. Der Name sagte ihm nichts. »Stellen Sie ihn durch«, sagte er schließlich.

»Mr. Carpenter? Joseph Carpenter?«

»Ja?«

»Entschuldigen Sie«, sagte der Mann, »aber ich muss sichergehen, dass ich mit dem Richtigen spreche. Sind Sie Mr. Joseph Carpenter, der unlängst in der Pensione Aquila in Montecastello di Peglia zu Gast war?«

Carpenter erstarrte. Nach längerem Zögern fragte er: »Wer spricht da?«

»Verzeihen Sie, Mr. Carpenter. Ich bin Marcello Coppi aus Perugia – Rechtsanwalt.«

»Aha«, sagte Carpenter und versuchte, gleichgültig zu klingen.

»Ja. Und ich habe Ihre Telefonnummer von einem Freund bekommen – bei den Carabinieri.«

»Verstehe. Worum geht's?«

»Ich fürchte, ich habe unangenehme Nachrichten für Sie.« Der Italiener räusperte sich. »Die Polizei wird bald das Gericht ersuchen, Anklage gegen Sie zu erheben wegen Mordes an ... einen Augenblick ... Giulio Azetti und ... Vincenzo Varese.«

Carpenter blieb die Luft weg. »Das ist doch verrückt«, sagte er. »Wenn ich Azetti hätte umbringen wollen, warum hätte ich dann den Leuten erzählt, dass ich zur Kirche gehe? Er war tot, als ich ihn fand!«

»Ich habe keinen Zweifel an Ihrer Unschuld, Mr. Carpenter, aber Sie sollten Einzelheiten Ihrer Verteidigung lieber nicht am Telefon erörtern. Ich möchte Ihnen lediglich sagen, dass es in Ihrem Interesse wäre, sich in dieser Angelegenheit hier in Italien einen Rechtsbeistand zu suchen – und Ihnen meine Dienste anbieten. Ich kann Ihnen versichern, dass ich die besten Referenzen habe ...«

»Das ist einfach unfassbar«, sagte Carpenter.

»Ja, das finde ich auch. Völlig ungewöhnlich. Normalerweise würde die Polizei eine Vernehmung in Washington in die Wege leiten, aber in diesem Fall ... Ich habe gehört, dass man einen Auslieferungsantrag stellen wird, sobald Anklage erhoben ist. Das ist wirklich ungewöhnlich.«

Carpenter überlegte. »Warum tun die das wohl?«

»Ich weiß nicht. Vielleicht übt jemand Druck aus.«

»Ja«, entgegnete Carpenter, »und ich kann mir auch vorstellen, wer.« Er hielt inne. »Wissen Sie, es wäre mir nicht gerade angenehm, ausgerechnet jetzt ausgeliefert zu werden ...«

»Sie belieben zu scherzen?«

»Ja. Ich neige zum Understatement. Aber die Frage ist: Wenn Sie meinen Fall vertreten – könnten Sie die Sache verzögern?«

»Ich weiß nicht ... Es ist natürlich möglich, aber ...«

»Sie brauchen einen Honorarvorschuss?«

Sobald man sich über einen Betrag geeinigt hatte, versprach Coppi, Carpenter über alle weiteren Entwicklungen auf dem Laufenden zu halten. Als Carpenter aufgelegt hatte, fluchte er leise vor sich hin – bis Victoria anklopfte und ihm Post vom *National Enquirer* brachte. Während er den Umschlag aufriss, drehte sich Victoria, die schon in der Tür stand, auf dem Absatz um.

Carpenter blickte auf. »Was ist?«

»Es hätte mich nur interessiert.«

»Was denn?«

»Na ja, wegen Buck ...«

»Der ist uns allen ein Rätsel, aber was haben Sie denn auf dem Herzen?«

»Es ... es hätte mich nur interessiert, ob er verheiratet ist.«

Carpenter runzelte die Stirn. »Keine Ahnung«, sagte er. »Wir haben nie darüber geredet. Soll ich ihn fragen?«

»Nein«, erwiderte Victoria errötend. »Ist nicht so wichtig.«

Als Victoria gegangen war, stützte Carpenter den Kopf auf die Hände. Italien war eine Katastrophe. Nicht dass er Zweifel am Ausgang des Verfahrens gehabt hätte – wenn der Fall je zur Verhandlung kam. Aber das schien ihm unwahrscheinlich. Wenn ich ausgeliefert werde, dachte Carpenter, dann stecken sie mich ins Gefängnis – das steht fest.

Es sei denn, ich schlage sie zuerst.

Was sollte er tun? Cool bleiben, sagte er sich. Bis es heiß wird. Und dann rennen wie der Teufel.

Der Umschlag von Gus Woodburn enthielt einen Brief und eine große Fotografie von einer Frau, die lachend niederkniete und einem kleinen Jungen den Anorak zumachte. Sie standen irgendwo an einem kalten Ort vor einem McDonald's: Im Hintergrund sah man Schneehaufen, geparkte Autos und Berge. *Das ist sie,* dachte er. *Höchstwahrscheinlich ist sie das.* Aber es ließ sich nicht mit Sicherheit sagen. Die Aufnahme zeigte sie im Dreiviertelprofil und war etwas unscharf. Offensichtlich ein vergrößerter Schnappschuss einer billigen Kamera ... sie konnte es zwar sein, aber auch eine Frau, die ihr ähnlich sah.

Aber der Junge war unverwechselbar: Er stand vor seiner Mutter mit einer Skimütze in der einen und einem Big Mac in der anderen Hand. Sein Haar war ein Gewirr schwarzer Locken, und er schien aus der Tiefe einer Quelle in die Kamera zu blicken.

Und das ist Jesse, hatte sie gesagt. Daran erinnerte sich Carpenter jetzt, und er wusste, dass sie ihren Namen auch genannt hatte. Sie hatte sich vorgestellt, dort, neben Kathys Grab. Sie hieß ...

Nichts. Vollkommene Leere.

Carpenter griff nach dem Begleitbrief, der mit dem Foto gekommen war.

Joe –
Callistas Beobachter halten dieses Foto für das wahre. Es kam vor einem Jahr herein, und der Briefumschlag hat sich irgendwo zwischen Postraum und meinem Schreibtisch in Luft aufgelöst. Also wissen wir nicht, wer es aufgenommen hat und wo, aber wenn es dir was nützt – wäre toll. (Sieht aus, als hätte sie ein Kind. Ein Kind der Liebe? Wenn du etwas herausfindest, lass es mich wissen!)

Gus

Carpenter holte eine Lupe aus seinem Schreibtisch und betrachtete das Foto genauer. Wäre es aus einem anderen Blickwinkel geschossen worden, hätte er die Kennzeichen der geparkten Autos erkennen und Rückschlüsse auf den Bundesstaat ziehen können, in dem das Foto entstanden war. Aber es war nur die obere Hälfte der Autos zu sehen. Doch durch das Vergrößerungsglas sah Carpenter auf den Bergen im Hintergrund Skipisten. Vielleicht kannte ja jemand unter den vierzig Mitarbeitern des Washingtoner Büros das Skigebiet. Er rief Victoria über die Telefonanlage.

»Wir machen einen Wettbewerb«, sagte er und gab ihr das Foto. »Ein Wochenende für zwei Personen in New York für denjenigen, der mir sagen kann, wo das Foto geschossen wurde.«

»Wie soll man denn das herausfinden?«, meinte Victoria mit einem skeptischen Blick auf das Foto.

»Wenn ich das wüsste, müsste ich keinen Wettbewerb machen«, sagte Carpenter. »Aber ich habe mir gedacht, vielleicht erkennt jemand die Anordnung der Skipisten im Hintergrund.«

Victoria runzelte die Stirn. »Welche Skipisten?«

»Auf den Berghängen. Direkt hinter dem Restaurant.«

»Das ist doch ganz verschwommen.«

»Das ist überhaupt nicht verschwommen. Ein Skifahrer würde die Pisten sofort erkennen.«

»Ich fahre Ski. Und ich sage Ihnen, das ist nur ein verschwommener Fleck.«

Carpenter schnitt eine Grimasse. »Machen Sie doch einfach ein paar Kopien und verteilen Sie sie, okay? Man kann nie wissen.«

Victoria zuckte die Achseln. »Oh-kayyy«, sang sie und verschwand in Richtung Kopierraum.

An diesem Abend holte sich Carpenter ein Gericht vom Chinesen um die Ecke, aß daheim in seinem Arbeitszimmer und spülte es mit reichlich Tsing Tao hinunter. Dabei sah er *Meteor Shower* zum dritten Mal und schlief später mit dem Gedanken ein: Ich brauche einen Anwalt.

Am nächsten Morgen holte Victoria seine Hemden und seine Lederjacke aus der Reinigung. Erstaunt stellte er fest, dass ein Umschlag an die Jackentasche geheftet war – in dem Baresis Brief an Pater Azetti steckte. Auf der Flucht aus Montecastello hatte er den Brief vollkommen vergessen. Er warf einen flüchtigen Blick darauf und schob ihn rasch in die Brusttasche der Jacke.

Während der Buick den George Washington Parkway in Richtung Key Bridge hinunterfuhr, saß Carpenter auf dem Rücksitz und las die *Washington Post.* Pico und Buck unterhielten sich leise. Plötzlich drehte sich Buck um.

»Wir haben ein Problem«, sagte er. »Wir werden seit zwei Tagen beschattet.«

Carpenter blickte von der Zeitung auf und warf einen Blick über die Schulter. »Ich sehe nichts außer Unmengen von Autos«, bemerkte er. »Es herrscht Berufsverkehr.«

»Buck hat Recht«, erklärte Pico, »letzte Nacht stand ein Wagen vor dem Haus.«

»Die ganze Nacht«, ergänzte Buck.

»Und als wir in der Reinigung waren, sind sie zur Tankstelle gegenüber gefahren. Ich glaube, sie beobachten uns seit gestern Früh.«

»Warum habt ihr nicht die Bullen gerufen?«, wollte Carpenter wissen.

Buck zuckte die Achseln. »Die Bullen rufen? Das sind doch Bullen.«

»Was soll das heißen?«

»Sie haben ein Bullen-Nummernschild«, erklärte Pico. »Die Stadt hat die Kennzeichen alle gleichzeitig ausgegeben – es sind fortlaufende Nummern. Man erkennt sie einen Kilometer gegen den Wind.«

Carpenter schloss die Augen und atmete tief durch.

»Gibt es da etwas, was wir wissen sollten?«, fragte Buck.

Carpenter schüttelte den Kopf. »Ich habe ein Problem in Italien. Ich glaube, es hängt damit zusammen.«

Bei der Detektei angelangt, stellte Pico den Wagen in der Tiefgarage ab, während Buck mit Carpenter zum achten Stock hinauffuhr. Als sich die Aufzugtür öffnete, strich sich der Leibwächter die Haare zurück und bemerkte unvermittelt: »Diese Victoria – sieht wirklich gut aus, die Frau.«

In seinem Büro trat Carpenter sofort ans Fenster. Auf der anderen Straßenseite wartete ein blauer Taurus im Halteverbot darauf, einen Strafzettel über 50 Dollar verpasst zu bekommen. Ob jemand im Auto saß, konnte Carpenter nicht erkennen, aber aus dem Auspuff strömten Abgase. Zähneknirschend zog er die Vorhänge zu und ging an seinen Schreibtisch, auf dem ein Päckchen lag.

Er las den Absender – Institute of Light – und riss das Packpapier auf. Darin steckte eine schöne, aber ziemlich abgegriffene Ausgabe von *Reliquien, Totem und Theologie.* Das Buch sah interessant aus. Mehrere Schwarz-Weiß-Abbildungen zeigten ziemlich unbekannte Gemälde wie etwa *Abgars Abgesandter nimmt von Christus das Tuch mit dem Abbild Christi in Empfang; Die Stadt Hierapolis; Maria stillt Jesus; Der bethlehemische Kindermord.*

Das letztere Gemälde wurde einem prominenten Meister (Danzig?) zugeschrieben, um 1490/97 datiert und gehörte zum so genannten *Jerusalem-Triptychon.* Dem Text zufolge betonten die Bilder die Grausamkeit der Peiniger Christi und stellten zugleich die metaphysische Hochzeit Jesu mit der heiligen Veronica dar.

Carpenter blätterte in dem Buch. Das erste Kapitel behandelte die Ursprünge der Reliquienverehrung und des Ikonenkults. Der Judaismus wurde der griechischen Kultur gegenübergestellt, die sich laut Baresi durch Polytheismus, Sesshaftigkeit und Bildhaftigkeit auszeichnete. Damit wolle er sagen, dass im Mittelpunkt des griechischen Lebens die Stadtstaaten und die repräsentative Kunst standen. Das Judentum definierte er hingegen als »linguistischen Monotheismus«, als Religion des Wortes und nicht des Bildes. Das Christentum sei als jüdische Sekte zu sehen, die im Lauf der Jahrhunderte immer sesshafter und bildhafter wurde – bis um 325 n. Chr. die ersten Christusdarstellungen auftauchten.

Das zweite Kapitel widmete sich unter der Überschrift »Blut und Gnosis« der Frage, welche Haltung die Kultur der Christen und Juden zur Natur und insbesondere zur Menstruation einnahmen. Carpenter hatte sich in diesen Abschnitt vertieft, als Riordan anrief.

»Es ist was rausgekommen«, sagte der Detective.

Carpenter legte das Buch beiseite. »Was? Singt die Krankenschwester?«

»Nein, sie singt nicht. Sie betet. Einen Rosenkranz nach dem anderen.«

»Was dann? Haben Sie Grimaldi gefunden?«

»Nein. Aber ich glaube, ich weiß, wie er entwischen konnte.«

»Wie denn?«

»Wir haben eine Liste der Ferngespräche, die im letzten halben Jahr von dem Haus in Emmittsburg aus geführt wurden. Mit wem sie gesprochen haben. Um rauszukriegen, wo Grimaldi untergetaucht sein könnte.«

»Gute Idee.«

»Also überprüfe ich die Liste mit unserer Datenbank – es sind ein paar hundert Nummern – und raten Sie mal, was?«

»Die machen Telefonsex.«

Riordan wieherte. »Falsch! Aber sie führen jede Menge Gespräche mit einem Anschluss in Potomac. Ich will Sie nicht raten lassen, wem der Anschluss gehört ...«

»Danke.«

»Weil Sie nie drauf kämen. Der Anschluss gehört unserem speziellen Freund, Thomas Drabowsky.«

Carpenter stutzte. »Der FBI-Typ?«, fragte er schließlich.

»Genau!«

»Sie glauben also, Grimaldi hat mit Drabowsky gesprochen?«

»Nein, nein, nein! Die Gespräche waren viel früher – bevor Grimaldi überhaupt auf der Bildfläche erschien. August, September, Oktober ... nachdem Grimaldi festgenommen wurde, bricht der Kontakt ab. Fast alle Gespräche haben am Wochenende oder am Abend stattgefunden. Also denke ich, der Kerl hat privat mit den Leuten von Emmittsburg zu tun. Können Sie mir folgen?«

»So ungefähr.«

»Also fahren Derek und ich raus und reden mit denen ...«

»Derek?!«

»Ja, er ist wieder an dem Fall dran. Ich fahr also raus und befrage sie einen nach dem andern. Und ungefähr der Vierte, mit dem ich rede, so ein unscheinbarer Typ, sagt: ›Ach ja, das sind meine Gespräche. Ich habe mit Thomas telefoniert.‹ Und ich sage: ›Aha? Können Sie mir verraten, worüber Sie gesprochen haben?‹ Und er sagt: ›Aber sicher. Über das Obdachlosenprogramm. Thomas hilft uns am Wochenende in der Herberge und in der Suppenküche. Thomas ist ein Heiliger‹, sagt er. Und ich sage: ›Ach wirklich? Und wer ist der Mann, Thomas meine ich, in Wirklichkeit?‹ Und er sagt: ›Er ist nur ein Mitglied – wie alle anderen auch.‹ – ›Ein Mitglied wovon?‹, frage ich. ›Vom Umbra Domini. Thomas ist Numerarier‹, sagt er. ›Und was‹, frage ich, ›macht Thomas draußen in der Welt, wenn er nicht gerade den Armen hilft?‹ Und der Typ sagt: ›Ich weiß nicht. Wir sprechen nicht über unser weltliches Leben.‹« Riordan brach in schallendes Gelächter aus. »Er redet mit einem Mordermittler und sagt: ›Wir sprechen nicht über unser weltliches Leben‹! Ist das die Möglichkeit?!«

Carpenter schwieg. »Was ist also Ihrer Meinung nach passiert?«, fragte er schließlich.

»Ich weiß, was passiert ist, auch wenn ich es nicht beweisen kann. Während Grimaldi im Krankenhaus liegt, sickert die Nachricht durch. Es dauert nicht lange, und Juliette arbeitet auf der Intensivstation im Fairfax General. Als Grimaldi verlegt werden soll, verhilft sie ihm zur Flucht, und er landet in Emmittsburg.«

»Das wussten wir bereits.«

»Jetzt hören Sie! Die Leute haben nicht nur mit Thomas gesprochen. Ich habe auch Ferngespräche nach Italien, nach Neapel – die fallen ins Auge. Und raten Sie mal, wen die da anrufen?«

»Da muss ich nicht raten.«

»Richtig, Grimaldi telefoniert nach Hause. Mit dem Umbra Domini. Hab ich überprüft.«

»Ist das nicht ein bisschen riskant?«

»Nein. Warum denn? Es ist deren Haus – ist doch ganz normal, wenn sie ab und zu im Hauptquartier anrufen. Interessant ist nur, wann sie telefonieren. Der erste Anruf erfolgt am Tag nach Grimaldis Flucht aus dem Krankenhaus – also vermute ich, er hat sich wieder zum Dienst gemeldet.«

»Okay.«

»Das nächste Gespräch war vor ein paar Wochen – kurz nachdem die Überwachung einsetzte ... Wahrscheinlich sind sie dahinter gekommen. Herrscht ja nicht gerade reger Verkehr da draußen.«

»Also hat Grimaldi in Neapel angerufen und ...«

»Hoppla hopp! Drabowsky schaltet sich ein. Die Überwacher verschwinden. Genauso wie Grimaldi.«

Carpenter dachte nach. Dann sagte er: »Was werden Sie tun?«

»Was ich tun werde? Das kann ich Ihnen sagen. Ich krieche in einen Mumienschlafsack, zieh den Reißverschluss zu und schicke mich per Frachtpost zum Mars, das tue ich.«

»Ich meine es ernst.«

»Ich auch. Betrachten Sie die Sache doch mal aus meiner Sicht: Ich höre in 34 Tagen hier auf. Ich kann solchen Mist nicht gebrauchen. Und nicht nur das: Ich kann auch nichts beweisen. Alles reine Spekulation.«

»Ist es nicht! Sie haben doch die Telefonliste.«

»Genau – als ob uns die Telefonliste sagen würde, was gesprochen wurde. Wir sind auf Vermutungen angewiesen. Und was Drabowsky betrifft – man kann seine Religion nicht gegen ihn verwenden. Was soll ich sagen? ›Verhaftet den Mann, er speist die Armen.‹ Ganz zu schweigen davon, dass der Kerl beim FBI nicht gerade ein einfacher Gefreiter ist, sondern eher so was wie ein Brigadegeneral. Wer sich mit dem anlegt, kriegt jede Menge Ärger.« Riordan seufzte. Schließlich fragte er: »Was ist mit Ihnen? Haben Sie was für mich?«

»Nein«, sagte Carpenter. »Das heißt, ich habe einen Brief ... von Baresi.«

»Er hat Ihnen geschrieben?«

»Nein«, sagte Carpenter, »der Brief war an einen Priester gerichtet. – Ich schicke Ihnen eine Kopie, sobald er übersetzt ist.«

Als Riordan auflegte, lehnte sich Carpenter zurück und dachte über Drabowsky nach. *Das gibt Ärger. Wenn jemand Callista Bates finden kann, ist es das FBI. Und wenn jemand beim FBI mich fertig machen will, dann hat er alle Mittel dazu in der Hand.*

Das Telefon summte, und Victoria meldete: »Dick Biddle ist draußen – haben Sie Zeit für ihn?«

»Sicher. Schicken Sie ihn rein.«

Biddle war ein älterer Mann, ein ehemaliger Mitarbeiter des Außenministeriums, der vor fünf Jahren in Pension gegangen war. Er war groß und dünn, und in seinen dunkelgrauen Anzügen mit dunkelroter Krawatte und teuren Manschettenknöpfen sah er aus wie ein Patrizier. Außerdem war er Kettenraucher.

Als er mit der Zigarette in der Hand das Büro betrat, legte er ein großformatiges Hochglanzfoto auf Carpenters Schreibtisch; dann setzte er sich und schlug die Beine übereinander. Die Zigarette in seiner Hand qualmte. Carpenter fiel auf, dass die Asche gut zwei Zentimeter lang war. *Wie bewegt er sich damit fort?*, fragte er sich. Dann warf er einen Blick auf das Foto. Es war das Bild vom *Enquirer*, das vermutlich Callista zeigte, vor einem McDonald's, Gott weiß wo.

»Ich freue mich schon auf mein Wochenende in New York. Der Preis gehört mir.« Biddle zog an seiner Zigarette, und Carpenter beobachtete fasziniert, wie die Schwerkraft an der Asche zerrte.

»Sie wissen also, wo das ist?«

»Allerdings.« Der Rauch stieg in Kringeln zur Decke.

»Und ... wollen Sie es mir nicht sagen?«

»Selbstverständlich. Es ist irgendwo ... in Maine.«

Carpenter sah ihn ungläubig an. »›Irgendwo in Maine‹ ... Wo zum Beispiel? Lillehammer?«

Biddle lächelte. »Nein. Zum Beispiel Sunday River. Oder Sugarloaf. Eins von beiden, aber zweifelsfrei Maine.« Wieder nahm er einen Zug, und die Asche bog sich gefährlich.

Carpenter betrachtete das Foto. »Woran sehen Sie das?«

»Also erstens der Schnee. Das ist ein Hinweis.«

»Klarer Fall ...«

»Und es ist ein Wintersportort ... das gibt's natürlich in Maine.«

»Richtig ...«

»Und dann die Bären.«

Carpenter sah sich das Bild genauer an. »Welche Bären?«, fragte er. »Da sind doch keine Bären.«

»Doch«, meinte Biddle und zeigte auf Carpenters Lupe. »Eisbären.«

Carpenter blickte durch das Vergrößerungsglas. »Wo?«

»Auf dem Fenster von dem Lastwagen.«

Carpenter sah genauer hin. Die hintere Windschutzscheibe des Wagens war mit einer Salz- und Schmutzschicht bedeckt, auf die jemand *Go You Bears!!!*, gekritzelt hatte. »Meinen Sie die Graffiti?«

»Ich meine den Eisbären«, erwiderte Biddle. »In der rechten unteren Ecke.«

Carpenter ließ die Lupe suchend über das Foto gleiten. Auf dem Fenster war ein ovaler weißer Fleck. »Der weiße Punkt?«, fragte er. »Man sieht doch nicht, was das ist!«

»Ein Eisbär. Im Galopp.«

»Woher wollen Sie das wissen?«

»Weil ich in Bowdoin studiert habe. Ich kenne den Bären.«

»Aber es gibt viele Universitäten, die Bären als ...«

»Totem haben«, ergänzte Biddle.

»Danke.« Carpenter sah sich nach einem Aschenbecher um. Die Asche am Ende der Zigarette zitterte bedenklich.

»Aber das sind Braunbären oder Grizzlys oder so. Und die Studenten feuern sie anders an, zum Beispiel ›*Go Bears!*‹ oder ›*Yoo-rahrah Bears!*‹. Aber nicht in Bowdoin. Wir sagen: ›*Go You Bears!*‹ Das gibt's nirgendwo sonst.«

»Tatsächlich ...«

»Das haben wir praktisch patentiert. Und deshalb kann ich Ihnen versichern, dass der weiße Fleck, den Sie vor sich sehen, zweifelsfrei der *Ursus Maritimus* ist. Das können Sie mir glauben.«

Carpenter legte die Lupe beiseite. »Das beweist noch nicht, dass der Lastwagen in Maine steht. Nur dass er aus Maine kommt. Mehr ist damit nicht gesagt.«

Biddle tippte mit dem Zeigefinger an seine Zigarette, und die Asche segelte auf den Teppich. Carpenter zuckte zusammen. »Vermutlich suchen Sie die Frau auf dem Bild?«, fragte Biddle.

Carpenter nickte.

»Haben Sie Grund zu der Annahme, dass sie sich *nicht* in Maine aufhält?«

»Nein.« Carpenter schüttelte den Kopf. »Sie wurde dort geboren.«

»Wirklich?« Biddle stand auf und wandte sich zur Tür. »Kann ich jetzt mein Wochenende buchen oder nicht?«

Carpenter griff nach der Lupe und musterte das Foto zum x-ten Mal. Schließlich legte er die Lupe weg und sagte: »Tun Sie das. Viel Spaß.«

Nachdem Biddle fort war, trat Carpenter ans Fenster. Der blaue Taurus stand immer noch da.

Über die Telefonanlage rief er Victoria. »Könnten Sie Buck hereinschicken? Und sagen Sie Freddy, dass ich mit ihm sprechen möchte.« Dann wählte er die Nummer des Genetikers in Boston, die Deva ihm gegeben hatte. Nach dem ersten Klingeln meldete sich ein Mann. *»Qui est là?«*

Der macht keine Umschweife, dachte Carpenter. »Dr. Torgoff? Spreche ich mit David Torgoff?«

»Da, da!«, kam die Antwort, diesmal auf Russisch.

Buck und Freddy kamen herein, und Carpenter bedeutete ihnen, sich zu setzen. »Hier spricht Joe Carpenter ... aus Washington.«

»Oh«, entschuldigte sich Torgoff. »Tut mir Leid. Ich dachte, es wäre mein Racquetball-Partner.«

Carpenter lächelte erleichtert. »Ist er Franzose?«

»Nein«, erwiderte Torgoff. »Das ist nur ... so eine Angewohnheit. Schwer zu erklären. Dafür müssten Sie wohl hier sein.«

»Ich bin ... sozusagen auf dem Sprung. Deshalb rufe ich an. Ich komme heute Nachmittag nach Boston und habe gehofft ... wenn Sie am Samstag Zeit hätten ...«

»Leider nein – aber Sonntag könnte ich Sie treffen. Passt es Ihnen nachmittags? Zwei Uhr rum?«

»Zwei ist in Ordnung.« Carpenter notierte sich Torgoffs Wegbeschreibung und legte auf. Dann wandte er sich an Buck und Freddy. »Ist Pico unten?«, fragte er.

Buck nickte. »Klar doch. Er wartet in der Garage. Soll er hochkommen?«

»Nein. Ich möchte, dass ihr drei euch ins Auto setzt und aus der Garage fahrt – und zwar schnell. Ihr braucht niemanden zu überfahren. Aber wenn ihr auf die Straße kommt, soll Pico das Gaspedal durchtreten.«

»Und wohin geht die Fahrt?«, fragte Buck.

»Das ist mir gleich, solange euch der Taurus auf der anderen Straßenseite folgt.«

»Möchten Sie, dass ich mitfahre?«, fragte Freddy.

»Richtig«, entgegnete Carpenter. »Sie setzen sich auf die Rückbank, sozusagen als Lockvogel.«

Freddy nickte nachdenklich. Carpenter stand auf, ging zum Garderobenständer, griff nach seinem Mantel und warf ihn Freddy zu. »Ziehen Sie den an«, sagte er, »und vielleicht können Sie sich irgendwo einen Hut borgen.«

Stirnrunzelnd schüttelte Buck den Kopf. »Ich weiß nicht recht, Joe ... Terry hat gesagt, ich soll Sie auf keinen Fall aus den Augen lassen.«

Carpenter nickte und zog die Lederjacke an, die er am Morgen aus der Reinigung geholt hatte. »Wenn Sie Terry sehen, sagen Sie ihm einfach, ab jetzt drehe ich den Geldhahn zu.« Freddy stöhnte. »Also ab durch die Mitte, mit Vollgas!« Carpenter schob die beiden zur Tür hinaus. Dann stopfte er Baresis Buch und einige Artikel über Callista in seinen Aktenkoffer, schaltete das Licht aus und trat ans Fenster. Vorsichtig spähte er auf die Straße hinunter. Auf den vereisten Gehsteigen waren ein paar

Fußgänger unterwegs, aber man sah kaum noch Autos. Zwei, drei Minuten verstrichen – und plötzlich schoss der Buick aus der Parkgarage, hüpfte über den Randstein und landete hart auf der Fahrbahn. Der Wagen schleuderte nach rechts und fuhr mit wachsender Geschwindigkeit auf die Kreuzung zu. Gleichzeitig setzte sich der Taurus im Halteverbot in Bewegung, wendete auf der verschneiten Straße und brauste hinter dem Buick her.

Mit dem Aktenkoffer in der Hand schloss Carpenter die Tür hinter sich und ging zu den Aufzügen. Als Victoria ihn sah, rief sie: »Joe?«

»Was ist?« Er drückte den Fahrstuhlknopf.

»Unten am Empfang ist ein Marshall der Bundespolizei«, sagte sie, die Hand auf der Telefonmuschel. »Und jemand von der italienischen Botschaft. Was soll ich denen sagen?«

»Die sollen raufkommen«, sagte Carpenter. Victoria übermittelte die Nachricht, während ihr Chef auf den Fahrstuhl wartete. Als er kam, hielt Carpenter sich die Tür offen und beobachtete die Anzeigetafel des zweiten Aufzugs.

4 ... 3-2-1 ... 2-3-4-5 ... 6 ... In wenigen Sekunden würde der Aufzug da sein.

Carpenter winkte Victoria zu, trat in den Aufzug und gab die Türen frei. »Sagen Sie denen, ich sei kurz aus dem Zimmer gegangen und käme gleich wieder.«

34

Unter dem Namen Joe Kelly nahm er ein Zimmer im Marriott Long Wharf, zahlte bar im Voraus und hinterlegte 50 Dollar für etwaige Telefongespräche. Er war zwar nicht gerade auf der Flucht, aber er hatte auch keine Zeit zu verlieren. Wenn der Umbra Domini ihn in Italien unter Anklage stellen wollte, dann würde er es tun. Der einzige Grund, warum ein Marshall in Begleitung eines Botschaftsangehörigen in seinem Büro auftauchen sollte, bestand darin, dass die italienische Polizei ihn verhören wollte – und ihn für gefährlich hielt.

Also galt es, Vorsicht walten zu lassen, zumindest bis er Marie Williams gefunden hatte.

Bis zu der Verabredung mit Torgoff blieb ihm noch ein Tag, und er wusste nicht recht, was er machen sollte. Also deckte er sich in einem kleinen Restaurant mit Falafel-Sandwiches ein, zog sich in sein Zimmer zurück, legte die Beine hoch und las Zeitungsausschnitte über Callista Bates.

Die Artikel brachten nicht viel Neues, aber schließlich stieß er auf die Abschrift eines Fernsehinterviews vom 27. April 1988. Damals hatte Callista für den schwarzen Thriller *Rose Red* geworben, und die Interviewerin Valery Fine war offenbar entschlossen gewesen, mehr zu tun, als nur Callistas neuesten Streifen zu kritisieren.

VF: Für *Lost Horizon* haben Sie also einen Oscar in der Ta-

sche, der neue Film ist ein Hit – Sie wollen ziemlich hoch hinaus, nicht wahr? Wie geht's Ihnen dabei?
CB: Wie's mir geht? Keine Ahnung. (Lacht.) Hoch hinaus? Vermutlich wie einem Segelflieger.
VF: Sie wirken so ... gelassen. Ich meine, Sie hatten wirklich viel um die Ohren, und Sie wirken so ... ausgeglichen. Sie wählen Ihre Rollen sorgfältig, lehnen viele Angebote ab ... anscheinend sind Sie immun gegen den Glamour.
CB: Das würde ich nicht sagen.
VF: Ich schon. Sie sind so ... verblüffend vernünftig. Und ich frage mich: Haben Sie jemals eine richtige Dummheit gemacht?
CB (lacht): Natürlich. Mein Gott – vernünftig. Wie langweilig das klingt.
VF: Ja, »vernünftig«, wenn man bedenkt, dass Sie die große Liebesgöttin sind. Ich meine – Sie sitzen hier – Sie sind Callista Bates! Aber gleichzeitig wirken Sie wie das nette Mädchen von nebenan.
CB (lacht): Worauf wollen Sie hinaus?
VF: Sie sind einfach schwer fassbar. Erzählen Sie uns etwas über sich, über die echte Callista Bates.
CB: Nein.
VF: Nein?!
CB: Ich will schwer fassbar bleiben.
VF: Aber warum? Ich kenne die Spielregeln – wir werden weder über Ihre Familie reden noch über Ihre Kindheit und so weiter. Aber warum wollen Sie nichts von sich preisgeben? Sie sind eine intelligente Frau. Sie lesen, Sie haben Interessen. Warum dürfen das die Menschen nicht erfahren?
CB: Ich will einfach nicht, dass sie mehr über mich wissen.
VF: Warum nicht?
CB (seufzt): Sehen Sie, wenn eine Kamera läuft – bei irgendeinem Sportereignis zum Beispiel –, da sind immer ein paar Leute im Hintergrund, die hüpfen und in die Kamera winken, weil sie ins Fernsehen kommen wollen.

VF (winkt): So meinen Sie ... Hallo, Mama!
CB: Genau. Und wenn das tatsächlich in den Nachrichten gebracht wird, sind sie ganz aus dem Häuschen. Es bringt ihnen etwas. Sie fühlen sich als Teil einer anderen Welt – der Fernsehwelt – und irgendwie glauben sie, das wäre *echter.*
VF: Wissen Sie, es ist wirklich komisch, weil mir das oft passiert. Nicht dass ich den Leuten sagen müsste, sie sollten sich meine Sendung ansehen, das tun ja bereits alle (lacht). Aber Freunde verlangen immer, ich sollte sie im Fernsehen bewundern: »Hey, Val, wenn du das Spiel von den Lakers siehst, halt nach mir Ausschau, ich sitze in der sechsten Reihe ganz rechts.«
CB: Ja! Obwohl es Ihre Freundin ist und Sie sich ständig sehen. In Lebensgröße. In Fleisch und Blut. Sie brauchen sie also gar nicht am Fernsehen zu sehen. Aber sie möchte das.
VF: In dem Fall war es ein Freund.
CB (lacht): Auf jeden Fall ist das die eine Reaktion auf die Kamera, aber es gibt auch eine andere. Es gibt Leute, die wollen nicht im Fernsehen erscheinen oder fotografiert werden – weil sie dadurch *weniger* echt werden. Sie kennen das Klischee von dem Eingeborenen, der sich nicht fotografieren lassen will, weil ihm die Kamera seine Seele raubt?
VF: Natürlich, aber ... einen Augenblick! Wir wollten doch über Sie reden!
CB (lacht): Zu mir komme ich noch! Was ich sagen will, es steckt von beidem etwas in mir. Als Schauspielerin hüpfe ich wie verrückt herum und will, dass mich jeder Mensch sieht. Aber im wirklichen Leben, *mich,* mein wahres Ich? Nein. Da bin ich wie die Leute auf Borneo. Über mein Privatleben will ich nicht reden, denn wenn ich es tue, geht es mir schlecht. Dann habe ich das Gefühl, ein Stück meiner Seele zu verlieren.
VF: Kommen Sie – ist das nicht ein bisschen ... hochgestochen? Ich will gar kein Stück von Ihrer Seele. Nur eine Geschichte. Etwas über Callista persönlich – statt über Callista den Star.

CB (seufzt): Sie verstehen das nicht, weil Sie nicht – ich meine, Sie sind diejenige, die die Fragen stellt.
VF: Okay. Das ist nur recht und billig. Stellen Sie mir eine Frage. Na los. Was Sie wollen.
CB: Okay (räuspert sich). Sagen Sie mal ... wie oft masturbieren Sie?
VF (brüllt vor Lachen): Das ist nicht fair! So etwas habe ich Sie nicht gefragt!
CB: Es gibt solche rücksichtslosen Interviewer.
VF: Aber darauf würden Sie doch einfach die Antwort verweigern?
CB: Ja – aber dann würden die Leute sagen, dass ich ausweiche. Oder keinen Sinn für Humor habe. Sehen Sie – ich will nicht schwierig sein. Ich habe schon unheimlich viel über mich gequasselt.
VF: Aber nicht richtig.
CB: Nein, nicht richtig. Aber auch das, was ich gesagt habe ... hat mir im Nachhinein eine Gänsehaut gemacht.
VF: Wie meinen Sie das?
CB: Zum Beispiel, wenn ich jemandem begegnet bin, und er meinte, er wisse alles über mich, aber es ist einfach alles ... schief. Nach einer Weile redet man einfach nicht mehr über sein Leben, denn sobald man es erzählt, gehört es einem nicht mehr. Es ist fort. Ich meine ... ich kann das nicht gut erklären.
VF: Aber ist das nicht der Preis des Ruhms? Wenn die Leute fünf Dollar zahlen sollen, um Sie im Kino zu sehen, schulden Sie ihnen nicht etwas?
CB: Das glaube ich kaum. Ich meine, sie zahlen doch für den Film und nicht, um herauszufinden, wer mein Lieblingssportler ist oder wie ich ausgesehen habe, als ich fünf war.
VF: Sie wollen mir also nicht den Gefallen tun?
CB: Sie sind gnadenlos!
VF: Bitte, bitte! Nur eine kleine Geschichte!
CB (seufzt): In Ordnung. Aber nur, weil es andere davon ab-

halten könnte, denselben Fehler zu begehen. Was es natürlich nicht tut.
VF: Jetzt kommen Sie schon. Wir warten!
CB: Okay. Aber es ist wirklich blöd. Nicht komisch, sondern dumm – und gefährlich (seufzt). Als ich zum ersten Mal an die Westküste kam, war ich neunzehn, ich hatte fast kein Geld und fuhr die ganze Strecke allein ... mit Gunther ...
VF: Wer ist Gunther?
CB: Gunther ist ein VW-Bus. Ein alter VW-Bus mit alten Reifen und schlechten Bremsen. Der Motor wurde dauernd zu heiß, und über die Rockies musste ich ihn praktisch schieben. Kein sicheres Auto also. Und um Geld zu sparen, schlief ich darin – manchmal am Straßenrand, manchmal auf Parkplätzen. Ich kann gar nicht mehr glauben, dass ich das getan habe.
VF: Also – ist Ihnen etwas Schreckliches passiert?
CB: Nein, darum geht es nicht. Die meisten Leute waren unglaublich nett, aber es sind Dinge passiert, die hätten – ich weiß auch nicht – gefährlich werden können.
VF: Zum Beispiel?
CB: Zum Beispiel der Kerl, der mich in sein Auto zerren wollte. Oder der Typ, der auf das Dach von meinem Bus geklettert ist und nicht mehr runterwollte – vollkommen zugekifft.
VF: Aber trotzdem haben Sie es getan, oder? Kommt es nicht darauf an?
CB: Nein. Ich hatte Glück. Jemand anders hätte vielleicht weniger Glück gehabt.

Das Interview ging noch ein, zwei Seiten weiter. Carpenter las es zu Ende und griff nach dem nächsten Artikel. Aber dann besann er sich. Die Geschichte mit dem VW-Bus erinnerte ihn an irgendetwas – genau, es war ein Bericht im *L.A. Style* über die Zeit, als sie verschwand. Die Überschrift lautete: DAS WAR'S, LEUTE! CALLISTA STEIGT AUS!

Nach kurzer Suche fand er den Artikel – ein Interview im Beverly Hills Hotel, wo Callista nach dem Verkauf ihres Hauses wohnte. Der Text mit seinen präzisen Beobachtungen und scheinbar unwichtigen Details sagte über den Verfasser ebenso viel aus wie über Callista. Der Artikel umrahmte ein Foto des Stars, in Shorts und Bluse, die nackten Beine übereinander geschlagen (»das einzige Zeichen von Anspannung ist ein gelegentliches Zucken eines Zehs«).

> Sie brach auf zu neuen Ufern. So viel war klar. Das Haus und die Möbel waren verkauft, der Bentley wieder an das Studio zurückgegeben, aus dem er kam. Im Flur ihrer Hotelsuite wartete ein einziger Koffer.
> Ich fragte sie nach ihren Plänen. Sie verharrte eine Weile im Zelt des Schweigens, das sie seit dem Prozess bewohnte, dann schüttelte sie ihre wunderbare Mähne und sagte: »Mir wird schon was einfallen.«
> »Haben Sie denn nichts behalten?«
> Sie verneinte.
> »Keine Kleider? Keine Bilder? Was ist mit dem Mercedes?«
> »Den habe ich verkauft«, gab sie zur Antwort. Hinter ihr huschte, hurtig wie ein flüchtiges Traumbild, eine Eidechse über die sonnenbeschienenen Mauern des Bungalows. Callista lächelte schelmisch. Sie setzte ihre Sonnenbrille auf und erhob sich. Offensichtlich war das Interview beendet. »Ich dachte, ich könnte ebenso gut auf dem Pferd weiterziehen, auf dem ich gekommen bin«, sagte sie. Dann drehte sie sich um und war verschwunden.

Carpenter runzelte die Stirn. Er war enttäuscht, hatte sich mehr versprochen. Aber dennoch: *das Pferd, auf dem sie gekommen war.* Gunther. Wenn man sie beim Wort nahm, war das Pferd, auf dem sie nach Kalifornien gekommen war, ein VW-Bus: *Gunther.*

Er griff zum Telefon und rief Gary Stoykavich in Minneapolis an. »Haben Sie was für mich?«

»Nicht die Bohne.«

»Dann hätte ich eine Bitte: Können Sie herausfinden, welchen Wagen Williams fuhr, als sie dort wohnte?«

»Das weiß ich schon«, sagte der Detektiv. »Sie fuhr zwei Autos – nicht eines. Einen Honda Accord und einen VW.«

»Käfer?«

»Nein. Einen Bus.«

»Wirklich?«, rief Carpenter.

»Tatsache. Und das Komische ist – als sie abreiste, ließ sie den Honda einfach stehen und nahm den Bus. Vielleicht hatte sie ja viel Zeug, sodass er praktischer war. Das meint jedenfalls Finley.«

»Dann weiß Finley also, dass sie einen Bus hatte«, sagte Carpenter mutlos. Er sah all seine Hoffnung schwinden, seine kurzlebige Erregung erlosch, sein neuer »Anhaltspunkt« führte wieder mal in eine Sackgasse. Wenn Finley wusste, dass sie in einem Kleinbus abgereist war, hatte er bestimmt alles darangesetzt, dem Wagen auf die Spur zu kommen.

»Ja, zum Teufel«, sagte Stoykavich. »Finley hat Marie Williams und ihre Sozialversicherungsnummer bei allen Kfz-Zulassungsstellen der USA, einschließlich Alaska, abgefragt.«

»Und es ist nichts dabei rausgekommen?«

»Ich glaube, er hat jede Menge Frauen namens Marie Williams gefunden, aber keine hatte einen VW-Bus.«

Carpenter bedankte sich und legte auf. Ihm wurde plötzlich bewusst, dass Grimaldi und seine Kumpane bei der Suche nach Callista einen drei- oder viermonatigen Vorsprung hatten. Zweifellos hatten sie ihre Anstrengungen zunächst darauf konzentriert, jene zu töten, die am leichtesten zu finden waren, aber drei bis vier Monate waren eine lange Zeit. Andererseits, so dachte Carpenter, bin ich ihnen wahrscheinlich überlegen. Und wenn ich schon solche Schwierigkeiten habe, wird es Grimaldi nicht viel besser ergehen.

Es sei denn, Drabowsky und das FBI helfen ihm. In diesem Fall ...

Er trat ans Fenster und blickte auf die graue Stadtlandschaft hinaus. Es hatte wieder zu schneien begonnen, und ein jäher Windstoß fegte einen ganzen Schwall Eiskristalle gegen die Scheibe.

Er rieb sich die Augen und setzte sich. Wieder stellte er sich vor, wie Marie Williams (oder wie immer sie sich jetzt nannte) den Bus irgendwo im Wald abstellte, wo er sich allmählich in seine Bestandteile auflöste. Vielleicht hatte sie ihn auch auf irgendeiner Straße zurückgelassen, wie sie so vieles in ihrem Leben zurückgelassen hatte.

Aber nein. Wenn sie das gewollt hätte, hätte sie es getan. Sie war jedoch weitergezogen – und sie zog immer noch durchs Land. Was folgte daraus?

Wenn sie den Bus noch hatte, was ihm wahrscheinlich erschien, musste er auf ihren neuen Namen zugelassen sein. Wie immer sie sich jetzt nannte und wo immer sie stecken mochte. Ihm war klar, dass er ausschließlich seinem Instinkt folgte. Nur weil die Frau in Maine geboren war und ein Foto von ihr in Maine existierte, hieß das noch lange nicht, dass sie dort lebte.

Andererseits, warum nicht? Irgendwo musste sie ja stecken, und selbst wenn die Beweisdecke dünn war, sprach die Wahrscheinlichkeit eher dafür, dass sie in Maine war als in Finnland.

In Maine lebten nur eine Million Menschen, wie viele VW-Busse mochte es dort geben und wie viele davon auf Frauen gemeldet? Carpenter besorgte sich die Nummer der Kfz-Zulassungsstelle in Portland und wählte. Natürlich war geschlossen. Er würde es Montagmorgen noch mal versuchen.

Seufzend nahm er sich den nächsten Artikel aus der Callista-Akte vor. Es war ein Bericht über Chiromantie in einer Frauenzeitschrift, in dem die Hände von vier Berühmtheiten analysiert wurden. Die Handleser stellten fest, Callista leide unter »übermäßiger Melancholie«.

Am nächsten Tag fuhr er mit öffentlichen Verkehrsmitteln nach Cambridge und stieg am Massachusetts Institute of Technology aus. Sofort wünschte er, er hätte ein Taxi genommen. Man hatte tonnenweise Salz auf den Schnee gekippt, aber das Schmelzwasser konnte nicht abfließen und bildete neben dem Bordstein nahezu unüberwindliche Teiche.

Torgoffs Büro lag in der Biologieabteilung des Whitaker College of Health, Science and Technology. Torgoff erwartete ihn – ein untersetzter junger Mann mit schwarzen Haaren und fröhlichem Lächeln. Er trug Blue Jeans, Wanderstiefel und ein rotes T-Shirt mit der Aufschrift ONLY THE CLONELY und dem doppelten Abbild von Roy Orbison darunter.

»Entschuldigen Sie meinen Aufzug«, begrüßte ihn Torgoff. »Aber ich laufe immer so herum.«

In dem kleinen Büro stapelten sich überall Unterlagen und Bücher. Die Wände waren mit Diagrammen und Listen, einem tibetischen Kalender und Cartoons über verrückte Wissenschaftler bedeckt. An der Decke hing ein staubiges, ramponiertes Modell der Doppelhelix aus grünem Blumendraht und weißen Pappkugeln. Torgoff deutete auf einen Stuhl und ließ sich in den seinen fallen, ein ergonomisches Prachtstück aus grünem Cord.

»Was wissen Sie über Genetik?«, fragte er.

Carpenter sah ihn ratlos an und zuckte die Achseln.

»Das ist keine Scherzfrage«, sagte Torgoff. »Wenn ich von LacOperonen oder RNS-Transkription anfange, können Sie mir vielleicht nicht mehr folgen. Und das wäre ungünstig. Also, warum erzählen Sie mir nicht einfach«, er trommelte sich an die Stirn, »was hängen geblieben ist?«

Carpenter überlegte. »Mendel. Es gab mal einen gewissen Mendel. Ererbte Anlagen ...«

»Gut! Ererbte Anlagen, großartig!«

»Dominante und rezessive Gene.«

»Können Sie das näher erklären?«

»Nein, aber ... ich konnte es mal. Und dann ...« Sein Blick schweifte zur Decke, und er sah das selbstgebastelte DNS-Molekül. »Die Doppelhelix.«

»Wissen Sie, was das ist?«

»DNS«, sagte Carpenter. »Aber ich weiß wohl mehr über DNS-Tests als über die DNS selbst. Ich könnte sie nicht definieren.«

»Versuchen Sie's mal.«

»Jede unserer Zellen enthält DNS. Und die DNS eines Menschen ist einzigartig. So ähnlich wie ein Fingerabdruck.«

»O. J. lässt grüßen. Was wissen Sie noch?«

»Das wär's dann schon. Ich könnte ein Chromosom nicht von einem Pontiac unterscheiden.«

»Okay«, nickte Torgoff, »wir haben nun also festgestellt, dass Ihr Wissen über Genetik gleich null ist. Ausgezeichnet. Kein Problem. Die nächste Frage: Ihre Assistentin sagte, Sie interessieren sich für Baresi?«

»Richtig.«

»Also, worum geht's? Interessieren Sie sich für Genetik oder für Baresi?«

»Hauptsächlich interessiere ich mich für seine Forschung.«

»Okay! Dann können wir Mendel vergessen. Das heißt, die beiden haben viel gemeinsam. Beide stellten grundlegende Fragen. Und beide waren ihrer Zeit voraus.«

»Wie das?«

»Als Mendel in seinem Garten Erbsen beobachtete, war alle Welt von Darwin fasziniert. Der, wie Sie vielleicht wissen, behauptete, dass sich Organismen in Reaktion auf Umwelteinflüsse entwickeln – nur konnte er nicht erklären, wie sie das anstellen.«

»Aber Mendel konnte es.«

Torgoff wiegte den Kopf. »Nicht genau. Aber er hat einiges herausgefunden. Zum Beispiel, dass erbliche Merkmale unabhängig voneinander von einer Generation an die nächste weitergegeben werden. Mit anderen Worten, manche Leute mit blauen Augen sind farbenblind, andere nicht. Das nennt man das ›Gesetz von der freien Rekombinierbarkeit der Erbanlagen‹. Und er begriff auch die Dominanz. Er beobachtete, dass bei der Kreuzung von großen mit kleinen Pflanzen große Pflanzen herauskommen – und nicht mittlere. Erst wenn die Hybriden erneut miteinander gekreuzt werden, kommen die rezessiven Merkmale wieder zum Vorschein – und man erhält kleine und große Pflanzen. Kapiert?«

»Klarer Fall.«

»Das ist schon was wert. Mendel hat einige Regeln der Vererbung erkannt – und damit ein uraltes Rätsel des Universums gelöst. Nicht dass es jemandem aufgefallen wäre. Alle blickten auf Darwin, damals und noch die nächsten dreißig Jahre lang! Bis andere Wissenschaftler dieselben Experimente machten und beim Studium der Literatur entdeckten, dass sie das Rad neu erfunden hatten. Mendel war vor ihnen da gewesen.

Baresi ist es ähnlich ergangen«, fuhr Torgoff fort. »Als er seine interessantesten Forschungen machte, blickten alle auf Watson und Crick. Seinen Doktor in Biochemie machte Baresi mit zweiundzwanzig, so um den Dreh. Auf jeden Fall 1953. Was in der Genetik etwa dem Jahr 1776 entspricht. Ein großes Jahr! Es herrschte enorme Aufregung, weil einige grundlegende Probleme kurz vor der Lösung standen – und alles drehte sich um die DNS, das Riesenmolekül in jeder Zelle eines lebendigen Organismus.

Inzwischen wussten alle, dass die DNS der Schlüssel zur Vererbung war. Aber wie funktioniert's? Wie reguliert sie die chemischen Vorgänge innerhalb der Zelle? Denn das tut sie: Sie synthetisiert Proteine, unter anderem Aminosäuren, die für lebenswichtige biochemische Reaktionen unverzichtbar sind. Können Sie mir folgen?«

»Halbwegs«, erwiderte Carpenter.

»Macht nichts. Entscheidend ist, dass die DNS einige extrem komplizierte Prozesse regelt. Und bevor man die verstehen konnte, musste jemand die Struktur des Moleküls durchschauen. 1953 war es dann soweit. Watson und Crick erstellten ein physikalisches Modell der DNS. Da oben hängt's.« Carpenter blickte zu dem Modell aus Draht und Pappe an der Decke.

»Eine Doppelhelix. Eine verdrehte Strickleiter, wenn Sie so wollen. Und in diesen aufregenden Zeiten begann auch Baresi zu forschen, in Bern, damals wie heute ein fruchtbares Forschungszentrum. Auf jeden Fall fing er relativ konventionell an, mit Kolibakterien. Das sind sehr schlichte Organismen, leicht zu kultivieren, vermehren sich wie verrückt – deshalb sind sie im Labor sehr beliebt. Und sie haben dieselbe DNS wie Sie und ich, ideal für Forschungszwecke. Aber schon nach ein, zwei Jahren ging er dazu über, rote Blutkörperchen zu untersuchen. Ähnlich wie Bakterien haben sie keinen Zellkern, und sie sind leicht zu beschaffen. Wir produzieren sie ununterbrochen.

Aber noch viel bedeutender war der nächste Schritt, den Baresi unternahm. Bevor ich Ihnen davon erzähle, müssen Sie wissen, dass Baresi nicht nur ein Genie war, sondern er vermochte es auch, bahnbrechende Hypothesen aufzustellen. Und wie die meisten erfindungsreichen Forscher gab er nicht viel auf Preise und die Meinung seiner Kollegen. Er war nicht hinter der nächsten Sensation her, sondern tat einfach, was er wollte. Das heißt, er schlug eine ganz eigene Richtung ein.«

»Und welche?«, fragte Carpenter.

»Er erforschte von nun an Zellen mit Zellkern – tierische Zellen.«

»Was war daran so revolutionär?«

»Es ist in der Praxis sehr schwierig. Die Zellen sind schwer zu kultivieren, und sie leben nicht besonders lange – und das ist schlecht, denn wenn eine Zellkultur vorschnell abstirbt, dann ist für den Forscher monatelange Arbeit verloren. Wie Baresi gearbeitet hat, weiß ich immer noch nicht genau.« Torgoff hielt inne. »Aber warum er es getan hat, kann ich Ihnen sagen.«

»So?«

»Sicher. Er wollte das Geheimnis der Differenzierung lüften. Und das ist nur bei Zellen mit Zellkern möglich. Denn bei Einzellern findet keine Differenzierung statt.« Mit zufriedener Miene lehnte sich Torgoff zurück.

»Ich will Sie nicht schockieren, Doc«, sagte Carpenter, »aber ich weiß nicht genau, was Differenzierung bedeutet. Besser gesagt, ich habe keinen blassen Schimmer.«

Torgoff lächelte vergnügt. »Ah ja, Differenzierung. Ich erkläre es Ihnen.« Er holte tief Luft. »Sie haben bestimmt schon gehört, dass wir aus einer befruchteten Eizelle, der Zygote, hervorgehen, also aus einem Einzeller. Im Kern dieser Zelle befindet sich ein Gewirr von Chromosomen. Das sind DNS-Stränge, an denen spezifische genetische Informationen – in Form von Genen – haften. Was die Zahl der Chromosomen pro Zelle betrifft – Hunde haben 78, Fische 92, Sie und ich haben je 46 – die eine Hälfte von Mama, die andere von Papa. 23 von der Eizelle und 23 von dem Spermium, das mit ihr verschmilzt. Alles klar?«

Carpenter nickte, und Torgoff fuhr fort:

»Unsere Gene, hunderttausende von Genen, verteilen sich auf die paarweise angeordneten Chromosomen. Ein Gen für die Augenfarbe, eines für die Blutgruppe und so weiter. Alles da, von Anfang an, in dieser einen befruchteten Zelle. Und dann beginnt die Zellteilung. Plötzlich sind zwei Zellen da, und dann vier und so fort. Und jede dieser frühen Zellen enthält das identische genetische Material – DNS, Chromosomen und Gene. Und das entscheidet darüber, wer da entsteht. Sie oder ich oder ein Footballspieler.

Aber recht bald schon, wenn der Embryo aus acht oder sechzehn Zellen besteht, differenzieren sich die Zellen. Das heißt, sie übernehmen spezifische Rollen, sie werden Gehirnzellen, Leberzellen, Nervenzellen. Obwohl sie alle dieselbe DNS besitzen, aktivieren sie unterschiedliche Gene – und diese Gene entscheiden, welche Enzyme die Zellen produzieren, und davon hängt ab, welche Art von Zelle hier entsteht. – Ein interessantes Rätsel: Da sie dieselben genetischen Informationen enthalten, möchte man meinen, dass sie über dieselben genetischen Fähigkeiten verfügen. Aber das tun sie nicht. Eine Zelle aus dem Anfangsstadium der Embryonalentwicklung ist undifferenziert: Sie kann einen ganzen Organismus hervorbringen – einen Menschen, eine Katze, eine Giraffe – aus einer einzigen Zelle. Aber eine Nervenzelle kann nur wieder eine neue Nervenzelle erzeugen. Wie kommt das?« Torgoff sah Carpenter an.

»Sie erwarten hoffentlich nicht, dass ich das beantworte?«

»Nein. Aber Baresi arbeitete an dem Thema: Der Differenzierungsprozess und die Mechanismen, die ihn kontrollieren. Und damit war er seiner Zeit um dreißig Jahre voraus.« Torgoff atmete tief durch. »Wie wär's mit 'nem Kaffee?«

»Gute Idee«, sagte Carpenter.

»An der Ecke gibt es ein Café.« Beide standen auf. Torgoff wickelte sich einen Schal um den Hals, dann zog er einen abgetragenen Parka an und setzte eine blaue Wollmütze auf. »Gehen wir«, sagte er.

Draußen war es bitterkalt, und als sie im Gänsemarsch durch den Schnee stapften, setzte Torgoff seine Lektion fort.

»Haben Sie den Prozess gegen O. J. verfolgt?«

»Nein«, erwiderte Carpenter ironisch. »Wurde viel darüber berichtet?«

Der Professor lachte. »Erinnern Sie sich, wie angestrengt da versucht wurde, Verwirrung über die Einzigartigkeit der DNS zu stiften?« Torgoff ahmte einen aggressiven, herablassenden Tonfall nach: »›Sie können also nicht behaupten, dass diese DNS Nicole Brown Simpson gehört, nicht wahr? Sie können nur eine Aussage über die statistische Wahrscheinlichkeit machen, dass sie Nicole Brown Simpson gehört, nicht wahr? Ja oder nein?‹ – ›Ja, das stimmt, aber wir müssten acht Milliarden Proben prüfen, bevor wir eine zweite derartige DNS fänden. Und so viele Menschen gibt es nicht auf der Erde, also ...‹« Torgoff hob die Hand. »›Einspruch, Euer Ehren, der Zeuge beantwortet die Frage nicht. Ich habe gefragt, ob es möglich sei, definitiv zu erklären, dass diese DNS-Probe Nicole Brown Simpson gehört. Ja oder nein?‹«

Das Café war ein langer, schmaler Raum hinter einem beschlagenen Spiegelglasfenster. Die unverputzte Ziegelwand schmückte eine italienische Flagge, und es duftete nach frischem Espresso. Torgoff und Carpenter setzten sich ans Fenster und bestellten Milchkaffee. Drei junge Männer saßen an drei Nachbartischen und lasen. Carpenter hatte den Eindruck, dass sie alle wie Raskolnikow aussahen.

»Wir sprachen von DNS«, fuhr Torgoff fort. »In jeder Zelle unseres Körpers finden wir die identische DNS. Daher reicht ein Tropfen Sperma oder Blut, ein Haar oder ein Hautfetzen, um einen Menschen durch Vergleich mit einer von ihm entnommenen Blutprobe zu identifizieren.«

Der Kaffee kam, und Carpenter beobachtete fasziniert, wie Torgoff eine übersättigte Zuckerlösung herstellte.

»In einer differenzierten Zelle ›sagt‹ die DNS den Genen, dass diese besondere Zelle Haar sein soll: Folglich kann sie Eigenschaften wie Augenfarbe und Blutgruppe vergessen. Stellen Sie sich die DNS als Klavier mit hunderttausend Tasten vor, und jede Taste ist eine genetische Eigenschaft. In einer differenzierten Zelle sind die meisten Tasten bedeckt, ausgeschaltet. Sie klingen nicht. Einige aber klingen: beim Haar sind es die Lockigkeit, die Pigmentierung, die Dichte. Aber damit hat sich's. Alles andere ist ausgeschaltet.«

»Für immer?«

»So weit wir wissen, ja. Sobald die DNS ein bestimmtes Gen ausdrückt, gibt es kein Zurück mehr. Eine Nervenzelle ist und bleibt eine Nervenzelle. Sie kann nichts anderes werden.«

»Und wie funktioniert das?«, fragte Carpenter. Das Thema interessierte ihn allmählich, obwohl er bisher keinen Zusammenhang zu der Ermordung seiner Schwester und den Todesfällen in Italien sah. »Wie entscheidet sich eine Zelle für ihre Rolle?«

»Das weiß ich auch nicht. Niemand weiß es. Und Baresi wollte es herausfinden – vor über dreißig Jahren.«

»Und hat er es geschafft?«

»Auch das weiß niemand.« Torgoff hielt inne. »Es ist einfach so«, fuhr er fort, »dass er von da an nichts mehr publiziert hat.

Wie lange er danach auf dem Gebiet gearbeitet hat, ist somit ungewiss. Vielleicht noch über Jahre. Soviel ich weiß, ist er später nach Deutschland oder so gegangen. Was er dort studiert hat ...«

»Theologie«, sagte Carpenter.

»Genau! Sie wissen also Bescheid.« Torgoff sah stirnrunzelnd auf die Uhr. »Ich muss meinen Sohn abholen ... Hören Sie, Biologie ist zurzeit die heißeste Wissenschaft auf der Welt. Und das heißeste Thema in der Biologie ist zufällig die Frage, an der Baresi damals gearbeitet hat.«

»Die Differenzierung?«

»Richtig. Er hat undifferenzierte Zellen von Froschembryos untersucht. Den letzten publizierten Arbeiten zufolge hat er Embryos im Vier- und Achtzellenstadium geteilt. Höchstwahrscheinlich hat er sich dabei eines überaus primitiven Instrumentariums bedient.«

»Er hat Frösche geklont?«

»Nein. Er hat Froschzwillinge gezüchtet.«

»Worin besteht der Unterschied?«

»Selbst eineiige Zwillinge erhalten ihr genetisches Material aus zwei Quellen: Mama und Papa. Klone erhalten es nur aus einer: Mama oder Papa. Wenn man einen Klon schaffen will, muss man das genetische Material aus der Eizelle entfernen ...«

»Den Zellkern ...«

»... und durch den Kern einer undifferenzierten Zelle ersetzen. Einer Zelle ganz am Anfang der Embryonalentwicklung. Dann haben Sie einen Klon, dessen gesamte Erbinformation aus einer einzigen Quelle stammt.«

»Und das ist machbar?«

»Aber ja. Man hat es mit Schafen gemacht. Am Roslin Institute in Edinburgh.«

Carpenter dachte nach. »Und wenn man es mit Schafen machen kann, ist es auch mit Menschen möglich, nicht wahr?«

Torgoff zuckte die Achseln. »Theoretisch.«

»Ich meine, wenn man wollte, könnte man mich klonen?«

»Nein«, entgegnete der Wissenschaftler. »Ihre Zellen sind samt und sonders differenziert. Als Sie zuletzt eine undifferenzierte Zelle in ihrem Körper hatten, waren Sie kleiner als eine Sommersprosse. Theoretisch könnte man allerdings ein Kind von Ihnen klonen. Aber nur im Embryonalstadium, solange es aus vier, acht, höchstens sechzehn Zellen besteht.«

»Und das ist möglich?«

Torgoff blickte zur Decke. »Vielleicht. Am Roslin Institute könnten sie's wahrscheinlich, aber wenn sie's täten, würden sie ins Gefängnis wandern.«

»Warum?«

»Weil es in Großbritannien verboten ist, Menschen zu klonen – nicht dass es häufig passiert. Aber um auf Baresi zurückzukommen: Für uns ist heute vieles selbstverständlich geworden. In Fertilitätskliniken werden ständig Embryonen geschaffen. In den fünfziger und sechziger Jahren war das noch Zukunftsmusik. Wenn man bedenkt, welche technischen Innovationen Baresi benötigte, um die praktischen Grundlagen zu schaffen ... was ist los?«

Carpenter schüttelte den Kopf. »Es ist nur ... Sie wissen, was aus Baresi geworden ist?«

»Nein, nur dass er später über Religion schrieb.«

»Ja, aber die Geschichte geht noch weiter. Er hat noch mit über fünfzig seinen Dr. med. gemacht und schließlich eine Fertilitätsklinik eröffnet.«

Torgoff zog die Brauen hoch und nippte an seinem Kaffee. »Er hatte ja viel Erfahrung mit der Herstellung von Embryos. Wahrscheinlich war er recht erfolgreich.«

»So sieht es aus.«

Torgoff seufzte. »Trotzdem ist es traurig. Er war ein überragender Forscher, und wenn man sich anschaut, was er getan hat und was er gewollt hat, dann ist es ein Jammer.«

»Was meinen Sie damit – was er gewollt hat?«

»Bei der Forschung über die Differenzierung ging es im Grunde nur darum, den Prozess rückgängig zu machen – und die Undifferenziertheit differenzierter Zellen wiederherzustellen.«

»Warum? Was wäre damit gewonnen?«

»Das ist der Heilige Gral«, erklärte Torgoff stirnrunzelnd. »Wenn man das könnte – mir wird schwindelig bei dem Gedanken –, wäre das Billionen wert. Und das Geld wäre noch das Wenigste. Wer die Differenzierung umkehren könnte, würde die Welt für immer verändern.«

»Wie das?«

»Weil wir dann auch Sie klonen *könnten.* Und jeden anderen auch. Wir könnten Beethoven ausgraben oder Elvis oder sie als Kinder haben. Oder die eigene Mutter. Oder man könnte Klone als Ersatzteillieferanten züchten und ausschlachten, wenn man eine neue Lunge braucht. Welche ethischen und sozialen Probleme das aufwirft, können Sie sich vorstellen: Wer adoptiert noch ein Kind, wenn man Kopien von sich selbst oder einem anderen per Post bestellen kann? Und in Verbindung mit der Gentechnik wären *menschenähnliche* Klone vorstellbar, austauschbare Geschöpfe, verwendbar als Kanonenfutter, Gladiatoren oder Sklaven. Wegwerfmenschen.«

»Ich glaube, jetzt übertreiben Sie aber mächtig, Doc.«

Torgoff lachte und schüttelte den Kopf. »Keineswegs. Alles, was Sie brauchen, ist eine Zelle mit Zellkern und intakter DNS – ein wenig Blut, Haar oder Fleisch. Sobald die Differenzierung rückgängig gemacht und die Undifferenziertheit der Zelle wiederhergestellt ist, können wir daraus einen vollständigen neuen Organismus machen. Dazu müssen wir lediglich den Zellkern in ein Ei einführen, dessen eigener Zellkern entfernt wurde. Ist doch ein Kinderspiel, oder?«

Carpenter überlegte. »Und wie geht's weiter?«

»Wenn es sich um einen Menschen handelt, geht es weiter wie nach der künstlichen Befruchtung. Das heißt ...«

»Ich weiß«, fiel ihm Carpenter ins Wort. »Das wurde bei meiner Schwester gemacht.«

»Aha«, sagte Torgoff. »Dann wissen Sie ja Bescheid.« Er sah

wieder auf die Uhr und wurde unruhig. »Ich muss jetzt wirklich los«, sagte er. »Ein zwölfjähriger Junge wartet mit Eintrittskarten für ein Hockeyspiel auf mich.«

»Eine Sekunde noch«, bat Carpenter. »Wenn es Baresi wirklich gelungen wäre, die Differenzierung von Zellen rückgängig zu machen, dann hätten wir doch davon gehört, oder?«

»Auf jeden Fall.« Torgoff stand auf. »Das wäre vergleichbar mit ... der Erfindung des Rades? Da hätten Sie bestimmt davon gehört. Es sei denn ...«

»Was?«

Torgoff verknotete seinen Schal und setzte seine Wollmütze auf. »Ich weiß nicht«, sagte er. »Es sei denn, er hatte Zweifel. Vielleicht hatte er Angst. Ich meine, er war doch ein religiöser Mensch, nicht wahr?«

Als Carpenter mit der U-Bahn zu seinem Hotel zurückfuhr, wusste er nicht, was er denken sollte. Baresi erblickte Gott in einem Molekül und wandte sich dem Studium der Theologie zu? Vielleicht. Aber was hatte das mit dem Umbra Domini und einer Mordserie von Tokio bis Washington zu tun? Und warum sollte Baresis Leidenschaft für Wissenschaft und Religion für den Fall überhaupt von Bedeutung sein?, fragte er sich ungeduldig. Weil der Priester es gesagt hatte?

Ja.

Aber offensichtlich war des Rätsels Lösung in der Klinik zu suchen – nicht in der Wissenschaft und nicht in der Religion. Die Fertilitätsklinik. Das verband die Opfer, das hatten sie gemeinsam. Warum hatte er sich überhaupt mit der Jagd nach Phantomen abgegeben, statt mit den Frauen zu sprechen, die tatsächlich in der Klinik gewesen waren? Er hatte die Namen und Adressen jener Frauen, die nur eine Woche in der Klinik verbracht hatten und nicht 32 Tage. Keine dieser hundert Frauen war mit dem Oozytenverfahren schwanger geworden, und keine von ihnen war tot.

Aber Freddy und Riordan hatten mit ihnen gesprochen. Und

ihre Aussagen ließen sich in einem Satz zusammenfassen: *Ist das Leben nicht wunderbar?* Riordan und Freddy und ihm selbst war klar, dass keine dieser Frauen in Gefahr schwebte. Aber dennoch ...

Stöhnend fuhr er sich mit der Hand durchs Haar. Anscheinend hatte er ziemlich laut gestöhnt, denn der Mann ihm gegenüber musterte ihn misstrauisch. Carpenter ahnte, was er dachte: *Schon wieder so ein verdammter Psychopath.*

Da hatte Carpenter eine Eingebung, die ihn traf wie ein Blitzschlag, sodass er unwillkürlich zusammenzuckte; er setzte sich auf.

Was, wenn Baresi es tatsächlich getan hatte? Wenn er die Fertilitätsklinik benutzt hatte, um zu klonen ...

Das war der springende Punkt. Um was zu klonen? Oder wen? Carpenter seufzte vor Ausweglosigkeit, und der Mann gegenüber stand fluchend auf und suchte sich einen anderen Platz.

Und wenn er's doch getan hatte? Was war dann geschehen? Hatte Baresi etwa seine Meinung geändert und die Kinder ermorden lassen?

Das ist verrückt, murmelte Carpenter vor sich hin. Ohnehin konnten die Jungen aus der Klinik keine Klone sein. Sie ähnelten sich nicht. Brandon sah anders aus als Jesse, und keiner von beiden glich den anderen Kindern, die er auf Fotografien gesehen hatte. Etwa Martin Henderson. Oder dem Sohn von Jiri Reiner. Alle waren verschieden.

Klone kamen also nicht in Frage, es sei denn ...

Es sei denn, sie waren Klone einer Gruppe.

Aber welcher Gruppe? Des Kardinalskollegiums? Des AC Milano?

Wohl kaum, dachte Carpenter.

Das ist lächerlich. Selbst wenn Baresi in der Lage gewesen wäre, so etwas zu vollbringen, warum sollte er? Es sah nicht so aus, als wären die Kinder Bestandteil eines Experiments. Die Frauen suchten die Klinik auf, wurden schwanger und fuhren nach

Hause. Soweit Carpenter wusste, hatte Baresi nicht einmal um Fotos der Kinder gebeten, geschweige denn ihre Entwicklung verfolgt. Es war nur ein normaler medizinischer Eingriff gewesen; das war offenbar alles.

Nein, das war nicht alles.

Denn alle Patientinnen waren ermordet worden.

35

So kalt wie hier wurde es in Washington nicht.

Carpenter saß in einem gemieteten Taurus vor der Kfz-Zulassungsstelle in Portland, Maine, wärmte sich die Hände am Gebläse und übte sich in Selbstkritik. Er hätte bei Hertz seine Kreditkarte nicht benutzen dürfen, er hätte bar bezahlen sollen. Nur nahm der Autoverleih kein Bargeld, und so hatte er praktisch keine andere Wahl gehabt. Aber welche Rolle spielte das, solange er sein Benzin in bar bezahlte? Damit blieb zumindest seine Reiseroute ein Geheimnis.

Seine Finger, die er ans Gebläse hielt, waren immer noch wie erstarrt, nachdem er das Eis von der Windschutzscheibe gekratzt hatte. Für eine so mörderische Kälte bin ich nicht gerüstet, das ist ja wie in Minnesota und Saskatchewan. Eine Lederjacke und die teuren Handschuhe von Bergdorff-Goodman nützen da nicht viel. Ich brauchte heizbare Fäustlinge. Und einen Raumanzug.

8.56 Uhr. In vier Minuten öffnete die Zulassungsstelle. Ich hätte nach Sunday River fahren und ihr Foto herumzeigen sollen, dachte Carpenter. Den Vermietern von Ferienwohnungen, den Skilehrern, den Kindergärtnerinnen. Aber das Foto war zwei Jahre alt. Und wer sagte, dass sie dort wirklich länger Urlaub gemacht hatte? Sie stand schließlich nur vor einem McDonald's, im Hintergrund der Berg.

Aber der Berg war eindeutig zu erkennen. Er hatte das Foto

mit Reisebroschüren über Sunday River verglichen, die den Berg zeigten. Also war sie in Maine, oder zumindest war sie dort gewesen. Vor zwei Jahren.

Carpenter schaltete das Radio an. Laut Wetterbericht hatte es minus fünfzehn Grad – »und es wird wärmer!«.

Punkt neun öffnete eine Frau die Tore der Zulassungsstelle, und ein Dutzend Motoren erstarben. Gestalten in warmen Parkas stiegen aus und strebten auf das Gebäude zu. Carpenter folgte ihrem Beispiel und stand kurze Zeit später vor einem Informationsschalter.

Carpenter hatte von jeher angenommen, die Polizei, und nur die Polizei, könne den Besitzer eines Nummernschilds ausfindig machen. Aber das war eine altmodische Vorstellung, die aus einer Zeit stammte, als es noch so etwas wie Privatsphäre gab. Im Informationszeitalter hieß es nicht mehr »Zeit ist Geld«, sondern »Daten sind Geld«. Und so war auch der Bundesstaat Maine, ebenso wie andere Staaten vor ihm, ins Geschäft mit der Demografie eingestiegen und verkaufte Informationen an jeden, der dafür bezahlte.

Die Kfz-Zulassungsstelle in Portland war in der Lage, maßgeschneiderte Listen zu liefern. Und als Carpenter ein Formular ausfüllte, um Namen und Geburtsdaten der Besitzer von VW-Bussen, Baujahr 1965-75, abzufragen, stellte die muntere Schalterbeamtin nur eine Frage: »Möchten Sie einen Ausdruck oder selbstklebende Etiketten?«

»Ein Ausdruck genügt«, sagte Carpenter und bezahlte eine Gebühr von hundertdreißig Dollar, um die Bearbeitungskosten abzudecken.

»Morgen früh ab zehn Uhr können Sie Ihren Ausdruck abholen.«

Den Rest des Tages verbrachte er damit, die Gegend zu erkunden. Maine gefiel ihm. Die Felslandschaft, der Schnee, die Kiefernwälder wirkten absolut klar und karg. Zwar gab es hier für seinen Geschmack immer noch zu viele Einkaufszentren und Ladenketten, aber er kam auf seinem Streifzug durch ein

Dutzend Kleinstädte und Dörfer, deren Mittelpunkt jeweils die Kunsteisbahn und der Zeitungskiosk, die Werft und die Buchhandlung bildeten. Und auch wenn manche Orte durch leer stehende Häuser verschandelt waren oder ihr malerisches Ambiente künstlich wirkte, fühlte er sich hier heimisch. Vielleicht war es falsche Nostalgie, aber in einem solchen Städtchen schien es ihm eher möglich, ein zivilisiertes Leben zu führen, als in den gesichtslosen Vororten, die überall an der Ostküste wucherten.

Als er in sein Zimmer zurückkehrte, war es fünf und bereits dunkel. Er machte es sich in einem Sessel bequem, legte die Beine auf den Tisch und las Artikel über Callista.

In Ermangelung der üblichen detailreichen Schilderungen ihrer Lebensgeschichte, bekräftigt durch Freunde und Verwandte, die wichtigtuerisch Anekdoten erzählten, beschränkte sich die Berichterstattung über Callista Bates im Jahr 1986 auf wilde Spekulationen über ihre Herkunft und ihre Vergangenheit.

1984 begann mit einem Remake von *Last Horizon* ihre Karriere in Hollywood, ein »kleiner« Film, der unerwartet zum Kassenschlager wurde. Der überraschende Erfolg wurde der bezaubernden, unbekannten Hauptdarstellerin zugeschrieben. Schlicht gesagt, ging die Sonne auf, wenn sie die Szene betrat. Der Film hätte leicht zum New-Age-Melodram mit Bilderbuchlandschaften und erhabener Musik verkommen können, aber Callista, schelmisch und ein wenig boshaft, rettete den Streifen.

Als sie im Jahr 1990 untertauchte, hatte man das resolute Schweigen des Stars über seine Vergangenheit akzeptiert. Aber 1986 war die Aufregung bei der Regenbogenpresse noch groß. Die Schauspielerin hatte geäußert, es gebe eine schmale Grenze zwischen der Freiheit der Presse und dem Recht auf Privatsphäre, und die Anrufe jener, die diese Grenze überschritten, werde sie fortan ignorieren. Manche Presseorgane nahmen sie beim Wort und vermieden Fragen über Callistas Herkunft, während andere eigens Reporter auf sie ansetzten, die die Vergangenheit der Schauspielerin erforschen sollten. Das seien doch alles nur Allüren, hieß es: Ohne Publicity wäre Callistas Karriere schnell zu Ende.

Okay, sagte sie, die Presse solle ruhig in ihrer Vergangenheit herumwühlen, aber die Reporter sollten nicht erwarten, dass sie Beihilfe leistete oder ihnen verzieh. Kurz darauf kam *Piper* in die Kinos, und als sich der Film zum Hit entwickelte, veröffentlichte eine Boulevardzeitung namens *Startrak!*, basierend auf einem Interview mit Callistas Privatsekretärin, ein Gerücht: CALLISTAS HEIMLICHE TRAGÖDIE: SIE IST EINE WAISE!!!

Die Schauspielerin dementierte den Bericht nie, bestätigte ihn aber auch nicht. Sie entließ nur ihre Sekretärin und erklärte deren Nachfolgerin, für *Startrak!* sei sie nicht zu sprechen.

Dass sie es ernst meinte, wurde den Reportern der Regenbogenpresse erst nach und nach klar. Zwei, drei Jahre lang erschienen noch spekulative Berichte, Andeutungen über eine so traurige Jugend, dass die Schauspielerin die Erinnerung daran nicht ertrüge. Mindestens ein Dutzend Elternpaare behaupteten, Callista sei ihr einziges Kind, während im Internet Gerüchte über ihre tragische Kindheit kursierten – sie habe ihren kleinen Bruder ertränkt, sei in Pornofilmen aufgetreten und wegen Betrug, Ladendiebstahl und Waffenhandel verurteilt worden.

Eine Zeitung ging so weit, merkwürdig anmutende Fotos zu veröffentlichen, die die Schauspielerin darstellten, wie sie mit 16, 12, 8, 4 Jahren und bei der Geburt ausgesehen haben mochte.

Das Ganze war lächerlich, ärgerlich und verletzend. Doch letztlich erwies es sich als Schuss nach hinten. Der *New Yorker* widmete Callista einen ausführlichen Essay über die »Metastase des Ruhms« und seine schädlichen Auswirkungen auf das Privatleben von Prominenten. Andere Journalisten stießen ins selbe Horn und lobten Callistas Haltung, wenn sie auch mit Andy Warhol meinten, das alles sei unvermeidlich.

Vom Standpunkt des Detektivs aus waren all diese Berichte wenig ergiebig. Ob Callista nun Waise war oder eine von Fünflingen, vermochte niemand zu sagen. Nur eins stand fest: Wenn die Zeit gekommen war, würde Callista Bates es Carpenter eher nicht danken, dass er sie aufgespürt hatte.

Nach einem Abendessen, bestehend aus Hummer und einer Flasche Pilsner Urquell, kehrte er gegen zehn in sein Zimmer zurück und vertiefte sich in den *Boston Globe*. Die meisten Meldungen hatte er schon nachmittags im Autoradio gehört: ein Flugzeugabsturz, das Neueste aus Bosnien, ein Bericht über den Aktienmarkt und so weiter.

Lokalnachrichten ließ er meist aus, wenn er auf Reisen war. Was kümmerten ihn Kommunalpolitiker in Boston oder Betrugsaffären in Foxboro? Aber im *Globe* fand er einen interessanten Bericht über den Schriftsteller Nick Oglesby. Beim Weiterblättern erblickte er erstaunt ein Foto von Silvio della Torre, der in die Kamera lächelte. Der dazugehörige Bericht trug die Überschrift: ÜBERFÜLLTES GOTTESHAUS BEI LATEINISCHER MESSE.

> Brockton – Trotz schwieriger Straßenverhältnisse und Temperaturen bis minus 18 Grad versammelten sich am Sonntag über tausend Gläubige in der Kirche Our Lady Help of Christians, um Pater Silvio della Torre die Messe auf Lateinisch lesen zu hören.
>
> Der katholische Traditionalist stand vor dem Altar und zelebrierte den Gottesdienst mit dem Rücken zur Gemeinde. Seine machtvolle Stimme rührte viele Menschen zu Tränen. Kirchgänger sprachen von dem geradezu mystischen Band, das Generationen von Katholiken verbinde, die die Messe in dieser alten Sprache gefeiert haben.
>
> In seiner Predigt beschwor della Torre die Gläubigen, »den Gräueln der Wissenschaft zu widerstehen«.
>
> Der italienische Geistliche ist das Oberhaupt des rasch anwachsenden Laienordens *Umbra Domini*. Er traf am Freitag in Boston ein, um ein neues Hospiz der Gruppe in Brookline zu eröffnen.

Der *Umbra Domini* lehnt viele Reformen des 2. Vatikanischen Konzils ab und setzt sich für das Recht der Katholiken auf traditionelle Glaubenspraktiken ein.

Ein Sprecher der Gruppe erklärte, della Torres Reiseroute durch Amerika sei »flexibel und unbefristet«.

Carpenter las den Artikel mit pochendem Herzen zweimal durch. Dann schenkte er sich einen Scotch aus der Minibar ein, den er mit Blick auf das Foto des Priesters in einem Zug leerte.

Geblendet vom morgendlichen Licht, das der Schnee reflektierte, fuhr Carpenter am nächsten Tag zur Kfz-Zulassungsstelle. Es war bewölkt und etwas wärmer als am Vortag, aber die Luftfeuchtigkeit sorgte für eine durchdringende Kälte, die einen von Florida träumen ließ.

Die Beamtin am »Informationsschalter« überreichte ihm einen Umschlag. Der darin enthaltene Ausdruck umfasste etwa zehn Seiten und listete alle VW-Busse Baujahr 65-75 auf, die im Staat Maine registriert waren. Der alphabetischen Liste konnte man Namen, Adresse und Geburtstag des Fahrzeughalters sowie Kennzeichen und Baujahr des Autos entnehmen. Das Geburtsdatum war besonders wichtig, weil er so die Liste auf Frauen zwischen dreißig und vierzig eingrenzen konnte.

Callista war 1962 geboren.

Eine mühsame Suche stand ihm bevor. Sobald er seine Liste mit Frauen jenes Alters beisammen hatte, musste er sie nacheinander aufsuchen – und den Fuß in die Tür stellen. Er hatte bereits hinter siebzehn Namen ein Häkchen gesetzt, als er es sah:

Sanders, Marie A.
geb. 8.3.1962
P.O. Box 29
Cundys Harbor, Maine 04010
Volkswagen (Bus): 1968
EAW-572

Das Erste, was ihm ins Auge sprang, war 1962 – und dann *Marie.* War sie am 8. März geboren? Er meinte sich an eine solche Angabe erinnern zu können.

Mein Gott, dachte er. Ich habe sie gefunden.

Er stopfte die Liste in die Tasche, rannte hinaus zu seinem Auto und kam auf dem eisigen Boden fast zu Fall.

Sie musste es sein. Wie groß war die Wahrscheinlichkeit, dass im Staat Maine zwei Frauen namens Marie lebten, die am 8. März 1962 geboren waren und einen alten VW-Bus besaßen?

Er riss das Handschuhfach auf, holte die Karte heraus und suchte auf dem Index. Cundys Harbor: K-2. Unter einem Gewirr von Seen und Städten fand er schließlich den kleinen Punkt an der Küste, südöstlich von Brunswick.

Eine Stunde später fuhr er an den Kiefern von Bowdoin College vorbei (herzlichen Dank, Mr. Biddle) und folgte dem Wegweiser nach Orrs Island.

Selbst unter den tief hängenden Wolken war die Landschaft ansprechend, schiefergraue Felsen und dunkelgrüne Nadelbäume vor einem wilden Himmel. Das besondere Licht, das intensive Grau sprachen vom nahen Meer. Er kam an Strandrestaurants und Andenkenläden vorbei, die über den Winter offensichtlich geschlossen hatten. Die Straße wurde schmaler, gabelte sich nach links und führte in einem Bogen in das Dörfchen Cundys Harbor, wo sie endete. Carpenter sah eine Fahne, fuhr darauf zu und bog in einen kleinen Parkplatz ein, der zu einem Gemischtwarenladen mit Postamt gehörte.

Dort stand ein blauer VW-Bus, und noch bevor er das Nummernschild sah, wusste er, dass der Wagen ihr gehörte. EAW-572.

Was nun? Er stieg aus und trat auf ein Felsgesims unweit des kleinen Hauses. Zum Meer waren es keine dreißig Meter. Er musste annehmen, dass sich Callista ... Marie im Laden befand. Sie war von einem hartnäckigen Verbrecher belästigt worden. Er wollte sie nicht erschrecken.

Möglicherweise kannte sie ihn ja noch von Kathys Beerdigung her, was nicht unbedingt positiv sein musste, denn vielleicht quälte sie die Erinnerung. Carpenter ging zum Ufer hinunter und überlegte, was er tun sollte. Er hatte sich so sehr darauf konzentriert, sie zu finden, dass er nie bedacht hatte, wie er auf sie zugehen sollte. Und so stand er unentschlossen am Wasser und starrte aufs Meer hinaus.

Cundys Harbor war ein malerisches Fischerdorf, dessen Männer noch auf die See hinausfuhren. Auf muschelverkrusteten Kais stapelten sich Hummerfallen und andere Ausrüstung, und in dem kleinen Hafen lag eine kunterbunte Ansammlung von Schiffen und Fischerbooten vor Anker.

Es herrschte Ebbe, und die Schlammzone mit den Felsen und dem gelben Seegras war mit geborstenen Eisschollen übersät, die das zurückweichende Wasser liegen gelassen hatte. Der wechselhafte Himmel verdunkelte sich allmählich, die Kälte ging durch Mark und Bein. Carpenter schlotterte. Ich sollte mir einen Mantel kaufen, sagte er sich. Oder hineingehen.

In dem alten Tante-Emma-Laden gab es Lebensmittel und Textilien und eine altmodische Kühltheke mit Milch, Eiern und Bier. Eine grauhaarige Frau blickte von ihrer Zeitung auf, als er hereinkam. »Tag«, sagte sie, mehr wie eine Warnung als ein Gruß. Carpenter lächelte, trat sogleich an den Holzofen, um sich die Hände zu wärmen, und sah sich um. Der Raum war voll gestopft mit Gezeitentafeln, Landkarten, Fischködern, Taschenmessern, Lebensmitteln, Süßigkeiten, Elektrowaren, Zeitungen, Napfkuchen und Salzbrezeln. An einer Wand war ein winziges Postamt eingerichtet mit Einwurfschlitz für Briefe, Schalter und einem Sortiment von fünfzig kleinen Bronzebriefkästen.

Aber eine Callista Bates oder eine Marie Sanders war nicht zu sehen.

Schließlich sprach ihn die grauhaarige Frau freundlich an: »Kann ich etwas für Sie tun, mein Lieber?«

Kam auf einen Versuch an. »Ich hoffe ja. Ich suche Marie Sanders.«

»Du meine Güte«, sagte sie mit bedrückter Miene, sodass Carpenter allen Mut verlor.

»Ist das nicht ihr Wagen da draußen?«

»Ja doch. Aber sie ist nicht hier. Sie sind ein Freund von ihr?«

Carpenter nickte. »Wann kommt sie denn zurück?«

»In vier Wochen. Vielleicht auch sechs.«

Carpenter schüttelte enttäuscht den Kopf. »Ich dachte, sie lebt hier«, sagte er.

»Aber natürlich lebt sie hier. Das heißt hier in der Nähe.«

»Also ... ist sie auf Reisen oder ...«

Die Frau sah ihn aus großen hellblauen Augen an, dann kicherte sie – fast wie ein Teenager. »Du lieber Himmel«, sagte sie. »Ich spreche ja wirklich in Rätseln. Kommen Sie, ich zeige es Ihnen.« Sie zog einen riesigen blauen Pullover über und bedeutete ihm, ihr zu folgen.

Sie hielten den Kopf gegen den Wind gesenkt und gingen auf den Kai hinaus. »Dort«, sagte sie und deutete auf eine Inselkette, die sich am Horizont abzeichnete. »Sie sind draußen auf der letzten Insel.«

Carpenter blinzelte. »Sie wohnen da draußen?«

»Aber ja!«, sagte die alte Dame lachend. »An klaren Tagen können Sie den Rauch von ihrem Holzfeuer sehen.« Sie schauderte. »Kommen Sie rein, mein Lieber. Ich mache uns eine Tasse Tee.«

Gemeinsam kehrten sie in den Laden zurück. »Sie muss doch ein Funkgerät haben oder so was«, meinte Carpenter.

»Ein Handy. Aber es funktioniert nicht.«

»Sie machen Scherze.«

Die Frau schüttelte den Kopf, trat hinter die Ladentheke und steckte den elektrischen Wasserkocher ein. »Nein. Jonathan wollte sie warnen – vor dem letzten großen Sturm. Aber außer Rauschen war nichts. Wahrscheinlich Probleme mit der Batterie ... ist schon mal vorgekommen. Sehen Sie«, sagte sie und führte ihn zu einer großen Seekarte an der Wand, auf der das Land eine gesichtslose gelbe Fläche darstellte, während das Wasser mit Daten über Meeresströmungen, Tiefenlinien und Gefahrenpunkte bedeckt war. Sie deutete auf einen krummsäbelförmigen Hafen.

»Wir sind hier.« Dann ließ sie den Finger zu einer der drei Inseln draußen im Meer wandern. »Und Ihre Freundin ist da draußen.«

»Sanders Island«, las er. Sanders? Das musste ihr richtiger Name sein, ihr Familienname.

»Der Name steht auf der Karte, mein Lieber, denn als Käpt'n Sanders die Insel kaufte – ach, das ist lange her –, hat er durchgesetzt, dass sie nach ihm benannt wird. Aber für die Leute hier heißt sie immer noch Rag Island, das ist der alte Name.«

»Und warum hieß sie so?«

Die Frau trat wieder hinter die Theke und schaltete den Wasserkocher ab. »Sehen Sie sich die Küstenlinie an, eine einzige Zickzacklinie, ganz zerklüftet. Wie ein ausgefranster Stofffetzen.«

Carpenter betrachtete geistesabwesend einen Ständer mit Süßigkeiten.

»Zucker?«, fragte sie. »Sahne?«

»Beides, bitte.«

»So wie ich. Hell und süß.« Dann stellte sie zwei feine Porzellantassen mit Untertasse auf die Theke. »Becher mag ich nicht«, sagte sie.

Carpenter investierte eine Viertelstunde, um Maude Hutchison, so hieß seine Informantin, über ihre Vorlieben und die Lokalgeschichten auszufragen. Er erfuhr auch, wie lange sie schon hier lebte (»Eine Ewigkeit!«). Während sie redeten, kamen ein paar Männer herein, um Zigaretten zu kaufen, und eine Frau, die ihre Post aufgab. Als Carpenter wieder auf Marie Sanders zu sprechen kam, waren sie bei der zweiten Tasse Tee. »Marie wohnt also den ganzen Winter allein auf der Insel?«

»Sie und der Junge.« Maude rührte ihren Tee um. »Als sie damals herkam, war das Haus seit fünfundzwanzig Jahren unbewohnt gewesen! Natürlich erinnerte ich mich an Marie noch von früher her. Nicht dass ich sie wiedererkannt hätte nach der langen Zeit.«

»Sie meinen ... Sie haben Sie als Kind gekannt?«

»Sicher doch! Und ihre Eltern. Damals fuhr immer die ganze Familie auf die Insel hinaus. Auch ihr Bruder, der ziemlich kränklich war. Sie wickelten ihn in Decken ein und trugen ihn ins Boot. Und Old John junior? Der war ein richtiger Seebär. Im Sommer waren sie jedes Wochenende draußen – und in den Ferien auch. Natürlich war die Kleine damals erst fünf Jahre alt. Und jetzt wohnt sie mit ihrem eigenen Kind draußen.«

»Leben ihre Eltern in der Nähe?«

Maude schüttelte den Kopf. »Mein Gott, nein. Sie sind schon lange Jahre tot. Hat Marie es Ihnen nicht erzählt?«

»Nein.«

»Na, das überrascht mich nicht. Sie erzählt nicht viel von sich, die Gute.« Maude seufzte. »John junior war in Portland und hatte zu viel getrunken, und Amanda holte ihn ab. Aber John junior meinte, er könne selbst fahren. Und das konnte er auch, zumindest bis sie zu den Gleisen kamen. Die Anwälte haben behauptet, das Signal wäre kaputt gewesen, aber beweisen konnten sie's nicht. Und um die Wahrheit zu sagen, John junior war verdammt ungeduldig. Ich sehe es direkt vor mir, wie er ein Wettrennen mit dem Zug macht.« Sie schüttelte den Kopf. »Amandas Schwester hat Marie zu sich genommen. Damals lebte sie in Connecticut. Wiedergesehen haben wir sie erst ...«

»... erst kürzlich.«

»Stimmt! Bildhübsch und sehr mutig, und kaum ist sie da, holt sie schon Handwerker auf die Insel und lässt das Haus isolieren, ein ordentliches Bad einbauen, Holzöfen, einen Anlegeplatz. Ich weiß nicht, was alles. Stadtgespräch war das – vor allem, weil es so verrückt war. Denn das Geld kriegt sie nie wieder raus, wenn sie je verkaufen will.«

»Warum nicht?«

»Es gibt keinen Strom da draußen, und wahrscheinlich wird's nie welchen geben.« Sie leerte ihre Tasse. »Die Zeiten ändern sich!«

»Wie meinen Sie das?«

»Früher sind die Leute an die Küste oder zu den Inseln rausgefahren, um in die Natur zu kommen, weg von der Arbeit, weg vom Alltag. Raus in die Wildnis, kein Telefon, kein Toaster, nur Kerzen und Holzofen und Wasser aus der Quelle oder Zisterne.«

Er murmelte etwas von Pfadfindern und Zurück-zur-Natur.

»Damals, als der Käpt'n Rag Island kaufte«, sie lächelte, »standen die Inseln hoch im Kurs. Je abgelegener, desto besser. Aber heute will kein Mensch mehr so primitiv leben. Die alten Häuser auf den Inseln verfallen, weil niemand mehr bereit ist, auf Komfort zu verzichten.«

»Die Leute wollen halt alles mitnehmen.«

Maude kicherte. »Genau. Bloß nicht die Fernsehnachrichten oder die Sportschau versäumen.«

»Dann ist sie den ganzen Winter draußen – ohne Strom.«

»Erst war sie einen Sommer draußen, im nächsten Jahr dann Mai bis November. In diesem Jahr hat sie zum ersten Mal überwintert.« Die alte Frau runzelte die Stirn. »Natürlich gibt es immer Leute, die was dagegen haben. Obwohl wir sonst nicht gerade den Ruf haben, dass wir uns in fremde Angelegenheiten einmischen.«

»Warum haben sie was dagegen? Weil es so abgelegen ist?«

»Das stört sie weniger. Aber manche sind richtig hämisch, vor allem die Männer. Weil Marie ihr Brennholz selber macht, weil sie ihre Netze auslegt, sich um ihren Kram kümmert ... Den Männern gefällt die Vorstellung nicht, dass eine Frau ohne sie zurechtkommt. Und die Frauen – die sorgen sich mehr um das Kind.«

»Und was meinen Sie?«

Maude zuckte die Achseln. »Früher habe ich mir auch Sorgen um Jesse gemacht, aber er ist so ein liebes Kind und so glücklich. Der Junge ist ihr ein und alles. Inzwischen denke ich, was fehlt ihm schon? Comics, Videospiele, Kaufhäuser?«

»Aber wenn etwas passiert ...«

Sie seufzte. »Da haben Sie Recht! Wir haben ihr ins Gewissen geredet, aber sie sagt nur: ›Wir haben ein Leuchtgewehr. Wenn wir Schwierigkeiten haben, kriegt ihr das schon mit.‹ Trotzdem könnte ich ruhiger schlafen, wenn sie wenigstens ein anständiges Boot hätte.«

»Sie hat nicht einmal ein Boot?«

»Na ja, ein Boot schon, aber das macht nicht viel her. Für den Winter, bei stürmischer See taugt es nicht.« Sie hielt inne. »Und woher kennen Sie Marie?«, fragte sie schließlich.

Ihr beiläufiger Tonfall wirkte nicht gerade überzeugend. Plötzlich kam Carpenter der Gedanke, dass sie ihn vielleicht für Jesses Vater hielt.

»Ich habe sie bei der Beerdigung meiner Schwester kennen gelernt«, erklärte er. »Und als ich geschäftlich nach Portland kam, wollte ich mal vorbeischauen und sie besuchen. Aber von einer Insel hat sie nichts erwähnt.« Er grinste und schüttelte den Kopf. »Ich frage mich, ob ich hier in der Nähe wohl ein Boot mieten könnte.«

»Nein, mein Lieber. Um diese Jahreszeit würde niemand ein Motorboot vermieten.«

»Warum nicht?«

»Weil es viel zu kalt ist. Und ein kleines Boot ist nicht sicher. Sie brauchten was mit beheizbarer Kajüte. Denn wenn der Motor Probleme macht, gefrieren Sie wie Eis am Stiel. Es ist bitterkalt in einem offenen Boot, da reicht schon der Fahrtwind. Und wenn Sie über Bord gehen ... dann ist's aus. Ich glaube kaum, dass Sie länger als ein, zwei Minuten überleben würden.«

»Also fährt im Winter niemand raus?«

»So verrückt sind höchstens Hummerfischer oder Seeigeltaucher, und die würden's auch nicht machen – es sei denn wegen des Gelds.«

»Was ist ein Seeigeltaucher?«

»Die Seeigel mögen's kalt, und die Japaner essen sie gern, heißt es. Ich persönlich würde sie nicht anrühren.«

»Sie glauben also, die Taucher würden mich rausfahren?«

Maude sah ihn zweifelnd an. »Kann sein. Aber das wird ein teurer Spaß.«

»Trotzdem«, sagte Carpenter. »Wissen Sie, wo ich jemanden finde? Ich meine ... fragen kostet doch nichts.«

»Sie könnten ja mal bei Ernie's reinschauen – Fischereibedarf, die Fischer-Co-op. Normalerweise trifft man da jemand.«

Carpenter bedankte sich und sagte, es sei ihm ein Vergnügen gewesen.

Sie freute sich und räumte etwas verlegen die Tassen ab. »Ich glaube kaum, dass Sie heute rausfahren können. Es ist Sturm angesagt.«

Ernie, Ladeninhaber und Hafenmeister in Personalunion, äußerte dieselbe Meinung und schüttelte seinen bulligen Kopf. Sie waren umgeben von Schiffsbedarf, riesigen pinkfarbenen Vertäubojen, tausenderlei Ausrüstungsgegenständen in kleinen Behältern, Karten, Leuchtkugeln, Schwimmwesten, allem, was das Herz begehrt. Im Hintergrund rauschte ein Radio. »Der Wetterbericht sagt, der Nordostwind frischt auf. Soll erst morgen richtig losgehen. Aber wenn Sie mich fragen, gefällt mir die Luft nicht. Ich würd niemandem empfehlen, da rauszufahren. Nee.«

»Ich möchte trotzdem gern mit jemandem reden ...«

Ernie nickte in Richtung Tür. »Versuchen Sie's«, meinte er. »Da sind ein paar Leute drin. Fragen können Sie ja mal.«

»Ihr wollt nur nicht, dass ich fahre, weil ihr einen vierten Mann fürs Binokel braucht«, tat Roger die Bedenken der anderen Fischer am Tisch ab. »Aber ich wollte sowieso raus. Ein Pfund Seeigel wird in Tokio für viel Geld gehandelt, und wenn ich nicht bald ein paar an Land ziehe, kann ich mir keinen neuen Auspuff für meinen Lkw kaufen.«

Er war ein großer, gutmütiger Seebär mit langen schwarzen Haaren, dichten Brauen, hellen Augen und grau gesprenkeltem

Bart, aus dem weiße Zähne blitzten. In seinen riesigen Stiefeln sah er aus wie Rübezahl.

Carpenter kam mit ihm überein, 300 Dollar für die Fahrt nach Rag Island zu zahlen. Am nächsten Tag sollte ihn der Fischer dann wieder abholen. Obendrein lieh Roger ihm als Kälteschutz für die Überfahrt einen alten, etwas lädierten Taucheranzug.

Die Einzelheiten besprachen sie, während Roger die Wärmeschutzanzüge und die warme Unterwäsche aus einem Lager im Hinterzimmer holte.

»Das Zeug riecht nicht besonders«, meinte er naserümpfend, als er Carpenter eine lange Unterhose zuwarf. »Tut mir Leid.«

Carpenter zuckte die Achseln und zog sich um. Als er fertig war, faltete er seine Sachen zusammen und schlüpfte in die Lederjacke. Er holte seinen Geldbeutel aus der Hosentasche und wollte ihn in die Brusttasche der Jacke stecken. Aber da ertastete er Baresis Brief.

»Is' was?«, fragte Roger, als er Carpenters Gesicht sah.

»Nein, nur ein Ding, das ich immer wieder vergesse.« Er schob Brief und Geldbeutel in die Jackentasche und knöpfte sie zu. Dann steckte er seine Kleider in eine Plastiktüte und verknotete sie.

Roger würde ihn noch am Nachmittag zur Insel hinausbringen und ihn bei Hochwasser am nächsten Morgen wieder abholen. »Wenn's das Wetter erlaubt, natürlich. Was das Wetter macht, weiß man nie.«

Carpenter war sich im Klaren, dass sein Plan äußerst gewagt war – ungebeten die Insel einer Frau zu betreten, die Todesangst vor den Nachstellungen zwielichtiger Männer hatte. Aber Marie Sanders würde ihn wahrscheinlich von der Beerdigung her wiedererkennen, und er würde ihr alles erklären können. Die Tatsache, dass er erst wieder wegfahren konnte, wenn Roger ihn holte, konnte sogar von Vorteil sein. So konnte sie ihm wenigstens nicht die Tür vor der Nase zuschlagen.

Außerdem kam es nicht in Frage, vier oder sechs Wochen zu warten, bis sie wieder aufs Festland kam. Wenn er sie gefunden hatte, konnten die anderen das auch, und mit Drabowskys Hilfe würden sie wahrscheinlich nicht mehr lange brauchen.

Er folgte Roger zur Anlegestelle hinaus, eine Pier, die auf dem Wasser schwamm und sich im leichten Seegang hob und senkte. Die Winterpier, erklärte Roger, lässt sich bei schwerem Sturm leicht hereinholen.

»Warten Sie hier«, sagte Roger, »bin gleich wieder da.«

Er holte ein aufblasbares rotes Dingi und schob es ins Wasser. Dann hüpfte er hinein und ruderte zu einem strahlend weißen Boot hinaus, auf dessen Heck GO-4-IT stand. Roger zog das Dingi an Bord und zurrte es fest. Kurze Zeit später sprang der Motor an, und Roger manövrierte das Boot geschickt an die Pier und ließ Carpenter einsteigen.

Das Cockpit war mit Taucherausrüstung, Leinen, Bojen und anderen Gerätschaften gefüllt, deren Zweck Carpenter schleierhaft war. Er folgte dem Fischer in die Kajüte, wo ein kleines Heizgerät Wärme spendete.

Während sie aus dem winzigen Hafen fuhren, erzählte Roger vom Seeigelfang. »Die Arbeit ist gefährlich«, sagte er, »aber an guten Tagen hole ich tausend Pfund rauf. Seeigel – nicht dessen Rogen. Für Seeigel bekommt man einen Dollar fünfundzwanzig pro Pfund.«

»Warum im Winter? Da ist es doch eiskalt«, schrie Carpenter, um den Motor zu übertönen. Inzwischen waren sie auf offener See.

»Da ist Saison: September bis April. Wenn Sie im Sommer ernten, macht der Rogen drei Prozent vom Körpergewicht aus. Im Winter sind's zehn bis vierzehn.«

»Und Sie haben's auf den Rogen abgesehen?«

»Ja, ja. Dafür zahlen die. Die Japsen nennen das *uni.*«

Carpenter genoss die Fahrt. Das Boot war gut geschnitten und glitt scheinbar schwerelos über die Wellen dahin. Hinter ihnen war Cundys Harbor auf Spielzeuggröße geschrumpft.

»Und mögen Sie ihn?«, rief Carpenter.

»Wen?«

»Den Rogen?«

»Pfui Teufel.« Roger zuckte zusammen. »Bei den Japanern ist die Sache die ... *Achtung!*« Er riss das Boot jäh nach links herum. Ein dumpfer Aufprall folgte, und das Boot erzitterte unter ihren Füßen. »*Verdammt!*«, fluchte Roger zähneknirschend. Dann drosselte er den Motor, bis das Boot auf der Dünung trieb.

»Was ist los?«, fragte Carpenter.

»Wir haben einen Baumstamm gerammt«, erklärte Roger.

»Woher wissen Sie das?«

»Wenn sie an der Oberfläche treiben, sieht man sie. Und wenn sie sinken, ist das auch in Ordnung. Aber wenn sie gerade so schwer sind, dass sie direkt unter der Oberfläche treiben, sieht man sie überhaupt nicht.« Er legte den Rückwärtsgang ein und horchte. Es klang nicht gut.

Roger legte den Kopf schief. »Hört sich an wie ein Volltreffer«, sagte er. »Vielleicht kann ich's noch mal abschmirgeln.« Plötzlich ließ er die Faust auf die Konsole niedersausen. »Verdammt! Das ist die dritte Schiffsschraube in dem Jahr!« Er seufzte tief, wendete das Boot und legte den Vorwärtsgang ein.

»Wo waren wir stehen geblieben?«, rief Roger. »Vor dieser unhöflichen Unterbrechung?« Er lachte lauthals über seinen Scherz.

»Die Japaner!«, sagte Carpenter.

»Stimmt! Ich glaube, denen gefällt alles, was schwierig zu erhalten ist oder wider die Natur. Wie die Bonsais. Ein Baum will groß werden, also züchten sie ihn klein. Und schaun Sie sich die Gärten an – nichts als Felsen! Und Seeigelrogen ist auch so ein Beispiel, weil er normalerweise Ekel erregend ist. Und auch was sie sonst essen – Kugelfische? Falsch zubereitet sind die lebensgefährlich.«

Roger sah sich stirnrunzelnd um. »Kann sein, dass der Sturm doch ein bisschen eher kommt. Schaun Sie sich das an.«

Tatsächlich hatte der Wind aufgefrischt, und überall sah man weiße Schaumkronen. Aber das Boot war dem noch gewachsen.

»Wenn das schlimmer wird, setze ich Sie ab und fahre gleich zurück«, meinte Roger. »Der Winter war verdammt hart.«

»Falls die Landung schwierig wird ...«

»Kein Problem«, winkte Roger ab. »An der Leeseite gibt es eine gute Stelle. Nur das Tauchen ist ein Problem. Bei unruhiger See tauche ich nicht allein.«

Er öffnete ein metallgerahmtes Fenster in der Windschutzscheibe und streckte den Kopf hinaus. Sofort füllte sich die Kajüte mit feuchter, eisiger Luft. Rasch schob er das Fenster wieder zu. »Ziemlich steife Brise.« Er zuckte mit den Achseln: »Wenn ich Sie abgesetzt habe, fahr ich einfach zurück und seh mir die Schraube an.«

Roger war so mit den Nerven fertig, dass er sich nicht mehr unterhalten wollte. Er suchte eine Kassette aus und steckte sie in den Recorder – es war ein altes Little-Feat-Album. Roger bewegte sich im Rhythmus der Musik; trotz seiner einsneunzig war er ein guter Tänzer. Und wie Carpenter bald merkte, auch kein schlechter Sänger.

»Sie hätten Rocksänger werden sollen«, rief Carpenter.

Roger lächelte und wies nach links. »Flag Island«, verkündete er. Dann duckte er sich, wirbelte herum und klatschte in die Hände. *»If you'll be my Dixie Chicken«*, sang er völlig unbefangen.

Carpenter starrte durch die salzgetrübte Windschutzscheibe aufs Meer hinaus und überlegte, was er sagen würde. Zum Beispiel: *Schießen Sie nicht!* Und: *Wir haben uns auf der Beerdigung meiner Schwester kennen gelernt.*

»Bear Island!«, brüllte Roger gestikulierend.

Carpenter nickte. Mir wird schon was einfallen, dachte er.

Das nächste Lied war von Dire Straits – »Sultans of Swing«. Bei den ersten Gitarrenklängen deutete Roger geradeaus und dann nach links. »Backbord kommt schon Rag Island in Sicht.«

Carpenter folgte dem Blick des Seemanns zu einer dunklen Silhouette aus Bäumen und Felsen. Er nickte lächelnd.

Roger widmete sich wieder der Musik. Mark Knopfler sang, und der Fischer stimmte ein, die Augen halb geschlossen, als dürfte er sich durch nichts von der Melodie ablenken lassen. Carpenter hätte das wahrscheinlich beunruhigend gefunden, wenn er sich weiter Gedanken darüber gemacht hätte.

Stattdessen lauschte er dem fetzigen Bass und den synkopischen Gitarrenklängen und genoss den Augenblick, wie er war: erfrischend, laut, perfekt. In einer gemütlichen Kajüte vor der Kälte geschützt und bei guter Musik, jagte er über die Wogen zu einer Maid in Bedrängnis. Das Boot war die reine, Fiberglas gewordene Freude. Er spürte geradezu, wie sich schaumgekrönte Wellen am Bug brachen, während das Schiff die Wogen durchpflügte. Und Roger, sein lustiger Gefährte, der rübezahlhafte Seeigeltaucher, mit gefestigten Ansichten über die japanische Kultur und einer tollen Stimme, stand am Steuer und lenkte sie beide gegen –

Eine Felswand.

Vor ihnen ragte düster die Insel auf, und als sie daraufzurasten, warf Carpenter seinem neuen Freund einen fragenden Blick zu, da er glaubte, Roger plane einen Scherz, doch dann sah er entsetzt die Panik im Gesicht des Seemanns, der vergeblich das Steuer herumriss.

»Verdammt!«, schrie Roger und schlug gegen den Gashebel, um das Boot vor dem Aufprall zu bremsen.

Das letzte, was Carpenter hörte, bevor das Boot gegen die Felsen krachte, war Mark Knopfler: *»The band plays Dixie, double-four time ...«*

Und sein letzter Gedanke war absurderweise: *zwei Songs, in denen das Wort »Dixie« vorkommt.*

Dann ein ohrenbetäubendes Kreischen, als der Fiberglasrumpf der GO-4-IT auf den Felsen zerbarst. Carpenter wurde gegen die Konsole geschleudert. Sofort brach von allen Seiten

Wasser herein; die Kajüte ging mit ohrenbetäubendem Krachen in die Brüche. Die Lichter erloschen. Dunkelheit breitete sich aus. Das Wasser stieg. Eine Hand packte ihn am Arm. Dann wurde das ganze Boot von einer Welle erfasst und in die Höhe geschoben. Für einen Augenblick schien die Gravitation außer Kraft gesetzt. Das Boot und die Welt ringsum schwebten gleichsam schwerelos in der Luft, ein Gipfelpunkt kurz vor der Vernichtung, bis das Boot ebenso plötzlich, wie es hochgehoben wurde, wieder auf die Felsen krachte.

Diesmal schlug Carpenter mit dem Kopf gegen etwas Hartes. Erst wurde ihm schwarz vor Augen, dann sah er einen hellroten Streifen aufleuchten. Die Hand an seinem Arm wurde fortgerissen, und mit einem Mal war er im Wasser, völlig benommen und orientierungslos. Mit seinem Kopf stimmte etwas nicht. Die Geräusche hörten sich falsch an – weit weg, zischend, sprudelnd, einfach falsch.

Einen Augenblick lang spürte er Boden unter den Füßen, aber dann verlor er den Halt. Instinktiv trat er Wasser. Es war kalt. Eiskalt. Und es bohrte sich wie ein eisiges Messer durch den Taucheranzug. Er spürte, wie die Wärme aus seinem Körper wich, und wusste, dass ihm noch eine knappe Minute blieb, dann wäre er tot, gegen die Felsen geschleudert, ertrunken oder erfroren. Bei dem Gedanken entfuhr ihm ein Keuchen. Er riss die Augen auf und sah durch brennendes Salzwasser einen Ring orangefarbener Flammen, die ausgelassen hierhin und dorthin züngelten.

»We are the sultans ...«

Eine Wand aus funkelnden schwarzen Felsen erhob sich aus dem Nichts, während ihn die Kälte in die Brust stach und die Luft aus der Lunge presste. Wieder spürte er etwas unter den Füßen, tat von jäher Hoffnung erfüllt einen Schritt, dann noch einen. Plötzlich reichte ihm das Wasser nur noch bis zur Brust, dann bis zur Taille, bis zu den Knien, den Knöcheln. Steine polterten unter seinen Füßen, unzählige Kiesel, eine phosphoreszierende schaumglänzende steinerne Flut strömte zum Meer. Einen Augenblick stand er wie angewurzelt da, dann drehte er sich um und blickte voller Entsetzen zu der Woge auf, die wie ein dunkles Haus in den Himmel ragte, bevor sie auf ihn herabstürzte.

36

Mami, ich glaube, er ist wach!«

»Bist du diesmal sicher?« Eine Frauenstimme, besorgt und doch voller Nachsicht.

»Mhm. Willst du wissen, warum?«

»Nein.«

»Weil ... hey! Du hast nein gesagt.« Kichern. »Willst du nicht wissen, warum, Mami?«

»Du hast Recht, ich will es wissen.«

»Weil seine Augen zu sind, aber darunter haben sie sich bewegt. Und zwar ganz, ganz schnell.«

Carpenter spürte den Lufthauch an seiner Wange. Den süßen Atem eines Kindes. Brandon? Und dann die Frauenstimme: »Nur weil er sich bewegt, muss er noch lange nicht wach sein. Das ist ein Reflex. Wahrscheinlich hat er im Schlaf gehört, wie ich den Topf hab fallen lassen, und das hat ihn erschreckt.«

»Was ist ein Ree-fleks?«

»Reflex.«

»Was ist das?«

»Das ist, wenn der Körper von allein reagiert. Zum Beispiel ... wenn ich dir mit dem Finger ins Auge steche – ganz schnell. Auch wenn du es nicht willst, würde sich dein Auge schließen.«

»Aber wenn ich weiß, dass du nur so tust, könnte ich meine Augen offen halten.«

»Nein, das ist ja gerade ein Reflex – man kann nicht anders. Wenn sich etwas deinem Auge nähert, gehen die Augen zu, damit sie nicht verletzt werden.«

»Das musst du versuchen – mir ins Auge zu stechen.« Leises Lachen. »Aber nicht richtig.«

»Lass mich zuerst fertig abspülen.«

»Okay.« Das Kind begann zu summen.

In Carpenters entrückter Wahrnehmung tauchten Erinnerungen auf: Musik, eine Welle, das Ertrinken ... Seine Lider flatterten, und er sah wie durch einen Nebel ein kleines Gesicht ganz nah an dem seinen, dann wich es verblüfft zurück.

»Ah! Er hat die Augen aufgemacht!« Das Kind kicherte glücklich und ängstlich zugleich. »Mami! Er ist aufgewacht!«

»Ach, Jesse.« Die Stimme kam näher. »Du hast ihn so lange angestarrt, du willst einfach, dass er aufwacht ...«

»Nein, nein. Er hat mich angeschaut. Wirklich!«

Das Licht tat ihm in den Augen weh, und er schloss sie wieder, aber diesmal konnte er nicht in diesen kühlen, toten Raum zurücksinken.

Und dann war die Frauenstimme ganz dicht über seinem Kopf. »Jesse – er schläft doch noch.«

»Ich dachte ... vielleicht war es nur ein Ree-fleks.«

»Du, du«, sagte sie nachsichtig. »Warum bist du nur so schlau?« Dann fing sie an, ihn zu kitzeln, oder wirbelte ihn herum, denn das Kind kicherte, ein tiefes gurgelndes Lachen, das von purer Freude zeugte.

»Bitte, noch mal!«

Carpenter dachte: *The band plays* ... Was bedeutete das? Und dann: *Erfroren.* Und: *Vielleicht bin ich tot.* Er schlug die Augen auf.

Die Frau hielt den Jungen an den Handgelenken fest und wirbelte ihn im Kreis herum, dass seine Haare flogen. Einmal, zweimal. Dann zog sie ihn behutsam an sich und stellte ihn auf die Beine. Das Kind schwankte, kicherte und wartete, bis das

Zimmer wieder stillstand. Dann sah es Carpenter in die Augen und setzte eine feierliche Miene auf.

»Schau«, sagte der Junge.

Die Mutter drehte sich zu Carpenter um und starrte ihn an.

»Ich hab's dir doch gesagt, Mami.«

Ihr eben noch heiteres Gesicht verdüsterte sich. »Du hast Recht, Jesse«, sagte sie vorsichtig. »Er ist tatsächlich wach.«

»Wir haben dich gerettet«, erklärte Jesse und sah Carpenter aus großen braunen Augen an. »Du hast sogar aufgehört zu atmen, bis Mami dir ihren Atem gegeben hat. Ich musste zählen – das war sehr wichtig –, dann hast du Wasser gespuckt.« Und dann mit schuldiger Miene: »Wir haben deinen Taucheranzug aufgeschnitten, und wir können ihn nicht mehr richten. Wie ...?«

Die Frau sagte: »Schsch.«

Kleine Finger strichen über Carpenters Stirn. »Du wirst wieder gesund.«

Carpenter hörte seinen Atem überlaut.

»Sie waren bewusstlos«, sagte die Frau. »Zwei Tage lang.«

Carpenter stöhnte.

»Wir haben lange gebraucht, um Sie vom Strand heraufzuschaffen ...«

»Du warst ganz kalt«, sagte Jesse. »Du warst richtig blau. Wir haben dich gerettet.«

Er hörte ein Geräusch, das er nicht einordnen konnte. Schließlich kam er drauf. Regen auf dem Dach. Das Klagen des Windes. Er wollte sprechen, brachte aber keinen Ton heraus.

Die Frau bat: »Jesse, hol ein Glas Wasser.«

»Gut«, sagte der Junge fröhlich. Carpenter hörte ihn weggehen, hörte das Scharren eines Hockers.

Als das Kind wiederkam, hob die Frau Carpenters Kopf an, und der Junge hielt ihm das Glas an die Lippen. Carpenter trank ein wenig, dann sank er erschöpft zurück. »Da war noch ein Mann«, sagte er. Wie hieß er doch gleich?

Die Frau schüttelte nachdenklich den Kopf. »Wir haben nur Sie gefunden.«

Roger. Er hieß Roger.

»*We are the sultans ...*«

Plötzlich fiel ihm alles wieder ein, und er fuhr zusammen. Kathy. Brandon. Bepi. Der Priester. All die Toten. »Callista«, sagte er.

Die Frau rang nach Atem, und ihre Augen wurden starr. Sie griff nach Jesse und zog ihn zu sich, weg vom Bett. Eine Weile hörte man nur das Toben des Sturms. Als sie schließlich sprach, lag keine Spur von Zärtlichkeit in ihrer Stimme. »Wer sind Sie?«, fragte sie.

Als er zum zweiten Mal erwachte, war es Nacht. Der Raum war vom gelblichen Licht zweier Petroleumlampen erfüllt, die an der Wand hingen. Jetzt sah er, dass er sich in einem großen, holzverkleideten Zimmer mit schrägen Dachbalken befand. Ein riesiger Kamin aus Feldsteinen beherrschte die gegenüberliegende Wand. Hinter der Glastür des Holzofens züngelten die Flammen. Er sah weder die Frau noch den Jungen, aber er hörte eine Stimme, ein leises Murmeln irgendwo hinter ihm.

Ich muss aufstehen, dachte er, stützte sich auf seinen Ellbogen und schwang die Beine aus dem Bett. Beim Aufsetzen zitterte er vor Schwäche und verspürte Übelkeit. Als er tief Atem holte und aufstand, wurde ihm heiß und kalt. Schwankend wie ein Betrunkener stand er da. Dann wurde ihm schwarz vor Augen, und er brach zusammen, als hätte man ihn niedergeschlagen.

»Sind Sie verrückt?«, fragte sie und schob seine Beine wieder ins Bett. Er sank in die Kissen. »Sie waren zwei Tage bewusstlos.«

»Ist mein Gesicht zerschlagen?«

»Nein ...« Sie warf ihr braunes Haar zurück; die Frage überraschte sie. »Warum wollen Sie das wissen?«

»So meine ich das nicht«, sagte er. »Ich meine ...« Sie war noch schöner, als er sie in Erinnerung hatte. Selbst im flackernden Licht nahm er den Unterschied wahr. Sie wirkte nicht mehr wie ein verlassenes Kind. Sie war jetzt älter, kräftiger und fraulicher. »Ich meine ... erkennen Sie mich nicht?«

»Nein«, erwiderte sie mehr argwöhnisch als neugierig. »Wer sind Sie?«

»Sie waren auf der Beerdigung«, erklärte er, »in Virginia. Da wurde meine Schwester begraben und ihr Sohn.«

Sie starrte ihn an.

»Kathy Carpenter«, sagte er, »und Brandon.«

Sie zog die Brauen zusammen, und in ihren Augen regte sich etwas.

»Es war November. Sie trugen einen Hut mit Schleier. Und Sie hatten blondes Haar.«

An ihrem Gesicht sah er, dass sie ihn erkannte, obwohl sie es nicht zugeben wollte. Und er wusste, was sie wohl dachte: *Er ist aus einem bestimmten Grund hier. Und das ist nicht gut.*

»Sie haben sie in Italien kennen gelernt – in der Klinik.«

»Was?« Sie wich ein Stück zurück und strich sich nervös die Haare aus dem Gesicht.

»Es geht nicht um Callista Bates. Ich suchte nach einem Namen aus dem Gästebuch ...«

»Welches Gästebuch?«

»Aus der *pensione*. Ich suchte eine ›Marie Williams‹. Und dann fand ich heraus ... dass Sie Marie Williams sind.«

Sie trat wieder ans Bett und setzte sich neben ihn, aber außer Reichweite. »Das verstehe ich nicht ... warum sind Sie zur Klinik gefahren?«

Er brauchte eine Stunde, um ihr seine ganze Geschichte zu erzählen. Zweimal versagte ihm die Stimme, und sie brachte ihm Wasser. Als die Lampen zischend und qualmend zu erlöschen drohten, holte sie neue. Von Zeit zu Zeit legte sie Holz nach, und als er fertig war, sagte sie: »Ich kapier es nicht.«

»Was?«

»Alles. Warum sollte jemand so was tun?«

Carpenter schüttelte den Kopf. »Ich weiß nicht. Aber es waren achtzehn Frauen mit Kindern – und ihr beiden seid die Einzigen, die noch leben.«

Sie fuhr sich durch die Haare und zog sie zu einem Knoten zusammen. Sie sah so verletzlich aus, dass er sie am liebsten in die Arme genommen und getröstet hätte. Er schminkte es sich sofort wieder ab. Schließlich sagte sie: »Woher soll ich wissen, dass Sie nicht lügen?«

»Weil Sie sich an mich erinnern. Machen Sie mir nichts vor.«

Sie ließ ihre Haare auf die Schultern fallen und stand auf. Nach einer Weile hörte er die Ofentür quietschen und ein Scheit ins Feuer fallen. Er sah ihren Schatten über die Decke gleiten, riesenhaft im schummrigen Licht der Lampen. Schließlich ließ sie sich in einen Schaukelstuhl fallen und tappte nervös mit dem Fuß.

»Sie können es überprüfen«, schlug er vor. »Rufen Sie in der Pension an. Reden Sie mit Nigel und Hugh. Oder rufen Sie Jimmy Riordan in Virginia an – er ist bei der Fairfax Police. Oder –«

»Ich habe kein Telefon«, unterbrach sie ihn. »Außerdem sind Jesse und ich in Sicherheit. Niemand wird uns hier finden.«

»Warum nicht? Ich habe Sie gefunden.«

Sie starrte ihn wütend an und wechselte das Thema. »Der Sturm legt sich allmählich. Morgen früh wird die Küstenwache unterwegs sein und nach Ihnen suchen. Die nehmen Sie mit aufs Festland, und dann können Sie uns vergessen. Ich meine ... das mit Ihrem Freund ist schrecklich und ... ich möchte Ihnen danken ... aber Jesse und ich, wir kommen schon klar.«

Er seufzte. Was sollte er noch tun? »Hören Sie«, sagte er, »wenn ich Ihnen nicht helfen darf, vielleicht können Sie mir helfen.«

Verwirrt sah sie ihn an. »Wie denn?«

»Ich habe meine Nachforschungen angefangen, weil ich nicht begreifen konnte, warum jemand Kathy umbringen sollte – und ich begreife es immer noch nicht. Also ... wenn ich Ihnen vielleicht ein – paar Fragen stellen dürfte ...«

»Zum Beispiel?«

»Ich weiß nicht, aber ... warum waren Sie in Baresis Klinik? Ich meine, warum ausgerechnet dort und nicht anderswo?«

Marie zuckte die Achseln. »Aus demselben Grund wie Kathy. Ich habe lange gesucht, und die Klinik hatte eine hohe Erfolgsquote. Baresi genoss einen guten Ruf. Und die Klinik hat als eine der ersten das Verfahren angeboten, an dem ich interessiert war. Sogar, dass sie im Ausland lag, war für mich ein Vorteil. So kam ich mal wieder nach Italien.«

»Mal wieder?«

»Ich habe als Kind dort gelebt. Bei Genua.«

»Sie sind in Italien aufgewachsen?«

Sie schüttelte den Kopf. »Nur drei Jahre war ich da. Meine Tante wurde krank, sonst hätte ich meinen Schulabschluss in Arenzano gemacht.«

»Aber ...«

»Mein Onkel war im Baugewerbe«, erklärte sie. »Ich glaube, er war ziemlich erfolgreich, und so haben wir ein unstetes Leben geführt. Pakistan, Saudi-Arabien. Die dritte Klasse habe ich in Tulsa gemacht, fünf bis sieben in Wilmington, dann Tacoma – in Tacoma bin ich gar nicht zur Schule gegangen. Und dann ... acht und neun in Houston. Italien kam danach. Im Grunde habe ich da länger gelebt als anderswo.«

»Die Frau im Laden hat gesagt, dass Ihre Eltern gestorben sind, als Sie klein waren.«

»Meine Tante und mein Onkel haben mich zu sich genommen. Ich glaube, sie haben es nicht gern getan – aber meine Tante war die einzige Blutsverwandte, die ich hatte.«

»Und sie hießen Williams?«

Marie nickte. »Tante Alicia und Onkel Bill.«

»Haben die beiden Sie adoptiert?«

»Was hat das mit Ihrer Schwester zu tun?«, entgegnete sie ärgerlich.

»Es hat was mit Ihnen zu tun. Denn wenn Sie adoptiert wurden, gibt es irgendwo Unterlagen. Bei dem einen oder anderen Gericht.«

»Mein Onkel und meine Tante wollten, dass ich denselben Namen trage wie sie. Tante Alicia fand, das sei weniger verwirrend. Sonst hätte es auf Reisen bei der Zollabfertigung immer zu lange gedauert.« Marie schüttelte den Kopf und lachte. »Sie haben mich adoptiert, weil es praktischer war. Weniger Ärger.« Sie hielt inne und lachte wieder. »Kein Wunder, dass ich so verkorkst war.«

»Haben sie es wirklich so ausgedrückt?«

Sie presste die Lippen zusammen. »Mhm.« Dann seufzte sie. »Ich brauche mich nicht zu beklagen. Sie waren beide über fünfzig und haben ein Kindergartenkind zu sich genommen. Dafür haben sie mich ganz gut behandelt.«

»Und warum waren Sie verkorkst?«

»Ich war ziemlich verwildert ... und wirklich total schüchtern. Meine Eltern sind umgekommen, und kurz zuvor ist mein Bruder gestorben. Die vielen Umzüge waren hart, und Tante Alicia und Onkel Bill – die haben mich meistens ignoriert. Und da wurde ich ... ich weiß auch nicht. In mich gekehrt. Und außer in Saudi-Arabien konnte ich nicht mal auf englischsprachige Schulen gehen. Da habe ich gemerkt, dass es am besten ist, ganz unauffällig zu sein. Das habe ich dann auch ganz gut hingekriegt.«

Carpenter musterte sie skeptisch. »Ich glaube eher, dass Sie auch als Kind ziemlich auffällig, besser gesagt, bemerkenswert waren.«

»Nein. Es stimmt wirklich. Ich war ein richtig hässliches Entlein. Mit abstehenden Ohren. Meine Nase war zu groß, meine Augen, mein Mund ... alles war zu groß. Sogar meine Knie. Und ich hatte riesige Füße. Ich sah aus wie ein Hundebaby.«

Carpenter lachte.

»Meine Tante hat mich immer angesehen und den Kopf geschüttelt. ›Vielleicht wächst sie noch rein‹ – aber das klang nie überzeugend, und mir war klar, dass sie eigentlich auch nicht daran geglaubt hat.« Marie lachte, und genauso überraschend runzelte sie wieder die Stirn. Dann setzte sie sich auf und sah ihn misstrauisch an. »Das alles hilft Ihnen nicht weiter. Ich glaube, es ist Zeit ...«

»Ich dachte nur, vielleicht war Baresis Klinik irgendwie anders ... ich weiß auch nicht.«

»Er ließ die Frauen nicht auswählen. Das war das eine. Und ich glaube, viele Leute hielten das für einen Nachteil, aber ich nicht. Für mich war es ein Vorteil.«

»Was meinen Sie mit auswählen? Was auswählen?«

»Spermaspender. Eizellenspenderinnen.«

»Die kann man auswählen?«

Sie nickte. »In den meisten Häusern. Ich war in einer Klinik in Minneapolis, nur um mich zu informieren. Und natürlich bekam ich eine ›Beratung‹ über die einzelnen Behandlungsschritte. Sie stellten viele Fragen: Sind Sie verheiratet? Wird das Sperma Ihres Mannes zur Befruchtung des Eis benutzt? Nein? Dann schauen Sie mal da rein ... und sie gaben mir ein Ringbuch mit Lobeshymnen über die Spender! Ich konnte es nicht fassen.« Mit gekünstelter Begeisterung rief sie: »Spender 123 ist Luftfahrtingenieur, athletisch gebaut, er hat einen IQ von 127 und das absolute Gehör. Spender 159 ist einsfünfundneunzig groß und wiegt ...« Sie schüttelte sich und imitierte einen Schrei des Entsetzens.

Er lachte. »Das hat Sie wohl ein bisschen an Herrenrasse erinnert?«

»Genau. Aber in Baresis Klinik gab es so etwas nicht. Man erfuhr nichts über die Spender. Rein gar nichts. Mir war das recht. Ich wollte es nämlich auch gar nicht wissen.« Wieder verwandelte sich ihre Stimme – in die eines brummigen Italieners. »Mahrii-ah! *Carissima!* Das wird *una piccola sorpresa*!«

»Was heißt das?«

»Eine kleine Überraschung. Nur dass er mit mir Italienisch sprach.« Sie lächelte bei dem Gedanken. »Ich mochte ihn gern.«

Jetzt wirkte sie entspannter, also versuchte er es noch einmal. »Ich weiß, dass Sie das nicht hören wollen, aber es ist wirklich gefährlich, hier zu bleiben.«

Genervt verdrehte sie die Augen.

»Hören Sie«, fuhr er fort, »diese Leute haben viel Geld – und nicht nur das. Sie haben Beziehungen, zum Beispiel zum FBI. Wenn ich Sie finden kann ...«

»Wie haben Sie mich denn gefunden?«

»Über Gunther.«

Verwirrt sah sie ihn an. »Sie meinen, mein Auto?«

»Im Grunde, ja.«

»Ich nenne es nicht mehr Gunther.«

»Darum geht es nicht.«

»Ich weiß, aber ...«

»Darf ich Ihnen eine Frage stellen: Wie haben Sie es überhaupt gemacht?«

»Was denn?«

»Sich eine neue Identität zuzulegen. Denn Sie haben sich gar nicht dumm angestellt ... für einen Amateur.«

»Danke – wenn das Kompliment ernst gemeint war. Erst einmal habe ich mir ein Buch gekauft. Von diesem Verlag in Colorado ... die haben lauter merkwürdige Ratschläge: Wie man Sachen in die Luft sprengt, wie man in der Wildnis Nahrung sucht, wie man einen Mörser baut. Ich glaube, der Laden ist bei Milizionären sehr beliebt.«

»Und dann haben Sie einfach die Anweisungen befolgt?«

»Ja. Sozusagen. Man sollte auf den Friedhof gehen und einen Namen vom Grabstein eines Babys auswählen. Aber einen Namen hatte ich ja schon, einen, den ich nie benutzte – also erübrigte sich das. Ich besaß sogar eine Geburtsurkunde. Und damals war ich auch schon schwanger.«

»Das war die Geburtsurkunde von Marie Sanders.«

»Genau. Meine Geburtsurkunde. Sie steckte in einem alten Umschlag, den ich seit meinem achtzehnten Lebensjahr mit mir herumschleppte, da hatte ihn mir mein Onkel gegeben. Darin steckten ein paar Milchzähne von mir, ein Hochzeitsfoto meiner Eltern, ein Zeitungsausschnitt von meinem Großvater bei einer Schiffstaufe und ein paar Wertpapiere, die mir meine Eltern gekauft hatten, als ich klein war. So bin ich nach Kalifornien gekommen – ich habe sie mir auszahlen lassen.«

»Aber ...«

»Wissen Sie was?«, sagte sie und stand auf. »Ich glaube, wir sollten jetzt ein wenig schlafen – vor allem Sie.« Und damit löschte sie die Lampen, eine nach der andern, und verschwand.

In dieser Nacht schlief er wie ein Toter, und am nächsten Morgen wachte er auf, weil Jesse seiner Mutter laut zurief: »Es ist so warm, Mami. Ich brauche meine Fäustlinge nicht. Darf ich sie ausziehen? Bitte!«

»Na ja ...«

»Es ist fast schon heiß, Mami. Komm doch raus und schau. Es ist heiß. Und neblig. Man sieht nicht einmal Bear Island.«

Carpenter hörte, wie die Tür ins Schloss fiel, und öffnete die Augen. Als er sah, dass er allein war, setzte er sich auf und hüllte sich in die Decke. Dann stand er vorsichtig auf und schlurfte quer durch den Raum zu einem Sessel neben dem Ofen.

Nach einer Weile riss Jesse die Tür auf und kam hereingerannt. Als er Carpenter sah, blieb er abrupt stehen. »Hey!«, rief er. »Du bist auf! Spielst du Mikado mit mir? Mami mag nicht mehr. Bitte.«

Also spielte er. Mikado und Memory, den ganzen Vormittag. Marie fand in einem Schrankkoffer auf dem Dachboden ein paar alte Sachen. Sie waren zerschlissen und muffig, aber sie passten.

Die Selbstversorgung und Vorratshaltung der kleinen Familie verblüfften Carpenter. Die beiden hatten einen Gemüsekeller, Fischereigeräte und Aalreusen. Es gab Trockenfrüchte an Schnüren, Zöpfe von Zwiebeln und Knoblauch, getrocknete Paprika und bündelweise Kräuter, die von den Balken herabhingen. Auch mit Reis, Bohnen, Trockenmilch und Trockenei, Mehl, Zucker und Haferflocken hatten sie sich eingedeckt. Wasser wurde mittels einer Handpumpe in der Küche aus einem Brunnen gepumpt; Jesse stellte sich auf einen Hocker und führte es ihm vor. »Manchmal friert es ein«, sagte der Junge, »aber wir haben viele – wirklich viele Flaschen. Und Regentonnen auch. Willst du sie sehen?«

Das Kind musste man einfach gern haben, und manchmal sah Carpenter einen Ausdruck auf Maries Gesicht, den er von Kathy her kannte: Mutterliebe und Stolz. *Ist er nicht wunderbar?*

Sie aßen zu Mittag, und anschließend führte Marie ihren Sohn in die Anfangsgründe des Lesens ein. Carpenter saß in einem alten Schaukelstuhl auf der Terrasse, blickte aufs Meer hinaus und hörte zu. Nach dem Unterricht kam Jesse herausgerannt und erklärte ihm mit Feuereifer, wie sie schwere Gegenstände – das Boot, den Anlegesteg – ins Wasser beförderten und wieder herausholten. »Wir machen es wie die Gypter«, sagte er und zog einen primitiven Schlitten unter der Terrasse hervor.

Der Schlitten bestand im Grunde nur aus einem rostigen Eisengestell, auf das ein Brett genagelt war. Durch Löcher in dem Brett war ein Seil gezogen, sodass sich das Ganze leicht ziehen ließ. Zu Demonstrationszwecken legte Jesse einen großen Stein auf den Schlitten, dann nahm er das Seil in seine kleinen Hände, zog und hievte das Wunderwerk der Technik erst auf ein und dann auf ein zweites Rundholz. Langsam und unter großem Ächzen und Stöhnen zog er den Schlitten mit seiner Last zum Ufer und blieb dabei alle ein, zwei Meter stehen, um jeweils das hintere Rundholz wieder vorn unterzulegen.

»So haben sie die Pyramiden gebaut«, erklärte Jesse. »Weil die Gypter keine Ziegel hatten.«

Beim Abendessen sagte Marie, wenn sich der Nebel verziehe, werde am nächsten Morgen bestimmt die Küstenwache vorbeikommen. »Und dann kann Mr. Carpenter in die Zivilisation zurückkehren.«

»Kann er nicht dableiben?«, fragte Jesse. »Mit ihm ist es lustiger.«

»Nein, natürlich kann er nicht dableiben. Er führt sein eigenes Leben – anderswo, und dahin will er zurück. Nicht wahr?«

Carpenter sah sie lange an. Schließlich sagte er: »Ja, stimmt genau.«

Das war natürlich gelogen, und er dachte später beim Abspülen darüber nach, während Marie nebenan Jesse vorlas. In Wahrheit war es jetzt, wo er sie gefunden hatte, noch nicht vorbei – vorbei war es erst, wenn ...

Wenn ich weiß, was passiert ist und warum.

Als Marie den kleinen Jesse ins Bett gebracht hatte, setzte sie sich zu Carpenter vor den Kamin. Sie sah traurig aus, und er sprach sie darauf an.

»Es ist nur ... seit Sie hier sind ... blüht Jesse so richtig auf ... und da merke ich erst, wie egoistisch ich bin.«

»Hier allein auf der Insel zu leben?«

Sie nickte. »Aber es kann ja nicht immer so weitergehen. Im Herbst kommt er in den Kindergarten, also ... müssen wir ein Haus suchen.«

»Haben Sie keine Angst, dass jemand Sie wiedererkennt?«, fragte Carpenter.

Sie schüttelte den Kopf. »Eigentlich nicht. Wir sind hier in einem ganz anderen Milieu, und ... ich war damals auch anders.«

»Sie meinen, Sie haben anders ausgesehen?«

»Nein. Ich meine, wie ich mich gefühlt habe. Irgendwie kommt mir das alles nicht mehr so wichtig vor. Nur Jesse ist wichtig.«

Carpenter nickte. »Stimmt. Und genau deshalb müssen Sie hier raus.«

Sie warf ihm einen ungeduldigen Blick zu. »Ich dachte, das wäre geklärt.«

Er seufzte. »In Ordnung, es ist geklärt. Aber tun Sie mir einen Gefallen: Wenn die Küstenwache kommt, sagen Sie denen, Sie hätten mich nicht gesehen.«

»Warum?«, fragte sie und musterte ihn misstrauisch.

»Weil dieselben Leute, die nach Ihnen suchen, auch mich suchen. Und das ist – das können Sie mir glauben – nicht gut für Sie. Denn wenn mich die Küstenwache aufs Festland bringt, dann muss jemand einen Bericht schreiben – und in diesem Bericht wird mein Name stehen. Weil bei dem Unglück ein Einheimischer umgekommen ist, werden die Zeitungen die Sache aufgreifen. Und ehe Sie sich's versehen, treiben sich Leute im Dorf herum, die niemand zuvor gesehen hat. Und raten Sie mal, was? Die werden Fragen stellen wie: ›Er hat ein Boot gechartert? Um bei Sturm hinauszufahren? Wo wollte er denn hin? Wen wollte er besuchen?‹« Er hielt inne und schöpfte Atem. »Das wird zu einem ziemlichen Problem werden«, fuhr er fort. »Am besten kehre ich auf eigene Faust aufs Festland zurück.«

»Wie denn?«

»Sie haben doch ein Boot. Sie könnten mich zur Küste bringen.«

Marie zog die Knie an die Brust. »Und was dann? Soll ich Sie einfach irgendwo auf den Felsen absetzen?«

»Ja.«

»Das ist verrückt. Was wollen Sie dann tun?«

»Das lassen Sie meine Sorge sein.«

Sie schüttelte den Kopf. »Das Boot ist noch nicht mal im Wasser. Und der Anlegesteg auch nicht.«

»Was heißt das, ›der Anlegesteg auch nicht‹? Wo ist er denn?«

Sie sah ihn an. »Im Winter muss man ihn hereinholen, sonst wird er mit dem Eis abgetrieben. Die Bucht friert ein-, zweimal im Jahr zu!«

»Schon, aber wenn der Steg ordentlich angebunden ist ...«

Sie lachte. »Ich rede von Tonnen Eis. Wenn das zu schmelzen beginnt und die Ebbe einsetzt ...«

»Die Bucht ist aber gar nicht zugefroren ...«

»Jetzt nicht, aber ...« Sie seufzte. »Ich denke, wir können den Anlegesteg rausbringen. Und dann werde ich Sie wohl zur Küste bringen.«

»Mehr habe ich nicht verlangt.«

»In Ordnung. So machen wir's.«

Eine Weile herrschte Schweigen. Schließlich sagte Carpenter: »Darf ich Sie noch was fragen?«

»Mein Gott!«, rief sie. »Sie sind genauso schlimm wie Jesse.«

»Nein, im Ernst – über die Klinik. Alle Frauen, die gestorben sind, hatten denselben Eingriff, und ich habe überlegt ... warum haben Sie sich dafür entschieden?«

»Wofür ... für die Oozytenspende?«

»Ja. Ich meine, in Ihrem Alter ist das ungewöhnlich. Die anderen Frauen waren älter, so wie Kathy. Ich dachte, deshalb wird es gemacht, weil ...« Er blickte zur Decke. »Vermutlich eine zu persönliche Frage.«

»Fragen Sie ruhig«, entgegnete sie betont gelassen. »Ich erzähle Ihnen ja auch sonst alles. In meinem Fall: Ich war nicht unfruchtbar. Ich kann Kinder bekommen. Und ich wollte wirklich gern ein Baby austragen. Aber es mussten die Gene eines anderen Menschen sein. Nicht meine.«

»Warum?«

»Duchenne-Muskeldystrophie.«

Carpenter sah sie verständnislos an. »Was ist das?«

Sie starrte ins Feuer. »Es gibt ein Gen ... Frauen sind die Trägerinnen und vererben es weiter, aber sie erkranken nicht daran. Die Söhne erkranken.«

»Und was passiert dann?«

»Ein genetischer Defekt, wie die Bluterkrankheit – nur dass man das nicht behandeln kann. Alle, die es haben, sterben früh. Mein Bruder war erst dreizehn.«

Carpenter erinnerte sich, dass Maude von dem Bruder erzählt hatte, der in Decken gewickelt aufs Boot getragen worden war. »Das tut mir Leid.«

Sie lehnte sich in ihren Sessel zurück und erzählte ihm in unbeteiligtem Tonfall, wie die Krankheit verlief, der unaufhaltsame Muskelschwund. Es beginnt unterhalb der Waden und setzt sich allmählich nach oben fort. Anfangs ist das Gehen nur beschwerlich, dann – schwierig, schließlich unmöglich. Die Beinmuskeln schwinden, und dann wandert die Krankheit höher hinauf, bis das Zwerchfell betroffen ist. Nun wird das Atmen schwierig und das Husten unmöglich. Am Ende sterben die Kranken an Lungenentzündung oder einer anderen Infektion. »Ich habe den

Test mit Mitte zwanzig machen lassen. Da hat sich herausgestellt, dass ich das Gen habe.«

Er wusste nicht, was er darauf sagen sollte, und so fragte er: »Würden alle Ihre Kinder daran erkranken?«

»Es steht jedes Mal fünfzig zu fünfzig. Das heißt, die Chancen stehen eins zu vier, dass man einen Jungen mit Muskeldystrophie bekommt.«

»Das ist doch nicht ganz aussichtslos ...«

»Beim russischen Roulette fährt man besser. Hinzu kommt, dass man mit dem Leben eines anderen Menschen spielt – und zwar mit dem Leben von jemandem, den man mehr liebt als alles andere auf der Welt.«

»Ich möchte immerzu sagen, wie Leid mir das tut«, sagte Carpenter, »aber ...«

»Es spielt keine Rolle. Ich habe Jesse ... und ich kann mir nicht vorstellen, dass ich ein anderes Kind mehr lieben würde als ihn.«

»Das glaube ich gern.«

»Und ich war nicht gerade am Boden zerstört, als ich das mit der Krankheit erfuhr. Ich meine ... ich war mit niemandem zusammen und hatte nicht vor, ein Baby zu bekommen. Damals schloss sich zwar eine Tür, aber ich hatte ja noch nicht einmal angeklopft.«

»Warum haben Sie Ihre Meinung dann geändert?«

Sie zuckte die Achseln. »Ich lebte in Minneapolis. Da war ich praktisch untergetaucht. Ziemlich einsames Dasein, beziehungslos. Und ich wusste, wenn ich ein Baby hätte, wäre es anders. Ich dachte an Adoption, aber mit Callista und meiner Vorgeschichte war es einfach zu kompliziert, es hätte nicht geklappt. Und dann las ich einen Artikel über diese neue Technik mit Eispenden und war wie elektrisiert. Zwei Monate später saß ich im Flugzeug nach Italien, und wieder zwei Monate später war ich schwanger.«

Als die Küstenwache am nächsten Vormittag kam, waren Carpenter und Jesse auf der anderen Seite der Insel auf »Entdeckungsreise«.

Für die Jahreszeit war es warm, fast schon frühlingshaft. Nebel hing zwischen den Bäumen, als Carpenter dem Kind auf einem schmalen, mit einem weichen Kiefernnadelteppich bedeckten Pfad durch den Wald folgte. Zuerst machten sie am »Anlegeplatz« halt, wo zwei Boote auf felsigem Untergrund inmitten zerbrochener Muschelschalen lagen. Die Boote ruhten kopfüber auf dem Dollbord und waren mit Seilen am Stamm einer Kiefer festgebunden. Das eine war ein etwa fünf Meter langes Skiff, das andere ein Dinghi. Unweit davon stand ein kleiner Schuppen mit »unseren ganzen Bootsachen«. Dazu gehörten unter anderem ein Außenbordmotor, der auf einem hölzernen Gestell ruhte, einige Benzinkanister, Ruder, Schwimmwesten, Vertäuungen, Anker und Angelgeräte.

Der Anlegesteg selbst war neu und grau gestrichen. Ein Teil war fest am Felsgestein verankert und ragte ein Stück über die Hochwassermarke hinaus. Der restliche Steg, bestehend aus einer floßartigen Plattform und einer kurzen Rampe, war an Land gezogen worden.

Carpenter folgte Jesse von Bucht zu Bucht. Sie befreiten zwei Krabben aus einer Aalreuse und lachten über eine Eiche, die durch ein herrenloses eisernes Bettgestell hindurchwuchs. Die letzte Station war eine Bucht am Ende der Insel, wo das alte Bootshaus stand und die silbern glänzenden Überreste eines alten Anlegestegs ins Wasser ragten. »Früher waren die Boote im Winter da drin«, erklärte Jesse, »aber jetzt ...« Der kleine Junge legte den Kopf schief und zeigte nach oben.

Carpenter hörte es auch: das leise Dröhnen eines Motors.

»Küstenwache«, sagte Jesse. Das Motorengeräusch wurde lauter und erstarb dann. Kurz darauf hörten sie einen anderen, kleineren Motor. »Das ist ihr kleines Boot«, sagte Jesse. »Es ist aufblasbar.« Er sah Carpenter an. »Hab ich dir schon meine Festung gezeigt?«

»Nein.«

»Komm«, sagte er, nahm Carpenter an der Hand und führte ihn über einen matschigen Weg zur »Festung« hinauf – einer

Lichtung, die von einem Gewirr kleiner Fichten und Tannen begrenzt war. Dort auf seiner Festung hatte Jesse mehrere kleine »Zimmer« geschaffen, deren Grundriss durch abgestorbene Äste angedeutet war. Der Junge zeigte Carpenter das »Wohnzimmer« der Festung, wo sie sich auf einem morschen Baumstamm – der Couch – niederließen und Jesse eine Geschichte erzählte. Sie handelte von einem verirrten Seehund und den Leuten, die nach ihm suchen.

Es war eine merkwürdige Geschichte, und in dem Augenblick, als sie endete, drang durch den Wald ein leises Pfeifen zu ihnen. Carpenter erkannte die Melodie und wusste, was sie bedeutete: Die Luft ist rein. Die Küstenwache war gekommen, die Küstenwache war wieder fort.

»Was ist mit Roger?«, fragte er.

Marie schüttelte den Kopf. »Sie haben ihn nicht gefunden. Aber man wird ihn finden – irgendwann trägt ihn die Strömung an Land ...«

»Haben sie nach mir gefragt?«

Sie nickte. »Sie sagten, Roger habe einen Besucher für mich rausfahren wollen und man habe dessen Wagen in Cundys Harbor gefunden.«

»Verdammt«, fluchte Carpenter leise.

»Und dann fragten sie, ob ich einen Mann namens Carpenter kenne.«

Er stöhnte auf vor Verzweiflung. Die Idee kann ich vergessen, dachte er. »Warum haben Sie ihnen dann nicht gesagt, dass ich hier bin?«, fragte er.

»Hätten Sie das gewollt?«

»Natürlich nicht.«

»Weil ... es mir nicht richtig erschien. Erstens hätten die eigentlich ein Hebeschiff dabeihaben sollen, und überhaupt ist mir aufgefallen, dass die Leute nicht alle von der Küstenwache waren.«

»Wie kommen Sie darauf?«

»Zwei von ihnen waren im Anzug.«

»Und wie haben die ausgesehen?«

Marie zuckte die Achseln. »Groß.«

»Glauben Sie, es waren Polizisten?«, fragte Carpenter.

»Vielleicht.«

»Vielleicht aber auch nicht.«

»Genau«, sagte sie. »Das hat mich beunruhigt.«

Carpenter seufzte. »Was wollten sie wissen?«

»Sie haben nach Ihnen gefragt. Und ob wir das Boot haben untergehen sehen, und – ach ja – sie wollten wissen, wo Jesse steckt. ›Wo ist der kleine Kerl?‹«

»Und was haben Sie geantwortet?«

»Ich sagte, wir hätten wohl geschlafen, als es passiert sein muss. Und am nächsten Tag, als wir das Boot fanden, sei da niemand gewesen. Und dass Jesse noch schläft.«

»Hat man Ihnen geglaubt?«

Sie nickte. »Klar. Ich bin wirklich eine gute Schauspielerin. Zumindest war ich das früher mal.«

Später am Nachmittag, eine Stunde vor Hochwasser, machten sie den Anlegesteg fertig. Nach fast dreistündiger harter Arbeit hatten sie es geschafft. Carpenter brachte den Steg in die richtige Position, während Jesse und Marie die Rampe mit Hilfe von Rollen und Seilen zu Wasser ließen. Zuletzt verschraubte Carpenter die einzelnen Teile. Dann legte er eine Pause ein.

»Ich kann nicht glauben, dass Sie das sonst allein machen«, sagte er zu Marie.

»Sie macht es nicht allein!«, protestierte Jesse.

Das Dingi war nicht sehr schwer, und gemeinsam mit Jesse trug Carpenter es zum Ufer. Dann rollten Marie und er das Skiff mit Hilfe von Rundhölzern zum Anlegesteg und schoben es über einige Planken ins Wasser. Carpenter ging noch einmal in den Schuppen und holte den Außenbordmotor. Es schien ihm unfassbar, dass Marie das schwere Ding normalerweise allein trug. Gemeinsam brachten sie den Motor am Heck des Skiffs an und bauten den Tank ein. Unterdessen befestigte Jesse, der in seiner übergroßen Schwimmweste wie das Michelin-Männchen aussah, die Benzinleitung erst am Motor, dann am Tank. Dann betätigte er, unter Aufsicht seiner Mutter, den elektrischen Starter. Nach ein paar Versuchen zündete der Motor mit lautem Dröhnen und spuckte eine dicke, blaue Rauchwolke aus.

Am Abend, als Jesse ins Bett gegangen war, saßen Carpenter und Marie vor dem Feuer, sie im Schaukelstuhl, die Knie an die Brust gezogen.

»Haben Sie Geld?«, fragte sie unvermittelt.

»Ich komme zurecht«, antwortete er verblüfft.

Marie lächelte. »Das meine ich nicht. Ich meine in bar. Damit Sie, wenn Sie an Land kommen ... nicht völlig blank sind.«

Carpenter nickte. Er glaubte, Fortschritte gemacht zu haben, aber sie konnte es offensichtlich nicht erwarten, ihn loszuwerden. Gemächlich stand er auf und holte seine Lederjacke, die am andern Ende des Raums an einem Haken hing. »Ich glaube, ich habe ausreichend dabei«, sagte er. »Das eigentliche Problem aber ist: Was wird aus Ihnen?«

Marie schüttelte den Kopf. »Machen Sie sich keine Gedanken um uns«, sagte sie. »Wir lassen ein paar Tage verstreichen, rufen mit der Signalpistole jemand vom Festland herüber, damit er uns holt, und dann verschwinden wir. Ich habe Geld. Wir lassen uns anderswo nieder. Diesmal leiste ich mir keine Fehler mehr.«

»Dabei könnte ich Ihnen helfen. Früher habe ich das beruflich gemacht.« Er griff in die Jackentasche und zog seinen Geldbeutel heraus. Dabei fiel ein nasser Umschlag zu Boden. Er hob ihn auf. *Baresis Brief!*

»Sie könnten Gunther nehmen«, schlug sie vor. »Er müsste in die Werkstatt, aber ...«

»Sie verstehen Italienisch, nicht wahr?«

»Wie bitte?«

»Und Sie können Italienisch lesen?«

»Sicher«, sagte sie, »aber ...«

In dem Umschlag steckten drei feuchte Luftpostbögen, die zusammenklebten. Vor dem Ofen setzte er sich Marie zu Füßen und löste die Seiten behutsam voneinander. »Dem Himmel sei Dank, dass es Kugelschreiber gibt«, bemerkte er.

»Wovon reden Sie? Was ist das?«

»Ein Brief, den Baresi an den Priester in Montecastello geschrieben hat. Der Pater gab ihn mir, bevor er ermordet wurde und ... hier«, er gab ihr die Bögen, »übersetzen Sie bitte.«

Widerwillig nahm sie den Brief und begann zu lesen, zuerst stockend und dann fast wie ein Original: »Zweiter August neunzehnhundertfünfundneunzig. Mein lieber Giulio ...«

Im Angesicht des Todes schreibe ich dir mit offenem und freudigem Herzen, in der Gewissheit, dass ich bald vor unserem Herrn stehen werde, um mein Urteil zu empfangen.

Jetzt erkenne ich, dass ich in meiner schwächsten Stunde zu dir kam und durch die Beichte nicht nur die Vergebung der Kirche, sondern auch ihre Mittäterschaft suchte. Die Ungeheuerlichkeit meines Geheimnisses und die Abgründigkeit dessen, was ich für meine Sünde hielt, erschienen mir so überwältigend, dass ich diese Bürde allein nicht mehr tragen konnte – sondern glaubte, sie teilen zu müssen.

Und so tat ich es, und das war falsch.

Es heißt, du hättest die Kirche geschlossen und seist nach Rom gefahren. Und du seist tagelang dort geblieben. Oh, Giulio ... wie tief muss ich dich beunruhigt haben!

Aber jetzt weiß ich, dass nur das Blendwerk des falschen Stolzes mich verführte, den Willen Gottes für meine eigene Leistung zu halten. Jetzt weiß ich, was du als Mann Gottes von jeher gewusst hast: dass wir Werkzeug des Herrn sind und unsere Taten nicht mehr und nicht weniger als das Wirken Seines Willens.

Die verheerende Entdeckung, die ich gemacht habe und durch die Zellen ihre ...

»Das verstehe ich nicht«, sagte Marie und deutete auf ein Wort.

Carpenter sah es sich an. »Undifferenziertheit«, las er. »Ein Begriff aus der Genetik.«

Marie fuhr fort:

»... Undifferenziertheit wiedererlangen, war im großen Plan der Schöpfung unvermeidlich. Wenn Ignazio Baresi es nicht gestern geschafft hätte, würde ein anderer es morgen vollbringen. Wenn nicht in Zürich, dann in Edinburgh.

Und eben in der Unvermeidlichkeit dessen, was ich getan habe, wird Gottes Hand sichtbar. Denn nur das kann ›Unvermeidlichkeit‹ sein: Gottes unveränderlicher Plan in unserer Welt.

Wie sonst, mein Freund, wenn nicht durch Verweis auf einen solchen Plan können wir die Umstände erklären, die einen Mikrobiologen zum Studium der Reliquien führten? Reliquien! Was sind sie anderes als magische Zeichen, Fetische, Hasenpfoten? Eine Art ›visuelle Hilfe‹ für die Naiven, um komplexe metaphysische Lehren dem gemeinen Mann anschaulich zu machen. Dieser Nagel durchbohrte die Hand Jesu! Dieser Splitter steckte in Seinem Fleisch! Er wandelte unter uns. Er hat wirklich gelebt.

Und doch – fast gegen meinen Willen – stellte ich, als ich diese Dinge unters Mikroskop legte, fest, dass sie ungeahnte Möglichkeiten bargen. Die herablassende Haltung, die ich anfangs einnahm, wich bald einem tieferen Verständnis. Nach fünfzigjähriger Forschung wurde mir klar, was jeder Bauer intuitiv weiß: dass diese Dinge lebendige und greifbare Bindeglieder zu Gott sind.

Wie du weißt, findet dieser Standpunkt am Petersplatz wenig Unterstützung. Der Vatikan würde am liebsten jene Zeit vergessen, als der Handel mit Reliquien blühte, als für einen Fetzen Fleisch oder einen Splitter Holz ein Vermögen bezahlt wurde und Reliquienhändler Heilige vergifteten, um möglichst rasch ihre Knochen verschachern zu können. Der Vati-

kan hat die Reliquienverehrung stets als Bedrohung empfunden. Wenn machtvolle Reliquien in abgelegene Diözesen gelangten, sind ihnen die Pilger mit ihrem Reichtum gefolgt. Und der Vatikan ging leer aus.
Als beratender Wissenschaftler im Dienste des Vatikans war meine Aufgabe leicht: das Unechte entlarven und zum Übrigen vorläufig kein Urteil abgeben. Und das tat ich auch: Ich enthüllte, dass das ›Schlüsselbein des heiligen Antonius‹ nur das Bruchstück einer Lammrippe war. Und dass ein ›Tuch, das die Stirn Christi trocknete‹, im 15. Jahrhundert gewebt wurde.
In Wahrheit waren, wie der Vatikan vermutete, sehr viele der Gegenstände, die ich untersuchte, Fälschungen. Aber nicht alle. Es gab Dinge, die man nicht ohne weiteres in Misskredit bringen konnte: Ihre Herkunft und ihr Alter sprachen für ihre Echtheit. Sie hätten sein können, für was man sie hielt, oder auch nicht.
Damals wandte ich mich, überwältigt von der Erkenntnis, dass ich Gott als Hebamme dienen könnte, der Medizin zu – und daraus entstand fürwahr mein Lebenswerk.«

Marie sah Carpenter an. »Wovon spricht er?«, fragte sie.
Carpenter schüttelte den Kopf. »Lesen Sie einfach weiter ...«

»Es war nicht schwer. Mein Medizinstudium hatte ich rasch absolviert. Bald hatte ich meine Klinik errichtet, und wie durch ein Wunder kamen Frauen aus aller Welt zu mir – alle aus eigenem Antrieb. Unter Verwendung von DNS-Material aus einem Dutzend der viel versprechendsten Reliquien verhalf ich achtzehn Patientinnen zu einer unbefleckten Empfängnis.
Wer weiß, alter Freund, was daraus entsteht? Vielleicht wird aus diesen Kindern nichts anderes als eine merkwürdige Horde von Bauern, wiederauferstanden aus der Vergangenheit, ohne einem höheren Zweck zu dienen. Oder vielleicht habe

ich tatsächlich Christus neu gezeugt. Das werde ich nie erfahren. Und auch du wirst es nie erfahren. Aber gewiss sollten wir hoffen.

Und so, mein Freund, sage ich dir Lebewohl in der Hoffnung, dass ich dir deine Seelenruhe wiedergegeben habe. Im Zweifel kniete ich vor dir, das ist wahr – aber das war nur menschlich. Auch Christus kannte den Zweifel – ich aber nicht mehr.

Diese Sache ruht, jetzt und seit jeher, in Gottes Hand.

Ignazio«

»Joe?« Maries Stimme zitterte. »Wovon spricht er?«

Carpenter schwieg. Schließlich sagte er: »Haben Sie etwas zu trinken?«

Marie holte eine Flasche Cognac und zwei Gläser. Sie schenkte ein und wiederholte ihre Frage: »Wovon spricht er?«

Carpenter trank. »Von Jesse«, sagte er.

»Was ist mit ihm?«

»Na ja ... Baresi hat versucht, Jesus zu klonen.«

»Was?!«

Carpenter seufzte. »Ich wollte sagen, vielleicht ist Jesse ... vielleicht ist er Jesus.«

An diesem Abend blieben sie noch lange auf, und Carpenter berichtete, was er von dem Professor am Massachusetts Institute of Technology erfahren hatte.

»So war es also«, sagte er und schenkte sich seinen dritten Cognac ein. »Er nahm ein wenig von einer viel versprechenden Reliquie, isolierte eine Zelle mit Kern und führte ihre Undifferenziertheit wieder herbei. Danach brauchte er nur noch eine Eizelle und eine Frau mit Kinderwunsch.«

»Una piccola sorpresa«, sagte Marie.

»Sobald er das Ei hatte, ersetzte er den Zellkern durch denjenigen – aus der Reliquie, implantierte es und ...«

Das Feuer krachte und ließ einen Funkenregen über den Boden stieben. »Ich fasse es nicht«, sagte sie. »Wie wollte er, nach zweitausend Jahren, wissen, ob eine Reliquie echt ist? Das hätte er doch niemals beweisen können.«

Carpenter sprach von den sorgfältigen historischen Recherchen Baresis bezüglich der Herkunft von Reliquien, seiner Befähigung, DNS-Tests durchzuführen, seinem hohen Ansehen als Wissenschaftler – aber Marie schüttelte nur den Kopf.

»Was Sie sagen, läuft darauf hinaus, dass er für dieses Ratespiel besser gerüstet war als jeder andere. Aber auch so blieb es nur ein Ratespiel auf einer höheren Ebene.«

Carpenter gab zu, dass Baresi über einzelne Reliquien kein sicheres Urteil abgeben konnte. »Das hat er auch im Brief erwähnt, als er über die Wiederauferstehung einer Horde von Bauern sprach.«

»Das ist verrückt«, meinte Marie.

»Es mag verrückt sein, aber Jesse ist ein lebendiger Mensch, genau wie Brandon es war. Es spielt keine Rolle, ob Baresi Jesus oder Al Capone geklont hat. Es geht nur darum: Jemand will ihn umbringen. Deshalb ist meine Schwester gestorben und Brandon und alle anderen. Und deshalb müssen Sie hier raus.«

Wieder schüttelte sie den Kopf. »Aber warum kommt jemand auf so eine Idee?«

»Weil er Angst vor den Kindern hat – vor dem, was sie sind oder sein könnten. Und deshalb werden sie verbrannt – um ihre DNS zu vernichten. Das ist der reinste Exorzismus. Mit Feuer.«

»Ach, kommen Sie ...«

»Als Brandon ermordet wurde, hat man den Brandstifter gefasst. Da ist was passiert. Er hat Mist gebaut. Die Verbrennung war unvollständig, sodass man das Kind noch erkannte. Also haben sie es ausgegraben und noch mal verbrannt.«

»Aber ... das sind doch Kinder! Fast noch Babys. Sie wären doch ... weitere Schäfchen für die Kirche.«

»Hier geht es nicht um die katholische Kirche, sondern um den Umbra Domini. Christliche Ultrareaktionäre, die Bombenanschläge auf Abtreibungskliniken verüben, einen Kreuzzug gegen Moslems in Bosnien führen und ...« Carpenter hob die Hände. »Sehen Sie: Nach Ansicht des Umbra war Baresis Experiment eine Gräueltat.«

»Aber warum?«

»Weil er die Bibel auf den Kopf stellte: Er schuf Gott nach dem Bild des Menschen.« Tränen liefen ihr über die Wangen. Jetzt schien ihr klar geworden zu sein, dass Carpenter Recht hatte. »Lassen Sie mich Ihnen helfen«, bat er, »denn diese Leute werden erst Ruhe geben, wenn sie Jesse gefunden haben.«

»Aber wie? Wenn es so ist, wie Sie sagen, wie kann da jemand helfen?«

»Als ich bei der Armee war ... hatte ich einen komischen Job.« Sie sah ihn an, als wäre er nicht ganz bei Trost, aber er fuhr unbeirrt fort: »Ich leitete den Zentralstab für verdeckte Operationen bei der ISA.«

»Was ist denn das?«

Carpenter hob die Brauen. »Intelligence Support Activity. So ähnlich wie der CIA, nur dass sie wissen, was sie tun. Auf jeden Fall, die Sache ist die: Ich kann Ihnen und Jesse eine neue Identität schaffen, die niemand knacken kann. Unter keinen Umständen. Niemand kommt Ihnen beiden auf die Spur, das verspreche ich Ihnen. Aber Sie müssen mir vertrauen. Und Sie müssen hier weg.«

»Mami?« Jesse stand in der Tür und rieb sich die Augen.

»Hallo, Liebling«, sagte Marie zärtlich, »was ist los?«

Verschlafen stolperte er auf sie zu. »Ich hatte einen Albtraum.«

»Ach, Liebling«, sagte Marie. Er kletterte auf ihren Schoß und bettete den Kopf auf ihre Schulter. Sie streichelte ihm die Haare und küsste ihn. »Das ist aber gar nicht schön.«

»Böse Männer«, sagte Jesse.

Sie gab einen mitleidsvollen Laut von sich, eine Art Gurren, und fragte: »Soll ich dir eine Geschichte vorlesen?«

Jesse streckte seinen molligen Finger aus. »Nein, er soll.«

»Ich weiß nicht ...«

»Ich würde gern«, erbot sich Carpenter. »Willst du huckepack reiten?«

Marie warf ihm einen Blick zu, als Carpenter niederkniete, damit Jesse aufsteigen konnte, aber er wurde aus ihrem Gesichtsausdruck nicht schlau.

»Hey!«, rief Jesse, als sich Carpenter aufrichtete. »Ist das hoch.« Carpenter griff nach Jesses Füßen.

Dann marschierten sie ins Kinderzimmer, duckten sich unterwegs unter Balken und Türstürzen, und Jesse streckte immer wieder die Hand nach der Decke aus. Als sie auf dem Bett saßen, erklärte Jesse, er wolle keine Geschichte hören, sondern selbst eine vorlesen.

»Okay«, sagte Carpenter. »Schieß los.«

Der Junge zog ein Buch unter seinem Kopfkissen hervor und sagte mit überaus ernster Miene: »Mein Lesebuch.« Dann schlug er die erste Seite auf und las über das Buch gebeugt: »Ein Fisch ...«

Langsam ließ er sich nach hinten rollen, von dem Buch weg: »Zwei Fische!«

Und wieder vorwärts: »Roter Fisch!«

Und zurück, aber diesmal mit absichtlich blödem Gesichtsausdruck, die Augen weit aufgerissen und grinsend: »Blauer Fisch!« Dann purzelte er hemmungslos lachend um.

37

Carpenter kniete auf dem Anlegesteg und band das Dingi los, als Jesse sagte: »Schau, Mami – ein Boot.« Er blickte in die Richtung, in die der Junge zeigte, und suchte den von Nebelschwaden verhangenen Horizont ab. Außer dem schiefergrauen Himmel, den Felsen, den Kiefern und dem unruhigen Ozean sah er nichts. Doch dann tauchte sie auf: eine weiße Motorbarkasse auf der dunklen Dünung. Das Kind hatte erstaunlich scharfe Augen.

»Wer ist das?«, fragte er.

Marie beschirmte die Augen mit der Hand. »Keine Ahnung«, sagte sie. »Das Boot habe ich noch nie gesehen.«

Fluchend band Carpenter das Dinghi wieder fest und schlang die Leine zu einem Seemannsknoten. »Haben Sie ein Fernglas?«

Marie nickte und nahm Jesse auf den Arm. »Im Blockhaus«, sagte sie und rannte los. Carpenter folgte ihr, die Augen wegen des Nieselregens leicht zusammengekniffen.

Das Fernglas hing an einem Haken neben dem großen Bücherbord. Carpenter nahm es, blickte aufs Meer hinaus und stellte das Fernglas scharf. Obwohl das Boot noch so weit entfernt war, dass man die Gesichter der Männer nicht erkennen konnte, sah er immerhin, dass es drei waren.

»Sind sie's?«, fragte Marie und trat neben ihn.

»Schwer zu sagen.« Er konzentrierte sich ganz auf die verschwommenen Gesichter, und da geschah es: Im Heck des Boots erhob sich ein Koloss und deutete auf das Blockhaus. Carpenter brauchte sein Gesicht nicht zu sehen, um zu wissen, wer es war. »Sie sind's«, sagte er, als die Gestalten deutlicher zu erkennen waren. »Der Muskelprotz. Grimaldi. Und della Torre.«

Marie hielt den Atem an und zog Jesse enger an sich.

»Wir dürfen nicht hier bleiben«, sagte Carpenter. »Können wir uns irgendwo verstecken?«

Sie überlegte kurz. »Wir könnten zum Bootshaus gehen. Die kennen die Insel nicht. Vielleicht suchen sie nicht weiter.«

»Gut«, sagte Carpenter. »Holen Sie die Taschenlampe.« Er ging an den Wandschrank, in dem sie ein Gewehr aufbewahrte. »Wo haben Sie die Munition?«

»Im Brotkasten«, sagte Marie.

Er hätte es sich denken können. Mit dem Gewehr in der Hand trat er an den Brotkasten und öffnete ihn. Er griff hinein und fand einen Laib Sauerteigbrot, ein paar kleine Kuchen und ganz hinten eine Schachtel Munition.

Sie war verdächtig leicht.

Carpenter riss die Schachtel auf und holte aufstöhnend eine einzige Patrone heraus. »Wo ist der Rest?«, fragte er.

»Ich weiß nicht«, antwortete Marie kleinlaut. »Vielleicht ... habe ich sie aufgebraucht?«

»Und wie?«

»Beim Üben.« Als Marie Carpenters Gesichtsausdruck sah, fügte sie rasch hinzu: »Im Winter gibt's hier nicht viel Abwechslung!«

Es war nicht zu fassen. »Was soll ich jetzt machen?«, fragte er. »Die drei auffordern, sich in einer Reihe aufzustellen?«

Marie blickte so unglücklich drein, dass Jesse vor Mitgefühl mit seiner Mutter in leichte Panik geriet. Er vergrub den Kopf in den Falten ihres Rocks und heulte: »Nicht weinen, Mami! Nicht weinen!«

Carpenter hob beschwichtigend die Hände. »Schon gut«, brummte er. »Tut mir wirklich Leid. Bringen Sie Jesse zum Bootshaus – wir treffen uns dort in ein paar Minuten.«

Marie nickte, wandte sich im Gehen noch einmal um. »Aber ... was wollen Sie jetzt tun?«

»Ich weiß nicht«, sagte Carpenter. »Sie irgendwie festnageln!«

Er schob Jesse und Marie aus dem Haus und beobachtete, wie sie im Wald verschwanden. Dann lud er das Gewehr mit der einzigen Patrone und ging nach draußen. Er ließ sich auf sein rechtes Knie nieder, stützte das Gewehr auf dem Geländer der Terrasse ab und schloss das linke Auge. Bedächtig schwenkte er das Gewehr herum, bis die Motorbarkasse ins Visier kam.

Das Zielfernrohr war ein Meisterwerk. Die düstere Gestalt della Torres stand in eine Soutane gehüllt vorn am Bug, ohne auf Wind und Regen zu achten, ein klerikaler Odysseus. Zweihundert Meter trennten die Barkasse noch von der Insel, und obwohl der Schuss schwierig war, wusste Carpenter, dass er sein Ziel nicht verfehlen durfte. Er holte tief Luft und atmete langsam aus, während er die Brust des Priesters ins Fadenkreuz nahm.

Ein Schuss, und alles wäre vorbei, dachte er. Sein Finger schloss sich fester um den Abzug. Mit della Torres Tod wäre die Schlange enthauptet. Der Körper mochte noch eine Weile weiterleben, aber er würde blind und ziellos im Schmutz zappeln.

Oder auch nicht.

Er schwenkte den Lauf ein wenig nach links, bis das Fadenkreuz das rechte Auge des Schranks erfasste. Der Italiener rief della Torre etwas zu und ahnte nicht, dass sein Leben an einem seidenen Faden hing. Und obwohl das Boot gierte, hatte Carpenter den Rhythmus schon erfasst und hegte keinen Zweifel daran, dass er den Koloss umlegen konnte.

Schieß, sagte er sich. Schieß endlich! Mit dem Kerl solltest du nicht lange fackeln. Er hat zweimal versucht, dich umzubringen. Er hat Azetti erschossen und wahrscheinlich auch Bepi ermordet. Überzeugende Argumente, aber noch während er sie überdachte, wanderte das Gewehr wie von selbst nach links. Und plötzlich hatte er Grimaldi im Visier.

Mit grimmiger Miene saß er im Heck und starrte geradeaus. Inzwischen hatte sich das Boot dem Ufer auf hundert Meter genähert und steuerte direkt auf den Anlegesteg unterhalb des Blockhauses zu. Trotz des Wetters waren Grimaldis Züge durch das Zielfernrohr so klar zu erkennen, dass Carpenter sogar seinen Bartschatten sah. Tu's, dachte er. Tu's für Kathy und Brandon.

Für Jesse und Marie.

Für Jiri. Für mich.

Wenn ich abdrücke, sagte sich Carpenter, wird die Kugel seinen Schädel durchdringen wie ein Elektrobohrer und sein Hirn wegblasen. Carpenters Finger am Abzug juckte.

Nein, dachte er. Sie suchen nicht mich. Sie wissen nicht einmal, dass ich hier bin. Und wenn sie das Blockhaus leer vorfinden, wer weiß? Vielleicht fahren sie dann wieder weg.

Der Gedanke schien wenig überzeugend, aber es war die einzige Hoffnung. Auf jeden Fall hatte er durch einen Rückzug nichts zu verlieren. Schließlich hielt er keine M-16 mit vollem Ladestreifen in der Hand, sondern eine Roberts mit normalem Hahn und nur einem einzigen Schuss. Damit kam er nicht weit, und wenn er einen der Kerle umgelegt hatte, war es höchstwahrscheinlich auch um ihn geschehen. Also lieber abwarten.

Seufzend ließ er das Gewehr sinken und erhob sich. Die Barkasse hatte den Anlegesteg fast erreicht, und die Männer waren bereits aufgestanden. Zögernd wich Carpenter Schritt für Schritt zurück, bis er das Blockhaus umrundet hatte und auf den Pfad gelangte, den Jesse und Marie genommen hatten.

Im Wald herrschte bereits Zwielicht. Nebelschwaden zogen über den Weg wie der Rauch eines Feuers, und ringsum tropfte es von den Bäumen. Auf der Nordseite der Felsen fanden sich noch Schneereste. Ein schwerer Duft nach Harz hing in der Luft.

Aber Carpenter nahm nichts von alledem wahr, als er auf dem weichen Nadelteppich durch den schweigenden Wald schritt.

Und dann, allzu schnell, war er da.

Der Pfad endete auf einem Felsgesims am Meeresufer. Dort duckte sich ein niedriges, halb verfallenes Haus, an dessen Steinfundament bei Flut die Wellen leckten. Vor zwanzig Jahren hatte das Gebäude im Winter ein halbes Dutzend kleine Boote und Kanus beherbergt. Jetzt war es nur noch eine graue Ruine mit zerbrochenen Fenstern.

Carpenter sah sich um, hoffte, ein besseres Versteck zu entdecken, aber da war nichts. Nur der Regen, das Meer und der Wald.

Er öffnete die Tür und trat ins Bootshaus. »Marie?«, fragte er. Im Innern war es stockfinster, aber plötzlich traf ihn ein greller Lichtstrahl. Carpenter blieb fast das Herz stehen.

»Jesse!«, zischte Marie. »Mach das aus!«

Sofort ging die Taschenlampe aus, und wieder stand Carpenter im Dunkeln. »Wo seid ihr?«

»Ich habe ihn die Taschenlampe halten lassen ...«

»Ist schon gut.«

Bunte Lichtpunkte tanzten vor seinen Augen. Und dann konnte er allmählich Umrisse erkennen. Ein löchriger Bootsrumpf. Mehrere Hummerfallen. Fischernetze an den Wänden.

»Wird uns was passieren?«, fragte Marie. Sie kauerte in einer Ecke und hielt Jesse in den Armen.

»Keine Angst«, sagte Carpenter, »es wird schon alles gut gehen.«

»Sind Sie sicher?«

Warum lügen? »Nein«, sagte er. »Eigentlich nicht. Der Pfad führt vom Blockhaus direkt hierher. Wenn sie ihm folgen ... Gibt es sonst keinen Unterschlupf?«

Marie überlegte. Schließlich sagte sie: »Nein.«

»Irgendwas muss es doch geben.«

»Die Insel ist klein ... vielleicht denken sie auch, wir sind fort.«

Carpenter schüttelte den Kopf. »Der Ofen ist noch warm. Die wissen, dass wir hier waren. Wenigstens Sie und Jesse.«

Die Taschenlampe ging an und wieder aus.

»Jesse«, flüsterte Carpenter. »Lass das.«

»'tschuldigung«, sagte Jesse kleinlaut.

Carpenter setzte sich unter ein kaputtes Fenster neben der Tür, das Gewehr in den Armen. Er dachte an die drei Männer, die er im Visier gehabt hatte. Ich hätte einen von ihnen töten sollen. Della Torre oder Grimaldi, Grimaldi oder den Schrank.

»Was sollen wir tun?«, fragte Marie.

Carpenter schüttelte den Kopf. »Ich weiß nicht.«

Die Minuten verstrichen. Der Wind hatte aufgefrischt und strich ächzend durchs Gebälk. Im Dunkeln würde sich della Torre mit der Suche schwer tun, dachte Carpenter. Zumindest bei diesem Wetter. Wenn er gescheit ist, kehrt er aufs Festland zurück und versucht es morgen Früh noch mal. Das wäre an seiner Stelle das einzig Vernünftige, redete er sich ein.

Er hoffte gegen alle Vernunft, das war ihm selbst klar, und dann hörte er Stimmen. Zuerst waren sie nur verschwommen zu hören, und als sie deutlicher wurden, verstand er sie trotzdem nicht.

»Franco? Dove stanno?«

Carpenter hielt das Gewehr schussbereit. Auf der andern Seite des Raums saß Marie auf dem Boden und hielt den Atem an – und neben ihr Jesse. »Keine Angst«, flüsterte Carpenter, während der Regen aufs Dach trommelte und der Wind stöhnte.

Die Männer umrundeten jetzt offenbar das Bootshaus. Carpenters Herz pochte zum Zerspringen.

Plötzlich durchschnitt der Strahl einer Taschenlampe die Dunkelheit, huschte suchend über die Wände und warf riesige Schatten. Das Licht kam vom Fenster über Carpenter, und schon hatte es die Kauernden erfasst. Wie aufgeschrecktes Wild erstarrten Jesse und Marie im Lichtkegel.

»Ecco!«

Krachend zerbarst die Tür, eine riesige Gestalt tauchte aus dem Nichts auf und schob die zersplitterten Bretter aus dem Weg. Unter dem Türsturz verharrte der Schrank und genoss die Wirkung seines Auftritts auf die entsetzte Frau und das Kind. Dann machte er einen Schritt auf sie zu, und Carpenter murmelte: »Hey, starker Mann!«

Brüllend fuhr der Schrank herum, und in diesem Augenblick feuerte Carpenter. Die Kugel traf den Italiener ins Gesicht, durchschlug den Wangenknochen, schleuderte ihn empor und riss ihm die Schädeldecke ab. Der Schuss dröhnte. Marie schrie auf. Und der Schrank sackte in sich zusammen.

Carpenter ließ das Gewehr sinken und kroch auf allen vieren zur Leiche des Italieners. Während er den Toten nach einer Schusswaffe absuchte, blickte er in dessen Gesicht, das jetzt einen Ausdruck unendlicher Überraschung trug. Doch dann wurde er selbst überrascht.

»*Ciao.*«

Ohne hinzusehen, wusste er, wem die tonlose Stimme gehörte. Trotzdem drehte er sich um. Grimaldi stand draußen vor dem Eingang und blickte völlig frei von Mitgefühl auf ihn herab. Er richtete eine Beretta auf ihn.

Jetzt bin ich tot, dachte Carpenter. Wir sind alle tot. So sterbe ich also.

Grimaldi sagte etwas auf Italienisch, und della Torre trat an seine Seite, die Taschenlampe in der Hand. »Das ist ja Joe.« Er leuchtete Carpenter in die Augen. »Was für ein Glück, dass wir Sie hier treffen.« Gemächlich glitt der Lichtkegel zu der Leiche am Boden, die in einer Pfütze von Blut und Gehirnmasse lag. Della Torre machte das Kreuzzeichen, trat ins Bootshaus und suchte den Raum ab, bis der Lichtstrahl Jesse und Marie erfasste.

»Wissen Sie, wer die beiden sind?«, fragte der Priester. Weil Carpenter schwieg, beantwortete er seine Frage selbst. »Sie befinden sich in schlechter Gesellschaft, Joe. Und jetzt stehen alle auf! Wir gehen zum Haus zurück, da ist es warm.«

Grimaldi stellte eine Frage auf Italienisch, und della Torre schüttelte den Kopf. *»No ... portalceli tutti.«* Wenig später liefen alle fünf im Gänsemarsch durch den Wald.

Jesse und Marie gingen voraus; der gespenstische Lichtkegel von della Torres Taschenlampe wies ihnen den Weg. Hinter ihnen kam Carpenter, gefolgt von Grimaldi und dem Priester. Obwohl der Killer anderthalb Meter hinter ihm ging, glaubte Carpenter deutlich den Lauf der Beretta zu spüren, die auf sein Genick gerichtet war. Wenn ich einen Fluchtversuch unternehme, bringen sie mich gleich um. Wenn nicht, töten sie mich später. Um Jesse und Marie ist es so oder so geschehen. Es gibt keinen Ausweg.

Außer sie machen einen Fehler.

Und so unwahrscheinlich das auch sein mochte, er klammerte sich an diese Hoffnung und ging weiter.

Als sie das Blockhaus erreicht hatten, waren sie bis auf die Haut durchnässt. Grimaldi dirigierte sie an den Küchentisch, wo sie sich setzten, während della Torre eine Lampe anzündete und die Glut im Ofen schürte. Nach einer Weile kam der Priester mit der Lampe herbei und setzte sich Jesse und Marie gegenüber an den Tisch.

»Na also!« Er klatschte leise in die Hände. Mit Blick auf Grimaldi murmelte er etwas auf Italienisch und nickte in Richtung Wand, wo ein Stück Seil an einem Nagel hing. Dann sah er Marie an, die Jesse auf dem Schoß hielt, und fragte: »Joe, wissen Sie, wer Lilith war?«

Carpenter schüttelte den Kopf. »Nein. Nie gehört.«

Grimaldi trat mit dem Seil an den Tisch und reichte della Torre die Beretta, der sie auf Carpenter richtete. Dann ging Grimaldi zu Marie, schlang das Seil um ihre Taille und fesselte sie an den Stuhl. Unwillkürlich wollte sie aufstehen, aber Grimaldi griff nach ihren Handgelenken und zwang sie, sich wieder zu setzen. Dann stieß er eine Drohung aus, die keiner Übersetzung bedurfte.

Jesse kletterte wieder auf den Schoß seiner Mutter und weinte leise, während Grimaldi seine Arbeit beendete.

Della Torre räusperte sich. »Sie war Adams erste Frau – vor Eva.«

»Hören Sie«, sagte Marie, »wenn Sie Jesse nichts tun, mache ich, was Sie wollen.«

Della Torre erwiderte: »Passen Sie lieber genau auf. Was ich jetzt sage, betrifft Sie.« Dann sah er wieder Carpenter an. »Als Lilith Adam verließ – und das wird Sie amüsieren, Joe: Sie stritten darum, wer obenauf ist! –, baten die Engel, sie möge zurückkehren.«

Carpenter dachte: Vielleicht lässt sich mit der Petroleumlampe was machen. Laut sagte er: »Und hat sie das getan?«

Della Torre schüttelte mit trauriger Miene den Kopf. »Nein. Sie war so unglücklich mit Adam und mit Gott, dass sie lieber dem Satan beiwohnte und später seine Kinder gebar.« Lächelnd beugte er sich über den Tisch und berührte Jesses Haare. »Sie waren natürlich Dämonen.«

Carpenter nickte. »Die sieht man heutzutage häufig. Das liegt wohl an MTV.«

Kopfschüttelnd deklamierte della Torre: »Und die zehn Hörner, die du gesehen hast, und das Tier, die werden die Hure hassen und werden sie einsam machen und bloß und werden ihr Fleisch essen und werden sie mit Feuer verbrennen.« Dann lehnte er sich zurück. »Offenbarung, 17.16.«

Wieder wandte er sich an Grimaldi, der ratlos den Kopf schüttelte.

»Sie haben kein Seil mehr«, erklärte Marie.

Della Torre war überrascht. »Sie sprechen Italienisch?«

»Ci lasci andare, Padre.«

Della Torre schien den Gedanken zu erwägen. Schließlich sagte er: »Das kann ich nicht«, winkte Grimaldi herbei und flüsterte ihm etwas ins Ohr. Grimaldi nickte und ging noch einmal in die Küche. Dort wühlte er in mehreren Schubladen, kam mit zwei Küchenmessern zurück an den Tisch und nahm die Pistole wieder in Empfang.

Marie wurde blass, und Jesse klammerte sich noch fester an sie.

»Geben Sie mir Ihre Hand«, sagte della Torre zu Carpenter und griff nach einem Messer mit einer zwölf Zentimeter langen Klinge.

Carpenter starrte ihn ungläubig an. Nach längerem Schweigen schüttelte er den Kopf. Della Torre nickte Grimaldi zu, der hinter Carpenter trat.

Er rechnete mit einem Schlag, verspürte aber nur eine leichte Berührung – Grimaldis Handkante an seinem Hinterkopf. Dann hörte er ein Klicken, und plötzlich wusste er, warum Grimaldi die Hand so hielt: um sich gegen die Spritzer zu schützen, wenn er abdrückte.

Carpenter holte tief Luft, fluchte leise und streckte seine Hand aus. Der Priester ergriff sie, drehte sie um und betrachtete die Handfläche. Mit einer leisen Berührung drückte er Carpenters Hand auf den Tisch und richtete die Spitze des Messers auf die Handfläche.

»Haben Sie sich je die Hand lesen lassen, Joe?«

Carpenter schüttelte den Kopf. »Nein«, antwortete er mit heiserer Stimme. Er versuchte, ruhig zu atmen, aber es half nicht viel.

»Sehen Sie diese Linie?«, fragte della Torre. »Diese kurze Linie hier? Das ist Ihre Lebenslinie.« Und damit holte der Priester aus, stieß das Messer mit aller Kraft durch Carpenters Hand und nagelte sie am Tisch fest.

Der Schmerz war so jäh und heftig, dass er den Kopf zurückwarf und laut aufstöhnte. Er hörte Maries Schrei wie aus weiter Ferne, und dann zwang Grimaldi seine andere Hand auf den Tisch. Seine Faust wurde gewaltsam geöffnet, und dann durchbohrte ein zweites Messer seine linke Hand. Diesmal stieß er ein tierisches Brüllen aus, das in einem Keuchen endete.

Sein Kopf sank vornüber auf den Tisch, und er stöhnte durch zusammengebissene Zähne. Es kam ihm vor, als läge er lange Zeit so da. Als er schließlich aufblickte, starrte ihn della Torre mit unverhohlener Erregung an, während Jesse merkwürdig monoton weinte. Marie war kalkweiß.

Er schaute auf seine am Tisch festgenagelten Hände. Es floss überraschend wenig Blut, trotzdem drehte sich ihm der Magen um. Er holte tief Luft und beugte sich zu della Torre hinüber. »Sie verdammter Psychopath ...«

»Wir mussten improvisieren.«

Als Grimaldi das Wort hörte, kicherte er. Carpenter spürte, wie ihm mit einem Mal kalt wurde. *Ich stehe gleich unter Schock*, dachte er. Und dann: *Nur das nicht.*

»Sie begreifen nicht, was auf dem Spiel steht«, sagte der Priester.

»Ich weiß genau, was auf dem Spiel steht.«

»Das bezweifle ich«, entgegnete della Torre, und während er sprach, zuckte ein Blitzstrahl über den Himmel. Kurz darauf donnerte es, und plötzlich peitschte der Regen in jähen Böen gegen die Fenster. Mit besorgtem Blick sah sich della Torre um. »Ich frage mich«, sagte er, »ob bei dem Regen ...«

Carpenter hörte nicht zu. Er sah auf seine Hände und fragte sich, ob er den Mut hatte, den Tisch hochkant zu stellen. Wenn er das täte, würden die Messer sich mit einem Ruck von seinen Händen lösen.

Della Torre schüttelte den Kopf. »Sie sind unaufmerksam.«

Carpenter sah ihn an. »Ich bin ein wenig abgelenkt.«

Der Priester wandte sich an Grimaldi und murmelte etwas auf Italienisch. Der Killer nickte, zog den Reißverschluss seiner Jacke zu und ging in den Regen hinaus.

Zu Carpenter sagte della Torre: »Sie glauben zu wissen, was auf dem Spiel steht, Joe, aber in Wirklichkeit wissen Sie es nicht. Sie können es gar nicht wissen. Denn solange Sie nicht ebenso inbrünstig an Gott glauben wie an die Wissenschaft – und Sie müssen an beides glauben, um wirklich etwas zu begreifen –, sind Sie ahnungslos. Wissen Sie, wer der Junge ist?«

»Ich weiß, für wen Sie ihn halten«, sagte Carpenter.

Der Priester legte den Kopf schief. »Wirklich? Und für wen halte ich ihn?«

»Sie halten ihn für Jesus Christus.«

Della Torre schürzte die Lippen, überlegte kurz und schüttelte den Kopf. »Nein«, sagte er. »Dafür halte ich ihn nicht. Denn ... wenn ich ihn für Jesus Christus hielte, würde ich auf den Knien liegen. Selbstverständlich. Aber er ist es nicht. Er kann es nicht sein.«

»Sind Sie sicher?«

Della Torre machte eine vage Geste. »Ich bin sicher, dass Gott den Menschen nach Seinem Bilde geschaffen hat – und nicht umgekehrt. Das Kind ist ein Gräuel. Und dieser Gräuel trägt einen Namen.«

»Sein Name ist Jesse«, sagte Marie.

»Sein Name ist Antichrist!« Der Priester starrte sie wütend an, doch dann wurde sein Blick etwas weicher. »Wissen Sie«, sagte er, »Baresis Leistung war wirklich spektakulär. Ihm ist in wenigen Jahren gelungen, was alle Zauberer der Welt in Jahrhunderten nicht vollbringen konnten.«

»Und das wäre?«, fragte Carpenter und dachte dabei: *Du brauchst dich nur nach vorn zu werfen. Es dauert höchstens eine Sekunde. Der Tisch kippt um und ... ich kann nicht. Ich kann einfach nicht.*

Della Torre sah ihn an, als erriete er seine Gedanken. Schließlich sagte er: »Baresi beschwor Dämonen aus dem Blute herauf.«

Ein kalter Windstoß drang durch die Tür, während Grimaldi mit einem großen Benzinkanister wieder hereinkam. Er stellte della Torre eine Frage, und der Priester nickte.

Plötzlich war della Torres Stirn schweißbedeckt. »Ich bin ein wenig nervös«, erklärte er, als er Carpenters Blick auf sich spürte. »So etwas habe ich noch nie getan.«

»O Gott«, murmelte Carpenter und wollte den letzten Mut zusammenkratzen und den Tisch umstoßen. Das Gehirn befahl den Beinen aufzustehen, aber die Hände ließen es nicht zu.

»Was die beiden betrifft, gibt es keine Alternative«, fuhr della Torre fort und nickte Jesse und Marie zu. »Aber für Sie ... könnten wir die Sache beschleunigen.«

Carpenters Finger schlossen sich um die Messerklingen und öffneten sich wieder, während Grimaldi den Verschluss des Benzinkanisters aufschraubte. »Nein, danke«, murmelte Carpenter.

Della Torre stand auf. »Es ist an der Zeit.« Der Priester beugte sich über den Tisch und tauchte den Finger in das Blut, das aus Carpenters rechter Hand floss. Er ging zu Marie und malte ihr eine 6 auf die Stirn, dann verdrehte er Jesse den Arm, damit er aufsah, und tat dasselbe bei ihm. Wieder tunkte er den Finger in Blut und schrieb die Ziffer auch auf Carpenters Stirn. Nun trat er zurück und bewunderte sein Werk.

Im ersten Augenblick war Carpenter verwirrt, aber dann begriff er. Er, Jesse und Marie:

666

Der Antichrist.

Della Torre wandte sich ab, griff in seine Soutane und holte das Weihwasserfläschchen hervor, das Carpenter sofort wiedererkannte. Der Priester öffnete den Metallverschluss, sprengte Weihwasser in die vier Ecken des Raums und murmelte dabei etwas auf Lateinisch.

Plötzlich trat Grimaldi hinter Jesse und Marie, drehte den Kanister um und goss ihnen Benzin über den Kopf, sodass sich ein penetranter Gestank ausbreitete. Carpenter kämpfte sich mühsam hoch, jetzt oder nie – als ihm Marie die Entscheidung abnahm. Sie lehnte sich mit ihrem Stuhl zurück, trat mit dem Fuß gegen die Tischkante und stieß den Tisch um.

Carpenter brüllte vor Schmerz auf, als die Messer aus dem Tisch gerissen wurden. In diesem Augenblick kippte die Petroleumlampe um, die neben della Torre stand, und seine Soutane fing Feuer. Entsetzt bückte sich der Priester und wollte die Flammen ausschlagen, während Marie Jesse zurief, er solle weglaufen, und Grimaldi alle und keinen anbrüllte. Schatten tanzten an der Wand, als die Soutane aufflammte und della Torre zur menschlichen Fackel wurde. Ängstlich heulend rannte er auf die Tür zu – nach draußen, in den Regen.

Grimaldi wollte ihm helfen, aber bevor er den Priester erreichte, hatte sich Carpenter schon auf ihn gestürzt und ihm von hinten einen so kräftigen Schlag versetzt, dass der Benzinkanister auf den Priester zuflog. Jäh flammte die lebende Fackel auf, und Feuerzungen huschten über den Fußboden, während Carpenter Grimaldi gegen die Wand drängte. Carpenter packte seinen keuchenden Gegner am Revers und schlug mit der Stirn auf seine Nase. Ein Knacken war zu hören, und Grimaldi ging in die Knie. Carpenter brachte ihn ganz zu Fall und trat ihn mit aller Kraft in die Rippen.

Und noch einmal. Und dann versetzte er ihm einen Tritt an den Kopf, bis der Italiener plötzlich wegrollte, wieder auf die Beine kam und feuerte.

Drei Schüsse in einer Sekunde, panisch ballerte er drauflos, die Kugeln trafen die Zimmerdecke, die Wand und die Tür. Carpenter sprang in der Dunkelheit auf die Waffe zu und schlug sie Grimaldi aus der Hand. Wie mordwütige Psychopathen krochen sie auf allen vieren durch den Rauch und tasteten nach der Pistole.

Ein jäh aufleuchtender Blitz zeigte ihnen, wo sie lag; beide stürzten hin und landeten nebeneinander am Boden. Carpenter war schneller, aber als sich seine Hand schmerzlich um den Griff schloss, stieß ihm Grimaldi den Ellbogen in den Mund und rollte sich auf ihn. Schon hatte der Italiener Carpenters Hals mit der Armbeuge umfasst und drückte ihm die Luft ab.

Er war unglaublich stark.

Carpenter hielt stand, zappelte unter dem Gewicht des Killers. Aber es half nichts. Seine Muskeln erlahmten, alles verschwamm ihm vor den Augen, und er merkte, wie ihm langsam die Sinne schwanden. Er führte seinen Arm in einem Bogen am Fußboden entlang, bis die Pistole gegen etwas Festes stieß; dann drückte er ab.

Grimaldi brüllte auf, da die Kugel sein Knie durchbohrte, und Carpenter rollte weg, kroch zur Wand, schöpfte Atem. Dann leuchtete ein Blitz auf, und Carpenter sah Grimaldi wie auf einer Theaterbühne auf dem brennenden Fußboden sitzen, das Knie umklammernd, sich vor und zurück wiegend, fast wehklagend.

Sein schmerzverzerrtes Gesicht erinnerte Carpenter an den heiligen Sebastian auf diesem berühmten Gemälde, wie hieß doch noch der Künstler?

Dann schoss er ihn nieder. Der Schuss hinterließ ein kleines, blutiges Loch über Grimaldis linkem Auge.

Dann hörte er Marie rufen, drehte sich um und sah, dass das Feuer fast schon ihren Stuhl erreicht hatte. Jesse stand neben ihr und versuchte angestrengt, die Knoten zu lösen, aber seine kleinen Finger waren zu schwach. Carpenter löste die Fesseln und führte die beiden um das Feuer herum nach draußen.

Auf dem Pfad unterhalb des Blockhauses sahen sie ein schwelendes zitterndes Bündel im Regen liegen.

»Jesse – schau nicht hin.« Marie zog den Jungen eng an sich.

Carpenter kniete neben della Torre nieder und zuckte zusammen, als er das entstellte, verkohlte Gesicht sah. Haare und Lider waren völlig verschwunden, und aus den Augen rann eine merkwürdige Flüssigkeit. Carpenter war sich sicher, dass della Torre tot war – bis sich der Verletzte bewegte und stöhnte.

»Wir müssen ihn ins Krankenhaus bringen«, sagte Marie. »Wir nehmen ihr Boot. Kommen Sie.«

Carpenter sah sie an, als wäre sie nicht ganz bei Verstand. »Das sollten wir nicht machen.«

»Dann stirbt er!«

»Natürlich stirbt er! Das soll er doch.«

»Sie können ihn doch nicht so liegen lassen. Es ist eiskalt. Er hat Verbrennungen!«

Carpenter stand auf. »Wenn wir ihn ins Krankenhaus bringen ... dann nimmt das nie ein Ende. Ungefähr eine Million Leute denken wie er. Und wenn die herausfinden, dass Sie und Jesse noch am Leben sind – und das werden sie –, dann geht die Jagd weiter. Wir dürfen ihn nicht ins Krankenhaus bringen. Wir müssen hier weg.«

Marie schüttelte den Kopf. »Er ist ein Mensch«, beharrte sie.

Carpenter sah sie lange an. Schließlich sagte er: »In Ordnung. Bringen Sie Jesse zum Boot. Ich komme mit ihm nach.«

Marie nahm Jesse bei der Hand und rannte zu der Motorbarkasse. Sie war schon fast am Anlegesteg angelangt, als sie vom Weg her einen Schuss hörte, und ohne sich umzudrehen, wusste sie, dass sich die Fahrt zum Krankenhaus erübrigte.

Epilog

Danach sprach Marie tagelang nicht mit Carpenter, und letztlich dauerte es einen Monat, bis sie schliesslich zugab, dass es nichts anderes als ein Gnadenschuss gewesen war – ebenso barmherzig wie notwendig. Unterdessen waren die drei als Familie unterwegs. Carpenter griff in die Trickkiste und tat sein Möglichstes, um für sie alle eine neue Identität zu schaffen.

Es ging nicht nur darum, einen neuen Namen anzunehmen, sondern es galt, eine Legende zu schaffen – eine nachprüfbare Vergangenheit, einschließlich Arbeit und Krankengeschichte, Ausbildung und Daten, die einer Kreditwürdigkeitsprüfung standhielten, gültigen Pässen und Sozialversicherungsnummern, die dem Anschein nach schon vor Jahren vergeben worden waren. Der gesamte Vorgang dauerte drei Wochen und kostete 50 000 Dollar. Und als er abgeschlossen war, hätte Carpenter es Marie am liebsten nicht verraten.

»In ein paar Tagen sind Sie mich los«, versprach er, »sobald die Karte zur Unterschrift aus Liechtenstein kommt.« Dort hatte das Geld der beiden schließlich Ruhe gefunden, nachdem es wie eine Roulettekugel durch die merkwürdigsten Finanzplätze rotiert war, dank der freundlichen Unterstützung von Max Lang.

Aus den paar Tagen wurden ein paar Wochen, wie Carpenter sehr wohl geahnt hatte. Und dann war es Frühling, und sie küssten sich zum ersten Mal.

Auf dem Briefkasten stand der Name Shepherd.

Der Kasten befand sich am Ende einer langen Auffahrt in Piedmont, North Carolina, in den Ausläufern der Blue Ridge Mountains. Die Zufahrt schlängelte sich durch 40 Hektar hügelige Wiesen und endete vor einem steinernen Stall, nicht weit von einem großen, alten, renovierungsbedürftigen Farmhaus. Ein langer weißer Zaun umschloss den Grund, auf dem eine Araberstute mit ihrem Fohlen weidete.

Es war eine schöne Gegend, aber für Pendler ein wenig zu abgelegen. So gingen die meisten Menschen, die hier lebten, dem einen oder anderen freien Beruf nach.

Mr. Shepherd machte da keine Ausnahme: Er handelte mit seltenen Büchern und Erstausgaben und bediente sich dabei ausschließlich des Postwegs. Sein Beruf war nicht ausgefallener als manch anderer in der Nachbarschaft und erregte daher kein besonderes Aufsehen. Im Umkreis von einer Meile um das Anwesen der Shepherds wohnten: ein weltberühmter Mandolinenbauer, ein Ehepaar, das Strauße züchtete, eine Frau, die kulinarische Arrangements für Smith & Hawken kreierte, und ein Mann, der Trockenwände baute. Ferner gab es einen mutmaßlichen Marihuana-Anbauer, zwei Schriftsteller und eine Frau, die Gesellschaftsspiele erdachte.

Die Shepherds lebten bescheiden, zumindest im Augenblick. Sie ließen sich Zeit bei der Renovierung des Hauses und erledigten viele Arbeiten selbst. Der Plan sah vor, eine Weile zusammenzuleben, sich dann scheiden zu lassen und getrennte Wege zu gehen. Ein vernünftiges Vorhaben, das sich gut in die Legenden einfügte, die sie sich geschaffen hatten. Aber daraus wurde nichts, da inmitten der Freuden eines schlichten Landlebens die gegenseitige Zuneigung wuchs. Nach kurzer Zeit war aus ihrer sprichwörtlichen Vernunftehe ein Bund der Liebe geworden.

Die Vergangenheit drängte sich nur einmal ein. Zwei Jahre nach ihrer Abreise aus Maine brachte das Fernsehen in der Reihe »Amerikas ungelöste Rätsel« einen Pseudodokumentarfilm mit dem Titel *Schicksalsinsel.* Joe und Marie verfolgten entsetzt, wie

Robert Stack den Zuschauern eine gespenstische Neuinszenierung der Ereignisse präsentierte, die zu ihrer Flucht von der Insel geführt hatten.

Es begann damit, dass ein blauer Taurus im nebelverhangenen Küstendorf Cundys Harbor eintraf. Ein Schauspieler, der keinerlei Ähnlichkeit mit Carpenter hatte, verhandelte mit einem anderen, der Roger Bowker darstellen sollte – und danach bestiegen die beiden Männer ein Boot, das tatsächlich wie die GO-4-IT aussah. Maude wurde interviewt, und der Hafenmeister sagte vor der Kamera: »Wir sahen, dass ein Sturm aufkam. Roger war aber ein Dickschädel!«

Der spektakuläre Untergang des Boots wurde nicht nachgestellt, sondern nur von Stack geschildert. Dann folgten Fotos, die das Washingtoner Büro von Carpenter Associates, Carpenters Haus in McLean – »schön«, bemerkte Marie – und Carpenter selbst zeigten. Das letzte Foto war ein Abzug von dem Bild, das er spaßeshalber in seinem Büro aufgestellt hatte.

»Es sieht dir überhaupt nicht ähnlich«, meinte Marie.

»Ich weiß.«

Der Erzähler erklärte, Carpenters Verschwinden sei zufällig mit dem Verkauf seiner Firma zusammengefallen, und stellte dann die Frage: »Warum fuhr Joe Carpenter zur Schicksalsinsel? Stellte er Nachforschungen an? Ja, das tat er.«

Diese viel sagende Bemerkung wurde nicht sofort erklärt. Es folgte ein Werbeblock und wieder eine nachgestellte Szene. Ein schwarzer Mercedes fuhr auf den Bootshafen von Bailey Island, und drei Männer stiegen aus. Sie beugten sich über eine Seekarte und verständigten sich auf Italienisch über den Weg nach Rag Island.

Dann sah man den Erzähler auf der Insel vor der niedergebrannten Blockhütte. Es folgte ein Blick auf das Bootshaus, den Anlegesteg, die Felsen, an denen die GO-4-IT zerschellte, und schließlich sah man einen Sonnenuntergang über dem Meer.

Stack interviewte den Polizeichef von Bath, einen Captain der Küstenwache und einen Attaché der italienischen Botschaft und stellte ihnen die Frage: »Was taten diese Männer hier?« Fotos von della Torre, Grimaldi und dem Schrank wurden gezeigt. »Der erste – ein prominenter katholischer Geistlicher. Der zweite – ein dreifacher Mörder. Der dritte – ein gefährlicher Gewaltverbrecher, der den Kriminalbehörden in seiner Heimat nicht unbekannt ist. Warum waren sie zusammen? Was wollten sie auf der Schicksalsinsel? Diese Fragen blieben offen.

Und was war mit der mysteriösen Frau, die mit ihrem Kind auf der Insel lebte? Seltsamerweise existieren von den beiden keine Fotos.« Eine Porträtzeichnung erschien auf dem Bildschirm, und Maude sprach mit besorgter Miene über Maries Entscheidung, »da draußen« zu leben. Glücklicherweise wies die Zeichnung zwar Merkmale der menschlichen Gattung auf, zwei Augen und zwei Ohren und so weiter, hatte aber wenig Ähnlichkeit mit Marie.

Zuletzt sah man den Erzähler auf dem Anlegesteg, wo er seinen Bericht beendete. »Das Feuer, das Marie Sanders' Blockhaus zerstörte, war nicht das einzige in jener Nacht. Zeugen berichten, dass am späten Abend auf See ein zweites Feuer ausbrach. Wie die Polizei erklärt, zerstörte dieses zweite Feuer das Boot, das Pater della Torre am Morgen gechartert hatte. Nach Auskunft von Fachleuten konnte um diese Jahreszeit niemand den Versuch überleben, schwimmend die Küste zu erreichen. Doch als forensische Experten die Insel durchkämmten, entdeckten sie lediglich die sterblichen Überreste eines einzigen Menschen: Und dieser Mensch war Franco Grimaldi.«

Was geschah mit den anderen? Eine Collage von Fotos erschien auf dem Bildschirm: Joe, Roger, der Schrank, Jesse, Marie und della Torre. »Vielleicht fanden sie den Tod im Meer, vielleicht liegen sie auf der Insel begraben. Oder vielleicht ... nur vielleicht ... entkamen Marie Sanders und ihr Kind auf diesem kleinen Boot.« Ein Foto von Maries Dingi wurde eingeblendet. »Es wurde am nächsten Morgen auf dem Festland gefunden.«

Zuletzt sah man eine Luftaufnahme, zu der Robert Stack kommentierte: »Alles, was wir wissen, ist, dass sieben Menschen auf die Schicksalsinsel kamen – und niemand hat sie jemals lebendig wiedergesehen.«

Die Sendung blieb folgenlos. Wenn einer der Nachbarn sie gesehen hätte, erwähnte er sie zumindest nicht, was nicht weiter verwunderlich war, denn die Shepherds waren inzwischen vollkommen integriert, und manch einer hätte schwören können, dass sie schon immer hier gewohnt hatten. Marie gab Kurse in Sprachtherapie an der Volkshochschule, und Joe trainierte mit der Fußballmannschaft der unter Siebenjährigen.

Jesse war der Einzige aus der Familie, der seinen Vornamen hatte behalten dürfen. Aber meistens wurde er Jay gerufen, und seine Freunde machten daraus »J. J.«.

Er hatte viele Freunde, und wie sich bald herausstellte, war er auch im Kindergarten und später in der Schule beliebt. Bei einem Elternabend bemerkte seine Lehrerin, er sei ein geborener Leader – und habe auch Talent zum Friedenstiften. »Vielleicht arbeitet er eines Tages mal für die Vereinten Nationen.«

Im Augenblick setzte er sein diplomatisches Talent als Schülerlotse im Schulbus ein.

Joe beobachtete oft vom Fenster seines Arbeitszimmers im ersten Stock aus, wie Jesse die lange Auffahrt zur Schulbushaltestelle hinaufging. Das orangefarbene Schülerlotsenband leuchtete noch aus der Ferne zwischen den Weiden hervor. Eines Tages bemerkte Joe überrascht, dass Jesse auf halbem Weg kehrtmachte, seine Pausenbrottasche stehen ließ und zum Haus zurückrannte. Er stürmte durch die Vordertür ins Haus.

»Was hast du vergessen?«, rief ihm Marie aus der Küche zu.

»Ich hab vergessen, die Fische zu füttern!«, schrie Jesse und hastete die Treppe hinauf.

Die Fische waren die ersten Tiere seiner Menagerie; als Nächstes folgte ein Welpe der schokoladenbraunen Labrador-Coonhound-Mischlingshündin Pickle, die Jesses Freund Ethan gehörte. Jesse hatte bereits einen roten Hundekorb vom Schulbusfahrer erstanden, dessen Hund »zu verwöhnt« war – »er schläft nur auf der Couch«. Danach kam ein weiterer Hund ins Haus, »damit sie nicht allein sind«, dann eine Katze und eine Ziege.

Jesse versorgte die Fische ganz selbstständig, nur das schwere Aquarium konnte er nicht ausleeren und mit frischem Wasser füllen. Aber er machte es sauber und spülte die Steine ab. Er fütterte die Fische, und im Winter behielt er die Temperatur im Auge, damit die Tiere es warm genug hatten.

Jesse liebte die Fische. Er besaß sieben Stück, und jeder hatte einen Namen. Nachts durfte er die Aquariumbeleuchtung anlassen, dann konnte er sie vom Bett aus beobachten. Es gefiel ihm, wie sie durchs Aquarium glitten, in der kleinen Burg ein und aus schwammen oder sich hinter grünen Wasserpflanzen verbargen. Sogar die silbernen Bläschen, die aus dem Belüfter aufstiegen, gefielen ihm. Schuldbewusst trat er jetzt ins Zimmer, denn er hatte seine Schützlinge ja *fast* vergessen.

»Habt ihr Hunger?« Vorsichtig hob er die Abdeckung des Aquariums hoch und stellte sie beiseite; dann holte er das Futter aus dem Regal. Akribisch maß er einen Teelöffel voll ab. Immer wieder hatte man ihm erklärt, dass es wichtig sei, sie ausreichend, aber nicht übermäßig zu füttern. Er verteilte die vielfarbigen Flocken gleichmäßig über die Wasseroberfläche und kniete dann nieder, um die Fische beim Fressen zu beobachten. Es gefiel ihm, wie sie aufstiegen, nach dem Futter schnappten und dann wieder untertauchten. Manchmal, so auch jetzt, sprach er mit ihnen. »Hey, streitet nicht, es gibt genug zu essen.« Dann runzelte er die Stirn. Einer der gestreiften – halb verborgen hinter einer Pflanze – rührte sich nicht vom Fleck, auch nicht, um zu fressen. Jesse stand auf und blickte von oben hinein. Der gestreifte Fisch sah krank aus. Er lag auf der Seite, sein Bauch war gebläht, und sein Schwanz wirkte weißer als sonst und etwas schleimig. Er rührte sich wirklich kein bisschen. Und seine Bauchflosse sah – zerschlissen aus. Da! Jesse sah, wie ein Gurami herbeigeschwommen kam und am Schwanz des Gestreiften nagte!

»Hey!« Unwillkürlich griff Jesse ins Wasser und holte den toten Fisch heraus. Er hielt ihn in der hohlen Hand und streichelte ihn sanft. »Du wirst wieder gesund«, sagte er, umschloss ihn mit beiden Händen und legte ihn behutsam wieder ins Wasser. Aufmerksam blickte er ins Aquarium.

Und der Fisch schwamm davon.